U0101414

长篇报告文学

一村之长

新中国"最美奋斗者"
裴春亮和乡亲们的脱贫攻坚路

王 钢 著

人民出版社

习近平对"最美奋斗者"评选表彰和学习宣传活动作出重要指示强调
奏响新中国奋斗交响曲 高唱新时代奋斗者之歌
为实现中华民族伟大复兴的中国梦凝聚起强大精神力量
王沪宁会见"最美奋斗者"受表彰人员和亲属代表

新华社北京 9 月 25 日电 中共中央总书记、国家主席、中央军委主席习近平近日对"最美奋斗者"评选表彰和学习宣传活动作出重要指示，向已经逝世的"最美奋斗者"表示深切的缅怀，向受到表彰的同志表示热烈的祝贺，向"最美奋斗者"亲属表示诚挚的问候。

习近平指出，在新中国成立 70 周年之际，中央宣传部等组织开展"最美奋斗者"学习宣传活动，评选表彰新中国成立以来涌现的英雄模范。这对学习英雄事迹、培育时代新人、走好新时代长征路具有十分重要的意义。

习近平强调，在我国社会主义革命、建设、改革的非凡历程中，一代又一代奋斗者顽强拼搏、不懈奋斗，涌现出无数感天动地的英雄模范。他们用智慧和汗水、甚至鲜血和生命，为国家富强、民族振兴、人民幸福书写了可歌可泣的壮丽篇章。各个历史时期的英雄模范都值得我们敬仰和学习。要广泛宣传"最美奋斗者"的先进事迹，传承弘扬爱国奋斗精神，奏响新中国奋斗交响曲，高唱新时代奋斗者之歌，用英雄模范的感人故事激励全党全国各族人民坚守爱国情怀、坚定奋斗意志，为实现中华民族伟大复兴的中国梦凝聚起强大精神力量。

"最美奋斗者"表彰大会 25 日上午在京举行。中共中央政治局常委、中央书记处书记王沪宁会见了受表彰人员和亲属代表。

中共中央政治局委员、中宣部部长黄坤明参加会见并在表彰大会上宣读了习近平重要指示。随后，他在讲话中表示，要认真学习贯彻习近平总书记重要指示精神，精心组织"最美奋斗者"学习宣传，铭记由无数奋斗者写就的新中国 70 年光辉历史，弘扬爱国奋斗奉献的崇高精神，凝聚起走好新时代长征路的磅礴力量。

表彰大会上宣读了表彰决定，张富清等 278 名个人、西安交通大学"西迁人"爱国奋斗先进群体等 22 个集体被授予"最美奋斗者"称号。中国空间技术研究院技术顾问、研究员叶培建，山东省青岛前湾集装箱码头有限责任公司工程技术部固机高级经理许振超，贵州省盘州市淤泥乡岩博联村党委书记余留芬，中国邮政集团公司四川省甘孜县分公司驾押组组长其美多吉，空军航空兵某部部队长蒋佳冀，陆军第 79 集团军雷锋班第 26 任班长、雷锋生前所在部队代表张阳，兰考县焦裕禄同志纪念馆名誉馆长、焦裕禄同志女儿焦守云，国家铁路集团公司北京局丰台机务段"毛泽东号"机车组司机长、"毛泽东号"机车组代表刘钰峰等受表彰人员和亲属代表作大会发言。

中共中央政治局委员、国务院副总理孙春兰，中共中央政治局委员、中组部部长陈希，以及中央军委委员苗华参加会见。

"最美奋斗者"受表彰人员和已故"最美奋斗者"受表彰人员亲属代表，中央宣传思想工作领导小组成员单位主要负责同志，有关部门负责同志，各省区市党委常委、宣传部长，首都各界干部群众代表等参加会议。

（《人民日报》2019 年 9 月 26 日）

习近平对"最美奋斗者"
评选表彰和学习宣传活
动作出重要指示

"最美奋斗者"
表彰大会在京
举行

中共中央宣传部等关于表彰
"最美奋斗者"的决定

新华社北京 9 月 25 日电 以习近平同志为核心的党中央高度重视"最美奋斗者"评选表彰和学习宣传活动。习近平总书记专门作出重要指示，褒扬一代又一代奋斗者顽强拼搏、不懈奋斗，用智慧和汗水、甚至鲜血和生命，为国家富强、民族振兴、人民幸福书写了可歌可泣的壮丽篇章，强调要广泛宣传"最美奋斗者"的先进事迹，传承弘扬爱国奋斗精神，奏响新中国奋斗交响曲，高唱新时代奋斗者之歌，用英雄模范的感人故事激励全党全国各族人民坚守爱国情怀、坚定奋斗意志，凝聚强大精神力量。

新中国成立 70 年来，在中国共产党的坚强领导下，伟大祖国发生了天翻地覆的变化，中华民族迎来了从站起来、富起来到强起来的伟大飞跃，中国人民正沿着中国特色社会主义道路阔步前进，我们比历史上任何时期都更接近、更有信心和能力实现伟大复兴的梦想。亿万人民积极投身建设新中国、探索改革路、实现中国梦的伟大实践，书写了感天动地、可歌可泣的奋斗史诗，涌现出一大批名垂青史、彪炳史册的英雄模范。各个历史时期的英雄模范都是国家的栋梁、民族的脊梁、时代的楷模，值得党和人民永远铭记。

为隆重庆祝新中国成立 70 周年，学习英雄事迹、弘扬奋斗精神、培育时代新人，中央宣传部、中央组织部、中央统战部、中央和国家机关工委、中央党史和文献研究院、教育部、人力资源社会保障部、国务院国资委、中央军委政治工作部决定，授予张富清等 278 名个人、西安交通大学"西迁人"爱国奋斗先进群体等 22 个集体"最美奋斗者"称号。

这次受表彰的个人和集体，是新中国成立 70 年来各个时期的先进分子、各行各业的杰出代表。他们忠诚于党、报效祖国，扎根基层、奉献人民，在各自岗位上做出了非凡业绩，赢得了人民广泛赞誉。广大党员干部群众要以"最美奋斗者"为榜样，深入学习习近平新时代中国特色社会主义思想，信念坚定、对党忠诚，始终做党的基本理论、基本路线、基本方略的忠诚拥护者；高举爱国主义伟大旗帜，培养爱国之情、砥砺强国之志、实践报国之行，始终做爱国主义精神的坚定践行者；大力弘扬"幸福源自奋斗、成功在于奉献、平凡造就伟大"的价值理念，把人民对美好生活的向往作为奋斗目标，撸起袖子干、挥洒汗水拼，始终做新时代长征路上的不懈奋斗者。

各地区各有关部门要把向"最美奋斗者"学习作为一项重要任务，与深入学习贯彻习近平新时代中国特色社会主义思想结合起来，与深化中国特色社会主义和中国梦宣传教育结合起来，与加强爱党爱国爱社会主义教育结合起来，与开展"不忘初心、牢记使命"主题教育结合起来，广泛开展事迹报道、宣讲报告、座谈交流、展览展示、走访慰问等学习实践活动，激励广大党员干部群众更加紧密地团结在以习近平同志为核心的党中央周围，进一步增强"四个意识"，坚定"四个自信"，做到"两个维护"，不忘初心、牢记使命、永远奋斗，为决胜全面建成小康社会、夺取新时代中国特色社会主义伟大胜利、实现中华民族伟大复兴的中国梦贡献力量。

（《人民日报》2019 年 9 月 26 日）

目　录

引　子

"最美奋斗者"的一份脱贫攻坚答卷

已是第五天了，汉尼斯端着一台摄像机，穿过熙熙攘攘的村民和游人，镜头始终追踪着一个身影。

镜头中的这个中国北方汉子，一副矫健的身材，深色休闲装素净而挺括。微黑的长圆脸庞，宽阔的前额，留着板寸发型，细长的眉眼，有时会戴一副散光眼镜，神情很开朗，笑起来的时候，嘴角弯弯的唇边会浮现一道小小的疤痕……他就是河南省新乡市辉县市张村乡裴寨村党支部书记兼村主任、裴寨社区党总支书记、春江集团党委书记裴春亮。

他的身影朴实无华，反而令人好奇；他的笑容含而不露，更加让人着迷。

汉尼斯随中国外文局采访团一行8人，2016年末这一次下乡，目的是寻找讲好中国故事的真实素材。

在此时，还有一个重大的时代背景，习近平总书记在"2015减贫与发展高层论坛"上，已发出了庄严宣告：未来5年，我们将使中国现有标准下7000多万贫困人口全部脱贫。而采访团下乡之际，正值脱贫攻坚的爬坡阶段，全国农村还有4300多万人口尚未脱贫。所以，这一次看似信马由缰的农村采风，也有了不一般的意义。

采访团里，有好几位像汉尼斯一样的外籍记者。他们都没想到，在满目苍莽的太行山区，裴寨村给了他们一个大大的惊喜。在外籍记者的眼里，这个七八百口人的中国小山村，太新奇了；这位"70后"中国村支书，太神秘了。

一村之长

新中国"最美奋斗者"裴春亮和乡亲们的脱贫攻坚路

灰蓝眼睛、棕黄头发的汉尼斯，40多岁，是一位高大英俊的瑞典人，眷恋乡村、敬畏大自然是他们民族的特点。所以，当他从欧洲斯德哥尔摩飞越六千多公里，来到中国外文局融媒体中心担任编导兼摄像师以后，已踏访过一些城乡，尤其对中国的"村"充满兴趣。

"村"，是中国行政区划中的最小"细胞"，是中国最基层的群众性自治单位。中国从农耕文明走来，一个中国可以看成一个村，一个村也可以看出一个中国。村，可以是小小的原点，也可以是高高的巅峰……从某种意义上说，不观察村无以观察中国，不了解村难以了解中国。

据2017年第三次中国农业普查数据公报，中国有596450个行政村，317万个自然村，2.3亿农户。单单是人口上亿的农业大省河南，就有48697个行政村、206667个自然村……所以，对于汉尼斯来说，中国村庄的数量之庞大、类型之繁多、根系之深广，恐怕在相当长的时间里，都会是他心中一个莫测难解的谜。

而此时，汉尼斯面前的这一个"全国文明村"裴寨村，在冬日的阳光下，是如此的清晰、明朗、温暖、鲜活。

进村正当晌午，汉尼斯步入裴寨中心大广场，不由一阵炫目：面积不足2平方公里的小山村，在新村中间，居然坐落着一座上万平方米的大广场！地面铺满了浅色小瓷砖，映射出的一片天光更加耀眼。他顿时想起了威尼斯那一座被拿破仑赞美为"欧洲最漂亮的客厅"的圣马可广场。

然而，汉尼斯的镜头，很快转向了广场北边——那是一片朱红色双层联排的农民住宅楼，每栋10户，一共16栋，列为8排，簇拥成了一个整齐的方阵。每套住宅约200平方米，红墙白窗白栏杆，雅致而又温馨。楼房之间，氤氲飘散着一团太行农家的烟火气，成了最引人入胜的所在……这样一个农民新村，倘若放在富庶的中国东部沿海和江南平原，不足为奇，但在太行山区的穷乡僻壤，就非同凡响了。

隔着大广场，在住宅楼对面，还有一个行政、便民等功能配套的建筑群。

2005年，35岁的民营企业家裴春亮，在好不容易走出山区进城之后，又在裴寨村干部群众"三顾茅庐"的恳求之下，义无反顾，中止了在辉县市区个人发展的一条坦途，回到穷乡僻壤小山村，当选村主任……整个裴寨新

裴春亮捐资 3000 万元建起的裴寨新村。

村，是他上任之初捐资 3000 万元，无偿送给全村乡亲们的一份厚礼。

2010 年，随着新型城镇化建设，张村乡东部 11 个行政村、1 万多口人，以裴寨村为依托，整合为裴寨社区，裴春亮又被任命为裴寨社区党总支书记。

一个小山村，扩展成了万人大社区，如今，已成为一个广场、住宅楼、办公楼、村史党建展览馆、"裴寨初心馆"、"习书堂"、农民红色课堂、便民服务大厅、跨境电商楼、小学、幼儿园、银行、商业街、公交车、卫生所、小宾馆、"喜事汇"餐厅、运动场、水库、村民公园等一应俱全的农村新型社区。

裴寨新村大门口，还有一处"点睛之笔"——"初心广场"。

在裴寨村的地界上，有一条从村西斜穿而过的卫吴公路，东至与辉县市相邻的卫辉市，西至辉县市西部的吴村镇；在公路与裴寨新村大门之间，夹着一片荒芜的三角坡地。2018 年，仿佛一只大手从三角坡上轻轻抚过，变成了两级平坦的绿茵草坪，总面积比裴寨中心大广场更大，使人一进村口就心情豁然开朗……两级草坪中间，横亘一道红色巨型背景牌匾，中间书写"不忘初心 牢记使命"；顺着公路而来，最先扑入眼帘的是大标语"共产党

3

一村之长

新中国"最美奋斗者"裴春亮和乡亲们的脱贫攻坚路

初心广场。

好";牌匾两面还有"中国共产党入党誓词",有标语"农村美、农业强、农民富"。一个社会主义新农村的形象跃然而出。

"初心广场"草坪上,排列着五尊青铜塑像,这是河南的五位英模人物,他们光辉的一生诠释着共产党人的初心。全国政协原副主席、原水利电力部部长钱正英说过:"我每次到河南,都听到群众流传一句话:'走遍河南山和水,至今不忘三书记。'"——"三书记"就是兰考县委书记焦裕禄、林县县委书记杨贵、辉县县委书记郑永和。如今,"三书记"在一个小山村的广场上聚齐了;旁边还有两座塑像是"新乡先进群体"成员,一位是全国劳动模范、新乡县刘庄村党委书记史来贺,一位是革命战争年代的太行山特级战斗英雄郭兴……每年清明节,当地的党员干部、中小学生,都会集体来到这里重温"初心",向英烈致敬。

位于巍巍太行与滔滔黄河之间的新乡市,古称牧野,是中国古代著名寓言《愚公移山》的发生地。这个600来万人口的地级市,不仅盛产小麦,也涌现了一批全国先进典型人物,爆出了一个"红色星云团",诞生了一个"新乡先进群体",形成了一种爱党、亲民、担当、进取、干净、奉献的"新乡先进群体精神",被称为"新乡先进群体现象"……这个群体中,有"在群众中享有崇高威望的共产党员的优秀代表"的新乡县刘庄村党委书记史来贺,有全国"乡镇党委书记的榜样"、卫辉市唐庄镇党委书记吴金印，有被誉为"县委书记的模范代表"的原辉县县委第一书记郑永和，有"中国十大女杰"、新乡县小冀镇京华社区党委书记刘志华，有带领村民在太行山"老爷顶"凿出"挂壁公路"的辉县市回龙村党总支书记张荣锁，有带领一群退伍兵造福家乡的凤泉区耿庄村党委书记耿瑞先，有全国优秀党务工作者、新乡县刘庄村党委书记史世领，有全国道德模范、辉县市南李庄村支书、孟电集团董事长范海涛……

其中，最年轻的"70后"村支书裴春亮，作为党的十九大代表，十一、十二、十三届全国人大代表，中共第十届河南省委候补委员，首届全国"最美村官"、全国劳动模范、全国道德模范、中国十大杰出青年、中华慈善人物，无疑是"新乡先进群体"的新一代领军人物。

新中国成立70周年之际，"最美奋斗者"表彰大会在北京隆重召开。习近平总书记指出，中央宣传部等组织开展"最美奋斗者"学习宣传活动，评选表彰新中国成立以来涌现的英雄模范，这对学习英雄事迹、培育时代新人、走好新时代长征路具有十分重要的意义。经过全国范围的广泛评选，278名个人、22个集体被授予"最美奋斗者"称号；其中河南省11名"最美奋斗者"里，就有3位"新乡先进群体"成员史来贺、吴金印、裴春亮……新中国成立21年后出生的裴春亮，获得这一殊荣。

"最美奋斗者"裴春亮

2020年9月8日，全国抗击新冠肺炎疫情表彰大会在北京人民大会堂隆重召开，授予钟南山"共和国勋章"，授

新中国成立70周年之际，裴春亮（前排左二）当选"最美奋斗者"。

一村之长

新中国"最美奋斗者"裴春亮和乡亲们的脱贫攻坚路

予张伯礼、张定宇、陈薇"人民英雄"国家荣誉称号；同时表彰的，还有全国抗击新冠肺炎疫情先进个人、先进集体，全国优秀共产党员、全国先进基层党组织……其中，裴春亮荣获全国抗击新冠肺炎疫情先进个人、全国优秀共产党员两项殊荣。

2020 年 10 月 17 日，全国脱贫攻坚奖表彰大会在北京隆重举行。河南省 4 名个人、1 个集体获奖，其中裴春亮荣获"全国脱贫攻坚奖·奋进奖"。

"决战的时刻"：2020 年全国脱贫攻坚奖特别节目

2018 年 6 月，中央组织部确定 7 家第二批全国党员教育培训示范基地，其中有"艰苦奋斗"类型的"新乡先进群体"教育基地。裴寨村成为"新乡先进群体"教育基地的实践教学点，也是红色乡村旅游景点，全国各地的参观团队和游客接踵而来。2019 年，小小的裴寨村接待参观团队 1000 多个，参观旅游人数达十几万人……

裴寨村原来并不亮眼。

裴寨村位于南太行的东部边缘。从地形图上看，太行山像一头雄卧西北的猛虎，俯瞰南边横流的黄河。它朝黄河北岸平原伸出了一只伏地利爪，就是向平原过渡凸起的一团丘陵。这一只虎爪的趾缝，就是辉县市古老的杨闾川、侯兆川吧，而裴寨村恰恰就藏在虎爪的趾间。

辉县市西部是深山，东部是浅山丘陵，南部是平原。张村乡把着辉县的最东边，裴寨村又把着张村乡的最东边，一抬腿就进了卫辉市太公镇的地界，是两市交界的"县角乡边山旮旯"……千百年来，大自然造山运动揉搓出来的皱褶，山洪冲决出来的鸿沟，切割出了这一片凌乱的川沟丘岗，水源奇缺，土质薄劣，这里自古就不是人类宜居之地，因此，从清代道光十五年《辉县志》，到 1992 年版、1989—2002 年版的《辉县市志》，翻遍这些正史，百年来的重大事件、重大景观、重大人物，好也罢，不好也罢，与这个角落都很少交集。人们常说的只是：张村乡、拍石头乡是辉县最穷的地方。

"村寨"，意为"四围有栅栏或围墙的村子"。可裴寨村却是一个颠倒过来的"倒寨"，中间凸起一小块平地，四面环沟，纵横的沟壑甚至深达十几米、长达几公里，死死地缠绕着村庄。可想而知，村中祖祖辈辈都是在泥土的"刀锋"上过日子。

裴寨村被定为"省级贫困村"，据说是在改革开放初期。直到裴春亮当村主任的 2005 年，偏僻落后的裴寨村还鲜为人知……辉县方言"寨""闸"同音，裴寨村干部到辉县城里开会，会议工作人员的第一反应，都把他们登记成城南的裴闸村，让村干部们在人前抬不起头……

而如今，裴寨村已成为一个名闻遐迩的"网红村"。红艳艳的村庄，清凌凌的水库，在汉尼斯的眼前已幡然一新。端庄优美的新村，恬适地依偎在太行山的怀抱里，仿佛一盆红红的炭火，将周围一派苍褐色的峰峦熏染得暖意融融，也成了最令外地参观者怦然心动的风景。

"——那么，以前的裴寨老村在哪里？"

瞧，汉尼斯提问了，他的英国籍同行、《人民画报》英文编辑部记者尼古拉斯·兰尼根也提问了，几乎所有参观者都会提起这个问题。而每一次提问，都在触动裴春亮的情肠，让他感到懊悔。

裴春亮 2005 年当选村主任，2010 年担任村支书兼村主任。血气方刚的

村支书裴春亮。

7

一村之长
新中国"最美奋斗者"裴春亮和乡亲们的脱贫攻坚路

他，为全村乡亲捐建新村以后，带领干部群众，一举荡平老村，连半间老宅都没留下。当时一往无前摧枯拉朽之际，哪还想到应该留个后手、撇个念想呢？整个裴寨村，来了一个乾坤大挪移，南岭削平变成了新村、学校、幼儿园，老村复垦变成了大棚温室。崭新的版图铺展开来，老村从地球上消失，独独剩下崖畔上一棵老村主任家的苹果树，至今在裴寨水库边上花谢花开……

汉尼斯想参观的旧村居，裴春亮只能带他们到村东北三里地外的大王庄去看"样品"了——岌岌可危的窄门楼里，一座土房子透出了苍老的焦黄色。屋上的平顶，已经裂缝塌陷。屋基摆了一排零乱的石块，上面墙体的泥壁剥落了，里面横一层竖一层排列的土坯，边缘棱角已在风雨之中磨圆残颓；破洞中，还裸露出了墙心里几根用来支撑加固的细木条……

仅仅8年前，裴寨村村民还栖居在这样的房屋里！尼古拉斯·兰尼根站在老屋前，仿佛在与史前建筑合影……而汉尼斯明白了，美丽如画的裴寨新村，是建造在一幅多么古老惨淡的底色之上！

幸好，裴寨老村还留下了一口古井——汉尼斯扶着井栏上的铁辘轳看下去，井内黑黝黝的约有20米深，底下荡漾着一汪明亮的水面；磨得溜光的石头井口，诉说着无尽的沧桑……

裴寨村这里从来没有河，一条小河都没有。由此便知道，在逐水而居的人们心中，这一口古井意味着什么……约有300年历史的古井，成了裴寨村的一位老祖奶奶，她的乳汁时而旺盛，时而细弱，却从来不曾枯竭，养育着一代代子孙繁衍生息。

古井周围，有四棵百年老槐树，其中两棵一高一矮长在井台边，树上还挂着人民公社时期召集社员上工敲的一口铁钟。时移世易，高高的井台已变成低低的石砌圆圈了，精疲力尽的铁辘轳和钢丝绳已闲置生锈了，洗衣的石头水槽和捶布石已弃之不用了……

然而，古井上和老槐树下，还埋着裴寨人的根。无论当年还是现在，这里始终是裴寨村的政治文化中心。

裴春亮参加党的十九大和全国人大会议回来，每次都会第一时间来到古井边，召开全体村民大会。男女老少兴高采烈，带着小板凳，搬着小马扎，

裴春亮向乡亲们传达党的十九大精神。

挽着老人，抱着娃娃，汇聚到这一片槐树荫下，几百人团团围坐在村支书身边，听他传达上级会议精神。

裴春亮讲起国家方针政策，特别提神带劲儿，传达上级精神入脑入心——农民百姓非常想听、也特别爱听北京党中央的声音，因此，古井边的老槐树下，总是一片欢声笑语……

太行山的民性，具有"愚公"基因，敦厚耿直，慷慨果敢，始终葆有一副刚性脾气。

众所周知，裴春亮这位村支书的过人之处，是在裴寨村干部群众中很有号召力——号召力来自哪里？来自师出有名的号召，有充分的道义理由，有高远的精神境界，唤醒群众、发动群众、率领群众……盖楼房，"房"能成为号召吗？修水库，"水"能成为号召吗？不，确立"听党话，跟党走，同创业，共致富"的"裴寨精神"才是号召，发出"乡亲不富誓不休"的"裴寨誓言"才是号召。裴寨村的干部群众，正是在这些号召的鼓舞引领下，觉悟一步步提高，境界一步步提升，闯过了艰难险阻，迎来了跨越发展。

在裴寨村，裴春亮带领干部群众，步步抢机而行，建裴寨新村，钻深水

一村之长

井，建二级提灌"田心池"，建裴寨水库，重建裴寨商业街，开发大棚温室，发展跨境电商，引进服装品牌工厂……"一五"规划、"二五"规划、"三五"规划，每五年张榜公布的 10 件脱贫攻坚大事，全部如期完成。

同时，裴春亮创办了包括建材、旅游、化工、电商、金融、水力发电等实体的春江集团，肩负一位民营企业家的社会责任，使春江集团成为助力扶贫攻坚的大本营。

裴春亮的一份脱贫攻坚时间表，与全国的脱贫攻坚时间表同步推进。他说自己就是一个"在打仗的火线上抱炸药包攻碉堡开路"的"春亮连长"。

"小康不小康，关键看老乡。"

裴春亮虽然只是一名村支书，但他紧紧铆住脱贫攻坚这一主要任务，视野已从一个裴寨村扩展到了整个南太行新乡段。

南太行边缘新乡段，长约 80 公里，有 15 万百姓——如今，沿着南太行新乡段这一带，从东向西，铺开了裴春亮的一幅"脱贫攻坚 + 扶贫攻坚"地图。

——在东段，春江集团所属的春江水泥公司，帮助周边的卫辉市 1000 多名农民就业，实现了"挣钱顾家两不误"。

——在中段，从 805 人的裴寨村到 11800 人的裴寨社区，村民走上了脱贫致富路。目前，又以裴寨村为基地，正在兴办裴寨服装产业园，兴建张村乡裴寨电商"扶贫大厦"，筹建近 3000 亩的辉县市薯品产业园，有望带动当地更多百姓脱贫致富。

——在西段，春江集团所属的宝泉景区，带动周边薄壁镇的农户，直接就业 2000 余人，间接就业 1 万余人，也实现了"挣钱顾家两不误"。并且，裴春亮出资 8000 万元捐建一座宝泉花园社区，无偿帮助 4 个深山贫困村的453 个农户、1798 口人实施易地扶贫搬迁……

至此，裴春亮为南太行新乡段百姓扶贫解困，个人总捐款已达 2.1 亿元。

然而，了解裴春亮历史的人都知道，他并不是一位超级富豪。这 2.1 亿元捐款，是一个吃百家饭、穿百家衣的穷孩子，将一腔反哺乡亲的报恩情怀升华为一名共产党员的责任担当，起早贪黑，含辛茹苦，一边挣钱，一边捐款，源源不断捐出来的……平时，裴春亮从不让人提及此事，但偶尔到了动情处，他说："光喊信仰忠诚不行！关键得落实到行动上，行动意味着思想、学识、精力、财富的付出，付出就是大德，大德就是忠诚！"

裴寨村发生了翻天覆地的巨变。2005 年，全村 153 户、595 口人，年人均收入不足 1000 元；到 2019 年，全村 184 户、805 口人，年人均收入18000 元；2020 年目标是超过 20000 元。

——18000 元，20000 元，这样的数字高吗？不算很高。这个水准，虽然超出了全国平均水平，但与发达富裕地区相比还有差距。

乡村与乡村之间，先进典型与先进典型之间，类型众多，基础不同，特点各异，难以用同一把尺子衡量。

而一个村庄，最高境界是什么？最大魅力是什么？也许就是孔子《论语》中的那句话——"近者悦，远者来。"

裴寨村起步之初，近者不悦，远者不来。偏僻闭塞，干旱贫瘠，农业生产原始粗放，工业资源人才匮乏，底子薄，起点低，开发迟，人流、物流、信息流、金融流、科技流，什么"流"都流不过来……这在农村地区，尤其中西部地区农村，也是相当普遍的现象。

而如今，这个太行小山村，正在变得近悦远来。裴春亮带领裴寨村，发挥基层首创精神，为中西部农村发展崛起而探索出的一条奋进之路，已在中国农村改革中具有普遍意义，可以为脱贫攻坚提供可操作的借鉴，为乡村振兴提供强有力的启示。

而汉尼斯最关注的，是一个与他的瑞典家乡风土人情不一样的中国村庄。

在汉尼斯的镜头里，裴寨村首先是一个"标语村"——公路上方的牌匾上，五个巨型大字"情德法治村"，宣示着以感情温暖人、以道德感召人、以法律规范人的治村理念；下边对联，一面是"国家之利知无不为，乡亲之事知无不办"，一面是"将受命之日则忘其家，士当勇之时则忘其身"……新村入口是"听党话，跟党走，同创业，共致富"；广场周围是"乡亲不富誓不休""空谈误事，实干兴村""厚德、崇文、创新、敬业""我是裴寨社区人，我为社区添光彩"。村两委办公楼是"不要人夸颜色好，只留清气满乾坤""奋斗成就事业，实干书写人生"……同时遍布全村的，有 45 座红

一村之长

新中国"最美奋斗者"裴春亮和乡亲们的脱贫攻坚路

旗飘舞形状的标语栏，上面是习近平总书记的金句；还有大大小小几十块太行石，镌刻着裴春亮和乡亲们自撰的标语："乡亲们的愿望就是我的奋斗目标""我的价值取决于乡亲们对我需要的程度""如果没有改革开放，没有党和国家的富民政策，就没有裴寨村的今天""我们因祖国而骄傲，因我是一名共产党员而自豪""我与祖国共奋进""方向对了，比什么都重要""不能光做有钱人，关键要做值钱人""夫妻爱，子女孝，家和比啥都重要""做人要谦逊无私坦率耿直""偏怜之子不保业"……

村里的党建村史展览馆，展示着裴寨村的奋斗历程；

村里的"裴寨初心馆"，展出内容为"太行初心""共城家风"；

村里的"习书堂"，每月固定 2 个"党员学习日"，村民常来这里阅读"充电"；

村里的"大喇叭"广播站，每天傍晚播送裴寨新闻、时政要点、红色经典、法治案例、农业科技、传统文化、健康常识；

村里的微信群"裴寨村党支部""裴寨村大家庭""裴寨社区""务工人员"等，已融入村民日常生活的各个层面……

总之，地上空中，线上线下，精神文明的熏陶渗透已实现"全覆盖"。

顺着汉尼斯的镜头，依次看去：

裴寨新村周边，矗立起了沙锅窑小区、樊庄小区、杨圪垱小区、杨间小区、柴庄小区的楼群……裴寨社区万人一家亲，汇成一个"同心圆"，正在按照总体发展规划，以卫吴公路为中心，路东发展高效农业，路西发展工业，路边发展商业，让百姓"路东当农民，路西当工人，商业街里当商人，春江集团当股东，入住社区是城里人"，人人有活干，人人有钱赚。

裴寨村里，在 16 栋朱红色双层住宅楼的后面，一幢 6 层朱红色居民楼又已完工。

2005 年，村里赴外地打工 60 人，约占全村人口 1/10；如今，村民基本都在本乡本土就业。

2005 年，村里仅有汽车 11 辆；如今，全村农户基本都有私家车，还开通了裴寨—新乡市区、裴寨—卫辉市区的公交车。村民过去见面问："吃了有？"现在见面问："去哪儿旅游了？"

在便民服务大厅，裴寨村讲解员接待一个港澳台同胞参观团，看见团员们都在低头刷手机，还以为是讲解出了问题。一问才知道，原来参观团一路旅行，来到裴寨村，发现这里的 Wifi 太好用了！

几年前，裴寨村开通 4G 是"全市第一村"；2020 年 3 月，裴寨社区开通 5G 又是"全市第一个农村社区"。刷微信、网购、手机支付已成了村民的日常生活方式……

汉尼斯还赶上了一件新鲜事——辉县市创享电子商务有限公司在裴寨村成立，开创了"裴寨村"牌太行土特产品的跨境电商。在"首届中国太行红薯粉条文化节"开幕式上，裴寨村民还配合上演了一场热闹的"行为艺术"……那一日天刚亮，汉尼斯就赶到活动现场，灶红锅沸，热气腾腾，他拍摄了村民们用红薯淀粉纯手工制作粉条的生动过程。开幕当天，线上线下的红薯粉条销量就达 15 万斤。后来搭上电商"高速列车"的，还有太行山特产小米、核桃、山楂、木耳、山药、传统粗布……

从 2005 年裴春亮回村当选村主任，到 2020 年全国脱贫攻坚收官之年，命运给予裴春亮和裴寨村的时间，只有 15 年——

15 年！——正是由于裴春亮慷慨捐资，由于全村干部群众拼命硬干，裴寨村才飙出了一种超前、超常的速度。

15 年！——从一个省级贫困村到一个"全国文明村"，翻天覆地的巨变，是裴春亮带领干部群众一鼓作气抢时间抢来的。他们终于跑过了贫困，跑赢了时间！

如今，裴寨村一派祥和，乡亲们不仅安其居、乐其业、健其身、畅其行，而且明其德、美其俗、耀其名，分享改革开放的成果，拥有了满满的获得感、幸福感、安全感……

中国外文局采访团的 5 天采访结束了，近距离考察裴寨村，包括党组织建设、村务管理、产业布局、村民生活等，看到了一个脱贫攻坚的排头兵，看到了一个政治、经济、社会、文化综合型的先进村，看到了一个正在走向乡村治理体系和治理能力现代化的好典型……他们感慨道："裴寨村的故事，是我们对外讲好中国故事的最好素材。"

中国网、《中国报道》杂志，同时发文《当今世界版图上的一道亮丽风

一村之长

新中国"最美奋斗者"裴春亮和乡亲们的脱贫攻坚路

景》，文中说："一位海外有识之士评论说，中共的执政能力，正是来自于它'激发了中国人民的潜能'……时代呼唤先进，发展造就楷模。改革开放以来，波澜壮阔的中国农村大地有 120 多万个基层党组织、3500 多万名党员，涌现出一大批像裴春亮这样的先进模范人物……一个人带领一个班子，一个班子带动一支队伍，一支队伍带富一方百姓，这就是当代中国共产党人在推动农村转型发展时创造的实践逻辑。"

裴春亮已成为千千万万中国村支书的一个优秀典型，裴寨村已成为中国大地上脱贫攻坚和乡村振兴的一个生动样本。

告别那天，汉尼斯没有随采访团一起离去，他要求留下来，又在裴寨村流连两天，补拍了很多素材。村支书裴春亮陪他打了一场篮球，乡亲们拿出手机邀他留影，一群儿童与他笑闹嬉戏……到最后，这个满载而归的"老外"，坐在欢乐的孩子们中间，留下了一张天真烂漫的合影。

汉尼斯刚进村时，就迫不及待地问村支书裴春亮："你为什么要加入共产党？"……现在他说："感谢裴春亮，从他身上我看到了中国新农村发展的速度，他是一个令人敬佩的共产党员。裴寨村的党员干部，与老百姓很贴心，没有差别，很真诚。村里的农民互相帮忙、协调一致的集体观念很强，与我们瑞典人有明显的区别。"

汉尼斯的同事、编导张睿思离开裴寨村时，以一种少女般的纯真细腻，依依不舍回望这个太行小山村——

菜农们正在蔬菜大棚里忙碌；

工人们正在春江水泥车间里生产；

商户们正在商业街柜台前招呼客人；

村民们正在新村楼前晒暖聊天；

孩子们正在绿茵场上欢叫踢球；

老人们正在健身广场上打门球。

新村路口，一个小男孩看见裴春亮远远走来，欢快地飞奔上去，奶声奶气地喊："爷爷好！"裴春亮疼爱地一把将孩子抱了起来……

张睿思感叹道："裴寨村，一个像乌托邦一样和谐的村子，拔地而起，好像一个童话。"

童话？

乌托邦？

那么，让我们掀开一道厚重的历史帷幕，看一看裴寨村的沧海桑田是怎样真实演变的，看一看"最美奋斗者"村支书裴春亮是怎样把一份脱贫攻坚的答卷写在大地上的。

裴春亮笑道：俺裴寨村的故事，可比电视剧《乡村爱情》里生动得多、丰富得多、深刻得多！

第一章

吃百家饭、穿百家衣的日子

一、裴寨村 300 年沿革

那是 600 多年前的真实一幕。

秋末冬初，朔风渐起，在太行深山的悬崖峭壁之下，一行小小的身影正逶迤而行。

这一支拖家带口的行旅，已经走了一些时日了，为了赶在下雪之前翻过太行山，他们长途跋涉，一天也不敢歇脚。队伍中的年轻男女，一个个累得棉袄里满是热汗，肩背上驮着铺盖和家当，箩筐里挑着干粮和幼儿，小心地照顾着拄杖的老人，还搀扶着身怀六甲的孕妇，沿着陡峭的羊肠小道，艰难地攀援前行……一路伴随的，除了官兵的监护，就是山风林涛的呼啸，溪流瀑布的喧哗，苍鹰野兽的鸣叫，还有人群中不时发出的啼哭和呻吟。

这一批人里就有裴寨村的祖先。

裴寨人的命运，早在明朝永乐十五年（1417 年）就与国运紧紧地连在一起。因此，一部裴寨村史也是一部家国史。

明朝初年，旱涝饥荒，河道决口，村庄多成荒墟，加上"兵燹河南，赤地千里"，河南、山东和苏北、皖北之民十亡七八……当时的山西，因为易守难攻，风调雨顺，保得了一方富庶太平。于是，中原一带百姓纷纷逃入山西，致使人满为患。

为了均衡人口、发展经济，明太祖朱元璋、明惠帝朱允炆、明成祖朱棣三任皇帝，实行大规模移民，历时 47 年，完成了"明初大移民"——当时朝廷规定，山西人口按"四家之口留一、六家之口留二、八家之口留三"的比例，向河南、河北、北平、山东一带移民……而且颁布优惠政策，分发棉衣、银两、耕牛和种子，土地"自便置屯耕种"，免除三年赋税，促使移民垦田。

山西的移民，一般是在秋收之后动身。留在当地的骨肉亲人，执手牵衣，挥泪而别。移民扶老携幼，从平阳、潞州、泽州、汾州等地集中到洪洞县广济寺，领取凭照和川资……广济寺边那一株大槐树，张开的树冠仿佛母亲的怀抱，枝头的老鸹窝悬荡着乡愁，成了生命原乡的象征。

裴寨人的祖先，是明朝永乐十五年（1417 年）出发的最末一批移民。捱到最后，不得不上路了。泪眼之中，桑梓故土渐去渐远，最后留在记忆中的，只有那一棵悬挂着老鸹窝的大槐树……

据《明史》《明实录》《日知录之余》等记载，从山西洪洞大槐树下出发的移民，蔓延分布于中国 30 个省市、2217 个县市，尤其是河南、山东一带。比如，河南的林县、孟县、汤阴、内黄、兰考、修武等地，据说半数以上的村庄，都是明初大移民时期建立的……

从山西高原到华北平原，太行山纵贯其间，峰高入云，飞鸟难过。不过，幸好还有"太行八陉"……八百里太行山脉，自然横断出了八道山口。自春秋时期起，这些山口形成了八条古驿道，由南而北依次是：

河南境内，济源的轵关陉、沁阳的太行陉、辉县的白陉；

河北境内，磁县的滏口陉、井陉县的井陉、蔚县的飞狐陉、易县的蒲阴陉；

北京境内，昌平的军都陉。

辉县的白陉，是深谷悬崖之间铺凿的一条驿道，窄处可容匹马，宽处也可走车……山西洪洞大槐树位于西边，移民们通常会东去长治，进入白陉，南下壶关、陵川，经过晋豫边界的孟门关，从河南辉县的白陉东口出山，进入中原。

然而，裴寨人的祖先们，似乎抄了一条近道，没走白陉驿道南下，而是径直向东，选择了一条更加险峻崎岖的小路。餐风宿露，筚路蓝缕，终于翻过了太行山的重峦叠嶂。他们没有奔向坦阔的平原，就在太行山东麓的河南林县停下了脚步。

林县，古称林虑，今为林州市。城南 40 多公里的临淇镇，山清水秀，林茂粮丰，是淇河边上的一座西汉古镇。它西邻辉县，南邻卫辉，东邻鹤壁，是"鸡鸣闻四县"的交通商贾之地。裴寨人的祖先就在临淇定居下来，耕田种地，生儿育女，渐渐成为一个热闹家族。

60 多年后，到明朝成化十六年（1480 年），裴氏家族一脉的五兄弟，

一村之长

新中国"最美奋斗者"裴春亮和乡亲们的脱贫攻坚路

携家带口离开了临淇，来到辉县东部的张村黄背山下，选定一片敞阔的高地，用石头茅草盖起宅屋，形成了一个炊烟袅袅、鸡鸣犬吠的村庄，取名裴圪垱。

他们还盖了一座庙，这可不是一般的小土地庙，而是一座供奉土地神、牛王神、山神的"三神庙"。

小小的裴圪垱，裴氏家族在这里生活长达238年，其间又有少数其他姓氏住了进来，直到清朝康熙五十七年（1718年）的那一天。

北方春季多风，山风刮了整整一夜，到天亮还没停息。忽然，村头冒起了滚滚浓烟，窗口吐出的红色火舌，舔着屋檐的茅草，噼噼啪啪地燃烧起来。刚从晨睡中醒来的村街上，顿时乱作一团，女人们惊恐地尖叫着，老人和孩子无助地哭喊着，男人们狂呼奔跑，到井上打水灭火。可在这一道千年旱岭上，水井太深太深了！火势借着风势，一户接一户地扫荡着茅草宅院。转眼之间，裴圪垱的所有家庭，都被熊熊大火吞噬一空……黄背山下平静悠长的时光，在一场大火中戛然而止。

裴圪垱的人们，满身烟尘，一脸黑灰，衣衫不整，瘫坐在冒着青烟的火场边，欲哭无泪，连怀里的小孩子也没了啼闹的气力。整个村子已经烧得焦黑，除了一座"三神庙"完好无损，只剩下了石头废墟……

缓过气，醒过神，山风还在吹过脸庞，日头还照在身上。裴氏家族的男女老少，默默地重新站起来，掩埋尸体，包扎伤口，背起从大火中抢出的箱笼和铺盖，收拾从灰烬中扒出的口粮和锅碗，扛起还可以使用的农具，最后回望了一眼裴圪垱，含泪转身，向空空的荒漠走去……

此时，裴氏家族已繁衍了近百口人。全族老少互相搀扶着，顺着地势往下挪，向更平坦一点的东南丘陵走去。下沟上坡，上坡下沟，看见了一道南岭下的一小片平地，饥渴的老人和孩子再也走不动了。

从裴圪垱流落而来的遗民们，就在这一块平地周围的大土沟里，像穴居的"原始人"一样安顿下来，女人们拾柴禾做饭，男人们抡镢头挖窑洞。从一条最深最宽的大东沟，到旁边的大沟，在沟壁上掏窑洞，各家各户有了藏身之所……第二年，"三神庙"也迁到了南岭下。

裴氏先人在山沟窑洞栖身以后，走上那一片凸起的平地开荒垦田。后来，在平地东边打出了一眼水井，从此就以这一眼古井为中心而聚居，渐渐的，一片一片地盖起了村舍，为这里取名裴寨。

太行丘陵这一带的村名，多是沟、窑、凹、岭、坡、圪垱，以"寨"为名的独此一家，也许是在心理上构筑"寨墙"，以求村庄平安吧。

裴氏祖先终于停止了颠沛流离，永久地住了下来，立地生根，开花结果。到今天，裴寨村已有整整 300 年历史。

其间，又有郭、任、牛、李、杨、邵、陈、徐、刘、王等姓氏陆续迁入。迄今，全村裴姓占 80% 以上，其他姓总共不足 20%。

裴寨村的祖先，选择的是一片怎样的土地啊！

广袤无垠的莽野上，山草一样遍地疯长的历史传说，"野火烧不尽，春风吹又生。"

在这里，相传有秦始皇大儿子扶苏被杀的"斩人桩"、"接血盆"和"搬舅坡"，有战国时期赵国的赵长城，有孟姜女哭长城的"泪滴石"，三者构成了一个完整的历史想象空间；

在这里，相传有侠义小说中"呼家将"呼延庆手撕潘虎、潘豹，火烧七十二道街、八十二座楼的那个大王庄；

在这里，有一片雁成行、秋草黄的美丽山坡，藏在张村乡北部，被当地人自豪地称为"张北草原"；

在这里，有八路军 129 师师长刘伯承、386 旅旅长陈赓率部抗击日寇的战场，有太行军区七分区司令员皮定均用辣椒面烟幕弹攻克日伪碉堡的烽火，有电影《平原游击队》"李向阳"的人物原型郭兴化装进城惩治凶顽的故事；

在这里，有辉县县委第一书记郑永和带领群众改造山河的壮歌。

在"文化大革命"初期，"全国大乱，辉县大干"，这句话传到了国务院工作会议上。辉县 10 万人民大干 8 年，凭着钢钎、铁锹、手推车，兴修水库，开荒造田，筑路架桥。在城北一道大山屏障"十八盘"上，修出当时全国最长的公路隧道"愚公洞"……周恩来总理夸奖：辉县人民干得好！辉县人民在前进！1974 年，中央新闻纪录电影制片厂专门拍摄了纪录电影《辉县人民干得好》。百姓至今传诵："拿起白面馍，想起郑永和"，"种上水浇地，

一村之长

新中国"最美奋斗者"裴春亮和乡亲们的脱贫攻坚路

想起郑书记"……

2007年，85岁的郑永和在辉县病逝。65岁的卫辉市唐庄镇党委书记吴金印，带上37岁的裴寨村主任裴春亮，来到郑永和墓前敬献花圈。吴金印情不自禁匍倒在地，热泪纵横，与肝胆相照的恩师挚友郑永和磕头相见。春亮的眼泪也夺眶而出，献上一份晚辈的敬礼。

2008年，已80岁的原林县县委书记杨贵，约上吴金印，带着春亮，在当年千军万马修"红旗渠"的故地转了一圈儿。最后，来到了林州市临淇镇三弓水村，中国人民志愿军一级战斗英雄孙占元牺牲后，他的这个老家村庄改名"占元村"——老少三人坐在树下，听乡亲们讲孙占元苦难而英勇的历史。当乡亲们讲到，27岁的孙占元在生命最后一刻，双腿炸断了，弹药用完了，还爬到敌军尸体堆里找手榴弹，最后毅然滚入敌群，拉响手雷，与敌人同归于尽……这时，满头白发的杨贵和吴金印忍不住哇哇大哭，春亮也泪流满面……

"一方水土养一方人"，水土养人，传说也养人。在这种滋养之下，裴寨村子子孙孙的骨格，犹如太行石一般，大气、方正、刚硬、质朴，坚定不移，岿然挺拔。

裴寨村的村风，把本村荣誉看得极高，日益精悍而强势。不甘贫穷的奴役，不畏自然的强暴，凭借一腔刚性、野性、知性、韧性，挥洒一股闯劲儿、拼劲儿、倔劲儿、傲劲儿，成为当地乡村不容小觑的群龙之首。

依傍着"母亲河"黄河的河南，是中华姓氏的重要发源地，当今中国100个大姓中，有78个姓氏的源头在河南。所以，海内外很多华人姓氏宗亲会都到"老家河南"寻根……裴寨村的裴氏，1990年惊喜地得知，在相邻的卫辉市后柳村，发现了幸存的《河东氏林虑裴氏族谱》。而他们的祖先，当年正是从林虑（林县）迁至辉县的，一见族谱如获至宝。

1991年3月，以《河东氏林虑裴氏族谱》为依据，加上35位修订者的攒集，重修了《林虑裴氏族谱——河南省辉县裴寨裴氏》。列入谱表的裴寨村裴氏，是第13世到第18世的大部分男性族人，女性名字极少入谱。新族谱中，把裴氏宗族分成了"五大门"，并列出辈分用字，从第15世排到了第54世，依次是清、龙、泉、雨、海……

这一本薄薄的裴氏族谱，手写的字迹有指头肚大，撰写和排序比较粗疏，仅仅上溯了几代先祖，对后世族人也有遗漏……然而，从历史烟云之中打捞抢救出来的这一部史料，毕竟记录了裴氏宗族一段人伦赓续的脉络，是裴氏宗族寻根的唯一珍贵依据。

裴寨村的祖先们，没有想到，300年前被一场大火驱赶而来，在大沟里挖窑洞栖身，这一住，就住过了清朝，住过了民国，住到了新中国成立。1949年，全村还有三分之一的人家住在窑洞里。直到1992年，最后一户窑洞人家才搬上了平地。

裴寨村的前辈们，没有想到，缓缓流淌的时光，到2005年突然进入了一个加速期。他们的子孙中间，出了一个惊天动地的好后生裴春亮。

裴寨村300年来，出过能人，出过名人，而这个裴春亮，可谓一个革故鼎新的集大成者。他带领干部群众，舞动风云巨变，无偿捐建一座裴寨新村，全村乡亲整体乔迁……祖先们犹如燕子衔泥，一镢头一铁锨、一砖一瓦，垒筑近300年的裴寨老村，如今，全部历史就浓缩在了碑文之中。

其中，古井旁的石碑上，《裴寨村旧址志》记载：

> 裴寨村旧址位于辉县市东北15公里处，卫吴公路穿村而过。分路东、路西、沟南三块区域。
>
> 明永乐十五年（1417）"大移民"时期，裴寨村裴姓先祖自山西洪洞县迁徙至林县临淇一带。
>
> 明成化十六年（1480），裴氏兄弟五人从临淇迁至张村西一高地定居，村名裴圪垱。
>
> 清康熙五十七年（1718），因裴圪垱失火，裴氏一族近百人东迁两公里，至一处四面环沟之地居住，取名裴寨村。后有郭、任、邵、牛、杨等姓相继迁入，先于沟底挖窑洞而栖，后陆续搬至岸上建土房而居。1992年，最后一户才由窑洞搬住岸上。
>
> 旧时裴寨村，群众住的土坯房是晴天透光、雨天漏水，吃的地窖水是房檐接水、吃水过箩，走的泥土路是晴天扬灰、下雨水泥。生产环境恶劣，教育医疗资源贫乏，系省级贫困村。

一村之长

新中国"最美奋斗者"裴春亮和乡亲们的脱贫攻坚路

2005 年 4 月 20 日，裴春亮担任村委会主任，带领乡亲走共同富裕道路。2008 年 12 月 21 日，全村 153 户 595 口人无偿搬进裴寨新村。十年时间，裴春亮累计出资 1.18 亿元，建新村、打水井、修水池、建水库、办学校，把昔日裴寨改变为全国闻名的新型农村社区。

辉县市张村乡裴寨村委会

2012 年 3 月 10 日

在农村，辈分不能乱，这是亘古不变的规矩。新中国成立后，裴寨村辈分最高的，据说是裴氏第 14 世，名字多是一个单字，如裴山、裴沿、裴安、裴义、裴瑞、裴然、裴枝、裴喜、裴礼……

1970 年出生的春亮，属于村中第二高的清字辈。他起初大名裴清芳，觉得像女孩子的名字，改成了清兵；可族谱上的名字又是裴清平，还是觉得缺少男儿气，于是小名当大名，干脆叫裴春亮……春亮年纪虽小，辈分却高，"萝卜不大，在垄背儿（辈儿）上长着呢！"村里许多人叫他"春亮叔""春亮爷"，他故意咳嗽两声，调皮地笑道："平时装也得装得像一点儿。"

二、春寒料峭 1978

1978 年，是一个关键的历史横断面：

这一年，已结束"文化大革命"的中国，迈入改革开放时代。

这一年，人民公社时期接近尾声，中国农村改革拉开序幕。

这一年，贫困的裴寨村开始苏醒。

这一年，8 岁的春亮进了学堂。

中国最基层和中国最高层，在这一年发生了划时代的同频共振。对于中国农民来说，大解放、大创举、大变革，在那一段时间集中爆发，那是一个热血沸腾的年代。

太行山下，也已经开始解冻了，但还一派春寒料峭。山水村落还在以十年、百年为刻度，吃力而缓慢地变换着景象。

裴春亮：由山生金

村民形容当时的裴寨村，就像一个"小岛"。太行丘陵上，这一小片平地的四周，远处是高低起伏的峰峰岭岭，近处是纵横交织的沟沟壑壑，仿佛汹涌的波涛包围着它。一叶小岛在海浪中飘摇。

不足 2 平方公里的土地上，粗线条勾勒裴寨村，当时就是"三道沟、一道岭、一条路"。

最大的一条沟是大东沟，主体在村东，宽 30 多米，深约 10 米，拐向东南两三公里，连接卫辉市境内的界牌沟……大沟的西头末梢，横贯老村穿过公路，终端连上了村西小水库。

村北一条大北沟，宽十几米，深近十米。沟对面是贾庄村，后来沟上修了一座水泥小桥。

村西一条大西沟，沟对面是杨圪垱村。到改革开放初期，这一带开过白土矿，办过耐火材料厂。

村南则是一道粗莽的南岭，十几米高的山圪梁，挡在裴寨村与南边平原之间，西端一座小山包叫卧羊山。

千年南岭，人们提起总是心有余悸。岭上哀草凄迷，除了稀疏的"小老头树"柏树，就是酸枣树、小叶圪针树。石堆之间，红土黄土像胶泥一样，掺着鹅卵石，啥庄稼都长不好，一年只收一季秋，星星点点种些耐旱的红薯、黄豆、谷子……春亮小时候，与同伴到坡上割草，沿着羊肠小道从灌木丛中穿过，不是这边衣襟被钩住，就是那边割草篮子被挂住。

春亮和小伙伴们，喜欢赤脚爬上南岭，在柏树下掀开石头逮蝎子。正睡大觉的蝎子，一个个肥嘟嘟的，突然暴露在阳光之下，受惊地翘起长尾巴，抖动着尾巴尖上的毒刺示威。春亮和小伙伴团团蹲在周围，屏住呼吸，用竹坯做成的镊子捏住毒蝎的腰身，抓起来扔进小盒子里，到张村公社收购站去卖药材，一只蝎子能卖四五分钱……但是，这一群顽皮的孩子，谁也不敢到南岭阴坡那一道石圪塄上去，那里是一片乱葬岗，裴寨人过世都不愿往南岭

一村之长

新中国"最美奋斗者"裴春亮和乡亲们的脱贫攻坚路

埋葬……

村西，一条土公路斜穿而过。村外公路边，有一个地名"七中坡"，因为"文化大革命"时期张村公社和常村公社在那里合办过一个辉县第七中学。那里还驻扎过解放军一个团部，里面靶场时常传出枪声。

1988年随着汲县改为卫辉市，这一条公路定名卫吴公路，向东到卫辉市区，向西横贯辉县全境到最西边的吴村镇，全长约50公里……卫吴公路对裴寨村格外眷顾，唯独到这里折了一个斜弯，将村子揽在了臂弯里。而且，张村乡政府至辉县城的公路也在这里交叉，这个十字路口被当地人称为"裴寨十字儿"。小小咽喉之地的裴寨村，成了山旮旯的交通"重镇"。

据说当年，为了交通便利，张村公社驻地曾打算从张村生产大队迁往裴寨生产大队，公社的供销合作分社、邮政支局、食品公司在裴寨村公路边盖起了一层或两层的办公房屋……可是，裴寨生产大队干部怕公社占地太多，这个计划搁浅了，两三处办公房屋就空空地撂在了公路边。

裴寨老村里，人口在生育，宅院在增添，一块平地已越来越狭小憋屈。轮到放映电影的时候，扯一张银幕，都得满村寻找尽量宽敞一点的地方。村里的娱乐消遣很少，每逢放电影，就热闹得像过年一样，三里五村的人也来赶热闹，场坪站不下，房顶上、院墙上、树杈上，到处都是人。

张村公社的电影放映员，用自行车驮着放映机，走村串乡，放映《打击侵略者》《英雄儿女》《南征北战》《卖花姑娘》等影片……来到裴寨村时，破衣烂衫的"孩子王"春亮，总是睁大一双好奇的眼睛，黏在放映机前问这问那，还带领一群孩子帮忙扯银幕……

裴寨老村的布局，毫无章法。团团拥挤的房屋，旧的多，新的少。村里连一条像样的街道都没有，石头垒的、泥土垛的院墙，隔出一条条细窄蜿蜒的胡同小巷，在杂乱的院落之间穿行。路面坑洼不平，下雨天是稀泥踏踏的"水泥路"，响晴天是曝土荡天的"扬灰路"。房前屋后，随处堆放一垛垛沤黑的秸秆。

只有古井向南的一条前街，算是一条正路。而它的敞阔，是因为街中间赫然出现一个长20多米、宽七八米、深四五米的大水坑，坑里蓄积雨水，抗旱时救急，平时村妇们洗衣裳。

　　春亮家最初的老宅，就在前街大水坑的西侧，离古井不过百步远。

　　春亮的爷爷裴启堂、奶奶郭氏，生有两个儿子、四个女儿。春亮没有见过爷爷奶奶，他对爷爷的唯一记忆是听爹说过，爷爷生前患了胃病，没钱买药，曾把一种石头敲成粉末，喝下肚止痛。

　　春亮自豪的是，父亲的哥哥是一位英雄，春亮喊他大爷。大爷裴信，一表人才，成家不久，就参加地方武装去打日本鬼子了。据说在附近一次战斗中，他中枪负伤，满身鲜血，半夜往裴寨村家里的方向跑。跑到邻村时，跑不动了，敲开路边的门，人家给他一碗水，他失血过多，一喝水就死了……他的遗体运回裴寨村，葬在了南枣坟地。

　　春亮的父亲裴义，人民公社时期是第三生产队饲养员，因为总和牛马在一起，后辈都喊他"沤牛叔"；春亮的母亲李秀英，人称"沤牛婶"。他们生了女儿玲儿和四个儿子喜亮、福亮、秋亮、春亮，村里老人记得，这五个孩子都长得不丑，站在人前都排排场场的。

　　农村人，一代接一代的大事是什么？盖盖房娶娶媳妇，娶娶媳妇盖盖房，这是活着的内容，也是活着的意义。

　　裴寨老村里，第一代住宅是窑洞。当过裴寨村委的裴清旺，他家在平地上盖了房，与春亮家成了隔墙邻居；可80岁的奶奶还住在大东沟窑洞里，一日三餐要去送饭。沟深，坡陡，遇到大雪天，清旺提着砂锅去送饭，下沟时还好，等奶奶吃罢饭再回来时，胶鞋踩在冰上一步一滑，怎么也上不来坡了，差点把砂锅摔碎。

　　第二代住宅是土坯房。始建于20世纪二三十年代，泥坯砌墙，小瓦覆顶，住土坯房的一般是中等农户，家境更富裕的才盖得起砖瓦房。

　　第三代住宅是"捶棚"。"三间平

裴寨村民住过的土坯捶棚。

27

房四面墙,没有一根木头梁",平房顶上铺一层秫秸或油布,再摊上厚厚一层三合土,用木槌夯实捶平,当作屋顶,上面还能摊晒粮食。这"捶棚",实在是穷人无奈而又得意的创造。

第四代住宅,就是钢筋水泥的平房或双层楼房了。

著名社会学家费孝通在《乡土中国》一书中说:那些被称为土头土脑的乡下人,恪守"向土里讨生活的传统",因为"农业和游牧业或工业不同","种地的人却搬不动地,长在土里的庄稼行动不得,侍候庄稼的老农也因之像是半身插入了土里,土气是因为不流动而发生的"。

裴寨村的耕地,大约人均一亩二分,散布于沟壑之间。只有"保丰东地"那一大片比较平坦肥沃,其余胡六套、田水涧、柏树地、南六亩地、南凹七亩地、里八亩地、外八亩地、十四亩地的耕地,土不土,泥不泥,还掺杂浮砂碛石和卵石……

麦子,珍贵的麦子,终于到了开镰收获季节,可在裴寨村,却是"收麦用手薅,运麦用筐挑,打麦用棍敲"……庄稼都是"靠天收",遇到风调雨顺,小麦一亩打上五六百斤,一般年景亩产 200 斤左右,产量低就种得少;玉米秆棒子三寸长,亩产三四百斤;只有红薯亩产高,每年种得多;另外再多少种一点谷子、花生、芝麻。

田间劳作,全凭肩挑背扛,直到 1958 年大炼钢铁,裴寨村才有了独轮车。那时生产队里,光见社员出工干活,就是不见粮食、不见收益……改革开放后,开始实行家庭联产承包责任制,到了春耕时节,各家都穷,牲口少,于是几家凑在一起兑牲口。牛和牛一起拉犁太慢,就你家兑一头牛,他家兑一头驴,我家兑一匹马,套在一起,轮流给各家犁地……

然而,更苦的,最苦的,是干旱缺水。

《辉县市志》总结了辉县 1954—1980 年的 27 年天象:27 年中,有 23 年发生春旱,其中 14 年是重旱;有 15 年发生初夏旱,其中 9 年是重旱;有 5 年发生伏天旱,也叫"卡脖儿旱",均是重旱;有 15 年发生秋旱,其中 11 年是重旱。有些年份是春、夏、秋持续旱灾。

连"房檐接水",也成了当地政府不得不倡导的工程。1986—1988 年,辉县财政拨款 128.5 万元,建设房檐接水工程 3403 处,扶助山区修水池 43

个、打水窖 690 眼，解决 6.1 万人、2 万余头牲畜用水。

当地人的生存，尤其是每年干旱的大半年，人畜全靠水窖度日。历史上，辉县 1/5 的人口都吃水窖水，张村乡、拍石头乡更是完全离不开水窖。

在裴寨老村，唯一的村西小水库济不了多大事，幸好还有一口保命的古井。井口石头磨圆了棱角，井台石阶也磨得溜光打滑，就用钢钎重新凿出阶梯，凿了磨光，磨光再凿……古井这位老祖奶奶，毕竟风华老矣，疲惫不堪，渐渐难以为继。

裴寨人盼水，族谱辈分都按"清、龙、泉、雨、海"排序，近年又有外人诗意地续上了"湖、泽、润、河、江"……生孩子取名也是水来、水喜、水利、水群——对水的渴望，成了世世代代的宿命。

村党支部副书记裴龙翔，那时还是一个少年，他顶着烈日，提着镰刀下地去割麦子。到田里一看，麦子全都旱死了，满眼毛烘烘的一片，连个麦种都收不回来了。他一屁股坐在地上，仰望苍天，满眼怒火，声嘶力竭质问老天爷："凭啥——？凭啥俺这地方打一点粮食就这么难——？！"

《辉县市志》记载：

> 新中国成立以前，中等农户除了收麦时节、过年能吃几顿蒸馍、捞面条、大米饭之外，平时常食杂粮。而贫雇农口粮不敷食用，冬季一日两餐，喝稀饭，吃麸饼、糠团；春夏采野菜、树叶充饥。老百姓糠菜半年粮，无盐吃淡饭，荒年食草根、树皮、白干土。
>
> 1950 年—1957 年，农民到过年、过节、农忙季节，才能吃上蒸馍、捞面条、大米饭。平时偶有白面卷杂面的花卷馍，妇女还舍不得与男子同吃。
>
> 人民公社时期办大食堂，适逢天灾，又复人祸，全县粮荒，社员食不饱腹，浮肿病蔓延。1961 年大食堂解散，各家独自为炊，分得自留地，可开小片荒，又实行借地耕种，社员生活渐有好转。
>
> 但在 1978 年以前，农民温饱终未彻底解决。

有位村民记得，"三年困难时期"，全家人用芫荽根、白菜根煮了一锅水充饥。母亲给他一两粮票，可以去买4两红薯，而人家破例给了他三四根红薯，让他全家感激不尽。

在太行山区，红薯是日常主食，从秋后一直吃到春上，久存地窖便长黑斑，含有致癌毒素。当地人罹患癌症，最多的是食管癌。

村里老人回忆，直到20世纪80年代，农家的主要饭食，还是用晒干的白菜帮子、萝卜缨子和野菜掺玉米面，做一大锅菜稀饭，稀汤寡水，淡不碴碴的，一人喝好几碗。媳妇们做饭，盐也不敢放，怕家里老人批评说嘴馋……穷人家里，只在托人给儿子说媒时，才舍得到集市上割肉，拿出鸡蛋，给媒人炒荤菜、煮鸡蛋糖水。

只有过年蒸馍，才是山村女人施展手艺的时候。

按过年风俗，腊月"二十六蒸馒头"。平时舍不得吃的白面舀出来了，女人们系上围裙和面，围着案板，把白面团搓成柔韧的长条，巧手盘旋，再用红枣点插，做出漂亮的枣花馍；又将白面团揉捏出动物形状，点染花花绿绿的颜色，塑造出一条蛇，或是一只刺猬。

大年初一早上，迎门案桌上点起香烛，摆上枣花馍，祈祝新年喜兴富足；再把面蛇放入粮食囤，寓意蛇吃老鼠，不糟蹋粮食；还在门楣上边放置面刺猬，一根根面刺套上铜钱，表示招财进宝……饥饿的孩子们，天天仰望那个面刺猬，等过两个月取下来抢着吃的时候，面刺猬已干硬得咬不动了……

中原乡下有一句俗话："饥恼，饥恼，一饥就恼。"肚子饥饿，就爱恼火。在村里，如果想让两户人家闹矛盾，简单得很，只用在中间传话一挑动，两家砰砰怼起来，就吵开了。所以，裴寨老村里，戾气横生，每天都是一支"交响曲"，从一大早开始，到天黑还不结束，东家吵，西家吵，邻居吵，婆媳吵，妯娌吵……"三只蛤蟆六条腿"，说不明，扯不清，总之吵成了一锅粥。

三、穷孩子的快乐童年

1970 年农历三月，春亮出生于裴寨村。当他呱呱坠地，母亲李秀英在产床上看到这个小儿子的第一眼，就轻轻愁叹一声："唉，又多了一张吃饭的嘴。"

古井前街上，土改时分给贫下中农的那个大杂院，住了 20 多年，已渐渐破旧了。住在西屋的，是裴义、李秀英夫妇和玲儿、喜亮、福亮、秋亮、春亮五姐弟。

邻居孩子们记得，那一座低矮破陋的小三间西屋里，放有两张床，老大喜亮和弟弟们睡的那张床上，铺着草褥子，一尺多厚的麦草，躺上去像海绵一样松软。床上原来没有棉被，在姐姐玲儿出嫁以后，才腾出一床旧棉被给弟弟们盖……人多床少，春亮十来岁了还和母亲挤在一张床上，合盖一床破旧的薄棉被。每个冬夜，母亲都把他搂在怀里；遇到下雪天，半夜冻得睡不着，他就起来在屋里跑步，跑得身上发热了再钻被窝……

春亮的父亲裴义，高个子，漫长脸儿，肤色黑黑的。有人说，裴义是一个最没成色的人。他连大冬天出门都戴着草帽，因为一只眼睛动过手术，不敢见光，所以干起活来不大顶事。一到黄昏，哪怕去古井挑水，他也打手电筒，走路高一脚低一脚的，遇到行人，听说话声音知道是谁，却看不清模样……也许因为人穷气短，平时家里种地需要向街坊邻居借耧、借耙、借牲口，他总是不愿出面，好像自己理亏一样腼腆局促。

可是，第三生产队却偏偏选中了裴义当饲养员。牛马骡子大牲口，是生产队里最值钱的家当啊。裴义白天赶着黄牛犁田、赶着马车拉货，晚上就住在饲养室里喂牲口。

村里人记得：四个生产队的饲养室，原先集中排在老村中间。在人都吃不饱的那个年馑，生产大队支书郭保清、大队长裴永，大概怕牲口饿死了吧，要求各生产队每月都把牲口拉出来评比。而每一次评比，都是第三生

一村之长
新中国"最美奋斗者"裴春亮和乡亲们的脱贫攻坚路

队获胜……别的生产队,有些饲养员把饲料粮偷偷弄回自己家了,饥饿的牲口瘦弱得卧在地上,要靠人"上抬",前边拉着笼头,后边拽着尾巴,牲口才站得起来。而沤牛叔为人老实,从不克扣牲口粮,所以牲口喂得强壮。

裴义的那个饲养室,是五间土坯房,中间堆着草料,两头的饲养间里,槽头上拴着高大的黄牛、黑马和骡子,共有二三十头牲口。牲口顿着蹄子,不时喷鼻喘息,发出咳咳的叫声。山区的冬季格外寒冷,饲养室里生了一只小火炉,加上牛马骡子呼出来的热气,比家里暖和一些,小春亮有时晚上就到饲养室来跟父亲睡。

1975年9月14日,新华社曾经报道,全国"一亿只广播喇叭连接千村万户"。当时,偏远山村也家家户户安装广播小喇叭,农民早上听时事新闻,中午和傍晚听评书。连裴寨小学的孩子们,一放学也往家里跑,去听小喇叭里刘兰芳说《岳飞传》。

那年冬闲,公社所在地的张村生产大队,请来了一班民间说唱艺人。夜幕下的张村街中间,点燃了明晃晃的大汽灯。开场鞭鼓炸响了,仿佛一蓬黑色礼花绽放在黑色的夜空。一把坠胡先拉了起来,咿咿呀呀的弦声古朴而苍凉;女艺人又来了一段暖场的河南坠子《小姐俩摘棉花》……这时,说书人凛然登场,手中的醒木啪地一拍,开腔说了一出《严海斗》。虽与广播上的刘兰芳不能比,但一口豫北乡音抑扬顿挫,口若悬河,舌灿莲花,把清官海瑞与奸臣严嵩的一场正邪之争也渲染得历历在目,一会儿暗流涌动扣人心弦,一会儿剑拔弩张荡气回肠……

团团挤在周围的农民观众们,有的坐在高马扎上,有的坐在矮凳上,不怕冷的脱了棉鞋垫着屁股坐在地上,更多的人在场子后边站成一道弧形的厚厚人墙。大伙儿听得如痴如醉,到了精彩处,齐齐地仰头爆出一声好,喷出的唾沫星子在灯光下腾起一团热雾。说书人越发卖力,铿锵激越,一气呵成,直至道出最后一句"且听下回分解"……就这样,一回接一回,一晚接一晚,百姓们在张村街上听了足足半个月。

没想到这时,饲养员裴义竟然成了裴寨村的"刘兰芳"。

裴义不识字,言语木讷,说正事说不好,然而一到说书,脑筋火力全开,记忆超强,口才也好,听一遍就能依样开讲……其实,裴义这根本算不上说书，只是像裴寨人说的"喷故事"。他喷起故事，也从来不会眉飞色舞，但是章回连贯，有板有眼，也引人入胜。他最爱讲也最拿手的，是《岳飞传》《武松打虎》《小八义》《水浒传》……

秋收时，玉米棒子堆在打麦场上，生产队组织社员挑灯夜战剥玉米。后半夜，留下看场的几个人席地坐在苇席上，听裴义"喷故事"，那一口苍劲的嗓音在星空下回荡："——话说汴梁城里，清官周义全家一百零三口，被绑缚法场斩首，只有他的儿子周景隆和周夫人，被御林军秘密放走……"

村里的饭场，更是裴义的主场。每到饭口，人们端着面条或稀粥走出家门，在树荫下的空地上蹲成一圈儿，一边吃饭一边听"喷故事"。饭吃完了，空碗搁在地上，还蹲在那里听得入神……入冬后，第三生产队饲养室里最热闹，屋外北风呼啸，屋里炉火正红，妇女们纳鞋底，老人们抽旱烟，在裴义"喷故事"的声音里，娃娃们睡着了，干脆就在他的床上一觉到天亮……

村里人听裴义讲了《潘金莲与西门庆》，逗他说："沤牛叔，西门庆成好人了？"裴义怒喝道："×娘！好人？他要是好人，哪还有坏人哩！"

有一天，生产队放工的路上，裴义戴着草帽、扛着锄头走在人群里，出一个谜语让大伙儿猜："天不知地知，你不知我知，手不知脚知。"大伙儿乱猜不着，他抬腿亮出脚底板儿，原来，谜底是他布鞋底上磨出的那个窟窿。

春亮从记事起，从未见爹与人拌嘴生气。但是，爹为了他疼爱的小儿子，会立马变成怒目金刚。一次在古井边，刚学挑水的春亮，挑着水桶走上井台，一群大孩子来拽他的扁担；看他摇不动铁轳辘，还起哄嘲笑他。爹不知从哪儿扑了过来，高声一吼，把那群小子吓跑了。

还有一次，春亮十来岁时，邻村一支娶亲队伍，吹吹打打从裴寨村街上路过。按当地风俗，街边人家可以拿出板凳挡挡路，让响器在门前多吹一会儿。可春亮在自家门前放板凳时，响器班的人吆喝起来，还一脚踢翻了板凳。爹当即怒了，拦住娶亲队伍大吵一架。

春亮十一二岁时，在生产队帮工，犁地时牵牲口，耙地时压耙。耙上蹲着两三个小孩，顺着田垄拖起一路泥尘，孩子们一个个虽然灰头土脸，却非常开心……爹慈祥地看着小儿子，草帽的阴影下绽开了满脸笑纹。

大年三十放鞭炮，春亮买不起，就去捡炮捻儿没点着的残鞭，没想到，残鞭在手心里爆炸了,把他的手炸得黑青肿胀。爹心疼地用粗糙的手掌捧起他的小手,又不敢揉搓,轻轻地嘘气吹着,捧在心口上暖着……

裴义家的儿女慢慢大了,古井前街的小三间住不下了,就搬到了老村西边。新邻居们记得,这里的三间堂屋是捶棚,比古井前街那边大不了多少,每到下雨天,还得上房盖塑料布,接漏雨的水盆里叮叮咚咚响半夜。

春亮的母亲李秀英,聪敏能干,骨格硬朗,个性刚强,目光里总是含着一种温和的坚毅。春亮从小就感到,妈就是一辈子干死干活,从地里收工回来,经常浑身被汗水湿得透透的……春亮说妈脾气不好,那是因为在人生厄运之下,一个企望尊严的女人总是处于无休无尽的挣扎之中。

如今,裴寨村的贤良长者回忆,在乡亲们的印象中,李秀英待人和气,不论谁去她家,都是满面带笑,街坊邻居都愿意跟她说话,她说话也有分寸,是操家虑事的一把好手。

有天晚上,裴寨小学的裴训老师到她家做家访。临走时,李秀英不好意思地叫住裴训老师,问道:"您有报纸吗?向您寻一点儿报纸中不中?"裴训老师问她找报纸做啥用?李秀英指指破纸透风的窗棂,说:"想用报纸糊糊窗户。"第二天,裴训老师就把一沓报纸送到她家来了。

春亮的小学班主任李素珍老师,平时见李秀英喊婶儿。她说:李秀英心灵手巧,干脆利落,行事果断不窝囊,有话才开口,说出的话总是让人心里好受。

李秀英只有在女人堆儿里,才会流露出一些脆弱。

晚上,裴义住在生产队饲养室,李秀英常去后街的原凤英家,两人一边纳鞋底,一边说说话。分手时,小胡同里黑咕隆咚,原凤英胆子大,总是把个子比她还高的李秀英送回村西,听李秀英闩好屋门,隔窗问她:"躺下了冇?"李秀英回答:"躺下了,你回吧。"原凤英这才回家。

到了年关,要烧地锅蒸杂面窝头,可家里没柴禾,李秀英为难得坐在院子里哭。别的人家,会偷偷刨生产队集体的树,或者搂生产队的玉米秆;裴义和李秀英夫妇都本分老实,不动集体一草一木……后来,还是街坊邻居匀给她家一点柴禾,才蒸了窝头……

李秀英对儿子春亮影响最大的,是她的深明大义、心地善良。她见不得可怜人,只要遇到都要帮一把。一位外地人逃荒要饭经过裴寨村,李秀英宁愿让自己的大儿子喜亮饿着，也舀出锅里最后一碗热饭，端到讨饭人手里。

李秀英经常对春亮说一句话："有饭送给饥人，有衣送给寒人。"

裴义家四个儿子，老大喜亮身材适中，面目绵善，不善言谈，性格驯顺，只有他的性格随爹；老二福亮高中毕业，个子挺拔，口齿伶俐；老三秋亮的性格，嘻嘻哈哈的，也活泼外向。

儿童时代的裴春亮。

裴春亮（前排右一）和童年小伙伴。

最小的春亮，儿时留下了两张照片。一张是个人照，这个七八岁的山里娃，长圆脸盘，脑门特别大，细长的眼睛里神采飞扬，嘴角弯弯一副笑模样，精瘦的身架叉腰挺胸，傲视着面前的世界。

另一张照片，是春亮与小伙伴的合影。小伙伴们的表情都很庄重，只有蹲在前右的春亮不安生。他上穿海魂衫，下穿哥哥们传给他的宽大旧裤子，趿拉着破拖鞋，蹲在地上还使劲踮起脚尖，仿佛振翅欲飞。

小春亮生长在泥土窝里，却天生爱清洁，再穷也讲究衣着。他最喜欢的，是那一件短袖海魂衫，穿脏了，妈给他洗洗，有时邻家嫂子帮他洗洗，刚一晒干就又穿上身了。他回忆童年："长到十几岁了，没穿过一双新鞋，没穿过一身新衣裳。因为我排行老小，穿的都是哥哥们穿过的补丁摞补丁的衣裳，还有乡亲们接济的旧衣裳……"二姑家表姐的二儿子，有一件蓝色中山装，上面四个假兜儿，洗得发白不穿了，送给了小表舅春亮。春亮穿上太大，一直拖到了膝盖下边，他自己还觉得很洋气。

一村之长

新中国"最美奋斗者"裴春亮和乡亲们的脱贫攻坚路

那时候，村里穿得起洋布衣服的人不多。地里收摘一点儿棉花，村妇们纺花织出粗布，然后缝制出全家老小的衣裳。棉布毕竟不结实，特别是棉袄，孩子们一跑起来，棉花就从破洞里跑丢了。

那时候，买得起鞋的人极少，全村几百口人只有几双解放鞋、雨靴、胶鞋。农户一大家子穿的布鞋，全凭主妇和闺女们手工缝制。裴寨小学的同学们，平时光脚丫，到冬天，春亮穿的是哥哥的旧布鞋，其他同学也都穿哥哥姐姐的鞋子，有黑的，有红的，太大了就掐住后跟缝几针……袜子更是不敢想的奢侈品，脚太冷了，就往鞋子里垫棉絮或羊毛。可怜村里几只羊，羊毛都被薅秃了。

大雪天，贫寒的山村披上了白雪的轻裘，雪幕里的村街犹如童话一般。春亮和小伙伴们裸身穿着光筒棉袄，在雪地上嬉闹打雪仗；雨后，前街大水坑里涨满了水，他们纷纷拔下自家门口竖嵌的木门坎，把木板扔进水坑里，穿个小裤头趴在上面凫水；暴雨中，他们在半山坡上堆筑泥坝，囤积从坡顶流下来的雨水……春亮至今嘴唇边的一道小疤痕，就是当年在坡上抢水时，被小伙伴扔的石子砸破留下的印记。

春亮这个"孩子王"，自小就有一种禀赋，"与人交往，其乐无穷"。当地流传一句谚语："没有千里朋友，耍不起万里威风。"

春亮的生命元气充沛，话多，点子多，胆大，一身精力使不完，而且正直仗义，不沾别人的光，还照顾同伴，因此有威信。小伙伴们在他身边扎堆儿，比他年龄大的孩子也愿意听他的号令。有时，春亮去常村镇万桑村姥姥家、杨闾村姨家走亲戚，后面也跟着一队扛木棍枪的小伙伴，雄赳赳，气昂昂，行进在下沟上坡的村路上……

春亮经常手拿皮弹弓，布腰带上别一把木头疙瘩枪，和伙伴们舞枪弄棒，在村街胡同里呼啸来去。探险冲锋时，跑在头一个的是他；捅马蜂窝时，第一个上前的也是他……而小伙伴们最兴奋的事，是晚上成群结队，到公路"七中坡"下面的部队驻地，去看打仗的电影《南征北战》《小兵张嘎》《地道战》《地雷战》……

他们经常玩游戏，"雏鸡翎砍大刀""老和尚受罪""指星星弯腰"……满村捉迷藏还不尽兴，又爬上高高的大柿子树，谁也不许下去，让一人蒙上眼睛，在树杈之间捉迷藏。

到了年关，闲下来的大人们也跟孩子们一起疯。农历腊月二十九，古井边上搭秋千架，木头横梁不好借，人们就找来铁杠，安装了轴承滑轮。大伙儿为争上秋千而笑闹打架，有的坐着荡，有的站着荡，呼悠，呼悠，乡下人的浪漫，好像飞到了云彩眼儿里。

农家的孩子，一到七八岁就不能吃闲饭了，天天放学要去打猪草。小伙伴们干活也不误玩耍，只是有时玩过头了，一看天色已晚，猪草才打了半筐。为了回家蒙混过关，在筐底用小棍儿支起猪草，做出满筐的假象，又弓腰装作吃力的样子，把猪草背进家门……

贫穷和闭塞，限制不了乡下孩子们非凡的想象力和创造力，穷山村的童年照样可以充满欢乐……所以，春亮这一代人当了爷爷以后，觉得如今小孩子们埋头玩手机、玩电脑，太没意思。

裴寨村的孩子们，在村里搞的破坏骚扰也不少，而大部分恶作剧都是为了疗饥。

春亮从四岁起朦胧记事，最强烈的记忆就是饿。无论父母怎么省吃俭用，家里还是吃了上顿没下顿，"吃粮靠救济，花钱靠补助"，不到过年吃不上肉，平时很少吃上馍，妈给过他一小块柿子面饼，都让他至今难忘。

他家的茅厕后边，是邻居裴清旺家。裴清旺比春亮大十几岁，勤劳能干，是村里时光过得好的人家，有时还把馍分给春亮吃。有一天，春亮趴在院墙上，悄悄地看清旺家里人喝鸡蛋汤，金黄的蛋花儿搭在碗边了，用筷子捞起来送进嘴里，这一幕让春亮馋涎欲滴……

所以，春亮带着同样饥肠辘辘的小伙伴们，像一群小狼满地找食儿。村里谁家有果树，就遭殃了，青枣、青桃、青杏、青葡萄、青苹果酸涩得龇牙咧嘴，孩子们也扫荡一空……老村主任裴永家的那一棵苹果树，每年都等不到果实长大长红，树下面的苹果摘完了，孩子们又爬到房顶上去够树巅上的苹果。

村西小水库边，菜园子里种着茄子、黄瓜、冬瓜、豆角。每次偷菜的时候，春亮都观察周围形势，一看被人发现了，吆喝一声："跑——！"几个小伙伴拔腿就窜，绕一圈子，又在别处聚齐分享"战果"……这群小吃货的经验是，紫茄子配生大葱最美味。

四、灾祸接踵而至

晨光熹微，村里开门声响得最早的，总是春亮家。邻居们瞧瞧窗纸上透出的蒙蒙亮，在被窝里说："沤牛婶又早起了。"

这个家庭里，儿女们都勤快，连年纪最小的春亮，也信奉"天天起早，发家致富"，每天黎明即起，从来不睡懒觉。

可是，裴义一家仍旧摆脱不了贫困。裴寨村里，一家比一家穷，但最穷的还是裴义家。提起裴义家，三里五村的人不约而同地叹息："裴义家，咋不知道呢？知道！苦人啊，老穷人出身，死去活来！"

裴义家所在的第三生产队会计裴清贤回忆："那时候，生产队年底结算，一个劳动日只挣8分钱。后来搞副业，一个劳动日才涨到5毛钱。裴义一家负担重，张嘴吃饭的多，能挣劳动日工分的少，分粮食就少，年底还要向生产队交钱，才能分足口粮。"

裴义家老大喜亮，只上了两年小学。他是个实心眼，十三四岁当了生产大队的电工，每年收电费时，社员家的灯泡有的10瓦、有的15瓦，他算不清账，总是把钱和账本一股脑儿交给大队支书和大队长。电工掌管的绝缘胶布，他也视为公家财产，有人喊着"喜亮叔""喜亮哥"向他讨要，他从不多给，只从胶布圈上撕下来一拃长给人家。大队干部们喜欢喜亮的老实听话，大队有一台14寸黑白电视机，由他拿钥匙负责管理电视……喜亮也是经历过生死的人，在大队挖白土井时差点送命，被大十来岁的裴清生救了出来。

老二福亮，高中毕业后在生产队开过拖拉机。村里人夸他是一个有文化的能干人，他对教过自己的老师特别尊敬，平时喜欢看《射雕英雄传》《虾球传》等电视连续剧。

老三秋亮，是一个瘦削的虎小子。秋亮只读到小学毕业，就去附近一家小煤矿下井当了矿工。第一生产队的裴水山，与秋亮是小学同班同学，秋亮经常照顾水山。几年后，水山再见秋亮，他因为整天在巷道里弓腰挖煤拖筐，脊背上被磨得血迹斑斑，才十几岁，腰都累弯了……水山的父亲裴清德在送大儿子参军后，看裴义家的日子实在艰难，曾说过："沤牛叔，把你家老三或老四给我吧，叫我帮你养个……"

这个赤贫之家，眼看老大喜亮、老二福亮都该说亲了，可是儿子四个，破房三间，相亲是"老大难"……而在农村，家境越是贫穷，求亲越要花高价。

裴义和李秀英只得先委屈女儿玲儿，为了家里省一份口粮，早早送她出嫁了。出嫁那天，一身红衣的玲儿，看着面前的四个弟弟，想到再不能朝夕相伴疼惜照顾他们，忍不住哭得梨花带雨……

邻居马春英热心做媒，给喜亮提过亲。她记得清楚：那年农历八月十六，女方要来裴家相亲了，姑娘是邻县人，面相不错，耳垂大大的，还是高中生。李秀英忙着准备接待来客，让刚从煤矿下班回来的老三秋亮去里屋待着。那位姑娘进屋时，喜亮正蹲着洗鞋，害羞得转身脸儿朝里，不敢说话。两人不知聊了多久，秋亮忍不住从里屋钻了出来："我下煤窑两天没吃饭了，也没人管我啦？"……那位姑娘走后，给媒人马春英回话："姐，我如果跟他过，他家老二、老四把俺蒙死了俺都不知道。"

那段时间，混吃混喝的媒人骗子，知道裴义家急于说亲，竟找上门来骗亲。春亮当时还小，亲眼看着一个男媒人来到家里，坐在当门正位上，作势给大哥喜亮说媒。李秀英招待媒人，端上了家里最好的炒菜和玉米面烙饼。那媒人嫌不是白面馍，没吃两口，就走到门口，把泡在汤碗里的玉米面饼呼啦呼啦拨到了门外……那一幕，春亮至今提起都恨得咬牙。

生性要强的李秀英，为儿子的婚事受尽屈辱，整日焦虑悲伤。小春亮和妈睡在一张床上，半夜里，常常被妈压抑的哭声惊醒。窗外的月光，映照着妈脸上的泪痕，她望穿茫茫夜空，无从找到厄运的根由，只得归咎于自己一家的无能，仰天哭告："老天爷啊，我咋养了一群窝囊废呢……"

改革开放以后，农村实行家庭联产承包责任制，分田到户，农民都感到轻松和高兴，再也不用像在生产队干活那样磨洋工了，地里粮食打得多了，不再忍饥挨饿了。

一村之长
新中国"最美奋斗者"裴春亮和乡亲们的脱贫攻坚路

裴义家的村西小院里，加盖了小东屋，老大喜亮娶妻。裴家的这个大儿媳人品温良友善，也很能干，是割麦子的一把好手。对公公婆婆也孝敬，每年春节正月初一和十五，都蒸包子给公公婆婆送来。她与喜亮的感情也很好，生了海霞、海红两个女儿。

老二福亮也盖了婚房，娶妻成亲。因为结婚比较晚，福亮对来之不易的小家庭十分珍惜，每天拼命挣钱，还买了一台27码四轮拖拉机跑运输。毕竟是读过书的人，讲究生活情调，过年在房间里添置了收音机、挂钟、玻璃镜框、鸡毛掸子，亮晶晶的满室生辉。儿子文山出生后，日子更加满足……

全家的生活总算慢慢好起来，日子有奔头了。

却没想到，突然有一天，命运对裴义一家发起了猛烈的袭击。家里仿佛中了魔魇，灾祸一个接一个，呼啦啦的天都要塌了。

春亮记得，那天一大早，他照例拎着墨水瓶做的小煤油灯，到裴寨小学去上早自习。那一间低矮的教室门朝西，他看见里面正热闹呢，可当他一踏进教室门，喧哗戛然而止，所有目光齐刷刷地看着他，周围忽然寂静得可怕——这是咋回事啊？他心里迷迷糊糊的，离开学校往家走，半路上就听到了远远的哭声。晓雾迷蒙的大清早，一种不祥的预感，飓风一般向年幼的他横扫而来，他拔腿就往家里跑。跨进院子，看见妈正坐在屋门口呼天抢地痛哭，街坊邻居都在，有的沉默，有的陪着抹眼泪。人群中的李记兰，与李秀英是娘家同村的同年姐妹，她哭着拉起春亮的手："孩子，赶快往你妈跟前来……"

原来，三哥秋亮在井下挖煤时，不幸触电身亡了，才17岁的三哥啊！

乡亲们初闻噩耗，不忍贸然告诉秋亮的家人。一大清早，邻居经过他家门口，李秀英像平日一样笑着打招呼，邻居却不敢停步，支吾道：家里的猪跑出去了，要去撵猪……不一会儿，裴义的近门本家、第四生产队会计裴清信来了，把老大喜亮、老二福亮从家里叫了出去。

李秀英看着他们的背影，双手颤抖起来，警觉道："不对，咱家出事了……"

一个活蹦乱跳的青春生命，出了家门，就永远消失了。煤矿上只赔偿了700元钱，草草了事……秋亮的遗体没有回家，送到南枣坟地，葬在了抗日战争中牺牲的英雄大爷裴信的脚头边。大爷没有后代，就让秋亮陪伴伺候吧。

春亮的小学班主任李素珍老师，遇见李秀英，两人一起掉泪。李秀英念叨着："咱命不好，时运不好。孩子如果是有病，咱不给他看看？这好好的……孩子在那煤窑底下是拿命撞的呀！"

春亮稚嫩的目光，第一次直面死亡。然而，他没有看见三哥的遗容，总觉得三哥还没走。在他心中留下最大阴影的，是调皮的三哥写在公路边张村公社供销合作分社山墙上的一句玩笑话："裴某某 ×××"……当时，三哥嘻嘻哈哈地蘸着墨汁在墙上写字时，春亮就在跟前。多年以后，那碗大的字还在墙上隐约可见。

春亮想不到，从最年轻的三哥开始，还要面对一次次的死难。

全家人从悲痛中还没完全缓过劲儿来，又到了一个年关。腊月二十四这一天，按过年风俗是"二十四扫房子"，同时，家家户户也在准备磨豆腐、蒸馍、赶集、贴门神，裴寨村中一派热闹喜庆的气氛。

忽然，福亮的小姨子骑车匆匆赶到裴寨村，告诉春亮，他二哥在常村镇贡山头石灰厂出车祸了。

本来，再过六天就是大年三十，福亮干完这最后一趟活儿就可以歇工过年了。他开着拖拉机到贡山头，正在山坡上装石灰时，拖拉机忽然往下溜车了。他急忙去追车，上车时，棉大衣的下摆卷入了车轮，他被拖到了地上，拖拉机从身上碾轧过去……

春亮十万火急赶到辉县医院，因为没有交入院费，二哥福亮还躺在门诊部门前的石板上。春亮扑过去喊二哥，二哥答应了一声，发硬的胳膊抬了抬，眼中满是求生的渴望……春亮身上只带了几十元钱，惶急之中，猛然想起沙锅窑村一个女孩在给这个医院的医生家当保姆，春亮急忙找到这个女孩——可是晚了，当医生把福亮收入病房时，才20多岁的福亮脉搏停止了跳动。

春亮拉着二哥的棺材，一路洒泪呼唤："二哥，顺着这条路，咱回家啦，二哥！"家住常村镇古章村的姐姐玲儿，得知二弟出事的消息，急忙骑车往娘家赶。快到裴寨村头，大老远一眼看见棺材，她从自行车上一头栽倒在

一村之长

新中国"最美奋斗者"裴春亮和乡亲们的脱贫攻坚路

地下。

裴寨村的乡亲们都跑到村口，围着福亮的棺材唏嘘不已。裴义和李秀英夫妇一向人缘好，老三秋亮前脚走，老二福亮又出事了，村里人谁不可怜，谁不心痛啊！

李秀英一见老二回家了，哀嚎着扑到他的身边，抚摸他的脸庞和尸身，哭得鬓发披散，死去活来……老三秋亮在煤矿触电身亡时，这位母亲还能勉强咬牙支撑，此时，她整个人都瘫了。

裴义又一次白发人送黑发人，在老二福亮身边也哭得肝胆俱碎。

儿子是爹妈的心头肉，两个儿子年轻轻的接连惨死，爹妈咋还能过呢？心性刚强的李秀英，一时间觉得天塌地陷，她被横暴凶残的厄运压垮了。这噩报不知起于何方，也不知应该归罪于谁，愁云惨雾纠缠着她，弥天蔽日，不见出路……

三弟、二弟相继亡故以后，老大喜亮变得更加沉默。他经常头晕头痛，认为是感冒虚火上头了，疼痛难忍时，就要妈用做针线活儿的大针在他额头和耳根上扎几针，挤出几滴乌血，还拿出一把生谷子用凉水喝下发汗……有一天，村里邻居眼睁睁地看着，喜亮挑了一担水，从房子转角走过来，忽然身子摇晃了几下，歪倒在地上，水桶滚出好远，水漫洒了一地——喜亮中风了，才30多岁就偏瘫失语了。

福亮、喜亮出事以后，他们的妻子不愿再随一叶苦命之舟漂流了，相继改嫁和出走。

裴寨村民叹息："当时裴义一家的灾难，无论发生在谁家都没法办，简直没有一点翻身的余地。"

裴义原本七口之家，此时，小儿子春亮就这样成了唯一的顶梁柱子。

春亮小小年纪，就经历了连大人都难以承受的劫难——整个裴寨村里，三哥秋亮留在墙上的字迹，二哥福亮在村口停棺的地方，大哥喜亮哑然跛行的身影，在在处处，触目都是伤痛，他就在这一丛伤痛之中长大……

恐惧，有用吗？怨尤，去怨谁？退缩，往哪退？……一连串的命运劫难中，一次又一次的猝然打击下，春亮最重要的蜕变，是肩膀变硬了，脚跟变硬了。而他的一颗心，可以说因为不断抗击重压而变得更硬了，也可以说因

42

为深知人间疾苦而变得更软了。

他从不轻易触碰心底那一个温软的角落，那里面，埋藏着当年父母和五姐弟其乐融融的往事：

春亮七八岁时，将近年关，参加辉县水库大会战的大哥喜亮，冒着严寒回来了。不善言辞的大哥，专门给小弟带回了一顶崭新的翻毛皮帽。小春亮惊喜不已，戴上帽子就往街上跑，去向小伙伴们炫耀，真神气，真暖和。

二哥福亮也会疼小弟春亮，他是全家学历最高的人，总是带着一副聪慧的笑容，给小弟讲新奇的知识，讲电视连续剧里的精彩故事。

三哥秋亮与小弟春亮的年龄最相近，平时，只要小弟受人欺负吃亏，三哥一定会冲上前，甚至不惜大打出手，他就是罩着小弟的那个保护人。所以在他死后，春亮再遇到别人欺负，还常常会习惯地回头寻找那个后盾一般的身影："三哥！三哥呢？……"

五、一个葬礼的恩典

风烛残年的裴义，终于像一棵老树，在轮番的雷殛下断折了。

那年初夏，他下地割麦子回来，突然像大儿子喜亮一样，中风偏瘫卧床不起。身边能指望的，除了妻子，只剩下了小儿子春亮。

春亮曾经是一个好学生。他刻苦好学，从一年级到四年级，语文、数学考试成绩都在班里前三名，还作为尖子生代表裴寨小学到张村乡参加月考……

不过，因为家中接连遭难，到五年级时，他的学习成绩直线下滑。后来，进了张村中学读初中。

家住常村镇沿村的郭学印，比春亮小一岁，与春亮是张村中学的同学。学印每天从沿村出来，顺着公路走两三公里，先经过裴寨村，再走两公里去张村中学，所以，常常在路上与春亮相遇同行。

学印记得，春亮的衣服上总是缀着补丁，鞋也经常露出脚趾头，但是，

一村之长

新中国"最美奋斗者"裴春亮和乡亲们的脱贫攻坚路

这破衣烂衫包裹着的，却是一个激情少年。春亮背着书包，一路上总是精神抖擞，一边踢着路边的石子，一边眉飞色舞讲他心中远大的理想抱负……

但到初中二年级，在这条村路上，在那个中学里，激情少年的身影蓦然消失了。春亮与老师和同学不辞而别，在跨出校门的最后一刻，头也不回，心中既有不舍的悲凉，更有不屈的倔犟……他辍学了，妈也没问他，母子俩心照不宣，这学是永远上不成了。

大哥和爹相继病倒以后，春亮和妈一起，把一堆碎片的家重新拢起来。

他每天拼命找机会挣钱，起早贪黑地干活。下地割麦时，手被锋利的镰刀划破了，鲜血淋漓，留下一道伤疤。回到家里，除了照顾大哥，照顾没爹没娘的三个侄儿侄女文山、海霞、海红，更要照顾爹，喂饭喂水，端屎端尿。爹卧床太久引起便秘，他手指头垫上塑料纸，帮爹掏大便……

更难的是，没钱给爹看病。家里已经贷款150元，这一笔债是头顶的一座山，也不知何年何月才能卸清。春亮看见，妈一坐下来就扳着指头念叨，借过谁家几块钱，借过谁家多少粮……

愁眉不展的母子俩，不得不经常商量出去借钱。去亲戚家吧，大舅是姥爷捡回来收养的，二舅家里也穷，大姑膝下无子，二姑父死得早，三姑眼睛不好……而且向这些亲戚已借过不止一两次了。

春亮只得求助村里的街坊四邻。每去一户，人家一看你进门就知道是来借钱的，次数多了，人一见就害怕。人家即便能拿出一些钱，但估计你还会有下一次，也不知你日后能不能还上……所以，人穷志短啊，伸手借钱的尴尬，春亮小小年纪就尝尽了。那时有人能给他一个笑脸，就是莫大的幸福。

春亮后来感叹："从小我是一个不幸的孩子，也是一个幸运的孩子。"让他感动的是，每当他们一家濒临绝境，乡亲们穷帮穷，都是能帮一把就帮一把。春亮但凡张口，街坊四邻三元两元甚至块儿八毛的，从没让他空手而回……他手头一有点钱，就用平板车拉着爹去医院看病。

生活中常常是"大病致贫"，而裴义一家既贫且病，贫病交加。一口巨大的黑窟窿，挣来一点钱，借来一点钱，都像细碎的雪花，飘进去就没影儿了，永远也填不起来。

有一天，春亮正在村南"十四亩地"锄草，一个帅小伙子骑着摩托车来到地头，向他推销一种中药包，说在锅里蒸热敷在身上，可治中风偏瘫，一服药28元钱，7服药一个疗程，保证见效……春亮也是"病急乱投医"，掏出身上所有的钱，先买了一服药，回家给爹蒸热敷上，没起任何作用，后来听说那人是一个骗子……

那年农历七月，卧病已久的裴义咽下了最后一口气。临终前，原生产队会计裴清贤来过他家，坐在床前，跟他说了一会儿话。本来就视力不好的裴义，此时更看不清了，裴清贤帮他舀了半碗稀饭，他摸索着接过来，艰难地喘息着说："俺记得，记得你的好……"

"爹，爹——！"春亮扑到爹的床前，扑通一下跪倒在地。在他面前，这个劳苦了一辈子、憋屈了一辈子的身躯，已经彻底松弛下来了，一双怕见光的眼睛永远闭上了……春亮握着爹冰凉的手，泪水哗哗流淌，可耳边响起的，却是爹"喷故事"的铿锵声音："话说岳飞，埋伏牛头山，大破金兀术……"

春亮和姐姐爬到捶棚顶上，伏地痛哭，朝着阴云密布的天空，为魂灵还没走远的爹喊魂儿："爹——回来吧！您回家呀，爹——"春亮泪眼朦胧俯瞰脚下，刚刚下过一场雨，屋舍破旧，树木瑟缩，胡同里满是泥泞，村子在凄风苦雨之中飘摇。

裴义的灵前，大儿子喜亮、小儿子春亮、女儿玲儿戴上了重孝，几个孙子孙女也跪在地上，额上勒着白布条，腮上的泪痕抹成了花脸。

裴义去世报表以后，按照旧俗，到了第三天，春亮的舅舅等亲戚到齐了，来为裴义钉棺封门。可进院子一看，哪有什么棺材？裴义的遗体，还是头朝外、脚朝里，干挺在堂屋当门的草铺上没法入殓……家里无力置办木料打棺材，春亮还在钻窟窿打洞四处想办法。

李秀英的鬓发又白了一层，深陷的眼窝里，一滴泪都没有了。终于，她把春亮和玲儿叫到跟前，强忍悲痛，对春亮说："孩儿啊，你伺候爹几年了，也不算愧对你爹。不行就裹一领苇席，把你爹软埋了吧，旧社会这事儿多得很……"

春亮和玲儿放声大哭！一向听话的春亮，涕泗横流吼道："不中！妈，爹咋能这样走啊?!"

一村之长

新中国"最美奋斗者"裴春亮和乡亲们的脱贫攻坚路

　　尽管穷人家有过软埋的先例，但在春亮看来，这也等于把全家打入了万劫不复的深渊——爹在冰冷的地下，怎么入土为安？一个把亲爹软埋了的不孝之子，怎能算是一个男子汉？十里八乡的人说起来，他怎么抬得起头，他一辈子又怎么看得起自己？他这个小儿子该当家立势了，他承担不起这份罪过，他怎么能够答应?!

　　一连三天，村里乡亲们已到裴义家里吊唁过了，却还一直或近或远地围在他家院子外面，唏嘘着，议论着，越来越为他家着急担忧。

　　村里德高望重的白发老人，把春亮叫到跟前。按照风俗，戴孝的春亮，由一位懂礼仪的长者领着，每见一位亲戚和邻居都就地跪下磕头。春亮给白发老人恭敬磕头，老人拉起他说："亮，去找找村干部吧。"

　　春亮万般无奈之际，第一个去找的是裴永。

　　裴永是一名老党员，人民公社时期当过裴寨生产大队长，又是裴寨村第一任村主任，因为年龄到站已经退下来了。他身材硬朗挺拔，神情从容笃定，有声望、有人缘，性格温和宽容，村里无论谁到他跟前说话都能说响了，连两口子吵架也找他评理。

　　裴永的小儿子裴晓峰，小名孟群，与春亮是同年发小。他们小时候，裴永骑车去卫辉医专看病，自行车两边的荆篓里，一边坐着小孟群，一边坐着小春亮。从没坐过自行车的春亮，一路兴奋得和孟群一起又蹦又叫，自行车辙在路上扭来扭去，裴永微笑不吭声，载着孩子们的欢乐用力往前蹬……

　　戴孝的春亮，穿过曲曲弯弯的胡同，从村西来到古井前街，在裴永家大门口跪下。裴永正好出来，春亮趴在地上磕了个头。按辈分，裴永比春亮还低一辈，他连忙把春亮拉了起来。

　　春亮第一次面对可以倾诉的人，努力忍着不哭，讲了家里准备把爹软埋了的难处。裴永的眼圈红了，这几天他一直在关注裴义的丧事，觉得这事村里该管。

　　裴永教春亮："到这时候了，你去找找支书裴清泽吧。"

　　春亮家住村西，裴清泽家住村东，过去没多说话，也没打过交道。春亮心怀忐忑，来到了古井东北角那个家门口。裴清泽小名七斤，春亮站在大门外喊了一声："七斤哥！"

七斤嫂李梅英正在院子里忙活，闻声从门里探出头，一看是春亮，忙朝北屋窗户里喊了一声。

裴清泽从屋里走了出来，他中等个子，身材单薄，面色冷静含蓄，下巴留有短胡子，最突出的是脑门，额头特别宽大，中间有点谢顶，两侧头发留得长，更显出了脸盘的瘦削。他曾经入伍当兵，一身旧军装一直穿到死。这是一个有主见的人，平日不苟言笑，不显山不露水，只将一切看在眼里藏于心中。

春亮趴在地上磕了个头，起身说："七斤哥，请你去说事儿。"

这是春亮全家的最后一线希望了，春亮尽量忍住哽咽，憋得胸中作痛。他陪裴清泽在胡同里一边走，一边说家里的难处……裴清泽一听到"软埋"二字，脚步突然停了一下，脸色陡然变了，拍拍春亮的臂膀，说："别怕，有村里，有组织上呢。"

"组织上"——春亮头一次听到这个名称，"组织上"是谁？

裴清泽踏着泥泞来到裴义家，穿过院子内外的人群，走进屋里，进门就对李秀英说："沤牛婶，如今都啥时代了，还像旧社会一样，把沤牛叔软埋了?!"

李秀英霎时泪如雨下，身子一软瘫坐在丈夫身边，叫了一声："亮他爹啊!"她用力拍着丈夫的遗体，几天来第一次放声恸哭。

裴清泽当场拍板："婶子你别哭了，天塌了还有大家哩。沤牛叔的丧事，组织上给你管!"

组织上! 春亮的热泪哗地涌出来，像一个终于遇见大人的伤心孩子，毫不掩饰地抽泣起来。

为穷人救苦救难的"组织上"啊!

原来，这世上还有一个"组织上"! ——"组织上"很大很大吧？"组织上"很高很高吧？……对党组织最初的想象和认识，打下了刻骨铭心的烙印，春亮在亲身葬父这一刻，认准了一个事实：党组织是帮穷人的，党组织是为老百姓办事的，共产党好，共产党亲。不知不觉之间，他的心中从此有了一个敬畏而又依恋的怀抱……

裴清泽去公路西边，命人刨了村集体的两棵桐树。村里裴清贤开了一个木匠铺，安排几个壮劳力连夜拉大锯，昼夜加班打棺材。在裴义去世第四天后半夜，桐木棺材完工了。

裴义入殓时，没有像样的衣服，李秀英只好让丈夫穿着一身旧衣裳走。正在帮忙办丧事的党员们一听，说："沤牛婶，这不中！"党员们你掏一元、我掏两元，凑钱给沤牛叔置办了一套寿衣。

春亮一边淌眼泪，一边把寿衣给爹换上。他跪在草铺前，再看一眼那张安静的面容，为他抚平崭新的衣衫，说："爹，组织上送你，收拾齐整了，走吧！"

街坊四邻为料理裴义的后事当帮手，李秀英自然要管饭，可是家里没米、没菜、没柴禾……裴清泽看在眼里，对大伙儿说："谁家有啥，这儿缺啥，别让春亮再到处碰头了，都送来齐了。"

很快的，有人抬来一口大铁锅，来帮忙的人带来了白面、玉米面，邻居们送来了萝卜、白菜、南瓜，大娘和嫂子们还推来了一车柴禾，在院子里做起了地锅饭……

就这样，"组织上"和乡亲们，给了老实人裴义一个体面的葬礼，拯救李秀英一家于水火之中。

李秀英满心的感激，都在对小儿子春亮的殷殷叮嘱里了："孩子，记住啊！咱家穷，全村没人下看咱；咱到了难处，没求人家，人家都来帮咱。乡亲们对咱家的好，你千万要记住！这些事你一点都不能忘，这些人你一个都不能忘。妈老了，这大恩大德以后能不能还上，全家可就指望你了！"

春亮虽然两手空空，但对母亲的点头，就是最郑重的承诺——放心吧，妈！您就算不说，儿子也懂。结草衔环，肝脑涂地，我会报恩的！

春亮不幸中的大幸，是在人生的最低谷，认识了什么是党组织、什么是党员，体会了什么是乡亲、什么是大爱，明白了什么是恩深似海、什么是恩重如山……那一刻，他绝处逢生，懂得了人间最深刻的道理，奠定了人生最重要的根基。他的人生初心，在心田扎下了一束最深最壮的根须，埋下了信仰和誓言的种子。

裴义去世后，家里的最后一劫，也没有放过李秀英。那一天，心神不安的春亮等来了姐姐玲儿的电话，陪妈去医院看病的姐姐，哭着说："医生说，妈得了食管癌。"

春亮如雷轰顶，半天说不出话。患难之中他对妈感情最深，含泪咬牙说："不中！咱这个家里，没了爹，不能再没了妈。"

李秀英治病的希望，就在与辉县相邻的林县。20世纪70年代初，河南林县被确定为食管癌高发区，林县县委书记杨贵的汇报，引起了周恩来总理的重视。北京日坛医院、北京阜外医院、中国科学院生物物理研究所、北京中医研究院、河南医学院、河南中医学院、安阳地区医院等医疗队，一时云集林县，在城北姚村建立了食管癌诊疗基地。

春亮立刻动身，把妈送到了林县食管癌诊疗基地。李秀英把老二福亮留下的孤儿小文山也带在身边，祖孙俩住不起旅店，就一天3元钱租住在石棉棚里，条件艰苦得很。

春亮在村里挣点钱，每周给妈送到林县。李秀英放疗烤电，一次交5元钱，如果多给医生1元钱，每次就可以多烤一会儿电……春亮在林县打听到一个民间偏方，说是烤干的壁虎可以治食管癌。于是，偏瘫失语的大哥喜亮，拖着半身不遂的病身子，夏夜在灯光下蚊虫最多的地方，用塑料瓶扣墙上的壁虎，一晚上能逮一二十只，烤干后捶碎，让妈喝下治病……

李秀英在那几年里，丈夫去世，两个儿子丧命，一个儿子偏瘫，两个儿媳出走改嫁，自己又患癌症，手里还拉扯着孙辈孤儿孤女……但是，刚强自尊的她，牙齿咬碎都不肯发出一声呻吟，坦然地对儿子春亮说："咱家已经都这样了，还有啥过不去的？"

裴寨村的乡亲们，仁义厚道，怜贫惜弱，也不会让这一家老小独挡风雨。

联产承包分田到户以后，裴义一家共有十多亩地，都在沟壑之间，其中在大东地有两块，在西地大沟边上有一块，南地也有……家里劳力少，地里的春种秋收，特别是割麦子、收玉米时没有车拉回家，全都是靠乡邻们帮忙。村里帮过春亮一家的乡亲，很多很多，数都数不过来。

热心的街坊四邻，还经常给李秀英家送来一些吃的穿的；几个孤儿孤女在村里，走到哪家吃到哪家，进到谁家谁家心疼……文山至今记得，小时候，他去村里同学家，大人们总是找出他能穿的衣服，披在他身上，让他穿回家；平时自己家里吃肉少，去同学家看到肉丁炒大米饭，馋得直咽口水，那家大人盛了满满一碗饭端到他手上，他一口气吃了两碗……

春亮和没爹没娘的侄儿侄女，就是这样吃百家饭、穿百家衣长大的。

破碎家庭的孩子，就像涸泉之中的一群小鱼儿，相濡以沫。海霞和海红渐渐懂事了，十来岁就会照顾偏瘫失语的父亲。她们和文山互相帮扶着，到村东古井上摇铁辘轳，一条扁担把井水挑回家。

当然，孩子心中也有一些凄伤挥之不去。

小文山拿着镰刀，跟奶奶一起下地干活，最累的时候，直起腰来望着村子，想起无忧无虑的小伙伴去钓鱼了，自己还在庄稼地里干活；春节前夕，小伙伴跟着父母进城买衣服，小文山独自黯然神伤。

小海红看着别的小女孩在妈妈怀里撒娇吃零食，半夜躲在被窝里啜泣。

小海霞的性格活泼一些，喜欢小伙伴的木头枪，可是父亲偏瘫不能给她做。

那年年关，老村里热闹起来，左邻右舍的孩子们收到大人买的新年礼物，那漂亮的玩具把小海霞迷住了，她一回家就闹着也要买玩具。

愁绪万端的春亮，被小海霞缠闹着，眼看已到除夕，债台高筑，一家老小怎么过年？他气急之下，打她了一巴掌，小海霞哇哇大哭。李秀英搂住孙女，责怪春亮："当叔的，心恁狠！"

春亮的眼泪差点掉下来。

改革开放以后的农村，广大农民的日子不断走向富裕安乐，春亮一家遭遇的惨痛灾祸，大概只是一个独特的个例。

可为什么，上天要对春亮如此严酷，将这一个山里娃摁在命运的磨刀石上，逼他经历这一番锥心泣血的磨砺，逼他完成这一场脱胎换骨的历练？——也许正是："天将降大任于斯人也，必先苦其心志，劳其筋骨，饿其体肤，空乏其身，行拂乱其所为，所以动心忍性，曾益其所不能。"

第二章

改革开放时代的成长基因

一、村口小剃头匠

20 世纪七八十年代之交，农村成为中国改革开放的前沿，全国推行家庭联产承包责任制，调动了农民的生产经营积极性，极大地解放了农村生产力。

不过，也衍生了一个现象——在太行山区，因为分田到户，各个家庭农活多了，需要帮手；乡下人那时对文化知识也不重视，培养孩子"不以学习为目的，只以干活为目的"。所以，那一茬的高中生、初中生辍学的比较多，学历普遍比较低。

家境苦难的春亮，更早失学，更早踏入社会。这个两手空空的"无产者"，无论朝哪个方向走，面前都是一堵墙……然而，少年饱经磨难，练就了一副像骡马一样能够压载的身心。世上还有什么比从前的日子更不容易呢？他什么都不去计较，也感觉不到哪件事难了，反而一路走得洒脱。

穷人的孩子早当家，穷到了哪怕有一线希望都不放过。春亮心眼活泛，机灵有眼色，遍寻机会见缝就钻。在村里人的眼中，这孩子是"七窍玲珑心"，"人小鬼大"。

春亮到本村一家砖瓦窑厂打小工，十几岁身板太嫩，老板不收他。他缠着老板，说只干 2 个月。老板松口了，要求他一天干 12 个小时，每月工钱 30 元。

春亮成了砖瓦窑厂的小电工，看管水泵推电闸。他上班早，下班迟，做事干净利索；而且，眼里有活儿，不惜力气，一看天阴了，马上帮着用板车推砖坯，用塑料布盖砖垛。后来拉砖坯，别人拉一车，他拉半车；有的人恨载，装车太满拉不动，他总是帮忙推车，所以很招人喜欢……

不过此时，这个机灵鬼儿，其实已在暗中准备逃离了——整天搬砖有啥意思？他想，最好是学一门手艺，艺不压身好糊口。

这个时期，裴寨村青年中最新奇的事，是天天晚上听收音机。改革开放之初，沿海吹来的热风拂暖了太行山，山区青年也躁动起来，人人想干点事，可是山村信息闭塞，只有从收音机里找门路。那时，当地电台播送的广告中，最热门的是技校的广告。

正是从收音机里，春亮得知还有一个电机维修专业。他观察周围乡村，用电机的越来越多，就在裴寨村这一带，不仅煤矿、耐火材料厂使用电机，连磨坊、豆腐坊也用上了电泵、电磨、电碾。他打定主意，去安阳一家技校学习电机维修技术。

改革开放以后，春亮是裴寨村最早一批走出去学技术的青年。一穷二白，逼出了丰富的想象力，总能窥见有利的机会；也逼出了大胆的行动力，凡是有利的机会总要试试——这种"想象力＋行动力"，从此伴随他的人生。

春亮在砖瓦窑厂干满 2 个月，老板看他干活踏实，工钱从每月 30 元涨到 40 元，他挣到了人生第一笔收入 80 元。

一回到村西的家里，他就去找前院邻居小拉儿，向他借 50 元钱。小拉儿是个会挣钱的小能人，会修收音机、复制磁带，还会用木头雕刻各种玩具……他拿出 50 元钱借给春亮，说："你去学吧，回来以后跟我干！"

春亮揣着 130 元钱去安阳，怕妈说他瞎想点子，便瞒着妈出发了。

山里娃头一次出远门，两眼一抹黑，不辨东西南北。从辉县坐汽车到新乡，换乘火车时，本该向北去安阳，他却坐反了方向，向南到了郑州，结果又折返北上……好不容易，寻到了安阳的这家技校，电机班招收五六十名学生，课程是学习缠电机里的漆包线，学期 3 个月，学费 120 元，还要缴书本费和生活费。

春亮兜里的钱不够，去找老师，老师让他找校长，校长同意他先缴一半学费 60 元。可是，才上了十几天课，校方就来催他补钱，他不想上了，校方却说已缴的学费不退，他只好硬着头皮回家借钱。

返家的一路上，他都忐忑不安，害怕妈会责骂他。现在他是妈唯一能指靠的支柱啊！

在春亮不辞而别的十几天里，李秀英不知儿子去哪儿了，也不知他去干啥了，又急又气，坐卧不宁。正在望眼欲穿的时候，儿子突然出现在家门口，她走到儿子面前，逼视着他……儿子告知实情，母亲的眼泪再也止不住了，她捶着儿子，抱着他的头哇哇大哭："中，中！养这孩子有志气！"

李秀英满村去给儿子借钱，两天只借到了30元……第三天凌晨，春亮醒来，看见妈还没睡，正在灶台上烙饼。玉米面掺白面的大饼烙了一大摞儿，还装了一塑料袋咸萝卜丝，打成一个大包袱。

天快亮了，妈把儿子送到村口。老村村口有充当公交车的拖拉机在等乘客，春亮爬上拖拉机，妈把包袱递给他，叮嘱道："孩子，出去好好学，争点气，别让人家看不起咱……"拖拉机驶出好远了，春亮回头一看，妈瘦弱的身影还一动不动伫立在晨光里，他鼻子一酸，泪水夺眶而出，发誓再也不让妈担忧，一定要混出个人样儿来。

到了新乡火车站，检票员要求包袱办理托运，可春亮舍不得花1元钱的托运费。检票员打开包袱一看，全是烙饼干粮，就放过了他。

春亮回到技校，还是缴不够学费，又找校长。校长交代老师：农村来的孩子，让他在技校打工吧。从此，春亮每天早上天不亮就起床，中午和傍晚提前下课，在学校食堂帮厨，饭后收拾桌椅、刷洗碗筷……就这样，坚持拿到了结业证。

校方看春亮勤快能干，留他在学校打杂、接送学生，他又干了十来天……就是在技校期间，家住安阳的一位同学邀春亮到家里玩，顺便送给了春亮一双袜子，那是春亮平生第一次穿上袜子。

春亮学了电机技术，回村却被泼了一瓢凉水。农村的电机维修生意，并没有他想象的那么多，而且大小电机有多种型号，维修技术并不简单。更何况，电机被用户视为宝贝，用坏了，也没人敢请他这样的新手来修……终于等到了附近一个厂家来修电机，春亮接了第一单100多元的活儿。他向对方保证一定修好，并答应等电机正常用满一个月再来结账。谁知，由于他的电线接头方法不规范，电机开动几小时又烧坏了……

"梦想还是要有的，万一实现了呢？"不过，寻梦的春亮，是折腾不起的，一大家子要养活，侄儿侄女要上学……眼下当务之急，只能寻找投资小、见效快、不赊账的赚钱生意。

所有生意中，不赊账的是哪一行？——剃头。

农村的老思想有忌讳，别的东西都可以赊账，唯有剃头不可以。谁谁剃完头了不给钱，他能说把自己的头赊在剃头铺里了？呸呸，不吉利！

从裴寨村西穿村而过的一段卫吴公路，已经变成了一条裴寨商业老街。

裴寨村的第一任村支书郭保清，早在 20 世纪 70 年代就开始布局，要求下辖的四个生产队，把饲养室、烤烟房全部从村里迁移出来，集中盖在了公路两侧……改革开放以后，生产队的耕地分了，牲口分了，闲置下来的饲养室和烤烟房，租赁给个人成了营业店铺，形成了一条热闹的裴寨商业老街，成为张村乡和杨间川的一个商品集散地。

有一位姓冯的四川剃头匠来到裴寨村，租下商业老街西侧一间生产队的烤烟房，开了第一家理发店。冯师傅的手艺好，每天理发的人排长队。

一天晚上，春亮趁冯师傅刚收工，来到理发店，向冯师傅请求拜师学艺。

收徒弟，抢生意，不明摆着培养对手吗？冯师傅没拿正眼瞧他，门都不让他进。

春亮没有气馁，他认定，人心都是肉长的。

第二天清早，冯师傅来理发店开门，发现店门口昨晚已经见底儿的大水缸里，大半缸清水在荡漾。他正在惊诧，一转身，清晨的霞光里，春亮颤悠悠挑着一担水，微笑着向他走来。

理发店离不了水，而且用水量大，店门口的大水缸里，每天至少要保证挑满四担水。可在裴寨村，几百口人吃一眼古井的水，到了旱季，井水常常打不满桶，只能等着井水慢慢渗积，因此，挑水成了理发店里繁重的头份活儿……而春亮从这一天起，不声不响承担了这一重任。他每天凌晨三四点钟就起床，去古井边排队挑水，到早上理发店开门营业之前，保证把水缸挑满。然后，在店里扫地、换煤球、烧热水、洗毛巾，一刻也不闲着。中间稍有机会，就悄悄窥看冯师傅的理发手艺。

整天忙着理发的冯师傅，始终板着个脸，其实心肠也软。一二十天后，终于绷不住了，他被春亮的决心和诚意打动，长叹一声，收下了这个徒弟。

这时，陕西作家路遥的长篇小说《平凡的世界》正风靡全国，更激荡着北方农村青年的心灵。在裴寨村里，阅读小说只是有高中以上学历的那些人的爱好和专利……春亮没有读书的福分，但他的经历，正应了《平凡的世界》里的一句话——"我认为，每个人都有一个觉醒期，但觉醒的早晚决定个人的命运。"

春亮的人生起步，没有一本教科书，没有一个启蒙师，但在对冯师傅的第一步小小征服上，就显露出了这个山里娃了不起的情商。

"人心都是肉长的"，这一句俗语大白话，人人会说，却未必人人会用。人心所向，一切难题都可以迎刃而解。人心既是肉长的，就会有情感也有理智，有温度也有力量，有规律也有弹性，有坚持也有变化，有需求也有拒绝，有光明也有阴影，有心理性也有生理性，有所长也有所短，有所善也有所恶……

春亮以太行山人的诚朴天性，全心全意地去理解人心，尊重人心，体察人心，抚慰人心，成全人心，温暖人心……他凭借人生这一把"万能钥匙"，知人心而识人性，知人道而识世道。了解人家会咋想，明白自己该咋做，有诚意，有耐性，能包容，能化解，直接也好，迂回也好，拿捏得当，水到渠成，直至达成预期目标。

春亮成了冯师傅的徒弟，学起了理发手艺。他得意地举起刀剪，耍得咔咔响，胆大、心细、手巧，短短两个月就学成出师了……他后来说："现在想想，当初冯师傅不收咱为徒，也是应该的。学了两个月，我就感觉自己翅膀硬了，最后把人家的饭碗给端了。"

春亮一出师，就在离冯师傅理发店一百多米的公路斜对面，一年10元租金，租下了原来第四生产队的一间饲养室。

剃头、修脚、唱戏，过去归入"下九流"。春亮却想得简单，咱一不偷，二不抢，只要能挣钱就是好营生。

可是，春亮他二舅，嫌剃头丢家里人，说穷死都不能学剃头。春亮开理发店没有启动资金，跑了近20里山路，到轿顶山大姑家去借钱，大姑的家境还过得去，却让他空手而归……而且，大姑第二天还专门回了一趟裴寨村娘家，劝说嫂子李秀英："咱家再穷，也别干让人家看不起的事啊。"

李秀英是一个开明人，听了不由生气："孩子上山找你，你这当大姑的能帮就帮，不能帮也不该反对呀！你得相信我儿子有志气，不偷不抢能挣钱，就是好营生。"

大姑其实也是个慷慨人，当春亮二上轿顶山时，她掬出粮囤的谷子，给他装了满满两口袋；晒好的山核桃，给他装了半车。

春亮用平板车拉着这些山货，直接进了辉县城，来到南关街集贸市场。天已午后，好心的小商贩们往两边挤挤，给他腾出了一个摊位……一车谷子核桃卖了60多元，钱虽不多，也把事儿办了，买来了推头刀、剃头刀、滗刀布、磨刀石、剪子、梳子，还有烫发火钳。

春亮的小理发店开业了。它位于裴寨商业老街中段东侧的丁字路口，就在老村委会大院的旁边。不足15平方米的小店，十分简陋，但是墙外抹水泥，室内刷白灰，用报纸吊了顶，再贴上几张明星画报，还挺像回事的。

取名字，是春亮热衷的一项专长，他虽然连初中都没上完，在语言文字上却有天赋，取名往往借寓巧妙、音韵响亮……他抓起一把蘸满白石灰水的刷子，在小店门口刷刷写下4个大字——"亚美发廊"。这店名，让村里的读书人都觉得洋气。

噼噼啪啪！点燃一串三零鞭炮，"亚美发廊"开张大吉！

当年村里的小伙伴，也一个个长大成人了，都来道贺捧场。来店里理发的顾客，主要是过路人，剃一个光头3毛，推一个平头5毛。而裴寨村一带的乡亲们理发，算是固定客户，一人一年给店里二斤半粮食。

开业第一天，就挣了3元钱，春亮兴奋地庆贺首日告捷。当天晚上打烊，他一狠心，花5毛钱在商业老街上买了一只卤猪蹄，狼吞虎咽一口气啃个干净。他后来说："那是我一辈子吃过的最香的一只猪蹄。"

而春亮从第一步创业，裴寨村的父老乡亲就格外关注他，因为在全村的后生中间，数这个孩子家境最穷、负担最重，最让人牵肠挂肚。

乡亲们高兴地看到，"亚美发廊"生意兴隆，人气猛涨。春亮凭着头脑灵活，凭着双手勤劳，出头冒尖已是一种必然，很快的，就成了张村乡小有名气的青年创业"风向标"。他十分自豪："不谦虚地说，当时在杨闾川一带，我引领一帮男女青年学起了理发……"原本属于"下九流"的理发，当时在张村乡一带成了时髦的职业。

不过，更准确地说，还是"时势造英雄"。

春亮的青年起步，与改革开放在农村的纵深发展，恰好交织重合。他赶上了太行山乡的第一波创业潮头，赶上了裴寨商业老街的那一段繁盛光景。

一村之长

新中国"最美奋斗者"裴春亮和乡亲们的脱贫攻坚路

在河南省,有一个巩义市回郭镇,改革开放之初,被称为"中国乡镇企业的发源地",据媒体报道,"苏南模式""温州模式"都发源于此。早在"文化大革命"期间,这里的社队企业机械厂、化工厂、变压器厂、化肥厂、拖拉机站、油封厂、鞋垫厂、挡风玻璃厂、纺织厂等,就办得红火。1974年底,时任《河南日报》总编辑刘问世等人发表调查报告,毛主席做出批示。1975年10月,《人民日报》以头条通栏标题《伟大的光明灿烂的希望》推出报道,对全国乡镇企业起到了巨大的催生作用。

而裴寨村,离巩义回郭镇不算太远,观念开化也比较早。村民们骄傲地说:"在张村乡,俺裴寨村是一个人杰地灵的地方,脑筋比较创新。"裴寨人处处争先,参加辉县大工程没丢过人,率先发展工副业,还发明过浇地蒸汽机、抽水发电"呱哒机",连在张村乡拔河比赛也夺了第一名。

张村乡的地下资源,有煤层和石灰岩层。据《辉县市志》记载,从清朝年间,张村、杨圪垱村和相邻的常村镇沿村、万桑村一带,就有开办小煤窑的传统……改革开放以后,乡办、村办、个体办的煤矿、水泥厂、耐火材料厂、白土矿、缸窑,更如雨后春笋一般兴起,"小、土、群"格局,土法上马,遍地开花,"煤能挣钱就挖个煤,石头能挣钱就捣个石头"。

最先红火的是煤矿。在裴寨村一带,就开了好几座煤矿。

当时,一窝蜂来下煤矿"掘黑金"的矿工,多是来自四川、安徽等地的外省人。在煤矿兴盛时期,张村乡的外来人口占到了全乡人口的1/3……一条裴寨商业老街上,骤然热闹起来了,特别是到了矿口上下班时分,人流如织,摩肩接踵,满街飘荡着四川人、安徽人、湖北人和河南其他地市人的方言口音……

一时之间,裴寨商业老街上的景象,令人想起19世纪"淘金潮"中的美国旧金山。

然而,煤的气味中,也掺杂着一缕醉生梦死、及时行乐的气息。

旧社会有句俗话:"当兵的是死了没埋的,下窑的是埋了没死的。"下井采煤危险性大,何况是在设备条件低劣的小煤矿!可以说,这里掘出的煤是矿工拿命换来的,春亮的三哥秋亮就是一个悲惨的例证。

所以,矿工们每天能够活着升井,出于补偿心理,总是舍得花钱吃喝玩乐,以此忘却恐惧,贪享人世情味。特别是一些南方来的矿工,顿顿饭都无酒不欢、无肉不欢,管它过年能带多少钱回老家!

裴寨商业老街上,一时烈火烹油,白天市声喧腾,夜晚灯火通明。凡是矿工和煤矿需要的消费,卖百货的、开饭店的、卖肉制品的、卖菜的、卖油的、卖烟酒的、卖粉条的、开浴池的、开理发店的、开录像厅的、开歌厅的、支台球桌的、修伞的、卖蚊香的,还有修汽车的、卖轮胎配件的店铺,经销矿山材料、电器设备的门市部等,应有尽有。

而店铺最密集、人气最旺盛的,是老街最北头的十字路口。张村乡政府—辉县市区的公路,在这里与卫吴公路交叉;裴寨商业老街一开始,也从这里向南延伸,久而久之,"裴寨十字儿"成了裴寨商业老街的代称……十里八乡的男女老少,"有事没事儿,裴寨十字儿",都爱来逛街、购物、下馆子,或者一分钱不花,就来看矿工们的热闹……

裴寨村这个"坐地户",凭借天时地利,煤矿每年都给村民发福利。一些精明的村民,近水楼台,办起小型周转煤场,做起了以煤生钱的生意。

裴寨商业老街上的商户,终归都是农民,脱不了太行山人的实诚。他们与外地矿工,下力人与下力人惺惺相惜,互相熟络得像乡亲一样,各种口音混杂,有裴寨人学四川人的"啥子嘛",也有安徽人学裴寨人的"中,中!"……"亚美发廊"店内店外,顾客排成了队,除了本地乡亲,就是外地矿工,还有大大小小的老板。

"'村级'理发提供'城级'服务"——这是"亚美发廊"打出的口号。店老板春亮,干净利索,笑脸相迎,和气周到,活儿做得又快又好,还专门为老板们提供贵宾级服务,所以有不少"回头客"。

理发这一行,天生具有时尚因子,改革开放中成长的千千万万发型师,已成了一支追赶前卫审美的青年先遣队。春亮这一代山村理发师,也不再是传统剃头匠,天生爱美,又善于赶时髦,所以,女性烫发、男式烫发也流行起来,火钳烫头、烫发水烫头、染发等技术不断升级……当时的价格是,剃光头3毛,推平头5毛,烫头2.5—3元,染发3元。

春亮买回了一个带密码锁的红皮革箱子,每天挣的钞票都锁进红箱子。不过,春亮光挣钱,不爱数钱……小学五年级以前,他的数学学得不错,后

一村之长

新中国"最美奋斗者"裴春亮和乡亲们的脱贫攻坚路

来家庭遭难成绩下滑，就像如今的网络用语，"数学是体育老师教的了"。直到长大做生意了，也是只记大数字，不抠细账，不会舔着指尖点钞票，只任钞票一张张飘进红箱子里。

顾客理完发，鬓容一新，神清气爽，许多人想当场漂漂亮亮留个影。可在当时，整个张村乡连一家照相馆也没有，照相要去南边的常村镇上。春亮抓住这一商机，买回了一架 120 海鸥牌黑白照相机，把"亚美发廊"旁边一间旧房子也租下来，办起了张村乡第一家照相馆，又逢人宣传自己会修电机。他白天理发，晚上洗照片、修电机。

春亮修电机，靠的是在安阳技校学的那一点"三脚猫"功夫，难免捉襟见肘。有一次，他接的电机活儿，是以前从没碰到过的型号，为接线鼓捣了整整一晚上，怎么也修不好……他又不能让人知道自己技术不行，趁天还没亮，悄悄来到了村里的裴清印家，站在门口看见窗户里电灯一亮，就敲响了门。

浓睡未消的清印，在屋里粗声问："谁呀？"

"清印哥，我是春亮。"

"咋啦，兄弟？"

春亮在窗外告诉清印："电机接线接不好，来找你。"

"你回吧，我洗把脸就去。"

清印与朋友合伙开了一家电机维修店，他人好，帮春亮修电机尽量躲着人，不然传出去，对春亮的生意不利，自己也不好向合伙人交代……所以，他特地绕到隐蔽的猪场后面，悄悄拐进了春亮的小店，五分钟不到，就修好了电机。

"亚美发廊"生意好，春亮忙不过来了，从村里找来了比他大一岁的裴秋成当徒弟。

3 个月后，春亮对秋成说："从明天开始，店里收入'二八开'，每挣 10 块钱，你 2 块，我 8 块。"后来，随着照相、修电机的业务增加，师徒两人的理发收入分成不断调整，从二八开、三七开、四六开一直到对半开……理发之余，春亮还教秋成修电机。

秋成结了婚，生了女儿，日子过得恩爱和睦。秋成的家人高兴，为了回报，常去春亮家里帮着干些农活和家务，春亮也觉得有面子……可惜到

1992 年，秋成离开了"亚美发廊"，随他姐夫到上八里镇开山取石。第二年，秋成不幸被砸死在工地上。

后来，春亮又收过两名徒弟。春亮的一双巧手之下，爆炸式、燕尾式、刘海式等发型不断花样翻新，最多时一天理发挣了 200 多元。

渐渐的，"亚美发廊"成了一个"山村发廊沙龙"。店门口，自行车一摆一大片；店里面，添置了靠背椅，冬天还安装了棉门帘、煤球炉……不过，一切还是生意优先，当顾客爆满时，来聊天的朋友们就得让位，有的被春亮嘻嘻哈哈地轰走，有的自觉腾位子散去……

二、春亮和红梅的爱情

大凡身手潇洒的理发师，都容易招女子喜欢。

裴春亮和"亚美发廊"这一对名字，随着裴寨商业老街的名气，在杨闾川上不胫而走。春亮的身边，十里八村的女孩子，每天出出进进，巧笑倩兮，美目盼兮，也算红颜如云，繁花似锦。

但真正吸引春亮的，却是一位从未主动与他搭话的姑娘。

商业老街好似一根扁担，南头挑着裴寨村，北头挑着贾庄村。贾庄村姑娘们去辉县城，必经裴寨商业老街，常常顺便到"亚美发廊"来理发。其中有位姑娘，也来剪过头发，女伴们都叫她"小红"。

小红体态娇小玲珑，肌肤细嫩白皙，一双大眼睛目光流盼，未曾开口便已笑意盈盈。言谈举止之间，自然流露出一股精明豁达、慷慨决断的英气。

春亮也不知咋的，就是对这个姑娘有好感。从攀谈中得知，小红大名张红梅，也叫张洪梅。上裴寨小学和张村乡中学，她都比春亮高一届。

有天黄昏，轻柔的暮纱刚刚垂下，裴寨商业老街上的店铺陆续亮起灯光。"亚美发廊"的晚间顾客还没上来，一群男女青年照例聚在店门口，趁着一片夕阳余晖谈笑玩耍。

春亮忽然凑到红梅面前，问她："小红，谈对象了没有？"

一村之长

新中国"最美奋斗者"裴春亮和乡亲们的脱贫攻坚路

红梅粉嫩的双颊上，霎时飞起一片红云，羞涩地扭头笑了。又对春亮一扬脸，回答："没有！"

"那咱俩谈谈？"春亮嬉皮笑脸地试探。

红梅绷住笑脸，眼神也斜他一下，伶牙俐齿地嗔问："你，不是有人给你介绍了吗？山里边的那闺女！"

春亮连忙矢口否认，那个媒茬只是有人提过一句，没想到小红也知道了。看来，你小红也早在留意我春亮了。

"缘分到了，很快呀！"春亮事后感叹。

春亮和红梅，无论能力见识，还是性格脾气，都太相似了，不知不觉就相互吸引。这一对像孔雀一样骄傲的少男少女，就跟闹着玩儿似的处起了对象。两人都是初恋，不懂怎么谈恋爱，就是在热闹的"亚美发廊"里说说笑笑，但在男女大防上却很规矩。

家中债台高筑的春亮，哪是什么"孔雀男"，不过一个"草根男"而已。然而，家中没房，兜里没钱，他却有胆有心，穷困也不误谈情说爱。春亮的心理素质超强，愣是敢想敢干，而且，朗朗乾坤，铮铮男儿，他竟然没有一点自卑自屈的思想负担。

而红梅喜欢的，就是春亮身上这一股太行山爷儿们的豪放、强悍、机灵、洒脱的嘚瑟劲儿。

山村夏夜，年轻人没事干，电视少，信号差，还收不到几个台。所以每逢放映电影，就成了激动人心的乡村盛事。好在裴寨村一带煤矿多，各个矿上轮番放映电影也不少。

那天，裴寨村边扯起了一块银幕。暮霭刚刚降临，红梅和女伴们就都梳洗打扮齐整，早早来到了场地上，坐在那里等待电影开演……天渐渐黑下来，人声嘈杂的昏暗中，春亮忽然从人群中挤了过来，拉起红梅："小红，走！"

这是春亮第一次单独邀红梅约会。在周围女伴们惊讶的目光里，红梅一点儿也没忸怩，大大方方就跟着春亮走了。两人悄悄牵手，沿着裴寨商业老街一路飞奔，来到了与贾庄村交界的小桥头。十字路口上，一条小公路通向张村乡政府。

天上半圆的月亮，躲闪在云层背后，桥下没有清凌凌的水，路边没有红艳艳的花，但这就是一对恋人的花月之夜。青春年少的春亮和红梅，肩并着肩，漫步在小公路上，小鹿乱撞的两颗心贴得这么近，第一次郑重品尝着浪漫而纯真的爱情。

月儿在云朵之间穿行，周围的景物一阵儿明、一阵儿暗，红梅的心一阵儿慌、一阵儿暖。春亮却毫无拘束，面对四周黑黝黝的太行山野，谈起了他的理想抱负。虽然，他还不能清晰地预言自己将来发展的轨迹和蓝图，但红梅听懂了，春亮是希望心上人相信他会努力做生意挣钱，他一定能为她带来富足和幸福。

红梅告诉春亮，她高中肄业后，跟小姐妹一起到焦作市上过两三个月的缝纫技校，在舅舅家那个山前村开小裁缝店，可在山村接不到缝纫活儿。现在回到贾庄村，在家里用缝纫机给乡亲们做些衣服、沙发套等活计。春亮也听懂了，红梅是希望心上人相信她，她不是弱女子，独立自主，有能力，有担当，会成为做生意挣钱的好搭档，一起创造他们共同的美好生活。

从一开始谈恋爱，在红梅眼里，春亮就是一副猴儿急脾气。裴寨村那一位热心的大娘，曾为春亮的大哥、二哥当过两次媒人，春亮又找到她，调皮地央求："大娘，也给我做做媒呗。"

贾庄村里，媒人找上门来，张家才知道红梅已自由恋爱，红梅的父亲张合、母亲李秀荣一听就急了。

张合个子不高，微胖身材，从 18 岁开始当村干部，人民公社时期担任贾庄村生产大队大队长，后来担任贾庄村主任……卸任以后，他开了小煤窑，也是一位种地、养猪的能手，还是一名擅长木工、会做雨搭和防水工程的巧匠。

妻子李秀荣，勤恳务农持家，向来夫唱妇随。

他们本就舍不得宝贝女儿，而女儿谈的对象，竟然是裴寨村裴义家的小子！张合更加火冒三丈，十里八村这一带，只要一提裴寨村的裴义家，谁不知道他家穷出了名，谁不知道他家那几年过的不是人过的日子？从小娇宠的女儿，找这样的婆家怎么生活？

此时，红梅的爷爷张井有，这位 80 岁的原生产队老饲养员，悄悄地去

一村之长

新中国"最美奋斗者"裴春亮和乡亲们的脱贫攻坚路

了裴寨商业老街，走进了"亚美发廊"。

一进门，小老板就笑脸相迎，分外热情，原来红梅已经暗通款曲，告知春亮，她爷爷要来私访了。春亮使出了浑身解数，满屋子都是他殷勤的欢声笑语……爷爷坐在椅子上一声不吭，剃头、刮脸、洗头、吹风，春亮把老爷子伺候得熨帖周到。

爷爷花了两毛钱，一番近距离考察，回家说："那孩儿嘛，就是眼睛小了点儿，长得还可以，透精透能，不像裴义，一看就不是个老实孩儿。"

爷爷成了孙女婚事的支持者，但张合不为所动，仍然坚决反对，李秀荣也反复劝说女儿回心转意。而红梅只撂下一句话："反正我同意！"女儿本就和父亲一个脾气，父女僵持互相怄着。

热恋之中的春亮和红梅，隔三岔五聚聚。在"亚美发廊"里，春亮的徒弟秋成有一件花格毛衣，红梅来店里，见花格毛衣穿在了春亮身上，诧异地问："你连毛衣都没有？"春亮不好意思承认是师徒二人伙穿，红梅又发现："胳膊肘上还有这么大的窟窿！"

入冬气温骤降，红梅对母亲说，想去新乡市里玩玩。她一进新乡就直奔毛线市场，买了一堆毛线，有黛绿色的，有枣红色的。回家后，白天在火盆边，晚上在被窝里，巧手飞舞昼夜不停赶织毛衣，还把女同学叫来帮着织衣袖。

母亲李秀荣问女儿："这毛衣，是给你爹织的？给你爷织的？"

女儿不吭声，低下的脸儿红了，李秀荣轻戳一下她的额头："你呀！别人不知道，我还不知道你给谁织的？！"红梅暗暗高兴，听母亲这口气，是默认了她和春亮的恋爱关系。

短短四五天，一件黛绿色圆领毛衣、一条枣红色毛裤，就送到了"亚美发廊"。春亮穿上试试：咦，又漂亮，又合身！这是平生第一件毛衣，抚摸着身上柔软细密的毛线花纹，他感到自己正在蜕去贫陋的旧壳，整个人都开始拔节生长。

几天后，红梅骑车从"亚美发廊"门前路过，告诉春亮她要进城。正在理发的春亮，赶出来笑道："小红，给我买条裤子呗。"红梅开玩笑地伸出手："给钱！"春亮回到店里，打开红箱子上的密码锁，把钱全部交给红梅："给，

18 块钱，买巴拿马面料的，紧腿儿裤。"红梅嗔他："巴拿马布料的紧腿裤，要 20 多块钱呢。"春亮一副嬉皮笑脸："钱不够？不够你给我贴呗。"红梅笑着白他一眼，抬腿骑车走了，他又追上去叫道："小红，再给我买双手套啊，白色针织的薄手套！"红梅 27 元买裤子，3 元买手套，过后常拿此事与春亮开涮："18 块钱就想要一条裤子？"

冬至那一日，天寒地冻，红梅家东屋南头的厨房里，一家人正在围着火盆烤火，一个人突然推门进来了，是春亮！

红梅慌忙站起身，脸色涨得绯红，问："你、你咋来了？"

春亮嘴角弯弯地笑道："我不能来找找你？"

红梅的父亲生气地拉下了脸，母亲不知说什么好。爷爷缓缓起身，为给他剃过头的这位小老板带路："来堂屋吧……"

也就是这一天，在贾庄村里，红梅与裴寨村春亮的亲事传开了，街坊邻居们，尤其是近门本家，简直惊掉了下巴。

贾庄村与裴寨村几乎挨在一起，早已知根知底，对裴寨村裴义一家的凄惶时光，无人不知，无人不晓，因此，亲族四邻都不赞成这门亲事。从小在福窝儿里长大的小红，咋能去裴寨跳那个火坑哩？……李秀荣愁肠百结，把众人的看法转告女儿，一双泪眼看着她："小红，他家恁穷，你到时候咋办啊？"

过年时，春亮想去贾庄村给张家拜年，红梅的爹妈没有让他上门。

年后，春亮的姐姐玲儿回娘家，让小弟把对象叫来见见面。红梅第一次走进了裴寨村西那个破旧的院落，知道春亮家穷，没想到恁穷，她心里一阵发凉。

准婆婆李秀英，与红梅母亲李秀荣，名字相近。李秀英端详未来的儿媳小红，再看看儿子春亮，一个秀美，一个壮实，都正当最好年华，她满心欢喜，把 100 元钱见面礼放到了小红手里……如今红梅对春亮笑道："我总共就花了你家这 100 块钱。"

过了一年多，春亮和红梅准备成亲，婚期定于农历十一月二十六。

张合拗不过女儿，赌气不闻不问，把筹办嫁妆的一切事宜撂给了妻子。李秀荣恨不得把一颗心都掏给闺女，却不知怎样又能趁了丈夫的心意，陪嫁的物件拿起来放下，放下又拿起来……这时，爷爷说话了："既然小红自己同意这门亲事，大不了把咱家陪送给她一部分呗。"

可是，婆家的婚房在哪儿呢？

裴寨村西老院儿里，只有三间破捶棚，一座小东屋。红梅爷爷惊问春亮："你家没你结婚的房子？"春亮回答："有啊，在西边地基上盖就行了。"可他家老房子西邻只是一片空地，爷爷愣住了，春亮大大咧咧地说："盖呗！地里有树做檩条，家里有钢筋做窗户。"红梅到裴家一看，地里的树只够一根檩条，两根钢筋连做一个窗户都不够，她失望地对春亮叫道："你骗我！"

后来，还是到贾庄村刨了树，到张村乡弄来水泥，在裴寨村春亮家老房子的西侧，盖起了挑檐出厦的五间北屋。

房子盖起来了，却是家徒四壁，满屋只有一张床。过去老大喜亮结婚时，婆婆李秀英给老大媳妇打了一个六门衣柜，老大媳妇没要，用的是自己打的新三门衣柜；到老二福亮结婚时，老大媳妇不要的衣柜，老二媳妇更不要……此时，六门衣柜重新油漆一下，搬进了春亮的婚房。

红梅娘家添的陪嫁，沙发、梳妆台、写字台、缝纫机、洗衣机、自行车，把婚房装点得也不寒酸。

春亮办婚礼，钱是丈母娘给的；办婚宴，大米是用家里的玉米换的，猪肉是红梅爷爷提前一年养的猪，豆腐是红梅爷爷种黄豆磨的，连烧锅的柴禾都是红梅爷爷从贾庄村拉来的。

婚礼那一天，冰天雪地，贾庄村的娘家亲戚们都来裴寨村了，却冷得进不去屋子。婚房建得仓促，窗户还没来得及安装玻璃，只暂时拆些纸箱钉上。屋子里，地面结了冰，墙根结了冰凌碴儿，被子潮湿得只能和衣上床，席梦思床垫到第二年开春就发霉了……

然而婚宴上，红梅依然朗声欢语，谈笑自若。新娘子既然都不说啥了，娘家人和婆家人也开怀，热热闹闹喝喜酒，杯盏交错，苦中作乐。

谁知花烛之夜，还没闹洞房，讨债人就找上门来了。原来，婚前春亮家已欠了1700元外债，盖房又欠了900元工钱，现在泥瓦匠们堵门来要账了，包工头还是春亮的近门侄辈。

春亮气得想跺脚：鳖儿，咋能在你叔新婚之夜来要账啊！但是设身处地想想，他也能体谅，这都是太穷闹的，不穷谁干这缺德事儿呀！

红梅长这么大，不曾尝过欠债的滋味。没想到，新婚大喜之日，自己不得不把结婚的压箱钱、拜礼钱都拿出来还债；全部撒光以后，还欠几百元没还清。

这个新婚小娇娘，迎来了一个如此苦涩的婚礼——但这又怎样？在爱情的万丈光芒之下，任何阴影都已视而不见，笑盈盈的新娘子没有一句怨言。

裴寨村西老院子里，沉积多年的一团悲郁之气，被春亮和红梅的喜事一冲，渐渐烟消云散。

新房子和老房子，合成了同一个院落。五间婚房里，春亮和红梅住一头，李秀英带着孙儿小文山住另一头……阳光亮了，风儿暖了，满院子飘荡着文山、海霞、海红三个孩子的笑声。碎片似的一个家拢在一起，竟有了重生的意义。

裴春亮和妻子张红梅。

　　然而，真正柴米油盐过日子了，红梅这个小媳妇，才知道了"锅是铁打的"，终于明白了娘家父母的苦心……眼前这个家里，吃饭没粮食，种地没化肥，拉东西没车，侄儿侄女上学没钱，还欠着一屁股的债。饶是如此刚强大度的红梅，事后回忆那段日子，也叹息："有的时候，真的不想跟他过了！"

　　太行山人的性格，"男尚节介，女多劲烈"。春亮继承太行山男人的传统，豪迈粗犷，耿介磊落，在家里是火色色的大男子作风；红梅也秉承太行山女人的性格，刚烈要强，正直坚贞，不卑顺，不服输，凡事总想干得出色……而小两口的火爆脾气，一旦硬碰硬较起真儿来，就难免擦枪走火，斗嘴掐架。有一次，春亮和红梅饿饿急了，动手打起来，李秀英急忙上前劝解。婆婆护着儿媳，打了儿子几巴掌，把他撵出家门，儿子整整一星期没回家。

　　春亮的侄儿文山记得，小时候家里的基本生活保障，经常得靠贾庄村的婶婶娘家接济，粮食接不上了，就骑车去婶婶娘家带三五十斤白面回来。麦收之前，全家老小的口粮断顿儿了，红梅当时又正怀着头胎孩子，是80多岁的爷爷张井有，用独轮车推着白面口袋，一次次从贾庄村送来。

　　而就在那一年，爷爷去世了。他老人家走的时候，是多么放不下他疼不够、爱不够的孙女小红啊！

　　从婚后第一天起，春亮和红梅就一同打拼，起早贪黑，吃苦受累，扛起了这个负担沉重的大家庭……1700元的外债，加上其他欠账，在当时是一笔巨额数目。小夫妻俩拼命挣钱，第一年就还了一大笔债。后来，填上了这么大的债窟窿，也没耽误生意扩展。

　　直到结婚第三年，红梅才舍得花27元买了一顶白蚊帐。夏天蚊子多，入夜总得先点燃一把黄蒿，等草烟熏走蚊子才能睡好觉。现在，夫妻俩搂着孩子，钻进一袭空灵剔透的白纱蚊帐，感到无比的满足、无比的幸福。

　　有一件事，让春亮差点掉泪。那是红梅头胎怀孕时，正在害喜，裴寨村的小媳妇们叫上她，一块去杨圪垱村赶集。大冬天，看见集市上卖的胡萝卜，红得晶莹水灵，红梅心里馋这一口儿，可身上一分钱也没有，向人家借又嫌丢人……她回到贾庄村娘家，告诉了母亲，李秀荣拔腿就往杨圪垱村跑，可到了那里，集市已经散了……

婚后一年多，农历七月，红梅生下女儿裴帅，春亮当了父亲。婆婆照顾儿媳坐月子，娘家母亲也常来看望女儿……没料到，才出月子不久，红梅又意外地发现怀上了二胎。

按照当时的计划生育政策，山区农民家庭可以生二胎。只是委屈了女儿，从小没有吃上母乳。到第二年农历五月，儿子裴将出生了，姐弟两年龄只相差 10 个月。

春亮和红梅儿女双全，全家十分欢喜。然而，马上面临一个难题，生育二胎的夫妇要做绝育手术。

那个年代，由于国家人口形势严峻，计划生育成为基本国策，当时的政策是，提倡一胎，严格控制二胎，彻底杜绝三胎……每年 3 月 15 日开始春季大检查，9 月 1 日开始秋季大检查，各级领导动真格的了，实行计划生育"一票否决"，所以，从中央到省、市、县、乡、村层层都抓得很紧。

按照规定，春亮家已生育二胎，做绝育手术是必须的了。在这件事上，春亮没有太多的思想斗争，服从大局，执行政策，在他看来天经地义。他的这种观念，也是有传统渊源的，中原百姓自古作为皇天后土的子民，天然葆有一种正统立场，一种家国情怀。

春亮在裴寨商业老街上，可以天马行空，出奇制胜；但在裴寨村里，他一贯都听"组织上"的话。从小到大，凡是国家传达下来的政策，凡是村党支部、村委会要求各家各户贯彻的事情，从来都是规规矩矩地遵照执行，这是他的内心尺度，也是他的基本素质。

但是，结扎绝育手术，夫妻二人谁去做？在农村，做结扎手术的一般都是女人。尤其对于一个太行山村农民家庭来说，人们更会认为，男人的身子比女人重要，男人的面子也比女人重要，何况是一个正当生龙活虎年纪的青壮男子！

那天晚上，"亚美发廊"打烊后，春亮回到家里，红梅已搂着孩子睡下了。灯光下，春亮坐在床边，看着妻子在枕上刚刚睡去的一脸倦容，怀里的儿子还在吸吮着她的奶水……春亮胸中涌起一阵心疼和内疚：媳妇为这个负担沉重的大家庭付出了这么多，又刚给我生了一双儿女，怎忍心让她去开刀做手术？儿子还不满一岁，怎么能缺了母乳？

第二天，春亮主动找到村干部，说："俺家我来做吧。"

一个才23岁的年轻男人，主动做结扎绝育手术，无论当时还是如今，都令人觉得不可思议；当时在裴寨村，全村也只有春亮独一个——而他本是一个多么阳刚硬朗、奔放无羁的男子汉！

红梅记得很清楚，那天，裴寨村派了一辆三轮车，由专人陪同，送春亮进辉县市区去做结扎绝育手术……在妇幼保健站，直到春亮从手术室出来，陪同的人还不相信地问："……你，你真结扎了你？"

春亮坐着三轮车回到裴寨村，平时一起谈笑风生的伙伴们，看见他都心情复杂，不忍心开口，也不好意思问。村里人平时都知道，春亮做事有一股虎劲儿，没想到，他舍自己的时候也这么虎！

春亮回到家里，李秀英忙着给儿子做饭，红梅忙着给丈夫铺床脱鞋，谁都不提手术的事，眼中却是泪光闪烁。春亮躺在床上，伸展双臂，心里感觉一片坦然。

三、山乡创业弄潮儿

裴寨村史上，开始了一个群雄逐鹿的"春秋战国"时代。

全国乡镇企业蓬勃发展，张村乡一带的煤矿、水泥厂、耐火材料厂、白土矿，市场行情大好。因此，裴寨商业老街也迎来了一个鼎盛时期，店家生意普遍都好做，一代新人更是大显身手。

而春亮，无疑是其中一个"绩优股"。

当地人说，裴寨村的春亮，那孩儿虎得很呀！

裴寨人也议论，为啥跑在最前边的是春亮？

人们分析：春亮的成功，是因为过去实在太穷了，索性一切豁出去了，没有包袱，没有禁区，置之死地而后生。

村里老人说："俺记得春亮说过，'天天夜里，人家睡得怪得劲的，俺两口儿半夜 12 点以前就没睡过'……你说说，这样的人咋能不挣钱呢?"

总之乡亲们都认为，春亮的路子走对了。年轻人创业，有的能飞扬、不靠谱，有的能靠谱、难飞扬;而春亮是既靠谱又飞扬，硬是白手起家，自力更生，闯出了一片天地。

"亚美发廊"的顾客排队等候理发，到了饭口，春亮发现他们的吃饭成了问题;还有收山货的外地商贩，在张村乡一带转悠，也要落脚吃饭。

他来到辉县南关，在新建街找到了那一家最有名的烩面馆，买了一碗烩面 1 元 8 毛钱。吃完后，走进后厨间，在烩面大师傅面前放下 100 元钱，请他当场教会自己和面、甩面、煮面……回家后，兴冲冲地和好了面，烧开了锅，可是，面条甩出三寸长就断了，下到锅里煮成了一锅面糊涂。他只得再次进城，向烩面大师傅虚心讨教，原来自己漏掉了抹油醒面的环节，这一回老老实实取了真经。

"亚美发廊"门前，就着屋檐撑起四块石棉瓦顶棚，又开起了烩面馆，为顾客提供"理发 + 照相 + 吃饭"的"一条龙"服务。

红梅天天系着围裙，守在一口热气腾腾的大锅前下烩面。太忙的时候，春亮就让侄儿、侄女放学也来挑水和帮忙……后来，专门雇了厨师，烩面、凉菜配上"小平川"酒，再招两名服务员端盘子，生意更是红火。人多的时候，一天营业额达 400 多元。

周围的人们，都看到这一桩生意好，旁边又接连开起了二家烩面店，展开了竞争……这时，春亮想开一家正式的饭店了。

在裴寨商业老街中段的西侧，煤矿窑口对面的上佳地段，春亮瞄准了一块好地。那片地界上，足可以盖五大间门面房——这时的春亮，以他的雄心，以他的气魄，既然要做，当然就要做最大的，当然就要做最好的。

然而这个计划，远远超出了他当时的经济实力，手里还差着一大笔资金呢，怎么办? 而这时，春亮想出的辙儿，是让妻子去游说一下老丈人。红梅捣着他的额头，嗔道:"你呀，脸皮厚得像城墙角儿!"

红梅抱着儿子、牵着女儿，走娘家回到贾庄村。张合高兴地接过外孙，去看院子里栽的花树;李秀荣端出给外孙准备的吃食，摆在茶几上。

母女俩在客厅坐下，李秀荣看着女儿消瘦的模样，本就娇小的身材，体重只剩七八十斤了，不由心疼得很。正要问女儿近来过得咋样，女儿却讲起了春亮盖饭店的规划。李秀荣听不太懂，但女婿只要肯干，她也赞许地点头。

红梅却蹙起了眉尖，发愁地说："他肯干是肯干，只是还差着好些钱哩。"李秀荣忙问差多少，红梅怕吓退了父亲，只说还差 5000 元。

李秀荣把这话递给了丈夫。张合有商业头脑，也看出了裴寨商业老街上的门道，不由赞赏：年轻人有眼光，胆子大，女婿这主意是好主意！可这钱……

李秀荣忙说："咱家女婿说了，是借钱。"

张合给春亮捎去信儿，叫他来贾庄村一趟。春亮高高兴兴地来了，翁婿俩面对面坐在沙发上，张合拿出纸和笔："5000 块钱，打个借条吧。"

这是……怀疑我的能力？春亮脖子一梗起身而去："要打条儿，就不借了。"

丈母娘急颠颠追到大门口，也没撵上。张合也生气了，朝着女婿的背影叫道："借钱打条儿，这不很正常么！你怪啥哩怪？"

这时，红梅慢悠悠从里屋出来了，不软不硬说了一句："都是自家人……"

春亮得了老丈人 5000 元资金的助力，如虎添翼，盖饭店如期动工。但是，资金毕竟还是紧巴，为了省钱，他自己当起了小工。每天天不亮，就背着洋镐去山上挖沙；又像一头牛似的，一车一车地拉石头备料……

杨圪垱村的老板赵永杰，从小与春亮要好，见他的饭店盖得艰难，援助了一批钢筋。张合又出钱，帮女婿安装了饭店的铝合金门窗……

不久，在裴寨商业老街上，矗立起了一座高大气派的两层门面楼，整个张村乡最好的这座酒店，一时成为领衔的焦点——春亮为它起名"得帝德大酒店"。

"创业哪怕借钱，也得超前一点。"这个经营理念，贯穿了春亮后来的企业发展之路。

"得帝德大酒店"，坐西朝东，五大间门面，上下两层共 10 间，白瓷砖墙、蓝玻璃大窗户。一楼是大堂餐厅，花砖铺地，天花板上垂挂枝形吊灯

20 世纪 90 年代，裴春亮盖起"得帝德大酒店"。

和吊扇；南墙外梯上二楼，楼上是雅间，也兼卡拉 OK 歌厅，还放映过电影录像。

裴寨商业老街点燃了，沸腾了！"得帝德大酒店"雇用大厨，添置音响设备，白天门庭若市，晚上音乐鼎沸。裴寨村的年轻人，近水楼台，成群结队涌来，握着话筒唱卡拉 OK。十里八乡的时尚青年，也纷纷以到"得帝德大酒店"唱卡拉 OK 为荣耀……太行山下的农村青年们，在这里唱歌、跳舞、喝酒，睁开从贫穷困顿中醒来的双眼，宣泄着原始冲动而狂野无羁的青春。

同样年轻的酒店老板春亮，有时得闲，也会陪伙伴们一起，在震耳欲聋的金属打击乐声中，唱出一股浓浓的摇滚风……

20 多年后，到 2018 年 10 月，微信群"裴寨村大家庭"发布一条通知，向全体村民征集历史老照片。大伙儿纷纷响应，把保存的老照片发到微信群里。

一批发黄的老照片，就来自 20 世纪八九十年代的裴寨商业老街上。照片中的这一茬年轻人，是当时太行山区一群最嘚瑟、最时尚的农村青年。他们头上顶着像摇滚巨星"猫王"、迈克尔·杰克逊一样的波浪长鬈发，大鬓角，八字胡，戴着蛤蟆镜，上穿西装，下穿箍臀瘦腿喇叭裤，成群结队睥睨

一村之长

新中国"最美奋斗者"裴春亮和乡亲们的脱贫攻坚路

一切招摇过市……

此时的太行山区农村，已轮到年轻一代竞风流。当年裴寨村的"孩子王"，又成了裴寨商业老街上的领跑者，春亮仍旧带领一群好伙伴，成为改革开放的一代弄潮儿。

春亮的虎性，愈发显露出来。他是一个直性子，爱说个直理儿，血气方刚，路见不平敢出头。遇见城里来的人对农民和小商贩挑刺儿，他立刻挺身上前论理；遇见邻市一个无赖来找商户的麻烦，春亮和伙伴们扭住那人抛起来，呼哨一声扔进了路中间的水坑，在溅起的水花中哈哈大笑。

有一天黄昏，春亮从辉县市区回裴寨村，坐上了裴寨人裴水利开的"小公交"三轮车。同车的乘客中途到一个镇子下车，不付钱扬长而去。当地人都习惯了，这种不讲理的事，在这个镇子上已是常事。但是，春亮看不过去，跳下车一把抓住那人："你不拿钱？"拉扯之间，镇子里一伙人手执铁棍围了上来。春亮被逼到了墙角，一手抄铁棍，一手举石块，与对方僵持着，眼看寡不敌众……正在这时，去辉县火电厂上班的张村乡山前村人张套喜，骑自行车正好路过这里，朝春亮大喊一声："跑！"春亮扔出铁棍和石块，冲出重围，跳上自行车后座逃离了现场。那一群人骑上摩托车在后面追，追了一阵没追上，天也黑了，只好作罢。当晚，春亮就住在了张套喜的火电厂宿舍里，他担心：明天回家还要路过那个镇子，别让那一伙人再截住我了。于是，狠心花了5元钱，包了一辆带篷顶、烧汽油的东风三轮车，专门交代车主："路过那个镇子，如果有人要上车，可不敢停啊！"车主回答："中！你们打架的事我听说了……"

春亮的帅才，也愈发显露出来。他有经济头脑，点子多，眼光准，能力强，同时讲义气，重感情，顾朋友，热心帮衬接济伙伴。当年的一帮穷小子，一起玩到大，也都彼此信任团结。大家经常聚在"亚美发廊"里，围着卡式磁带录音机，一边哼唱邓丽君的爱情歌曲，一边让春亮在自己头上试验各种新潮发型。当然更多时候，是一起议论怎样挣钱，一起憧憬实现什么理想。

做生意当然有赔有赚。同伴回忆，春亮做生意也不是没赔过，有一次五金进货，被人偷走了，一下赔进去5万元，他只是没对旁人说罢了。

但总的来说，还是顺风顺水。自"亚美发廊"开始，从石棉瓦棚的烩面馆，到两层楼的"得帝德大酒店"；从夜里加班修电机，到开五金电料门市部、矿山配件服务公司……春亮数管齐下，综合经营，凡是选择的营生，做啥啥成，干啥啥兴。

"得帝德大酒店"里，本地开矿的煤老板，南来北往的生意人，推杯换盏之间无话不谈，"天上知一半，地上全知"……脑瓜灵活的春亮，在为客人点单斟茶之际，眼观六路，耳听八方。他利用这个得天独厚的平台，广结人脉，遍寻商机，又学会了挣"活钱"。

当时的太行山乡，电视机很少，广播也不普及，人们了解外界商品市场信息，多半是通过墙体广告。春亮有时坐在车上赶路，有时和朋友一起逛街，一扭头，看见路边墙上的广告，就留心记下来。后来成了习惯，随时随地记下广告，尤其是与煤矿、耐火材料、水泥行业有关的广告。晚上回家后，分为化工、劳保、五金、水泥四大类整理出来，商品型号、厂家地址、联系电话记了满满四小本儿。他凭借手里攥着的这一把信息资源，在商业老街上，在酒店里，逢到有企业或个人打听这些商品，他便把活儿揽下来。

为此，他专门买了一辆黄河川崎250摩托车，以备应急代劳。谁家机器坏了，他紧急帮人联系修理；谁家急用三角带、钢丝绳，他立马买来送到跟前。总之，从钢丝绳、三角带、木柱、水泥、石材、耐火砖，到小米、绿豆、白菜、大葱，他都可以帮忙代购代销……有一次，他独自一人背扛200个柳条帽，搭乘长途公交车，在车顶搬上挪下，累得大汗淋漓，一直背到了煤矿上，每个柳条帽比煤矿采购员买的便宜几分钱，从中赚个差价……

春亮成了当地有名的"万能人"，连一些企业采购员买不到东西时，也来找他。他的四个小本本儿秘不示人，只说："我来帮你买吧，你加个路费，我挣个辛苦钱。"于是，当地有了一句流行语："有啥找不着，就找裴春亮。"

春亮还到相邻的卫辉市太公镇陈召村，粉刷出了一块墙体大广告："买钢丝绳到得帝德，6895138"；后来又打出广告："要想发，安雨搭，请拨6895138"……

小煤矿需要一批放炮线，为了代购生意，春亮和同伴四处寻找生产厂家。同伴问过好多地方，有些泄气了，觉得放炮线生意又不大，找不到厂家就算了。春亮说:咱们找放炮线厂家,不仅为这一次,一旦与厂家谈成生意,就打开了一条门路……同伴终于打听到焦作市有货源,春亮带上他,坐长途公交去跑了一趟。到了焦作,春亮又想出一个鲜点子:何必花路费大老远地跑来跑去?给焦作的出租车司机100元钱,委托"的哥"每天出行顺便帮着找一找放炮线厂家,发现了通知咱们一声,不就行了!

那天午餐,进了一家湘菜馆,其中点了一盘干豆角蒸肉:哟,这么好吃!春亮问过店家,得知干豆角一斤28元,兴奋地对同伴说:"你婶儿小红种了好多豆角呀,咱回家也试验试验……"一到家,就摘了几十斤新鲜豆角,摊在平房顶上晾晒,谁知没几天就发霉了。后来才知道,人家菜馆用的干豆角,是煮熟脱水干燥的。

喜欢尝试新鲜事物的春亮,还鼓捣了一些小发明,比如,用猪板油做香皂,用黄豆油脂做轴承润滑油……

年龄比春亮小一轮的陈海文,记得十一二岁时,春亮叔请来技术人员,在裴寨村西一带做地质勘探,测量地下有没有煤层。海文和另外三个孩子,追在后面看稀奇,大人便要他们帮忙,伸手向哪个方向一指,孩子们就跑到那个地点当标杆,每次要跑上500—1000米,累得呼哧呼哧直喘气。跑了几天,春亮叔看孩子们辛苦,许诺带他们去新乡市,到最著名的新星剧院看一场电影……谁料,测量结束那天,春亮叔的脚突然崴了,脚踝肿得老高。孩子们的满腔热望像放气的皮球瘪了下去,可没想到,春亮叔喊司机把车开了过来,忍着伤痛,一只脚跳着上了车,带着孩子们一路欢笑一路歌,真的进了新乡市新星剧院看了一场电影——那天看的什么影片,海文早已忘了,但他记得,那是他平生第一次坐在正式的剧院里看电影,也是从春亮叔身上平生第一次懂得什么叫"一诺千金"……

在裴寨村这个创业大舞台上,春亮的伙伴们也一个个艰辛奋斗,脱颖而出。

与春亮同年的裴孟群,性情随和温良,初中三年级休学后,去亲戚家学杀猪,到张村乡食品站当屠宰工,还担任过食品站站长。后来,他买了一辆大货车,与姐姐家合伙,到新乡跑运输拉煤,生意渐渐做大,拥有了一支6辆大卡车的车队。又在春亮的"得帝德大酒店"南侧,开了一座加油站。

　　比春亮大 6 岁的裴龙德，品貌不俗，多才多艺，写诗、摄影、唱歌、唱戏、朗诵、打乒乓球样样都行。可高中毕业那年，因奶奶患食管癌，他不得不退学了。他觉得自己好似小说《人生》的主人公高加林，在院子的月光下吹笛抒怀，奶奶走到背后，一把将竹笛从他手中抽走摔在地上，从此浪漫梦断……龙德去了春亮三哥秋亮触电身亡的那一家小煤矿，下井当了矿工，终于挣钱盖起了婚房，成了家。后来他去郑州钟表修理学校上学，回来成了裴寨商业老街上的修表匠。春亮把自己那架照相机卖给了他，他又开了照相馆，兼营刻章……

　　比春亮大 5 岁的裴清丽，当过矿工，学过无线电修理，跑过运输。结婚后，先后在水泥厂和耐火材料厂上班，还办起了一个养鸡场。

　　比春亮年龄小一茬的裴龙翔，父亲当过中学副校长，家境不错，他读到高中二年级肄业了。从十几岁起，就跟着春亮"实习"，在一批年轻人中间，他玩着玩着开了窍，对辍学感到后悔了，又读了函授本科。他去新乡市学过技术，卖过服装，也承包过建筑工程……

　　那一年，春亮买回了一辆二手"桑塔纳"，开到裴寨商业老街上，伙伴们挨个儿坐上去体验体验。这时，一个卖肉商贩向春亮提出买他的摩托车。春亮没有同意，他想起了比他大一岁的裴水群，做生意赔了本儿……他说："这摩托车给多少钱都不卖，送给水群吧。"

　　在那个时期，裴寨村的年轻创业者们，先后买了轿车、吉普车、摩托车、拖拉机。一群朝气蓬勃的山村青年，开着心爱的座驾，仿佛骑着飞奔的骏马，疾驰在太行山下，多么神气，多么风光！

　　然而，"燕雀安知鸿鹄之志"，已是当地山乡青年创业偶像的春亮，忽然离开家乡，进了北京。

四、北京启蒙和第一桶金

　　1992 年邓小平南方谈话之后，东方风来满眼春。沿海地区率先涌起的

一村之长

新中国"最美奋斗者"裴春亮和乡亲们的脱贫攻坚路

市场经济大潮，也拍打着太行小山村。在辉县市的杨闾川一带，农民的脚步也纷纷迈出山乡，走南闯北奔市场了。

"得帝德大酒店"里，春亮天天接待南来北往的客人，新鲜奇异的各路信息，撩拨得这个年轻人心旷神飞，躁动不安。

人们说，在深圳特区，遍地高楼往上蹿，国贸大厦创造了"三天一层楼"的"深圳速度"，成为当时"中国第一高楼"；

人们说，北京、上海、广州等大城市，到处都是建筑工地，工程建设热火朝天。辉县出产的大理石、花岗岩，谁有本事销到那些城市，一定赚大钱……

说者无心，听者有意。

1994年，成为春亮的一个命运转折点。改革开放已进入第16年，一向敢为人先的春亮，怎么甘心窝在小山村的"一亩三分地"上？

春亮安顿好裴寨商业老街上的门店生意，交给妻子红梅打理，自己毅然闯荡到了北京。

那是一个飘雪的冬日，一个24岁的太行山青年，穿着厚棉袄，背着铺盖卷儿，站在北京的火车站广场上。这个广场上，像他一样的外地年轻人，已经走过去了成千上万。面前的北京城，仿佛一片涌动的汪洋，让他感到一阵微微的眩晕。都市的风吹过脸庞，比太行山的朔风轻柔许多，他却感到了一种别样的凛冽……异地他乡，举目无亲，两眼一抹黑，对于一个弄潮儿来说，他已从一条小河跳进了一片大海。他的心跳不由加快，这是山里人对未知世界的忐忑，但更多的是年轻人对新世界按捺不住的亢奋。

幸好已有老家张村乡的同学，先一步来到北京推销耐火材料。春亮投靠同学，一住下来，就抓紧了解北京石材市场行情。几个月后，他在西直门桥路西，以每月800元的价格，租下了一家汽修店的一间门面。

当时，春亮还没有营业执照，只好凭着老乡关系，联系到了新乡市一家石材公司，以给对方吃差额为挂靠条件，让对方承认自己是他们的业务员。所以，他挂出的招牌是这个公司驻北京办事处，经销的是河南辉县的建材产品，主要是大理石、花岗岩石材，也有水泥、耐火砖。

眼前的京城，已经不是裴寨商业老街了，站在"得帝德大酒店"台阶上的那种满足感，变得虚幻而渺小。张村乡的知名小老板，得从最卑贱之处做起。

他逢门就进，见门就钻，到处散发业务名片。人家一听外地口音，往往呵斥推搡，他不是被人拒之门外，就是遭人冷眼嘲笑。

他大冬天守在人家门口等结账，冻得脸颊刺痛，手脚麻木……

那时，春亮的交通工具，就是一辆旧自行车。做石材生意需要联系的客户，多是下午上班，因为办事路远，有时晚上赶不回店里住宿，他就把被子用塑料布一卷，绑在自行车后座上，再夹上几张报纸。白天骑车奔波联系业务，晚上就睡在马路边或立交桥下，铺盖在报纸上一抻就是床……有一次，他在立交桥桥墩下席地而卧，刚要睡着，忽然听到窸窸窣窣的动静，原来有人要推走他上了锁的自行车。他嗖地从地上爬起来，抓住车把，又不敢触怒对方，赔笑说："兄弟，这车……你推错了吧？"从此，他每次在外席地露宿，都把自行车放倒用腿压着车梁，才敢闭眼睡去。天亮起身，卷好被子，在路边找个水龙头，稀里哗啦搓一把脸，继续跑生意。

春亮从小就爱干净整洁，对于仪容衣装有着天生的敏感。进了北京，天天耳濡目染，也学会了一些京样风致，更懂得了塑造自身形象。领带不会打，就买一条简易领带"易拉得"，到街边公共厕所里对着镜子系上。

他像一条好奇而警醒的鱼儿，泅游于京城的大街小巷。他说："北京人，能力大得很嘛。我见人先说话，三五回打招呼，可北京人大模大样，那我也把我自己当成北京人了。"他看居委会怎么召集居民下楼开会，看北京人怎么较真儿……对于京城有些游手好闲的人，他十分想不通：住房这么低矮，院子这么破败，时光都过成这样了，还自以为是皇亲国戚，怀里抱着蛐蛐罐儿，把自己看得那么尊贵？……

幸运的是，春亮接触最多的两位"北京好人"，成了他的良师益友。

一位是汽修店的邓老板。春亮有一天跑业务，从北京大学那边回西直门，正赶上下大雨，只好搭乘出租车。好心的司机，把乘客忘在车上的一把坏雨伞给了他，他下车时，向司机告别道谢："谢谢你啊！"正站在汽修店门口的邓老板，瞧见了这一幕，他调教春亮："不能说'谢谢你'，应该这么说：'谢谢您呐！'"春亮长了见识，懂得了礼貌文明做生意。每逢与北京人打交道，都尊敬地称呼"您"。而且，这个谦恭礼敬的习惯，在他身上一直保持下来。

还有一位是退休老工人赵师傅。当时，春亮又改租了西直门粮库的半间房，开了石材门店。在这里，8家小门店合租一部电话，有8个分机号……住在附近老西直门火车站旁边的赵师傅，戴着眼镜，穿着风衣，抽着香烟，没事了到这一片转悠，常来春亮的石材小店里看看。一老一少聊天聊热乎了，赵师傅主动说："小裴呀，你出去跑生意吧，我来给你看门儿。"春亮要给他发工资，老头儿忙摆手说："您可别价！工资我不要，让我在你这儿有点事儿干就成。"

赵师傅家有三个女儿，他女儿十分不解地对春亮说："嘿，我爸怎么就迷上你了呢？"赵师傅观察春亮已久，认定："河南这小子是个干事的人。"

赵师傅每天准时来石材小店上班，接客户电话，做文字记录，中午还用小火炉把饭做好。春亮满心感激，过年从河南老家回来时，给赵师傅背一点太行山土特产。有段时间，春亮手头拮据，实在混不下去了，还张口向赵师傅借过30元钱。赵师傅在老西直门火车站一带认识人多，顺便帮春亮推销生意，卖出去了十几个大理石洗脸台面板。春亮要给赵师傅分成，赵师傅推辞不受，只收下了春亮还给他的30元借款……赵师傅看门儿两个月后，春亮给了他300元钱。赵师傅的女婿知道后，不让老头儿继续干了，春亮又给了赵师傅1000元。

十几年后，春亮在河南家乡当村主任，2008年当选十一届全国人大代表，第一次随河南代表团到北京参加全国人大会议。当时，因为往届常驻饭店正在装修，代表们住在了西直门饭店……春亮故地重游，又看到了那个熟悉的汽修店大铁门。

晚上10点多，在老西直门火车站附近，春亮找到了赵师傅的家。他专门买了中华香烟和羊毛衫，登门看望赵师傅。老人拉着春亮的手，拍着他的手背连声感叹："小裴呀，唉，小裴你这孩子呀！"……此后每年开春，春亮进京参加全国人大会议，都要去看望赵师傅，直到赵师傅去世。

春亮闯荡京城，一方面是无知者无畏，头顶没有天花板，大胆往上冲；另一方面是常识匮乏，捉襟见肘，经常遇到尴尬。

他刚到北京，做第一单生意，对方拿出一张转账支票，搁在面前等他填写。"你们不给现金呀？"第一次见支票的春亮愣了，以往可从来不这么做生意的。他借故出去，跑到马路边的公用电话亭，给他挂靠的新乡石材公司打电话，问："这支票不是骗人的吧？"公司那边告诉他：支票不是骗人的，别让生意跑了，赶紧办！春亮填写了支票，做成了生意，但是这一次，对他的打击非常大：没有文化知识多可怕！还想实现雄心壮志呢，丢人不丢人？看来出门混，还得从头学。

石材小店开业头两个月，就销出去了两三千平方米的石材产品。春亮不惜力气，舍得吃苦，跑生意的范围越来越大。有时蹬着自行车跑几十公里，从西直门到昌平去推销石材。昌平那边，遍地都是建筑工地，一天根本跑不完，他有时晚上回不了西直门，就钻进昌平工地上平放的大水泥管里睡觉。怕自行车丢了，就把它绑在脚腕上过夜。有一天，在大水泥管里睡到半夜，突然变天了，风狂雨骤，还打着炸雷。大水泥管比他的身子长不了多少，雨水飘进来，潲湿了身上的衣裳，淹湿了坐卧的地方……那是他到北京以后最想家的一个夜晚，他抱着双肩，瑟缩在水泥管的一头，含着眼泪，心里呼喊妻子："小红，你知道北边的风雨有多凉啊！"

两年后的大冬天，有两三次，辉县的耐火砖厂往北京、天津送货，红梅陪着春亮一起北上。为了节省从新乡到北京的每人 27 元火车票钱，俩人裹着棉被坐在大货车上，差点儿冻僵在路上。这一对年轻小夫妻，依偎在车厢一角，互相暖着冰凉的双手，忍受着严寒和颠簸，却不觉得辛苦。因为他们胸中燃烧的一团火，照亮了明天，富足幸福的明天。

春亮到北京的第二年夏天，有了一场奇遇。

那是一个赤日炎炎的中午，他骑车在外跑生意，在望京医院附近，看见一辆白色面包车熄了火儿，车主正在吃力地推车前行。他本来已骑过去一二十米了，心有不忍，又本能地拐回车头，来给车主搭把手。他一手扶自行车，一手推面包车，帮忙推了好远，一直把车推到了加油站。

气喘吁吁的车主李先生，年纪比春亮大一点，他看春亮也是满脸大汗，心里挺感动，问春亮是哪里人，春亮用半生不熟的普通话回答："我是河南人。"同时，习惯性地给李先生递上了一张业务名片。

一村之长

新中国"最美奋斗者"裴春亮和乡亲们的脱贫攻坚路

李先生掏出钱包，想付给春亮一些酬劳，春亮坚决不收。李先生就邀他进了旁边一家小饭店，点了卤煮火烧、花生米和燕京啤酒。春亮吃完，匆匆告辞，继续骑车跑生意去了。过后想起来懊悔，难得认识一位北京本地人，也没留人家的电话。

谁知到第三天，李先生拿着名片，找到春亮的石材小店来了。他带来了建筑公司的供销科长和工程师，来看春亮的石材产品。原来，这位李先生，是当时一家煤炭公司总经理的小舅子。公司有一座大楼工程，按照建筑设计，墙面用红色花岗岩，地面用黑色花岗岩，用量大约两千平方米……春亮的门店里，石材样品摆挂得井然有序，对方要的产品这里都有，质量也符合要求。按当时一般市场价，这些石材每平方米不下300元。李先生有心促成这一笔不小的生意，指着春亮，告诉供销科长："这就是帮我推车的那个河南人。"又对春亮说："每平方米260元吧。"春亮也爽快，再加优惠，每平方米只收220元。于是，双方当场签下了合同。

这一次，石材按出厂价算的话，春亮还可以每平方米赚四五十元，一笔生意下来，净利润就挣了9万元——9万元！在当时很可观啊。一次无意间的举手之劳，春亮又掘到了一桶金。

而在京城掘到的一桶金，绝不止于金钱，其中还包括人脉、格局、地位等，对于春亮来说，意味着人生一次质的飞跃……尝到甜头的他，也就是从那时起，确立了自己的为人宗旨："做人，要让人觉得自己可交，要让任何人认识咱不后悔。"

春亮的生意中，还有日本人开的一个赛马场工程，选用了他店里的花岗岩石材。日本人提出用日元结算，春亮坚持用人民币结算，日本人看出了这个小店主的精明，不由哈哈大笑。这一次，春亮又赚了十多万元。

春亮以太行山人的天性，坚持诚信经营，不仅产品质优价廉，供货服务也及时周到。他在熟人引荐下，又与好几个建筑工地签订了供货合同，逐步在北京石材市场上站住了脚。

而且，勤快厚道的春亮，在门店周边也结下了人缘。1997年，门店一带居民统一整修院墙，街坊邻居听说这个河南小店主做过水泥活儿，都信他，他的水泥销售生意做了一笔又一笔……

"老乡见老乡，两眼泪汪汪"，春亮感念自己初来北京时得到过张村乡同学的热心帮助，自己但凡有一点能力，也不忘帮助来北京闯荡的家乡人。凡是辉县人到北京找到他，他都伸出援手，还在自己的住处购置了双人床，也可以打地铺，并准备了电饭锅、煤气罐……国庆期间，春亮带上照相机，陪着初来乍到的乡亲们去看天安门。

当春亮在北京拼搏之时，家乡裴寨村的一群年轻伙伴，也都在辛勤创业。在他们中间，闯荡北京的春亮成了一个经常的话题，大伙儿向往地说："大能人，到哪儿都中，到北京也中！听说一单生意就挣了9万块钱呢！"

那年夏天，春亮回到裴寨村，手里拿着"大哥大"，腰上别着BB机，一身穿戴也时髦。他对伙伴们笑道："我身上这件冰丝T恤，你摸摸……"伙伴们摸摸："冰丝，凉得很！""咦，瓦凉瓦凉！"……同样在市场上摸爬滚打的伙伴们，虽然羡慕春亮在北京混得好，但也更知道，他在陌生的京城打拼，肯定谁也没他出的力大，谁也没他吃的苦多。

裴寨村的父老乡亲，也常常念叨春亮，遥望这一只风筝，它在往哪儿飞，飞多高，飞多远……

1994—1997年，短短三年，春亮刚刚起步的北京创业史，就突然中止了。因为，花岗岩属于火成岩，往往含有铀、钍、镭等放射性元素，太行山花岗岩的含氟量也高，加工成建筑石材后，一旦辐射超标就可能影响人体健康。所以，辉县山区的花岗岩石材停止开采。

春亮回来了。

北京归来的这个春亮，还是裴寨商业老街上的那个春亮吗？历史的螺旋看似回到了原点，其实已上升了一个高度。

北京，不仅给了他一桶金，也给了他一场人生启蒙。

五、辛辣甘甜的生命乳汁

春亮闯荡北京的三年里，妻子红梅里里外外支撑着一个沉重的大家庭。

家里三个大人俩病号，她一边要照顾患食管癌的婆婆吃药，一边要送偏瘫失语的大哥看病。

红梅这个弟媳，从还是一个刚过门的新媳妇起，就大大方方地拉起平板车，把婆家大伯哥拉到辉县城的医院去看病……在太行山一带农村，哪有过这种事啊！红梅罕见的举动，让春亮都惊讶感动，一辈子铭记这份情义。

同时，20多岁的红梅，天天"一拖五"，成了五个小儿女的妈。

对自己的一双儿女裴帅、裴将，从姐弟俩小时候起，红梅就经常向他们灌输一个道理："住在这个家里的，都是一家人，不能冷落了任何一个兄弟姐妹。爸妈最难帮的是你俩，你俩不要抱怨，要支持爸妈。"

虽然家里分了灶，但红梅只要做了饺子或好饭，都让姐弟俩喊哥哥姐姐一起吃；奶奶做一锅好饭，也常常是五个孩子围在一起吃……生在这样的大家庭里，姐弟俩自幼养成了平等可亲的性情，与堂哥堂姐融洽地生活在一起。

一群孩子在这个院子里，体会了贫寒，也拥有了慈爱。当时最幸运的是八九岁的文山，叔叔春亮带他去过一趟北京，看过天安门城楼。1997年，家里买了一辆"二八"自行车，11岁的文山歪歪扭扭地在前面骑，一群弟弟妹妹在后面追，他们笑着闹着一起长大了……

那时日子艰辛，裴寨商业老街上的生意，也全部压在红梅的肩头。儿子裴将回忆：整日操劳的妈妈，从他幼年记事起就是这样，身高不足一米六，体重只有80多斤，一副柔弱而又瘦劲的身姿，一直保持到如今。

在生活的阴影下，红梅让孩子们看到的更多是阳光，不仅给予衣食上的温饱，更给予情感上的照耀。

过年的风俗，大年初二回娘家。村里孩子们都盼着这一天，跟着爸妈一起回姥姥家。可是，小文山、小海霞、小海红都没姥姥家可去……大年初二，红梅和春亮就带上五个孩子，一起回贾庄村姥姥家。

张合和李秀荣夫妇，把女儿女婿带回的所有孩子都当亲孙儿。这群孩子也把他们认作亲姥爷、亲姥姥，争相跑到跟前，满院子都是欢叫声："姥爷！姥姥！"来到堂屋里，五个孩子并排跪在当门地上，恭恭敬敬地给坐在上首的姥爷、姥姥磕头拜年，然后每人得到一样多的压岁钱。

孩子们每次回姥姥家，还有好招待，总能尝到凉粉、面筋和核桃、瓜果等美味……而裴将印象最深的，是一群孩子跟着姥爷去赶会。

山乡民间最盛大的贸易消费活动，莫过于赶会。"会"比一般集市规模大，有的是在寺庙跟前举办的乡俗文化贸易庙会，有的是在露天旷野举办的农林畜产品交易集会。成会都有固定的农历日期，裴寨村过去太穷成不了会，在它的周边，二月十五有杨圪垱村的西佛寺庙会，还要搭台唱大戏；二月初二有常村镇沿村会，三月初一有张村会，三月二十有关爷庙沟会……

逢会那一天，方圆几十里的商贩和百姓，从四面八方来赶会。在会上，有卖牛、马、驴、骡等大牲口的，有卖羊、鸡、鹅、兔等家畜家禽的，有卖杨树、槐树、桐树等树苗的，有卖铁锨、锄头、洋镐、木锨、桑杈、镰刀等农具的，有卖衣服、帽子、布鞋、鞋垫、虎头靴、布老虎等女工活儿的，有卖土豆、山药、萝卜、白菜等蔬菜的……光是荆柳编成的筐篓筐箩，就堆摞一大片；而芦苇编织品中，七尺长、五尺宽的"七五席"，是农村青年结婚的必备品。

在会上，自然少不了各种瓜果和小吃，除了甘蔗、核桃、山楂、红枣、甜瓜、蜜桃、甜杏，也有热气腾腾的炒凉粉、丸子汤，清清爽爽的拌凉皮、拌面筋，香喷喷的烧饼夹牛肉，甜蜜蜜的冰糖葫芦……

姥爷张合特别喜欢带上一大群孩子去赶会，每次必到卖凉皮小摊儿上，让摊主给每个孩子来上一碗香醋蒜汁拌凉皮……"一个猪娃不吃糠，两个猪娃吃得香"，而五个孩子围成一桌，更是头拱头的哧溜哧溜吃个酣畅淋漓……

直到裴将长大后，邀请同学们到太行家乡来采风，还特地带同学们赶会，吃小摊儿上的凉皮，大家都称赞好吃、有特色。

张合的年纪不小了，但每年都用平板车拉着农具，从贾庄村来到裴寨村，帮忙种女儿婆家的庄稼地。加上他自己在贾庄村的七八亩地，要种的地总共有20多亩，有时就花钱请人干活……文山从小最喜欢的，是跟着姥爷下田。上初中后，每逢暑假和秋假，都跟姥爷、姥姥一起下地干活。姥爷赶牲口耙地时，文山就坐在耙上压耙；姥爷扶犁耕地时，文山就在前边牵牲口，甩起鞭子吆喝："吁——！驾，驾——！"

一村之长

新中国"最美奋斗者"裴春亮和乡亲们的脱贫攻坚路

红梅与春亮的生活习惯一样，喜欢整洁漂亮。她白天在外面忙碌，晚上回来洗一家老少的衣裳。连婆婆娘家陪送的木柜里堆放的陈年衣物，也清理出来，每年翻晒。家中盛小麦、玉米的粮食缸，也收拾得干干净净……婆婆心疼她，跟在后面唠叨："天天忙半夜不睡，你能不能不恁么干净呀？"

红梅还有一手裁缝技艺，经常把孩子们的衣裤改改，大的传给小的穿。过年时，给婆婆、大哥和孩子们同时置办新衣。

文山上小学一年级时，爬树不小心掉下来，头上摔了个大血泡。红梅赶紧送他到医院，抽出了几针管积血。

麦收时，海霞的一只眼睛突然红肿，治了一个多月还不见好。红梅带她去辉县医院看眼科，原来眼睑扎了一根麦芒，再不治眼睛就磨坏了……

照料孩子不易，教育孩子更难，红梅当着婆婆的面，扮演起了一个硬心肠的"虎妈"。

红梅独特的教子之道，很现实，也很长远。她培养孩子的原则是：不相信眼泪，不相信柔情，不迁就，不包办，多摔打，多磨炼，直面命运的严酷，共挑生活的重担。对侄儿侄女们的要求，是要像叔叔婶婶一样打拼奋斗，将来各自撑起他们可怜的父母留下的一片天，成为家庭和社会可以依靠和信任的人。

尤其对大侄儿文山，"打是亲，骂是爱"，红梅就像对儿子裴将一样，响鼓重锤，严格粗暴，却也常常可以奏效。

如今已是三个孩子父亲的文山，对当年往事记忆犹新。上初中时，体育老师要求跑步穿白球鞋，文山到烩面馆去找婶婶，正在忙碌的婶婶说："别管了，我给你找一双。"可是，文山拿到的那一双白球鞋，颜色已经发黄，鞋带是几根线扯着。比比同学穿的白花花的新球鞋，他心里不爽，啪地把球鞋摔在地上，闹起了别扭。婶婶逼问："这鞋你穿不穿？"他头一拧："不穿！"婶婶把他揍了一顿，他对婶婶大发脾气，婶婶说："有球鞋穿就不错了！"他气得哇哇大哭，跑到自家院子后面的大沟边上，面朝无人的旷野大吼几声，傻傻地看着天空……他顺着麦地的田垄边走边哭，在地头上哭够了，坐够了，拍拍屁股上的泥土回家，回到还有婶婶在等他的家。

文山有一次赌气离家出走，跑到牛村的同学家里住了一夜。起床后，他给家里打了电话，灰溜溜地回到了裴寨村。到家一看，奶奶、姑姑、叔叔、婶婶都在屋里等着他。他低着头，抬眼偷看婶婶的神色，这"虎妈"终归也是妈啊！叔叔像父亲一样告诫他："文山，以后有啥事，别出去。你看这么多人都在惦记你，担心你……"文山知道了自己在这个家里还是挺重要的，心里感到很温暖。那之后，他突然发现自己长大了……

婶婶在烩面馆里忙碌，海霞到店里端盘子洗碗，文山每天放学骑车回来，先到烩面馆，看看水缸里有没有水。没水了，他就和海霞一起到村东古井上取水，铁辘轳很沉，每次都很费劲地打上水来，水桶装上平板车，拉到烩面馆把水缸续满。后来邻村有了水泵，烩面馆用上了储水罐……到1996年，红梅把烩面馆承包出去了。

春亮1997年从北京回到裴寨村，2000年带着妻子儿女进了辉县城。他和红梅想把母亲也接到城里住，可是李秀英舍不下老家，带着孙儿文山和大儿子喜亮一家，还住在裴寨村西的老院子里。

奶奶和文山，住在五间大房子里。到晚上，祖孙俩躺在床上，奶奶在文山耳边絮絮叨叨讲一些家事：你爸福亮勤快、能干、孝顺，开拖拉机跑运输回来，还帮奶奶打扫床底下；你大伯喜亮中风偏瘫了，家里没劳力，大伯去讨要你爸福亮出车祸以前人家欠他的钱，人家不给，你大伯就给人家跪下了；这些年打了粮食不饿肚子了，奶奶还是带着五个孩子，下到大沟里去采摘青菜叶、红薯梗，天天面条、米饭、青菜，吃肉就别想了；奶奶和姑姑在意的人，就是叔叔、婶婶、大伯和你们……

叔叔婶婶先把海霞带进了城里，平时叔叔婶婶忙生意，海霞在家做做饭。海红在家陪着父亲，住在三间小东屋里……文山长大以后，事情多了，有时晚上不在家，奶奶胆小，海红就到大房子里陪奶奶睡。

一年多以后，姐妹俩互换了一下。海红进城，跟叔叔婶婶生活在一起，做做饭，干干家务。叔叔春亮看着她忙碌的身影，亲切地说："俺家海红，话少，心里有数。"

婶婶红梅一向对海红最为怜惜，三个侄儿侄女中，她最小，最好哭，婶婶像妈妈一样叮嘱她："有事就跟我说，有话不要憋在心里。"海红有什么心里话，都愿意向婶婶倾诉；缺什么衣裳，婶婶就领着她上街，挑她自己喜欢的买……

李秀英饱经劫难，吃尽了苦，受尽了罪，但毕竟还是有福之人，终于等到了享福的这一天。春亮的舅舅、姑姑来裴寨村走亲戚，都夸她儿子春亮能干有出息，李秀英高兴得很，几十年的愁容舒展成了满面笑纹……春亮还带妈到北京、开封旅游，特地为她请了导游。导游一路搀扶着她，讲解格外热情，她不知是儿子花了钱的，直夸如今的社会真好。

春亮专门给妈买了一个麻将桌，李秀英和老姐妹们，天天坐在树荫下打麻将。春亮还经常给妈带回一些稀罕水果，李秀英都与邻居们分享。进口的大红苹果，她从没自己一个人吃，总是切成一片片的，把邻居都叫来尝尝。

"有饭送给饥人，有衣送给寒人"，李秀英仍对儿孙反复讲这一句话。文山看到，不论哪儿来的陌生人，从门口走过，奶奶都惦记着人家有没有地方吃饭；村里来了摇卜郎鼓的小贩，她做饭端出去给人家吃；遇到捡破烂的人，她也留人家在屋里吃饭……1990年前后，一个陌生人背着包来到裴寨老村，打听到李秀英的家，登门致谢，还放下了100元钱。他说他是修表匠白龙

裴春亮和母亲李秀英在天安门广场。

坤，30 年前来过裴寨村，当时李秀英接济了他。可李秀英早已记不得了……

李秀英患食管癌以后，经过悉心治疗，病情得到了控制。她总是埋怨说，是当年医生误诊了，自己没病，身体好得很。

每年正月初六，海红都会跟着奶奶，到南岭下的"三神庙"上香。后来几年，海红发现，奶奶每次来这里，都要见一个女人，有时是奶奶先到，有时是那个女人先到。两人见面不欢不笑，默默走到一起，避开村里熟人悄悄说一会儿话，然后分开……后来海红才知道，这女人是文山哥的母亲。

奶奶年纪大了，亲自来安排后事了。每年的"三神庙"之约，话题都是围绕文山。奶奶的心愿，是希望她疼爱的孙儿文山，在以后没有奶奶的日子里，能多一份爱……

太行山区的农村青年，即使到了改革开放年代，即使已经离开家乡外出上班，但出于浓厚的传统家庭观念，普遍还是年纪轻轻就结婚。

春亮和红梅对侄儿文山的婚事尤其上心，就像对儿子裴将一样，从找对象到谈婚论嫁，事无巨细为他操心。

文山结婚时，所有衣装用品，婚礼的一切事宜，婶婶红梅都一手操办齐了。结婚前一天，叔叔春亮走到文山面前，自己一手拉扯大的这个孩子，已经长大成人了，明天就要娶媳妇成家了！万千往事涌向眼前，心中一阵翻江倒海，春亮泪光闪闪，哽咽地笑道："文山啊，从明天开始，叔就没有打你的权利了。来，让叔……让叔呼你两巴掌吧！"说着，他那父亲一般慈爱的手掌，在文山脸上轻轻呼了两下。文山和叔叔抱头哭了，奶奶和婶婶在一旁边笑边拭泪。文山离不开这个宽广温暖的怀抱，哭着说："虽然叫叔，就是爸！"婚礼当日，文山临去杨圪垱村接亲之前，与叔叔婶婶留下了一张合影。背后的白墙上，红牡丹映衬着大红囍字。

奶奶李秀英亲眼看着孙儿文山圆满成婚，一直硬挺着的身躯霎时松了劲儿。在婚宴上，她就感到胸口不舒服。春亮和红梅张罗完了婚事，第二天就带她进了辉县城……中午吃饭的时候，她已感觉咽不下去了，身边文山这群孩子，争着为奶奶拍抚后背。

李秀英到医院检查，医生诊断是旧病犯了；又换了几家医院复查，确诊为食管癌复发。她患食管癌十几年了，头脑一点儿也不糊涂，对春亮和红梅说:"你们别瞒我,啥病告诉我就行了。"

她回到了裴寨村,每天坐车去附近的卫辉医专做放疗。渐渐的,一天天瘦得皮包骨头。天气进入寒冬,弱不禁风的李秀英患上了感冒。在村里输液不见好,那天上午住进了卫辉医专的病房。她在医院里一天也住不安稳,坚持要求回家,春亮和红梅知道母亲的脾气,下午接她回到了裴寨老村的家里。

李秀英在自己的床上躺下,倚着棉被,环顾这个家里熟悉的一切。有儿子儿媳床前伺候,有孙子孙女一大堆围在身边,她的精神头儿好了许多。

两鬓白发的她,深陷的眼窝里流露出无尽的慈爱,看看春亮和红梅,看看喜亮,看看一群孩子,露出了满足的笑容……

第二天清早六七点钟,天还没大亮,李秀英该去医院了。春亮把车开到家门口,红梅早早起来已把一切安排停当。

李秀英穿着厚厚的棉袄,正了正头上戴的帽子,拄着拐杖,慢慢地跨出屋门。她回头又看了看家里,迟疑了一下,吃力地转身向院子门外走去。

在红梅和孩子们的搀扶下,李秀英走到了车门口,正要抬腿登车,忽然不愿离去似的,向后跟跄了一步,整个身子一下子瘫软下来,脸色煞白,嘴里直吐白沫,晕过去了。大家惊慌地七手八脚把她抬上了车。春亮加大油门,一路飞驰赶往卫辉医专。

春亮在医院里找来专家,李秀英躺在病房输液,慢慢苏醒过来了。守在病床前的春亮和红梅,还有姐姐玲儿,不由松了一口气。

过了大约半小时,玲儿猛然想起明天是妈77岁生日,念叨着:"明儿别忘了给妈买生日蛋糕……"

春亮拍拍姐姐,压低声音说:"别让妈听见。"

裴寨村里讲迷信的老人说过:以前有人来村里算卦,给李秀英看过手相,说她命苦,岁数活不过七十七,临老儿有一个儿子在身边就不错了……

不一会儿,正在输液的李秀英,突然脸色发青,呼吸急促,说:"出不来气儿,抬抬我后背……"玲儿和红梅刚抬起她的后背,她就昏了过去。

当医生匆匆赶到病床前,她的一双瞳孔已经扩散了。倏然之间,一句话也没说,她便撒手人寰。

医生叹道："老太太患食管癌这么多年，能活到现在，也算是奇迹了。"

李秀英静静地躺在病床上，面容清癯，神情安详，眉宇之间平缓舒展，在一片洁白之中，任凭时光洗尽尘世的遍体风霜。

可是，她就这样一闭眼一撒手走了，儿女孙辈猝不及防，放声大哭……

但在李秀英的遗体面前，人们没有看见春亮掉眼泪——生的尊严，死的达观，这是一对母子之间倔犟不屈的默契……春亮最后看着母亲的容颜，默默地道别：妈，35 年了，咱们母子一场，该施的都施了，该受的都受了。您心里想说的一切，儿子都明白，您放心地去见我爹和二哥、三哥吧……

孩子们回到裴寨老村，没了母亲的家，没了奶奶的家，空空荡荡，却又到处都是她的影子和气息。

孙儿们说：奶奶患病长期化疗，后来癌症扩散，始终只是在靠一股精气神儿撑着，撑着……人活一世，撑着一口气，只为一件事坚持，坚持爱孩子们，坚持爱这个家。直到生命最后，没给孩子们添一点儿麻烦，病重住院一天就走了……

太行山的女人李秀英，一生就像一支蜡烛，在风刀霜剑之中，滴尽了最后一星烛泪，只把一团温暖明亮的光芒留在孩子们的眼前心上。

第三章

由城返乡　赤子报恩

一村之长

新中国"最美奋斗者"裴春亮和乡亲们的脱贫攻坚路

一、进城闯荡步入坦途

春亮从北京回到了裴寨村,人们都认为他发家了,带着从京城掘到的第一桶金回来了。

致敬三农人物:平凡中的伟大

在家里,他修了房子,修了院墙,又请匠人做了漂亮的水窖。

在村里,他的"得帝德大酒店"已承包出去,又与人合伙买了一辆二手车,跑起了裴寨村—卫辉县城的公交客运,妻子红梅当起了公交车售票员……

这段时间,春亮在裴寨村歇了一年多,而这段时间,只是再次起跳之前的一个过渡。27岁的春亮,翅膀已经硬了,经过京城市场的三年洗礼,得了时代风气之先,胸怀眼界更加开阔。不甘寂寞的他,脑子一刻也没闲着。

他在当地找了一些活计,遇到好差事,也不忘提携村里的伙伴们。当时在辉县市区的公路边,施工队有一项工程,让春亮为他们供应原料。春亮去了施工现场,说:"叫我一个人干呢?我不能当孤家寡人呀。"他回到裴寨村,邀集了年轻伙伴跟他一起干……

春亮的儿时记忆里,对村中选举的印象比较深刻。当时,他还住在村东前街,曾经到古井边的老槐树下,看大人们开会选举。那个年月,村里的选举都比较随意。

有时候选举,村支书站在会场上,最后大声问一句:"大伙儿有意见没有?"坐在下面的村民没人反对,村支书挥手一锤定音:"没意见就妥了!"

有时候选举,会场设置一个投票箱。村民们见面寒暄,坐下来亲亲热热先唠一会儿。对脾气或看法一致的人,自然而然坐到一起。选票发到每人手上,画票时,可以听到人们一团和气的对话:

"你帮我画票吧!"

"你叫我画谁？"

"你愿意画谁，就画谁。"

"那不行，你说画谁吧？"

"画吧，画吧！……"

到 1988 年，全国开始试行《中华人民共和国村民委员会组织法》，1998 年正式颁布实施。村委会选举不能马虎了，全国步调一致，三年一换届，选举程序进行了严格统一的规范。

9 亿农民民主"直选"村委会，是一件大好事啊！这是改革开放时代的一项重大变革，是当代政治文明的一个巨大进步。

可是，第一届裴寨村委会选举，就乱了。

村委会选举，最重要的是选一个领衔的村主任。没想到，为选一个裴寨村主任，一开始就起了矛盾，而村里一有矛盾，必定扯上宗族关系。在裴氏人口占 80% 以上的裴寨村里，"竞选"基本上就成了裴氏宗族的内斗。裴氏族谱梳理的"五大门"，竟然演变成了"竞选"派系；再加裴氏两大老祖坟，还有老村的东门西门南门北门，古今混搅，撕来扯去，就成了所谓"五大门""两大派""老四门"之争。

人们通常认为，比起城市的喧闹、喧腾、喧嚣，乡村总是安静、安谧、安宁；乡下即便发生什么矛盾，也不过是小打小闹、杯水风波……然而，即使在裴寨村这样的小山村，也别忘了一句话——"将人心做战场，才是最惊心动魄的"。

春亮亲眼看见，从张村乡通往辉县城的公路上，裴寨村民刷白石灰水，把大字标语写在路面上……村民们天天吵架、打架、断路，到辉县市政府、张村乡政府集体上访。市、乡两级都派了工作组，到村里进行调查。这时的裴寨村，村民大会开不起来了，全村工作陷入瘫痪……

村支书裴泉省离任，去当了张村乡水泥厂副厂长。

张村乡党委决定，派乡党委副书记宋长仁到裴寨村，兼任村支书。

一年多以后，裴寨村退役军人裴清泽接任村支书。

到 1999 年，村支书裴清泽遇到了一件大事——辉县市委、市政府决定，再度上马北干渠工程。

一村之长

新中国"最美奋斗者"裴春亮和乡亲们的脱贫攻坚路

当年，辉县县委书记郑永和带领全县人民治山治水，建成了几座大水库，基本形成了覆盖全县山区、丘陵、平川的群库汇流灌溉网。只可惜，通向东部山区的一段北干渠，还没开工就下马了，郑永和遗憾地说："这是我任县委书记多年，对辉县人民欠下的一笔债！"……在这位老书记的呼吁下，一条27公里长的北干渠工程正式开工。

北干渠的工程任务，分给了当地各乡各村。其中分给裴寨村的，是450米长的一段土石方工程，由村里再分给各家各户……如果有人不愿出工，就要个人出钱向外转包；如果整体向外转包，就要支付一笔30万元的转包费。

村支书裴清泽心里像搁上了一块大石头，愁得茶饭不思。他想：如果村里把北干渠工程任务一揽子转包出去，就可以减轻各家各户的负担，对于村民是一件好事——只是，一大笔转包费从哪儿来？

此时可想的，只有全村唯一的村办企业——兴华煤矿。这一座小煤窑建于1992年，当时村两委向村民许诺，煤矿的每年收益，用来替村民交20%的农业税……可是，因为煤矿经营不善，市场行情不好，一直不见利润，对村民的诺言从来没有兑现过。而且，村民们怀疑，村办兴华煤矿已经半公半私，性质暧昧不清了。因此，这也成了村里矛盾斗争的一个炸点。

裴清泽接任村支书后，这一个烫手山芋落到了他手里。眼看着，煤炭价格仍旧在每吨四五十元上下徘徊，煤矿的景况一点不见起色，已经濒临倒闭……

裴清泽下决心：卖掉煤矿，用这一笔收入，把北干渠工程任务一揽子转包出去，也算是减轻群众负担，办一件让村民省力省钱的大好事。同时，村里还落得一个太平，岂不是两全其美！

这时，村支书裴清泽来做春亮的工作了，提出将村办兴华煤矿作价45万元，让春亮拿钱把煤矿买下来……当时，很少有人能一下拿出这么多钱来。

村支书第一次张嘴提要求，春亮既感念当年七斤哥帮助安葬父亲的恩德，也向来听从"组织上"的号令，所以毫不推辞："拿吧。"

1999年春节前夕，村里把兴华煤矿卖给了春亮。春亮乱中接手，又到辉县城里找了三个人合资入股，自己当了煤矿大股东。

兴华煤矿的巷道，向东边野外延伸。以前，矿井积水抽不干，内行看了直摇头，有钱人也没胆量接，谁敢来这儿弄啊？春亮接手以后，派人到井下，石壁一打透，积水流走，成井出煤了。

面对破败不堪的矿区，春亮安排尽快整修。机器、配件、架子早已锈迹斑斑，只能当废铁卖掉，有人出主意：再等等吧，这么大一堆废铁，等收购涨价了再卖个好价钱……春亮虎里虎气命令："只三天！贵贱都给我推平喽！"结果废铁刚刚卖掉，人家收购就降价了……

说来也怪，煤炭价格多年一直在低价位徘徊，直到1999年正月初六，还是53元1吨。没想到一开春，行情就像气候一样迅速升温，每吨80元、100元、200元、400元、500元，眼看着一路噌噌噌往上跳……春亮幸运，恰好赶上了这一波行情上涨，到第二年下半年，兴华煤矿就扭亏为盈。

红梅也来到了煤矿上，一边开绞车，一边当统计。侄女海红记得，婶婶每天一大早就出门，晚上回家时，脸上黑一道白一道的，身上总是荡满了煤灰。

煤炭市场形势向好，煤矿生产走上了正轨，春亮干得风生水起，生意格局越做越大……这时，一双年轻而强健的翅膀，已经扑棱开来，收不拢了。

进城！进城！——在"人往高处走"的传统惯性思维推动之下，而立之年的春亮转入新的人生方向。2000年，他盘点了裴寨商业老街上的店铺生意，转让的转让，承包的承包，带着妻子儿女迁居辉县市区。

终于进城了，成了城里人了，对于山里乡下人来说，这是奋斗的目标，也是骄人的荣耀。春亮继裴寨商业老街上第一次创业、北京城里第二次创业之后，又开始了辉县城里的第三次创业。

2000年以后，全国煤矿行业大刀阔斧进行治理，铁腕整顿的力度越来越大，煤炭生产格局发生巨变。为了从根本上扭转煤矿生产经营的混乱局面，建立规范的市场经济秩序，追求可持续发展，对小煤矿的"关停并转"手段更加严厉……辉县市境内扎堆儿的小煤矿，如同雪崩一般纷纷关门停产。据说到2006年以后，当地煤矿终被国有大型煤业集团收购。

"大河有水小河满，大河没水小河干。"时代更替之中，随着小煤矿的大起大落，一条裴寨商业老街也好似做梦一般，在骤然的繁华胜景之后，一转

一村之长
新中国"最美奋斗者"裴春亮和乡亲们的脱贫攻坚路

眼就衰落下来，白天的人声喧闹沉寂了，夜晚的灯火繁盛熄灭了。机声隆隆此起彼伏的煤矿，只剩下了零落的几处窑口。外地来的矿工们，也如一阵潮汐，忽然涌上来，又忽然退下去，一片山野复归寂静……十几年间，裴寨商业老街上的一个喧嚣时代就这样结束了。

而在辉县城里，春亮赶上的是一个风调雨顺的好时机。正逢新世纪的千禧之年，改革开放乘风破浪，经济形势大好，国家政策鼓励支持民营企业发展，春亮甩开膀子大干，除了投资煤矿，还参股宾馆酒店、机械铸造厂、煤炭经销场……

春亮和红梅，进城不是享福的，依然没明没夜地并肩打拼。他们成了市场经济舞台上的"职业演员"，奉行一个共同观念——天经地义，既然办企业，就是要效益，要挣钱，没有效益不挣钱，办企业干啥?! 实实在在做实业，是企业家的职业道德，是企业的本分。如果做事不努力，企业不挣钱，这是没本事的，这是没脸面的。

红梅说："我们两口子感到，财富就像怀抱里的一个小孩子，每天喂养他，看着他自然成长。而当父母的，从来不会觉得咱的孩子特别大了，从来没有。"

辉县城里，给少壮有为的一对夫妻提供了更广阔的施展空间，他们的特长同时得以发挥——在人生这一幅巨大的"宣纸"上，春亮擅长于泼墨"写意"，红梅擅长于精细"工笔"。

创业时期的裴春亮、张红梅夫妻。

红梅的学历只是高中，却堪称一个"数字奇才"，脑子如同一台电子计算器，对数字天生敏感。即使多年以前见过的人，她也能一口说出对方的手机号码。她的思维方式，追求的是理性、精确、严谨、翔实。这一名理财好手，在企业财务管理这个"硬件"方面，具有过硬的优势。

而春亮的"软件"优势所在，是全局观、辩证法。他的敏感点，不在于术语数据报表，而在于政治经济社会。富于宏观思维、感性思维，胸怀宽广、视野开阔，注重对潜在资源的发现、开掘和运用，不放过任何发展机遇。

"活"，成了春亮的一大特点。有了眼界和格局，有了资源和信息，就从自然状态进入自由状态。脑子活，眼光活，没有教条的僵化，没有面子的虚荣，反正不拘泥于一定之规，咋好咋来，咋顺咋做，想办事、能办事、会办事，纵横捭阖，能屈能伸，人也活，钱也活，总之全盘皆活。

春亮和红梅，"写意"与"工笔"相结合，一个善于开拓疆域，一个善于稳扎营盘，优势互补，相得益彰。同时，两人也有一个配合默契的共同点，就是嗅觉灵敏，生财有道，处处都能看到挂在眼睫毛上的钱。因此，这个"夫妻档"成为经商兴业的一对绝配。

短短几年时间，春亮就跻身富人行列。他参股经营的企业，规模都不算大，还属于中小型企业，但在当地商界已是实力派。而且，为了增强抵御商海风浪的能力，"东方不亮西方亮"，他又萌生了筹建企业集团的构想。

34 岁的裴春亮，成为辉县第一批民营企业家，2004 年当选第十届新乡市人大代表、第七届辉县市政协委员。

"裴春亮啊，硬是把一手烂牌打出了花儿。"——了解春亮身世的人都这样说。而春亮说："在中国，特别是在改革开放以后，只要你勤奋，没有挣不到钱的地方。"

坐在裴寨村头的父老乡亲，10 年前，看着春亮独自闯荡北京的背影，还在牵挂：走了，这孩子走了，啥时候回来呀？此时，看着春亮带着妻儿迁居辉县城的背影，不免失落：走了，这孩子走了，怕是不回来了！

是的，春亮已是城里人了，而且在周围朋友的影响下，甚至出国移民他也不是没想过。

然而，春亮有一点是绝不会变的，他永远不会忘了他的家，他永远不会忘了他的根。裴寨村里，有同根同源的乡亲们和伙伴们，更有白发苍苍的老娘，有偏瘫失语的大哥，有一群正待成年的侄儿侄女；贾庄村里，还有岳父

一村之长
新中国"最美奋斗者"裴春亮和乡亲们的脱贫攻坚路

岳母一家……所以，春亮身后好似拴了一根强韧的橡皮筋，无论他走多远，总会被有力地弹射回来，回到故土，回到家乡。

一个人，无论脚步走多远，无论财富有多少，每一次丈量，不都得从最初的起点开始么！——春亮怎能忘记，自己的人生起点，就在一道险崖边上，掉下去就是万丈深渊！当年在父亲灵前，母亲李秀英含泪托付过他："儿子，记住啊！咱家穷，全村没人下看咱；咱到了难处，没求人家，人家都来帮咱。乡亲们对咱家的好，你千万要记住！妈老了，这大恩大德以后能不能还上，全家可就指望你了！"当时，春亮对母亲点过头，在心中发过誓，我会的！我会的！

"但觉眼前生意满，须知世上苦人多"——清代普济堂的这副对联，正是春亮此时心情的写照。他想：现在我的家境可以了，父老乡亲的日子还不好过，要让生活不如我的穷乡亲们，也和我一样过上好日子。

行了万里路，做了千件事，春亮的心眼已经百般剔透。但是，唯独对于家乡故土，对于父老乡亲，春亮只有一个心眼，一个实心眼，一个痴心眼，一心一意，全心全意——这大概就是春亮人生的"道"与"术"。术有无限，用来谋事业财富；道乃唯一，用来爱故土乡亲。

以往，他只是出于本能，感觉谁家困难就帮谁一把。而从1999年办煤矿开始，尤其是2000年进城办企业以后，随着生意越做越大，一件心事也越来越急切——已经有能力了，已经是时候了，不能食言，不要拖延，还愿！报恩！

恩变成了爱，与爱相比，钱算什么？当年吃百家饭、穿百家衣长大的孩子，从此踏上了回报恩人、返乡扶贫的漫漫旅程。

"每逢佳节倍思亲"，年年春节，岁岁中秋，春亮如果不回去慰问父老乡亲，就像没有孝敬父母一样，根本无法安度这个年节……所以，逢年过节，雷打不动，他都回到家乡，慰问孤寡老人和残疾人，为贫困户送米面油和生活用品，资助困难户看病上学渡难关。

春亮的侄儿文山，一直是叔叔慰问乡亲的专用司机。送给周边村庄的慰问品，春亮自己送，或者安排人送；送给裴寨老村的慰问品，都由文山开车挨家挨户送上门。皮卡车上，装满了一车车的米面肉油，分别送给全村40

裴春亮进城办企业期间，侄儿裴文山每年春节、中秋节代表叔叔慰问村里困难户。

多个贫困户，再给每位孤寡老人送上慰问金……

春节登门时，文山对一家又一家说："俺叔让我给您送来这些礼物，春节快乐！"中秋节登门时，文山对一户又一户说："俺叔让我给您送来这些礼物，中秋节快乐！"

文山很喜欢重复这句话，很乐意做这件事。每当空出双手甩开胳膊走出一户户贫困人家时，他都感觉全身特别舒爽，忍不住默默呼喊：叔——！奶——！我知道了，你们为啥总是善良感恩，总是热心帮人？原来，这里头有这么大的满足，这么多的幸福！……这个少年跟着叔叔，一年一年地往外送啊、送啊，享受着施予，享受着奉献，整个身心都沐浴着荣光……

裴寨村民说，村里大部分人都受过春亮的资助。除了逢年过节送慰问品，谁家有困难只要向他开口，他也是几百元几千元地接济。包括周围三里五村，谁家遇到大病大灾，有过不去的坎儿，只要春亮知道的，都伸出援手帮一把；谁家孩子上不起学，春亮都大方出手资助；谁家有急事找到春亮，只要能办的，从来不让人家的请求掉地下……贫困村民感动得流泪，说："没有这钱救命，活不成啊！真想给春亮跪下了！"

一村之长

新中国"最美奋斗者"裴春亮和乡亲们的脱贫攻坚路

2002年那一天，春亮开车去辉县城关医院，正巧碰上裴寨村的李佳枝，她用平板车拉着老伴裴清波，徒步15公里进城来看病。这是一对老党员夫妻，裴清波是抗美援朝老战士、第一任村会计，李佳枝是老村委、第一任村妇女主任。春亮问他们钱带够了吧？李佳枝的眼泪扑嗒嗒地掉："只有50元钱。"到城里看病咋会够呢？……春亮心里一阵酸楚，身上总共带了500元钱，全部掏给了他们。

春亮回村时，把这件事告诉了村支书。村支书叹息："村里没钱呀！这样的情况太多了。春亮你不知道，咱村的裴臣老人，去卫辉医专看病舍不得坐车，硬是一步一步挪去的……"春亮又去看望了裴臣老人。

裴池中风瘫痪，儿子上大学，春亮多年资助他家。

有户村民的儿子做脊柱手术，春亮借给他3万元。

有户村民的儿子治疗癫痫，春亮资助上万元。

有户村民三个孩子上大学，春亮都予以资助。

2002年，牛村一位90多岁的老太太去世了，两个70多岁的光棍儿子，一个聋一个傻，后事无法料理……春亮当年也遭遇过父亲无法安葬的惨痛，他听不得这种事，马上赶去带头捐了1000元。村干部和村民帮忙安葬老人，并为老太太家里募捐。

沙锅窑村的范长青，早年是挑一副担子走乡串户的剃头匠，人家掬给他一碗大米或玉米当作报酬。他曾借宿于春亮他爹裴义喂牛的生产队饲养室，给裴义剃过头。春亮也当过小剃头匠，与这位"同行"前辈惺惺相惜……范长青50多岁时，双眼在陶瓷厂采石点炮时崩瞎了，妻子走了，撇下一个女儿。春亮对范长青一帮十几年，逢年过节是范家的常客，送来吃的、穿的、盖的，连柴米油盐都帮他置办齐全……

裴寨村支书一笔笔数着："春亮还为公家捐款，裴寨村修路捐了1万元；张村乡建学校捐了3万元，修路捐了3万元；辉县市举办'八运会'捐了5万元……"

扶贫、解困、助学、救灾，春亮慷慨仁义的善举，在太行山下一传十、十传百，人们纷纷议论："裴春亮，那孩儿是个好人啊！"

"我的初衷很简单，就是感恩、报恩。"这是春亮的真实表白。

当年借的外债，一笔一笔地还清了；借自家亲戚的几十元、几百元欠款，也加倍地偿还了……春亮这是在完成母亲的嘱托："孩子，全家兄弟姊妹数你最小，最该疼你，可爹妈啥也没给你，还留给你一堆债。不过，人再穷，也要有志气，要活得理直气壮。欠的这些债，早晚都得还上，别让人家害怕咱不还。等日子好一点儿了，能多还就多还……"

二姑的女儿多妞当年出嫁后，李秀英为给丈夫治病，曾几次由春亮他二姑陪着去找多妞借钱，一共借了400元……2005年左右，春亮坐车途经多妞表姐家门口，他问司机车上有啥？司机说有几瓶茅台酒，春亮全部拎上，登门感谢表姐。多妞表姐哭了："兄弟啊，还没忘了当年。"

亲戚家的后代们，不少都由春亮安排在企业上班，或安排企业一些辅助活让他们挣钱……

春亮最感庆幸的是，他对全村恩人的回报，他对自家亲戚的回报，都赶在母亲的有生之年开始做了，让母亲亲眼看见了，让母亲心里踏实了……

然而说实话，春亮回到裴寨村，一次次资助贫困村民，一次次慰问父老乡亲，心情并未轻松，反而变得沉重，越帮越揪心，越帮越痛心。

面对贫穷依旧的村子，热血青年的心中，不禁暗暗燃起了一股无名火：改革开放已经27年了，全国农村都在发生巨变，可裴寨村怎么一年不如一年，成了这样一个烂摊子？

二、毅然回乡当选村主任

2005年春节刚过，严寒笼罩的山野上，晨雾未开，晓色正浓。卫吴公路上，连平日最早出门拾粪的老头儿也还不见踪影。

两辆摩托车避人耳目，一前一后悄然驶出裴寨老村，匆匆向西南方向而去。前面的摩托车上，骑车的是村支书裴清泽，后座上坐着村委兼妇女主任张桂先；后面骑一辆小摩托车的，是村党支部副书记裴泉海……

进入辉县市区，天还没有大亮。街巷之中，重门紧闭，他们把摩托车停

一村之长

新中国"最美奋斗者"裴春亮和乡亲们的脱贫攻坚路

寻找最美"村官"颁奖典礼

在了那个院子门外。

院内一栋两层小楼，静悄悄的，习惯早起出门的主人还没起床。裴清泽靠着大铁门的门框蹲下，心事重重的一言不发。裴泉海和张桂先，轻轻跺着快要冻僵的双脚……

"起来了！"张桂先突然说。

裴泉海隔着院墙望去，二楼垂挂窗帘的大窗户上，灯光亮了。

"嘭嘭嘭！"他们敲响了大铁门。

二楼窗内传来高声询问："谁呀？"

裴清泽在院子门外闷声回答："我！"

过了一会儿，一串脚步声小跑而来，院子大门开了，35岁的主人向他们笑脸相迎，这就是他们紧盯不放的目标。

进城5年的春亮，已是辉县城里的民营企业家了。他还留着平头，但黝黑的肤色白净了许多，身上褪去了乡间的风尘和生涩，言谈举止更加大方干练了。

春亮今天又被堵在了门里，默默长叹一声，热情地把三位不速之客迎进客厅。裴清泽他们三人摘下帽子和手套，在沙发上坐下。

春亮的侄女海红，进城跟着叔叔婶婶帮忙料理家务。此时已闻声起床，赶紧梳头洗脸，为老家来的三位村干部端上热茶，然后匆匆走进厨房，系上围裙，熬小米粥，馏馒头，切土豆丝……很快的，餐桌上就摆好了一碟炒菜、一碟咸菜，还有热腾腾的馒头和小米粥。

这时，红梅出现在二楼的楼梯口。如今在城里创业，虽然饱尝艰辛，但她正值一个成熟女人的最好年华，乌发润肌，双眸如剪秋水，一身鲜衣打扮得利利索索，姿容更加动人了。

红梅人还未下楼梯，朗朗的笑声就飘了过来，向三位老家人打着招呼。按村中辈分，她对裴清泽喊七斤哥，张桂先则对她喊婶儿，裴泉海还对她喊奶呢……能说爱笑的张桂先，比红梅大十几岁，还拉着她笑道："这是俺婆婆呢。"

红梅随着丈夫，请客人上餐桌，除了招呼吃馒头夹菜，其余她一言不发……

村支书裴清泽专程进城来找春亮，这已是第二次了。

第一次，是刚过元旦。当时，春亮一看老家村支书来了，连忙上茶，主动问道："七斤哥，来城里肯定有啥事儿，说吧，有啥需要我办的？"

裴清泽沉吟一下："兄弟，老哥今儿来请你了！"

春亮倒茶的手停下来，惊异地看着村支书。

裴清泽对他说："咱村的情况，你肯定已经知道了，连续两届村主任选不出来，乡领导都不给咱好脸儿看了。今年4月，又该第五届村委会选举，你回来参选村主任吧。"

"我？回村参选村主任？"春亮一听就摆手，一口回绝，"不中不中！七斤哥，这事可不中。我正干企业呢，企业能丢喽？"

春亮经营采矿、酒店、铸造等企业，已进入上升期，一年进项至少四五百万元，势头蒸蒸日上，生意正红火着呢！并且还准备筹建企业集团……企业路子已经趟开了，正迈开大步往前奔呢，这时，突然要他刹住车，折回头，怎么可能？

"春亮，你听我说。"裴清泽的性子拧，对春亮的反应也有思想准备，话头不拐弯儿地说，"村党支部反复开会，为选举的事议了好多回了。想来想去，扒拉来扒拉去，筛选来筛选去，觉得只有你，才是最合适的人选。"

老支书说的确是实情。

裴寨村委会选举，按照选举规程，村里凡年满18岁的村民，都享有和行使选举权、竞选权、被选举权。到投票日，每家派出一位代表，替家里年满18岁以上的成员投票，全村150多户人家，就有150多位代表到场……既是民主"直选"，投票结果就要当场揭晓，候选人得票过半才能当选，如果无人票数过半，则位置空缺，这是全国农村选举的一个硬杠杠。

第二届选举时，村主任选举没有正式举行，由一位村干部代理村主任。

第三、四届选举时，村主任候选人票数都没过半，村主任空缺。

就这样，一场"竞选"的"马拉松之战"中，村主任两届空缺长达6年；如果细算起来，这个位子虚悬更有十来年之久。村委会长期"空窗"的裴寨村，成了当地一个负面典型。

一村之长

新中国"最美奋斗者"裴春亮和乡亲们的脱贫攻坚路

2005 年，即将进行第五届裴寨村委会选举，村里实在没法儿了，只好"越界"寻觅村主任人选。从村内到村外，把已经外出发展的人也拿来一个一个地捋，有在行政部门工作的，有在企业干事的……

刚一捋到裴春亮，村干部们眼前一亮，都点头说："瞧着春亮这人可以，可以!"春亮人品正，名声好，有经济头脑，有家乡情怀，成了大家一致认可的人选。

可是，春亮本人愿不愿意重回裴寨村呢?——这个山里娃，终于走出山里，又让他回到山里?裴寨村的年轻人，谁不向往进城?但有谁能像他在城里闯出一条坦途?进城以后，经历无数挣扎和拼搏，终于创下一份基业，他容易吗?这位民营企业家，如今忙大生意挣大钱呢，还愿意放弃在城里的个人发展，重新回到穷乡僻壤的小山村吗?

何况，春亮明明知道，农村工作烦琐复杂，"宁管千军，不管一村"；妻子红梅这个村主任的女儿，更体会过其中的炎凉荣辱，不肯再招惹这种麻烦。

所以，春亮一再婉拒，对村里明确表态：第一谢绝，不参选村主任；第二承诺，多为裴寨村和乡亲们办实事，花三五百万都没问题……

但眼下这不，春亮一大早又被村支书几个人堵在家里了……对于春亮来说，被村支书和老家人当面苦苦相求，这滋味很不好受，真是一种折磨。他当然在良心上也有些纠结，希望家乡扭转贫穷的命运，走出宗族矛盾的泥潭，让乡亲们过上好日子。但是，想到自己来之不易的企业，权衡再三，他还是无法答应参选村主任，这不是一件小事。

"要是……要是村里提名硬选，把你选上了呢?"裴清泽盯着春亮。

被逼急了的春亮，觉得自己就像当年父亲裴义饲养的一头牛，这是"牛不喝水强摁头"啊!他不由站起身，笑道："七斤哥，这是在朝辕里拽我呀!硬选我就干么?……"

张村乡党委书记李明哲，平时因为督促工作，到裴寨村去过几次。得知裴春亮成了裴寨村主任的人选之一，有村里干部群众推荐，村支书也很想让春亮把担子挑起来，于是，李书记代表组织上找春亮谈了一次话，征求他的意见——这是党组织与一名非党员青年的谈话，春亮认真而紧张，都有点正襟危坐了。

"春亮，你本人愿意干这个村主任吗？"李书记含笑问他。春亮讲了自己正在城里经营的企业现状，诚实坦白了眼下的两难选择。

李书记很理解春亮的心情，同时看出来了，这个年轻人不简单，有着想干一番事业的雄心宏愿，所以，意味深长说了一句话："春亮，村里的事业搞好了，也是一面旗帜啊！"

临到选举前夕，那一天夜里，患腰椎间盘突出的春亮正准备休息，突然传来了敲门声——门开处，一个个步履蹒跚走进来的，竟然是裴寨老家的几位白发老人！接着，后面的人鱼贯而入，总共进来了六七十个人！村支书裴清泽找了4台拖拉机，把一众人马拉进城来，其中有年高德劭的村中父老，也有裴寨村的一部分中坚力量，黑压压地坐了满满一客厅！

春亮一下子被镇住了。看着面前一张张熟悉而亲切的面容，顿时想起了刚刚去世不久的母亲，眼泪差点掉下来。

红梅一看眼前的架势，便知村支书的用意。她热情地端上了香烟、热茶、水果和瓜子，摆了满满一茶几，心却一下子沉甸甸地坠了下来。在嘈杂声中，她悄悄上楼，把自己关进了卧室，不想看，也不想听……

春亮忍着腰疼，热情地招待村支书和乡亲们。面前的父老乡亲，都是他家当年落难时的大恩大德之人呢！他拉着白发老人的手，嘘寒问暖拉家常，眼含热泪，回忆当年安葬父亲时，七斤哥安排刨树打棺材，党员们凑钱置办寿衣，乡亲们帮忙料理后事，东家情，西家恩，自己一辈子都还不起那一升米一升面半筐萝卜半袋茄子两个老南瓜……他说得最多的一个词就是——感恩！感恩！

老人们从小看着春亮长大，现在第一次走进城里的春亮家中，坐在软和舒适的沙发上，打量宽敞漂亮的大客厅，不禁想起了裴寨老村里春亮一家那个破败悲惨的院落，心里有惊喜，也有凄伤……一位大娘感叹道："唉，孩儿这么有出息，叫他妈来城里住，他妈还不来，沤牛嫂真不会享福啊！"

裴清泽看到春亮红了眼圈，赶紧趁热打铁："春亮，今儿咱村能来的人都来了，看看这里头，哪个人没帮过你？你回不回村参选村主任，今儿给大家伙儿一个痛快话吧。"

一村之长

新中国"最美奋斗者"裴春亮和乡亲们的脱贫攻坚路

春亮爽快地说:"这样吧,除了春节和中秋节看望村里人,每到重阳节,我再给村里70岁以上的老人每人100块钱;每到过年,再多给他们100斤大米……"

白发老人们听得心里暖暖的,伸手拦着说:"孩子,有了,有了!你给的不少了!你年年送的米啊、面啊、油啊,还有红包,你侄儿文山都给俺们送到家里了,你就别再操心了……"

裴清泽眼看话题又要跑偏,截过话头说:"是啊,村里七老八十的长辈和老人,今儿都来了,春亮你再不答应,还说得过去么?你要不吐口,他们今儿就不走了。"

村党支部副书记裴泉海,本来在人群边上踱步,这时一屁股坐下来,对春亮呵呵笑道:"反正春天夜长,有的是时间。今儿你看这架势,明说了:你同意,咱就走;你不同意,咱就磨吧……"一群年轻人跟着笑起来。

春亮嘴皮子都磨薄了,该说的都说了。腰椎更疼了,疼得他满额头上都汗津津的,已快撑持不住,坐也不是,站也不是,不时得在沙发上倚靠一会儿。

大伙儿你一句,我一句,聊起了国家发生的大事,春亮又讲起了辉县城里的一些新鲜事,乡亲们听得津津有味。不知不觉之间,一两个、三四个小时又过去了……

客厅墙上的挂钟,滴答滴答,节奏越来越紧促,时针眼看着跳过半夜12点,指向凌晨。

难为了几位白发老人,有的已经犯困了,还在努力打起精神。

打头阵的中年人仍然说得热乎,年轻人也放开了,时而轻言,时而重语,一会儿温柔,一会儿强硬,敲打催逼着春亮。

裴清泽长叹一声,对春亮掏心窝子:"兄弟,你哥这村支书干了十几年了,我老了,你也叫我歇歇吧,你来弄,给老百姓办些实事,让大伙儿跟着享享福,中不?你能回去,裴寨村就有希望……"

春亮没有答话……他真的是一副铁石心肠吗?

面前父老乡亲的一张张面孔,容颜沧桑,皱纹纵横,有的眉宇不展忍悲含愁,有的憔悴委顿不堪重负……这些白发老人,虽然一句也没有追问春亮，但是他们的面容神情，却在向春亮发出最强烈的呼唤。

春亮可怜他们，心疼他们，多么希望这些面孔展现红润、舒心、满足的笑容！他们的笑容，才是村庄的笑容。

裴泉海似乎看透了春亮的心情，感叹道："官向官，民向民，关公向的是蒲州人啊。"

这些天来，春亮一直在进行激烈的思想斗争，无数次追问，无数次掂量：你干企业是为了啥？你挣钱是为了啥？一人致富与全村致富，不同在哪儿？不容易在哪儿？

墙上挂钟的滴答声，已变成了逼人的节奏，"哒哒哒哒"穷追不舍，时针已经越过凌晨 1 点钟。

这时，有人突然使出一招激将法，喝问一声："在咱辉县，西山出了个张荣锁，东山就不能出个裴春亮？"

"对呀！你不行吗？你比他差吗？"在座的年轻人一齐向春亮发出呐喊。

春亮知道，辉县上八里镇回龙村的退役军人张荣锁，37 岁回村担任村支书，带领"四百壮士"，开上悬崖绝壁"老爷顶"，"土豆加钢钎"苦干四五年，在大山肚皮上掏出了一条 9 公里长的"挂壁公路"，使崖上的乡亲们过上了好日子，因此当选"感动中国十大人物"。

春亮也知道，新乡市涌现出了一批全国农村先进典型，汇聚成一个"新乡先进群体"……虽然，他自己一直在办企业，从未与那些先进典型人物发生过交集，却早已见贤思齐，心向往之……

"是啊，我不中吗？我难道不中吗?！"春亮的一腔血性按捺不住了。

他想起了"组织上"！——张村乡党委书记代表组织上，对他说过："村里的事业干好了，也是一面旗帜啊！"

旗帜！"组织上"说的一面旗帜！——春亮猛然省悟到：回裴寨村，不是去"趟浑水"，不是去"闹选举"，不为哪一派，不为哪个人。因为，这是父老乡亲们性命相系的裴寨村，这是"组织上"看重不放弃的裴寨村……从这个意义上说，回村参选村主任就值得！付出多大代价也值得！

这些天里，他已明白，自己的一颗心，确实不是光有钱就能满足的。对于一个满怀雄心壮志的年轻人来说，平台比财富更重要。"新乡先进群体"

一村之长

新中国"最美奋斗者"裴春亮和乡亲们的脱贫攻坚路

已经足以证明：在一个村主任的小小平台上，也是政治、经济、社会、科技、文化等无所不包，它可以是小小的原点，也可以是高高的巅峰，广阔无限，大有可为……

在这重大抉择的关头，一副白发萧萧的慈祥面容，飘向他的眼前。刚刚去世三个月的母亲，仿佛还一直守护在儿子身边从未离去，那一双深陷的眼窝里，目光闪烁，仿佛在向他说话——妈，您想对儿子说啥？您会让儿子选哪一条路？您同意儿子回裴寨村吗？

就在这个节骨眼上，村支书使出了"杀手锏"，一递眼色，从小跟着春亮一起玩耍长大的裴龙翔、裴龙辉，突然霍地一齐站起身，大声喝问道："叔——！你真不干？你真不回？非得让俺弟兄俩给你跪下——?!"

龙翔和龙辉一起走到春亮面前，作势要向地上跪下去！

这一下轰然击中了春亮心中最柔软的地方……正因腰疼倚在沙发上的春亮，满腔热血差点一口喷出来，他猛地一拍沙发，吼道："中！我回，我回！"

恩如太行义如虹，春亮慨然应允："啥都不说了，回！我裴春亮是吃百家饭、穿百家衣长大的，回去也是为了向父老乡亲报恩。既然这么信任我，你们回去选吧，选上我就干。"

事后，裴龙翔得意地笑春亮："他当时血上头了！大伙儿你一句我一句，把他说激动了。"

裴泉海也笑道："说不客气的，这第三次就是威逼。"

红梅下楼，与丈夫一起在门口送客人，她走到村支书面前，还想坚持推辞，表示春亮不能干这个村主任……

春亮一把将妻子揽到身后，低喝一声："滚一边儿去！没你的事！"——这是太行山区的老规矩了：男人们议事，女人不得插嘴；如果女人有意或无心地违反了，当丈夫的必会这样做给人看，否则，这个男人的形象就会一落千丈……

2005年4月20日上午，第五届裴寨村委会选举投票。全村380张选票中，没到现场的裴春亮获得360票，高票当选裴寨村主任……至此，裴寨村主任实际虚悬空缺长达十来年的历史，终于结束。

当天下午，春亮回到了裴寨村，村党支部副书记裴泉海对他笑道："你新官上任，不说两句？大伙儿的希望都寄托在你身上呢。"

裴春亮：要让裴寨闻名全国

裴寨村全体村民大会上，春亮一身简洁，谦和地站在老少爷儿们面前，没有气宇轩昂，没有高谈阔论，只是实实在在地简短表了个态。他说："人，不能没良心，不能忘本。当年在我最苦最难的时候，是裴寨村的党组织和乡亲们帮我渡过难关，我必须用实际行动，报答组织上，报答乡亲们。我回咱裴寨村，不在乎村主任有多大权力，只为给村里办事，给老百姓办事。我会想尽一切办法，不负众望。"

> 一个年轻庄稼人，头上顶着一条麻袋，身上披着一条麻袋，一只胳膊抱着麻袋包着的铺盖卷，出现在渭河上游的黄土高岸上了……

这是长篇小说《创业史》的主人公、中国文学史上的当代农民典型梁生宝。

文学作品中，年轻的梁生宝，走进蛤蟆滩，带领"丐帮"一样的8户农民，扎扫帚，扛稻种，办起了互助组。

现实生活里，年轻的裴春亮，舍弃城里的繁华和坦途，回到贫穷落后的小山村，当选村主任。

时代不一样了，他们踏进的是一条完全不同的"时间之河"，但是，裴春亮与梁生宝一样，为了广大农民百姓脱贫困、赢尊严、奔幸福，奋斗的初心是一样的，前进的方向是一致的。"70后"村主任裴春亮，以同样的信仰和激情，以同样的意志力和创造力，成为21世纪初期一个现实版的"梁生宝"。

上任第一天晚上，春亮走进老村委会大院，参加村干部全体会。

这个大院一亩多大，紧贴在裴寨商业老街东侧的店铺背后。大院简陋，北边一排6间水泥红瓦房，东头几间是堆放杂物的仓库，只有西头一间是村

一村之长

新中国"最美奋斗者"裴春亮和乡亲们的脱贫攻坚路

委会办公室。

办公室门边，并挂两块牌子，白底红字的是"中共辉县市张村乡裴寨村支部委员会"，白底黑字的是"辉县市张村乡裴寨村村委会"。双扇红色铁门上，垂挂着透明的绿塑料帘条。里面的房顶破损漏着光，一张办公桌上星星点点沾着擦不掉的麻雀屎，一张木板床上铺着苇席。

村支书裴清泽上任时，全村只有他和另外两名村干部。张村乡政府发的村干部工资，每月一笔总共900元，裴清泽说："咱仨平均，一人300吧。"

现在，村领导班子增加到了5个人，村支书裴清泽，村主任裴春亮，村党支部副书记裴泉海，村委兼会计李国德，村委兼妇女主任张桂先。春亮是唯一的年轻人……当时，张村乡发给村主任的月工资，也是300元。

摆在这个村主任面前的，是一个吃国家救济粮的"省级贫困村"，全村153户、595口人，耕地661亩，夏秋亩产总共不足千斤，年人均收入不足千元。村子里，有个体办的300头以上规模养猪场5家，个体办的500只以上规模养鸡场1家。全村从商65人、外出务工60人，共有小汽车、货车11辆。

整个家底一目了然，花钱、记账，都是村支书自己一个人管。

村集体的财产，只有一点副业，不赚钱。眼下这个老院子，6间破瓦房，办公室一桌一椅一床一灯泡，外加一个扩音器、四个大喇叭，就是村集体的全部家当了。

但有一项，让村干部感到硬气的，就是村里不欠一分钱外债。

这个春夜，新村主任上任的第一个村干部会，全村人都在关心。院子大门内外，聚集了不少村民，或蹲或站，一边议论闲聊，一边盯着办公室透出的灯光，直到夜深了还不肯散去……

老村委会大院的那一间办公室，春亮压根儿没有坐进去。

门外不远处，裴寨商业老街的路东，有一处人民公社时期张村公社邮政支局遗弃的旧址，约2亩大的院子已被商户们瓜分，剩下临街一座5间两层的办公楼，春亮个人出钱装修了一下，成了裴寨村委会办公室。

春亮回到裴寨老村，自然先去看望恩人。他像归来的游子，走进一户又一户父老乡亲的家里，拉着他们的手，一遍又一遍地说："叔，我回来了!""哥,我回来了!"……

一只远去的风筝,又飞回了裴寨村的天空,白发人拉着春亮的手,满心欣慰。人老了,瞧着孩子偎在身边,心里踏实。而且,春亮好不容易走出山里,进城打拼混出了个人样儿,又回到小山村,没让村支书和乡亲们的脸面掉地下,这孩子有情有义,不易呀!

一个暗夜里,春亮仿佛回到了上小学时,仍像去班主任李素珍老师家里上辅导课一样,独自穿过几条黑胡同,来到了李老师家。大门开处,高个子大眼睛的李老师,已经霜染双鬓,她一见自己的得意学生春亮,惊喜得叫出声来——当年,就在窗前一盏微弱而安静的灯下,李老师为小春亮辅导语文和数学。小春亮晚饭喝了稀粥,隔一会儿就想出去撒尿。李老师怕他猛然跨入黑暗,一脚跌入门外的大沟,所以不让他出门,像对自家孩子一样,递来一个旧盆,让他就尿在盆里……如今,还是在窗前一盏微弱而安静的灯光下,李老师把春亮当作一位成年大人来交谈了,告诉春亮,自己教书 37 年,4 年前退休了。她感叹道:"唉,沤牛婶哪怕晚去世半年,也让你这个儿子当当她的村主任,该多高兴! 我这老师看到学生当村主任了,也脸上有光啊!"

平时,村支书裴清泽有事无事,常常从老村委会大院踱步到村委会办公楼里来。坐镇十余年的老村支书,与刚上任的新村主任,一盘石磨的上下两扇,也得对对口呀。

春亮比裴清泽小 22 岁,是同辈兄弟。春亮认为:"村支书裴清泽,在我的印象里,那是个'神人'。他的内心厚道善良,有一说一,不会拐弯抹角,不会做戏,对上不逢迎,对下有同情心。从他的身上,我朦朦胧胧地感觉到,选择做人的标准,就应该是做一个实干的人,一个实在的人……在农村,谁是实在的人,大家就认可他;谁能给大家留下的印象很可靠,做人就成功了。"

老支书和新主任,相对而坐,促膝交心。裴清泽难得地敞开心怀,把平时不对人言的看法,一一向春亮交底儿:谁谁家里穷,谁跟谁是哪一门家族的,谁谁能共事,谁谁光说不干,谁谁用着你时啥表现、用不着你时又是啥表现……

与老支书沉郁绵密的风格相比,新主任"画风一变",变得阳光蓬勃、

一村之长

新中国"最美奋斗者"裴春亮和乡亲们的脱贫攻坚路

新锐敞亮。春亮在大节上从不含糊，忠诚正派，善良仁厚，懂得公义、公道、公正、公平。但同时，就像他妻子红梅那80多岁的爷爷一眼看准的，他也"不是个老实孩儿"。

他的身上，具有"70后"村主任的鲜明特征。他所立足的裴寨村这个平台，没有边界，外延广阔，所以，他不会整天坐在一间村委会办公室里，也不会固守在一个小山村里，完全是一种开放姿态，一种创新思维。

春亮这一代乡村弄潮儿，创业的基因和"胎教"，都得之于改革开放时代，思维方式、表达方式、计算方式、交际网络、社会能量、行事风格，都不同于前辈。他们从社会底层挣扎上来，在市场一线摸爬滚打出来，既紧跟时代节拍，又深接乡村地气，而且，将民间土著的企业家、政治家、社会活动家、心理学家等实用知识集于一身。因此，既有宏观全局意识，也有综合运筹能力，无教条，无禁区，有胆有识，敢想敢闯，进取心强，目的性强，发现力强，行动力强。在资源和市场的逐鹿时代，在资源配置变动的大格局中，嗅觉灵敏，眼疾手快，也能抢占机遇，成就一番事业。

即使是应对"剪不断理还乱"的农村矛盾，应对难缠的乡下"刺儿头"，也有智慧、有魄力，斗智斗勇不落下风……用乡亲们的话说，春亮就算"圪挤眼睡着了"也能玩儿得转。

作为村主任，带领乡亲们过上好日子，春亮是在大庭广众之下表过态的，如果说话不算数，还有什么信义，还有什么尊严？说出的话，吐出的钉，啐口唾沫还在地上砸个坑呢！

从个人办企业，到全村奔小康，一种新鲜而又高尚的感觉，让春亮如同换了一个新人，干事创业的虎性之中，又升腾起了一种政治道义的力量……他深深感到，走在带领乡亲百姓奔小康的大道上，他的人生价值，才会更加有所附丽，才会更加水涨船高。而这种神圣感和充实感，是仅仅当一名老板难以拥有的。

"一个篱笆三个桩，一个好汉三个帮。"还没入党的村主任春亮，首先倚重的是村里16名党员。同时，春亮点兵点将，壮大村干部队伍。太行山区不是有句俗话吗？"土帮土成墙，人帮人成王。"

春亮一上任，就带着妻子红梅回到了裴寨村。

此时，红梅因为丈夫不听劝阻回村当村主任，心中还怨怒未消……然而，这个村主任的女儿，无论如何，违抗不了识大体、顾大局的道德律令，大事为先，丈夫为先，这个观念在她心中已经根深蒂固。明明深明大义，怎能装作不明事理？现在，丈夫已然是村主任了，在村里作难是肯定的，如果连自己的老婆都不帮他，谁帮他呢？所以，红梅还是夫唱妇随，哪怕装也得装得像一点儿。

春亮和红梅夫妻俩，带上十几个年轻人，来到了裴清丽(天喜儿)家里。春亮一进门，就笑着喊道："天喜儿哥，早就听说嫂子腰疼，来看看嫂子！"红梅拉着嫂子的手，问她腰疼好些了没有？

春亮让其他人先出去，屋里只留下了他们两对夫妻。春亮对天喜儿说："咱弟兄俩，今儿好好说说话儿。"

两天前，他们俩的名字，还双双挂在村主任候选人的公示榜上。在选举投票的现场，天喜儿临场宣布了退出选举，但还担心产生嫌隙……春亮推心置腹地说："天喜儿哥，以后咱们一起好好干吧。"一向脸皮薄的天喜儿，面色涨得赤红，激动地说："对！咱们这一帮人都好好干，把咱裴寨村搞好。"春亮爽快地笑道："哥，也不给你派老重的活儿，你平时是个和事佬儿，就当村里的民事调解主任吧。"

喜欢照相和写作的"秀才"裴龙德，清楚地记得自己在村里"从政"的起点。春亮当选村主任两天后，和村支书一起来到龙德家，请他加入村干部行列，说裴寨村需要他这样的人才，希望他发挥特长为百姓服务……龙德感慨道："当村干部，进村领导班子，是我感到光荣和自豪的事。我知道春亮有为百姓办事的雄心，他们亲自来找我是抬举我，我们下决心一起干出点名堂。"

春亮的同年发小裴晓峰(孟群)，原是不相信春亮会回村参选村主任的。现在春亮找到了他，仍像童年"孩子王"那样，不容分说直接开口："孟群，你跟我干吧。"孟群笑眯眯地挠头："我不知道咋弄啊！"春亮慷慨道："咱不干谁干?!裴寨村该由咱们这一代人出力了。"孟群受到鼓舞，跟着春亮一起干，有劲儿，有前途，点头答应："对，咱都快奔四十的人了，集体是个大家庭，要富一起富，个人再富，也没有大家共同富裕高兴，要把咱村改造成一个小时候梦想中的裴寨村。"春亮诚恳地说:"我刚当村主任,啥都不懂。你父亲当过多年的生产大队长、村主任,处理村里这些事,你天天听也听会了吧。"……的确,孟群不懂的,他父亲裴永懂。春亮迫不及待商量起来:"既然把我选上村主任了,在村里干点啥呢?"

在村中有一定威望的裴清丽、裴龙德、裴晓峰,同时进了村领导班子。一般村子里,哪有"办公室主任"这一职务?而裴寨村独具一格,裴龙德成了村两委办公室主任;裴清丽担任村民事调解主任,裴晓峰担任村治安主任。

村里有名的"金银铜"家族的老三铜更,身材像一座铁塔,体重两百多斤,蒲扇大的手掌,薅住哪个人就别想走。张村乡组织拔河比赛,铜更松松手猛然一拽,裴寨村就拔了个第一名……春亮让铜更担任村治安副主任。

新任村干部裴龙翔、裴龙辉、裴清学,没有安排具体职务,也肯定跟着春亮一起干。

这一班人马,都是能干人,本来都有各自的生意,此时,个人家业宁肯为全村大业让路,不图工资,不计报酬,为了年轻时的理想一起奋斗。

春亮针对村中宗族派系多年纷争的教训,痛定思痛,总结道:"千万不能搞派系,这与带头人有直接关系。"因此在用人上,他主张"五湖四海",不搞"任人唯亲",不谋帮派私利。在他眼中,不论哪一派的人,凡是在村里挑过头的,都是比较出类拔萃的尖子人物,所以尽量给这些人都派了活儿。他说:"我在村里排兵布阵,自认为摆布得得劲劲的,没有分成派别。"

然而,乡村文明虽已大大进化,也终究脱离不了一个宗族社会。在农村,一个六亲不认的生瓜蛋儿,是当不了村主任的。裴寨村里,春亮搞的"五湖四海",既是出于公心,也兼顾了宗族派系的利益。与他搭班子的村干部,都是从各个宗族派系中挑选出来的好人、能人;而每个人的背后,都连带着一个家族,连带着一股宗族势力。对此,春亮的心里像明镜一样,经常指着村领导班子的一个个成员,笑道:"在裴寨村,你们每个人都是'一方诸侯'啊!"

因此,在各方宗族势力之间,在村里人情事务上,村主任春亮不得不花费精力搞平衡。平衡需要公平,什么是严格的公平?在农村就是这样,"一碗水端平"，处事公道果断，快刀斩乱麻，该劝的劝，该吵的吵，该压的压，该调解的调解，调动各方积极性，弄得心齐气顺，把一切摆平，不平也得平。

一位村干部说：春亮有胆有识，主要精力放在了把握发展形势，把握上升趋势，协调对外关系，观大势，想大事，看大节，谋大业。在处理村里鸡毛蒜皮的矛盾时，他不听那么多，不问琐细，不缠具体，不计小节，三下五除二，对呀错的，凡事干净利索就齐了。

村主任春亮的领导方法，就是引领，把大伙儿的心往高处引、往亮处引，在引领中贴近融入，在引领中凝聚共识。

可是，村主任毕竟空缺多年，"新官要理旧账"。春亮一上任，就要打扫旧战场，解决历史遗留的一大堆矛盾问题，"一筐跳蚤乱蹦""按下葫芦起了瓢"。

老村里，一天到晚都有吵架的，谁家在地里挖了谁家一块土了，谁家宅基地挡了谁家的出水口了，谁家的鸡把蛋生在谁家院子里了，等等，矛盾整天调解不完……村西公路边，一家院墙与一家猪圈中间长的大桐树，伐倒卖了350元，两家老太太为卖树钱吵得不可开交，对半平分也不行，最后把钱全部上交村里，双方一恕到底："哪怕不要这钱，也不让她得一分！"

"事非经过不知难"，春亮天天待在村里，晚上才回辉县城的家；有时忙得回不去，就吃住在老村的侄儿文山家里。他俯下身子，耐住性子，当起了一个不厌其烦的村主任。

村里一桩厮缠几年的土地纠纷，双方当事人都是老村队干部，其中裴家人多户大，郭家属于独门小户。两家地块相邻，郭家向村里反映，说裴家占了他的地，可是地里一块界石又找不到了。郭家就邀集村中几个独门小户，一起到地头丈量取证，说自家一亩地只剩下了大约8分地。村主任春亮上任后，郭家夫妇又到村委会告状，春亮到地里一看，裴家至少多出了一垄地。于是，把当年联产承包主持分地的生产大队、生产队干部都请到了现场，春亮站在两家地块中间，问裴家："你家地边在哪儿？"又问郭家："你家地边在哪儿？"两家指的地边，相错一米宽……春亮高叫一声："来人！"立马过来两个人，一人抱界石，一人扛镢头，春亮朝那一米宽的正中间一指："界石

一村之长

新中国"最美奋斗者"裴春亮和乡亲们的脱贫攻坚路

就埋这儿了!"从此,两家耕种相安无事。

老村东地一道坎,坎上坎下两家地块相邻,坎间长着一棵大树,坎上人家砍掉卖了800元揣进腰包。坎下人家找他论理,他脸一红、眼一瞪:"咋啦?树是俺家的,它长大了影响长庄稼,把它砍了不中?"坎下人家说:"你说树是你的,那老会计查账,账上也没有你的树呀。"两家人越吵越凶,都背着铁锨聚到土坎上,眼看就是一场流血冲突……村主任春亮赶到现场,两家都拉着他:"春亮你公平,你来评理。你说咋办,俺不还价儿。"春亮先到坎下人家,这家说:"这树是俺家的,俺年年浇水长大的,他哪怕给俺200块钱,俺就不说啥了。"春亮又找坎上人家,说:"人家的树,卖了800块钱,你不给人家400块?"最后春亮当众断案,对坎上人家说:"这事儿我当家了!你落500块,给他300块!"结果皆大欢喜……

春亮深有体会地说:"其实,老百姓的多年矛盾,磕磕碰碰,只是因为不公平。就差一个人来公平调停,双方就都高兴了。"

说来也奇怪,自从春亮回村当了村主任,裴寨村中曾经轰轰烈烈旷日持久的矛盾,仿佛戛然而止,忽然消停下来了……

年轻的春亮,一副虎脾气,一个急性子。平时,自己家人吃饭或者干活,他都不喜欢拖拖拉拉;当村主任以后,脱贫攻坚更是"只争朝夕"。

村两委办公室主任被催赶得马不停蹄,感慨道:"2003年'非典'疫情那么紧急,小汤山医院还一个月后建成哩。春亮在村里干事创业,两手空空,啥东西都还没有呢,就立刻连声,说啥干啥,往往一夜之间就要立竿见影。"

春亮自己也说:"我感觉自己的性格,就像打仗的火线上一个抱炸药包攻碉堡开路的连长。"

35岁正当年,充满锐气,心无旁骛,千方百计改变贫穷落后面貌,恨不能一扫村中所有民生"老大难",不喜欢重复思考,心思到哪儿了就放不下,只要认准,一往无前。春亮终于把老百姓的心从热衷"竞选"拉到脱贫致富上来了,家家户户都有正事干,人人都忙着挣钱发展……一位退休老教师说:"春亮的向心力大,号召力大。"

裴寨村乡亲们至今记得,春亮"新官上任",就办了几件漂亮事。

一件事是安路灯。春亮小时候，在老村胡同里摸黑走夜路，走惯了，也走怕了，再也不想让孩子们重复他童年的噩梦。上任干的第一件实事，就是个人出资 10 万元，在街巷胡同中栽电线杆，安装路灯。全村最先安装的，是古井前街上的路灯，春亮要求："明天晚上，就让路灯亮起来！"高高的水泥电线杆竖起来了，挂上了老式大圆搪瓷灯罩和 60 瓦大灯泡……亮了！亮了！每天入夜路灯一亮，就是整个村庄的狂欢时刻，孩子们围在路灯下拍手欢呼，蹦蹦跳跳做游戏。这一片丘陵上的村庄，哪里有过路灯？无边夜色中，裴寨村成了一个璀璨夺目的"亮点"。

一件事是修涵洞。村西卫吴公路下面，一条 50 米长的过水涵洞，口径太细了。大雨过后，村西小水库往大东沟排水流不过去，路西低洼地带的土坯房就淹了，村里没钱一直无力解决……为了杜绝水患，春亮个人出资 40 多万元，用炸药崩开公路路面，重修了一座石砌桥坝，坝下的涵洞宽大结实，过水通畅。而桥坝太过坚固，到后来重建商业街把它炸掉时，爆破用了一吨炸药都炸不动。

还有一件事是购买大型农用机械。春亮个人出资 15 万元，买回了一台联合收割机、一台旋耕机。而且，每年还补贴 5 万多元，让农用机械提供免费服务……农忙时节，村民们轻松多了。夏天收麦子，全村 600 多亩耕地，100 多家农户排号，轮到谁家了，谁家来个人在地头等着，待联合收割机收获完毕，只管用口袋装麦子就行了。村民不仅省力，每户还省两三百块钱呢。

春亮还个人出资数万元，购置了十几套健身器材，安装在老村里。全村男女老少像城里人一样，每天运动起来强身健体。

而所有这些事，春亮只为实现一个心愿："我受过的罪，不能让乡亲们再受了！"

春亮上任第一年的除夕，在广播大喇叭上宣布："裴寨村红白事理事会，今天成立了！"从此要求全村，所有红白事，送礼的标准、宴请的菜肴烟酒标准，均按理事会的规定执行。村里腾出房子免费提供餐厅，提倡勤俭节约，防止铺张浪费，移风易俗，树立文明新风，不仅裴寨村民欢迎，连附近村庄也都羡慕。

村主任手握一枚公章，权力说大不大，说小不小。以往村民申请自办养猪场、养鸡场，村里不给盖章。春亮上任后，鼓励村民自主创业，公章啪啪地盖。总之，一切有利于发展的事情，只要路子对头，只要项目弄准，他都不遗余力积极推进。

这位年轻的村主任，抓的都是民生经济大事，主意硬，力道刚，势头猛，有时为了干事效率甚至就是强领、强推。但是，因为在干事过程中，性情真，欲望公，心气平，手腕柔，所以也能服众，村里干部群众乐意与他一起投入其中。

裴寨人欣慰地说："我们高兴，我们找的人找对了！大伙儿对春亮放心，他是一个好当家人。"

村支书对村干部说："谁反对春亮都中，我们必须拥护他，支持他。"

一位村干部说：村支书和村主任，一老一少"搁班儿"，合作基本融洽。老支书平时配合新主任，新主任遇事让着老支书，春亮从老支书那里收获比较多。事情看大不看小，大格局上不错就行了。

村两委班子开会，制订了裴寨村 2005—2010 年的"一五规划"，后来又有了"二五规划""三五规划"……全村人的心气儿，集中在了春亮身上，都在指望他以个人赚钱的节奏，带领全村迅速脱贫致富。

春亮却已深深感到：一人致富与一村致富，完全不一个概念。

裴寨村这个大穷坑怎么填？摆脱贫困的突破口在哪里？村干部们聚焦于这一命题，尤其是年轻村干部，经常聚会议论，一天到晚琢磨：怎样在最快的时间里，用什么最有力的方式，给乡亲们展示一下，让老百姓得到实惠，立竿见影，从而树立信心，强筋通脉，焕发生机奔小康？

三、慷慨捐建裴寨新村

春亮上任不久，裴寨村两委提出一个倡议，号召全村集中财力，以股份制形式上集体生产项目，尽快脱贫致富——这个思路很新，村干部讨论十分热烈。

但是，迎头遇上了"拦路虎"。一说要各家各户出钱搞股份制，村民们不接受："俺们辛辛苦苦攒点儿钱，是预备拿来盖房，给儿子娶媳妇的呀，哪敢动这钱啊！"

在河南，农民住房盖得最庄重最结实的，首推太行山区。而且，"爷爷盖，父亲拆；父亲盖，儿子拆"，一代接一代的给子孙盖房，成了太行山人祖祖辈辈的永恒主题——不盖房，怎么娶亲成家、传宗接代？不盖房，怎么直得起腰杆、活得好人生？

改革开放以后，在裴寨村里，经济条件好的人家陆续盖了新房子。这一些钢筋水泥楼房，在老村里显得突兀，因为周围大部分村舍，还是几十年前盖的土坯房和捶棚。

村民们说起房子，都是一肚子苦水。天气干旱盼下雨，房子破败又怕下雨，特别遇到雷雨天，担心房倒屋塌，谁家敢睡？每当山雨欲来，整个村子便乱作一团，各家纷纷上房顶，有的拿塑料布蒙盖整个屋顶，有的用泥土填塞捶棚平顶的裂缝。最怕的是睡到半夜，突降暴雨，黑暗中全村一片惊慌骚动……所以，家家户户必备三件宝：塑料布、雨靴、手电筒。

村里几户人家，房子地基打下好几年了，一直没钱盖不起来。

直到2005年，因为没房子，全村还有17个光棍汉在晃荡。农村说媒提亲，女方先看房子，不然一切免谈……

总之，贫贱农家百事哀，就数盖房最苦。村中民生说一千道一万，抓住农民住房这个关键，才是抓住了脱贫攻坚的"牛鼻子"。

全国许多农村先进典型，包括"新乡先进群体"成员，都明白这一点，率先盖起了漂亮整齐的农民集体新村，用大地上这个最直观最醒目的标志，展示社会主义新农村的风貌——这早已触动了春亮。

2001年的一天，正在城里办企业的春亮，与裴寨村党支部副书记裴泉海一起吃饭。酒酣耳热之际，春亮忽然冒出一句："假使有一天，我能盖上几栋楼，让咱裴寨村的人都住上呢？……"在座的人都哈哈大笑："盖楼？那犁呀、耧呀、锄呀，到楼上放哪儿咧？"

而现在的村主任春亮，已在其位，当谋其政。

一村之长

新中国"最美奋斗者"裴春亮和乡亲们的脱贫攻坚路

习近平总书记指出:"我们共产党人的斗争,从来都是奔着矛盾问题、风险挑战去的。"……此时,春亮奔着老百姓基本生存的最大难题而去,设想了一个最大的脱贫突破口——为全村150多户村民统一建新村。

春亮找到村支书,在老村委会大院的灯光下,一老一少彻夜长谈……"条条道路通罗马",但条条道路都行不通。

在老支书面前,不提做事还好,一提做事,就是抽刀断水水更流,举杯浇愁愁更愁。何况,是建农民集体新村这么大的事!

谈到最后,老支书只能告诫春亮:"建新村是好事啊,可是你看,咱村的集体财产,就这一间房、一张床、一套桌椅、一台扩音器和四个大喇叭。但是再穷再难,村集体也没有欠过一分钱外债。老弟,咱能让村集体背一身债去建房么?"

春亮站起身说:"钱的事儿,我想办法。"

年轻的村主任,"血又上头了"。

他想尽快帮助乡亲们脱贫,办实事、办好事、办大事,但是左奔右突,村集体没钱干不成,村民们太穷干不成,怎么办?只剩下了一条路,干脆,用最快捷的方式,一劳永逸解决民生"老大难"——自掏腰包为全村人建房。

谁让他是"在打仗的火线上抱炸药包攻碉堡开路"的"春亮连长"呢!

他眼中的"碉堡",是脱贫攻坚遇到的巨大阻力;他手中的"炸药包",是慷慨捐出的个人资金。扔炸药包攻碉堡开路,有了大方向就敢想,有了大主意就敢做。

2005年刚刚立夏,家住常村镇沿村的郭学印,忽然接到了春亮的电话。当年春亮从张村中学辍学后,这一对经常结伴而行的同学,20多年来还一直保持着来往。

两人一起登上了裴寨村边的南岭,万木葱茏的季节,可脚下的南岭,还是嫩叶夹杂着衰枝,一片荒草胡坡。放眼望去,沟沟壑壑的丘陵上,一片片麦田已经青中泛黄,再过个把月就该割麦子了。

雄心勃勃的春亮告诉学印,他想捐建一座新村,送给裴寨村153户村民每户一套住房,彻底解决全村发展的后顾之忧。

村主任出资捐建农民新村,在全市,在全省,都是破天荒第一个啊!学印脱口问："那得多少钱啊？"

春亮一时也说不出个准数，只按一般农民的盖房成本，大致毛估算一下："2000 万吧？　2000 多万应该够了。"

老天！学印被吓住了："春亮，你这些年创业也不容易，放着这么好的时光，自己不好好享福……"

春亮说："我既然回村了，总不能白回来一趟吧。"

春亮、红梅夫妻俩，与学印都是张村中学的校友。学印猜测：春亮的惊人想法，红梅会同意吗？这事如果发生在学印自己家里，老婆一听这主意，还不得蹦起来骂他是"疯子"！

"你仔细想想，2000 多万哪，你承受得起吗？"学印劝春亮，春亮点点头。学印仍然不理解，春亮为啥要做这件事？

春亮拉着学印，在大石头上坐下，看着南岭下的裴寨老村，轻叹一声："那年，俺爹去世三天了，家里还没法买棺材下葬，俺妈只好说用一领苇席把俺爹卷了，刨个坑儿软埋了……"

学印惊骇地睁大了眼睛。春亮说："当时，是村支书七斤哥代表组织上出面管事，刨了村集体的两棵树，连夜给俺爹打了棺材；村里党员们自愿兑钱，给俺爹买了寿衣；乡亲们送来了办丧事用的米面菜和柴禾……俺爹体体面面地下葬了。如果，如果当时真把俺爹软埋了……"

春亮不由哽咽，学印第一次见他热泪滚滚。

"……学印你说，我裴春亮还能活成个堂堂男子汉大丈夫么？就算企业做大了，混成了人物，我无论走到哪儿，人家不还是会在背后指指点点？我一辈子在咱张村乡、在咱辉县，咋还抬得起头来？就算后来把俺爹排排场场地改葬了，一切也挽回不了啊，哪还有我当村主任的这一天？"

"现在，父老乡亲们到城里请我回来，把我挣下的家业和名誉看成是我的本事，好像我就是一个大能人了；其实，没有当年吃百家饭、穿百家衣长大，没有当年乡亲们患难相帮，哪有我的今天？人们说，滴水之恩，涌泉相报。我就是排山倒海滔滔不绝地相报，也报答不了父老乡亲的大恩大德！"

春亮眼中闪射出倔强的光芒："我给村里盖房，啥也不图，就是想让穷乡亲们像我一样过上好日子。他们一辈子没遗憾了,我也就一辈子不后悔了!"

他站在南岭最高处,俯瞰山川,目光寻找着盖新村的地点——看来他主意已定,今天约老同学见面,只是在最后梳理一遍纷乱的心绪……

春亮回到辉县市区的家里,难得坐下与妻子聊聊天,他似乎随口问道:"小红,最近财务紧张不紧张?"

红梅沉静的眼神告诉他:不必担心,企业还有我在呢。

他溜着边儿说:"小红,我说啊,不知中不中,你听听。你看咱裴寨村,以前往家里挑一担井水,都得从西边到东边,又从东边到西边,路又远,胡同里又不好走。村里布局乱,住的房子又破……其实在村里,让全村每家有房住、能娶上媳妇,也就这么大个事儿——你说,我当村主任了,能不让村里改变改变?"

红梅深知丈夫的性情,心善,爱冲动,瞧见世上不平事,心里的一股劲儿就呜呜地上来了;瞧见谁家日子差,心里的一股劲儿也呜呜地上来了……她说:"你资助村里贫困户看病、上学,逢年过节看望村里老人,都可以,咱们也不是特别吃力。"

春亮有意地在这位"财务总监"面前盘算:"假如建一个裴寨新村,大概需要投资多少钱?全村150多户,每家盖一套房,最多不也就……2000多万?"

红梅截住话头:"钱从哪儿来?"

春亮和缓地说:"盖房不是一天两天的事,又不是一把拿出来2000万。今年,从咱企业里拿出来……先拿出来二三百万就够了。"

红梅火儿了:"明年呢?后年呢?"

春亮说:"企业一边挣钱,一边给村里盖房……"

红梅一听就炸了,腾地站起身:"企业挣挣钱,都给你拿去盖盖房?你疯了吧你!这钱是天上掉下来

走基层·寻找最美村官

的?是大风刮来的?异想天开,想一出是一出!我千嘱咐万嘱咐,不让你回去当那个村主任,你不听,抛家舍业,一意孤行!不怪村里人把你拽回去,

就是你自己想回去报恩！报恩，报恩，整个人都奉献给村里了还不够？还要盖房！盖房你盖呀，还要从咱自家企业拿钱！这是三万五万、十万八万？2000万哪！"

夫妻创业16年了，春亮知道红梅的性格，更知道红梅的难处……外人只知民营企业老板的风光，可是年年月月，每当交电费、缴税、安排就业、给员工发工资的时候，老板的艰难有谁知道？

红梅伤心地数落道："咱们这一大家子，刚刚温饱有了起色。现在，上学的上学，成亲的成亲，生孩子的生孩子，都正是花钱的时候……你想过这个家没有？你想过咱们的企业没有？你想过没有?！"

春亮眼看说不通，脸一虎，索性端出了太行山乡的大男子主义："小红，我决定了，这事必须要干，非干不可！"

红梅又急又气，满眼泪花，斥责道："裴春亮！你、你真疯了?！"

春亮铁了心，盖新村！"你甭管，哪怕我一辈子挣的钱都给村里！"

性情刚烈的红梅喊道："你想都别想，没那回事！你非要干，不想过就不过了，离婚！"

一声惊雷震撼整个裴寨村：村主任春亮要个人出资，为全村乡亲捐建一个裴寨新村！

村治安主任孟群想起来了：前不久，他们十来个年轻人，聚到了辉县市区的春亮家里，你一言，我一语，议论一个主题——在咱裴寨村弄点儿啥，是咱村人人都需要的，是最能让百姓有获得感的?

大家聊到，村里有户人家求亲，女方来一个嫌房子破，再来一个还嫌房子破……春亮忽然说："我给他们盖个房吧！"

有人以为春亮又要资助贫困户，建议说翻修一下就中了。

"翻修啥？老村的房子盖得乱七八糟，还有那么多危房，想规划都没法规划。如果找一片地方，每家每户给他盖一套房，光棍汉好找媳妇了，也不用操心规划老村了，这不就是全村人都迫切需要的么！"

春亮一下把大家说懵了，这是想都没敢想过的事啊！面面相觑好一会儿，有人说："到时候盖起房了，即使各家少拿点钱，还是有人拿不出来咋办？"

春亮一下让大家更懵了:"全部不用拿钱,每家给他分一套房,我一个人拿钱。"

为人谨慎的孟群,经常被春亮的创意搞得一惊一乍的,总在为他的这个同年发小捏一把汗……春亮也不是大富豪,经济实力还不是很强,盖房的压力扛得下来吗?孟群问:"全村一百多套房,那得多少钱啊,中吗?"

春亮满腔豪气一挥手:"只要咱们都觉得中,睛盖了!干脆盖楼,盖个六层楼!"

有人说:"盖六层楼,粮食和犁、耧、锄往哪儿放呢?太不实用了,肯定有人不愿住。"

孟群接道:"每户盖三间两层楼,肯定可以。"

"三间两层就三间两层!"春亮爽快地答应下来。

那么,楼房盖在哪儿呢?

春亮这个村主任,干什么都大气,做什么都舍得,唯一的吝啬,就是在耕地上极其"抠门儿"。裴寨村595口人,661亩耕地,耕地本来就不多,春亮又把耕地看成祖传之宝,决不允许违反政策去触碰耕地红线。所以,一分一厘都不肯占,宁舍金钱千万,不舍耕地一寸。

大家七嘴八舌议论:"要不,在南岭那儿弄吧,那儿种地不长庄稼,但是盖房地基磁实……"

对于村主任春亮捐建新村,裴寨村民当然惊喜,无论平时有偏见或没偏见的人都拥护。老百姓谁不奢求这个梦想啊?住进小洋楼,能睡踏实觉,睡到梦里还笑呢!其中最急切的,是一群被房子挡在婚姻门外的光棍汉,他们甚至已在憧憬洞房花烛……

可随后,欢呼雀跃的村民冷静下来:怎么可能,一个人掏钱给全村一百多户人家盖房?

半信半疑的,占了大多数。他们知道春亮想为百姓办事,但这个世上,真有白住的房子吗?以后不向咱们要钱吗?

断然相信的,是村里的几位贤良长者,他们看着春亮这娃儿长大,了解他的人品性格,相信春亮能干出这种事。

而大伙儿都没想到的是,春亮的动作如此迅猛。刚刚一群年轻人在他家议论完，大概第二天还是第三天，裴寨新村工程就启动了。

老村委会大院里，赫然挂出了第三块牌子"裴寨新村建设工程指挥部"。

裴寨新村的设计者，是春亮资助过的清华大学两名大学生。两位专业建筑设计师，来裴寨村进行了实地考察。

设计图纸出来了，村民成群结队来看图纸。这是一幅美丽的画卷——一道南岭，北坡高，南坡低，每户约200平方米的双层联排住宅楼，背倚北坡，面朝南边平原，台阶式的一层层逐级而建。整个新村避风向阳，排列富有层次感，错落有致，生动漂亮……

但是，村民们不称心，纷纷提意见说：既是好事，就要办好。裴寨老村的地势，本来就沟沟坡坡的，祖祖辈辈上上下下，走累了，走怕了，就不能让子孙们走一条平展展的路么？

于是，设计图纸重新修改，平地而建的裴寨新村，8排16栋160套双层联排住宅楼，组成一个整齐方阵……这当然留下了一点遗憾，以现代环境美学的观念，在南岭上依坡而建的裴寨新村，会是一副更美观、更独特的模样。

春亮体谅乡亲们的意愿，在平地上建新村，但是，这么大一片平地上哪儿找去？他盯着南岭，看啊看，看啊看，狠心一拍大腿："起了它！"——"起了它"，就是把南岭东半架山梁，从北往南，掀掉它，削平它！

挖山平村址，花费气力并不比盖楼房小啊！春亮真成了一个移山"愚公"，捐建新村的成本太高了，这意味着他至少要再多付出500万元！

而且，平岭先要迁坟，谁不知道，迁坟是一件麻缠事！南岭东边山梁上，有几十座坟头，牵涉的人家，除了杨圪垱村的四五户人家，都是裴寨本村的。

迁坟时，村干部们带头动员自己的家族，有位村干部近门一家就迁走了13座坟。

裴寨村干部分头去见杨圪垱村迁坟户，有的是凭着私交提上酒菜礼物登门，去磨嘴皮子说服人家……最后也有实在做不通思想工作的，春亮给予每家200元补偿。这些老坟，有的迁到了自家耕地里，有的迁到了南岭西端卧羊山下的山坳里……

一村之长

新中国"最美奋斗者"裴春亮和乡亲们的脱贫攻坚路

裴春亮（前排中）出资 3000 万元捐建裴寨新村，2005 年 6 月 27 日在南岭开工。

2005 年 6 月 27 日，村主任春亮上任仅仅两个多月，一场浩大的裴寨新村建设工程就动工了。

其中，有一条从卫吴公路通往新村的入村水泥路，宽 15 米，长 300 米，是个小工程……善于造势的春亮，为了让乡亲们拥有一种共同参与感，也想检验一下大伙儿的支持程度，拿出这个小工程，村里组织了一次群众自愿集资活动。老村委会大院里，村干部积极带头，村民群情踊跃，每一户没多有少，都交上了手心里攥热的钞票，总共集资 5.4 万元。这些钱修路显然是不够的，后来实际花了 150 万元，全由春亮个人兜底——春亮在会场上高声宣布：裴寨新村大门口这一条村民集资路，取名"众鑫路"。大伙儿鼓掌欢呼："好，众鑫路！万众一心路！"

东半架南岭，山头最高的有十六七米。工程第一步，沿着一条古老的羊肠小道，挖出一条胡同，开辟了一条运土通道。土壁上掏出一个猫耳洞，用玉米秆、塑料布搭起棚子，成了工地临时指挥部。

春亮亲任指挥长，每天天不亮就来到工地。但是，每次都有党员干部比他到得更早。

村干部们一直盯在现场，哪里活儿最苦最累，就往哪里冲。有的吃住在工地，进行调度协调；有的拿起摄像机和笔，当起宣传员；有的白天在工地干活，晚上钻在猫耳洞里值班……

乡亲们纷纷来义务帮工，早已离任的原村支书也积极上阵，退休回村的老干部、老教师来发挥余热。村里的老会计裴清波，患有脑血栓还来帮忙，累倒在工地上……

南岭工地上，曝土扬天，尘雾弥漫，仿佛一个炮火硝烟的战场。挖掘机和铲车加紧施工，载重卡车往来穿梭，机声隆隆，最多时有 7 台挖掘机、五六台铲车、几十辆载重卡车同时作业。昼夜不息的轰鸣声，穿过夏季，穿过秋季，穿过冬季……

三九隆冬，春亮在辉县市区的家里，半夜听见北风呼啸摇撼窗棂，想起跟自己一起长大的伙伴们还在工地上值班，怎么睡得着？他叫醒妻子红梅，翻身下床，夫妻俩开车直奔裴寨村。

红梅像往常一样笑声朗朗，和丈夫一起走进南岭的猫耳洞指挥部，看望疲惫而又亢奋的伙伴们……

但其实，她心中正在经历着一场痛苦的风暴。

外人不知，裴寨新村工地最繁忙的时候，正是他们夫妻关系最紧张的时候。

丈夫不听劝告，倾出家财 2000 多万元捐建新村，已经深深伤了红梅的心。没想到随后，新村建设资金越投越多，加上削平南岭的工程费，又赶上全国建材市场涨价，实际投入渐渐超过了 3000 万元！红梅简直崩溃了，家中燃起了熊熊战火。

红梅如今回忆那段日子，心中五味杂陈，笑着叹息："我俩结婚 30 来年，中间 2005 年到 2008 年有了隔阂。那三年一直打架，他不民主，只能他说了算，我不同意也白搭，发生了好多争执。在辉县市区的家里，我俩吵起架来，砸过茶几，砸过电视机……吵得最凶的一次，他真是气极了，朝着玻璃门猛踹一脚，把玻璃都踹碎了，他的脚也划破流血，至今还留了一道疤……"

当时，大吵一架以后，红梅一气之下，扔下丈夫离家走了。

忙忙碌碌的春亮，晚上回到辉县市区的家中，一个人坐在大客厅里发呆。妻子不在身边，这个家就没了魂儿。他心里空落落的，此刻即便是妻子的斥责和絮叨，他也想听……

"人心都是肉长的"，春亮平日对所有人都善于理解和体谅，怎么轮到对自己的妻子，一颗心就变成铁打的了？他自己知道，在内心的一架天平上，砝码已经偏沉，厚公薄私，对自己的妻儿未免残忍。而最对不起的一个人，就是与自己一同吃苦受累打拼过来的小红啊！总之，对裴寨村的一切投入，没有妻子的同意，家里的日子不能过，这不中。

春亮抽身到了北京，这个太行山男人，见到妻子，也不会说什么软话，就是要带她一起回家，红梅不肯答应。在街上，他们看似与其他眷侣一样漫步，却一前一后保持着距离……春亮领着红梅，走进了毛主席纪念堂，凝视那座汉白玉坐像，瞻仰毛主席遗容；又一起来到了人民英雄纪念碑前，仰望碑上的金字铭文，环视碑座四周的浮雕"虎门销烟""金田起义""武昌起义""五四运动""五卅运动""南昌起义""抗日游击战争""胜利渡长江"……

这一路上，春亮默默不语，红梅跟在他的身后，硬撑着的一腔心气不知不觉地松软下来。她注视着丈夫的背影，泪水浮上眼眶——这个世上，还有谁比她更了解他呢？这是个有信仰的男人，也是个有脾气的孩子。唉，跟一个男人的信仰较什么劲呢？跟一个孩子的脾气置什么气啊？

红梅推着行李箱走进火车站，跟着丈夫回了家。不过她向丈夫断然表明，这并不等于同意了他的做法。

企业界的朋友也提醒春亮："捐建新村不是小事啊，可别把你拖垮了。"……真金白银，风险重重，施工中途一旦资金链接不上，拆东墙补西墙，弄得山穷水尽，有可能落到被人上门讨债的可悲地步……

一向行事稳妥的春亮，怎会不知轻重？然而，对于一位志向远大的村主任来说，捐建新村仅仅只是第一步，如果第一步都迈不出去，后面的长路还怎么走？万事开头难，他不把裴寨新村盖起来，吃饭都没味儿，脑筋老走神儿，这事儿牵着他的魂儿！

2005 年 10 月，党的十六届五中全会通过了《中共中央关于制定国民经济和社会发展第十一个五年规划的建议》），提出按照"生产发展、生活宽裕、乡风文明、村容整洁、管理民主"的要求，扎实推进社会主义新农村建设。"建设社会主义新农村"成为重大战略性举措，全国新农村建设迈进一个新阶段。

此时，如火如荼的裴寨新村建设工程，已进入第5个月。春亮和干部群众听到了党中央发出的号角，群情振奋，工程嗷嗷叫地向前推进。

正在贯彻十六届五中全会精神之际，新乡市委组织部从辉县市的一份简报上，看到了村主任裴春亮捐建新农村的事迹，立即上报河南省委组织部，省委组织部长批示要加以关注。

新乡市委组织部长带人前往辉县，到裴寨村进行调查。在老村委会大院里，部长本来打算召开的是一个村干部会议，可是，老百姓争相涌进了院子，部长索性当众开会。他表扬村主任裴春亮，不忘乡亲捐建新村，精神可嘉；又表扬村支书裴清泽，发现人才，爱惜人才。

当时，全国正在开展党员先进性教育活动。河南省委派驻新乡市委的督导组，在听取汇报时，得知一位年轻的民营企业家，不忘报恩乡亲，回村当村主任，出资3000万元为全村百姓捐建新村，认为这样的先进事迹应该大力宣传，对新农村建设一定会起到推动引领作用。

督导组长赵世信驱车前往裴寨村，一条公路坑坑洼洼，在车里颠簸得坐不稳。进入裴寨老村，更是满目凋敝，破破烂烂不成样子。

来到南岭脚下，东半架山梁已经刨下去了一半，风尘滚滚的工地，机器轰鸣，车来人往，一派热火朝天的繁忙景象……督导组长十分感动，临别问春亮："有什么需要我们做的工作吗？"

"谢谢，谢谢！"春亮面对领导的满眼诚意，大胆地说，"我个人没啥要求，只是裴寨村这一条土公路，坑洼不平，群众行路难得很，还影响村里的经济发展。上级领导能不能考虑一下，把从辉县城到裴寨村的这一条路修修？"……不久，经上级部门协调，裴寨村这一愿望得到落实。

赵世信感慨道："当时，裴春亮向我谈到他贫寒的家庭出身，他在极其艰辛贫困的环境中长大，时代给了他发展的机遇，使他从一个农村穷小子成为一方首富。如今社会上，像裴春亮这样主动拿出这么多钱回馈乡村、改变

一村之长

新中国"最美奋斗者"裴春亮和乡亲们的脱贫攻坚路

农村面貌的人并不多。他说,人不仅要有钱,还要活得值钱!我觉得他做的是有价值的事,这种风尚是值得提倡的。"

春亮真是农村的一员福将,赶上了一个亘古未有的历史好时机。他上任才半年多,2006年1月1日中国全面取消农业税。交了2600年的"皇粮国税"一朝全免,9亿农民一下子感到了"生命中不能承受之轻"。

从此,农民种田不仅不交税,还获得种粮直补、良种补贴、农业生产资料综合补贴、农机具购置补贴等补助,并享受低保、医疗、养老等福利……国家反哺农业的乳汁,流淌于辛劳的乡土,滋润着希望的田野。裴寨村与全国农村一样,农民好当多了,村干部也好当多了。

这时的南岭工地,挖下的土堆天壅地,却成了一个大难题。村西小水库填了一半,溢洪道大沟填平了,村北大深沟也垫起来了,余土再也无处安放……正在发愁之际,"天不灭曹",听说长(垣)济(源)高速公路工程需要用土,正在生病输液的春亮,拔下针头就开始多方奔波。长济高速工程方终于同意:裴寨村送土上门,一车土5元钱——哇噻!南岭土还能挣钱,可以弥补拉土运费了。

运土急需大吨位卡车,但裴寨村出的运费低,人家车辆不来。春亮和村里干部群众动用人脉,找朋友,托亲戚,而最关键的是,一位村主任为乡亲们捐建新村,办的是好事,到哪儿都说得响,一路绿灯!运土车队达到了100多辆,挂上"裴寨新村工地专用车"的牌子,浩浩荡荡开上公路。公路交通部门原来担心大吨位卡车压坏路面,明令禁止通行,但此时,新闻媒体纷纷开始宣传裴寨新村这个典型,无形之中帮了忙,公路交通部门酌情放行……

削平南岭工程,历时8个月,挖走土石80多万立方,平出了一片100亩大的新村村址。

有些干部喜欢"面子工程",春亮却喜欢"里子工程"。他预见未来,超前思维,早在2005年就提出了两点硬性要求:

一是下水道要足够大。宽2米,深处达五六米,保证排放畅通。2018年,河南省政协组织新农村建设考察,裴寨村先进的农村污水排放系统,受到了充分肯定。

削平半架南岭，为新村平出百亩村址。

二是电线电缆要走地下。电线电缆的地下沟施工，在当地城乡前所未有，电力部门表示反对。可十几年后，裴寨新村的这项基础设施，成了新农村建设的范例，让电力部门受到表扬……

但是，新村的厕所建设，却眼看要倒退回去了。

设计图纸上，吃喝拉撒都在一方屋檐下，村民忒不习惯。有人说，室内的厕所位置，是供奉祖宗神灵的地方，不吉利；有人说，儿媳妇和老公公一起在客厅吃饭哩，厕所就在旁边，儿媳妇想去解手咋办？有人嫌不方便；有人怕臭；有人放话："新村盖好我也不去住！"……于是有人出主意，像老村一样，还把厕所单独建在院子角上。

春亮为村民办好事，竟然如此作难。他拉上一大车村民代表，开进辉县市区观摩厕所。先到他自己家里现身说法，又到居民小区参观，还到宾馆试用抽水马桶，干净卫生，没有异味，让村民们开了眼界。

春亮叹息："当时，如果全村为厕所建在哪儿进行民主投票，少数服从多数，我肯定是个失败者。在农村，要想成就一件事，难度相当大，村民接受新生事物慢，需要慢慢引导……这也让我深深体会到，推动改革是一件多么艰巨的事业！我们一个村改革一件事都这么难，市里呢？省里呢？国家呢？……"

2006 年 5 月 26 日，半架南岭荡平之处，脚手架像茂密的丛林一样生长起来。一片平坦的裴寨新村村址上，五颜六色的气球轻盈飘升，锣鼓喧天，鞭炮齐鸣，"新乡市'双示范、双带动、双推进'活动暨辉县市裴寨新村建设启动仪式"隆重举行。

省市领导来到小山村，出席这个热闹的现场会。主席台上，河南省一位老领导，幽默地问来过裴寨村的督导组长赵世信："赵主任，你如果有钱，也会这样为你老家建一个新村吗？"赵世信笑道："我同意，不见得家人同意啊……"

乡下盖房起屋，自有一套古老庄严的开工仪式。乡亲们自发地摆起案桌，燃起了红烛高香，供上了猪头、活公鸡、枣花馍，祈祝裴寨新村早日平安落成。

群情欢腾，人声鼎沸。其中的姑娘媳妇婶子大娘，"三个女人一台戏"，你一句我一句，叽叽喳喳笑成一团：

"这楼啥时候能盖好啊？住到那楼上，就在云彩眼儿里做梦吧？"

"舍得拿自己的钱给全村人盖房，这样的人哪，所有子孙后代，十辈子八辈子都记得他的好！"

"明灯一盏，响炮一串，人家是春亮么！"

个子矮小的裴清波老人，自从累倒在南岭工地以后，第一次拄杖走出家门，一步一喘来到了这里。老人抬起头，望着突然消失了半截儿的南岭，惊愕地愣住了。模糊的视线里，楼群从一片空地上冉冉生长起来，他苍白的脸上泛起了潮红，颤巍巍地走到香案前……忽然，他松开拐杖，一下跪倒在地，老泪纵横，磕着响头，混浊的嗓音吼道："老天爷呀！你派春亮给俺盖小洋楼了，几百年来头一个呀！俺盼着住楼那一天哩……"

然而没过多久，噩耗传来，80 岁的裴清波老人，这位老党员、抗美援朝老战士、第一任村会计，昏花的眼眸中含着新村的楼影，在老宅咽下了最后一口气。

春亮仿佛狂奔之中一个趔趄，溅出了两眼泪花。

满工地的脚手架，也追不上死亡之翼——清波哥，你离好日子只差一个门槛了呀！

这是春亮最怕的。对全村的父老乡亲，恩未报而亲不待，这一种惧怕在背后追赶着他——要快，要快！与时间赛跑，与生命赛跑，恩人无憾，他才无悔……

这时候，他的坚强后盾还是妻子红梅。

红梅毕竟是一个太行山女人，深明大义，豁达慷慨。而且说到底，终归还是一出"老婆护汉"，她叹道："爱他等于让步，成全等于妥协。"

整个新村工地上，建筑资金仿佛一只看不见的大手，推动着偌大的工程运转，动辄几万元、几十万元、上百万元，哗哗流淌，一刻也不能断流……红梅自始至终配合丈夫，保证工程运转，该出的资出，该给的钱给，边给边吵，边吵边给，就这样，给出去了3000万元，甚至更多……

当然，红梅有一个心结未解——丈夫仍是太行山男人的传统作风，"家丑不可外扬"，总怕夫妻矛盾在人前的面子上不好看，也怕给裴寨村乡亲们造成心理负担。所以，两三年来，从新村奠基开工，到新村落成乔迁，会场

裴春亮在建筑工地规划新村建设。

上总是少了红梅的身影，大男子主义的丈夫没有通知她，大女子性情的妻子也不想来参加……

但这每一个时刻，都在深深触痛妻子的自尊。红梅的内心会想象：在裴寨人眼中，他春亮有多无私，她红梅就有多自私；他春亮有多高大，她红梅就有多渺小——这是她最伤心的。

她对丈夫说："我在裴寨村，永远不是一个好人。你甭跟我提盖新村的事！"

春亮劝她："盖了新村，你将来也好回来住呀。"

她气头上撂下一句话："这辈子我都不会踏进你那新村一步！"

四、传统保留节目"除夕饺子宴"

2006年6月的一个晌午，平静的裴寨老村上空，突然传来了一阵震耳欲聋的轰鸣。村中男女老少纷纷跑出屋子，循声仰面，吃惊地朝天空望去。

蓝天白云之间，一架直升飞机向村庄上空径直飞来，还缓缓盘旋了两大圈儿……乡亲们不知道，春亮带着村干部裴龙德，也搭乘在这一架直升机上。

机舱噪音很大，对话必须大声地喊；在俯冲的瞬间，从座椅上颠起老高，他们的心都提到了嗓子眼儿上……难得这么好的拍摄角度，龙德也学着直升机上的专业摄影师，抱起相机抢拍着，多来几张，再来几张！

高空之上，春亮第一次拥有了鹰的视角。他透过机窗，俯瞰生于斯长于斯的这一片原野，它是熟悉的，也是陌生的——正午的阳光照耀大地，峰影起伏的南太行，到了东南边缘，朝着黄河北岸平原的方向，拖下一片倾斜的丘陵。丘陵上地势起伏，沟岭凹凸，河道干涸，树木也稀疏。田野上的麦子刚刚收割，地表更顽强地裸露出灰黄的底色。

瞧，裴寨老村！一条卫吴公路穿村而过，路西的村居少，大部分村居都集中在路东。整个老村不成形状，破旧的土屋中夹杂几座新盖的水泥房舍，一齐拥挤在狭窄的平地上，胡同弯曲，村容凋敝，一团杂乱的景象。

瞧，老村南边，一道粗莽盘踞的南岭，东边山梁不见了，一个裴寨新村正喷薄欲出……

2008 年秋末竣工的裴寨新村，仿佛一个梦幻，惊现于贫瘠的山乡。

12 月 21 日，农历冬至，太行山下天气晴冷，滴水成冰，裴寨新村却是一派春意融融。百年未有之大喜事，省市领导来了，当地干部群众来了，中央、省、市媒体的近百名新闻记者也来了，在裴寨新村落成乔迁典礼上，共同见证一个由村主任捐建的农民新村的诞生。

典礼之后，在欢歌劲舞的会场上，还举行了全村 600 人乔迁大会餐，来宾与村民同吃热腾腾的烩菜大锅饭。

辉县市一位熟悉的老领导对春亮说："你家没多少钱啊，还给乡亲们捐一个新村？"

春亮的眼睛湿润了——按照一般建筑工期，裴寨新村应该一年多就可以完工。然而，一边挣钱，一边贴钱，建筑资金毕竟周转不易，结果盖房盖了两年多，加上平址奠基工程，整个建筑工期长达三年半……春亮只回答了一句："幸好，这 3000 万元不是一下子拿出来的。"

"高楼万丈平地起，蟠龙卧虎高山顶。"音乐声中，周围十里八乡的山民，从大路小路上赶来，争睹画卷一般的裴寨新村美景，羡慕得眼都红了：

"裴寨人真是烧了八辈子高香了！"

"你们裴寨村有个好村主任春亮，真到福坎儿上了！"

新村中央，一座裴寨中心大广场竟达上万平方米，浅色的铺地小瓷砖上，高耸两支华灯，还有一座漂亮的白色瓷质鸽笼；

广场南北两边，圆形、方形、长方形的建筑群中，分布着住宅楼、办公楼、便民服务中心、幼儿园、卫生所、公厕等；

16 栋双层联排住宅楼，坐北朝南，每栋 10 户，2 栋一列共为 8 排。朱红的粉墙，雪白的窗框，二楼阳台白栏杆。每对邻居之间，还有一片小小园圃种树栽花。

在外村人艳羡的目光里，裴寨人怀着一种自豪的优越感，飘然出入于楼房新居，感觉像在童话故事里一样——"王子和公主，从此过上了幸福的生

一村之长

新中国"最美奋斗者"裴春亮和乡亲们的脱贫攻坚路

活……"

新村住宅楼怎么分配呢？

乡亲们说："房子是春亮盖的，当然他先挑嘛！"

春亮说："我跟大伙儿一样，也是咱村的一员，不搞特殊化。"他建议："还用最古老的办法，抓阄吧！"

抓阄分房仪式，由张村乡的包村干部主持。裴寨村150多家户主排队鱼贯而来，抓一个阄，给一套房，领一串钥匙……春亮是最后一个上前的，笑呵呵地把手伸进纸箱里，抓到了属于他的一套房子。

那些一直疑虑要个人交钱的村民，阄抓了，房分了，却没见一个人提及交钱的事，悬着的心终于放回了肚里。

激动的心，颤抖的手，拿着领到的钥匙，捅开自家的门锁，推开铝合金防盗大门，客厅宽敞明亮，楼上楼下约200平方米，粉白墙面、铺地瓷砖、水泥楼梯、卧室、厨房、卫生间，基础设施一应俱全，基本上可以直接入住了……当初有人因为厕所问题说过："新村盖好我也不去住！"此时厕所无论在哪儿都是好的，还不赶紧往里搬？

2008 年冬至，裴寨新村落成典礼。

裴寨村民等待抓阄分房。

一村之长

新中国"最美奋斗者"裴春亮和乡亲们的脱贫攻坚路

全村最年长的裴礼老人，弓腰拄杖，兴冲冲地在新楼之间穿行，左看右看看不够。

家境困难的张秀清老人，连室内家电也是春亮给她购置的。她拭泪笑道："没想到啊，老了老了，还能住一回小洋楼，黑了睡觉，我都高兴地笑。"

村支书的妻子李梅英也感慨："以前俺家住在老井东北角，小胡同里头，天一下雨，泥浆就淹到小腿了，挑水的时候走着糊突糊突；下雪天，见不着阳光，地上结的冰疙瘩多天不化……现在住新村多得劲！水泥平路，挤着眼儿就能走了。"

就连见多识广的村干部孟群，也久久回不过神来。置身于花园一般的新村，想想以前杂乱无章的破败老村，总怀疑自己是不是在做梦……

新村乔迁的良宵，裴寨中心大广场上的鞭炮声响了半夜，各家窗口的灯光一盏接一盏的悠然熄灭，整个村庄岁月静好……

此时，住在新村家里的春亮，却度过了一个不眠之夜。想象此时此刻，全村男女老少五六百口人，睡在同样崭新的一方屋檐下，做着同样恬美的梦，他心中洪波涌起的，不知是豪情还是柔情。

他想起了爹、妈，还有二哥福亮、三哥秋亮。本来，他们也应该其乐融融地一同住进这个新村……可春亮看见，他们的身影从眼前飘过，却在这个新村上空未作丝毫停留，仍旧径直向老村的方向而去，因为，他们不认识这一片陌生的楼群，这是他们无论如何也想不到、梦不到的地方——春亮的目光追上他们，心中呼喊着：爹，妈，哥，往后再也不去老村了，春亮盖了新家了，回咱新家来吧！……

按捺不住的情思，在春亮胸中奔涌，满肚子的心里话想找一个人诉说。他把自己关进卧室，撅亮桌上的台灯，铺开稿纸，一笔笔写下——"组织上：今天我跟您汇报思想……"

泪水蒙住了视线，他像小学生似的用手背一把将泪拭去，埋头写道：

组织上：

今天我跟您汇报思想，虽然我裴春亮还不是党员，但是今天，

> 裴寨新村盖好了，全村乡亲们住进来了，我很激动，特别特别想，
> 想跟党组织说说心里话……

这个"组织上"，具体是哪一级党组织，春亮心里是模糊的。在茫茫太行山下这一个崭新的角落，在漫漫岁月中这一个崭新的日子，他只是想向党组织倾诉，倾诉一名年轻村主任的联翩心绪……粗重的字迹，一笔一画，他一口气写了整整 9 页……

今天，就在今天，我郑重申请，我想入党！——这一份思想汇报，成了春亮的一份入党申请书。

一座裴寨新村，不仅仅是一处栖身之所。它引起了一系列连锁反应，改变着许多家庭的命运，改变着整个村庄的命运。

命运改变的，首先是村里一群光棍汉。

裴寨新村还没落成，说媒的，求亲的，就踏破了这些光棍汉家的门坎。乔迁以后，从冬至到春节，短短个把月，全村竟有 20 多户人家娶新媳妇进门。

青年裴志强外出打工，与当年的女同学谈起了恋爱，曾经担心女同学嫌弃家里没房。现在，胆壮了，气粗了，大模大样对女同学说："俺家嘛，别的没啥，就是房子不成问题。"结果很快就结婚了。

因患小儿麻痹症而跛足的孤儿裴明军，娶的是一位残疾妻了，从此也有了一个温暖的家。

村里一位小媳妇，听着此起彼伏的迎亲鞭炮，看着一个个拜堂成亲的场面，笑道："卟卟噔，卟卟噔，一住上新村都娶媳妇了！"

命运改变的，还有村里的女孩子。

新村第一个春节，一场瑞雪盈盈铺白了中心大广场和马路。正月初五一大早，春亮拿起大扫帚扫雪，从马路扫到了广场上。这唰唰的扫地声，好似起床号，不足 10 分钟，男女老少都拿着扫帚、扛着铁锨出来了，欢声笑语一起扫雪。村民王秀梅大声说："春亮叔，要不是你盖新村，你孙女我可不敢供她上学了！"……她女儿彩云初中快毕业时，还想考高中，可家里正准备给她弟弟攒钱盖房。农村人的观念是"顾儿不顾女"，穷家供不起女儿念

一村之长

书了，彩云伤心地天天哭。就在这时，春亮为乡亲们盖新村了，王秀梅长舒一口气："咱有房了，闺女愿上学就供供吧。"彩云如愿上了高中，又考上了医学高等专科学校……不只一个彩云，整个裴寨村的乡下女孩，命运都从此得以改变。

而且在村里，病人敢上医院看病了，村民办事敢花钱了……

同时，还有一个意外效果：全村大同，不分亲疏，平等共处。原来老村里百年形成的家族聚居彻底打乱，新居人家重新排列组合，门户也一模一样，不少村民一开始都跑错了家门，常常拿着钥匙去捅另一排房子的门锁……如今从硬件空间上，使曾经纠结的家族派系无形瓦解，村民谁也不必再看谁的脸色，实现了一次精神大解放。

过去的老村里，天天都有吵架声，如今住进新楼房，左邻右舍没院墙了，矛盾反而少了，再吵架怕人笑话。大伙儿吃过了同一口锅里的饭，天天进出同一个大门，住在同一个大院子里，邻里和睦过日子。

更不可思议的是，忽然有一天，一本本房产证也送到了裴寨新村每一户村民的手中！

乡亲们惊呆了：楼是人家春亮盖的，钱是人家春亮出的呀！春亮当众申明："这房子是大家的了，与我裴春亮没有半毛钱的关系！"

退休教师李素珍住进新村不久，有一天家里的新水管堵了，她到卫吴公路对面的加油站去挑水。走到新村大门口，忽然听见一个喊声："老师！"扭头一看是春亮，她丢下水桶扁担，扑到她的这个学生面前，抚着他的臂膀，眼泪流下来。

李素珍的丈夫牛守平，1968年就从深山区黄道水村落户裴寨村，1978年，已有两个孩子的李素珍，从别的学校调回裴寨小学教书。她家在村里已住40年了，她公公去世也埋在了裴寨村的坟地里。以前她家在村里盖过房，因为宅基地问题又推倒了。这次新村分房，她家夫妻儿女都是城镇户口，只有儿媳是农村户口……平时见了学生春亮啥话都说的李素珍，想住新村，又很忐忑。春亮答应她："中中中，研究研究。"分房名单贴出来了，她的心怦怦跳，忽然在名单上瞧见了自己的名字，惊喜地叫道："李素珍！有咱的房！"——此刻，她含泪带笑地说："春亮啊，老师全家都谢你了！唉，要是早些年住上这楼房，老师还给你端啥尿盆呀！"春亮害羞地笑了，高高大大站在老师面前，一双大手有力地拍了拍她的双肩。

又过些时，春亮才对李素珍说："老师，给你房，好些人提意见呢，说给你不给他了。我从辉县到新乡的一路上，不停地给我打电话，我干脆不接了……"说着，他嘴角弯弯，露出了当年小学生的那一副调皮的笑容，"你是我的启蒙老师，我盖的房，想给谁给谁！"

2009年农历腊月二十八，悄然之间，一个久违的身影出现在裴寨村，红梅回来了。

一座亮丽壮观的裴寨新村，猛然撞入了红梅的眼帘。第一次站在这个新村面前，她不能不为丈夫的手笔而赞叹、而欣慰，不禁深深地松了一口气：唉，真美，挺好！

裴寨新村的所有建筑，别人看到的只是外观，红梅却看到了骨子里，因为这上面的每一砖每一石都是她丈夫的奉献，这花掉的每一角每一分都是他们夫妻的心血。

两年前，她赌气对丈夫说过："我这辈子都不会踏进你那新村一步！"……现在，她踏进来了，踏进了这个新家。

客厅静悄悄的，窗明几净，温馨可人，一切都已安置妥当，连厨房里的油盐酱醋都已摆放齐全……什么都有了，还缺一点家常日子的气息。

家，对于一个女人来说，还有什么比它更能征服她呢？红梅仿佛长途跋涉归来的旅人，坐倒在沙发上，一双明媚的大眼睛里柔情泛涌——她回家了呀！

住在隔壁的侄女海红，轻轻走进屋来，把一杯热水放在婶婶面前。

婶婶终于回家了，海红一直在等这一天。她温柔地笑道："婶儿，你看家里还缺啥不？"

红梅疼爱地看着当了妈妈的海红，站起身说："不缺啥了，只是卧室要加两床被子，我下次取来就行了……"

大年除夕，日已偏西，春亮对妻子儿女说："走，回村过年！"

开车出城，回到裴寨新村，沿着张灯结彩的广场马路，开到了新家的门口。

一村之长

新中国"最美奋斗者"裴春亮和乡亲们的脱贫攻坚路

红梅刚下车，就碰见了本家一位嫂子。两三年没见，热情打过招呼，嫂子照例问一声："包饺子了没有？"……北方乡下过除夕，吃饺子是头等大事，红梅随口答道："我包饺子不拿手，贾庄我妈包好了，去她那儿拿。"

喜气洋洋的住宅楼群里，早早亮起了节日的灯火。前排楼房里的左邻右舍，大门对着广场，突然，看见春亮一家四口回来了，一个个喜出望外，互相大声招呼着，纷纷跑出来迎接……与春亮平日见得多，红梅却有两三年没见了，见了面才知道有多亲。大伙儿围着他们一家，兴高采烈地争相问候寒暄。

侄儿侄女文山、海霞、海红，几家大人小孩也欢呼着迎了出来。

春亮的大哥喜亮，偏瘫的手脚还不利落，失语的嗓音已能简单地发声了。他惊喜地扶着门框，看着从天而降的小弟一家，眼泪流淌着，却喊不出来，双手抖索着迈不开步子，不知怎么迎接才好……

春亮和乡亲们正说着话呢，发现大伙儿就像忽然围上来一样，又渐渐四散而去，转眼快跑光了……

开门走进新家，客厅里暖意融融。春亮的女儿裴帅、儿子裴将，对陌生的新居感到好奇，楼下楼上地跑着看房间，笑声叫声一下子让这个家生动起来。

忽然，大门吱呀开了，一个小脸儿冻得红扑扑的孩子，用肩膀抗开门走进屋来，双手捧上一碗热腾腾的饺子。

红梅惊诧地赶忙上前，从孩子手里接过饺子碗，还没问清情况，又有两个半大孩子端着饺子进来了。接着就是大人们，还有老汉和大娘，一个接一个走进家来，有的憨厚地笑着，有的含着眼泪，把一碗碗饺子端到春亮和红梅的面前……红梅一双笑盈盈的大眼睛里，涌上了泪花。

客厅里，乡亲们越聚越多，一张餐桌上，两张茶几上，各种馅儿和各种包法的饺子，摆得满满当当……村干部笑道：这是咱裴寨村的"除夕饺子宴"啊！

老实巴交的乡亲们，满肚子的话到嘴边，木木讷讷也说不出什么。一位白发长者，笑着张开豁牙的嘴，却又老泪纵横，把一碗饺子端到春亮和红梅面前，像对自家小孩子一样，殷切而慈爱地看着他俩："趁热吃吧，吃吧，下的头碗饺子！"

裴寨村年龄最大的九旬老人冯爱英，给裴春亮端来了除夕饺子。

头碗饺子！——按照传统，大年除夕敬奉的头碗饺子，这是最高的礼遇啊！春亮怎么敢当?！

春亮伸出双手，欲接又不敢接，泪水喷涌而出，泣不成声，像个孩子一样哭起来——恩人哪！亲人哪！这不是普通的饺子。他看懂了，这每一家端来的饺子里，都有与他相关的故事，都有对他满心的感激，都有泪，都有笑……他听懂了，这每一碗饺子就是无声的语言，向他倾诉着乡亲们不善口头表达的敬意和亲情，这所有的话汇成了耳边一句朴实温暖的絮语——俺下的头碗饺子啊，吃吧，快吃吧！

他的儿女裴帅和裴将，十七八岁了，从没见爸爸这样哭过。突如其来的震撼格外强烈，他们也被一股家乡亲情淹没了，姐弟俩抹着眼泪，也哭得稀里哗啦……

周围的乡亲们，老人、小孩、妇女、男子汉无不落泪，泪水把一只只袄袖都揾湿了。

还有什么语言和举动，比这汹涌的泪水更加真诚，更加有力量！除夕之夜的裴寨村，浸泡在了温热的泪水里。

一村之长

新中国"最美奋斗者"裴春亮和乡亲们的脱贫攻坚路

现场拍照的裴龙德，手里端着相机，泪水模糊得连镜头都看不清了，不得不几次停下来擦眼泪……

春亮把一双儿女拉到白发长者面前，流泪叮嘱道："孩子，你们记住啊，记住裴寨村这大年三十儿的'饺子宴'！爸从小吃过百家饭，你们也吃了'饺子宴'，就不会忘了感恩，不会忘了报恩。你们生在裴寨，今后无论如何都要记住，自己的根在裴寨！"

哇的一声，站在春亮身边的红梅忍不住哭了出来，她被自己的声音吓了一跳，转身跑进了卧室。满腔的酸甜苦辣，仿佛洪峰决堤，一瞬间爆发出来。

春亮追进卧室，他从没见过刚强的妻子哭成这样，着急地晃着她的双肩，连声唤道："小红，你咋啦？说话呀！"

红梅的眼泪流成了河，流走了心中的块垒。今天，她亲眼看见了，亲身感受到了，裴寨人敬春亮，也敬红梅。他们夫妻俩的所有付出，老实厚道的乡亲们全都心领了！一点也没有白做，一切都是值得的！

红梅拭泪哽咽着，对丈夫吐出一句话："我……以后你为村里办啥事，

裴寨村"饺子宴"至今已持续十余年。

我再也不拖你的后腿了！"

小红！——仿佛无价之宝失而复得一般，春亮把妻子紧紧地抱在怀里……

袅袅飘散的饺子香味中，光阴悠悠而过。

2019 年，久居国外的"金哥"刘佩金，回到故乡辉县市张村乡探亲。他以前曾与春亮相识，除夕之夜来到裴寨新村，没想到，被一场"百家饺子宴"震撼了。

这是裴寨村的第 11 场"除夕饺子宴"。从新村乔迁那年开始，年年除夕从未间断，乡亲们依然自发地往春亮家端饺子……

"除夕饺子宴"，已经成了裴寨村百姓过大年的传统保留节目。

红梅曾对嫂子大娘们笑道："这叫俺多过意不去啊，下年俺在城里过年了。"乡亲们笑着抢答："你在城里过年，俺就撵到城里！""你们不在村里呀，年都高兴不起来！"

"春亮书记，俺家饺子刚出锅，来，趁热吃吧！"傍晚 6 点半，61 岁的村民王习青，匆匆端来了自家下的头碗饺子。一进客厅，她傻眼啦，铺着红布的长条桌上，已经摆满上百碗饺子了……这几年除夕，王习青每次都是哭着来的，现在又哭起来："哎呀来晚了，嫂子来晚了！那年啊，要不是春亮、红梅你俩，俺当家的说不定命都没了……"她的丈夫任清田，2015 年突患心脏主动脉夹层破裂，红梅带人赶到郑州医院送去 10 万元，春亮还帮忙请专家治病。任清田幸亏抢救及时，如今身体恢复得不错。

裴寨村民王习青送来头碗饺子

"裴书记，今年俺家翻身了！"村里的年轻媳妇张会利端来饺子，高兴地说，"以前俺家穷，婆婆有病，孩子又多，您没少资助俺。现在俺家不愁吃、不愁穿，过上好日子了！"

残疾人裴明军催促儿子小志文："快，快去呀！"由春亮爷买奶粉喂大的小志文，捧上一碗饺子，春亮拉着他的手说："志文，好好上学！只要争气，你上到啥时候，爷供你到啥时候！"

乡亲们拉着春亮的手，一个个念叨着：

一村之长

新中国"最美奋斗者"裴春亮和乡亲们的脱贫攻坚路

"当年要不是你救助,我早见阎王了。"

"俺一家三口,今年收入不错,吃干抹净,还能余八九万块钱呢。"

"现在有钱供俺家闺女上学了,今年她大学毕业,马上要结婚了。"

蔬菜大棚的承包户裴清才、裴龙竹、裴泉进,因为人多半天插不上话,瞅空儿把春亮拉到了沙发上,聊起了一年的收成。蔬菜行情不错,他们每家收入最少十来万元,都高兴得合不拢嘴。

满屋子的乡亲中,80岁以上的"寿星"就有好几位,他们的笑容就像一个个心满意足的孩子……

"除夕饺子宴"开始了,春亮端起一碗"百泉春"酒,万语千言涌上心头,又像每年此时一样哭了。

他双手高高举起酒碗,洒泪说道:"感谢父老乡亲们!我总是告诫自己,乡亲们端来的饺子,敬的不是我,敬的是共产党员全心全意为人民服务的精神。我没有二话,继续带领大伙儿好好干,让乡亲们的日子越来越红火!来,干杯!"

他又吩咐众人,端上一碗碗饺子,去分送给村里的困难户和左邻右舍……

这个新年之夜,"金哥"通过微信公众号,将一个中国太行小山村的美好除夕,传播到了大洋彼岸。

此时,华灯初上,夜幕开始降临,裴寨新村的广场,又呈现出另一番景象。五颜六色的彩灯好比满天繁星,把广场装扮得格外美丽。千姿百态的烟花,自由地绽放着,犹如夜的眼睛,看见了裴寨村万紫千红的新春……

第四章

乡亲不富誓不休

一村之长
新中国"最美奋斗者"裴春亮和乡亲们的脱贫攻坚路

一、深水井和"田心池"

"大庇天下寒士俱欢颜",裴寨新村落成乔迁。春亮大功告成,报了恩,还了愿,从此可以心安了。

然而,春亮从小就看到,太行山民辛辛苦苦盖房,新屋竖起却是家徒四壁,有空壳无内容,生活质量没有提高反而降低……如今,难道还让乡亲们复蹈旧辙,"住上新房子,还是饿肚子","守着新房子,过着穷日子"?

裴寨村的一条自然发展链,犹如一条不断生长的"生物链",一步步向前延伸,让春亮欲罢不能……遵循裴寨村的发展规律,依照老百姓的心意向往,看到哪一件事该干就马上干,觉得哪一件事该做就扑下身子去做。总之,百姓想啥、盼啥,他就办啥;村里缺少啥、需要啥,他就干啥。逢山开路,遇水搭桥,一步撵着一步,一环扣着一环,朝着脱贫致富奔小康的大目标,一鼓作气地往前冲。

春亮的慷慨捐资,大宗款项砸在了两大民生难题上,一个是房,一个是水。

水之困,水之殇! ——裴寨人一提起水,就鼻子发酸想掉泪。

裴寨村所在的张村乡,是新乡市全境最缺水的乡镇之一。张村乡和相邻的常村镇,被确定为豫北少雨区。

如今,裴寨水库坝首的石碑上,还记载着一个真实的悲剧:一位赵窑村民跑了十几里地,到裴寨村的古井上来挑水。回去走到半路,忽然下起大雨,人已累极,就把一担水倒掉了;谁知到家一看,赵窑村没有下雨,水窖空空,他一气之下上吊自尽了……

极旱之时,外地人赶着马拉水车到村里卖水,村民只好咬牙2毛钱一桶买水度日。

因为干旱生活无着,许多男子娶不上媳妇打光棍,无奈只好用自己的姐妹去"换亲"或"转亲"……有一位朋友,向春亮说起自己的亲姐姐"换亲"

150

一事：那时，姐姐还在上初中，就被迫嫁给一个在水库工地上崩断了一条腿的男人，以换来那一家的姐妹，与自己打光棍的大哥成亲。出嫁那天，一身红衣裳的姐姐，不肯上婚车，抱着家门口的树哀哀地哭。她大哥蹲在地上抱头掉泪，她父亲一边流泪，一边把女儿的手指从树上一根根掰开，打着女儿，吼着让她走："走啊！姐你走啊！"姐姐跪下给父亲磕头，这时一群人上来，七手八脚把这个少女拽上婚车……春亮听了和朋友一起流泪。

为水所困，困而愈贫，贫而愈困，在裴寨村形成了一个恶性循环。

为了解旱，村民们经常半夜三更在渠沟边排队，等待那一点机井水浇地。

为了省水，点种玉米都是用瓢浇穴，瓢边还钻个眼儿，流出的水像童子撒尿。

村里人畜吃水，多半都靠水窖。水窖通常打在院子里或路口场边，下雨时，雨水顺着路面地势流入水窖口……水窖一般深六七米，最多蓄水一二十立方米。窖内四壁结了绿绒一样的厚垢，滋生大量细菌，还会长出一种在水中翻跟斗的红褐色小线虫，吃水前需用细箩筛去这些"跟头虫"。水窖大约一年清洗一次，村民新买的铝水壶，用不了一个月就结厚厚一层水垢——即便如此，水窖水还被家家户户视为命根子。村妇们洗衣裳，宁肯等下雨天接房檐水，也舍不得动用水窖；平时农家可以不锁门，但一定要锁水窖；家中来客，给客人吃馍很大方，给客人喝半碗水就心疼……

挑水，则成了日常生活中的无尽之痛。

不仅要有力气挑水，还要有耐心等水。干旱季节的古井里，到每天凌晨，地下水涨了一夜，先来挑水的人还能打上满桶，但一二十人以后，就只能打上半桶或小半桶了，要等井水重新慢慢渗积。性急的人摇着铁辘轳，十来次才能打满一桶水，辘轳架发出的吱扭声，就像老祖奶奶吃力的呻吟……等水等得焦躁，又常有人插队，所以，井台上动不动就打架斗殴。

孩子们到十来岁，就成了家里挑水的劳力，凌晨三四点钟甚至更早，就被大人拍醒，到古井上去排队挑水……春亮回忆："有一天，家里做饭没水下锅了，我从村西跑到村东，挑回来了两半桶泥汤水。眼看到家门口，脚底下被石头绊了一下摔倒了，桶里的水洒了一地，俺妈赶紧抓了一个盆，用手

一村之长
新中国"最美奋斗者"裴春亮和乡亲们的脱贫攻坚路

把地上的水往盆里扒拉，将就着做了一顿饭……"

在这片丘陵上，一部乡村史就是一部打井史，一部打井史又是一部失败史。裴寨村打过两口井，留下了两口干窟窿。

天下无粮必然大乱，无水无粮必定更乱——没有水，怎有粮？怎有钱？怎有日子的滋润？怎有生活的幸福？

寻水！钻水！引水！

自2006年开始，裴寨村祖祖辈辈找水的一支接力棒，被村主任春亮攥在了手里。从此整整8年，春亮成了挖水不止的"愚公"，带领干部群众，奏响了裴寨村的"找水三部曲"。

2006年2月，裴寨新村工程刚刚平出一片百亩大的新址，3月13日，春亮就请来了水利勘测人员，在南岭西头卧羊山阴坡下的猪槽地，勘探出了一处深水井井位……这里地势仄歪，衰草没膝，蒺藜遍地，是一个荒僻的角落。

人们知道："在山里找水，就是跟石头较劲，打的是井，拼的是钱。"

春亮个人出资53万元，请来了一支私人钻井队。老村南边，竖起了高高的钻机架子，钻井的马达声日夜震响……然而，这一片丘陵下的砂石岩，地质条件太糟糕。钻头好不容易下到200米深，一开钻，就被地底的岩石卡死，施工无法推进了。

钻井队的赵队长，甩着油污的手套，沮丧地嘟囔着："赔死了，赔死了！已经毁了三根钻头了，工期耽误了十几天，这回亏大了！"工人们垂头丧气，收拾工具和零件，准备拉走钻机撤离工地。

春亮永远忘不了当时的那一幕——

穿着粗笨老棉袄的男女村民们，一听说钻井队要撤退，都从老村跑出来了，有的手里提着烟酒，有的篮子里扛着馒头、鸡蛋、红枣，一齐朝猪槽地围上来。

男人们争着给赵队长和工人们递烟点火，拉着拽着赵队长，恳求道："赵队长，先别急着走嘛，试试，再试试！"

一群中年妇女，把篮子硬往赵队长的怀里塞，含泪凄声叫道："好队长啊，你要拉着机器走了，往后谁还敢再来俺裴寨打井啊？俺都渴了一辈子了，俺都快渴死了，赵队长！"

赵队长推开人群："就这穷山恶水，我有啥办法？"

突然，在他面前，一道人墙齐刷刷跪了下来，黑压压一大片，声音嘈杂地呼号着，哀声震野！

这一幕让春亮受不了啦，他的眼眶湿了。

危急关头，他不撑起来谁撑起来？——撑起来！他天生是一个压载的人，从小到大，负重如山，从把一个家撑起来，到把一个村撑起来，既是众望所归，也是心甘情愿，他的一副骨骼早已习惯了一个"撑"的姿势。

春亮走到赵队长面前，握住他的双手，恳求道："哥，钻头毁了，咱再换；石头卡死了，咱再钻。只要地底下有水，就一直往下打。我再追加30万，你们再努把力，中不？"

赵队长不忍看跪在面前的老乡们，转身背脸长叹一声："试试吧。"

钻井队重新复工，硬着头皮咬着牙，又干了几个月，一连毁了8根钻头，锲而不舍地往地底深处钻去——

谢天谢地！一直钻到530米深处，终于出水了，而且水头很旺。裴寨村真幸运，钻头恰巧钻到了活水层上，经过化验，井水达到了饮用水标准，水质清，口感甜，是难得的好水！

赵队长与春亮成了朋友，他告诉春亮：接裴寨村这一桩活儿，钻井队一分钱没挣到；但是工人们都看到了，看到村主任打井原来是为了百姓，看到裴寨人原来对井水这么渴盼，他们是靠着感情才坚持下来的……

深水井出水那天，一向无人光顾的猪槽地上，突然人头攒动。全村男女老少端着水盆，拎着水桶，争先恐后赶到这里。邻村的百姓，也赶来沾沾裴寨村的水气。

出水了！粗大的水管里，晶莹的水头夺口而出，蹿起一米多高。欢呼声中，第一碗水端给了年纪最大的裴礼老人。碗中清水荡漾，水面还漂着机油的点点油花儿，老人一口气喝下大半碗，胸腔里发出一声水汪汪的长啸："真甜呀，没想到还能喝上这么好的水！"

深水井口，建起了泵房、压力罐，供水系统运转起来。老村可以一星期往各家各户的水窖里放一次水，新村将来也可以接入自来水……

一村之长

新中国"最美奋斗者"裴春亮和乡亲们的脱贫攻坚路

裴春亮捐资 83 万元，钻出 530 米深水井，村中老人喝下第一碗甜井水。

水啊！滋润的日子从此开始了？

转眼 2007 年，一场严重春旱降临。田间小路上，遍地都是龟裂一指多宽的纹缝；庄稼地干得冒烟儿，村民们在机井渠沟旁昼夜排队，等待浇灌麦田……

虽然打了深水井，加上古井水，全村"吃水难"得以缓解，但是解决"灌溉难"依然迫在眉睫。

裴寨村干部反复开会，商议再上水利灌溉工程——可是，水在哪里？

四顾茫茫，一片旱象。

当年，辉县县委书记郑永和提过一句口号："说了算，定了干，再大困难也不变。"

现在，"70 后"村主任春亮也提出一句口号："想，都是问题；干，才有出路。只有干，才会变。"

无计可施之际，春亮眼界放开，忽然想到了"红旗渠"……1960 年动工的河南林县"红旗渠"，不是借助山西境内的浊漳河，"引漳入林"，筑起了一条"人造天河"么?!

借水! 借资源! 远水也可以解近渴! ——"红旗渠"的思路，使春亮心中豁然开朗。

他像一只年轻的猎犬，在原野的风中警觉地嗅着，闻到了水的气味，闻到了机会的气味——这一代"70后"弄潮儿，凭着丰富的想象力，凭着敏锐的发现力，在市场经济的风浪之中，在紧缺的资源面前，不少人已练出了灵敏的嗅觉，总能搜寻到猎物的气息；也敢于找、跑、要，总能找到下手的机会。

辉县市的群库汇流农田灌溉网，已建成30来年了。可是，在沟岭重重的丘陵上，一些渠水流不到的干旱角落，仍旧只能望水兴叹，"县角乡边山旮旯"的裴寨村，自然也享受不到"雨露均沾"。

改革开放以后，农田水利建设的模式，又由过去的主要依靠国家或集体筹资筹劳，转向市场化过渡，不免出现"水利投入强度明显不够，建设进度明显滞后，水利保障水平明显偏低"等弊端；至于支渠、斗渠、农渠、毛渠的配套建设，更是几乎停滞……

眼下，裴寨人遥望得到的，只有一条南干渠。

它的源头石门水库，远在一百公里以外的辉县西北，南干渠水从石门水库蜿蜒而来，年年从裴寨村南一座远山坡上淌过……这渠水并不是长流水，山区水源有限，上游水库只能实行季节性放水，一年放不了几次，主要是到旱期为水渠沿途的村庄农田救急。

如果，在水库放水期间，把南干渠水引进裴寨村蓄存起来，抗旱时节应急，岂不是大好事!

春亮这个大胆的设想，让村干部们顿时兴奋起来……然而这个美梦，南干渠周围缺水的村庄，哪个没有做过? 苦于无能为力啊。

正如"望梅止渴"，青青梅子，酸甜诱人，累累垂挂枝头——裴寨人怎样才能摘到它? 人力、物力、财力，眼下最缺的是财力。

春亮决定个人再次出资，上二级提灌蓄水工程。

这个工程，如果请专业人员设计方案，没有十几万元恐怕请不动。春亮集中群众智慧，干脆自行勘探设计——从南干渠分水，铺设管道，通过二级

一村之长

电泵提灌，将水引上南岭西头的卧羊山，山顶修一个蓄水池，建分水闸，然后向下埋设管道，通往裴寨村的田间地头……他展开自己画的图纸，内心满是成就感。

在裴寨村史党建展览馆里，至今陈列着一幅已经泛黄的老照片——那是2007年11月8日，裴寨村二级提灌蓄水工程开工。秋末寒山，一面飘舞的红旗下，镐锨林立，人群簇拥。前排正中，村支书裴清泽和村主任裴春亮并肩而立，现场洋溢着一股摩拳擦掌的气息。

这一支人马里，凡是60岁以上的男人，当年几乎都参加过辉县的水库大会战。

新中国成立后，一个落后的农业大国，为了结束"靠天吃饭"的历史，毛主席提出"水利是农业的命脉"。50年代到70年代，农忙之余，农村劳动力都被动员起来兴修水利。那个时代，全国修建的大、中、小型水库8.6万座，人工河渠300多万公里，配套机井220万眼，成了今日中国种田吃粮的"老本儿"……当时，裴寨村的青壮劳力，也组成了一支声势强壮的民工队伍，扛着工具，背着铺盖，开上了三郊口水库、陈家院水库、雁高渠等工地……

然而，修水库的人，却喝不到一口水库的水。他们在津津乐道那一段水库大会战历史时，心中难免有一种失落……现在，南干渠水终于要流进裴寨村了。

昨日旧景重现，在县委书记郑永和带领辉县人民重整山河30多年以后，一个小小的裴寨村里，又呈现出了同样的场景——

从南干渠到裴寨村南岭西头，一公里多的直线距离并不算太远，但中间却是沟深坡陡，要用直径50公分、长20多米的无缝钢管，铺设分流引水的主管道……全村男女劳力齐上阵，分成四个义务组，不分昼夜，不论寒暑，一年四季赶工，叮叮当当劈土凿石，遇沟架管，遇坡开槽，热火朝天，雄风依旧，这一种场面如今已很少见到了。

小小的卧羊山，在南岭东边山梁削平以后，成了整个裴寨村的制高点。南干渠水提灌到卧羊山上，山顶修砌四四方方一座水池，可以蓄水5000立方米，乡亲们叫它"田心池"。

村党支部副书记裴龙翔，记得当年的布局："田心池"的池水由分流闸控制，下面 2 根直径 20 公分的地埋管道，铺设出分水浇地的"官网"，主水道总长 11 公里，然后通过毛细小渠，灌溉家家户户的田地。

春亮的侄儿文山，当时已是 20 来岁的小伙子，也参与了工程建设。他记得，密密麻麻的两排人马，齐声喊着号子，抬起一条长长的管道，像百足虫一样走进地里，把管道放入预先挖好的沟壕，一节节拼接起了纵横分布的水网。

裴起老人被人们拦下，不让他上工地，他着急地说："重活儿我是干不了啦，帮你们看看摊儿总还行吧！"

70 多岁的裴清信，不顾年事已高，白天在工地抬石头、运水泥，晚上加班核算成本账目……春亮发现，他说话老是喘不上气，额头还冒虚汗，劝他道："哥，你休息休息，去医院瞧瞧。"裴清信离不开工地，说："到我这个年纪，谁还没个毛病？等水引来了再说吧……"眼看着裴清信一天天消瘦，春亮命令他儿子带老人去了医院。几天后，春亮的手机响了，裴清信的儿子哭着告诉他："叔，医院结果出来了，食管癌，晚期。"春亮心痛得半天说不出话……

整个工程期间，全村凡是能出力的，没一个人闲着。男人们在工地上干活，女人们往工地上送饭送水。有时天黑了，劳力在工地还回不了家，孩子们扛着荆篮，提着水壶，在暮色中翻沟爬坡，送来了馒头、米饭、油饼、鸡蛋和白开水……

"那个场景，谁瞧着都会掉泪。"春亮感慨，"光这一项工程，就让我掉了多少泪，'田心池'修好以后，我自己还去那儿偷偷掉过泪……因为，水对于我们太重要了！"

二级提灌蓄水工程，终于等到了开闸通水这一天，卧羊山头人山人海。

"田心池"的入水口，在水池南壁半中腰，一群年轻人趴近入水口，侧耳倾听动静。呼隆隆，呼隆隆，只听水响，不见水出来……

旱渴的土地，旱渴的人心，全都维系在这个入水口上了，时间真漫长啊！大约 4 分钟，就像过了 4 个小时，突然哗的一下，粗大的水柱猛地蹿出一丈多高，溅了年轻人一脸一身。老人们笑着笑着掉泪了，整个村庄欢声四起！

一村之长

新中国"最美奋斗者"裴春亮和乡亲们的脱贫攻坚路

裴春亮捐资 860 万元建成的"田心池"。

"田心池"与机井、排灌沟渠配套，实现了自流灌溉。清亮亮的水，流进新砌的支渠，流进远近的田地，遍地的庄稼苗儿飒飒起舞，裴寨村农田灌溉的难题大大缓解，粮食亩产明显提高。

而且，每到抗旱燃眉之际，"田心池"还向周边村庄放水，惠及张村乡东部的十几个村庄，5000 亩土地因此受益……

二级提灌蓄水"田心池"工程，历时两年半，耗资 860 万元全部由春亮个人承担。

至今，"田心池"的水面上，还倒映着南边池壁上的一行标语，前半句"致富不忘共产党"是红漆大字，后半句"丰收感谢裴春亮"却被灰色水泥涂抹遮盖……这一条标语，是村民自发刻上去的，红漆大字鲜亮夺目。春亮回村一看，当场发了脾气，立刻命人把后半句抹去了。

春亮说："裴寨村改变面貌，是沾了党的改革开放政策的光，是全村干部群众共同努力的结果，不能归功于个人。我只是像北京奥运会的火炬手一样，当一名圣火的传递者。"

二、裴寨水库上了央视"新闻联播"

水！水！裴寨村仍在发出焦急的呼唤。

村民已经整体乔迁新村，饮用水量增加；

即将开发的蔬菜花卉大棚温室，灌溉用水量更大。

虽然，猪槽地打出了深水井，只是杯水车薪；

虽然，"田心池"工程竣工，蓄水还是供不应求；

在水利部门的支持下，在古井旁边，在"保丰东地"，又一连打了3眼机井，但一到旱季水就抽干了……

缺水，仿佛恶魔附体，裴寨村连续挖水不止，每一步前行还是被它拖累。

"找水三部曲"，第三步必须从根本上摆脱困境了。

刚刚接任村支书的春亮，站在卧羊山上俯瞰田川，想起了县委书记郑永和。郑永和站在太行山上，面对三分平川七分山、光山秃岭干河滩，乐观地对干部群众说——你们看，造地有河滩，绿化有荒山，修水库有山沟，修渠道有石头，修电站有水落差，这都是咱们的有利条件……

秃岭荒坡山沟沟，咱裴寨村也有哇！……春亮对裴寨村这一片山川，早就盘点了无数遍，已经烂熟于心。他的目光，落到了新村东北那一条大东沟上。

有一天，春亮和几名村干部去察看"保丰东地"，这块地就在大东沟边上。春亮说："这一条大东沟要利用起来。"

村干部们听了心生诧异：裴寨村最大的这一条千年土沟，咋个利用法儿？

春亮说："修水库。"

水库！谁修？

春亮回答："咱自己。"

一村之长

新中国"最美奋斗者"裴春亮和乡亲们的脱贫攻坚路

天方夜谭！——在千沟万壑的太行丘陵上，裴寨村这一条大东沟也许不算深、不算大，但与原来老村的村西小水库相比，简直就是大西瓜与小芝麻。由一个小村庄来改造这一条大东沟？不可思议。

大东沟长约两三公里，宽约30米，深约10米，一路东去，又甩尾东南，插入卫辉市的地界。因为这里地势低洼，每逢夏秋下暴雨，太行山洪夺路而来，张村乡东南部的雨水也向这里汇流，把大东沟变成了一条排洪道，水流由此进入卫辉境内的界牌沟，泻入十里河。

春亮的思路，仍与利用南干渠水建"田心池"一样——有了小的，再来个大的！他的设想是，因地制宜，利用大东沟天然的地势和功能，一边以辉县西北一百多公里外的三郊口水库为水源，从一条北干渠把水引过来；一边拦截汛期的山洪雨水，兴建一座拦洪蓄水的裴寨水库。

裴寨村两委反复开会，研究了改造大东沟、兴建裴寨水库的方案。

春亮又邀来了张村乡东部几个村庄的村主任，都是朋友老熟人了，一起坐在大东沟的沟沿上，开了一个"诸葛亮会"。

村主任们七嘴八舌，在技术上出主意：借助大东沟，整条沟用混凝土铺底，两边沟壁用石料砌墙，库尾留出溢洪道，余水顺沟排入卫辉界牌沟……

至于工程投资，大家都不禁咋舌，估计得砸进去六七千万元吧？

2010年入夏，春亮向村里有经验的石匠、泥瓦匠请教，实地考察大东沟，进行了技术论证。

他带上村里6名党员，背着测量仪器和干粮，上了太行山。沿着一条北干渠，朝着三郊口水库的方向，边走边勘察，探寻引水的地点和路径。一天跑四五十里山路，一跑就是半个月……有天，攀爬一道四五米高的石坡时，春亮一脚踩空滑下去，坡上一块尖石把他的裤腿削烂了半截，右腿上划了一道大口子，鲜血直淌。他稍稍包扎一下继续上路，腿上又多了一道十几公分长的伤疤……

形势的变化，总是令人难以预料。

这年10月，村庄格局忽然发生了重大变化。随着新型城镇化建设，张村乡东部的11个行政村、一万多人口，以裴寨新村为依托，整合为裴寨社区，任命裴春亮为裴寨社区党总支书记……从一个小山村到一个万人大社区，用水需求剧增，饮水和灌溉更成问题，裴寨水库工程再也不能拖延了。

恰在此时，党中央送来了及时雨。

2011 年中央一号文件，发布了《中共中央、国务院关于加快水利改革发展的决定》，这是新中国成立 62 年来，党中央、国务院把握全国基本国情和水情，首次针对水利工作出台的综合性文件。文件指出："水是生命之源、生产之要、生态之基，水利是现代农业建设不可或缺的首要条件，是经济社会发展不可替代的基础支撑，是生态环境改善不可分割的保障系统，具有很强的公益性、基础性、战略性。"其中指出的主要任务，第一项就是"突出加强农田水利等薄弱环节建设，大兴农田水利建设"。

国家政策的雨露，洒向山乡大地。辉县市紧抓这一机遇，促使一批水利重点项目开工，或纳入国家水利发展规划的盘子。从 2011 年开始，辉县市水利建设的资金投入逐年增加，每年达 1 亿多元……而在苦旱已久的裴寨村，这一个兴建裴寨水库的项目恰逢其时，后来获得了水利专项资金 1000万元。

2011 年除夕，裴春亮作为"全国道德模范"，受中央文明办的邀请，来到央视春晚现场。坐在观众席上，面前喧腾缤纷，一派欢歌热舞，可在他眼前晃过的，却是裴寨水库工地上那一片山风猎猎的苍莽景象……

2011 年 2 月 24 日，还没出正月，裴寨水库开工誓师大会暨群众捐款仪式，就在大东沟的沟沿上隆重举行。

会场旁边，一台台威风凛凛的大型挖掘机、推土机，一辆辆载重大卡车，好似赛场起跑线上的一群骏马，一字排开，等待着发令枪响……只等大会仪式一结束，鞭炮噼噼啪啪一炸响，立刻开赴工地。

会场上，裴寨村男女老少到齐了，邻村村民们都来了，裴寨小学和周边各村小学、张村乡中心学校的师生，也列队进入了会场……虽然寒意未消，裹着尘土的山风一阵阵吹过会场，阳光下却弥漫起了早春的气息。

张村乡领导、帮扶水库建设的企业代表站在主席台上，裴寨村支书兼村主任、裴寨水库工程指挥长裴春亮高声宣布：裴寨水库工程上马开工！

兴建这么大的裴寨水库，即使放在乡里、县里也不是小事。面对周围一片憧憬而又疑虑的目光，春亮热情地向领导、来宾和乡亲们描绘起了心中勾画的一幅蓝图，讲建水库的起因，讲水库工程的设计方案，讲水库建成后的美好前景……

春亮宣布，裴寨水库工程预计总投资 6000 多万元，除了政府支持、企业帮扶、群众捐助，余下的资金缺口将由他个人兜底。

会场里，男女老少村民们神情严肃，听得入神，连妇女怀中的婴儿也停止了哭闹。乡亲们渴盼的眼神中，渐渐漾起了清波……

大事临头，来自裴寨村的整个人群，是平静的，是安定的。

从村主任到村支书，春亮这五六年来，经历的是不断被怀疑、又不断被证实怀疑是错误的这么一个过程。他干的每一件大事，总是出人意料、惊世骇俗，但是回顾一下，有哪一件没做成，有哪一样不靠谱?! 乡亲们看在眼里，对他放心。只要是春亮说的，乡亲们不再怀疑，不再顾虑，一说就听、就信、就跟……这一次，春亮的重大决定，应该也错不了，他兜起了修建裴寨水库的资金，更兜起了裴寨人的百年渴望!

上一次，裴寨新村修一条入村"众鑫路"，组织过一次群众自愿集资活动，至今村民们走在"众鑫路"上都神气；这一次，裴寨水库工程上马，也组织了一个群众自愿捐助仪式，将来人们喝着裴寨水库的水也惬意。

捐款现场，最积极的当然是裴寨村民，30 元、50 元，还有 100 元、200 元、500 元，争着往捐款箱里投。村民裴水群，家庭并不富裕，但他一下子捐了1000 元。按辈分他对春亮喊爷，他说:"修水库恁大的事，春亮爷自己筹钱，他不是为自己修的，是为咱大伙儿修的。一向总是他帮咱，我只是表达小小一点心意。"

裴寨村周边村庄的乡亲们，也纷纷主动捐款。沙锅窑村一位年近八旬的残疾老人，要捐 20 元，人们婉言劝他不用捐了，他生气地嚷道:"咋啦? 嫌钱少? 春亮给我送过 100 斤大米、100 块钱，这也是我的心意呀!"

裴寨水库工程的实际投资，除了政府水利专项资金 1000 万元，企业帮扶和群众捐助共 100 余万元，其余资金缺口 5100 万元，春亮个人兜底。

水库工地基建，需用大量水泥，裴寨村两位村支委到春江水泥公司接头。

总经理红梅，正在公司等着这一刻呢。春亮第一次率领裴寨水库这么大的工程，她作为妻子，比任何人都更揪心，时刻捏着一把汗……太行女子从来爱勇士，红梅嘴上虽然常常抱怨丈夫的大男子主义，心里其实也暗暗赞赏丈夫的大男子气概。所以，她责无旁贷甘当后盾。

红梅热情地给两位村支委端上茶水，在老板台上签字笔一挥，价值600万元的"春江水泥"，源源不断送到了裴寨水库工地上……

水库工地上的声势，比起6年前建新村的南岭工地，更威猛、更雄壮。两三公里长的一道大东沟里，风尘弥漫，狼烟四起，挖掘机、推土机紧张作业，载重卡车拉土运石料，机声日夜轰鸣。

裴寨村民时刻关注着工地，看到大东沟的两壁拓宽削齐了，大卡车拉出了好多土，一部分土把废弃的村西小水库彻底填平了，铺垫起了一片200亩大的工业预留用地；一部分土垫起了大西沟的耕地……

裴寨水库的施工，不仅非常艰苦，而且要冒很大风险。

大东沟里，弯向东南的那个大拐角，两壁又高又陡。用来加固的梯形石坝，足有三四米厚，眼看越垒越高。

暴雨来临，大东沟北岸上的一个路口，湍急的雨水汇聚而下，顺着坡路把崖岸冲出了一个豁口，水流直泻而下，又把水库石坝冲垮了。

一时间，施工现场遍地乱石，满目狼藉……

第一次做大工程的裴寨人被吓着了，塌气了，没劲了，大伙儿面面相觑，怀疑是不是水库设计不中啊？一位在水利部门工作的本村人，也对水库设计提出了意见。

平时对外说起来，都说裴寨水库工程方案是专家设计的。可是，大东沟这样独特少见的水库形制，如果真的请专家来，或许一时摸不着头脑，设计也不一定接地气。

当时，曾经有人向村里提出承包裴寨水库工程，设计费张口就要100万元，后来一松口又减到了一二十万元。

春亮这个水利工程设计"土专家"，大胆地说："说白了，不就是修个水库么，又不是叫咱生产原子弹！"

这一次，他像设计"田心池"工程一样，又是自力更生，土法上马，不花一分钱，自行设计了裴寨水库的整个工程方案。并向大伙儿讲解，为了防止洪水涌入水库冲垮石壁，可以按照水的力道和流径规律，在水库两壁上，每隔一段垒砌一道水泥加固坝，一级级缓冲减压，保证水库安全……

一方安危，责任如山，春亮的心情比所有人都更沉重。

他平时盯在工地上，有事外出也不放心，不停地给村干部打电话，追问他们："你在工地吗？"如果不在工地，他便催促："你去工地看看。"直到村干部回答："我就在工地上呢，你放心吧。"……可他还不放手机，因为记性好，对工地情况了如指掌，他还要反复叮嘱，一直遥控指挥工程的各个细节……

而就在这个节骨眼儿上，又连遭春夏大旱，蔬菜大棚的菜秧都快枯死了，大片的麦田收成减产，有些地块甚至绝收……

千钧压力之下，裴寨水库按照既定的设计方案，施工继续加紧推进。

裴寨水库的水源三郊口水库，比"田心池"的水源石门水库更远。从三郊口水库伸出的一条北干渠上，分水到裴寨水库，分流地点选在了枣园村的山角。

从枣园村山角到裴寨水库这一段，需要砌筑一条十五六公里长的支渠。沿途村庄的乡亲们，自愿参与建设。其中，裴寨村砌筑支渠的任务，村两委决定分给各家各户。村民们许多都是过来人，明白在沟坡之间修渠的费劲和受罪，然而，全村无论哪一家都没犹豫，踊跃上阵，天天在工地上打石头、砌渠道……太行山是石头山，人肉对铁石，手掌磨出血泡，汗水湿透衣衫，但乡亲们一连几个月义务出工，谁也不说苦累不抱怨……

到 2013 年 7 月 1 日，裴寨水库一期工程告一段落，开始试验注水。

考虑到新水库的承受力，担心出现最危险的垮坝，所以，水库注水不敢一次放够，分为三个阶段进行。

春亮和村干部都很紧张。最初每天注两次水，夜里安排值班，时时去水库察看：注水多深了？有没有出现异常？……连续注水半个月，大东沟的水面渐渐升高、升高……

2013 年 12 月 12 日，裴寨水库就要正式开闸放水了。

前一天晚上，春亮在床上翻来覆去，怎么也睡不着——水渠能不能顺畅引水？中间会不会出现意外？万一出现阻碍怎么办？

裴春亮捐资5100万元建成库容80万立方米的裴寨水库，2013年12月12日顺利通水。

　　他倚在床头，不停地拨打手机，问了一圈儿，原来，村里的党员干部和村民，好多都像他一样不能安枕入眠。他索性翻身下床，穿上棉衣，叫上那些睡不着的村干部和村民，冒着风寒结伴出村，最后察看一遍从北干渠下来的支渠。

　　夜半三更，在漆黑的山路上，一群人打开手电筒，朝着枣园村山角的方向，沿支渠往上游走着，走着……忽然，前面好像隐隐传来了流水的声音，是幻觉吗？他们一边向前跑，一边侧耳倾听——是的，是淙淙的流水声！一束手电灯光摇向前方，灯光亮处，一股汹涌的水头顺着石渠，哗哗地迎面欢跑过来了！

　　水来了，水来了！

　　大家顿时松了一口气：经过一年的勘探设计和筹备，又经过2年多的施工，裴寨村全体干部群众艰苦奋战近4年，终于看到了曙光来临。

　　开闸放水喽！——历史记住了这激动人心的一刻。

一村之长

新中国"最美奋斗者"裴春亮和乡亲们的脱贫攻坚路

缺水山区的
通水梦

万众瞩目的央视"新闻联播"，2013年12月12日以"裴春亮：缺水山区的通水梦"为题进行了报道。

春亮啊，从35岁到43岁，为水忙了8年，累得脱了三层皮！

眼下，"找水三部曲"即将奏响最强音，一切已经盼到跟前了，可是，他心头战战兢兢，竟然像不大敢相信一样——水就要来了么？幸运就要来了么？千万千万，可别出问题呀！他说："水库开闸的时候，我守在闸口，又兴奋，又害怕。"

精诚所至，金石为开，结果非常顺利。一百多公里以外三郊口水库的清流，沿着蜿蜒的北干渠，绕过枣园村山角，顺着支渠滚滚而来。

奔流30多个小时的水头，一头冲进裴寨水库，顺着崭新宽阔的水道，不可阻挡地向前一气奔跑了两三公里，才来了一个大回旋……渐渐的，浑浊的湍涌澄清了，起伏的水波平息了，变成了一湾碧澈的静流，干渴百年的小山村出现了一片平湖美景。

太行山下这么清亮充沛的水啊，如愿以偿的水，如释重负的水！

裴寨水库。

依沟而建的这个裴寨水库，长 2.3 公里，平均宽 40 米，平均深 8 米，库容 80 万立方米，还配套了尾渠溢洪道，好似一条青龙在黄土丘陵上起舞！

裴寨村民比过年还高兴，成群结队，扶老携幼，赶到新村东边来看水。水库岸边，噼噼啪啪的鞭炮声中，人们挎上腰鼓，欢快地扭起了秧歌。祖祖辈辈盼水，终于美梦成真。

村民郭福枝说："我活了 60 多岁，还是第一次见到这么多、这么清的水，这一库清水就是一库财富呀。"

年轻村民们沿着一库清水，飞奔雀跃，大声欢呼："裴寨有长江了！""俺们到长江边上了！"

水库正式通水的第三天晚上，春亮住在新村家里，满腔的亢奋依然不能平息，又是一个难眠之夜……捱到凌晨 2 点，实在等不及天亮了，他打手机，叫醒了裴龙德："走！看水库去！"

他俩披着大衣，走出新村，来到了裴寨水库坝首。哗哗的流水声，比白天更加喧闹响亮，萦绕在耳畔，"比啥音乐听着都得劲"。

这是凌晨两三点钟，半边月亮正向西天徐徐沉落，满天繁星还在苍穹闪烁，为山野布下了朦胧的光亮。两人沿着水库向东而行，喧哗的水流声渐渐听不见了，一湾水面波涌无痕，倒映点点星光，安静得好似一位端庄的处子。从堤岸边缘开始，水面在悄悄地结起薄冰，白天的青龙渐变成一条碧色玉龙，恬然安卧在太行群山的怀抱里。

临水而立，遍拍栏杆，万般感慨只化作了两个太行汉子的无语凝噎。

终于，春亮还是忍不住，在暗夜里哭了。他的一颗心，为水高悬 8 年之后，这一刻才缓缓落地——改变了宿命，改写了历史，裴寨村的百年苦旱终于结束了！

他说："龙德啊，我现在最想念三个人……我上的学太少了，肚里墨水儿不够，要是像你一样有才，我就把心里的话写成一首诗……"

春亮此时最想告白的，是村中近几年去世的三位老人，一位是病倒在"田心池"工地上的裴清信，一位是累倒在裴寨新村工地上的裴清波，还有一位是原第二生产队长裴清荣。

一村之长

新中国"最美奋斗者"裴春亮和乡亲们的脱贫攻坚路

　　春亮自从回村当村主任那一天起，心里最明确的对应物，就是父老乡亲的目光。他的潜意识里，所有一切就是为父老乡亲干的，就是干给父老乡亲看的。因为，他能读懂这些目光，从中摸到底，从中找到根。尤其是从这三位老人的默默注视之中，他无数次地读出了最贴心的疼爱，读出了最信任的期待……可现在，期盼的成果干出来了，你们咋看不到了呢？最该分享成果的人，你们在哪儿？

　　春亮抬起头，仰望星辰闪烁的夜空，泪流如雨，心底里呼喊——三位老哥，你们在天上看到咱的水了吗？……对不起，春亮对不起你们，我要是早一天盖好新村，早一天修成水库，早一天，早一天……

　　裴寨水库周围村庄的乡邻们，见面话题也都是水。近处的农民步行来看水，远处的农民骑车来看水，他们站在水库岸边，呼吸着一团湿润清新，沉醉于一派潋滟波光，来了就不想走，咋看也看不够……有天晚上，春亮看完央视"新闻联播"后，去巡察"保丰东地"，在黑灯瞎火的路上，还先后碰见樊庄村、牛村的两拨儿乡亲，开着摩托车灯，来找裴寨水库……

　　开闸放水 10 天后，水库周边衍生项目进行招标。裴寨社区与承包户签订的合同，包括管理服务类、水产养殖类、农家餐饮类、特色加工类、水上娱乐类、冷饮快餐类等项目，合同上按下了花瓣似的 100 多个红指印……

　　裴寨水库里，垂钓可以钓到十几斤的大鲤鱼、大草鱼；

　　水库岸上，几十亩冬桃园已经挂果，农家乐餐馆迎来络绎不绝的客人；

　　依照水库设计图，崖岸上还有 2.3 公里长的游览区，在等待开发……

　　"以前因水而穷，现在因水而富。"裴寨村从一个缺水村变成了富水村，裴寨社区居民的每月人均用水量也可达到 1.5 立方米；沟壑之间的耕地 80% 得到灌溉，蔬菜花卉温室大棚更实现了自流灌溉……以前种田是"望天收"，如今小麦亩产提高到 1200 斤，歉收之年也不下 800 斤；以前即使风调雨顺，一亩地收入也不过三四百元，如今同样的农作物，一亩地收入在千元左右，更不用说温室大棚的收入了。

　　同时，裴寨水库还滋润着周围乡村的 3 万多百姓，使 2 万多亩耕地受益。并且，可以承担张村乡东半部的抗旱防洪功能，带动周边区域的经济发展。

省会郑州来的一位干部，参观裴寨水库后感慨道："要不是亲眼看看，谁能相信，市县一级才做得了的大工程，却让一个农民带头做了……"

来之不易的裴寨水库，成了裴寨人的心头宝。

水库刚刚建成那两年，每当下暴雨，村里的党员干部顶风冒雨向水库跑，生怕坝堤出事故，危及百姓安全；

水库崖岸上，各条路口的雨水习惯地向大东沟汇流。旁边"保丰东地"的大棚承包户们，担心冲坏水库堤坝，就为雨水改道，让积水从自己大棚边的洼地流走；

裴寨商业街的污水，原先都排入大东沟，现在经过澄清池过滤，用于浇地，不许流入水库……

裴寨水库碧波荡漾，至今安然无恙。

这个水库，可不止是一湾渴饮之水，它改善了裴寨社区的整个生态，为裴寨村的整体发展提供了坚实保障，带来的社会价值和经济效益不可轻估。

这个水库，是裴寨村史上的一页浪漫诗篇，它使世代干涸的心灵恢复了正常的温润，再也没有水贵如油的恓惶，再也没有旱渴缺水的焦虑，大大提升了百姓生活的幸福指数。

裴寨人家里家外，都有了用不完的水。揿动水龙头，清亮亮的水哗哗流淌，每洗一回手，每冲一回厕所，都觉得日子变得好奢侈。

当地妇女自豪地说："俺这边水好，生的孩子就好。"

裴寨社区的一群孩子，在水库边的水泥路上欢跑。来采访的央视"东方时空"栏目记者好奇地问他们："你们为什么这么高兴？"天真的孩子们发出银铃一般的笑声："不知道！就知道这儿路平、路光，这儿水清、水多！"

三、裴寨商业街上的风波蜕变

2007 年那个秋日，裴寨村支书、村主任和村干部们，收到村民裴龙爱嫁女喝喜酒的邀请，一起来到了2公里外的张村。

日当正午，到张村那家饭店门口一下车，他们不由微微一惊——过去不起眼的张村，重新进行了规划，悄然之间大变样了。路面宽阔，街道干净，新装了路灯，粉刷了墙壁，吸引生意人朝这一条商业街上汇聚。商铺多了，招牌新了，鳞次栉比的店里生意兴隆，行人熙来攘往，一派喧哗热闹，风头竟已盖过了裴寨商业老街。连在裴寨商业老街上卖电视机的裴寨人，也把店铺迁到张村街上来了……

裴龙爱喜气洋洋，正在饭店门口迎接宾客，村干部们向他送上红包道喜。

饭店老板已是熟人，殷勤地把村干部们领进了一个包间。大家在圆形餐台边坐了一圈儿，一时默然无声。

良久，春亮突然一声喝问："过去在整个张村乡，人人说的可都是'有事没事儿，裴寨十字儿'啊！今儿请客咋到张村来了？"

无人接腔，自尊心都被刺痛了。心高气傲的裴寨人到人家的地盘上来喝喜酒，很没面子，脸上无光，同时，一种危机感也猝不及防地袭上心头。

响当当的"裴寨十字儿"是裴寨商业老街的代称，这里曾是杨闾川一带的商品集散地，繁华热闹，车水马龙，人流熙攘。十里八乡的男女老少购物、玩耍、下饭馆，有事没事都爱到"裴寨十字儿"逛逛。尤其新娘子们，都以在"裴寨十字儿"举办婚礼喜宴为荣耀……

然而，时代发展太快，"淘黑金潮"倏忽之间潮起又潮落。当太行山乡处处出现新变化时，裴寨商业老街却冷清下来，转眼就苍老了……

在商业老街上做了多年生意的村民裴水山，说起这个时期的裴寨商业老街，形容它已退回到了"原始社会"。

卫吴公路上，一二百米长的一段裴寨商业老街已经成了一个细窄的"咽喉"。原先的土路坑坑洼洼，下雨时车辆总是陷进去；后来铺了沥青，天热一晒软，又被拉白土的大卡车压出了大坑。雨天泥浆满地，晴天尘土飞扬，街上的石头也没人捡走，被熊孩子们拿来砸过路的汽车。满街都是脏乱差，门店破旧，摊贩混乱，经常拥堵，开车穿过这个地段得一二十分钟。

水山在商业老街上开了第一家饭店，房角一道大深沟，房顶到处是窟窿，一下雨赶紧上房遮盖塑料布，不然雨水就流到了锅里。店里老鼠乱窜，顺着电线打秋千，案板锅台上也有老鼠屎，水山只好经常烧一锅沸水去浇老鼠洞。街边浮土落在炸好的油条上，拎起来敲敲接着卖……

此时，张村饭店里的喜宴上，觥筹交错，猜枚划拳，一片欢声笑语。只有裴寨村干部的这一个包间，始终热闹不起来。

干杯！春亮与村干部们杯盏相碰，一桌喜酒喝成了苦酒。他对大家说："以前，全张村乡的人请客、逛街、买东西，可都是去咱裴寨村的。现在，咱村有事请个客，还得来人家张村，丢人不丢人？咱裴寨村门口一条大公路，不比张村门口这一条小公路便利？咱们就不能让当地人重新回到咱裴寨村吗……"

闷酒上头，不少人掉泪了。对于裴寨商业老街，他们都怀有一份不忍割舍的感情，那是他们年轻时的奋斗发迹之地，也是裴寨村傲立山乡的象征。可是眼看它地位中道旁落，落伍失去了竞争力，好生意白白流失……怎么办？一向挂在眼睫毛上的钱，裴寨人不挣了？一向引领当地潮流的荣光，裴寨人不要了？

其实这一切，裴寨村老支书早已看在眼里、急在心上。他也不是没想过重新振兴裴寨商业老街，但是没那精力，没那财力，也没那动力。

而张村喜宴上的一记重锤，敲响了裴寨村的决心。

春亮派人去周边考察，西到张村，北到贾庄村、杨间村，稍微大一点的村子里，店铺街道都正在兴起……

危机追逼之下，村两委达成共识：裴寨商业老街推倒重建，"以咱裴寨商业街为中心"，在这一带山乡重振雄风。

然而，春亮对裴寨新商业街的构想，把众人吓了一跳。

交通部门将卫吴公路升级为平原二级公路，裴寨村路段5年前完工，路基宽12米，次高级沥青路面宽9米……而春亮勾画的新图纸上，街长1.5公里，路基宽50米，门店中间的水泥路面宽二三十米。

乖乖，春亮这么虎！路宽是原来的三四倍了，双向四车道，并排跑四辆大卡车！……在一个"县角乡边山旯旮"，有这个必要吗？好大喜功，瞎折腾！一些村民头摇得像拨浪鼓，村两委内部也有意见分歧。不过，几位年轻村干部，进城见得多，观念比较新，力挺春亮的设计。

时间不等人！撸起袖子加油干！拯救商业老街，重建新商业街！新商业街的一段路基，测量划定后，又加宽到了约60米。

2007年国庆节，重建裴寨商业街的工程，静悄悄地开工了，老村大喇叭上没有广播，没有召开村民大会，也没有举行开工仪式……因为，所有人都已经预感到了：重建必先拆迁，而拆迁是村里最作难的活儿，这样的大破大立，必然与商户私利发生碰撞，一场矛盾冲突在所难免。

果然，开工之际，一场冲突随之爆发，而且是以村干部们始料不及的凶猛程度爆发。因为，挖掘机的锋利铲斗，动的不止是两排破旧门店，它动的是裴寨村一批最有头面的能人的"奶酪"。

商业老街的两侧，有80多家商户。这些商铺，从人民公社末期起，有些是占的，有些是批的。所谓占，是谁家宅基地在公路边，便就地开了门店；所谓批，是由大队盖章批地，由生产队分配，谁家下手早，或有本事让大队盖章，才能租到公路边的饲养室、烤烟房……同时，公路边的张村公社邮政支局旧址，2亩大的院子也被几家商户瓜分。

总之，在裴寨商业老街上开店的，多是有头有脸的能人，是当地人眼中高傲的"雅人"。

村里的党员干部多多少少也在商业老街上开有门店，包括十几年前春亮盖的那一座"得帝德"大酒店，以及酒店旁边一位村委盖的加油站……不过，这两所旧房子的位置更加偏西，不在新商业街的拆迁线内。

80多家商户对重建商业街各怀心思，有些希望改善一下经商环境，有些抗拒改变原有的利益格局。

拆迁中最难对付的人，涉及了一些村干部的家族。因为他们占据的地段最好，占有的面积最大，商铺收益最高，生意一直比别人好做，现在突然动手拆房，损失也比其他商户更大，用一位村干部的话说："当时谁家都有凄凉的感觉。"

拆迁之前，有一个表达诉求、讨价还价的阶段。商户们向村里提条件，七嘴八舌，说着说着就吵成了一团。原先占了好地段的商户们，坚决要求在原地为他们重盖门店；对拆迁赔偿要价高的商户们，则坚决要求赔偿评估价符合他们自己开出的价码……

村里答应协商，但显然不可能全部满足这些预期。于是，一场矛盾斗争迅速进入白热化。

其实这里面最关键的，还是信任问题——裴寨村几十年的历史上，除了办起了一条商业老街，有哪一个经济项目成功了？村办小企业，有哪一个让老百姓得利了？现在，对村主任春亮描绘的一幅新商业街的美好前景，商户们也不敢轻易相信美景成真。规模这么大的新商业街，到底建成建不成？万一成了半拉子工程，凭啥让俺们拆房断生意？如果抵制住了拆迁，这项工程是不是就可以不了了之？

拆迁前夕，春亮带着人来到了裴寨商业老街上。

那些反对拆迁的商户，平日都是一团和气的乡亲，此刻却一个个气鼓鼓的，横眉怒目，白眼相向。其中领头的几个，激愤不已，扯嗓子向春亮嚷嚷，围着他争论不休；还有人推搡拆迁人员，破口大骂……春亮上前劝说制止，有人转身指着春亮的鼻子，厉声斥问："凭啥拆俺的房？你说，俺们当初咋选你当村主任了？"

春亮强忍话头，没有发作。

到了一家机电维修门店，春亮和村干部们一踏进门，吃惊得差点倒退几步。店主就跪在当门地上，寒光闪闪一把割轮胎用的3尺大刀，托起来举过头顶，说："你把我头砍了吧！"

春亮脸色铁青，转身带人离开："算了算了，回头再说吧。"

重建商业街的工程，好不容易开了头，那些地段不好的、门面破败的店主们，陆陆续续同意拆房了。但是，整体拆迁向前推不动。

有的店主不准拆迁人员进店，头顶"1605"农药瓶，跪在他们面前。

有的店主对赔偿评估结果不满意，殴打拆迁人员，站在一片瓦砾堆上吵架："你凭'雅'？你说叫我拆我就拆?!"

有的村干部，家里院子被人扔了石块。

有的村干部，收到了写着威胁语言的纸条。

退休干部裴清龙回村定居，被春亮请来主持拆迁工作。他为人温和厚道，与谁都不冲突抬杠，没想到，此时也成了众矢之的。家里大门被砸了，

一村之长

门口树皮被刮了，山墙下种的豆秧也被薅了，肇事的女人还大叫："明人不做暗事，就是我啦……"

村干部们对春亮说："裴清龙平时人缘维持得那么好，跟你干，把人得罪完了。"春亮叹息一声："矛头都是对准我，冲着我来的。"

乡村就是这样，不会因为一个人的慈善奉献永远报以微笑。

村北，重建商业街工程刚开工一个多月；村南，春亮又出资兴建二级提灌"田心池"工程。两个工地同时推进，南边热，北边冷。

自从重建商业街开工，节气依次是霜降、立冬、小雪、大雪、冬至、小寒、大寒，天儿越来越冷，气氛也越来越冷。直到2008年春节，噼噼啪啪的鞭炮声没有了往年的喜兴，袅袅炊烟也没有了往日的温情。破旧萎靡的裴寨老村上空，凝结着一团霜寒肃杀之气。

反对拆迁的人，怨气处处弥漫。

有一名党员，在自家门上贴出一副对联："过年想家，家成废渣。"

春亮本家的一个青年，跑进即将竣工的裴寨新村，冲上崭新的村两委办公楼，把放在楼梯拐角的大瓷花瓶砸破了……

就这样，在裴寨商业老街的废墟之间，一场对峙和僵持，延续了将近半年时间。

春亮顾及商户们的情绪，在等待缓和。自他当选村主任以来，在摧枯拉朽的一路奋进中，容忍如此缓慢的速度，保持如此长久的耐心，这还是头一例。

然而，面前的反对声浪越来越高。有人联合起了商户们，到张村乡政府去告状，抵制裴寨商业老街拆迁。乡干部到裴寨村调查，反复做思想工作。

同时，老村里的矛盾也持续升级，从反对拆迁演变成了全面进攻。忽然之间，满村出现了大字报、小字报，有张贴的，有散发的，同一口径，都把上纲上线和谩骂诅咒糅杂在一起，矛头一齐对准村主任春亮，历数他的种种"罪状"，说他"无利不起五更"，图虚荣，搞"形象工程"；说他有野心，搞独裁，牛得太狠，裴寨村成了有钱人的天下；说他拿大伙儿当猴儿耍，穷人给富人打工，没本事人被有本事人剥削……

裴寨村乱了，乱了！有人总结当时的状况："那是裴寨村最黑暗的时期。"

而这个时期，正是春亮组织实施工程的第一个大交叉阶段。他当选村主任仅仅两年半，此时正是"五股大交叉"：

2005 年 6 月开工的裴寨新村工程还没完工；

2006 年 3 月开钻的深水井刚刚出水；

2007 年 4 月奠基的春江水泥第一条生产线正在建设；

2007 年 10 月开工的重建商业街工程正在拆迁；

2007 年 11 月上马的二级提灌蓄水"田心池"工程刚刚开工……

这"五股大交叉"，搅动猎猎风云，震撼四周山乡，需要多大的勇气、多大的魄力、多大的担当！

如果没有向乡亲们报恩的真诚情怀，没有让家乡脱贫致富的迫切愿望，没有紧跟改革开放政策的热切追随，只是为了个人谋利出名搞"形象工程"，能这么豁出命来干吗？重建商业街，他个人从中捞什么好处呢？

此时，一向善于掌控自己情绪的春亮，在流言中伤面前，也几乎被击倒了……

伤了，疼了，就想起了妻子红梅，懂得了她的嬉笑怒骂，明白了她的苦口婆心。

最让春亮接受不了的，不是当面的反对，不是背后的指责，而是人的"变脸"……大过年的，趁春亮请客人到家里来的时候，有人竟然打上门闹事。可就在几年前，这一家的儿子做手术，春亮先后借给他几万元，他叮嘱儿子："记住啊，啥时候都不能忘了你爷！"还当着在场的乡亲对春亮说：今生今世忘不了你的情……

春亮这个人，越是难忍，越是隐忍。只有这一次，酒量不大的他，心里郁闷喝多了，大醉之中击胸痛呼："你、你们真让我伤心呀！"

而在这个关头，使他清醒和振作的，是来自党组织的关怀，是来自乡亲们的公道。

正是这个阶段，春亮获得的荣誉达到了一个高峰：河南省委、省政府下发《关于在全省开展向裴春亮同志学习活动的决定》，他还当选十一届全国

一村之长

人大代表，当选"中国十大杰出青年""感动中原十大年度人物""河南十大爱心人物"……

同时，裴寨村的普通百姓，毕竟是大多数，他们所代表的民意，成为风浪中的"压舱石"。乡亲们眼看风波迭起，不禁心疼起了年轻的村主任春亮：他是一边受伤害一边行慈善，一边受委屈一边做奉献啊。

连村里的大婶小媳妇们，都替春亮抱不平，气呼呼地数落那些闹事的人：

"春亮身上的肉割给他，他也不会说人家好！"

"闹到啥时候算闹够啊？公鸡叫几遍，还在那儿说梦话哩！"

当时的新党员村干部裴龙翔，也发动青年们开会："对任何阻挡历史车轮前进的人，坚决不服软，出来挡压力，一起战斗，继续把工程向前推进！"

"淬火"——春亮现在真正理解了词典里的这个解释："淬火是钢铁材料强化的基本手段之一，钢件淬火可以获得高硬度、高强度。"

春亮开弓没有回头箭，站在重建商业街的工地上，说："党员干部带头，先从自家人身上开始！"

第一锤，敲的是春亮一位本家堂兄的门店。这是两间卖煤矿配件的店铺，堂兄也是村干部、入党积极分子，他对拆迁已有准备，却还有些犹豫不决……春亮带着人来到店门口，帮他下决心："哥，今儿就得拆呀！"说着，春亮和龙翔半真半假地争抢一把大锤，开着玩笑："来，我来！""还是我来……"堂兄赶过来，春亮一把抓过大锤，抢起双臂，朝店门边夯下了第一锤，把土坯墙砸了个大窟窿。拆迁人员一拥而上，帮着搬东西，当天就拆了个干净。

村治安主任孟群当过张村乡食品站长，在公路边的张村公社食品公司旧址上盖了一座新楼，自己一家人正住着呢，也拆除了。

村党支部副书记裴泉海的店铺，是水泥横梁白瓷砖的两层楼，他说："先拆我的吧！"

村妇女主任张桂先带头把自家门店拆了。

村民调主任裴清丽正盖一半的新门店拆了。

村两委办公室主任裴龙德，3年前才盖的3间新房子，自己拆着心疼，喊来四五个人，抡起大锤把房子四个角儿夯了……

关键时刻，群众看党员，党员看干部，"火车跑得快，全靠车头带"。

人心是什么？人心在哪里？其实，老百姓对村干部已有一个评价体系。人心向背，主要是根据村干部在关键时刻的表现而定：利益冲突时，争什么，弃什么；矛盾纠结时，侧重谁，顾及谁；人生取舍时，取多少，舍多少……群众眼睛是雪亮的，看的是公大还是私大；人心是一杆秤，称的是重公还是重私。而这个"公"，就是党性原则，就是群众路线，就是百姓利益。

作为村干部来说，一颗心放正，一杆秤托稳，一碗水端平；一张嘴勤问，一双耳勤听，一双腿勤跑；想群众之所想，急群众之所急，解群众之所困，如群众之所愿……这些做法，说难也难，说简单也简单，处以公心，不怕吃亏，终归是必须的。

在裴寨村百姓的眼里，"凡是吃亏在前、享受在后的村干部，咋做都对"。

裴寨商业老街上，党员干部带头夯锤拆除自家门店，群众看了痛快，听了服气，夯掉的是他们对重建工程的疑虑，拆掉的是他们对村干部的戒心……工地上一鼓作气行动起来了，拆迁商户们的怨怒也渐渐止息。

整条商业老街上，空空荡荡，只剩下了两家"钉子户"。

有一家，就在门店安营扎寨，向村里提出要求：新商业街建成以后，他家的门店，不仅要按拆迁面积包赔，还再多要 50 平方米店面。村里研究之后答应了……他又说："这店里的东西，搬出去没地方放，你给我找地方。"春亮安排好了，让他到村里收回的面粉厂暂住。当时来帮着搬迁的村民，记得那天还下着雪，春亮对村干部们说："咱去给他搬！"

另一家，也从门店搬出来了。春亮在村委会办公楼腾出房间，安排他住了进去，当时多家拆迁户都在那里暂住……据村里人说，春亮为了对他给予补偿，找到面粉厂负责人，协调让他也入股办厂；后来，又帮他找了春江水泥厂、宝泉景区的加工活儿……

2008 年，三年一届的村主任"竞选"即将来临，又是"山雨欲来风满楼"。借着商业街拆迁的风波，老村暗处人影憧憧，有人煽风点火，有人摇

一村之长

新中国"最美奋斗者"裴春亮和乡亲们的脱贫攻坚路

旗呐喊……

11月15日,进行第六届裴寨村委会选举。因为紧挨商业街的老村委会大院已拆除,选举大会在古井边的老槐树下举行,全体村民代表依次投票。计票结果当场宣布,其中裴春亮得票超过2/3,连任村主任。

裴寨村两委班子也随之确定下来:裴清泽任村支书,裴春亮任村主任,裴泉海任村党支部副书记,村支委有裴龙翔、裴清丽、李国德(兼会计),村委有裴晓峰、裴龙德(兼办公室主任)、张桂先(兼妇女主任)、裴科伟(兼治安主任);裴龙辉、裴清学任村干部。

当时在投票现场,春亮一看到村主任的得票,心里不由骤然一沉。比起上届首次参选就以94%的高票当选,自己这一届得票明显减少了。

他不免心中黯然:上任三年半,干了这么多,支持的人反而少了?群众对这个村主任不满意了吗?

"新乡先进群体"的成员,都信奉一条古训:"人过留名,雁过留声。"他们的一个共同特点就是,追求青史须留名,相信公道在人心,所以,对于社会舆论、百姓口碑、个人名节,非常在意,极其重视,十分珍惜。

作为先进典型,他们在努力走向同一条路径:

标本—里程碑—丰碑;

赢利期—成名期—德政期。

过了赢利期,过了成名期,一旦进入仁和贤明的德政期,境界就会越来越通透、博大、稳健。最后,就像"新乡先进群体"的先行者、新乡县刘庄村50年的老支书史来贺那样善始善终——这也是春亮的楷模……

当时,正在春亮郁闷之际,新乡电视台记者来到裴寨村采访。村党支部副书记裴泉海接受访谈,自豪地说:"当年我提出来,让春亮回村参选村主任……"春亮听了,不由笑骂比他低两辈的裴泉海:"你个孬种啊!你让我回来弄个这村主任,让我把人得罪完了!"

裴泉海豁达地笑道:"凡是理解春亮意图的人,都得罪不了;凡是得罪的,都是想得到利益而没有得到的人。"

这时候,村民无意之中的一句话,令春亮从情绪低沉之中猛醒:"石头砸住谁的脚了,你能不让他唉哟一声?"

是啊，重建商业街，确实是裴寨村的一项发展大计；但是设身处地，站在拆迁户的角度加以体谅，包括对"钉子户"，他们"被石头砸住脚"的疼痛疾苦也应有人知，他们渴望理解关心的"唉哟声"也应有人听……

经历一场风波淬炼，终归还是那一句话："人心都是肉长的。"

乡亲们的心是肉长的，春亮的心也是肉长的。人心既是肉长的，就会有理智也有感情，有温度也有力量，有规律也有弹性，有坚持也有变化，有需求也有拒绝，有光明也有阴影，有所长也有所短，有所善也有所恶；人心既是肉长的，就要探察人心，体谅人心，理解人心，尊重人心，抚慰人心，成全人心，温暖人心，甚至不念旧恶，以德报怨。

正因如此，春亮才会对做农民的思想工作，不绝望、不放弃、有胸怀、有魄力；才会对处理农村的棘手矛盾，看得透、忍得下、斗得过、领得起。

第二年春节，一个"钉子户"的父亲家里，突然迎来了一群意想不到的客人。春亮带领村两委成员，集体登门来给老人拜年，送来了过年礼品，而且从此每个春节、中秋节成了惯例……春亮说："七八十岁的老人了，让他高兴高兴。"

曾经反对拆迁的人，曾经怨恨春亮的人，春亮带着村干部上他们家里坐坐，弥补弥补感情，让对方宽心释怀。那些人受了感动，看到了公平和真诚，心里想开了，也主动向春亮道歉……

2008年农历冬至，在一个漂亮的裴寨新村落成乔迁之时，卫吴公路上的一条裴寨新商业街，基建也在交通部门支持下完工。

北头十字路口的老转盘拆掉了，中段的老涵洞炸掉了。一条长1.5公里、宽约60米的崭新路基，由东北向西南，甩出了一道笔直的斜线……不过裴寨人对商业街，还是习惯说北头、南头。

这一条裴寨商业街，对外是形象工程，对内是民心工程。

既然重建商业街一开工，就暴露出了村民对村两委发展经济项目的怀疑，那么，就借一条崭新、时尚、气派的商业街"还债"，唤回多年失去的信任。

新商业街上，两侧门面房中间，一条30来米宽的水泥大路，双向四车道敞敞荡荡——直到如今，裴寨人还自豪地说："在辉县市境内，除了市区

一村之长

新中国"最美奋斗者"裴春亮和乡亲们的脱贫攻坚路

裴寨商业街重现风采。

西边的大道，还没见哪儿的商业街比咱裴寨商业街更宽的！"

而近 10 年之后，又出现了一个谁也不曾预料的新变化。裴寨村被评为"全国文明村"，也成为全国党员教育培训示范"新乡先进群体"基地的实践教学点，全国各省市十几万人前来参观，旅游大巴络绎不绝……这一条宽敞的裴寨商业街上，畅通无阻，从没出现堵车。

曾经批评春亮好大喜功瞎折腾的人，被打脸了，不由感叹："还是春亮有先见之明，当初的决策太对了！"

新商业街门店建设的一期工程，恰巧遇上一个天赐良机。全国建材市场突现一波价格走低，钢筋、钢材等原材料降价，用工也比较便宜，所以，建筑承包商同意垫资盖楼……这对于缺钱的裴寨村来说，真是"天助我也"。

新门面房建筑，由北向南延伸。站在当年的"裴寨十字儿"，一眼望去，宽阔的街道两侧，统一样式的两层商业楼店，明窗高檐，轩敞气派，整洁美观，店门口的各式招牌鲜亮醒目。每间门面 30 平方米，两层共 60 平方米。

一期建筑完工后，裴寨村两委对商业街拆迁户的政策，没有以钱款来赔偿。而拆迁户们居然没有"炸锅"，是因为村里给了不少路子，可供他们选择。

拆迁户在新商业街上可以优先挑选地段。原先在裴寨商业老街上占据好地段的商户，大部分都重回了原来的地段。

更大的优惠是房价，对拆迁户按建筑成本价出售，售价低得令人吃惊，每平方米仅445元……这是什么价儿？高大结实的水泥钢窗楼房门店，竟然卖出白菜价，把周围其他人都羡慕死了。

到第三期出售的门面房，售价为每平方米1280元。

从二期工程开始，地段偏一点、离热闹中心远一点的门店，村里可以批地，由商户自己盖房，虽然形制没有统一，也大致都是规规整整的两层楼房。

1.5公里长的裴寨商业街，陆续七八年时间，2017年四期建设完工。如今，楼店面积共约3万平方米，开店商户100多家。

裴寨村集体的收费只有一项，按商户所在的不同地段，以每平方米10元、15元、20元三个标准，一年共收取卫生管理费9万多元。

同时，村里为商户创造了良好的营商环境，配套设施逐步完善，商业街的污水处理之后排放浇地……

堪称裴寨商业街"元老"的春亮，十几岁开始，就在老街上开理发店、开饭店，从那时起就十分注重商业形象，是一个清洁麻利、勤快周到、笑脸迎客、和气生财的小老板……如今，他以自己的亲身经验，向分管商业街的村支委提出要求：街道要整洁，门面要干净，玻璃要明亮；商贩们要记得洗脸、洗手、理发，为顾客服好务——因为，裴寨商业街是裴寨村的"脸面"。

一条裴寨商业街，由兴而衰，由衰而兴，蜕变新生，恢复为杨闾川上最热闹的商业中心，重新引领张村乡的商业繁荣，成为辐射周边乡镇的商品物流中心。服务项目增加，商品种类齐全，当地群众生活方便多了，"家门口经济"迅速形成规模。

特别是2010年以后，成立裴寨社区，裴寨新村周围新建了几座小区，万人聚居，人气旺盛，消费需求猛涨，生意前景更加可观。裴寨商业街为裴寨社区增添了吸引力，不仅安置了中老年人、年轻妇女四五百人在门店就业，也促使村民返乡创业，一种良性循环已然形成。

十里八乡的人们还是"有事没事儿，裴寨十字儿"，走顺了腿儿，依然爱到这里消费、休闲、办婚宴，那一番盛况又回来了！……裴寨商业街上的商户，年均收益 10 万元。

当初反对拆迁的一个"钉子户"，在一期工程完工后，不知什么原因，没有买新门面房。现在，又租了两间门店做起了生意。

另一个"钉子户"在家提起当初，父子俩感到懊悔："哪知道年轻人干得这么好呢？早知道的话，早拆迁了。"

如今互联网时代，网购对实体店产生巨大冲击。然而，随着现代商业潮流，一条裴寨商业街也在变得新潮时尚，蛋糕房、化妆品超市、母婴用品店、摄影室、喷绘店，甚至牙科诊所，都相继出现。

一家母婴用品店老板说："现在，我在店里带领一群员工发家致富，也是想学习春亮书记，走他年轻时在裴寨商业老街上走过的那条路……"

这真是，"哥已不在江湖，江湖上还有哥的传说"。

一条裴寨商业街是春亮创业成功的起点，不仅留下了传奇的故事，也留下了光明的启迪。如今在这一条街上，许多"80 后""90 后"创业者，心里都憋着一股劲儿，在坚定地走着春亮当年的路，在努力地成为春亮那样的人。

第五章

顺应时代的复合型样本

一、春江之水天上来

"春江"——春亮担任裴寨村主任第二年，为他新成立的企业集团取了这个名字。"春江水暖鸭先知"，"何处春江无月明"，春江之水天上来，这个"天"就是改革开放的大好时代。

当时，捐建裴寨新村开工不久，若想工程顺利进行，就得设法挣钱。春亮和在辉县市区的企业一班人马为了开辟财源，到省内多地寻找项目。

有一次，到了辉县上八里镇的深山里，与当地村支书商议开发旅游。一行人登山考察返回时，已经入夜，村支书在前面带路，摸黑往山下走，忽闻一声惊叫，原来村支书摔倒了，差点滚下山去……第二天早上，春亮回头一看，昨夜那条归路悬在半空中，峭崖千仞、深渊万丈，不禁感到后怕。

办过煤矿的春亮，由采煤想到采石，想开一个石料场。但是，辉县境内的同质企业已经相当饱和，一时难以找到立足之地。

在朋友的引荐下，春亮来到了离裴寨村不远的卫辉市唐庄，见到了慕名已久的唐庄镇党委书记吴金印。

"新乡先进群体"中，最负盛名的史来贺2003年病逝后，在乡镇党委书记岗位上已干了40多年的吴金印，作为第十五届中央候补委员、全国"乡镇党委书记的榜样"，自然成为"新乡先进群体"的领军人物。他对"新乡先进群体"中的后起之秀、"70后"村主任春亮，有着天然的亲近。

一身布衣、布鞋、绿军帽的吴金印，以现代企业家的气魄，一手创建了唐庄工业园，后来成为卫辉市产业集聚区。春亮那次去的时候，唐庄工业园还处于初创时期，园区大部分还是空地。吴金印怀着"丧失机遇就是罪人"的紧迫感，正忙于引进世界500强企业，一连几天睡不了囫囵觉，眼睛都熬红了，春亮见了更加感动。吴金印听了春亮的企业计划，建议说："你办水泥厂吧。"

春亮与卫辉当地政府签订协议，正在积极招商引资的当地政府，欢迎他的企业落户唐庄工业园。

2006 年 9 月 26 日，春江水泥有限公司注册，后来更名为春江集团有限公司。春江水泥公司开始征地，在唐庄工业园内划定了一期厂址。

2007 年 4 月 26 日，是河南春江集团成立暨春江水泥有限公司第一条熟料生产线奠基的日子。然而，就在成立奠基仪式举办前夕，邀请领导和嘉宾的请柬都已经送出去了，突然传来一声晴天霹雳——春亮向银行贷款，那一位承诺帮他当担保人的企业老板朋友临阵变卦了！

春亮一下子坐了"没底轿"！那几天，能想的办法都想了，该跑的门路都跑了。心急如焚的红梅，天天在家等消息，可天天迎回的丈夫，神情就像霜打了一样，嘴唇焦干，脸色煞白，眼睛里布满血丝，她真恨不得与他抱头痛哭……万般无奈，春亮忍痛咬牙对妻子说："咱的铸造厂……抵押出去吧。"

紧锣密鼓多方筹资，春江集团终于如期成立。在这个股份制民营企业中，裴春亮个人控股 70%，担任春江集团董事长。

春江集团是民营企业体制，与裴寨行政村不相关联。但是实际上，春江集团与裴寨村之间，又血脉相连，休戚与共，在共同进退之际，有着千丝万缕割不断的联系……春亮说："捐建裴寨新村是安居工程，创办春江集团是乐业工程。春江集团帮助裴寨村脱贫致富奔小康。"

春江集团成立时，发行原始股份 1.5 亿股，每股 1 元。春亮鼓励裴寨村民参股，乡亲们捧着积攒的血汗钱，对他千叮咛万嘱咐："企业好好办啊，这股金可是俺家的压箱底钱哪！"

全村最小的一笔股金，是残疾青年裴明军的 20 元钱。明军腿部残疾，母亲又改嫁，是一个苦水里泡大的孤儿。他对春亮说："叔，这钱俺攒了半年不敢花，拿来为企业做点贡献吧。"春亮接钱长叹："明军，你这 20 块钱，比从银行贷一个亿还沉重啊！"……一本大红色的"春江集团有限公司股权证"，发到了明军手中，持股数额 20 股，股权证号 0117。

水泥企业，犹如中国市场一支灵敏的晴雨表，显示着国家经济的大势走向，与被称为"基建狂魔"的"中国制造"，更是息息相关。

在太行山区，水泥生产所需的石灰岩、砂岩、铝土、铁粉、煤炭等矿产原料，蕴藏十分丰富。所以，21 世纪初期，位于太行山南麓的新乡市，靠山吃山，成了一个"水泥窝儿"；山区县市都在"吃石头"，水泥、建材、耐火材料成为主要的支柱产业。

新乡境内的水泥大企业，多是国企和大型民企，资金底子雄厚，上马一步到位，早已捷足先登占领了市场。在这些"大块头"面前，作为春江集团主导产业的春江水泥公司，还只是一个尚属中型企业的"小老弟"，建厂晚，底子薄，最初年产量只有几百万吨。无论企业规模还是市场份额，都没什么竞争优势。

唐庄工业园内，矗立在春江水泥公司面前的大型水泥企业，年产量已达千万吨级别。当时，国家出于环保需要，对水泥生产线的批建控制极严，企业要想上马新的生产线，多半都靠合并或吞并……所以，就有人睥睨着嘴边的春江水泥厂："这个水泥厂，就是给我们建的嘛！"

在这种窘境之下，春亮憋着一腔虎气，提出了一个口号——"不做则已，要做就做最好。"

然而，从最小到最好，是一个多么艰难的过程！

春江水泥厂的基建开工于 2006 年年末。500 亩大的工地上，拉起了一圈围墙，墙内一片乱石滩，河沟盘曲，连一棵树都没有，摞天地里一片荒凉。

数九寒冬，工地条件十分艰苦。几块水泥预制板搭起了工程指挥部，创业者们吃、住、办公，都在石膏板简易房里，外面纷纷扬扬下着鹅毛大雪，房间密封不严冷风刺骨。到入夏三伏天，简易房又像蒸笼，床铺都热得烫手，下雨天还到处淌水……

炎炎夏日，第一条水泥熟料生产线的基建进入了浇灌混凝土的阶段。浇铸之前绑扎钢筋，春亮检查工程质量，手持铁钩，使劲地钩拉钢筋，亲自检验绑扎得是否结实。

有一天，春亮带人开车赴郑州，到河南省建材设计院催要工程设计图纸。在回程的高速公路上，忽见乌云滚滚压顶而来，眼看一场暴雨将至，而厂区工地正在挖沟，他的心顿时揪了起来。飞车驶入新乡，骤雨倾盆而下，到达唐庄工业园时，已经水漫金山，工地成了一片沼泽……春亮带领工程部人员，扑入雨幕中，跳下齐腰深的水沟，挥动铁锨挖掘排水口。可是积水疏排不及，只得把厂区新砌的围墙推倒了一截，让积水尽快流淌出去……

一直在辉县市区打理企业的红梅，2007 年进入了春江水泥公司。创业期间，她与所有男同事一样，住在条件简陋的宿舍楼里，以厂为家，风里来，雨里去，埋头苦干。

太行山的树林中，很少见到盘绕大树生长的藤蔓。太行山的女人红梅，也不是柔柔藤蔓，从不攀依任何人，包括她的丈夫。她本身就是傲然独立的一棵树，而且渐渐长成一棵大树。

水泥企业属于重工业，体态玲珑、肌肤白嫩的红梅，一脚踏进了这个雄强豪壮的行业，在庞大的巨型机组映衬之下，她的身影显得更加娇弱……然而，以往参股经营的企业中，煤矿、铸造、酒店哪一行是轻松的？她早已习惯了负重前行，所以，很快适应了重工行业整肃坚硬的"规定情境"。

红梅恪守自我定位，凡是人多的公开场合，她都是丈夫春亮背后的一个"隐形人"，没有董事长夫人的骄娇二气，不好名，不要名，不张扬，不越位，忠实履行自己的岗位职责。

在工地基建期间，大家最惊诧的是，红梅竟然弄来了一台咖啡机！——在艰苦劳作的间隙，她的一双巧手，熟练地冲泡出了香气馥郁的浓咖啡，一杯杯送到大家面前。

风尘仆仆的一群大老爷儿们，好奇地接过咖啡，有的细啜慢品，有的咕咚两口如同牛饮，有的一沾嘴唇就皱眉嫌苦。在一片荒凉之中这样"开洋荤"，成了大家唯一的奢侈欢快的享受……20 世纪初，意大利那一位"急性子工程师"，首创了代替人工研磨的咖啡机，人们把这种咖啡称为 Espresso，在意大利语中，它的意思是"压力之下"。

筚路蓝缕的创业之初，新型干法水泥生产线，谁懂谁会？在生产技术方面完全是个"白脖儿"的春亮，没有了在裴寨村那样挥洒自如的底气。红梅也说："春亮我俩都不懂管理。"

"万事开头难"，春亮决定：高标准，高起点，不仅引进当时全国最先进的机器设备和生产工艺，同时高薪聘请一个专业高管团队。

西北地区著名水泥企业的一位副总经理，接受了春江集团的聘请，担任第一任总经理；一位当过 5000 吨水泥生产线总工程师、发明过两项专利的专家，担任总监。这一支由内行专家组成的高管团队，五六个人都是科班出身。

对这个外聘专家团队，董事长春亮非常尊重和信任，竭诚为他们保驾护航。

眼看着，一座银灰色与晴蓝色相间的工厂，从一片农田旷野中站起来了！高阔的厂房，巨型的罐体，庞大的仓库，纵横的管道，还有矗立的烟囱，耸起了一片钢铁和混凝土筑成的丛林。在其中穿梭忙碌的工人们，穿灰色工装的身影就像一个个"小不点儿"……全套现代化设备的春江水泥厂，已压根儿不是传统水泥厂那一副灰蒙蒙的邋遢模样。

2007 年 4 月 26 日，第一条生产线动工。

2008 年 3 月 26 日，开始试机。

2008 年 4 月 26 日，点火投产。

2008 年 5 月 1 日，产品出炉。

春江水泥厂成为河南省水泥行业一次性投料成功且无废料的唯一厂家，这在全国都少有！第一车"春江牌"熟料产品，出厂合格率、富裕强度合格率、袋重合格率均为 100%……

外聘的专家高管团队顺利完成任务，向董事长春亮挥手告别。春江水泥厂的员工们担心，总经理和总监都走了，厂子怎么办？……其实，春亮早已未雨绸缪，企业培养的本地管理人才和技术力量，迅速在各个重要岗位顶了上来。

马克思说过："劳动过程的简单要素，是有目的的活动或劳动本身、劳动对象和劳动资料。"在政治经济学教科书上，劳动者、产品、工具被列为"生产力三要素"……春亮不懂高深的理论，但他也坚信：人是第一位的。

求贤若渴之际，怎样广揽人才？春亮的制胜法宝还是那一句话——"人心都是肉长的"。

他明白，无论做农村工作，还是做企业工作，说到底都是做人的工作。人心是最根本的关键所在，最有力的突破，就是直抵人心。人心所向，一切难题都可以迎刃而解。所以，他仍然凭借这一把"万能钥匙"，来开重工企业这一把新锁。

而且，春亮天生怀有一种对人的爱好。凡是能人、巧人、聪明人、有知识的人、有本事的人，总之一切出类拔萃的人才，他都为之吸引，打心眼儿里尊重，喜欢慷慨结交。每当与这些人坐在一起，他的神情里，既有一个孩子似的纯真，微笑地仰面倾听对方的言谈，满眼流露出毫不掩饰的欣赏和钦慕；又有一种长者似的自豪，好像在说：你看，我的朋友多么优秀！甚至，连对方身上的缺点也能宽容……

春江集团董事长裴春亮与企业管理人员交谈。

正是凭着这种心灵的呼应，春江集团吸引来了四面八方的贤俊英才。当然，春亮这个先进典型的公信力、感召力，首先成为一种信誉保证。

一群意气风发的"老中青"，成为"春江"旗下的创业者，成为这个民营企业的顶梁柱子。

这中间，红梅"锥出囊中"已是势所必然。已当了近10年企业"财务总监"的红梅，进春江水泥公司时，比财务部长晚2个月，在他手下当一名出纳。财务部长说："起初，红梅在水泥企业的业务流程上不太熟练，但是，她的想法总是比其他人独到，学习能力也非常强。她的天赋好，记忆超群，对数字格外敏感，多年前打过的电话还能记住号码，有些场景和谈话内容过了很长时间还记得清楚。"红梅还买来光碟，每天熬夜在电脑上钻研财务知识，并经常出外听专业讲座……迅速成长的红梅，对于企业中枢的宏观决策能力得到进一步锻炼，角色越来越重要，2008 年接任春江水泥公司总经理，后来兼任春江集团财务总监，又升任春江集团常务副总裁，分管财务部门。

在这个企业中，担任分管行政、党务、生产、财务、销售、供应的副总经理或书记的张海明、张水、王希廷、任玉梅、李明哲、金国典、郭学印，还有担任重要部门的部长或主任的刘宏保、陈海文、卢延银、原志强等人，他们过去有的当过党政干部，有的是退役军人，有的来自国有企业、民营企业，有的是"理工男"、老会计、化验员……正如红梅所形容的，"我们这个大家庭就像一艘船"，这些同仁才俊汇聚到了一艘扬帆航船之上。

其中，春亮与张海明的相识纯属偶然。张海明比春亮大 2 岁，当过机关干部，过去对裴春亮不识其人，仅闻其名，只听说是一个年轻的煤矿主。2006 年一次相遇，他从春亮身上看到了不同于一般老板的理想光彩。春亮也尊敬这位兼具政治、经济、文化头脑的智者，窥透他的胸襟，看重他的才干，诚聘他襄助一臂之力。

春亮又找到刚刚办了内退的辉县市卫生局办公室主任张水，红梅的这位堂叔是一位洒脱的精明人。春亮对丈人叔说："叔，请您帮帮忙呗。"

一家民企的人力资源部主任任玉梅，思维缜密，干练大方，因为文化理念不合，转而应聘来到春江水泥公司。她发挥所长，建立了企业文化手册，拟定了一套行政管理制度、人事管理制度。春亮鼓励她："小任，你就在这里好好干。你当人力资源部长非常合适，董事会是你的坚强后盾。"

一家地方国企水泥厂的化验室副主任刘宏保，遇到国企改制，自谋职业，犹犹豫豫来到春江水泥厂这个民营企业，一个头头也不认识，也没要求任何待遇……春亮下车间时，发现了这个埋头苦干的帅小伙儿。他对比自己小 5 岁的刘宏保说："保儿，你不能光学技术，还要学管理啊。"

当过 8 年张村乡党委书记的李明哲，从辉县市一个局长任上退休后，接到了春亮的电话，请他到春江集团"发挥余热"。

裴寨村的"80后"陈海文对春亮喊叔，从小是一个调皮蛋。春亮打电话，说春江水泥公司需要人，让海文到供应部上班。海文像一匹不驯服的野马，春亮叔没少嚷他，红梅婶嚷他更多，有时甚至气得要开除他；但也用其所长，发掘他的潜力。

退役军人原志强为人忠诚可靠，也有才华，当兵16年，成为四级警士长，立过三个三等功，荣获全军士官优秀人才，2014年复员回到河南辉县。来到春江集团以后，正逢民营企业亟需文化人才，他崭露头角，兼任集团、党委、工会办公室主任，成为一个从军队到民企转型成功的青年范例。然而，因为小女儿先天性发育迟缓，沉重的康复治疗负担拖住了志强的手脚。全家靠他一人的收入生活，家庭积蓄也几乎花干了，他的两鬓过早地生出白发，平时忙起来，脸上胡子拉碴，衣着也顾不上讲究了……2017年秋天，春亮到郑州开会，趁着会议间隙带上志强，走进了附近的百货大楼，挨着一个个柜台，从羽绒服、羊毛衫、衬衣、西裤、保暖内衣、皮鞋，到2000多元一支的进口剃须刀，总共花了5000多元，把志强从头到脚打扮得焕然一新。

还有，憨厚本分的裴寨村民裴合群，在重建商业街时，妻子开的理发店拆除了，他大受打击。春亮去家里开导他，把他安排到煤矿上班，可是煤矿整顿又关闭了。第二年，合群想在新村旁边盖个小店贴补家用，砖墙垒起还没架房顶，遇见春亮从路边走过。合群按辈分喊他："爷！"春亮问："老二，你这会儿干啥活儿呀？"合群回答："没啥活儿。"春亮说："我给你找个活儿吧。"合群赶紧回家告诉妻子，两口子像做梦一样惊喜交集，妻子不相信地问："你腿有毛病，能给人家干啥活儿呀？你听错了吧？"……没两天，合群果然接到通知，到春江水泥厂当了工人，如今已是能干的铲车班长。

春亮的司机焦红利，辛辛苦苦开车多年，春亮对他说："别总叫裴书记、裴书记的，你叫我哥吧。"从此，红利就对春亮喊哥，对红梅喊嫂子，春亮家的孩子们都对红利喊叔……

春江水泥厂用工量大，第一批来应聘的200多人，大部分是辉县裴寨村一带和卫辉唐庄工业园一带的农民，几乎全部录用了。其中来自裴寨村的员工，头两年占到全厂员工的30%左右，有些是亲戚搭亲戚，夫妻、父子、兄弟同时进厂。

那个星期一的午夜,周围村庄都已沉沉入睡,春江水泥厂区还是一片灯火通明,夜幕中的庞大机组发出不倦的轰鸣……当晚轮值巡查的,是公司副总和人力资源部主任,他们走遍厂区,到各个夜班岗位检查生产纪律。

来到化验室,一名年轻的女工正与一个没穿工装的男子说笑聊天。上级这个时候来查岗,女工一脸的不耐烦。副总走近工作台,见一堆样品摆在台子上,正等待化验。他问那个男子:"你是谁?在这儿……"女工拦在男子身前:"男朋友,咋啦?"素有涵养的副总,耐心讲了不许带外人上岗的规定,对女工上班不专心耽误工作提出批评。谁知女工反而火大,不服气地犟嘴,说一句顶一句……副总正告她:"你走吧,不用上班了,回家吧!"女工翻个白眼:"你?让我回家?你开除不了我!你说了不算,俺叔说了才算!"原来,她是董事长春亮的老家裴寨村来的员工。

副总坚持原则,命女工立即离岗:"走吧,你说啥也没用……"那个男子见势溜走,女工气呼呼地掏出手机,拨了她春亮叔的号码。夜半三更没人接听,她又拨通了红梅婶的手机……

从睡梦中惊醒的红梅,听了电话,霍地从被窝里坐了起来。她丝毫不留情面,当即训斥女工:"别说了!一会儿也别磨蹭,给我回家!你也不用再打电话了,回家!马上!……"而按春江集团的规定,员工凡被开除者,不能再到任何子公司上班……

在春江水泥厂,少数员工与这名女工一样,身为董事长老家人,又是春江集团股东,不免产生了先天的优越感,一遇事情就"通天",难以管理。

考勤请销假、绩效考核等制度出台后,引起反弹。有的部门领导,因给下属工作量化考核磨不开情面,甩着绩效百分制表格,反感地说:"这是干啥呀!"一些员工也说:"挣个钱而已,写这些条条框框有啥用?"从裴寨村来的一名员工嚷道:"凭啥来管我?下次再让我递考勤,我把桌儿给他掀了!"

春江集团是一个土生土长的民营企业,员工的人身归属感,脱离不了农村传统观念的窠臼。一些员工甚至比老板本人更认同"老板文化",天经地义地觉得:老板就是老板,老板自己的厂子,一切老板说了算。所以,理所当然地成为"老板文化"的依附者、捍卫者……即使是从卫辉唐庄工业园一带来的员工,许多人也认同:"老板是辉县人,当然要重用老家人嘛。"

农民进企业,必然经历一场艰难的蜕变。上岗培训,进行工艺操作流程训练,接受春江企业理念教育……经过逐步优胜劣汰,受益的大部分还是正式招聘来的卫辉当地员工。到如今,春江集团 3100 名员工中,裴寨社区来的员工约占 5%;春江水泥公司中层干部里,卫辉人占到 90%。

春江集团成立两年后,裴寨中心大广场上的高音喇叭里,忽然传来一个好消息——在春江集团入股的村民,今天第一次分红!

乡亲们喜出望外:分红了,事先咋没有听到一点儿风声呢?村两委会议室也没有挂横幅啊!……春亮说:"乡亲们的脸色就是横幅。"

用压箱底钱入股的村民们,好似踩在祥云之上,晕晕乎乎的,春江集团分红银行卡就飘到了手里……村中老人摩挲着银行卡,叹道:"唉,1958 年,张村公社供销合作分社成立的时候,也让大伙儿入股。几年以后,每人只分了两盒火柴……"而在春江集团入股,以 2000 元为例,分红 600 多元。

如今裴寨村里,人人持有春江集团股份。其中拿现金入实股的人数,占全村人口的 80%,总股金 200 多万元。

裴寨村与春江集团,脱贫攻坚与扶贫攻坚,股份制成为中间一条结实的纽带,目标相同,利益与共,春江集团发展得越好,裴寨村民分红就越多。

每个大年除夕,春亮和红梅在春江水泥公司,与值班员工、客户代表举行春节团拜,然后回到裴寨新村,与全村乡亲们共享"除夕饺子宴"。

手心手背,春亮爱护裴寨村,也爱护春江集团。他所希望的裴寨村,不只是脱贫致富的小山村,而是一个全面综合先进的农村典型;他所希望的春江集团,也完全不是家族企业,而是一个现代化大格局的民营企业。

春江集团的一条民营企业良性发展之路,根基在于"春江企业文化",其中包括:

"为顾客提供超值服务,为员工搭建广阔舞台,为股东实现理想回报,为社会创造巨大财富"的企业宗旨;

"创新、超越、协作、共赢"的企业精神;

"建一流企业,造一流产品,育一流人才,做一流贡献"的企业使命;

"建设一个充满活力、令人向往、受人尊敬、全国有重要影响力的综合性集团公司"的企业愿景；

同时也包括："没有质量，一切都是负数"的质量理念，"客户进厂无难事"的服务理念，"现场第一，凡事尽快办"的执行理念，等等。

而最核心的理念，是董事长春亮提出的8个字——"创新、超越、协作、共赢"。

"创新"是基点，从创业便创新，以全新理念冲破传统观念，闯出民营企业的一条新路；

"超越"是目标，自立于强手之林，要做就做到行业领先；

"协作"是战略，铺一张大网，下一盘大棋，调动一切可以利用的积极能量，同创未来；

"共赢"是襟怀，这两个字提得最响。作为利益共同体，作为成果共享者，春江集团与全体员工共赢，与股东们共赢，与供应商、用户、建筑商等共赢，"同心同行，共创共享"……

平时，春亮到春江水泥公司，不看财务报表上挣了多少钱，也不问产品涨了多少价……他关心的是另外一些事，比如在厂门口，来拉水泥的大货车排长队，司机们只能窝在驾驶室里打瞌睡。他要求厂里赶快建一个司机休息室，配备床铺、空调、电视，好让司机们能睡睡觉、打打牌、看看电视，酷夏避暑，严冬避寒，从而对"春江"品牌产生一点温情依恋。

春亮坦言："事业之所以做这么大，就是因为我不懂管理。""真正的成功，是让别人也成功，让大家都成功。很多专业性知识我们不懂，让优秀专业人才管理企业，春江集团恰恰发展得更快。"

春亮不是一个面面俱到的上司，在生产经营方面，大而化之肯放手，敢当"甩手掌柜"；但在格局观念方面，又事无巨细啥都抠，甚至"婆婆妈妈"。

他善于做减法，善于腾出自己。做减法，是为了做更大的加法；腾出自己，是为了有更透彻的空间。他以一种"场性思维"，以一种"大写意"，观大局，谋大势，在思想上打太极，脑子从没闲过，琢磨社会的变化、时代的趋势，琢磨人心的向背、转圜的潜力，琢磨借力、借脑、借资源……

有人总结了他的三大优点——用人，转型发展，战略把控。

"即使在最艰难的创业时期，组建春江集团产业链，尽管资金不足，融资也没有更好平台，他都以一种战略眼光，以一种超前意识，前瞻谋划，进行战略性风险防范，看得透，看得远。尤其在企业转型的关键时期，每一步都走得稳健，几大项目没有出现失误……虽然，企业里最先进的水泥生产工艺，干了十几年，他都不知道，但这不是他要考虑的，他考虑的是引领发展。"

春亮与一般民营企业家不同，首先在于，他具有一个先进典型人物的政治敏感，具有一名共产党员的政治自觉。

2020 年 7 月 21 日，习近平总书记主持召开企业家座谈会，对国有企业负责人、民营企业家、外资企业和港澳台资企业管理人员、个体工商户代表谈到"弘扬企业家精神"。

由此，春亮更加明确了一名民营企业家的责任和使命，他说："党和政府对民营企业的关心和厚爱，让我们吃下'定心丸'，安心谋发展。如果没有良好的社会外部氛围，就没有春江集团的今天；如果没有宽松的融资渠道、优越的投资经营环境，春江集团也不可能有这么快的发展速度、这么好的经营业绩……我们要守好民营企业家的规矩，保持民营企业家的良知，尽好民营企业的本分，发挥民营企业的社会正能量。要在爱国、创新、诚信、社会责任、国际视野等方面不断提升自己，把企业做强、做优，更好地服务经济社会发展。"

内外公认，春江集团的最成功之处，是拥有了一个紧密稳固、坦诚和谐、齐心协力的管理团队。

用人，是检验一位民营企业老板素质的试金石。在不少民营企业里，老板一个人说了算，保守多疑，防范异己，信任重用的是亲戚朋友"自己人"；下属们时时需要仰看老板的脸色，揣摩老板的感受，权限受制，心理压抑，即使想做事也放不开。

而春江集团，克服一般民营企业容易出现的弊端，以开明、开放、开阔的现代意识，为管理团队搭建施展的舞台，"疑人不用，用人不疑"，想干事给机会，能干事给位子，干成事给待遇，不干事给危机。

网络上讲的"三观"，即世界观、人生观、价值观……人与人之间，过去讲缘分，现在讲"三观"。春江集团管理团队，"三观正"，"三观同"，产生了历久不衰的凝聚力。

14年来，面对激烈的行业人才争夺战，"春江"第一批创业元老有跳槽、辞职、淘汰的，但是大部分人都留下来了。一个原始班底，连续保持十几年的稳定，风雨同舟，得心应手，相濡以沫，这在一般民营企业中是珍稀罕见的。

春江集团成立10周年暨春江水泥公司10年厂庆的庆典上，4名"金牌员工"张海明、张水、王希廷、郭学印，佩戴大红绶带，成了耀眼的明星。春亮为他们颁奖，双双大手相握，他们互相深深地感谢对方，这是兄弟情，也是战友情。

2012年，春江集团总部入驻新乡市商会大厦，买了两个楼层办公。遵照属地管理的规定，企业内部架构一分为二：一个是母公司春江集团，一个是主干企业卫辉市春江水泥有限公司。

从2014年开始，春江集团对下属子公司，实行板块化垂直管理，资金预算、贷款、人员招聘等统一安排。

到2020年10月，招标建立信息化管理平台，力争最大限度打通壁垒，数据的自动采集和共享，人、机、物的联动，贯穿调度、物资、能源、设备、质量、安全、统计、管理等生产全过程，提高效率，降低成本，使企业实现卓越运营……

春江集团董事长裴春亮，2014年担任党委书记。2016年4月26日，出于企业发展战略上的考虑，也为了满足企业新三板上市的需要，裴春亮决定不再担任董事长。张红梅由集团常务副总裁升任董事长。

春江集团的管理层，基本保持原有班底。春江集团、春江水泥公司两块牌子、一套人马，交叉兼职，互调互用。

这个管理团队的成员普遍感到，企业发展顺畅，工作起来舒心。

红梅也是一位民营企业家了，依然一副太行山女人的真性情，单纯坦率，直来直去，不喜欢拘着别人，也不喜欢拘着自己，"挣钱养家"与"貌美如花"都不耽误。她身材娇小能量大，有魄力，有担当，仿佛散发一缕香气的凝合剂，把一群大老爷儿们、一群富有个性的人才，凝聚在"春江"

旗下。

企业开会，开门见山，有一说一，常常当场拍板决断。子公司的头头，春江水泥公司的中层领导，各自独当一面，有时囿于部门利益，不能站在集团和公司的全局高度考虑问题。红梅直截了当，言辞犀利，常常正面交锋。一些大老爷儿们受不了，当场红脸吵架……红梅不会小肚鸡肠，吵得再激烈，一笑泯恩怨，总能化解矛盾达成共识……她还开开心心的，经常参加下属部门的业余活动，与普通员工们同乐。

她儿子裴将也评价说："我妈的性格特质，是慷慨仗义，坦率刚强，认事不认人。企业里，那么多人跟着她干，虽然有争执，但还是一起共事。她有心胸，不计较，非原则性的问题赶快翻篇儿……"有天半夜，在外地奔波的车上，裴将情不自禁发了一条微信："这次我真的想表达一下，您就是我最好的老师。妈，您辛苦了！"

春江水泥公司供应部长陈海文，主要负责向企业内部供应机件、设备、原料、耗材等，整个公司每年花掉的钱，哗哗如流水，几乎都走供应部这个出口……春亮和红梅认准海文的才干，把他放了这个重要岗位上，但也时时敲打告诫："海文，每年经你手出去的有四五个亿啊！"从小调皮捣蛋的海文，大节上不敢含糊，他说："在这个岗位上，最容易犯错误，也最能考验人。素质过硬、思想品德好、忠心耿耿，这是必须的，所以我的微信名就是'浩然正气'。"

2013 年 9 月，号称"煤铁之乡"的山西晋城高平市传来好消息：当地出台煤炭促销优惠政策，煤价每吨 400 元，外地客商如果采购一万吨，每吨减 10 元；再采购一万吨，每吨再减 10 元，依次类推，直至 6 万吨封顶，优惠期限到 9 月底为止。

海文向红梅汇报时，已是 9 月 24 日，只剩 6 天，而货车拉煤最大负荷一天只能运回约 2000 吨。海文说：供应部最多只能承担 5 万吨促销煤的采购任务……红梅一听大发雷霆，这促销煤采购到第 6 个一万吨时，每吨煤价已从 400 元优惠到 340 元，一万吨煤可以节省 60 万元——她对海文说："你不在乎这 60 万，我在乎！"

海文一鼓作气拼了！三管齐下，一边抓紧协调，把销售票搞到手，有票才能提煤；一边与平时业务对口的高平煤运公司老板开会，协调销售票从山西出境的手续；一边联系把煤运回河南的大批车辆。

在山西高平的山里，供应部一名员工小孟驻守在煤矿上，每天9000吨煤源源不断向河南的厂里发运……同时，在春江水泥公司，红梅老总组织大量人力，不分昼夜往煤库里卸车。

海文像一只飞旋的陀螺忙疯了！直到9月30日傍晚，终于可以打道回府。他的车已上了回程的高速公路，突然，电脑上的煤炭发货数据跳到5.8万吨时，停下不往上跳了……海文立刻调转车头，又折回高平紧急处理……

待到山西、河南两地员工共同完成了这"惊险一跳"，10月的第一轮太阳已升起来了。红梅老总"险中求胜"，供应部立下了汗马功劳，为公司一下节省了200多万元开支……海文来到总经理办公室，向红梅老总复命，嬉皮笑脸地说："嘿嘿，老总就是特别会算账哈！"

春江水泥厂的员工，与当地其他企业员工相比，最骄傲的是，2008年至今十余年了，厂里从来没有拖欠过员工工资……只有一个月，员工工资晚发了一周，红梅老总大为震怒，对财务部长予以罚款处分。财务部长解释，因为发薪日正碰上了国庆长假，红梅老总批他："那为啥不提前在国庆节前发呢？"

春江集团员工的薪酬，在当地同类企业里属于中上水平，基本工资平均不低于3000元，绩效奖金综合衡量多劳多得，有了立功表现还可以获得股份奖励，并享受养老、失业、工伤、医疗、计划生育"五险"……临近2019年，红梅说："房价一直在涨，工人受不了。年初薪水已经分别涨了300元到500元，元旦前再大涨一下。"

因为环保原因，上级有时安排水泥企业错峰停产。停产期间，有的企业对员工停发工资，有的企业给员工各发800元遣散回家……而在春江水泥厂，工人一个也没走，厂里安排业务培训、整理生产现场，春节安心轮休，工资照发不变……

红梅叹道："春江集团的企业如果卖掉，这笔钱自家一辈子也花不完，可是跟我们创业的人就失业了。所以不能松劲儿，任何时候都要咬牙坚持！"

2018年5月1日，红梅乘车出差刚进郑州东区，路口一辆轿车突然拦腰撞来，车在地上翻滚了一圈，后座上的她受了重伤，颈椎骨折，左边 3 根肋骨、右边 4 根肋骨骨折。幸亏遇到好心的过路人，把她拉出车厢送进了附近医院……大难不死，红梅手术后住了二十来天医院，又重新投入了工作。颈椎疼痛，她就经常戴着脖套办公，一天也不肯歇息……

十几年来，春江集团走出了一条多元化、规模化的发展之路，下辖多家子公司，已是一个包括建材、旅游、化工、电商、金融、水力发电、新能源等实体的企业集团。2019 年，集团总资产 50 亿元，总产值 48 亿元，创利税 6.5 亿元。

而"红色党建"，是春江集团全面发展的一个强有力的引擎。这个民营企业对党建的重视程度，绝不亚于一家国企。

2020 年"七一"，"春江党史馆"开馆，成为全国民营企业党建工作的一个亮点，央视报道了《传承红色基因　党史馆落户民营企业》的新闻。春江集团投资 400 余万元，在"春江源""春江魂"两个展厅里，生动展现了中国共产党党史、非公企业党建史、春江集团发展史……而"春江党史馆"与"裴寨初心馆"，在企业和村庄同期开馆，更显示了一脉相通的红色情怀。

传承红色基因　党史馆落户民营企业

2019 年 7 月，董事长红梅受党委书记春亮的委托，率领春江集团中高层管理骨干和优秀党员代表，"挺进大别山，重走红军路"，到豫南革命老区举办培训班。在"将军的摇篮"新县，"村村有烈士，户户有红军，山山埋忠骨，岭岭驻忠魂"。培训班学员高举红色党旗，身穿灰色军装，参观鄂豫皖苏区首府博物馆，向烈士陵园敬献花圈，在英雄纪念碑前重温入党誓词，踏访将军故里，经历了一场深刻的精神洗礼。

春江集团倾力打造"红色春江""绿色春江""大爱春江"，产业拓展到哪里，党组织就覆盖到哪里，绿色环保就跟进到哪里，爱心公益就延伸到哪里，树立了一个民营企业"爱国敬业、守法经营、创业创新、回报社会"的标杆。春江集团党委被评为新乡市先进基层党组织，企业里涌现出了一批全国、省、市、县级先进劳模。

春亮认为，打造新时代民营企业大格局，塑造新时代产业员工"春江

一村之长

新中国"最美奋斗者"裴春亮和乡亲们的脱贫攻坚路

裴春亮带领企业党员干部赴井冈山开展主题党日活动。

人",人的成长是第一位的。

红梅说:"我们民营企业,总结10年来的用人体会:大学毕业生员工,往往只是借助这里跳一下,干够3年以上的,5个人里能有2个人就不错了。他们频繁跳槽,是担心民营企业不景气、发不出工资,还是愿意选公务员'铁饭碗'……在我们企业里,普通岗位,可以允许人才流失;关键岗位,要留下人才老老实实干。"

春江水泥厂的工人,平均年龄二十四五岁。每天接触青年员工的生产部长说:时代不同了,员工的素质不一样了,追求也不一样了。过去的产业工人队伍,讲纪律,讲奉献;如今的产业工人中,"90后"不如"80后",思维跳跃大,随时可能离开,选择收入更好一点的地方……

正因为如此,春亮不惜花大气力,不惜用"绣花功",努力培养"80后""90后"乃至"00后"——他希望看到,在这个民营企业里,一支坚强整肃的产业工人队伍又回来了!

春江集团大力倡导"劳模精神""劳动精神""工匠精神"。春江水泥公司的厂区里，出现了一条"劳模星光大道"，一批"劳模创新工作室"……其中，"潘渊全创新工作室"的主人作为民营企业代表，2019年出席了河南省劳动模范表彰大会。

一支200多人的退役军人队伍，也成为这个民营企业的中坚力量。春江集团作为新乡市首家退役军人政治思想教育示范单位，开办"退役军人之家"，积极探索对退役军人"优先录用、优质提拔、优厚待遇"的新模式。"春江最美退役军人"享受每月200元奖励，退役军人享受"八一"建军节一天带薪休假、每年一次携家人免费游宝泉景区……在国庆70周年大阅兵时，这个民营企业的退役军人们统一着装，集体观看电视，伴随铿锵激越的军乐声，一齐发出雄壮的吼声："若有战，召必回——！"

春江集团也像裴寨村一样，标语遍布各个企业厂区。就连办公楼内的台阶立面上，也排满了一行行小标语："团队精神是企业文化的核心"，"我们靠企业生存，企业靠我们发展"，"过度在意自己的羽毛，就有可能忘记飞翔"，"把简单的事做好就是不简单，把平凡的事做好就是不平凡"，"要为解决问题找方法，不为逃避问题找理由"，"争取一个客户不容易，失去一个客户很简单"，"倡导节能环保之风，走可持续发展之路"，"安全和效益结伴而行，事故与损失同时发生"，"我们极度鄙视乱丢乱吐等一切不文明行为"……

还有，微信公众号"春江集团有限公司""春江文苑"，内部报刊《春江》《春江视窗》；以及"春江道德模范"评选、"亲历改革开放，见证魅力春江"主题征文、"一心向党、奋斗前行"抖音视频大赛、新闻采编知识讲座、自媒体和短视频技术培训、知识竞赛、文艺晚会、运动会……

"春江企业文化"，如此风生水起，如此潜移默化，激发了妥妥的民营企业社会正能量。

二、绿色环保的觉醒

一个民营企业，不是一座只身独处的孤岛，不是一架只会赚钱的机器。

一村之长

新中国"最美奋斗者"裴春亮和乡亲们的脱贫攻坚路

即使不在中心城市，不在繁华地带，有时也会被推上改革前沿，推上风口浪尖……这时，考验一位民营企业家的，是社会良知，是责任担当。

2008 年 5 月 1 日，春江水泥公司第一条熟料生产线投产，水泥从此成为春江集团的主导产业。

那一天，春江集团董事长春亮带领几位董事来到了现场。他送来了香喷喷的一大堆烧饼、猪头肉，还有饮料，对员工们高声笑道："大家白天黑夜在这儿拼搏，都辛苦了！年轻人先来呀，大伙儿放开吃吧！喝吧！"工人们欢呼着一拥而上，把董事长送来的犒劳品一扫而光。

此后，春江水泥公司一路栉风沐雨，一路顽强精进。强手环伺的这个"小老弟"，不仅没被别人鲸吞，反而后来居上。一流的产业设施，先进的生产工艺，加上一套精细化管理，使它赢得了多项全省第一，成为河南省重点水泥企业。德国、法国、乌干达等国的专家，先后前来考察。

目前的春江水泥公司，固定资产投资达 15 亿元，已构建起了一条在当地水泥企业中最完整的产业链，拥有 2 条日产 4500 吨的新型干法水泥熟料生产线，3 条年产 150 万吨的水泥粉磨系统，2 台 7.5 兆瓦的纯低温余热发电机组，并拥有全国水泥行业第一条规模最大的单系列预热器生产线。

而且，春江水泥公司就像一个孵化器，接二连三，为春江集团孵出来了一窝儿实体子公司……

然而多年来，水泥企业头上都扣着一口"锅"——尤其在生态环境日益恶化的严峻形势下，以高耗能、高污染"两高"著称的传统水泥行业，格外引人侧目，遭人诟病。水泥企业容易排放的空气污染物，主要有粉尘、二氧化硫、氮氧化物，还有如汽车尾气一样高温产生的二氧化氮……而水泥企业曾经的盲目泛滥和粗放生产，已使整个行业形象蒙受损失。

党的十八大以后，生态文明建设成为统筹推进"五位一体"总体布局和协调推进"四个全面"战略布局的重要内容。同时，中国经济也由高速增长阶段转向高质量发展阶段。

在一场剧烈的"阵痛"之中，震荡幅度之大、淘汰数量之多的，莫过于水泥企业了。隆隆驶过的时代车辙之下，如今，水泥生产已无小企业，规模最小的也在年产 200 万吨以上。

此时，水泥企业的头等大事，就是绿色环保。

全国水泥行业狂飙突起，以绿色发展为首要任务，掀起了一场治污问责风暴，以壮士断腕的决心，除尘治污，节能减排，下大气力进行全面提升改造。省市两级环保部门也不断加大督查力度。

2014年的蓝天工程，2015年的提标改造，2018年的超低标改造，水泥企业被盯得最紧，成为重点监控对象之一。水泥厂的烟囱排放，直接受到省、市、县三级在线监控，哪怕只出现一小时的异常，环保部门就能接收到信息。

有一次，春江水泥厂的车间仪器突然出现故障，仅仅一个小时，排放指标超了。事后，再怎么出报告解释，都已无济于事，严格按排放量计算，当年环保税多掏了十几万元……所以，水泥企业即使经济效益再好，一旦触破环保达标这一条底线，一旦造成污染事故，那就是自断生路，千夫所指，头顶上时刻高悬的一柄"达摩克利斯之剑"轰然斩落，便是企业的末日。

在这个风暴眼里，春亮作为一位民营企业家，他奉行的理念是："环保优先，德行第一，赚钱第二"；而且，郑重提出一个口号："绝不把利益建立在牺牲环境和损害群众健康之上。"

这种绿色环保的觉醒并非出于被迫、被动，而是源于超常、超前。巨大压力之下，春亮的一股虎性上来了——他说："环境治理，不仅是政府的事，更是企业应尽的责任。"他要求"春江"旗下的所有企业，特别是春江水泥公司：环保方面别拖拖拉拉的，既然该做，就要早做。主动做与被动做，是不一样的；率先做与落后做，也是不一样的。别人都在做的，咱要做好；别人还没做的，咱要做到。

2018年，春亮接受了新乡市检察院授予的大红证书，被聘为检察机关公益诉讼形象大使。他坚定地表示："我将不遗余力，致力于凝聚社会共识，推动公益诉讼工作开展，共同维护新乡这一片牧野大地的蓝天、碧水、青山、净土！"

春江集团的两任董事长裴春亮、张红梅，同心"接力"，毫不手软，不讲条件，不计得失，不惜代价，引领"春江水泥"开展了一场"绿色革命"。

早在环保风暴之前，春江水泥公司就已下手行动了。

2007 年建厂之初，就在全省水泥行业率先第一家采用了窑头、窑尾全封闭袋式收尘器，并安装了脱硝设备，主动减少氮氧化物排放，各项指标达到了国家环保标准……2018 年，继续投资 6500 万元，一次性更换收尘器的滤袋，全部改用国内一流的高性能超细纤维覆膜除尘滤袋；同时，对预热器、分解炉、烟气分析仪、脱硝泵、喷枪进行了配套改造。

2009 年，为了走出一条可持续发展之路，实行"三废"利用，开发循环经济。利用窑头、窑尾的余热，上马 2 台 7.5 兆瓦的大型节能发电系统，用于原煤粉末的烘干。据 2018 年 8 月统计，总发电量已达 6.8 亿千瓦时，为全厂节省了 3/5 的用电量，相当于节约了 8.4 万吨标准煤，而且，有利于降低大气环境的"温室效应"……同时，改造厂区的水循环系统，实现了水资源的循环利用"零排放"……

但是，春亮和红梅从未故步自封，他们始终坚持一个原则：国家环保标准一升再升，春江水泥公司一跟再跟。作为一家民营企业，主动向政府部门要求融合，凡是政府和权威专业部门推介的环保措施、环保项目，一定上，率先上。

过去，春江水泥厂与其他厂家一样，水泥、熟料产品都在露天堆放，容易造成空气污染。春江水泥公司投资 1.2 亿元，2016 年建起了全国规模领先、全省第一个钢筋混凝土的 15 万吨超大型熟料库，2018 年又建起了 4 个 5 万吨、共 20 万吨库容的钢板仓水泥库。

2014—2018 年，春江水泥公司投资近 3 亿元，全部用于除尘设施、脱硝脱硫设施、堆棚仓库等 20 多项升级改造，几乎覆盖到了所有生产工艺环节，包括新建一座 2 万平方米的全封闭式煤棚。并且，准备继续改造预热分解系统，再降氮氧化物能耗……

在河南省水泥行业，春江水泥公司是第一家提标改造工程竣工的企业、第一家通过超低排放验收的企业，成为河南省质量标杆企业、新乡市环保治理标杆企业。春江水泥厂的颗粒物排放等数据，已远远低于环保部门制定的排放标准。

春江集团久久为功，一个全天候、全流程、立体式的"绿色春江模式"，已进入全国水泥行业的前列。

2016 年 7 月，中央第五环境保护督察组到达豫北，第一站检查的就是春江水泥公司，检查后认为，公司的环保工作深入扎实，下了真功夫。

2020 年 10 月，工业和信息化部公布，春江水泥公司跻身于全国第五批绿色工厂。

迄今为止，春江水泥公司为了绿色环保，累计投资已达 5 亿多元，这是许多同类企业难以做到的。

如今的春江水泥厂区，道路整洁，园圃清新，草木葱茏，沁香袭人，已成为一个"花园厂区"。矿区山头，也在进行"复绿"治理。

2019 年，春江水泥公司总产值达 20 亿元，生产能力达到日产万吨水泥，年产低碱熟料 400 万吨、低碱水泥 500 万吨。

"春江"牌水泥面对的是日益激烈的市场竞争。春亮帮助销售部门调整思路，鼓励他们勇于参与大国企、大项目的招投标。

这个市场既无情也有情，既看产品也看人品。"春江"牌水泥畅销，除了低碱、稳定、环保、质量过硬，还有一块闪亮招牌——在高铁、高速公

"花园式企业"春江水泥公司。

路、南水北调等工程招标中，甲方一看全国"最美村官"裴春亮的先进事迹宣传册，往往产生信赖感，优先订购"春江"……

分管销售的公司副总经理扳着手指——列举——

中国中铁、中国水电等施工单位采用"春江"水泥，建设郑徐高铁用了60万吨，郑济高铁原阳段用了40万吨，郑万高铁许昌段用了数十万吨，中牟官渡黄河大桥连续数年使用，南水北调中线穿越黄河工程用了数十万吨；

在省会郑州，"春江"水泥在北三环工程中约占70%，在陇海高架工程中约占50%，还用于东三环107辅道、西三环高架桥、西四环高架桥等工程；

而且，"春江"水泥远销山东、山西、河北、安徽、内蒙古等地市场……

所以，连裴寨村乡亲们也在奔走相告。有人从卫辉唐庄镇回到村里，眉飞色舞地描绘——咦，春江水泥厂的生意好啊！今儿俺去那边，远远的就瞧见，厂门外头排起了一条长龙，来拉货的大罐车足足有100多辆吧，一连串儿排了两三里地长……

三、角色的变奏交响

社会上许多人好奇：裴春亮年纪不大，一边当着裴寨村"村官"，一边当着春江集团"老板"，这两个角色是怎么兼容的？

首先，春亮深深感谢这个改革开放时代。他能够横跨两个领域，成为这个双重角色，是时代的赐予，是人生的幸运。

一波经济体制的改革大潮，他幸运地赶上了。一个农村最底层的穷孩子，从山村剃头匠成长为民营企业家，如果早一个年代，这是不可想象的；

一段农村变革的时代机遇，他也幸运地赶上了。一个已经走出山村进城发展的民营企业家，在父老乡亲们的推举下又回到农村，担任裴寨村支书兼村主任，并任裴寨社区党总支书记，如果早一个年代，这也是不可复制的。

随着农村改革开放的不断深入，农村干部的角色"混搭"，已是普遍现象。在村庄内部，多种所有制经济的成分不再那么单一，行政村的村支书、村主任，同时也有了企业的董事长、总经理头衔。比如"新乡先进群体"中，一些村支书、村民小组长，几乎都兼任了企业的董事长、总经理。

而春亮回村当选村主任以后，没有放弃原来的民营企业家身份，又创办了股份制民营企业春江集团。这样的角色"混搭"，是在特定历史时期，由个人与时代、历史与现实的"因"结出的"果"。

"老板"当"村官"，在全国不乏先例，不过后来大多已无声无息。一人致富与一村致富，毕竟大不一样。如果问他们："小村好不好管？"——好管，也不好管。而不好管，在于难管好，在于永远管不完，村里的麻烦事像"一筐跳蚤乱蹦"，"按下葫芦起来瓢"……所以，一些当了"村官"的老板，有的干不下去了，有的抽身退出了，总之结局不太乐观。

而春亮，一干就是15年，而且干得如此倾情投入，如此如鱼得水。

春亮之所以能够实现"村官""老板"的成功兼容，与个人独特的生活经历有很大关系。他说："我每办一件事，都与出身和成长经历分不开。"

人说"苦难深重"，苦难中长大的春亮，在裴寨村的根扎得太深太重，走再远也回得来，回来了就离不开。这也正如"新乡先进群体"的一个共同特点——"恋家"，依恋生他的家乡，热爱养他的故土。

可以说，每一位愿意当"村官"的老板或干部，毅然下乡之际，心中都怀有一份大爱，初衷都是想为乡亲们谋幸福……然而，唯独春亮长久坚持下来了。这不能不说，他的一份感恩大爱，更加浩瀚，更加深沉，更加坚韧；爱得根深叶茂，风雨摇撼而不动；爱得摩顶放踵，忘我奉献而不悔。

还是那一句话——与恩相比，与爱相比，钱算什么？辛劳算什么？挫折算什么？打不垮，磨不走，豁得出，拼得上……百般考验面前，更见感恩的根柢，更见大爱的真谛。

春亮深刻地了解百姓、了解山区、了解农村，所以，他保持着在农村老家的熟门、熟路、熟知、熟识，进村就是回家，没有隔阂，自然融入；也保持着与农民打交道的本性、本色、本钱、本事，话听得懂，心贴得近，理捋得顺，事摆得平。

这样一个"村官"，就不可能只是到村里出点钱、湿点水、打个卯、作

一村之长

新中国"最美奋斗者"裴春亮和乡亲们的脱贫攻坚路

个秀。他在家乡真正地扑下身子，与乡亲们事无巨细地交融，同呼吸，共命运，一边慷慨解囊万金犹嫌少，一边公仆献身甘为孺子牛。

春亮说："一个村子，不像一个企业、一支军队。在这里，没有上升机会，不能获得提拔。在这种情况下，还要把人心拢起来……但是农村工作，也能全方位地磨炼人的体力、意志、智慧、感情……"

他说："与人打交道，要厚道，凡事向善，得有大肚量，不能小肚鸡肠、给人小鞋穿。对于闲言碎语，这耳朵进、那耳朵出，不然在村里干不成。'人过一百，形形色色'，有的人有'升米恩、斗米仇'的思维。你给他第一颗糖，他感谢；给了三颗五颗，他就觉得是该给他的；给更多以后，他会骂你怎么不再给了？而且开始计较，你为啥给我一颗糖，给别人俩糖？……这时的关键，比金钱更重要的，是公平。当有的人嫉妒变成了仇恨，要善于化解矛盾，慢慢消化，让各方皆大欢喜。过年时，我去慰问那些反对自己的人，这样的例子数不胜数……"

两岸记者采访团来到裴寨村，问春亮：你既是企业老板，又是村支书，每天工作量是怎么分配的？

春亮回答：如果我把精力全放到企业那边，我们村发展不到今天；如果我把精力全放到村里，还担心企业大的方面有闪失。天平要平衡，不能抓这一头、扔那一头。平时，时间上大致是三一三剩一，村里 1/3，企业 1/3，外出活动 1/3。

他对记者笑道："你看，我这十几年，就这样不停地'脑筋急转弯'。脑子里像有一个旋钮，随时自动调台，转换思考内容和心态语气。从村里去企业的路上变成了老板，可以西装革履，像个老板的样儿；从企业回村里的路上变成了村支书，再穿西装革履就像个客人一样，高高在上不行，整个人都要转变。"

裴寨村干部谈到春亮的双重角色："他一个脑筋顶十几个脑筋，面面俱到，明察秋毫，洞若观火。人在村里，企业特别小的事他都知道；人在外面，村里哪怕小事他也知道。总之，把所有能够动员的力量都动员起来了，村干部、企业干部都发挥特长，各尽其用。"

"村官"与"老板"，行事风格截然不同。相比之下会发现，春亮一旦变身"村官"，一进村子心就软了，一见乡亲心就软了。心柔软了，姿态身段也柔软了……村民裴水群对春亮喊爷，他说："春亮爷的性格，吃软不吃硬，硬不怕，就是心肠软。"

在春江集团，春亮坐在办公室里指挥。企业 3000 多名员工，整体上仿佛一架铿锵运转的机器，兵有头，将有尾，纪律严明，令行禁止，斩钉截铁，一切按规章制度办，一切按既定流程运行。

在裴寨村，春亮很少坐办公室。七八百口人的村子里，二叔三大爷，三婶二大娘，大多都在宗亲门里边，乡情大似天，办事要顾情面，讲话不能句句上纲上线，说的都是土话、俗话、家常话……普通村民办事来找春亮签字，只要是应该批准的，他当场就办，有时趴在自行车座上签字，有时就伏在膝盖上签字……

春亮在村里辈分高，许多村民对他喊爷、喊叔，他平日管起事来，玩笑戏谑之中，装装"大人咳嗽"、摆摆长辈的谱儿是有的，但是，武断专横是没有的，这不合乎他的性格。尤其在父老乡亲面前，他哪像个"村官"？哪像个"老板"？处处见他谦逊随和"执弟子礼"，尊敬老人长者，呵护百姓。

每次开车回村，只要一进裴寨村界，春亮就一遍遍地交代司机："慢点儿，开慢点儿。"如果远远看见裴寨中心大广场上人多，就让司机把车停在新村大门前的裴寨小学旁边，自己不惊动众人，默默走回家。

在农村，有的人当个村干部要人家怕。可在裴寨村和裴寨社区，群众见了春亮，不仅不害怕，还亲热得很。乡亲们说："春亮见人亲得像啥一样，大老远就打招呼！"因此，乡亲们见他也亲得像啥一样，大老远就打招呼，未语先笑，傻上来拍肩膀，互相问长问短聊家常。在这一份无拘无束的天然自在之中，春亮的心软得都要化了。

春亮开车路过附近的牛村，恰巧遇见村中一大群男女老少，正在路边支着案台灶火下红薯粉条……其中的大嫂大娘们，忽然看见春亮走下车来，半是惊喜，半是逗趣，咋咋呼呼地笑道："咦——咦！这不是电视上的那人么?!"春亮腼腆地笑了，大伙儿围上来谈笑风生，有说不完的话。

裴寨新村的住宅楼前，春亮遇见一位中年村民从家门出来，端着大碗吃面条。他边走边搭话："晌午捞面条？恁大碗！"那位村民笑答："就这一碗。"

一村之长

新中国"最美奋斗者"裴春亮和乡亲们的脱贫攻坚路

春亮笑道:"一碗还不够?"

寒冬路上结冰,春亮和村里孩子们一起溜冰嬉戏,脚下一滑摔倒在地上,惹起周围一片笑声……

但是与此同时,村里工作的麻烦事,比企业工作更棘手。春亮感慨:"在农村,要管的事管不完哪。"

红梅在企业干惯了,说:"换作是我,在村里连一个月都做不下来,没那耐心。"

有一天,裴寨村干部们在办公楼内外打扫卫生,春亮拿企业标准做对比,挑出不少毛病,对一位村委说:"你去春江水泥厂瞧瞧,看人家卫生咋搞的!"……这位比他年长的村委,拎着扫帚嘀嘀笑了,一句话没忍住说了出来:"厂里人家挣工资,农村不很好搞嘛。"

曾经,春江集团与裴寨村之间进行过一次试验,由春江集团派出一个团队到裴寨村,协助资产管理、卫生、接待等村务改革。可是,这项试验仅仅进行了一星期,便戛然而止……

然而,春亮从没停止探索。他还在尝试,让裴寨村的治村之道借鉴春江集团的治厂之道,在农民中间逐步推行规范的企业化管理,让村里与企业互学互补,齐头并进。

裴寨村是一个行政村,春江集团是一个股份制民营企业,二者之间,春亮成为一个媒介、导体、桥梁、纽带,双方血脉连通、利益相关、项目交叉、进退与共,构成了密不可分的联系……历史和现实的前因后果,造就了裴寨村和春江集团这一对所有制不同、经济成分混合的共同体。裴寨村与春江集团,脱贫攻坚与扶贫攻坚,"共创共享,同心同行"。

然而,社会上依然存在一个深层之问。

村支书为"公",民营企业家为"非公"。"公"与"非公",所有制不同,性质不同,立场动机不同,利益追求不同,可能兼顾兼容吗?怎样兼顾兼容呢?

在中国传统道德的价值认知体系之中,"大公无私""公而忘私""公私分明"已是亘古不变的美德。在人们根深蒂固的传统观念中,"公"纯粹是精神价值,"非公"掺杂有物质色彩;"公"即公,"非公"即私,公私之间非黑即白、泾渭分明……所以，有些人不免对裴春亮这样一类既"公"又"非公"的角色心中存疑，若是一个常人便也罢了，而裴春亮还是一个先进典型。在那些人的固定思维里，还是更愿意认同新乡县刘庄村支书史来贺一类的先进典型，他是村支书，又是总经理，二者完全统一在村集体所有制之下，来得单一纯粹，来得明白踏实，更经得起大众检视，更经得起道德考验。

"70后"一代年轻人，他们的成长期正赶上国家运势的上升期，他们的青春期也正赶上社会矛盾的凸显期。处于改革开放新旧交错的历史阶段，在他们的面前，有前人不曾拥有的机遇，也有前人不曾经历的挑战……春亮作为新一代"梁生宝"，注定比小说《创业史》中的"梁生宝"要面临更多复杂的考验；作为新一代"新乡先进群体"成员，也注定比当年的村支书史来贺要接受更多陌生的历练。

一个时代有一个时代的合理性、正当性。如果站在更新的角度、更深的层次、更高的境界来观察研究的话，春亮的类型、春亮的道路、春亮的价值，正是一个典型的时代标本，给人追问的机会、思考的空间、启迪的快感，也会揭示出一些时代新命题。

春亮自己无从解说，他叹道："辩证法由别人去做吧，我反正还是信'为人民服务'，还是信'大道之行，天下为公'……党和国家的富民政策让我率先富裕起来，时代把我推到了这一步。苦难的出身，让我必须成就企业，这是我的谋生之路、立身之本；而办好企业，才使我能够感恩乡亲、回报社会。如果没有春江集团，我两手空空，拿啥反哺乡亲，拿啥推动裴寨村发展？企业对百姓扶贫，企业为家乡造福，终归是硬道理。"

"民营企业家，大多是'草根'出身，懂得民生和国情。我始终认为，民营企业是带动更多人致富的平台，是回报奉献社会的载体，可以让更多人生活得更幸福……物质富有，精神富有，都不是毛病。往后发展的路还很长，要做的事还很多，村里要前进，企业要壮大，就像'车有两轮，鸟有两翼'，不能抓了一头扔了另一头，哪一边都不能丢，丢了哪一边对整体发展都不利……"

"村官""老板"，都是当今时代前沿的角色，而"老板村官""村官老板"这个新角色，使春亮在脱贫和扶贫的攻坚战中，做事更有底气，更能放开手脚,战场更广、贡献更大。

春亮应当庆幸,拥有了独属于他的这一份命运。这位"70后",成为一个富有探索意义的先锋,双肩兼担"义"和"利","鱼与熊掌得兼"。

四、好学上进的村主任

2008年的一天,北京的长江商学院EMBA教室里,来了一名"村官"。

EMBA,即高级管理人员工商管理硕士。长江商学院EMBA,学期一年半,招收的学生,定位于在职的企业高管和中高层领导。为了兼顾学生的工作,上课时间一般安排在周末,每月上四天课。

在不少网友的眼中,知名EMBA的课堂,大概是一个神秘的所在,传说里面收费高、富豪多,时不时还会蹦出几个流量"网红"……

然而,今天这个开班式,氛围与一般大学并没有太大不同。

首先按照惯例,新同学一一做自我介绍。全班大约50人,年长的并不老,年轻的也不小,他们分别来自国企、民企、媒体等部门,头上大大小小都有董事长、总裁、总经理、高管、主任等职衔。

大家初来这里上学,个人的姿态都很低调,但对同学都很热情。随着每一位新同学的自我介绍,礼貌而热烈的掌声一阵阵响起……

最后一名同学,不卑不亢地站了起来,先向大家鞠了一躬。

老师说:"现在,我向大家介绍这位同学,他是一名村主任。全国千千万万'村官'里,读EMBA的他应该是第一个!"

掌声响起,所有目光一齐投向这位"村官"。同学们的表情太丰富了,有惊喜,也有好奇。

"村官"年纪不大,个头挺拔。他用豫北口音浓重的普通话介绍自己:"大家好!我是河南省辉县市张村乡裴寨村的村主任裴春亮。我是一名'70后',只有初中二年级学历,今天怀着敬畏的心情,走进EMBA课堂……"

同学们进而知道,他不仅是裴寨村主任,也是春江集团董事长,而且是河南省委、省政府下发红头文件要求全省学习的重大先进典型，是刚刚当选的十一届全国人大代表，是"中国十大杰出青年""中华慈善人物"……大家的目光中，不禁闪烁起了敬意。

对于上学，春亮的心情，就像小说《我要读书》《半夜鸡叫》的那位作者高玉宝——然而，这里是 EMBA 啊！

比起同学们，春亮的学历差距太大——从小学时期，家中屡逢劫难，三哥惨死煤矿，二哥车祸身亡，大哥中风偏瘫，四兄弟只剩下了一个最年幼的他。到父亲也卧床不起时，勉强读到初中二年级的他，不得不辍学了……他舍不得学校，舍不得课本，可生活推搡着他去读社会这一本大书。后来在砖瓦窑厂打小工，在裴寨商业老街上开理发店、开饭店，到北京开石材小店……无论到什么境地，他那一支总喜欢随身插在胸前口袋里的笔，成了一种于心不甘的念想。

平时做事，春亮一贯是谨慎而有分寸的，从没见他有过任性鲁莽……但是事到临头，因为学历低没文化，因为小地方的人没见过世面，还是不止一次应对失据，当众出糗。

春亮遇到的尴尬，在别人看来都只是小事，一个农村人，这不算什么……但是，正因为是农村人，这每一次出糗，对于他都是刻骨铭心的打击。还想进入社会更高层次、还想实现雄心壮志呢，丢人不丢人？他的自尊心被拉了一刀又一刀，久久难以愈合。

"力不从心真可怕，没有知识真可怕！"春亮担任春江集团董事长以后，与招收的本科毕业生交谈，常常觉得吃力。当老板的经常要签字，担心自己字迹露怯，他就苦练签名，纸上写满了裴春亮……

在"知识就是生产力"的当代社会，对于进取向上的春亮来说，初中二年级的学历，成了他一碰就疼的"软肋"。

这些年，为了弥补心中的缺憾，春亮兼任了张村乡中心学校的名誉校长，为 100 名中学生发放爱心助学金各 2000 元；在裴寨村，对考上高中、大学的孩子给予 2000—10000 元的奖励。他还被评为救助贫困地区失学女童的"春蕾计划"先进个人。

现在，为了弥补心中的缺憾，春亮又痛下决心，从最低的起点挑战自我，追赶时代，大胆报名来读长江商学院 EMBA。

他坦率地说："'村官'中间，也许没人像我一样来读这个 EMBA。但是，我太需要学习了，在裴寨村和春江集团同步发展的过程中，我经常感到，自己心里的东西太少了，满腔的热情就是表达不出来，还经常遇到知识欠缺的尴尬。所以，我想来读长江商学院 EMBA。

"而 EMBA 的课堂，以我这么低的学历，也可以不收咱这个学生。但是，长江商学院还是让我成为了 EMBA 的第一名'村官'学生，大概是希望让长江商学院对一名'村官'产生影响，也让一名'村官'对长江商学院产生一点影响……"

EMBA 同学多是富豪老板，老板们到一起，往往比谁的企业大，而且都是在全国相关范围比。但是，细心敏感的春亮发现，同学们还是很看重"村官"的。有一天聚会，除了 EMBA 同学，还有一群老板，在春亮递上名片的一瞬间，大家挺看重他，还推着年轻的他坐上座……这是因为，他比纯粹的老板们多了一重"村官"身份。此时，他的心中别有一番成就感，拥有了一种脚踏大地站在百姓中间的充实和自豪。

EMBA 同学们，喜欢上了这个年轻坦诚的"村官"。

春亮不大像一个"70 后"，同龄人吃饱时他在挨饿，同龄人读书时他在打工，所以显得更加老成坚毅，更加耐摔能扛。

春亮又很像一个"70 后"，改革开放大潮中承上启下的一代人，得时代风气之先，新思维，勇担当，敢想敢闯，锐意创新，以奔放的姿态追逐时代潮头，以开放的襟怀拥抱历史命运。

尤其是春亮的性情，与 EMBA 圈中人的作派风范迥然不同——太行山人的真诚，农村人的厚道，正派善良，谦虚实在，所有喜怒哀乐的表达都发自内心，可亲又可爱，有感染力，容易打动人，能够赢得信任感……这种朴实无华的为人处世方式，也成为春亮打开上下左右一道道心门的利器。

每个周末，春亮都赶往北京听课或参加活动。他说："在 EMBA 班里，不管钱多少、官大小，大家都是同学。"

课堂上，安静而专注地坐在他周围的同学，有领导干部，有著名主持人，还有企业领导者……春亮说：从怯生生地踏入这一间教室，到惊喜地认识这么多优秀的同学，再到坦然地进入这一个高端平台，这一路走来，从新的角度检验一名"村官"的价值，EMBA让我大开眼界。

"'无缝对接'理念，就是我上学时学到的。"春亮说。管理学理论中的"无缝对接"，指各个单位的管理、指挥、后勤、通讯等，在管理体系、技术支撑上保持完全一致……这个概念，春亮也运用到了裴寨村和春江集团的管理实践之中。

春亮形容好比"站在月球上看地球"，在EMBA教学中，不仅有综合的通修课程，有金融、文创、健康管理等行业选修课目，还能听到国际国内的专家讲课，了解前沿信息，研究社会命题，学习软件知识……一向对数字不敏感的春亮，在这里还有一个收获，会看企业报表了，对主要经济指标、各种运行数据已能看出门道……

一年半的学业，不可能把一名土生土长的"村官"塑造成一个满肚子学问的雅士。实实在在的太行山人，压根儿也没想在这里把自己镀成一个"金人儿"。

这个"村官"，在EMBA班上学习很有收获。春亮说首先认识到了两点：

一是知识。"村官"来读EMBA，绝不会白种一季庄稼。春亮从基层乡下背来的"书包"里，

裴春亮在长江商学院EMBA毕业典礼上发表演讲。

装着太多的"为什么",盼望得到解答和启示。他就像一扇张开的电子接收屏,拼命吸收知识能量,EMBA课堂上的许多亮点,都会成为他惊喜的触点。他是有备而来的"行动派",比如上课论述10个要点,别的同学能够圆满记住10个答案,他也许记不全,但能够将其中的两三个答案很快运用到了自己的村庄和企业——这就是他的与众不同。

二是悟性。管理需要悟性,在高级管理人员工商管理硕士的课堂上,从纷繁的理论、观点、术语、数据之中,一个"村官"能悟出什么呢?春亮主要领悟到的一个精髓,是政治与经济的关系。他以本能的一种政治敏感、一种政治自觉,说出自己的发现:经济离不开政治,不懂政治的人绝对称不上经济专家……这些年来,无论作为"村官"还是"老板",无论带领村庄脱贫还是企业扶贫,他所做的一切都是为了民生、民心,这就是最大的政治。他不是从书本上、课堂上,而是从多年的亲身实践中,懂得了政治与经济的关系,而在EMBA课堂上加以印证——这也是他的与众不同。

虽然,春亮不能像许多同学一样,嘴里不时蹦出几串英文单词,但他为EMBA课堂带来了一股山野清风。

当课程进入"中国农村农业"部分,老师专门向春亮提问,让他来阐释一下。这一下轮到"村官"的强项了,他侃侃而谈,根据自己在农村的切身体验,结合自己平日的思考,从政治、经济、文化等角度,讲述当今农村的真实现状和发展趋势;带着泥土味儿的大量鲜活事例中,既有理性的深入,也有实践的生动……显然,这个"村官"掌握的一些知识,是许多人还学不来的;他拥有的一些高度,也是许多人还没企及的。老师和同学们听了颇受启发,向他报以热烈掌声。

这一期EMBA结业时,春亮当选为长江商学院"年度人物"。

在北京市海淀区五道口,清华大学与中国人民银行2012年共建了清华五道口金融学院,春亮又到那里读了EMBA。

记者采访时,春亮谈到"村官读EMBA"的话题,他说:"老师讲课中的经典,同学发言中的精华,身边任何一句值得借鉴的话,哪怕只是无意闲聊,哪怕谈话的本人都没觉得有啥,我都会留意记下来。回来以后,反复研习琢磨,然后到某个场合就会用上。比如,裴寨村开展思想道德建设的一些举措，还有春江集团'同心同行，共创共享'的理念，就是读 EMBA 采用过来的。适合咱们用，咱们为啥不用?!

"读长江商学院 EMBA 以前，2007 年 12 月 2 日，我当选第十八届'中国十大杰出青年'，在颁奖典礼上遇见张泽群，又与海霞一同看望农民工。这两位央视主持人都是我们河南老乡，但与他们在一起，我一拿话筒讲话，心里就害怕……到现在还差不多，见了媒体也敢说话了，这是一次次尴尬逼出来的……"

有一次，长江商学院 EMBA 的同学们同游泰山。春亮的目光，落到了气喘吁吁的泰山挑夫身上。

陡峭险峻的泰山石阶上，挑夫们有的挑着砖瓦，有的挑着饮料，有的抬着滑竿，累得大汗如雨，步履摇晃……春亮站在石阶边，每走过来一名挑夫，他就往那汗津津的手上放 100 元钱。

春亮想，若是真有神灵，神灵的旨意也会是普度众生，会同意为受苦人做好事。他这是在明确自己内心的方向——有了财富以后，钱应当往哪儿用。

2008 年"5.12"四川汶川大地震时，正在读 EMBA 的春亮捐了 10 万元。他说："连我们裴寨村的老人小孩儿，都为抗震救灾捐款了，咱也是热血男儿啊!"

2020 年年初，在抗击新冠肺炎疫情第一线，春亮代表春江集团捐款 500 万元。EMBA 同学们闻知此事，由衷地为他点赞……

EMBA 同学中，不乏操盘经商的高手。不少同学劝春亮："有钱投资房地产，保你两年翻一番。"也有人暗暗讥讽春亮："钱扔进村里打水漂儿，傻帽儿!"……春亮也有经济头脑，他不是没想过投资赢利的好事儿，但还是为太行山区百姓慷慨捐出了 2 亿多元。他觉得，"好钢用在刀刃上"，把钱花在脱贫攻坚最急需的地方，值!

2008 年冬至，春亮捐建的裴寨新村举行落成乔迁庆典，刚从长江商学院 EMBA 毕业的同学们，一共四五十个人，不远百里千里，舟车劳顿，从四面八方赶到了太行山下的裴寨村。他们中间，有部委司局领导、中央媒体著名记者、河南省地方领导干部，还有来自新疆、广东、浙江、内蒙古的企业家……那一年的冬至，特别寒冷，春亮给每位同学买了一件棉大衣披上。在热闹的庆典上，当春亮向乡亲们介绍这些远道而来的贵宾时，全场都沸腾了。同学们参观新村，与乡亲们欢聚一堂。到晚上，住进了辉县市区百泉宾馆，同学们意犹未尽，宾馆里没有卡拉 OK，就拿起茶杯当话筒，一齐挽着春亮引吭高歌……

2017 年 12 月 17 日，长江商学院河南校友会开展"公益长江·河南力量"精准扶贫系列活动，第一站就来到了裴寨社区，向贫困户捐赠 100 万元爱心款，并向裴寨小学捐赠书包文具，赠送新型壁炉和燃料，供师生们取暖。

第六章

听党话、跟党走、同创业、共致富

一村之长

新中国"最美奋斗者"裴春亮和乡亲们的脱贫攻坚路

一、走上十九大"党代表通道"的"70后"村支书

"四十不惑",春亮迈入了人生新阶段。

一年前,裴寨村党支部会议上,全村党员已全票通过,接收裴春亮为中共预备党员。

2010年4月21日,经上级决定,裴春亮接任裴寨村支书,仍兼村主任。

也在这一天,当了十几年村支书的裴清泽,完成了历史使命。

按照惯常思维,人们不禁对春亮的履历产生了一个疑问:2005年当选村主任的春亮,一贯信仰坚定、表现优秀、追求进步,却到2010年才成为正式党员——这中间整整5年,他为啥不早申请入党?

春亮后来吐露,其实在2006年,他当选村主任的第二年,就开始申请入党了……然而,如果他入党了,就有可能接任村支书,这样一来,老支书就没事干了。春亮担心:如果我一上来就要取代老支书,别人会怎么说我?所有人都知道,是老支书积极推举我回村参选村主任,当年在我父亲去世时他还对我家有过大恩大德,别人一定会说我是忘恩负义之人吧?——而春亮早就说过:"我最不能接受的别人对自己的差评,是品德上的差评。"

唉,"一根筋"的太行山人啊!——春亮虽然没有入党,但时刻在按照党员的标准要求自己。同时,也给老支书吃了一颗"定心丸",让他在按规定年龄卸任之前安心工作。春亮与老支书搭档5年,自己宁舍进步,也要成全一个"闭环"……人们看到了春亮捐资2亿多元的"舍得",其实这5年时间又何尝不是一种"舍得"?钱财没有可以挣,光阴已逝不可追,人的事业黄金年龄有几个5年?

不过,这5年也值得,老支书还了春亮5年宽松,使他这个村主任能够放开手脚,在村里干成一系列大事。

那天,一池碧水波光粼粼,一老一少的身影微微荡漾。春亮接任村支书以后,在卧羊山顶的"田心池"边,与老支书裴清泽有过一次交心,两人娓

娓而谈，直至夕阳西下……春亮感谢老支书，当年帮助安葬他父亲，又推举他参选村主任，还有这 5 年工作上的"传帮带"。老支书叹道："春亮，你就是傻，如今有几个人不想升官发财的！有的年轻人，一当上村主任就猴儿急猴儿急，想夺村支书的位儿，你咋抱住我四五年不放呢？"

仅仅一年后，裴清泽患食管癌去世，裴寨新村大门外的三角地上，为老支书搭起了灵棚。追悼会开得很隆重，春亮请张村乡领导前来出席，附近各村的村支书也都来参加。裴寨村两委总结老支书的生平，充分肯定他的功绩，全体村民列队送行，老支书享受了最后的哀荣……

春亮接任村支书刚刚半年，随着新型城镇化建设，张村乡党委政府决定，以裴寨村为依托，将全乡 24 个行政村、15800 多口人中的 11 个行政村、一万来口人，整合为裴寨社区，任命裴春亮为裴寨社区党总支书记……裴寨村两委办公楼门口，又加挂了裴寨社区党总支、管委会两块牌子。春亮一肩挑起了裴寨村、裴寨社区两副重担。

中国乡村的天空，需要年轻的臂膀来托举；中国农村的未来，希望坚实的栋梁来支撑。一名"70 后"村支书，作为全国农村先进典型，健步走上了时代政治大舞台。

他获得了许多荣誉：党的十九大代表，十一、十二、十三届全国人大代表，中共第十届河南省委候补委员、"最美奋斗者"、"最美村官"、全国劳动模范、全国道德模范、中国十大杰出青年、中华慈善人物……

有人说：先进典型，不

裴寨村党支部书记兼村主任、裴寨社区党总支书记、春江集团党委书记裴春亮。

一村之长

新中国"最美奋斗者"裴春亮和乡亲们的脱贫攻坚路

人民日报走进裴寨村

就是开会做报告么！——春亮说："如果不为老百姓办事，空披一身荣誉干啥！重要的是担当，感恩人民，回报时代，奋斗是最好的爱国方式。"

作为一个先进典型，意义是什么？作为一名村支书，使命是什么？

裴寨村乡亲们说过一句话："春亮这个大当家的，画的是大圈儿，打的是铁江山啊！"

羽翼渐丰的这位村支书，一个人带领一支队伍，一支队伍带动一方百姓，一方百姓影响一方水土，已在树立一个脱贫攻坚的标杆，已在探索构建一个日益现代化的村庄治理体系了。

中国儒学集大成者朱熹的信条是："仁者，以天下为己责也。"

中国共产党人的宗旨是："为人民服务。"

春亮认定："个人家财万贯也是小日子，百姓共同幸福才是大日子。'人民对美好生活的向往，就是我们的奋斗目标'，我的价值取决于乡亲们对我需要的程度。"

有一天上网，无意之中，他看到了发生在高原的惊人一幕：一只头羊狂奔之中滑下了悬崖，跟在后面的羊群，全都跟着跳了下去……这一真实案例让他触目惊心。

农村带头人也像一只领头羊，特别是建立起了威望之后，大伙儿服你了、信你了，一呼百诺，风从响应，凡是你做的，对也对，错也对；假如你一脚踩空了，后边的人信以为然，会有人跟着踩下去；假如你掉进坑里，后边的人不假思索，也会有人跟着掉下去……这引起了他的高度警惕。

列宁说过："年轻人犯了错误，上帝都会原谅。"但是，年轻的春亮不容许自己犯错，因为责任如山，全村乡亲们的身家性命都扛在肩上；以前走错一步是自己的事，现在是全村百姓的事。

作为裴寨村支书，最大的责任是什么？

"穷则思变，要干，要革命。一张白纸，没有负担，好写最新最美的文字，好画最新最美的图画。"……在不足2平方公里的裴寨大地上，村支书的最大责任就是，凡是应该贯彻的"最新最美"的好政策，都及时在这里落地生根；凡是可以学习的"最新最美"的好典型，都随时在这里移植实验；凡是能够汲取的"最新最美"的正能量，都时刻在这里传播弘扬……总之，拔高起点，弯道超车，努力打造一个"最新最美"的裴寨村，使乡亲们尽快过上"最新最美"的好日子。

这位"70后"村支书的特有做法，是发挥长期养成的"感悟力＋想象力＋行动力"，不仅善于顺势，紧跟大局，做好"规定动作"；而且善于造势，大胆创新，做好"自选动作"，左右逢源，大干快上，全面提升。

这位村支书拿出"看家本领"，带领村两委班子，首先确立了"裴寨精神"——"听党话，跟党走，同创业，共致富。"

村支书上任第一个新年伊始，率领村两委班子全体成员，肃立于一块高大的太行石面前，举起右拳，同声喊出了石上镌刻的誓言——"乡亲不富誓不休！"

"裴寨精神"和"裴寨誓言"，铭刻在新村大门口的巨石上，耸立在中心大广场的正面楼顶上，都在全村的醒目位置，都在每天的必经之地……春亮说："这些话也刻在我心里了，每次路过都在提示自己。这个时候，内心的血都是净的。"

农村带头人，需要一批为当今时代而生的有信仰、有情怀、爱农民、懂农村、勤学习、会管理的复合型人才。而裴寨村两委这一班人，正是应运而生，应运而聚。"班长"春亮说："裴寨村发展到今天，从来不是我一个人在战斗。"

村里老少爷儿们公认：村支书春亮"特别特别会用人"。春亮有容人雅量，也知人善任，带出了一个好班子。他自己认为："在村里，在企业，我基本上看人用人是准确的，用一个，是一个，成一个。而识人用人，首要的是'三观'。"……"三观正""三观同"，裴寨村两委班子与春江集团管理团队一样，凝聚力建立在了相同的理想、信念、情怀之上。

"干事喜动，用人喜静"，也是春亮的一大特点。因为，他心里从没把村里视为一个"权力场"，所以，村干部们身上的权力色彩也很淡化。村两委班子不必因为权力相争而"翻烧饼"、穷折腾，大家同心同德，既分工，又合作，村里事务打理得井然有序。

一村之长

新中国"最美奋斗者"裴春亮和乡亲们的脱贫攻坚路

2011年，第七届裴寨村委会选举顺利。村两委班子增添一批新鲜血液，一个新格局从此确定下来——裴春亮任村支书兼村主任，裴龙翔任村党支部副书记，裴晓峰任村委会副主任，裴清丽、李国德（兼会计）、裴龙义任村支委，裴龙德（兼办公室主任）、张桂先、裴科伟（兼治安主任）、贾小丹（兼妇女主任）、任卫海任村委委员。

此后，2014年第八届、2018年第九届村委会选举都很顺利，裴寨村两委班子原班人马一直稳定至今。

4位村民小组长裴清仁、裴龙喜、裴泉印、裴泉池，也都是忠厚踏实的老人儿。虽然，有的连自己的名字都写不好，见人啥大道理也说不出来，但一搁上正事都行，都讲究实干，都很会做群众工作……

有什么样的帅，带什么样的将。在裴寨村当村干部，绝对轻松不了。

村干部们在村两委会议室开会，就仿佛坐在一丛针芒之中。四面墙壁上，一条条标语响亮犀利，抬眼可见；而且，春亮一开会还常常先念这些标语，念得人心跳出汗："做一位勇于担当责任、能够解决问题的共产党员"，"责任面前没有任何借口，找借口哪儿都有理由"，"真坏人不可怕，可怕的是假好人"……这些标语，把后路基本上都堵死了，使整个班子只能一心为民，只能忠诚正派，只能雷厉风行。

有一次，河南省委领导到裴寨村考察，面对"真坏人不可怕，可怕的是假好人"这一条标语，微微点头，颇有感触……春亮说："当村支书，当劳模，就要冲锋在前，老百姓才不会讲价钱；一讲价钱，就是堤坝溃决的开始。所以，在村干部中间，如果出现'假好人'就没法儿了。当面'中、中、中'，一出门就走样儿，那不中！"

春亮这个大当家的，把老百姓的大日子热乎乎地搂在怀里，他说："这办法，那办法，只要群众认可就是好办法。大家的事儿，大家商量着办。"……裴寨村里，由村党支部党员大会、村民代表大会统一意志，由新村楼排小组会听取社情民意，由村监督委员会全程跟踪问效，并且建立24小时值守的村民服务中心，健全社团组织，群策群力，上下联动，形成了一套完整高效的管理体系。

裴寨村发展的一条"生物链"，不断向前延伸——老百姓不能没房住；

裴寨村两委班子和党员干部。

有房住了不能没水喝；有房住、有水喝了不能没钱花；有房住、有水喝、有钱花了不能没素质；有房住、有水喝、有钱花、有素质了不能没前途……因此，必须"走一步，看两步，心里想着第三步，超前谋划四五步"。而无论哪一步，不吃苦是不行的，不作难是不行的，春亮横下一条心，与一连串的困难"死磕"上了。

过好老百姓的大日子，要有大志向、大谋略、大手笔。春亮带领干部群众一起奋战，数管齐下，火力交叉，多头并进，飚出了一种超前、超常的速度，一件件实事、一桩桩好事，妥妥帖帖办到了老百姓的心坎上。把老百姓的心焐热了，说话就有人听，身后就有人跟。老百姓越信任支持，前进的步伐就越坚定踏实……因此，短短十年八年，裴寨村就干成了以往百年都难干成的大事。

村委会副主任孟群笑道："反正是硬着头皮干，攒着猛劲干。我们跟着春亮干活，大的心不用很操，啥心他都操到了，每个细节都看到了，安排得劲，我们也好操作。"

老少村民聚在一起，常常聊起春亮带领大伙儿干成的大事。

"总是让他懵对了！"有人感叹。

一村之长

新中国"最美奋斗者"裴春亮和乡亲们的脱贫攻坚路

有人反问:"那你给我憷憷试试?"

这时有人说到点子上了:"春亮领着干的几件大事,赶的时间点儿好啊!加快发展,越顺就越顺。"

的确,农村的事情看似随意,其实大有规律可循。裴寨村发展占了天时、地利、人和,最关键的是,跟着党中央和国家的政策走,跟着改革开放形势走,学政策,跟形势,把政策倡导的红利用足,把形势提供的资源用够,大道之行,只争朝夕。

为乡亲们一再慷慨捐资的春亮,给予大家的不是施舍和恩赐,而是平台和舞台。

他深信太行山人的优良本色,传承"愚公"基因,有骨气,有血性,人人胼手胝足,辈辈淌汗滴血,吃苦耐劳,肯舍力气,从来不会也不愿讲究享乐。如今随着时代进步,有了平台就会展示,有了舞台就会演奏……你看,裴寨人连给孩子起名都是裴北京、裴上海、裴天津、裴香港,心大着呢!

裴寨村坚持改革创新与本地实际相结合,一方面大刀阔斧,加快基础建设现代化;一方面稳步小跑,开创多元经济新业态。15年里,在这个太行小山村,走出了一条"亦农亦商新田园"的发展之路。

裴寨村确立了以农兴家、以商致富、以工强村的发展战略,坚持"村委搭台、群众唱戏、组织兜底"的原则,激励村民勤劳致富,不吃"大锅饭",不搞"一刀切",村民宜农则农、宜工则工、宜商则商,有技术的干技术活儿,有力气的干力气活儿,有文化的干文化活儿,会算账的在商业街干,会持家的在家干……尤其是让有"想法"的村民当排头兵,形成了奖勤罚懒、你追我赶、见贤思齐、共同兴旺的生动局面。

2010年裴寨社区成立以后,在裴寨村的周边,杨圪垱小区、沙锅窑小区、樊庄小区、杨间村小区、柴庄小区的楼群相继屹立起来……整建制搬迁而来的这些行政村,依旧保留原有管理体制,各村党支部、村委会管理本小区一切事务,土地经营方式不变,老村复耕的土地也各归各村……

土地——农民最敏感的土地问题,这时让裴寨人心疼了,生气了。裴寨村总共就这么大点儿地盘,凭啥让杨圪垱小区、沙锅窑小区、樊庄小区和裴寨小学、裴寨幼儿园一块一块占去?……村中一时怨言四起,裴寨村民与周

226

边小区邻居之间，磕磕绊绊的小事也发生了不少。

春亮夹在中间，怎么办？

首先，服从大局，国家政策推行的大事，裴寨村必须带头执行。

同时，"人活一口气"，村庄也活一团人气，在春亮看来，裴寨社区不是一个负担，而是更多百姓脱贫的一个良机，是将来综合发展的一个铺垫——"一人富不算富，全村富也不算富，周围百姓一起富才是富。"

春亮组织村两委反复讨论决定，除了沙锅窑小区已补偿给了裴寨村约25亩耕地，其余杨圪垱小区、樊庄小区和裴寨小学、裴寨幼儿园占地，裴寨村一分钱不收。

春亮顶着压力，利用多种场合，苦口婆心向乡亲们解释：两个小区和小学、幼儿园，基本上都是占的南岭剩下的荒山野坡，辟为平地使用……虽然眼下看起来，咱裴寨村是吃亏了，但长远地看，周围兴建小区和小学、幼儿园，对于裴寨村、裴寨社区的未来发展，必定大有好处。咱这一带"县角乡边山旮旯"，村庄分布零散，人烟不稠，人气不足。而有了人，有了人气，啥都可以发展！在所有资源里，人是最宝贵的资源。这么多年，咱裴寨村的种种努力，不就是为了一团人气，在积攒人气、吸引人气、推高人气、壮大人气么？！

裴寨村乡亲们由不理解到理解，思想慢慢转过了弯子……

七八百人的裴寨村，变成了一万多人的裴寨社区。微信公众号"裴寨社区"，时时发布动态信息，图文并茂，亲切活泼，一个热热闹闹的网上大家庭，汇成了万人"同心圆"……裴寨中心大广场的太行石上，还镌刻了带省略号的一句话："我们是一家人……"这原本是春亮看望贫困户的一句慰问词，后来变成了裴寨村的一句口头禅，如今又成了裴寨社区的一个新口号。

搬迁下山的小区村民，共享裴寨新村的设施便利：儿童在家门口上幼儿园了，学生在家门口上小学了，老人有地方健身了，病人可以随时看病了，光棍汉好找媳妇了；村民开上农用三轮，顺着平坦的水泥路，就到蔬菜大棚干活了……

春亮带领干部群众，制定社区总体发展规划：以一条卫吴公路为中心，构建路东发展高效农业，路西发展工业，中间发展商业街的产业发展格局，

一村之长

新中国"最美奋斗者"裴春亮和乡亲们的脱贫攻坚路

要让社区居民"路东当农民,路西当工人,商业街里当商人,春江集团当股东,入住社区像城里人",人人有活干,家家有钱赚。

河南省委领导考察裴寨社区,称赞道:"你们实现了让农民搬得出、留得住,离乡不离土,能就业,有活干,有钱赚,这事干得好!"

裴寨村第六届村主任选举时,正值重建商业街的一场拆迁风波,候选人裴春亮得票超过了2/3,但比前届下滑……到第七届村主任选举,有人担心:春亮的票数还会往下掉吗?

2011年11月19日,投票选举在村两委会议室进行,当场揭晓:全村442张选票,全部对村主任候选人裴春亮投了赞成票——当时出国在外的春亮,缺席当选,满票!

裴寨村百姓心中的一杆秤,自15年前春亮回村以来,秤盘星一直稳稳地定在了春亮这里……乡亲们不是图他多有钱,而是认准他人好,与他有感情,对他信得过。

而此时,进入新时代社会政治大舞台的先进典型裴春亮,他已不仅仅属于裴寨村了。

典型,是具有一定空间、时间基础的概念。先进典型,从来不是单枪匹马一个人,也不仅属于一个小单位,而是代表着某个族群、某个阶层,代表着某个地域甚至整个国家,代表着一种信仰、一种理想、一种精神,代表着人民的向往、时代的阳光、世界的希望,并且往往超越时代的界限,具有永恒的性质。

在春亮看来,当先进典型的好处,是可以站得更高、看得更远,接触更加广阔、更加高端的层面,结识更多的社会精英,汲取更多的时代精华……而目的只为一个:责任,天大的责任。

他说:"我已经14次站在北京人民大会堂唱国歌,每当国歌一奏响,我浑身都充满力量。"

从当选全国人大代表,到当选党的十九大代表,春亮14次坐在人民大会堂,亲聆中央精神,直接参政议政。

2017年10月18日开幕的党的十九大,亮点之一是首次设立了"党代表通道"。在人民大会堂一楼中央大厅,用红毯标示出的一条通道上,共有

60 名党代表，分三场在这里亮相，与 120 多名中外媒体记者面对面，接受集体采访，回应社会关切……这个通道，打开了一个可以更近距离了解中国执政党、观察党代表履职的"窗口"，向世界展示新时代中国共产党人的风格和形象。

那天，春亮刚到达河南代表团驻地，省委常委、宣传部长郑重地通知他，省委常委会已经确定：河南代表团由著名作家二月河、兰考县委书记蔡松涛、辉县市裴寨村支书裴春亮三人上"党代表通道"；裴春亮将作为来自中国农村的党代表亮相。

春亮顿时紧张起来：全国人大、政协"两会"去年开通了"部长通道"，亮相的那都是部长啊。自己一个小小村支书，哪经历过这么大的阵仗！

他忐忑地说："有点害怕呀，面对那么多中外记者！"

和蔼的老大姐为了让他放松心情，开玩笑说："别怕！就当那些人是你裴寨村的老乡！"

10 月 24 日中午，党的十九大闭幕式刚刚结束，春亮就从会场匆匆走了出来。他手里拿着文件袋，一身黑色西装，一条红色领带，戴着无框眼镜，仪容整洁，精神飒爽，来到了中央大厅的"党代表通道"……这第三场采访，党代表分别来自体育、文化、科技、教育、军事、通信、医疗、外企、航天、外交、法律、公安等领域，其中 2 位来自河南、贵州的农村。

党代表 3 人一组，春亮那一组上场时，他站在中间。一个太行山区的苦孩子，跋涉千山万水，终于走到了全球瞩目的聚光灯下。

中国共产党的一名农村基层代表，面对着整个世界。100 多位中外媒体的记者，在对面的蓝色台阶上层层叠叠拥挤着，所有镜头都对准了党代表，闪光灯明灭，按快门的声音响成一片……春亮事后说："当时，我手心儿都出汗了。"

他迎着落地麦克风，朗声说道："大家好！我叫裴春亮，是来自太行山区河南省辉县市张村乡裴寨村的党支部书记。"

《农民日报》记者向他提问："我想请问裴代表一个问题。我知道您的家乡过去很贫困，您的童年是在贫苦中度过的，但从童年时代就有一颗种子埋在您的心里，那就是一定要拔掉穷根。改革开放使您富裕起来了，也使村里的老百姓富裕起来了。您作为村党支部书记，能不能谈一下基层党组织在农民致富中发挥了哪些作用？"

裴春亮朴实地回答：

谢谢您的提问。首先自我介绍一下，我是吃百家饭、穿百家衣长大的。我们裴寨村位于太行山区丘陵地带，土薄石厚，十年九旱。我们村里过年有个顺口溜："二十七去赶集，二十八门神贴，二十九扭一扭，三十儿褪褪蹄儿。"大年三十才能洗洗脚，家里一盆水，先让女孩洗，到最年长的长辈还舍不得倒，还要用这盆水洗。我们家乡以前吃水，出门的时候，房屋的屋门可以不锁，但是地窖水的水井盖要锁严。我们的住房全部都是土坯房，在此之前住的都是窑洞。就是这样一个省级贫困村。

前几年，中央提出新农村建设。我个人富了之后，感觉到，我自己的命运和国家的命运以及我们裴寨村的命运紧密地连在一起。我个人当时出了3000万，我们是153户，盖了160套每家每户两层小楼房。但是，这只是解决了住房的问题。关于水的问题，我又出了6000多万，帮我们家乡建的有"田心池"、有水库。建水库的时候，我们党支部带着十里八乡的乡亲们，自觉自愿兑的义务工，遇山劈坎，遇水架桥，从一百公里以外的太行山石门水库引过来的水，现在彻底告别了"靠天收"的历史。

中央有号召，作为一名中国青年，一定要有行动。中央提出精准扶贫，我个人拿出8000万，结合河南省提出的"三山一滩"精准扶贫，为深山区的400多户1798口人建小区，现在已经入住了104户，到2020年前全部让他们搬进去。我们裴寨村现在小学、幼儿园、红白喜事理事会、农民红色课堂，包括跨境电商、健身广场、道德文化长廊、卫生院一应俱全。所以说，有裴寨村的今天，真应该感谢党，真应该感谢习主席。特别是最近这5年，在太行山的农村里发生了翻天覆地的变化。

谢谢！

春亮发言的这三四分钟里，在遥远的太行山下，裴寨村的乡亲们，春江集团的员工们，年纪大的围坐在电视机前，年轻人一个个拿着手机，都目不转睛地盯着屏幕上的春亮，倾听他的回答，生怕漏掉一个字。

在全国各地，长江商学院、清华五道口金融学院的 EMBA 同学们，也纷纷给春亮打来电话，向他们的"村官"同学表示祝贺。

"能有这样高端的平台，把中国农民的声音传播到世界各地，我真的感到，我们的国家强大了，我们农民有福了！"幸运的春亮，走上红色通道那一刻，他看到了命运的辉煌，看到了命运的磅礴，如他所说，"我始终认为，自己的命运、裴寨村的命运，与党和国家的命运紧密联系在一起"。

这位太行山区的"70 后"村支书，是中国农民的一位发言人，也是中国农民的一位代言人。他在时代政治大舞台上的表现，可谓满怀赤诚，披肝沥胆。

"人民选我当代表，我当代表为人民"，春亮忠实履行代表职责，正确行使代表权利。他每年到北京参加全国人大会议，在中央政治局常委参加河南代表团审议的座谈会上，他先后做了 11 次发言。加上党的十九大那一次，是 12 次发言……河南省人大常委会一位老主任说："小裴呀，一个农民这么多次发言，全国少见啊！"

其中一次座谈时，春亮向中央领导讲了一位太行山老人的故事：从裴寨村进深山，路边有一个和漫村，村里有个十几年前找春亮修过电机的朋友退休了，春亮来看望他。到村口下车问路，遇到了 80 岁的原守玉老人，老人端详春亮问他："瞧着你面熟，你是裴寨的？"春亮以为老人在电视上见过自己，其实，老人家里根本没有电视机，妻子出走，女儿出嫁，他是个疾病缠身的光棍汉。老人忽然想起来了："你给我剃过头。"那是春亮当小剃头匠的往事了。老人说："你是不是叫春亮？"春亮刚要回答，老人急切地拉着他："你说说，最近两年是咋回事啊？过去，是穷人过穷人的，富人过富人的，谁也不管谁。现在，乡里、村里的干部来看我这个孤老头，还送米送面。社会发展好了我知道，共产党一心为民的作风又回来了，穷百姓有人管了！"

春亮在发言中，还向中央领导报告河南的"几个一"，一是产粮大省，全国大约每 4 个馒头里就有 1 个是河南小麦加工的；一是兵源大省，有许多

一村之长

新中国"最美奋斗者"裴春亮和乡亲们的脱贫攻坚路

河南小伙子在为祖国站岗；一是南水北调（中线）工程大省，河南干部群众为移民作出了巨大奉献……还有粮食政策、耕地政策、民生问题，他也反映了来自基层、来自农村的真实呼声。

为了"村里那些事儿"能进北京人民大会堂，田间地头水库边，家长里短杂务事，都成了春亮了解民情之处。长期身在百姓中，他总能准确及时地知道农民想什么、要什么、怕什么、盼什么……他把农民百姓的诉求心声带到北京，再把中央的政策精神带回村里。

翻阅厚厚一沓全国人大代表议案，可以看出十余年来，春亮目光涉及了农村水利、乡村教育、优化农业结构、提升农民技能、扶持农民合作社、发展乡村旅游、解决农村环境污染等诸多方面，几乎全与农村、农业、农民有关。

坐田埂 踩泥地 带基层呼声到讨论桌

城乡融合方面，他建议尽快出台"城乡双向流通机制"，不仅鼓励农民进城转移劳动力，促进农业转移人口市民化，也应鼓励城里的人才、技术、资金向农村流通，返乡下乡创业。通过政策引导和市场主导，激活乡村振兴的内在动力，走好城乡融合发展之路。

农村扶贫方面，他建议由开发式扶贫为主向保障式扶贫为主转变：一是让政府扶贫资金入股科技、金融、旅游、新能源等阳光产业，尝试让贫困户持股稳定分红的扶贫模式。二是推广"易地搬迁"的扶贫政策，鉴于散居深山的群众，在水电、交通、教育、医疗等生活基础设施配套上，难度大，成本高，可以依托周边条件好的乡镇，就近搬迁，既不远离故土，又能集中脱贫，关键是使下一代受到良好教育，从而使扶贫实现扶得起、稳得住、不反弹。

农村养老方面，他建议加快建立完善新型农村社会养老保险制度，彻底解决农民"老有所养"的问题……

仅在 2019 年，春亮关于"防范脱贫人口再度返贫"的建议，收到了国务院扶贫办的答复；关于"大力培育新型职业农民"的建议，收到了农业农村部的答复；关于"大力推进健康乡村建设"的建议，收到了卫生健康委员会的答复；关于"进一步提升农村中小学教育质量"的建议，收到了教育部的答复……春亮每年赴京参加全国人大会议，都会带上收到的一摞答复，去找相关部长们"对对账"，看看承诺有没有落实，好给乡亲们一个交代，不辜负选区人民群众的嘱托。

而从北京参加党的十九大、全国人大会议归来，春亮不仅第一时间召开裴寨村民大会传达会议精神，而且，全情投入向社会各界宣讲会议精神。

党的十九大闭幕后那段时间，他一天也没闲着，辗转辉县市、新乡市、省会郑州和其他地市，做宣讲报告 120 多场。学习贯彻习近平新时代中国特色社会主义思想，到机关，对党员干部讲"持之以恒正风肃纪"；到院校，对青年学生讲"青年兴则国家兴，青年强则国家强"；到企业，对工人讲"创新型劳动大军、工匠精神"；到农村，给乡亲们讲"实施乡村振兴战略"……

2019 年，春亮应邀到河南省政府，为省直机关党员干部做专题报告。他以豫剧《马二牛剃头》唱词开头："谁人不知我马二牛，十三岁上就学剃头……和省长一块照过相，还上过省委办公楼"，生动讲述自己从一个山村"剃头匠"逆袭为一名"最美村官"的奋斗历程。

2018 年 9 月 15 日，河南日报通讯《"最美村官"讲党课》，报道了裴春亮在河南日报报业集团讲的一堂党课。河南日报客户端报道："村支书走进报业集团，当老师讲党课，党味儿、鲜味儿、农味儿、辣味儿、严味儿'五味俱全'。没有大话、空话、客套话，有高度、有深度、接地气，是来自基层党组织热气腾腾的新鲜经验，是基层党支书摸爬滚打出来的亲身体会……"网友留言："他要到俺村当'村官'该多好！"

2018 年，在中央宣传部"将改革进行到底"示范宣讲活动中，春亮是河南省内的示范宣讲第一人；2019 年，在河南省委宣传部"党的创新理论万场宣讲进基层"活动宣讲骨干培训班上，春亮作了首场示范宣讲；2020 年，在党的十九届五中全会精神宣讲中，春亮作为"省级宣讲团成员"，到开封市、商丘市宣讲……

裴春亮，无疑已成为新一代中国村支书中的一颗耀眼明星。

2012 年 6 月 28 日，全国创先争优表彰大会在北京人民大会堂举行。第二天，裴春亮和另一位安徽女公交司机代表，一同抬起花篮，神情肃穆地走在 100 名代表前面，进入毛主席纪念堂。

2013 年 5 月，央视联合全国 30 家平面媒体 3 家网站，开展大型公益活动"寻找全国最美村官"。经过 4 个月遍地"寻找"，首届颁奖典礼格外引人关注。那一天，在央视演播厅，从全国各地寻找出的 10 名"最美村官"依次进场，第一名就是裴春亮……一群美丽的姑娘，在演播厅门口列队欢迎："加油！加油！"

颁奖台上，主持人请 10 名"最美村官"每人发表一句感言，话筒第一个递到了春亮面前。事先没做准备的春亮，顿时想起刚才姑娘们"加油"的手势，他的脸色微微涨红，掷地有声，吐出一句心里话：

"决不让乡亲们对我的信任打水漂儿！"

二、新时代农村党建的坚强堡垒

党的十九大胜利闭幕后的一天上午，裴寨中心大广场上，一片秋阳格外耀眼。

忽然，高音喇叭响了，村里住宅楼的老人和妇女们停止了闲聊，村外蔬菜大棚的承包户们停下了手里的活儿，大伙儿不约而同支起耳朵，都在等待一个讯息……"裴寨村民注意了！大伙儿注意了！今天下午 3 点，下午 3 点，在老地方，老地方，召开全体村民大会！"

广播话音未落，村子内外一片欢声——春亮参加党的十九大从北京回来了！

下午刚过 2 点，男女村民就兴冲冲地出了家门，抱着孩子，搀着老人，带着小板凳，搬着马扎，络绎不绝涌出新村大门，来到了老村广场一角的古井边。

会场上，古井和老槐树成了最美的布景，井凉如水，浓荫匝地，一片喧声笑语。春亮征尘未洗，回村第一时间就直奔这里而来。全村男女老少兴高采烈，高高低低地坐在马扎和板凳上，有的就坐在井边树下的石栏上，几百人团团围坐在村支书春亮的身边，眼神中充满了期待，他们非常想听，也特别爱听北京党中央的声音——此刻，北京与太行小山村在这里"通电"了。

春亮站在古井边的槐荫下，就像站在党的十九大"党代表通道"上一样，刚刚经历了大场面的他，目光更加沉静笃定。他向乡亲们讲述党的十九大会场的庄严场面，传达党的十九大报告精神，解读关于习近平新时代中国特色社会主义思想的新语汇……

习近平总书记讲过两万五千里长征中的一个例子：红军过草地的时候，伙夫同志一起床，不问今天有没有米煮饭，却先问向南走还是向北走。这说明在红军队伍里，即便是一名炊事员，也懂得方向问题比吃什么更重要。

春亮对乡亲们说："听党话，跟党走，方向对了比啥都重要。共产党从历史上到今天，一切都是为了让人民群众走向共同幸福。裴寨村和我个人的发展都证明：听党话，跟党走，没有错！谁听党的话谁不吃亏，谁听党的话谁先致富。所以，中央有号召，裴寨村有行动。党中央提倡的，咱裴寨村坚决响应；党中央决定的，咱裴寨村坚决执行；党中央禁止的，咱裴寨村坚决不做！"

春亮说的这一切，乡亲们都赞同，他们由衷的掌声和笑容里掺不了假。

春亮在河南日报报业集团讲党课时说过："我觉得，作为村支书，最大的能耐，就是让党和政府的一系列好政策在村里落地生根。在基层夯实了党的执政根基，我们的政权才能固若金汤，我们的事业才能永续发展……我是一名'70后'村支书，我们新一代村支书，在思维方式、行为方式、表达方式上，与小说《创业史》中的'梁生宝'有所不同，与现实生活中的模范老支书史来贺也有所不同；但是在大节上，我们是一脉相承的，那就是，我们新一代村支书，还在继续带领广大农民，忠诚不渝听党话，坚定不移跟党走。"

《这个党支部，"存在感"凭啥这么强？》——这是 2017 年 6 月 26 日《人民日报》报道的标题，文中说："'基础不牢，地动山摇。'村里的党支部，能做些什么？村里的党员，能干些什么？村里的群众，能得到什么？这是摆在每一个农村党支部面前的必答题。记者近日走进太行山脚下的裴寨村，探寻这个基层党支部增强'存在感'的经验启示……"

记者探寻之后明白了，裴寨村党支部超强的"存在感"，并非一蹴而就，而是在"党建＋"的自觉意识下，长期点点滴滴培育形成的。

一村之长
新中国"最美奋斗者"裴春亮和乡亲们的脱贫攻坚路

村里的工作,"上面千条线,下面一根针","麻雀虽小,五脏俱全"。面对纷繁琐细的日常事务,春亮这个村支书从来不会陷进去,他更善于跳出来,升华到更高层次,观大局,谋大势,把握农村发展的方向和机遇——他深刻地体会到:一个村庄的凝心聚气,仅靠一己之力太渺小,仅靠个人道德太微弱,还是要靠一种经天纬地、排山倒海的强大伟力,这就是党的领导,这就是时代的引领。个人价值也是如此,一个人财富再多,本事再大,如果不能融入澎湃的时代主流,不能献身崇高的理想信仰,往往会成为单薄的一己私利,成为孤独的个人奋斗。

春亮说:"党建工作做好了,人的思想就统一了;思想统一了,就能出生产力。党风纯正,必然带来民风振奋。"

而这一切,都是源自"不忘初心"。裴寨村党员的初心,来自于纯朴而真挚的生命原动力。

春亮的一颗初心,萌生于他第一次听到"组织上"这个字眼之时。在不幸的人生绝境之中,"组织上"给了他父亲一个体面的葬礼,救他们一家于水火之中。从那天起,一道神秘而神圣的光,刺破了昏暗,把他深深吸引,他像一个痴迷的山里娃,在崎岖山路上追随这一道光芒,对"组织上"产生了毫无保留的情感归依……所以,不是从课堂和书本上,不是从电影和歌曲里,而是在亲身葬父那一刻,春亮认定了一个事实:共产党是穷人的依靠,跟共产党走才有出路,从而奠定了他一颗不可动摇的初心。

如今,春亮的一颗初心,从报乡恩到报党恩,一份朴素的感恩之情,已升华为崇高的党性意识。

他动情地说:"人不能忘本啊!如果说有成绩,都要记在党组织的名下;如果说有功劳,都要归功于党员干部和群众。我向社会回报的一切,就是希望让更多人感谢共产党,夸共产党好!……一个人活着的价值,是让别人也活得幸福;一名共产党员奋斗的价值,是让老百姓都活得幸福。我想让生活不如我的乡亲都和我一样过上好日子,乡亲们的愿望就是我的奋斗目标,群众把我看作希望,我就不能让群众失望。"

而裴寨人为什么对党的感情深,愿意听党话、跟党走?是因为每当他们需要的时候,身边总有一个离他们最近,又最值得信赖、依靠、倾诉的党组织，一个充满大爱的党组织。

在裴寨村，无论何时，无论何处，都能感受到共产党员作为一个整体的坚实存在。

春亮的办公桌上，一直摆放着入党宣誓的那幅照片，时刻向他发出无声的鞭策和激励。

裴寨村党支部的 36 名党员，每天胸前都佩戴着红色的党员徽章，每家门楣上都悬挂着"党员家庭"名牌，每人的照片都贴在裴寨中心大广场的"党务公示栏"上。

正是这些党员，在裴寨村的人堆儿里，平时看得出来，关键时刻站得出来，赢得了一句赞誉："有一种逆行，叫裴寨村的党员干部。"

2013 年裴寨水库建成后，每逢下暴雨，当村民们往新村家里的屋檐下跑的时候，党员干部都往新村东北的野外跑，生怕水库出问题，主动去水库周边巡查，防止发生险情危及百姓安全。

2016 年，一场"7.19"特大暴雨洪灾横扫新乡境内，几十年不遇的大暴雨，一连下了三天三夜。裴寨水库，也眼看就要漫坝。

春亮在裴寨新村家里坐不住了，披上雨衣，掂起一把铁锨，扑进雨幕，往村外的裴寨水库跑。刚出新村大门口，就听见村委裴龙德在背后喊他："下这么大的雨，你不往家跑，咋还往外跑呢？"

瓢泼大雨中，春亮回头吼道："得去水库看看，怕出事啊！"

跑到水库边，气喘吁吁的春亮吃了一惊，情势比他预料的更危急。这一座凭借大东沟修建的蓄洪水库，平时蓄水大约一半，此时却眼看水与坝齐；而且，西来的洪水还在涌入水库，浊浪滚滚，顺着 40 米宽的水道，咆哮着滔滔东流，直到库尾冲出溢洪道，流进界牌沟……而 2.3 公里长的水库，任何一处坝体出现崩裂垮塌，80 万立方米库容的水一旦冲决而出，都必然危及周围的村庄田野和百姓生命，后果不堪设想。

春亮站在坝首，感觉大地都在颤抖，不由胆战心惊。

这时，村两委干部和十几位党员，也穿着雨衣带着工具，急匆匆赶了过来。在轰鸣的哗哗雨声中，春亮抹了一把脸上的雨水，高声指挥众人：由他亲率一拨人，负责巡查堤坝险情，守护水库安全；由孟群带领另一拨人，挨个儿察看水库周边的蔬菜大棚，负责把承包大棚的菜农平安护送出去……

忽然间，黑压压的一大群村民，手执铁锨和铁镐，也从村里呼啸而来，足有八九十号人……水库岸边的堤坝上，守护者屹立成了风雨中的一道人墙。

雨水、汗水、泪水，顺着春亮的脸庞往下淌。他的眼睛模糊了，声音哽咽了，胸中升腾起一股热流——有这样的党员干部，有这样的乡亲百姓，一呼百应，同心协力，咱裴寨村还有啥可怕的?! 还有啥干不成的?! ……狂风暴雨之中，裴寨水库安然经受了一场危急的考验，裴寨村干部群众的血肉深情也完成了一次严格的检验。

2020 年抗击新冠肺炎疫情的一场人民战争中，裴寨村的干部党员队伍更是奋勇当先，为了保护全村老少的生命安全，筑起了一道阻击疫情的屏障，奏响了一曲感天动地的壮歌。

平时，裴寨村的一系列重大工程，削平南岭建新村，重建商业街，修建"田心池"，兴建裴寨水库，发展蔬菜大棚等，每一步都是党员干部打头阵，身先士卒，冲锋陷阵，步步攻坚……

在春亮的长期倡导下，裴寨村干部群众中已形成了一套规矩：这个村子里，不养冗员懒汉，不养私心杂念，是党员就宁可吃亏，是干部就不能沾光。

村两委办公楼的墙上，明明白白写着——

我是共产党员，保证做到：

1. 坚持公私分明，先公后私，克己奉公。

2. 坚持崇廉拒腐，清白做人，干净做事。

3. 坚持尚俭戒奢，艰苦朴素，勤俭节约。

4. 坚持吃苦在前，享受在后，甘于奉献。

5. 廉洁从政，自觉保持人民公仆本色。

6. 廉洁用权，自觉维护人民根本利益。

7. 廉洁修身，自觉提升思想道德境界。

8. 廉洁齐家，自觉带头树立良好家风。

乡亲们公认，裴寨村里一旦出现不公道、不合理的事情，最不怕得罪人的，就是村支书春亮和裴龙翔、裴泉海等党员。

春亮感叹："这些党员，如果不当村干部不管事，在村里都是好人一个；可当上村干部一管事，得罪人就多了……"但是，党员们依旧坚持原则，主持公道，爱憎分明，在全村树立了一股昂然正气。村里一旦遇到歪风邪气，就有党员干部主动站出来管，敢于碰硬，针锋相对，以正压邪，这种精神让百姓们感觉，"老八路"作风回来了。

"火车跑得快，全靠车头带"，这个"火车头"，不仅是村支书个人，也是村两委整个班子。"火车头"的带动力有多大，火车就能跑多快……乡村全面振兴战略之中，组织振兴是关键。而村级党组织的振兴，首要是抓好"关键少数"，加强村两委班子的内部建设。

春亮一聊起裴寨村两委班子成员，就如数家珍，称赞他们很优秀，"顶呱呱"，"一个都不能少"。让他深感庆幸的是：这个班子很争气，首先讲政治，有正气，即使士气低落时，谁讲不顾大局的话，马上就指正；同时讲团结，以功、以劳、以事评议人，没有猜忌，不打小报告，不钩心斗角……

"班长"春亮的要求标准也不复杂，只说："村干部最重的是德，要看人品、人缘。"

有句俗话："一个篱笆三个桩，一个好汉三个帮。"但也有句俗话："生意好做，伙计难搁。"

村两委搭班子，要达到关系的平衡，也要达到性格的互补。

春亮善于识人，常常当面对村两委成员一一点评，各人的脾气、性格、心里想啥、需要啥，连天天待在一起的人也没他看得清楚、准确、深刻。

一位年轻村干部体会到："在裴寨村当村干部，感觉与春亮书记没有太大距离，因为他喜欢的是这样的人，能够独立思考，正确表达自己的真实想法。他坚持原则，但不完全拘泥于规章制度，大多数人同意的事就干。他用人首先是要踏实、勤恳、有眼色、严格要求自己，特别讨厌的是懒惰、懒散。你越有干劲、能干、敢干，他越帮你；你越懒越穷，他越不想帮你……"

裴寨村的二、三把手里，村党支部副书记龙翔，头脑清醒，性格刚猛直率;村委会副主任孟群,思虑绵密,性格随和温良。他们作为春亮的左膀右臂,也是一个互补。

春亮经常告诫村干部:"乡亲们找我们办事,能办的办,不能办的也不要嚷人家,别争人家的礼。"

村里兴办大棚温室时,最初是孟群到温室监工,承包户无论咋干,他都点头说中。春亮不让孟群管了,让龙翔管了几年,后来春亮喊着龙翔的小名说:"小勇,你要把人得罪完呀!"接着又让孟群管。

村里工作需要守摊子,龙翔走南闯北常在外面跑。有一天,春亮把村干部们叫到一起,安排道:"小勇,你以后主外,抓经济项目搞发展,有啥事推不动的,我出面。孟群,你主内,主持村里日常全面工作……"

在村两委班子里,这样的分工调整已有两三次了,因人而异,各取所长。春亮说:"牛拉犁,马跑车,不互换不中啊!"

在村里,一个宗族的老少爷儿们,不论近门远门,不论年龄大小,只要是族中长辈,对晚辈怎么管、训、嚷、噘都理所当然,晚辈也不反犟,这是规矩。

按裴氏族谱上的"清龙泉雨海"排辈,清字辈的春亮,目前是村中第二高的辈分,再高一辈儿的已没几个人了……春亮面前的村两委班子,除了一名村支委裴清丽与他同辈,其余都是晚辈。同时,其他村干部之间,也有辈分高低……

因此,裴寨村干部之间的关系,就是现代管理与传统伦理的结合。

春亮说:"谁工作做得不到位,就会挨吵,而'受吵的人是好干家'。"

春亮的脾气,凡事追求完美,挑毛病,抠细节,讲干净,爱较真儿。即使在辉县市区大街上,遇见一位路人带着小孩边走边吃边扔香蕉皮,他也会喊住人家:"哎哎,你别走哩,香蕉皮扔街上,人家踩上会摔倒的……"在裴寨村里,春亮更是常常在广场上捡烟头,在路边拔杂草,在办公室擦窗玻璃。村干部们看了不好意思,都悄悄说:"春亮书记这是做给咱瞧的呀!"

在村两委办公楼,春亮偶尔发现厕所抽水马桶坏了、楼梯上有泥巴,就责问年轻的村干部:"你们咋打扫的?"……看着村干部擦厕所坐便,他说:"你这方法不行,来,毛巾给我!"说着,一只膝盖跪在地上,把坐便擦洗得干干净净……

为此，春亮也常常自我检讨："有时在公开场合，不得不吵村干部。吵罢，自己心里也难受，私下里再找这些村干部解释解释。但是时间长了，也许会伤人家的心。我还是不太沉稳，还不够老到。"

然而，一腔热血锋芒毕露的春亮，在经历了一番世事消磨之后，又常常质疑自己："我现在的脾气，我自己也不认可，是不是越长越滑了？自己在往'老奸巨猾'的行列里进哩？"

这个小山村里，受到外界社会风气的影响，有一阵子，村党支部开党员会，雷声大，雨点小，抓工作流于表面形式。春亮虎着脸说："不讲这事不行。"……于是，开始在全村党员干部中论资排辈。这论资排辈，可不是讲待遇，而是讲觉悟，越是老资格，越要先带头。春亮点名批评了一些老党员，要求党员"打铁先得自身硬"，正风肃纪，真正起到先锋模范作用。

同时，对于闹过意见的党员，春亮也不抛弃、不放弃。当年重建裴寨商业街时当过"钉子户"的一名党员，后来在村里大会小会上，春亮多次提出表扬："村党支部开党员会，他少过一次没有？一次不少！建裴寨水库，他还捐了200块钱！"……2018年，这名党员登上了"模范共产党员"光荣榜。

在强烈的使命感驱策之下，本就是一个急性子的春亮，即使年近半百，也总是保持着一副热血青年的劲头和节奏。

跟他十几年的司机最清楚，春亮每次坐车的一路上，电话特别多，其中百分之七八十都与裴寨村有关，大事小事都过问，看到疏漏更是当场就拨电话。一个秋夜，他打电话给村委会副主任："孟群，村里绿化带的冬青树上生虫了，你知不知道？……"孟群笑叹："他交代的事都等不到明天，我老是赶不上他的趟儿。我是容易满足的人，有时觉得事情已经干得不错了，他肯定觉得还不中。"

春亮一想起工作上的事，半夜也往村里打电话，或往"裴寨村委会"微信群里发信息。

大夏天，晌午头儿酷热难当，人们都正在新村的空调房里午休，春亮喊村干部们开会。大伙儿纳闷："他精力这么旺盛，铁打的一样，难道不需要休息？"

一村之长

新中国"最美奋斗者"裴春亮和乡亲们的脱贫攻坚路

村委委员兼办公室主任裴龙德，跟春亮出去走的地方不少，没一次好好逛逛。有次去北京，好不容易进了一次公园，龙德兴致勃勃，准备拍一些首都公园美景。谁知一进公园，春亮就说："北京大妈跳的广场舞不错，录下来让咱裴寨村妇女们也学学。"龙德刚刚录完一段，春亮就说："没啥转的，走吧……"

春亮在村里吃饭时，速度也快。他年纪轻轻累出一身病，常常是一边吃饭，一边吃药，还说："给我个大盆儿呗，捞面条，南瓜卤，搅得开，凉得快……"

春亮成为先进典型以后，对司机的要求更严，要开文明车，不要开赌气车，不要挡别人的路，但总体要求还是快，再快！他在司机耳边的口头禅是："稳一点儿，抓紧时间，抓紧时间！……"平时奔波在高速路上，饿了就到服务区与司机每人泡一桶方便面……

在裴寨村里，党建工作已成为自然而然的常态，渗透到了全村方方面面。

"习书堂"是村支书春亮提倡"上接天线，下接地气"，2017 年在"裴寨村读者服务站"的基础上建立的。书架上，有《习近平谈治国理政》《之江新语》《干在实处　走在前列》《习近平讲故事》《习近平的七年知青岁月》《扎根基层　心系群众》等书籍，共 40 余种、1500 余册；也有国家政策、政治理论、文化历史、农业科技等书籍数千册……每月 10 日、20 日是"党员学习日"，许多普通党员，特意换下干活时的衣服，穿得整整齐齐的来到这里。全体党员利用晚间一小时，在明亮的灯光下，领学与自学相结合，文字与视频相结合，不贪多求全，"少吃好消化"，避免走过场。

裴寨村史党建展览馆，馆藏的文字、图片和实物十分丰富，内容涵盖深邃广阔，令人触景生情深受启发。至今接待从中央到地方的领导和参观者约20 万人，已成裴寨村一大亮点。

村党支部的主题党日活动，春亮带领党员干部到原辉县县委书记郑永和塑像前重温入党誓词，到河南林州红旗渠参观；党员们个人捐款买西瓜、矿泉水，慰问服装产业园的建设者，而且唱国歌，上党课，在老村古井旁玩"快闪"，合唱《我和我的祖国》。

村干部还经常走出裴寨村，参加党建论坛、管理制度、基层平安建设、新时代文明实践等培训活动，提升管理素质水平……

广场边的"党务公开栏"上，村党支部的农业、工业、商业3个党小组，都由年轻人担任党小组长。党小组的任务，是在产业谋划实施方面建言献策，先行先试，发挥示范带头作用。

"村务公开栏"上，一幅"张村乡村级组织权力运行规则"图表，包括了职责任务、民主决策、民主管理、行为规范、公共服务、队伍建设、报酬保障等项目；一幅"张村乡村级小微权力流程图"，包括了村级重大事项公开、"三资"招投标、村集体固定资产管理、村集体资金管理程序、村级党务公开、村级村务公开、村级财务公开、低保申请、五保申请、农村危房改造申请、农村宅基地审批、救灾救济款物发放、印章管理、林业采伐许可证办理、户籍迁移、分户手续、计划生育一二孩生育服务证登记、计划生育家庭奖励扶助金发放、流动证办理、入党积极分子审批、党员组织关系迁转等流程，这基本涵盖了村两委的全部工作。

裴寨村的党员干部队伍，年龄结构合理，分工明确规范，设岗定责，人人肩上都有担子。村里还设立了科技示范、维护稳定等10个岗位，让没有担任村干部的党员自愿认岗，参与村务管理和服务……"党员联户"活动中，每个党员固定帮扶贫困户，联户姓名、待完成事项、期限要求都公之于众，其中春亮带头"结对"了两个困难户……

村党支部确定了"五个一"：每月一次政治理论学习；每月一次"月末干群联席会"；每月一次义务劳动；每季度一次实用技术培训；每年一次评选先进表彰活动。

村支书也确定了"五个一"：每月到村民家里吃一顿饭；每月走访一次困难家庭；每季度给党员讲一次党课；每年走访一遍村民家庭；每年主持召开一次全体村民总结大会。

春亮说："我是吃百家饭、穿百家衣长大的，如今还要吃百家饭、解百家忧。这样有利于加深与乡亲们之间的感情，还能听到真实的声音，及时发现问题、解决问题。"

裴寨村探索出了"10条基本做法"，努力达到村务全覆盖，实现乡村治

理体系的"无缝对接":

一、抓好党建,党支部构筑坚强的战斗堡垒。

二、开好"月末干群联席会",畅通民主管理渠道。

三、成立村务监督委员会,增强管理透明度。

四、推行"排长制",16栋新村住宅楼房列为8排,8位"排长"全天候为村民服务。

五、开办"习书堂",提升党员干部和群众的政治文化素养。

六、实施"积分换物法",调动村民参与精神物质"双文明"的热情。

七、开通"大喇叭朗读时间"广播,丰富群众文化生活。

八、评选本村道德模范,学有目标,做有方向。

九、健全社团自愿组织,群策群力治理乡村。

十、营造乡风文明氛围,潜移默化教育群众。

裴春亮讲党课。

其中最出彩的，应该是裴寨村每个月的"月末干群联席会"了。从春亮就任村支书的 2010 年开始，10 年从未间断，已举办 100 多场。

裴寨中心大广场东南角的圆形建筑，现在是"农民红色课堂"，"月末干群联席会"就在这里举行。

每次开会，村干部、党员、群众三方代表团团围坐，面对面，实打实，让群众讲问题、摆困难、提意见，再棘手的难题也不回避，再难堪的场面也要应对，红脸，黑脸，有时会冷场，有时会碰撞，现场情景总是很生动……协调处理村里矛盾纠纷的一名年轻党员说："干群联席会上，群众的评价是压力，也是最大的动力。"

同时，党员干部和群众代表也一起为全村发展出谋划策。例如，2018 年 5 月联席会，讨论了秸秆焚烧、村民求助、党员值班等制度，给党员分配了任务；2018 年 8 月联席会，讨论了扶贫攻坚战、电费支付等事项。村里为了扶贫引进光伏发电项目，安装在新村楼房屋顶，也是干群联席会通过的。

每一期干群联席会的议题，都由春亮事先审定。他说："抓党建，不是为党建而党建，要说具体事，要解决实际问题。既然是干群联席会，就要让百姓有参与感，让村民谁提意见谁觉得光荣；还要对照上次议过的事，有落实和反馈。"

春亮在干群联席会上，当众对群众代表说："村里全体党员干部述职，大伙儿给评议评议：当群众找村里办事的时候，村干部有没有不热情、不给脸子、不真心服务，或者当面应承办理、却没办彻底，有没有？有了告诉我！"……所以，连村干部们自己也说：有村支书春亮带头，村干部没一个敢滥竽充数的，如果有，群众肯定早就反映到春亮那儿去了。

就这样，月月理、月月清，当面锣、对面鼓，群众的心里话有人说、牢骚话有人听、烦心事有人管，"小事不出村，急事不过夜，难事不过周"，村中也就没什么积怨了。十余年来，裴寨村没有一个上访的，没有一个参加非法组织的，没有一个刑事犯罪的。

2018 年一次"月末干群联席会"上，一向老实巴交的群众代表裴清义，突然站起来发言。原来，他妻子范二姐 2012 年查出癌症，治病花费几万元，家里雪上加霜，这时，村干部出现在他家门口。村支书春亮多次个人出钱，

一村之长

新中国"最美奋斗者"裴春亮和乡亲们的脱贫攻坚路

裴春亮参加"月末干群联席会"。

以村党支部的名义资助他家；村干部主动上门，帮范二妞申请办理了低保。同时，有了新农合大病统筹的规定，医疗费还可以二次报销……满头花白的裴清义说着，像孩子一样哭了："我要感谢共产党，感谢村两委。这两年要没有村里的资助，我挺不过来。谢谢大家！谢谢！……"

那年夏日，古井边的老槐树下，召开全体村民大会，在熟悉的人群中，春亮瞧见一位白净利落的姑娘，觉得眼生，旁人说：这是刚去世的裴清信家还没过门的孙媳妇贾小丹。春亮让她站起来做个自我介绍。娘家在河南许昌的贾小丹，高校毕业到郑州打工时，与裴转山相恋。她落落大方，站起来介绍了自己，同时表态："我还年轻，愿意为裴寨村的发展尽一份力……"第七届裴寨村委会选举时，24岁的贾小丹当选为村委委员，兼任妇女主任。她积极申请入党，参加入党积极分子考试时，先在张村乡考了全乡第一，在辉县市考了满分，又获全市第一！辉县市委组织部领导夸奖："裴寨人的素质就是不一样啊！"贾小丹回答："俺裴书记要求严，这些知识我们平时经常学，考得不好就闹笑话了。"她一举夺冠的照片发回裴寨村微信群，全村党员与有荣焉。2019年，贾小丹当选辉县市人大代表。

这些年，向裴寨村党支部递交入党申请书的年轻人，越来越多。其中还有从辉县市城关镇来裴寨村从事跨境电商的女大学毕业生，有在裴寨商业街上开诊所的青年牙医……

15 年来，春亮带领一群平凡又不平凡的村干部，一群普通又不普通的党员，凝聚起了一个党员先锋队群体，构筑起了一个坚强的基层党组织战斗堡垒。

三、别了，老村归田园

2008 年，裴寨村民整体乔迁新村以后，北边的老村闲置下来，显得更加破败萧瑟。尤其到了夜晚，黑沉沉的山野中，老村如同蜕落一地的残壳，只有不肯离去的老人亮起的几盏孤灯，像幽灵一样闪烁。

一年半以后，"田心池"工程竣工之时，老村开始整体拆除。

这一片老村宅基地，平平坦坦的，总面积约 260 亩。在精明人的眼中，无疑是一块令人垂涎的肥肉。因为当时，房地产热正在迅速升温，土地格外抢手，一些村庄卖地成风，一旦开发成商品楼，价值立刻飙升，都赚大钱了。

然而，众人在抢，春亮在守。

老村宅基地，在春亮眼中是一块宝地：起伏的丘陵上，祖祖辈辈把老村子撵铺得这么平展；瘠薄的土地上，百年人烟把老房土浸润得这么肥腴……虽然，他有足够的机遇意识，有足够的生财门路，可以去做挣快钱的热门生意，可从 5 年前捐建新村以来，对老村的一个想法早已在他脑子里理顺了——地尽其用，复耕还田。

"没有地，吃啥?!"这是农民最结实的一句反问。

春亮这个太行山农民的儿子，始终以农为本，骨子里也信奉"悠悠万事，吃饭为大"，"把中国人的饭碗牢牢端在自己手里"。

"新乡先进群体"的许多成员，都对土地一往情深。新乡县刘庄村支书史来贺，从 1953 年起，带领 400 多名劳力苦干 20 年，凭着铁锹荆筐独轮车，

一村之长

新中国"最美奋斗者"裴春亮和乡亲们的脱贫攻坚路

把破碎成 700 多块的 1900 多亩耕地，平整成了四大块方方正正的丰产田；吴金印更被称为"造地书记"，先后在卫辉市狮豹头、唐庄两个乡镇的山沟河滩上，带领干部群众苦干 40 多年，造地 15000 亩，给老百姓留下一个越来越大的"粮囤"……

春亮也是如此，没有急功近利，只有深谋远虑。他作为村支书兼村主任，考虑一切问题，必须从农民的利益出发，要对百姓负责，要对历史负责。所以，他注视的不是高耸的楼市而是匍伏的田园，恪守的不是一本万利的商道而是春种秋收的农本。

那么，老村宅基地上种什么可以效益最大化？

春亮认为：在不上污染项目、不参与传销等歪门邪道的前提下，经济发展可持续，群众增收可持续，才是效益最大化。

裴寨村两委的决策会上，大家一致同意：高效农业大有可为，利用老村宅基地，上大棚温室。

2010 年 3 月，老村开始拆房。村民们一分钱没掏，全部住进了新村楼房，剩下的老宅，除了少数人家建的水泥砖房宅院，大多是泥搅麦秸垛得老厚的砖土混合建筑，拆就拆吧……

村支书春亮主动提出，对拆除的老房子给予补偿，补偿费由他个人支出……村里将老房子分为了土坯砖混房、水泥预制板房、砖墙木头棚顶房三类，按住房面积计算，挨家挨户进行评估，分别予以补偿。

拆除老村，春亮仍是先做表率，像重建裴寨商业街时拆迁一样，越亲的人越要带头，抢起钉耙，拣本家近门的老宅拆，先把自己的活儿做干净了。

那天村里开会，春亮对村委孟群说："孟群，你家在老村最东南角，从你那儿开始，你得第一个拆！"孟群爽快答应："没问题，明天就把俺家拆了。"

乔迁新村后，孟群夫妇在新楼房里，为 70 多岁的老父亲裴永布置了一个舒适的房间。可老人嫌楼房太干净、不自在，患老年性气管炎的他，连吐痰都不能像以前一样随意，所以还一直独居在老村宅院里……那是一旧一新两所房子，老人对拆后院儿子盖的新房子不心疼，对自己住的前院老屋却穷家难舍，还在院子里养了一头骡子和七八只猫狗……

拆除裴寨老村。

　　孟群回到老村，与父亲商量拆房，谁知磨到半夜也说不通，无奈只好去搬救兵。第二天一早，姐姐们分别从新乡市区、辉县市区赶回了娘家。在这个家里，儿女们对父亲称呼大爷，四个女儿围着父亲问寒问暖，对他说："大爷，今儿掀咱的房啊！"

　　"啊?!"裴永猛然一愣，老泪模糊了双眼。他弓腰蹒跚地走进卧室，在床上躺下，面朝墙壁，把脸埋在枕头上，仿佛看到了从小独自拉扯他成人的父亲，听到了爱笑的妻子清脆响亮的笑声，想到了六个儿女从出生到嫁娶的情景……他说："你们想掀就掀吧，连我一起埋了算了。"

　　孟群的眼泪唰地下来了，给父亲跪下的心都有。姐姐们围在床边，好言劝说父亲："大爷，起来吧，啊? 咱不住老房子了，还有新楼房住，走吧！您是老党员，当了一辈子村干部，村里有啥大事，咱家哪一回落后过呀? 您不总是号召党员干部带头吗? ……咱孟群现在也是党员村干部了，他无论干啥，那脾气，那做法，处处都随您呀，他在村里能不带头吗? ……"裴永慢慢地坐起来了，和儿女们一起，与老屋拍摄了最后一张合影。

　　老人的身影刚刚消失在胡同口，众人一拥而上，把从老屋搬出的东西往院角一堆，挖掘机和铲车轰隆隆开了过来。司机大声问孟群："砖还要不要？"孟群吼道："不要！"锋利的铲斗插入老屋的肌体，扯筋裂骨的咔嚓声中，尘烟冲天而起……趁着犄角地势，老房子朝前面一下掀进了大东沟，新房子朝侧面一下掀进了另一条沟，10间房子门窗都没卸下，当天就拆迁完毕……

而村委裴龙德的经历，可以写一部《裴龙德盖房记》了。

盖房子，似乎是龙德家族的一个宿命。他爷爷那一辈，曾以一座蓝砖蓝瓦"五冠三"的"豪宅"为傲，新中国土改时，家庭成分划为中农，"豪宅"被没收分给了贫下中农居住。他父亲那一辈，为给三个儿子盖房娶媳妇，省吃俭用，当牛做马，几十年总共盖了16间房……

到了龙德，也有盖房情结。这位"秀才"一有点经济实力，就用来投入盖房，却又总是遭遇时事变化。在裴寨商业老街上，盖在路西的两层8间房，公路改建时掀了；盖在路东的3间两层楼，重建商业街时掀了。老村里的旧宅，现在又掀了……

可如今，他在新村分了一套住宅楼，又在旁边买了一套新楼房，在裴寨商业街买了两层6间门面楼，村两委办公楼里还有他的一张床，龙德终于过上了"夜里想在哪儿睡就在哪儿睡"的美好生活……他算了算，总共搬过10次家，娶妻以后就倒腾了7次。而妻子的一句话，让他哭笑不得："看看，我的命里就不用盖房，你非要盖！"……

别了，亲爱的老村！

一团拥挤破旧的老村，蓦然消失了，裴寨村整体面貌来了一个大变样——一道南岭夷为平地，东边建起了裴寨新村，西边建起了裴寨小学、裴寨幼儿园，只剩下了西端托举"田心池"的一个卧羊山包。老村旧址上，成了一片平旷的田园。村西一条裴寨商业街，村东一道裴寨水库，宛如两条长长的飘带，让裴寨村在这一片丘陵上翩翩起舞……

唯一惋惜的是，裴寨老村拆除推进太快，连一间旧宅也没留下……为了弥补遗憾，在古井边又铺建了一座老村广场，复原了一排传统土窑洞。

前来调研的国土资源部专家深表赞许："在新农村建设的热潮中，裴寨村这样建新村不占耕地、拆老村增加土地，已走在了全国前列。"

裴寨村的耕地，整体上是十分瘠薄的，所以，老村腾出的260亩平坦肥沃之地，格外珍贵；还有大东沟岸上一块"保丰东地"，是原来最好的一片耕地……这些良田，就是全村耕地中的精华了，它们组成了高效农业园，兴建大棚和温室。

然而，大棚温室种植在平原农村很普遍，在太行丘陵地带却很稀少。对于裴寨村民来说，大棚、种菜，这两样都很陌生。一些老人反对说：一辈子在露天地里刨土坷垃，哪有钻在棚子里种庄稼的！也有村民怀疑：干旱地上缺水，种菜中不中啊？……总之，大棚种菜没经验、没技术、没销路，群众不懂、不会，也不敢。

春亮两次率队，带领村干部、村民代表和技术员，到山东潍坊的寿光市蔬菜大棚基地、山西晋城的阳城县无公害蔬菜基地，实地参观取经。他们了解种大棚蔬菜的好处，学习种植技术，请教销售经验，带着跃跃欲试的心情回到了裴寨村。

大棚种植，开路打头阵的，依然是村里的党员干部。

几名党员凑了凑钱，用塑料薄膜、毛竹和土墙，搭起了一个原始的塑料大棚，比在里面直不起腰的"滚地龙"式大棚稍稍强一点。他们先干给群众

2011 年 6 月，裴春亮和干部群众规划高效农业园建设。

251

看，在大棚里锄地、打垄、浇水、施肥、种菜……每天都有老少村民像钻地道一样，钻进大棚来瞧稀罕。一天又一天，把菜籽看出了嫩芽，又把嫩芽看出了菜叶，村民们的兴趣被撩拨着，心也痒痒的，一下子带动起来了。

2011年4月17日，村两委安排14名"双强"党员，发起成立了一个股份制的辉县市裴寨蔬菜花卉专业种植合作社。

自此，裴寨村的经济体制，出现了多种经济成分并存的格局，有家庭联产承包责任制，有春江集团分红股份制，也有村民股份合作社。

这时，如何使用土地成了问题。农村推行家庭联产承包责任制，已近30年了，当初分地时，每户人家的几亩地，东一块、西一片的不集中。而赚钱门路多了以后，不少农民已不再专事务农，一些耕地随便种种，有的甚至撂了荒……

春亮说："村民中间，没时间种地的，不愿意种地的，把土地流转出来开发高效农业，不比让地荒了强？只要用心肯干，骨头也能长出肉来。"

于是，裴寨村探索出了一条土地流转的新路子，在明确了土地所有权、经营权、承包管理权之后，根据村民自愿的原则，农户将耕地集中流转给村集体。由村委会出面，将流转土地分头承包给大棚温室的菜农、花农……

这时，裴寨村已扩展成了万人裴寨大社区，春亮担任裴寨社区党总支书记，所以，承包大棚的申报户范围，也扩大到了属于裴寨社区的周边村庄……大棚温室实行的是低价承包，裴寨村集体与承包人分别签协议，承包户一亩地一年给土地户主交600元土地流转费，给裴寨村集体交300元管理费。

2014年，根据中共中央办公厅、国务院办公厅《关于引导农村经营权有序流转发展农业适度规模经营的意见》，全国农村实行土地确权流转……这时，裴寨社区的土地流转已推行了3年。

水，这时又成了大棚温室面前的"拦路虎"。

大棚温室种植，最离不开水。没有充足的水源，一幅大棚温室的青葱蓝图，就是一个美丽的泡沫，一句漂亮的空话……而此时，水还远在一百多公里之外的三郊口水库之中。

裴寨水库工程已于 2011 年 2 月动工，但三郊口水库水源引入裴寨水库，工期至少得 3 年，远水不解近渴。

就在等水期间，遇上了一场春夏连季大旱，蔬菜大棚供水不足。春亮走进大棚察看，那满架的西红柿秧儿、黄瓜蔓儿，都可怜地蔫趴在架子上了，好似在朝他发出细弱的呼喊：渴呀，快要渴死了……春亮无奈去找辉县市领导，急得直掉眼泪。幸亏市里紧急调来了洒水车，一连几天供水，才暂时解除了蔬菜大棚的旱情……

不过，虽然饱受煎熬，毕竟已经有了希望。乡亲们看到，水库施工正在迅猛推进，大东沟工地上风烟滚滚，挖掘机、推土机和载重卡车的轰鸣呼啸，日夜回荡在裴寨村的上空……

这个时期，正是春亮组织实施工程的第二个大交叉阶段。他接任村支书以后，这次是"四股大交叉"：

2011 年 2 月上马的裴寨水库工程正在施工；

2011 年 3 月辉县珠江村镇银行刚刚开业；

2011 年 4 月大棚温室建设刚刚铺开；

2013 年宝泉景区项目刚刚开发……

2013 年 12 月 12 日，裴寨水库终于顺利通水。昔日老村宅基地，变成高效农业园，大型连栋式的玻璃日光电脑控制温室，还有钢架地温大棚、塑料地温大棚，一座接一座地兴建……春亮即使远在北京开会，电话也不断打回村里催问："建得咋样了？建好了没有？……"

裴寨村两委想方设法，为初次尝试高效农业的承包户们保驾护航，及时提供服务。高效农业园的"保丰东地"、新村北地、老村广场北地几个基地，都配套了基础设施。

大棚外面，原来都是泥巴路，春亮个人拿出 190 万元，铺设约 5 公里长的水泥路，平平坦坦通到了每个大棚温室门口。

大棚里面，起初没有通电，承包户晚上进大棚浇地，头上还戴着矿灯……裴寨村的党员干部，筹集 15000 元，地埋电缆和 5000 米水管，铺到了每个大棚温室的地头。大棚里，一扳开关灯就亮，一拧水管就灌溉。

大棚温室的灌溉，平时尽量用机井地下水，天旱才舍得用裴寨水库的

一村之长

新中国"最美奋斗者"裴春亮和乡亲们的脱贫攻坚路

裴寨老村旧址建起温室大棚，种植蔬菜花卉果木。

水。承包户交给裴寨村集体的管理费，其实就是水费，用一立方水花2.5元，灌溉1亩地约需75元；缴纳的电费，一般灌溉一个2亩大的大棚需用5度电；每度电1元，其中6毛交给电业局，4毛交给村里……

承包户们都知道："春亮一分钱也不抽成，一直是他自己往里贴钱。"

在太行山区，转变传统耕作方式，从老山民变成新菜农，肯定不会一帆风顺。这时，春亮成了大伙儿的依靠，大棚承包户们常说一句话："种不活了找春亮，卖不动了找春亮。"

刚开始，有的黄瓜染上了黄花病毒，秧苗成片地毁掉；有的果实长了霉霜，一夜之间就黄了。承包户们眼看着干着急治不了，一见村干部，就焦急地喊道："你光让种大棚，俺啥都不懂，咋弄哩？……"大棚西瓜熟得早，无奈春寒缠绵，天冷谁吃西瓜？承包户一见春亮来到大棚里，就叫道："春亮叔，不中了啊，西瓜都长崩了呀！"

春亮赶紧自己出钱聘请辉县市农业技术员，隔一天来一次，对承包户进行现场指导。尤其是刚出苗时，能瞧出蔬菜生的什么病、该用什么药，承包户就不用担惊受怕了。

有两个承包户种西红柿，买来的是劣质种子，几个月就赔进去 2 万多元。裴寨村及时出面协调，经过当地农业部门介入处理，假种子的卖家给了赔偿。

就在裴寨村刚上大棚这一年，德国黄瓜检出了致命的大肠杆菌，引起了中国蔬菜市场的恐慌，一时谈虎色变，黄瓜 5 分钱一斤都没人要。春亮怕影响承包户的信心，悄悄派人收购了裴寨村所有大棚的黄瓜，他说："哪怕买来倒掉呢，也不能让老百姓赔钱。"这些黄瓜，一车车拉到了春江集团，企业员工每人发 10 斤，还没吃完又发，总共 3 万多斤发了三回……终于熬过了那段萧条时期，大棚黄瓜每斤价格很快回升到一元多。

大冬天，承包户们到辉县城、新乡市的菜市场卖菜，天下小雪，打得脸生疼，菜摆一天也卖不出去，伤心得两眼掉泪……村里及时协调，开通了农田与超市的对接，郑州、焦作、开封的蔬菜批发商都来这里采购，辉县市规模最大、网点最多的连锁超市也同这里建立了长期合作，还安排了销售员，大棚蔬菜不再发愁销路。

2011 年，裴寨蔬菜花卉专业种植合作社的产品，获得了国家的无公害认证，这里成为河南省无公害蔬菜种植基地，标志产品包括黄瓜、西红柿、辣椒、芹菜等，由新乡市农业局挂牌监制。

不过也曾有过教训，外村人承包的大棚疏于管理，蔬菜被查出污染物超标。裴寨村集体当即令其停产，解除承包合同……如今，蔬菜大棚的生产过程，严格遵守国家标准，蔬菜瓜果打的农药，是对人体安全无害的纯生物制剂。为了保证高效农业园方圆几公里内无化学污染，承包户们用拖拉机运来牛羊粪，施用有机肥。

裴寨村还与河南科技学院合作，将大棚温室作为教学实践基地，拓展种植品种。

裴寨村高效农业园，规模不断扩大，已有大棚温室 750 座，承包户 350 户，常年有 1200 多人从事耕作。

四、大棚温室蔬果飘香

2013 年年底，裴寨水库顺利通水的新闻上了央视"新闻联播"，裴寨村一片喜气洋洋。大棚温室中的遍地植物，也滋润得摇曳生姿。

第二天，春亮冒着严寒，来到新村北地一个蔬菜大棚，猫腰穿过一条两三米长的地道入口，到里面一抬头，八九米高的空间豁然开朗。这种钢架地温大棚，坚固敞阔，建一个面积 3 亩大的需要投资 20 万元，4 年左右收回成本……大棚里暖如阳春，春亮戴的一副散光眼镜上，瞬间蒙满了雾气。

春亮正在擦镜片，绿叶丛中，一位女子探出头来，兴奋地对他笑道："爷，我昨天也上中央台'新闻联播'了！我正在菜棚里干活，也拍进去了！"她叫冯锡霞，裴寨社区贾庄村人，按辈分对春亮喊爷……密集整齐的一排排架子上，一根根小黄瓜正乍着毛茸茸的嫩刺，一串串西红柿正由青泛红。冯锡霞刚刚摘下的几筐西红柿，漂亮极了，个大匀实，浑圆无瑕，颜色红得像她饱满的脸颊。她说：这西红柿是长红了才摘的，郑州的买家还提出要求，在每筐西红柿上面点缀一蓬绿叶，这样卖相好看，一斤西红柿卖批发价 2元……

旁边的 B8 号钢架地温大棚，2018 年秋天办了转手承包手续。前任转手的原因，是蔬菜经常生病，收益不好……这时，一个短发姑娘来到了裴寨村，接手大棚重新整修，全部改种了羊肚菌。

她叫秦航，辉县市区人，1993 年出生，园艺系研究生毕业。在裴寨村大棚里，以往只有种双孢菇、鸡腿菇、金针菇等食用菌的，种羊肚菌还是破天荒头一次。而且，姑娘大手笔，一上来就与裴寨村签了 5 个大棚的承包合同。她在辉县市区已做过羊肚菌的培植试验，那里过于干旱不太适宜；而裴寨村的钢架大棚，好在可以调节温度和湿度……周围的承包户们，为出现这样一个小伙伴而欢欣，围上来看姑娘收拾菌种，夸赞道："瞧瞧，一个城市姑娘，到咱乡下来承包大棚了，你有信心吗？"姑娘粗喉大嗓回答："很有信心啊！没信心，整这干啥呀！"

　　羊肚菌是一种名贵食材，因为像羊肚一样内空外褶而得名，营养价值丰富，尤其口感鲜美爽滑，被小资们称为"初恋的味道"。它的经济收益十分可观，精品新鲜的一斤三四百元，烘干的一斤五六千元。但是，生性比较娇贵，对环境挑剔苛刻，需要避光，潮湿，温度20度以上。菌种撒在平地土壤中，覆土之下长出菌丝，喷水后，一株株白胖的菌朵就密密麻麻地拱出来了。生长期3个月，一个大棚产量约200公斤……秦航怀着园艺专业的热情，进入了与羊肚菌的"初恋"。

　　春亮十分欣赏这位勇于下乡创业的"90后"，不遗余力给予支持。秦航有时遇到技术难题，急得掉眼泪，春亮帮她联系到了河南省食用菌专家，亲自带秦航去求教。看着秦航与专家们在大棚里探讨专业知识，不断碰撞出火花，少年失学的春亮心里那个羡慕啊，连连说："上过学的人，就是好！"他鼓励秦航："不要因为钱而作难，在裴寨村成就一番事业吧。"……渴望扬帆远航的秦航，更加坚定信心，她说："裴寨村提供的基础设施和创业环境，都非常好。只要遇到难处，裴书记和村两委都第一时间帮我解决。现在，我想尽快摸索和掌握种植羊肚菌的一整套技术，希望带动更多的村民加入进来，共同发家致富。"

　　"保丰东地"，是塑料地温大棚基地，遍地排列的大棚低矮一些，成本也比较低廉。棚里蔬菜一般都种两季，春种黄瓜，秋种西红柿。

　　退役军人裴清才，被蔬菜大棚承包户们称为"大棚工地的好党员"，还被评为裴寨村"身边的道德模范"。他是一名种菜能手，夫妻俩承包了3个大棚，总共8亩。棚里的一排排架子上，一株西红柿多的能结7层果，他从下往上一层层采摘，摘一蓬长一蓬，一蓬能结一嘟噜十四五个西红柿。西红柿一般一年收一茬，他学会了育苗，一年卖两茬……

　　这位"科技示范户"热心公益，经常帮助承包户解决种植上的难题，还替菜农们向有关部门呼吁提供优良种子和先进农机。他种的一筐筐西红柿新鲜、匀实、又红又亮，他把自己的图片发入微信群当广告，为承包户打开市场进行义务宣传，引得郑州、新乡、焦作、平顶山等地一车车人来参观采购。连锁超市的老板实行看棚订货，2018年秋季的西红柿，裴寨村大棚每

一村之长

新中国"最美奋斗者"裴春亮和乡亲们的脱贫攻坚路

天向超市供货 5000 斤……

"劳动标兵"王秀梅承包了 2 个大棚。种菜是个辛苦活儿，打杈、授粉、摘果、拔草、拉粪、整地，最忙季节还要请临时工……前年，她丈夫裴龙竹生病住院，出院后不想种大棚了，秀梅说："你甭管，我能干！种这些年大棚，沾着光了……"女儿在外地高校读书，打电话回来哭，说学校的饭费贵，每月四五百元还不够，又涨价了。秀梅底气十足地说："你学校的饭再贵，咱家的西红柿也贵，一斤卖 2 块钱哩！闺女，你该吃就吃，还要吃好！"

承包户陈泉进夫妇，承包了 3 个大棚种蔬菜，还打算试验种植火龙果、桃子、葡萄……他们帮大儿子在四川成都买了房，给二儿子在辉县市区买了房，笑起来格外自豪……

有一天，京珠高速公路的路边，突然打出了崭新的大广告牌——"裴寨村花卉基地"！这让路上过客惊诧不已，太行山的石头世界，居然绽放这样的姹紫嫣红?!

裴寨村大棚温室中收益最高的作物，正是鲜花。老村广场北边，那一座最气派的大型连栋式玻璃日光温室，面积 3200 平方米，电脑控制温度、湿度、遮阳、通风、灌溉，一年可以种植 6 万盆花卉。另外，有的温室里，土

裴春亮察看温室花卉种植。

畦栽种非洲菊，红色、橙色、黄色等七八个品种，像韭菜似的一茬茬掐下运走销售；有的温室里，密密匝匝摆满了名贵的小盆红掌，也叫安祖花，花农说：从一株株花苗，到富含硼、锌、铁等微量元素的基殖土，都从荷兰进口，小苗养大，每盆批发价四五十元……春亮拿起橡皮水管，浇洒含娇吐蕊的鲜花，享受这一份清新："天天看着这花儿，养花的人都活大岁数啊！"

村党支部副书记裴龙翔说："我长到十几岁，都不知道苹果、葡萄长啥样儿。"奢侈的水果成了致命诱惑，所以，他怀着原始的狂热，与果木专家产研结合，试种一些比较高端、稀有的水果，在大棚种"夏黑"葡萄，还开办了果树种植试验园。

分管农业的村支委裴龙义最惬意的是，晚上大棚浇地，妻子给他送来了酒菜，坐在门口的清凉夜风中，一边就着小菜喝啤酒，一边听着悦耳的流水声，这在以前只是梦啊！他高兴地说："裴寨村的高效农业，偎水而兴，种菜、种花，一个比一个挣钱。"

太行山区的新型农民，越干越会干，越玩越会玩，浪漫想象力在大棚温室中飞扬。裴寨村的致富门路中，不知还会有多少鲜点子，多少新创意！

裴寨村的致富标兵裴晓芬和丈夫任东升，投资200多万元，建起了一个肉羊肉牛养殖场。十几个围栏里，羊欢牛叫，存栏规模保持在1000只羊、150—200头牛，其中的良种，有东北细毛草原羊、夏洛莱白牛、西门塔尔黄牛……当今互联网时代，牛羊每月卖、每月进，远程供销都在网上交易。卖羊时，卖主传送图片，买主如果看中，只要说一声就行了："就这羊了，给我装车吧……"

前年，养殖场的青饲料发酵，急需建一个大酵池，可场院就这么大，怎么办？正在发愁之际，村支书春亮调来了挖掘机，在旁边荒沟上垫起了一块新场地……如今，养殖场办得红红火火，一年正常收益五六十万元。并且，带动周边十几家养殖户走上致富路……

裴寨村的田间地头，一派繁忙兴旺的景象。

天近黄昏，"保丰东地"大棚之间的水泥路上，拖拉机、面包车、皮卡车、三轮车往来穿梭，有的拉施肥的羊粪，有的拉刚采摘的豆角、西红柿……

一村之长

新中国"最美奋斗者"裴春亮和乡亲们的脱贫攻坚路

几位菜农忙了一天，难得在路口相聚歇歇气儿，有的坐，有的站，漫无边际地闲聊，大致算一笔账：一年干下来，一个蔬菜大棚收入 3 万多元，一座花卉温室最高达到 6 万元，土地效益相当于过去种地的好多倍，有的承包户一年就净赚十多万元……他们不禁笑逐颜开："春亮把裴寨村带领得好啊，咱们总算是彻底脱贫走上小康路了！"

第七章

山区产业扶贫的求索担当

一村之长

新中国"最美奋斗者"裴春亮和乡亲们的脱贫攻坚路

一、4A 级宝泉景区别开洞天

2013 年，春亮又爆出一个惊人之举。他突然一步跨出 60 公里，从辉县最东边的裴寨村，跨到了辉县最西边的薄壁镇，开发太行大山里的宝泉旅游风景区。

八百里太行山脉中，河南一段为南太行，《中国国家地理》2008 年刊文《太行山，把最美的一段给了河南》……因为唯有南太行，伸向湿润地带，以珍贵而充足的水源而得天独厚，山雄水媚，云披雾绕，既有北方山峰的奇崛伟岸，又有南方岩洞的灵澈柔美；还有一种在西太行、北太行无缘见到的美景，就是飞流不断的悬崖瀑布。

而在这"最美的一段"里，过去人们只知云台山，没人知道宝泉。

宝泉景区。

　　宝泉景区与云台山景区，其实同在南太行边缘，山势毗连，宝泉景区中心距离云台山"一寸水"景点只有大约十几公里。虽然一个属新乡市辉县市，一个属焦作市修武县，她们却是南太行一母同胞的两个女儿，共一片天光，共一番风露，相偎相依，相守相伴。

　　姐姐云台山，艳光四射，美名远播，1987年就已出道成为省级风景名胜区，后又升格为国家级风景名胜区、国家首批5A级旅游景区、全球首批世界地质公园。

　　妹妹宝泉，却是一片天真未琢的处女地，"养在深闺人未识"，野性率真，素面朝天，缀春花，饮秋水，兀自在大山怀抱中玩味日月……

　　可这"野丫头"，早已有人悄悄惦记。

　　清代道光十五年版《辉县志》记载："宝泉在县西七十里风门山半腰，自石窦流出，下注石池，可鉴毛发。至岩畔悬流瀑布，或被长风自岸下吹卷，水皆倒扑岸上；白日晴空，飞雨骤至，亦奇观也。"

　　清代乾隆十五年（1750年），游山玩水的乾隆帝驾临辉县风景名胜百泉，

"发现中国之美"——宝泉秘境。

同时，也为深山中的宝泉御赐一句赞语"泉盈水灵"；

明代嘉靖年间，一代贤臣、河南巡抚都御史李宗枢，为宝泉题一匾额"碧水丹山"；

而近年，央视一套播出的宝泉旅游节目，主题词为"发现中国之美——宝泉秘境"……

宝泉景区的旅游主线，是一道小西沟大峡谷。入沟的峡口上，嵌着一面深山明镜似的宝泉水库，这是当年辉县县委书记郑永和带头修建的最大一座水库。

沿峡谷进山，途中还有一个小型的潭头水力发电站，利用悬崖瀑布的水流发电。

河南宝泉旅游股份有限公司成立后，宝泉这个藏在深山的"野丫头"缓缓揭开"红盖头"，让春亮完全没料到的是，她竟然如此惊艳——原来，这是一块集山水景观、传统历史、红色文化、太行民俗于一体的丰饶宝地！

宝泉景区开发建设指挥部，聘请全国的旅游专家、园林专家规划方案，景区设计请同济大学教授专家完成……一期工程77平方公里，二期工程扩展至110平方公里。

在面积280平方公里的"姐姐"云台山景区身边，宝泉景区是一个精致秀巧的"妹妹"。它的总体风格定位，以水为魂，以山为魄，既保留苍莽太行的原始野趣，又突出清新脱俗的水灵格调。

"石为山之骨，泉为山之血。无骨则柔不能立，无血则枯不得生。"而宝泉的最美之处正在于，置身于北方雄奇的太行石林之中，却有南国山川一般的飞瀑、鸣泉、幽潭、碧流……尤其是"中原最大飞瀑群"，十步一潭，百步一瀑；更有瀑布下的一川水流，碧绿澄澈，可数游鱼，被誉为"小九寨沟"……

景区以"水"为特色，分布五连瀑、见龙瀑、翡翠海、飞龙瀑、跃龙瀑、飞虹桥、双龙瀑、凌云台、百鹿湖、奇石走廊、吸水灵石等100多处景点。一道小西沟峡谷两岸，崖上桃花、杏花、连翘花漫山遍野，崖下郁金香、百合花竞相绽放。景区森林覆盖率达95%，是国家森林保护区、国家级重点生态公益林、太行猕猴保护区……这一个绿色世界，水舞山凝，幽爽温润，

宝泉景区"十步一潭，百步一瀑"。

可让游客饱享亲水、亲石的大自然体验，也成为全国森林康养基地试点建设单位。

仅仅一年多！在宝泉景区，也像在裴寨村一样，让人领教了春亮的雷厉风行——宝泉景区以全国同类山水景区中最快的建设速度，完成了一期工程，2014年8月试运营，2015年3月正式运营。

又仅仅一年多！景区原定目标"三年游客超百万"，没想到，颜值爆灯，人气蹿红，迅速打开知名度，正式运营当年就晋升为国家AAAA级景区。2016年接待游客120万人次，实现旅游综合收入8000万元，一年多就超越了"三年游客超百万"的目标，成为旅游界的一个惊喜。

宝泉景区的二期建设，2017年开工，计划总投资30多亿元。

对于旅游景区，游客们看到的是山水风光，而只有景区自己知道，满景区红红火火，烧的都是钱……河南宝泉旅游度假区负责人说："旅游业是带动力非常强的大产业，能带动餐饮、住宿、交通、农业、工业等行业发展。但是，做旅游景区的投入，回报很慢，目前看来，80%是亏的，10%是赚的，

10%是持平的……"

所以,在"90后"总经理裴将面前,等待他的是市场前沿一线严酷的摔打历练。景区里,常常可以看到这个年轻敏捷的身影,与员工们一起,出现在节假日游客最多的地方。青春的面庞像一盘年轮,上一次见他英气中还有一点青涩,下一次已有硬朗爬上了额前眉间……

在积极运筹下,宝泉景区成功登录新三板。2017年8月17日,宝泉景区在北京中小企业股份转让系统挂牌,成为河南省第一家登录新三板的山水自然景区,也是辉县市第一家新三板挂牌的企业,自此开启了资本运营,被业界称为"宝泉现象"。

2017年8月17日,宝泉景区新三板上市挂牌。

宝泉景区的定位,是一个太行山精品景区,追求的是"小而精,小而美,呵护绿水青山,建我美丽宝泉"……景区朝着"大宝泉、国际化"的战略目标,高起点规划,高标准设计,运用"旅游+""互联网+"的创新思维,以丰富多样的"宝泉文化"为根基,深化内涵,精雕细琢,努力打造一个集生态观光、度假旅游、康养健身为一体的国际一流度假区——这一套稳健成熟的经验探索，已被誉为"宝泉模式"。

山水风光景区，是一个最适合做梦的地方——对于宝泉景区的两代创业者，更是一个放飞理想的"造梦空间"，奇思狂想，标新立异，打出了一套组合拳。

在天空，开辟了一条路。春亮自从 2006 年第一次登上直升机俯瞰太行山以后，他就想飞了——向往云端，向往蔚蓝，在浪漫的宝泉景区，他想让四方游客也像他一样飞，想让太行山民在家门口也像他一样飞！……2014年 8 月，400 多万元从美国购买一架"春江号"旅游直升机，开辟了宝泉景区低空观光项目，这在河南省旅游业还是首创。另一架"宝泉号"直升机，也有望展翅飞翔。

在地上，也开辟了一条路。游客们惊喜地发现，在熟知的郑州—云台山的郑云高速上，基本重叠的还有一条郑州—辉县宝泉景区的直达高速。从郑州出发，个把小时车程，北行 90 多公里，过了云台山路口，向前不远便是这条高速的尽头，下去约 3 公里就是宝泉景区大门——等于就在眼皮子底下嘛，还藏着这么一个神秘美丽的去处，宝泉景区的游客由此猛增……

宝泉景区中心的避暑山庄，也由春亮亲手设计，拿这个小巧玲珑的山庄过了一把瘾……青竹掩映的庭院中间，仿佛一座微型太行山似的，从地底凸起一座一米多高的天然石峰。建筑工人正要铲掉它，峰尖上已敲破了几锤，幸而抢救下来了，整个园中风景顿时别趣横生……

这时，"在同一条奔涌的河流上"，"后浪"来了！

宝泉景区的灵魂，显然是属于"后浪"的。因为，它已成为年轻人大胆挥洒的一个旅游时尚概念实验场。

悬崖酒店是正在着手的作品。网上曾有一些悬崖酒店照片，但那只是盖在悬崖边的酒店，或是坐落在崖坎上的酒店。十来年前，国外一家真正的悬崖酒店成功了，到目前世界上也只有一两家——这个国外很火的悬崖酒店概念，被宝泉景区大胆移植过来。

2017 年年底，裴将到南京找到了东南大学的周琦教授。这位建筑学博士主持设计的人民日报社新大楼，不久前荣获米兰国际设计奖建筑类金奖。

裴将拿出了宝泉景区二期建筑的一套新构想，包括悬崖酒店、崖上户外电梯等项目——周琦教授眼中放出光彩，这一套大胆的设计，充分凸显了太行山"天下之脊"的旅游特色，尤其悬崖酒店，无疑是一个最具挑战性的点睛之作，一旦成功，将使宝泉景区惊艳世界。

2018年，悬崖酒店写入了宝泉景区可行性报告。悬崖酒店的设计面积1万平方米，主体完全悬空，外挂在崖壁上。酒店的位置，定于小西沟大峡谷中段一侧，那里有一面长达十几公里的太行绝壁，犹如一堵完整光洁的直立墙壁，恰恰提供了现成的背景。而且，这座悬崖酒店与上海的地坑酒店截然不同，消防通道是从上往下走——这样的尖端创意，不仅填补空白，也难以复制，有可能成为旅游业的爆炸性产品。

而且，悬崖酒店从设计理念到地质勘探、建筑技术，目前都是独一无二的"中国造"。预计投资两三亿元，2022年投入运营。

虽然，酒店业的挣钱回本儿，一般周期是10—15年，而悬崖酒店的回报周期可能会更长……但是，勇敢的创新者，希望悬崖酒店能够立竿见影，让它留游客住下来享受尖峰体验，也让它在整个景区发挥经济带动效应……

景区的户外电梯设计，有两组电梯，相距两三公里，可以为游客提供一条舒畅方便的环线：

——在南土路口，一组猿人峰垂直观光电梯已经完工，2台电梯并行，双层轿厢，一小时的单程运力可达2000人。电梯运行高度约320米，中间还延伸出一条玻璃栈道……从电梯上放眼远眺，10余公里长的峡谷悬崖上，并排飘垂见龙瀑、川字瀑、蘑菇瀑、三连瀑、黄龙瀑、水帘瀑、飞龙瀑、玉女瀑、跃龙瀑、双龙瀑10道原始瀑布；严冬时节，还会看到30多米宽的冰挂瀑布。

——在南汕，一组观光自动扶梯，2020年动工，工期预计18个月。

景区西南角的山上，原有一座宋代寺庙洛伽寺，"文化大革命"期间全部毁坏，仅余石碑。如今，已请中国建筑设计研究院做出复建方案，占地约2000平方米。洛伽寺索道上，一部进口的"空中巴士"，将是目前中国最大的"空中巴士"，面积37.75平方米的长方形轿厢，单厢可以承载180名游客。

"宝泉·白陉生态水镇"的商业街、温泉度假酒店等建筑，总面积1万余平方米，2020 年已经招标。

难能可贵的是，新锐时尚的建设者展翅追梦的同时，依然脚踏实地，没有急功近利，目光长远沉稳。裴将说："目前，景区游客流量已经饱和，不想再做大量引流。要把自然环境因过度消费而遭受的创伤，控制在最小程度。"

这个理念，也与春亮的宗旨不谋而合。

春亮一脸虎气，向景区之内的商户和员工郑重申明："宝泉的水，就是景区的命根子。我最珍惜的，就是可以与九寨沟媲美的一道绿水，是可以放心让小娃娃们跳进去玩水的干净水池……现在，景区所有人都给我听好喽！景区以内，所有的饭店、饮品店，都不许用这水，全部改用桶装矿泉水烧水做饭；所有的卫生间，每天的污物都由专用车从景区全部运走！"——如此严格的规矩，全国景区罕见，没有一份珍惜绿水青山的纯粹之心，是做不到的。

宝泉景区的"智慧旅游"，央视"朝闻天下"也进行了报道，还有一些省市的旅游管理部门前来取经——景区"智慧管理中心"推行的机制，是让游客"快进慢游"；遇到日均超过 4 万人的客流高峰时，智能引导游客分流，疏导拥堵路段；三大停车场里，车辆置放也便捷有序……据介绍，景区的一套"智慧系统"，录入了景区所有员工信息；对于游客移动流向轨迹，视频回传信号实现 360 度无死角覆盖。

而且，宝泉景区与当地联通公司签订 5G 战略合作协议，与一家科技公司签订智慧景区技术协作服务协议，正在向河南省"五钻级""智慧景区"迈进……

宝泉景区的舞台，主要也是属于"后浪"的。因为，它已经成为青春飞扬的一个时尚网红打卡地。

全国旅游景区的活动宣传，套路繁多，花样百出，令人眼花缭乱。而宝泉景区的一支年轻团队，最擅长的就是与游客互动一起嗨。他们发挥"互联网 +"的创新思维，在网络上抢占前沿制高点，尤其是做好"抖音"和微信公众号"宝泉景区"，宣传效果出奇制胜。据官方公布，河南宝泉旅游度假区的网络播放量，排名全国第四，登顶河南第一……而曾经令人头疼的大笔景区广告投入，正在大幅降低，如今已降了上千万元。

宝泉景区的活动策划，风生水起，季季有节目，年年出彩头，既有社会意义，也有文化水准，文案摄影宣传时尚灵动，创意营销堪称业界一流。凭借"宝泉文化"的丰富源泉，新鲜点子仿佛南太行的泉眼，咕嘟咕嘟不停地往外冒——

2020年，宝泉景区的满园郁金香，为抗击新冠肺炎疫情的一线英雄而盛开。从荷兰引进培育的上百万株华贵鲜艳的郁金香，与时令绽放的桃花、杏花、樱花、迎春花、连翘花，汇成了一片缤纷花海。4月18日，当疫情得到全力遏制之时，宝泉景区举行了盛大的"我请英雄来度假"活动，满载139名辉县市抗疫一线医护人员的大巴开进宝泉，员工们列队热烈欢迎，6名援鄂抗疫英雄获得了"宝泉终身VIP"荣誉证书……此前，宝泉景区已在旅游界率先承诺，对全国援鄂抗疫的344支国家医疗队42322名医护人员实行"一带一"终身免门票，对全国医务工作者实行2020年全年免门票，对辉县市181名抗疫医务工作者2020年全年无限制免票。

2019年9月7日，秋高气爽，风和日丽，由国家体育总局、中国登山协会组织的"珠江村镇银行杯"全国徒步大会，在"崖上太行宝泉站"开跑，宝泉景区这已是第4年举办活动。"崖上太行宝泉站"，已打造成了宝泉景区专属特色品牌，在全国体育界的知名度越来越高，被评为河南省体育产业示范单位。

徒步大会，分为54公里极限组、32公里挑战组、25公里体验组三个赛段，吸引了全国各地近千名选手参加。宝泉崖上游的步道，长达上百公里，选手们健步如飞的一路上，丹霞、碧岭、奇峰、幽谷，以及"百里赤壁、万丈红绫"的嶂石岩地貌，尽收眼底；最险峻的地段，还要穿越峭壁之巅9公里长的悬天步道"云崖天街"，被誉为一条最原始、最刺激、最具风情的经典山地徒步路线……景区还将建立健康体检中心、能量补给站等，为健身康养的游客提供专属服务。

2018年，农历二十四节气中的"秋分"设为"中国农民丰收节"，中国农民终于拥有了自己的节日……这一天，春亮作为村支书，最能体会农民的心情，一年只为丰收季，一生常盼丰收节。宝泉景区也遥相呼应，设立了一年一度的"秋趣文化节"。

"晒秋"是太行山区的最美时节，上天打翻了颜料罐儿，山村内外，房前屋后，坡堰场坪上摊晒的赤红山楂、褐红薯片、火红辣椒、金黄玉米、橙黄柿子、土黄花生、浑黄南瓜、紫茄子、青豌豆、黑芝麻、白棉花，一片片明艳绚烂晕染山野，成了"秋趣文化节"的辽阔布景——秋分时节一到，"日夜分，昼夜均而寒暑平"，就在这一刹那，宝泉景区的丰收锣鼓敲起来了！

2020年宝泉"秋趣文化节"，晒出的竟是一条由56991根玉米棒子编织的"丰收巨龙"，瞬间蹿上了微博热搜榜，获得了千万量级的点赞和转发。这一条长69米、高5.5米的飞龙，盘旋腾跃于满山太行红叶的波涛之中，金光熠熠，英武神勇，象征着风调雨顺、五谷丰登。而编织它的玉米棒子，是景区以高于市场价的"扶贫价"，从附近村庄的困难农户收购来的，用过即颗粒归仓……网友脑洞大开发表"神评"："龙身拆下来的玉米，会不会也有超能力？"

金黄玉米棒子编砌的玉米船、玉米墙、玉米磨盘，"丰收堆"上的南瓜、谷子、红薯、土豆、青椒、萝卜、苹果、鲜枣、柿子、山楂，装点出了"山货市集""奇妙农场"……游客们晒秋、赏秋、玩秋，举行徒手剥玉米粒比赛、驾车拉玉米赛跑、挑玉米舞蹈；家长们为孩子补上农村课；上万块太行秋食馅儿的月饼，组成"宝泉五福大月饼"，白皮肤、黑皮肤的外国游客围着大月饼载歌载舞，用手机拍照，说："这里的人很友好，舞蹈很棒，下次还来……"

景区桃花坪的"2018老家河南·中秋雅乐赏听会"，来自省内外的200多位朗诵、音乐、舞蹈演员，与身着汉服的辉县市高级中学近千名师生、宝泉景区员工，在辽阔静美的山水之间，朗诵《月儿高》《水调歌头》《老家河南》《月色太行》《东方之月》《我爱这土地》《宝泉赋》，弹奏演唱《小雅·鹿鸣》《春江花月夜》《彩云追月》《牧羊曲》《三生三世》，还有舞蹈和时装表演《七盘舞》《高山流水》《踏古霓裳》，所有人都沉醉在"明月映宝泉，诗韵舞太行"的优美意境之中。

2019年"五四"青年节，近千名身着传统服装的辉县中学生，在景区的大峡谷中，放声诵读梁启超的《少年中国说》，纪念"五四运动"100周年。

一村之长

新中国"最美奋斗者"裴春亮和乡亲们的脱贫攻坚路

宝泉景区游龙湾。

2018年，"追溯经典——中国画名家走进宝泉"活动，由中央文史研究馆书画院主办、宝泉景区承办。来自全国各地的画家，在太行山中创作写生，饱蘸云水风月，将宝泉的形神之美定格于笔端。

2019年，河南省文化和旅游厅主办首届全球文旅创作者大会，宝泉景区率先举办"山水之间任逍遥"宝泉文旅创作大赛，吸引大咖达人，扩大对中原文化的宣传。

2020年，"宝泉杯"河南省"风光摄影十杰"活动，吸引众多摄影家和摄影爱好者投稿。

宝泉景区研学基地，成为河南省研学旅游示范单位，吸引了一批批中小学生"团队游"。《太行山地质奇观》《南太行的动植物宝库》《水力发电科学拓展》《走近白陉古道》《辉县人民干得好》等实地讲座，带孩子们走进自然，走进历史，进行红色教育、地质科普、水利科普、生态考察和拓展训练。

一年四季，景区与游客的网上线下互动节目，始终令人目不暇接——元宵节过后，有"宝泉山地郁金香踏青赏花节"；清明小长假，有"花花世界

宝泉景区每年春天举行"宝泉山地郁金香踏青赏花节"。

抖来觅"抖音挑战赛；五一小长假，有"网红打卡地，想红你就来"活动；端午小长假，有高峡平湖龙舟赛；盛夏，有"宝泉泼水狂欢节""花花世界抖来觅"短视频挑战赛；初秋，有"央棠·宝泉草地星空帐篷节"；中秋小长假，有逛游园、猜灯谜、特色民俗表演、月饼DIY；十一黄金周，有"宝泉山地菊花秋趣文化节"；九九重阳节，有登高赏秋插茱萸；腊月二十三，有"来宝泉，过小年，迎大年"活动……

　　总之，宝泉景区就像一个"万花筒"，特色年年优化，游客常来常新。

　　宝泉景区经营有方，走势一路上扬。2018年，接待游客220万人次，单月游客量最高突破40万人次；2019年，接待游客250万人次，全年综合收入达1.5亿元。

　　正向国家5A级景区迈进的宝泉景区，作为南太行旅游的新亮点、新引擎，已成为河南旅游业一匹捷足领跑的"黑马"。2019年，宝泉景区与上海迪士尼、北京故宫、广州长隆、重庆洪崖洞、大唐不夜城等国内一流景区一起，成为最具影响力的网红景区……

一村之长

新中国"最美奋斗者"裴春亮和乡亲们的脱贫攻坚路

2020年，一场突如其来的新冠肺炎疫情，给首当其冲的旅游业以迎头重创。宝泉景区里，客流量没了，"春节黄金周"策划的大型活动泡汤了，索道、电梯、观景平台、山居等项目也工期延宕……这个严峻时刻，景区也经受住了考验，全体员工无一人感染、无一人失业；尽力帮助上下游的合作伙伴，赠送防护物资，提供防疫培训。而且，形势出现转机后，迅速开园复苏重现强劲生机。

4月21日，河南宝泉旅游股份有限公司，进入河南省省定重点上市后备企业名单。

9月11日，"字节跳动"旗下的"巨量引擎城市峰会"第五站，走进河南郑州，以"共见·共建·见证城市新美好"为主题，公布了美好城市指数排行榜。在抗疫期间恢复开园的宝泉景区，积极运用特殊营销策略，"郁金香踏青赏花节""网红音乐节""山水健康瑜伽大会""端午龙舟赛暨春秋战国市井文化演绎展""泼水狂欢节"系列活动卓有成效，成为"跨省游"市场恢复的范例，受到各大媒体平台的持续关注，两次上了央视报道，因此连中三榜——宝泉旅游度假区当选2020年度河南十大城市品牌、河南省美好打卡地（景区），宝泉避暑山庄当选河南省美好打卡地（民宿酒店）。

裴将谈及旅游业的发展前景，依然保持着一份清醒："近几年，随着更多企业和资本进入旅游业，旅游市场竞争将会更加残酷。低门票、去门票的趋势已经显现，传统的旅游业态、营销盈利模式正在发生改变。而且，中国的山水景区，千山一色、千水一面的同质化症结，已使游客出现'审美疲劳'，去过一次的景点，难有兴趣再去第二次……因此，要探索新业态、新模式，在独具特色这一点上做深做透。"

宝泉景区的未来，将紧跟消费升级的大趋势，以更有优势的旅游产品，打造出一个节假日、周末、平日都适宜的度假休闲空间，从观光旅游型景区向休闲度假型景区转型升级，引导游客消费从"一日游"向"二日游""三日游"转变……

火了一个宝泉景区，也热了一方太行山乡。

这些年来，景区旅游产业助力扶贫攻坚，已带动起了周围的薄壁镇百姓，直接就业2000余人，间接就业1万余人。待景区二期工程建成后，可望带动太行百姓 5 万多人致富奔小康。

宝泉景区大门口的村子，名叫圪针庄。路边一位商户解释："俺村为啥叫'圪针庄'？因为土质太差，啥也不长，只长酸枣圪针。"……到如今，近水楼台的圪针庄，95% 的农户从事起了旅游服务，收入已占全村总收入 80% 以上。原先，全村只有一家面馆；现在，商业街绵延一公里长，"农家乐"饭店、宾馆、超市等生意兴隆。尤其到了旅游旺季，连"渔网一条街"的不少商户，每天也收入上千元——当落日隐入太行群峰背后，门店纷纷点亮红灯笼，圪针庄就变成了小小一座"不夜城"……

加上景区周边的西沈庄、东沈庄、周庄等村庄，已有 600 多个农民家庭，在家门口经营饭店、民宿、采摘型果园、土特产销售、民俗纪念品开发……

西沟村的周玉平，是一位残疾妇女，父母瘫痪在床，丈夫体弱多病，还要供儿女上学，儿子又遭遇车祸，家里背了十几万元的债，成了当地有名的贫困户。春亮得知后，特别关照，让她承包了玉女瀑景点商铺的独家经营……腿脚不便的周玉平，每天背着成箱的矿泉水，踏着石阶进山营业。几年后，她还清了欠债，翻盖了新屋，儿子也娶上了媳妇。她开心地说："我感谢党的好政策，感谢春亮书记，这一条背水上山路，就是我的幸福路。"

景区之内，90% 的从业人员都来自当地山乡。在景区中心地带，集中开办了"农家乐"饭馆和商店，统一标准，文明经营，节假日生意格外火爆；一些店面规模较大的，年收入达五六十万元。

连景区的环卫工，每到旅游旺季，每月也能拿到 4000 多元。西沟村一位村民说：以前，在山上采药材、卖山楂，一年也就收入两三千块钱，勉强顾住生活；现在，单是在景区做保洁，一个月工资就顶过去一年了……

"90 后"女孩丁广越，一边当景区讲解员，一边在"抖音"个人号上发布宝泉美景，其中一条"抖音"就赢得 20 多万点赞……在宝泉景区的带动下，越来越多像丁广越一样的"80 后""90 后""00 后"，选择在越来越美的家乡就业创业……

一汪宝泉，一川宝泉，变成百姓的"幸福泉"。景区带村，能人带户，正

一村之长

新中国"最美奋斗者"裴春亮和乡亲们的脱贫攻坚路

宝泉景区"招宝石"。

在将太行山革命老区的绿水青山,变成老区人民群众的金山银山。

宝泉旅游,作为春江集团的一个重要板块,已经成为南太行的一个旅游标杆,带动了一条游线,带活了一个产业,带富了一方群众……

二、办到田间地头的村镇银行

把春亮一行人困在郑州新郑机场的,是 2009 年 11 月 11 日那一场暴雪。

这一年降雪之早,是郑州 50 年来第一次,城市还没来得及供暖,它就席卷而过。

据报道,在华北多个地区,这一次降雪量都突破了历史同期极值。其中河北、山西、河南的暴雪过程,已达 60 年一遇标准,山西部分县市甚至达到百年一遇……11 月 11 日这天,河南在大范围雨雪和局部暴雪的侵袭之下,多条高速公路被迫关闭。在郑州市区，积雪深达 32 厘米，路边碗口粗的树都被积雪压倒了……

新郑机场里，因为大雪延误航班，走不了的乘客塞满了候机大厅。一片嘈杂之中，打电话的声音，与机场人员吵架的声音，还有婴孩的哭闹声，一股焦躁、沮丧而又无奈的气息，在整个候机大厅弥漫……此时，再想改乘火车或汽车，也不容易了，高速公路封闭已经上不去了。

满心焦虑的春亮，早已坐立难安。在他身边的，是整装出发的新乡市领导、银监局领导，还有春亮专门聘请的金融顾问等一行人。此行负责拎包和花钱的他，从机场超市买来了许多饮料和食品，送到这些同行者面前。他们这一趟旅程是要去内蒙古，为创办村镇银行寻找一家发起银行……而办村镇银行的动议者，正是春亮。

大雪围城，一行人刚刚登乘，就被困在了机场。春亮站在玻璃幕墙边，目光穿过纷飞的雪影，遥望停机坪上被白雪渐渐遮覆的飞机，心急如焚……

2007 年，《人民日报》刊登了一条不起眼的消息：中国第一家村镇银行——四川仪陇村镇银行，2 月 13 日成立。

此前的 2006 年底，中国银监会已发布了《关于调整放宽农村地区银行业金融机构准入政策，更好支持社会主义新农村建设的若干意见》，大幅放宽农村金融机构的准入政策……而这项举措所针对的，是农村银行业网点覆盖率低、金融供给不足、竞争不充分等弊端；简单说，主要就是农民贷款难。

应运而生的村镇银行，目的正是为农村地区客户提供方便、快捷、持久的金融服务。

中国银监会对村镇银行的基本要求和规定，简而言之：对村镇银行"低门槛""严监管"，要求商业可持续发展；实行"发起人制度"，必须有一家符合监管条件、管理规范、经营效益好的商业银行作为主要发起银行；村镇银行出资人，是"境内外金融机构、境内非金融机构企业法人、境内自然人"……

四川仪陇村镇银行的发起银行，是当时在中国西部城市商业银行中排名第一的南充商业银行。

一村之长

新中国"最美奋斗者"裴春亮和乡亲们的脱贫攻坚路

当时，关于这第一家村镇银行成立的讯息，像一枚石子叮咚入水，没有泛起多大涟漪。

两年半以后，忽然引起春亮关注的，是 2009 年 8 月新华社的一篇报道《温家宝在恒升村镇银行座谈：一次特别的座谈会》。

春亮一下子捕捉到了目标——咱也办村镇银行！

一个农民当银行家？——做梦吧，又是异想天开！

其实，创办村镇银行，对于村主任春亮来说，早已是望眼欲穿。因为，从小在农村长大的他，亲眼看到农民贷款有多难！正如一句网络流行语："说多了都是泪！"……一般银行，盯的是有钱人和大企业，对小农户放款很少。即使立足"三农"的农村信用合作社，有的机构服务方向也偏了，盯的是大企业，服务农户的比例不到 30%……

在全国两会期间，人大代表裴春亮接受记者采访时，就已经反映过这个问题：乡下农民贷款难，寻亲靠友找关系，送礼至少得 2 条香烟；申请贷款 10 万元，还不见得给不给一两万元。一位在政府部门工作的熟人也讲过：他老家在豫北农村，他爹需要贷款，他妈提着核桃礼品，去找他表哥，才贷来了一万元……农民贷不到款，想创业致富就迈不开步，这已是十分紧迫的现实困境。

现在，中央出台新政策，终于带来了转机，带来了生机。春亮闻风而动，看到报纸的第三天，就带着太行山区农民的热切期盼，开始为办村镇银行而奔忙起来。

几年来，春亮带领裴寨村乡亲们脱贫致富，盖了房，引了水，扩了街，还要筹来钱……现在，为农民办实事，为农民办银行，这个村主任的一双泥脚，又伸进了陌生的金融大门。

然而，在一般农民的心目中，银行和银行家，是多么的高不可攀！银行与山村，一个是天上的银河，一个是地上的泥河，相差十万八千里，怎么可能汇流到同一道河床上？总之，因为敬畏，因为懵懂，绝大部分人都不相信春亮的"非分之想"……春亮知道，如果他把这天大的事弄不成，落下笑柄，丢人可也就丢大了！

好在 2010 年 3 月 5 日，十一届全国人大三次会议《政府工作报告》中又提出："加快培育小型农村金融机构，积极推广农村小额信用贷款，切实改善农村金融服务。"

而村镇银行，作为支持"三农"的新生事物，被定位为普惠性银行。经国家主管部门批准，县级也可以设置村镇银行。

但是，辉县市金融部门心存疑虑，一个县级市，发起成立村镇银行，还全国少有……这时，一腔热血胆大无畏的村主任春亮，愿意在辉县市做一个村镇银行的发起人。

此时，他已不是单枪匹马。在他的身边，围绕成立村镇银行这一目标，已汇聚起了一批志同道合者。他们都认定，创办村镇银行，为辉县广大农民办实事、办好事，这件事应该做，那件事值得做。共同的理想和信念，共同的企望和执着，使他们组成了一个精干的团队……有人瞧着这个团队说：这里面，有市政府、政府金融办、人民银行、银监局的领导，有全国劳模、企业家，还有金融顾问，看来办村镇银行，有门儿！

整个团队迅速行动，首先寻找一个具备资质的发起银行。却没想到，第一步就这么难！

他们在河南本省找过一家银行，谈不成。

他们听说邻省有一家村镇银行，立即赶去学习。当地一家银行的董事长很热情，愿意合作，但是，这家银行属于二级资质，当发起银行资质不够。

现在，他们得到线索，又要远赴内蒙古，去协商请当地一家商业银行当发起银行。谁知，一场漫天暴雪，把一行人困在了郑州新郑机场，而且一困就是整整两天两夜……

终于，航班好不容易起飞了，可飞到目的地上空，无法降落，改降到了附近城市。辗转到了目的地，当地一位领导出面，热情接待了他们。但是，上级金融监管部门不同意那家商业银行充当村镇银行的发起银行，这个线索又黄了……

春亮随着团队，锲而不舍，穿越整个中国，从最北边又到最南边，找到了广州农村商业银行……

广州农村商业银行（以下简称广州农商银行），2009 年 12 月开业。到 2020 年，广州农商银行集团资产总额突破万亿元，在岗员工近 12000 人；

2016 年蝉联中国企业 500 强，2017 年 6 月 20 日在香港挂牌上市，2018 年被评为最佳战略管理的农商银行。它面向全国布点，跨省控股了株洲珠江农商银行，战略入股了潮州农商银行、南雄农商银行。它对于合作伙伴，是注资、注智、注制相结合，结合属地乡村振兴、实体经济发展的金融服务需求，支持合作伙伴可持续发展，勇当地方金融主力军……广州农商银行，离不开一个"农"字，截至 2020 年，它的涉农贷款规模已有约 370 亿元。

然而，在 2010 年初的那一天，广州农商银行面对从河南来的一群"不速之客"，一见面的尴尬，用春亮的话说是："人家不理俺。"

不过初次见面，广州农商银行还是向河南来客敞开了大门。俗语说："人不亲行亲。"一个名称"农村"，一个名称"村镇"，共同立场使双方靠拢……河南来的团队反复做工作的满腔诚意，尤其是村镇银行的广阔前景，打动了广州农商银行。

于是，广州农商银行作为主发起行，与各地一些优质股东联合发起，经银监部门批准，成立了股份制商业银行——珠江村镇银行。广东农商银行占股 51%，是最大股东。

从此，珠江村镇银行总部设在广州，成为广州农商银行的子银行，管理分布全国的"珠江系"村镇银行。

据悉，中国的村镇银行已有 1632 家，覆盖全国 70% 的县区。其中的"珠江系"村镇银行，在全国 9 省市共设 25 家……这里面，就包括河南的辉县珠江村镇银行；而且，辉县珠江村镇银行成为全国首批"多县一行"试点行，又在附近的获嘉县、原阳县设立支行。

"长袖善舞"的春亮，一个开办村镇银行的梦想，终于变成了现实。虽然在大多数人心目中，时至今日，这还是一个虚无缥缈的梦幻。

2011 年 3 月 3 日，经过一年半千辛万苦的筹划奔走，辉县珠江村镇银行顺利开业。

在辉县珠江村镇银行，春亮是民营企业界的最大股东。

也就从这个开端，春江集团布局开发农村金融。几年经营后，春亮说：春江集团的金融这一块，非常健康；参与担保的公司中，也没有不良担保，正在稳健发展。

在裴寨商业街上，就有辉县珠江村镇银行一家门店。

村镇银行的业务，根据银监会规定，可以吸收公众存款，发放短、中、长期贷款，办理国内结算，办理票据承兑与贴现，从事同业拆借、银行卡业务，代理发行、兑付、承销政府债券，代理收付款项及保险业务，以及银监会批准的其他业务；还可代理政策性银行、商业银行和保险公司、证券公司等金融机构的业务……而市场定位主要在两个方面：一是满足农户的小额贷款需求，二是服务当地中小型企业。

但是，辉县珠江村镇银行一亮相，就遭遇了"冷场"。对于这个陌生的银行，人们不明就里，不敢轻易相信……这时，辉县珠江村镇银行向有关部门提出请求，为了打消群众疑虑，以正视听，能不能公布一下谁是非法金融机构？这不容易办到；那么，能不能公布一下谁是合法金融机构？这可以办到。于是，名单公布出来，并由主管部门盖章，老百姓相信政府，这一下放心了。

辉县珠江村镇银行，没有一般大银行的"高冷范儿"。它坚持"支持三农，服务小微"的定位，为了打通抵达农村基层的"最后一公里"，把银行办公的"朝九晚五"变成"24小时全天候"，身段低到了泥土里，作风朴实，态度亲和，接地气，讲人情……员工们开展义务公益活动，在市区组织跳广场舞、放映电影；到山区唱戏、表演节目；还长期免费为群众量血压、测血糖，开展抽奖活动；为困难户送温暖，帮他们申请专项救助基金，帮他们收庄稼；在新冠肺炎疫情防控期间，还推出了免费理发、免费送菜等一揽子暖心活动……这一切只为告诉公众——相信我，村镇银行是一家正规银行。

"农民兄弟自己的银行"，"穷人的银行"——这是珠江村镇银行的特色。最紧迫的当务之急，是解决农民"贷款难"。

对10万元以下的贷款，一些大银行嫌小、累、麻烦，有风险……现在好了，定位于"机构小、额度小、客户小"的村镇银行，不怕小额贷款单子多，专拾这些"漏儿"，专补这些"缺"。

村镇银行的贷款基准利率，与央行的贷款基准利率相比，略微高一点，大约在1.5个百分点上下。但是，村镇银行解决农民"贷款难"，优势也显而易见，更对农村的路子，更为农民所接受，有利于精准扶贫，有利于乡村振兴。

首先，它离农民近。春亮说："农民需要一个真正办在田间地头的村镇银行。在裴寨商业街上，这个珠江村镇银行门店的房前屋后，不出百米都是田间地头；它为蔬菜大棚的菜农们，就专门设了6个网点。"

同时，它手续简便。照相机有"傻瓜相机"，村镇银行贷款就是金融业的"傻瓜型产品"，不设门槛，应贷尽贷，不嫌少，不怕烦，五六千元也可以贷……比如，针对裴寨村蔬菜大棚的信用贷款，不用抵押房子，由裴寨村集体做保，现场可贷2万元；有一对菜农夫妻，贷了2万元，又退掉1万元，说1万元就够了。如果，谁家有个天灾人祸，爹贷款，儿担保，信用放款，一签字，贷款就拿走了。

而且，它放款"短平快"。机构扁平化，决策层级短，反应发放快，贷款的灵活快捷，其他银行比不了。老客户从申请到放款，最快一小时；新客户最晚三天，一般是一天。目前，农民贷款只要不超过5万元，8小时以内放款，三万五万的，农民几小时就拿到手。

裴寨商业街上的珠江村镇银行门店，对农民的亲切态度，让人感觉到，这里认钱也认人，钱上带有人情味儿……有一位村民，贷款5万元买货车，不料出了车祸，腿部骨折，这家银行不要他的利息了。半年后，这位农民的交通事故赔款一到手，很快还上了贷款。

开银行，就得有存有贷。辉县珠江村镇银行开业初期，贷款多，存款少。员工们打开局面，靠诚意赢得信任，靠服务吸引存款。比如，杨闸村、贾庄村的农民，只存2万元，银行员工也开车上门，到他们家里办理存款。就这样，一家农户一家农户地扩展，一笔钱一笔钱地积累……如今，辉县珠江村镇银行的存款余额，竟超过了辉县市已成立20多年的大银行。

辉县珠江村镇银行的员工工资，也明显高于辉县市其他大银行。原阳支行的一名年轻员工，月薪就开七八千元。所以，最近又有三四名刚毕业的研究生，到辉县珠江村镇银行来报名。

2020年3月3日，辉县珠江村镇银行成立9周年。据报业绩，2019年，纳税1.0408亿元；存款40亿元，储蓄户数15万多户；贷款29亿元，贷款户数27000多户，"三农"和小微贷款占比99.92%……

"这一仗，打得老百姓满意。"这是春亮最高兴的，农民想创业，农民有难事，贷款再也不求人，再也不作难了。

2019年9月，"全国村镇银行改革发展研讨会"在海口举行，辉县珠江村镇银行作为先进典型参加会议。

9年来，辉县珠江村镇银行先后被评为"全国服务三农与小微企业优秀村镇银行""河南银行业金融服务标杆银行""新乡市百姓最满意银行""广州市星级党支部"，多次获得属地政府、监管部门的表彰。

三、山乡插上电商的翅膀

"嘀！扫码成功。"

2018年9月20日上午，回新乡市探亲的宗先生，路过街头的辉县市张村乡裴寨村跨境电商体验店，用支付宝购买了两盒"裴寨村"牌烘焙水果燕麦片。

裴寨村的这个跨境电商体验店，带着有"身份"的特产"触网"，是一个把村民家的山货卖出去，把国外的"尖货"买进来，实现"买全球、卖全球"的平台……

这是《河南日报》头条新闻讲述的《裴寨村的电商故事》。

这个故事，起源于2016年10月召开的河南省第十次党代会。在这次大会上，裴春亮当选中共十届河南省委候补委员。

当时，天津、上海、重庆、郑州等12个城市，刚刚新设了一批跨境电子商务综合试验区。因此，河南省第十次党代会报告中提出：要加快推进中国（郑州）跨境电子商务综合试验区建设。

风来了！风口来了！春亮嗅到了机会的气味。

"70后"一代弄潮儿，凭着灵敏的嗅觉，总能寻找到猎物的气息。然而，如今已是互联网时代，与以往不同，风口太大了，风势太大了，大得令他感到前所未有的陌生,大得令他在风中凌乱,脚下没有根,心中没有底……但是,他的直觉,他的欲望,都在发出一个声音:机不可失,不能落伍,这是时代与命运的风口,这是希望与未来的风口,抓住它,先抓住它再说!

春亮兴奋地说:"发展跨境电商,这是好事啊!我听了党代会报告,很受触动。互联网时代的大趋势,不学不行了,不学无路可走了。裴寨村地处偏僻,过去农产品销路不畅,村民的红薯、柿子都烂在家里……"

他想起了那一次去困难户裴清义家里,他家儿媳张会利端上刚出锅的蒸红薯,请春亮叔尝尝,又面又甜十分可口。他家种的3亩多红薯丰收了,一两万斤堆在家里,却卖不成钱,会利急得直跺脚,说:"叔,咱的红薯这么好,咋能想个法儿卖了?"

春亮回到裴寨村,村两委的第一项议题,就是启动裴寨村跨境电商项目。

业界有人分析预测:在我国农村,互联网创业者还不算多,农村电商市场还存在空白点,潜力十分可观。

国家政府部门,已将农村电商作为主要的产业扶贫项目,不断加大政策扶持力度,并且,优先对革命老区、贫困地区进行"电商扶贫""产业扶贫"……

幸好,裴寨村下手还为时不晚。一个太行小山村的互联网时代,从此拉开了序幕。

村民以往卖农产品,仅在三里五里、十里八里的范围内赶集、赶会,最远也只跑十几公里,去辉县城里摆地摊。虽然近年来,市场大了,生意多了,但大棚温室批发蔬菜、菌菇、鲜花、水果,也基本上还是现货现钱交易……

如今,祖祖辈辈盯着脚下一亩三分地的太行山区农民,一下子抬起头来,面对一个多维虚拟世界,这个跨度太惊人了……电子商务,这一个时髦而又古怪的精灵,买家与卖家之间,连个照面都不打,钱和货就在看不见的地方满世界流转起来,还不用太担心谁给少了、谁给多了,简直不可思议!不仅乡亲们感到惊奇忐忑,连见多识广的春亮,也面临一种全新的诱惑。

专家认为:农村互联网的创业者,最好有农村背景,有帮助农民提高收入水平、改变农村面貌的高度使命感。

这是实话，当然也是村支书春亮的不二选择。这一场巨大变革面前，春亮依靠的中坚力量，一是村干部和党员，二是青年和互联网人才。

2016 年 11 月的"月末干群联席会"上，求贤若渴的春亮，向全村干部群众发出了招募令——他说："裴寨村发展跨境电商，迫切需要年轻人才。谁家的孩子大学毕业了，或者谁家有认识的年轻人才，熟人也可以，私人内亲也可以，只要愿意来，裴寨村的大门向他们敞开！裴寨村开出的薪酬标准，高于辉县企业平均工资水平……当然，还要进行人才把关，要机灵人，不要癔症人。"

河南省第十次党代会闭幕才一个多月，2016 年 12 月 16 日，辉县市创享电子商务有限公司在裴寨村成立，春江集团入股支持。

电商网购，此时在太行山区农村已不稀奇。国道两旁，沿街院墙，出现了网购产品的广告标语；不少村庄里，有了代办网购的小卖部、夫妻小店……

春亮的作风，仍是谋大事、干大事、扛大事；不做则已，既然做了就要做最好的，既然干了就要干最大的——人们说，"互联网的风口上，猪都能飞起来"，而浩浩荡荡的风口上，强健的翅膀更渴望"好风凭借力，送我上青云"。

创享公司的理念，是"买全球、卖全球"，利用电子商务平台，打破乡村局限，进入世界网络流通。

那么，电商产品的商标注册，用一个什么名字呢？善于取名的春亮早就想好了——"'裴寨村'！就叫'裴寨村'牌产品！"

创享团队里，第一批开疆拓土的成员，平均年龄 28 岁，有大学毕业返乡的"新生代"，有从社会上招揽的青年网络人才，他们的领头人是年轻的裴将。一群互联网喂养大的"80 后""90 后"，在既虚拟又现实的一片辽阔原野上，像"面朝黄土背朝天"的农民一样，开始了辛勤耕耘。村支书春亮，来到这一群生机勃勃的年轻人中间，为他们鼓劲儿，为他们支招儿。

立足本土，投石问路，创享团队力推的第一款电商产品，是太行山出产的红薯淀粉粉条。

一村之长

新中国"最美奋斗者"裴春亮和乡亲们的脱贫攻坚路

太行丘陵的气候和土壤,尤其适合种植耐旱的红薯,成本低,产量高,沟沟坎坎栽上就有收成,结得又大又多,亩产平均可达5000斤,甚至六七千斤。所以,红薯成为当地最基本最充足的农产资源,百姓日常生活中,"红薯饼,红薯馍,离了红薯不能活"。而且,这里的红薯特别好吃,口感甘面香糯,味道天然纯正。同时,丘陵红薯比平原红薯块茎坚实,出粉率高出许多,淀粉细腻醇厚,制成的粉条百煮不烂,筋道可口,是城乡人们喜爱的大烩菜、火锅、包子、饺子的原料。而张村乡一带出产的红薯粉条,纯手工技艺传统悠久,已经远近闻名。

春栽红薯8月成熟,夏栽红薯10月成熟。鲜薯磨浆用布兜过滤,涮出西瓜大小的一个个白色粉芡团,放置晾干……到了滴水成冰的季节,该下粉条了,每个村庄都是热气腾腾。将红薯粉芡倒入大缸,热水调和,三四名大汉转圈儿反复揉动,直至和出光滑稀柔的无疙瘩、不沾手、能拉丝的粉糊。粉糊倒进多孔漏筛上,淌下一簇粉丝,落入大锅烧滚的沸水中;然后一绺绺捞起,挽成二三尺长的一匹匹粉条,悬挂在露天结冰,以免粉条粘连。最后,敲落冰屑,晒干粉条,就完成了全套工序——每年这个时节,就是太行山区农民的欢喜日子。

2016年12月16日,"中国·太行首届红薯粉条文化节"在裴寨村隆重开幕。会场上,鼓乐喧天,热力爆棚,标语上写着"扶贫攻坚要让红薯谱新篇,工艺地道誓把粉条变金条","弘扬民俗文化,推进精准扶贫",四面八方的客商云集而来赶这个时尚,十里八乡的百姓也乐颠颠地来瞧这个稀罕。

开幕式上最快乐喧腾的,是裴寨村乡亲们的一场原生态"行为艺术"。

开幕活动现场,几口直径一米多的大地锅,一字儿排开,灶火熊熊,雾气缭绕。一群精壮汉子,都是制作粉条的老手,一个个戴上厨师帽,白罩衣系上花围裙,精神抖擞摆开了阵势:架案板、和淀粉、挑水桶、添柴火、烧开水,然后下粉条、捞粉条、挂粉条……"红薯粉条出锅喽!开吃喽——!"他们齐声吆喝,步步接力,默契而夸张地表演着整个粉条生产过程,行云流水,一气呵成,激起周围观众的一阵阵叫好。黄褐色的红薯粉条,呈半透明状,热气腾腾,一匹匹挂上晾晒的架子,很快凝冻成了一幅幅冰帘……

线上,裴将带领创享团队的一群年轻人,正神情严肃地盯着电脑,在紧张地操盘交易。

线下，大堆刚出产的红薯粉条，新鲜优质，色泽诱人，引得客商争相采购……

终于，在人们望眼欲穿的时候，传来了汇总数据——首届红薯粉条文化节开幕当天，线上线下的红薯粉条销售量超过预期，达到 15 万斤！裴寨村中爆发出一片欢呼。

跨境电商的第一个突破口，就选中了太行山红薯粉条，这是机缘巧合呢，还是眼光"稳准狠"呢？

从此一年一度，"中国·太行红薯粉条文化节"连年举行，带动整个张村乡的红薯粉条销量逐年上升……同时搭上电商"高速列车"的，还有太行山出产的核桃、山楂、木耳、石碾小米、山药酱、香椿酱、菊花酱，用山柿子捶出的香醋，崖柏加工的工艺品，也有新乡一带出产的黑猪肉脯、鸡肉脯、香油、粉皮、决明子茶、方便烩面，以及代加工的传统粗布……

创享团队的业务，主要是线上电商，在淘宝、京东、微信商城等开设了线上店铺。网上交易的活跃时间，从晚上八九点钟开始，所以一般晚上接单多。员工销售有提成，收入待遇不错，更主要的是，认为公司有潜力，事业有前景。他们研发的方向，是与普通百姓生活挂钩的产品。

裴寨村举办"中国·太行红薯粉条文化节"。

一村之长

新中国"最美奋斗者"裴春亮和乡亲们的脱贫攻坚路

"裴寨村"牌的主打产品，是五谷杂粮加工的天然绿色食品，在自行设计的外包装上，广告语是——"裴寨，你身边的健康"……最受年轻时尚消费者欢迎的，是太行山出产货源、郑州工厂精细代加工的代餐食品。其中热销的，有荣获中原旅游商品博览会"老家礼物"旅游商品大赛优秀奖的红豆薏米粉；也有添加水果或坚果的桶装燕麦片，不用泡，干吃，比玉米片好吃，有的日本客人觉得比他们老品牌的麦片口感还好，当即订货邮寄回去；还有冲饮的二十八谷散、黑芝麻核桃桑椹粉……

裴寨中心大广场上的跨境电商体验店，还开设了无人体验区，不仅吸引外地的参观游客，当地农民百姓走亲访友也来买作馈送礼品……琳琅满目的货架上，还摆出了团队自创的水杯、书签、手机壳等旅游文创产品。其中，印有"乡亲不富誓不休""听党话、跟党走、同创业、共致富"字样的搪瓷茶杯，最受参观游客欢迎。

裴将和团队伙伴们一起，经常研究国内外最新信息。他的长远设想，是以优质可靠的产品，把商标"裴寨村"三个字打响，同时融入地域特色、文化特色，使之成为具有人文价值、商业价值的品牌……他认为，一旦思路成熟，有了"裴寨村"品牌，电商干起来不难；需要解决的是产品货源规模、产品质量标准、产品种类开发等问题……

裴寨村的跨境电商团队，作为太行山区的先行者，已经敏锐地感觉到，乡村大地在隐隐震颤，巨人一般的脚步声渐渐迫近，农村电商的一个加速期正在到来。

所以，短短3年多，跨境电商有了质的飞跃，迅速向产业化迈进。

裴寨老村广场南侧的一排小木屋，2019年，才刚刚进驻了创享公司的办公区和仓储配送中心；2020年，就很快被兴建的张村乡裴寨跨境电商"扶贫大厦"所取代。

经过春亮的牵线搭桥，创享公司的电商扶贫平台，已帮助张村乡406个贫困户建立线上商铺。每建一个商铺，给贫困户每月补贴100元；商铺初期可由创享公司统一代营，保证每个农户全年收入6000元左右，3年后交给农户自营……井南洼村31岁的贫困村民代艳萍，经过一个月培训，已当上了一家电商店主，经销当地的酸辣粉等土特产。她高兴地说："俺第一个月销售额就有 6 万多元，加上业绩分红，月收入 5000 元不是梦。"

将来的"扶贫大厦"里，定是一派热火朝天的景象——线上线下繁忙交易，网上商铺可再增加 1500 家，帮助裴寨社区、张村乡乃至周边山区的百姓，为农民、农业、农村带来大量收益。同时，也吸引大批青年和网络人才，到裴寨村创业，在太行山区催生一批农村电商"潮人"……

做跨境电商的意义，在春亮看来，就是实实在在身心投入，助力百姓脱贫，助力乡村振兴。他认为："我们的大目标，是确保'裴寨村'牌系列农产品成为高附加值的电商产品，引领带动太行山区百姓，借互联网之力，更快地脱贫致富奔小康。"……为此，他还邀请河南省科学院技术人员，对裴寨村民进行农业指导，带来最新技术，保证农产品优质、绿色、放心，为"裴寨村"品牌奠定坚实根基。

在裴寨社区，跨境电商这一种新业态，"飞入寻常百姓家"，已有 200 多户农民家庭，从电商销路中尝到了甜头，生产积极性更高了……正如春亮所说："啥卖得好，咱就种啥，这就是农民对市场需求导向的最朴实的理解。"

村民裴龙斌，一向爱动脑筋赶潮流，过去种田效益低，他经营饭店近 20 年；现在土地流转经营，他又承包了 100 亩耕地。入秋后，一边 30 亩玉米掰下晒干了，一边的 70 亩红薯也刨完了。他鼓捣了两个薯类新品种，一种是紫薯，可以加工成鲜艳独特的紫薯粉条；一种是鲜食红薯，受到卖烤红薯的商户欢迎。但他并不满足，还准备再承包 5 个大棚……他得意地说："别人搞啥，你也搞啥，市场都饱和了。不种点稀罕物儿，咋挣大钱呢？"

田野上，龙斌抡起齿耙，深深掘进虚松的泥土，往上一撬，一兜红薯破土而出，拎起秧梗抖下泥土，一窝儿红薯足有 3 斤多重。龙斌算了一笔账：一亩地产红薯 2000 多公斤，磨成淀粉，可以加工出 270 公斤干粉条；卖红薯一斤才 5 毛钱，粉条通过电商一斤能卖十几元。除去开支，一亩地少说也能挣 3000 多元。他高兴地说："去年粉条卖了 20 多万元，今年产量高，又是一个丰收年……"现在的龙斌，只管专心种红薯和做粉条，销售不必操心，村里自有从事跨境电商的一群年轻人，负责帮他售前包装批发、售后信息服务……

而此时，跨境电商这一支杠杆，即将撬开又一片新天地。

插上了一双电商翅膀的裴寨村，还没料到，自己正在朝下一个机遇的风口飞去。

四、钻过"瓶颈"的飞跃

2018 年前后，春亮遇到大坎儿了。

脱贫攻坚的进程中，乡村振兴的进程中，没有哪个村庄是一帆风顺的。尤其是一些带有先锋实验性质的先进典型，更有难关要闯，更有风险要担。

裴寨村里，大约从 2015 年开始，一种分歧渐渐变得明显——村民们的生活和生产，大踏步前进，路子越走越宽；而没有实体企业的村集体经济，却行进在一条窄胡同里，变化的幅度小，提升的步子慢。

因此，村里呈现出了一种反差：村民们一步步过上了好日子、富日子，村集体一直过着紧日子、穷日子……随着反差越拉越大，裴寨村进入了一个经济发展机制上的"瓶颈"。

裴寨村"村务公开栏"上，有一条是历来不变的："村集体经济债权债务为零。"

在裴寨村，村集体从来不欠一分钱外债，这已成为一种传统，也成为一个信条。从老支书裴清泽那时起，或者更早，这种传统、这个信条就一直沿袭下来。

然而，带领乡亲们干了一系列大事的"70 后"村支书春亮，虽然从没打破这个传统，但绝不同意这个信条。他说："春江集团的贷款，大概整个张村乡都没它多；但是为了干事创业，外债不可怕，可怕的是不挣钱。"

裴寨村集体经济，一直处于这样一种运行状态——

裴寨村与当地所有村庄一样，村级财政预算都需要经乡级财政审批。

辉县市委、市政府和相关部门，对先进典型单位一向都很重视，在党建、文化宣传、基础设施改造等方面，给予财政上的支持。裴寨村受惠于上级扶持的资金，大都是专款专用。

这些年来，裴寨村民的主要财路来源，一个是耕地上种粮，一个是裴寨商业街上经商，一个是大棚温室里从事高效农业……其中唯一可以称为产业的，是高效农业，但它的管理机构，不是裴寨村两委，而是裴寨蔬菜花卉专业种植合作社，这是一个有大多数村民入股的股份制联合体……

因此，从村里的日常经济中，村集体可以获得的收益，掰着3根手指头就能数清楚：

一、种粮方面：种粮补贴，全部由国家直接打到了土地户主的银行卡上。

二、商业方面：裴寨商业街重建后，村集体对商户收取卫生管理费，以2018年为例，共收取商户的卫生管理费92483元。

三、高效农业方面：裴寨村集体统一流转土地，与大棚温室承包户分别签协议。承包户一亩地一年给土地户主交600元土地流转费，给裴寨村集体交300元管理费……2017年，裴寨村集体一度有过打算，把土地流转费给土地户主80％，20％留给承担管理的村集体，但是，有的大棚承包户表示不同意，此事作罢……

然而同时，裴寨村集体的日常工作需要开销，每一年开支至少三四十万元。例如：工资补助，包括不在编村干部、村民小组长的工资补助，保洁工、绿化员的工资；卫生费；电费，夏季开空调一个月就是六七千元；水费，包括招待用矿泉水；接待费，包括来宾和媒体人员用便餐；维修费，例如2016年新村住宅楼粉刷外墙和装修，就花了六七百万元……

村委会副主任说：村集体经济薄弱，没有家底，很作难。过年的时候，矿泉水商家拿着记账本来找村里，村里都没钱结账。

村会计说：有些该交的钱，村里都没钱交……

——以上这些，就是裴寨村集体经济的基本概况。

如此"干净"的裴寨村，哪里会有可供腐败滋生的土壤？

如此"干净"的村干部，群众还怎么会担心腐败的发生？

裴寨村干部自嘲说：看起来，俺们与其他村子的村干部一样，其实不一样，靠村集体经济谋利的"机会优势"一点儿也没有……尤其是那些不在编的村干部，笑道：俺就是挂个名儿，看着体面，没油水儿。

一村之长

新中国"最美奋斗者"裴春亮和乡亲们的脱贫攻坚路

那么人们不禁会问：裴寨村这些年，村集体是怎么保持正常运转的？

这些年，裴寨村正常运转了这么久，干了这么多大事，取得这么大的进步，又不欠一分钱外债，说白了，无非是村支书春亮个人出资全部兜底了。

十几年来，在春亮总共捐出的 2.1 亿元中，为裴寨村投入的资金有 1 亿多元。这中间，该花的时候大把花，该抠的时候也抠门儿，总的来看，对改善全体村民生活生产的钱舍得大把花，对可供村集体开支的钱只能抠门儿。

村会计说：2017 年底，村集体的钱，不够给不在编的村干部们发补助了，就向春江集团借。去春江集团总部打借条、盖章，拿回来了 50 万元……每次总说是借，但也从来没还过。

村委会副主任说：村集体接待用的矿泉水没钱结账了，给春江集团董事长红梅说说，拿来 50 万元……所以，村干部们在村集体各项花费上，能维持的维持，能不花的不花，都不好意思向春亮开口了……

的确，村集体经济的现状，已成为全村发展中的一个症结、一块短板。

作为春亮来说，短短 15 年，裴寨村达到现在的发展结果，大概是他能够做到的最好选择了——一穷二白的小山村，既没家底，又要发展速度；既要带领全村百姓脱贫致富，又要调动村干部积极性，不得已的春亮，在面对许多无奈的情况下，只能先把自己豁出去，充当一个在"打仗的火线上抱炸药包攻碉堡开路"的"春亮连长"，奋不顾身往前冲，抢机而行，夺路而上，连拉带推，连拖带拽，先把裴寨村带上一条小康之路再说……

是的，平心而论，裴寨村的经济发展模式，是在"输血"，而非"造血"；但同时，也在"养血"，而不"耗血"——这是现有条件下一条最为简捷、成本最低的发展路径了。

2016 年春天，一位中央领导同志到河南调研，参观了林州市红旗渠纪念馆，走访了卫辉市唐庄镇、辉县市裴寨村、新乡县刘庄村，看望了优秀基层党组织书记吴金印、裴春亮、史世领，并主持召开了基层干部群众座谈会……到辉县市裴寨村考察时，深入田间百姓察访 5 个多小时，感叹道："与十年前相比，裴寨变化真大，真可谓是天翻地覆。"

当天，中央领导同志到村支书春亮家里吃晚饭，一见到在新村家门口迎候的春亮，就笑道："你是河南的全国人大代表，邀请我到你家做客，答应你的事，今天来兑现了。"……饭后，随行人员给春亮家交了 400 元饭钱。

客厅里，中央领导同志与春亮交谈，当聊到听党话、跟党走、同创业、共致富的"裴寨精神"时，问春亮：凭什么听党话、跟党走？

春亮这个精壮耿直的太行汉子，一时之间，千言万语堵到心头，憋得泪光闪闪，突然迸出一句："——我光嫌自己挣的钱少啊！"他着急得都有点结巴了，"要帮的人太、太多，帮不过来，我恨自己能力太小了啊！……"

十几年来，这个付出最多、奉献最多的人，反而成了最有亏欠感、最有愧疚感的人！

裴寨村虽然改变了落后面貌，但一个穷坑要完全填起，谈何容易！

"无工不富，无商不活"的道理，春亮作为辉县第一批民营企业家，怎会不懂？

所以，裴寨村早已确立了以农兴家、以商致富、以工强村的发展战略，裴寨社区也制定了总体发展规划，以一条卫吴公路为中心，路东发展高效农业，路西发展工业，中间发展商业街，让乡亲们"路东当农民，路西当工人，商业街里当商人，春江集团当股东，入住社区像城里人"。

所以，卫吴公路西侧，在"裴寨村复垦子项目"牌子后面，那 200 多亩地平平坦坦一大块放在那里，就是为将来裴寨村集体办工业预留的建设用地……并且，村里已陆续考察过了制药、空调铜管弯头等工业项目。

不过总的来看，在 2019 年之前，裴寨村走的还是一条"亦农亦商新田园"的发展之路。

虽然也有你追我赶，也有奖勤罚懒，但是整个村庄的氛围，还是自然宽松、悠然恬适的，在一首迈向农业现代化的交响进行曲中，还同时保留着一曲农耕传统的田园牧歌。

"条条大路通罗马"。"70 后"村支书春亮挑选的路径，本该是先锋的、激进的、时尚的、新潮的，可是，他为什么选择了这样一条"亦农亦商新田园"的发展之路？

也许，他是怜悯吧。不想过早地拿起工业的鞭子，生硬地抽打刚从饥寒荒渴中走出来的两手空空、毫无资本的父老乡亲。

也许，他是疼惜吧。疼惜父老乡亲，明白他们最向往的东西是什么，明白他们够得着的梦想在哪里，没有那么高，只有一点点，很本分，很现实。

这个太行之子，从回村当村主任第一天起，认识主体就是乡亲，服务主体就是农民，他做的所有大事，都把老百姓的希望揉在里面。他认定，凡事都要从人性本能出发，去思考，去行动；在农村，就是要从农民的人性本能出发，去决策，去发展。只有这样，才会成功，才可持续……所以，他凭着对农民这个主体的价值和情感的深刻理解，在没有一个现成例子可以效仿的困境之中，实事求是，因地制宜，努力探寻着一条适合裴寨村发展的理想之路。

不唯上，不唯书，只唯实，每当需要强调这句话的时候，都意味着逆风而立，稳住脚跟；都意味着艰难，甚至悲壮。

"瓶颈"，能把不屈不挠的太行山人困住的"瓶颈"，是什么？——是一条在逼仄昏暗中摸不到出口的巷道，是一个在幽囚禁锢中挣脱不出来的牢笼。

在巨大的内外压力之下，裴寨村集体经济的发展问题，作为一个矛盾焦点，推到了众人面前……一时之间，忧虑、观望、埋怨、讥讽甚至幸灾乐祸，所有目光一齐盯着春亮……

此时，是春亮回村第 13 年了，他曾经面临许多困境，唯有这一次不同以往，关系到的是整个机制和重大决策，而根源集中在了他这个村支书身上。

也唯有这一次不同以往，春亮沉默了，而且一沉默就是将近半年，这在过去是从未有过的……整个裴寨村好像也屏住了声息，各种人的心理活动，都在一片静默之中翻腾涌动。

红梅作为春江集团董事长，从办企业的角度，谈了自己的看法："先进典型要持续发展，必须产业带动，要找产业经济来源，不能一个人使劲，不能'输血'要'造血'。现在最头疼的是咋'造血'？村里的人才、团队、资金都是短板，这是大事。'输血'一旦变成'造血'，不再给一口吃一口了，干好了的话会有大变化。"……同时，红梅也很理解丈夫春亮的为难："明星村名气大，有面儿还得有里儿，明星村要变赢利村，压力要变动力。可是，现在谁给他支撑点？老百姓对村集体经济的期望值高了，但是实现的可能性小……"

才十来年工夫，天翻地覆，恍若隔世，外人早已忘了当年裴寨村的荒僻贫穷，不少裴寨村民自己也已忘了当年老村的枯井破屋，正如一位村民说的："现在幸福多了，过去点点滴滴的忘得快……"

裴寨村的绝大多数村民，都始终坚持勤劳致富奔小康，他们说："如今日子过得得得劲劲的，咱还不好好干？"但同时，不少村民的眼光也高了，自从裴寨村成为先进典型，他们不再与周边的沙锅窑村、杨圪垱村等相比了，而是与河南农村先进典型新乡县刘庄、临颍县南街村等相比了。其中一些村民比起了福利，渐渐有了情绪，有人在"习书堂"当众发问："过年发啥福利啊？"村里孩子长大后，也不想上裴寨小学了，托春亮活动进辉县城上学，进不了城的孩子家长还对春亮甩脸子……

过去，春亮喜欢把自己比喻为麻雀和燕子，每次衔食回窝，小麻雀小燕子都飞出来了，叽叽喳喳围上来欢叫迎接，那是一个多么幸福的时刻！……现在，温情的场面难道成了一个讽刺，一个多亿的捐款难道成了一个失误？

十几年前起步之时，裴寨村处处都是"短板"，人们对一切都很麻木；如今事业发展起来，显得村集体经济这一块"短板"格外突出，人们都在为之焦虑……

卡在进退两难的"瓶颈"之中，春亮更加理解了习近平总书记在庆祝改革开放40周年大会上的讲话："我们现在所处的，是一个船到中流浪更急、人到半山路更陡的时候，是一个愈进愈难、愈进愈险而又不进则退、非进不可的时候。改革开放已走过千山万水，但仍需跋山涉水，摆在全党全国各族人民面前的使命更光荣、任务更艰巨、挑战更严峻、工作更伟大。"

同时，春亮也更加理解了习近平总书记考察河南省信阳市农村的重要讲话。贫困帽子摘了，攻坚精神不能放松。追求美好生活，是永恒的主题，是永远的进行时。

沉默的春亮，沉思的春亮，与其说是"每临大事有静气"，不如说是脱鞋下河"摸石头"……"其作始也简，其将毕也必巨"，裴寨村改革深化到了如今这一步，是真的走进了最深的"深水区"，啃到了最硬的"硬骨头"。

在此关头，作为一位慈善家，可以委屈和退缩；作为一名村支书，必须反思和行动。春亮对自己说：你不是慈善家，你是村支书，当然要对裴寨村负责，为它的历史负责，为它的将来负责。

裴寨村两委达成共识，必须发展产业，产业兴起来，村集体经济才能强起来。但是，对于引进什么产业项目，认识并不统一。在不搞急功近利、不上污染项目的前提下，春亮认为缺一个高科技企业，而有的村干部觉得应该引进劳动密集型企业，二者差距不小……

对于选择产业方向，春亮一直都在"待机"状态，从来没有"关机"。

举棋再三之际，不怕发展慢，就怕方向错。正如有人说的："俺们不能像公家那样，对形势想咋跟就咋跟。"……对于一个小山村来说，生搬教条，盲目跟风，搞不好都是致命的。如今事业越做越大，无论是裴寨村全体乡亲的身家利益，还是春亮一个民营企业家的身家利益，以稳为上，经不起轻易"试错"了。

"70后"村支书春亮，以他的胸怀，以他的谋略，选择产业肯定也像以往一样，要做就做好的，不搞粗放低端；要做就做大的，不搞小打小闹。

读过长江商学院EMBA、清华五道口金融学院EMBA的春亮，以他的商机意识，以他的关系资源，也有许多领域可以选择。一位安徽同学说可以给裴寨村带来电路板生产项目，还有一位同学说可以来裴寨村生产"联想"配件……但是，产品的上下游配套，在哪里？怎么办？

春亮以长期办企业的经验，深深懂得：一个新的产业，牵涉资源、管理、企业配套、企业归属乃至生活阵地等大事，必须极其慎重地通盘考虑……引进不是难题，跟进是难题。

还有谁比春亮更了解，裴寨村集体的经济发展，这是一口多大的锅，这一口锅里能下多少米?!

人才！——这是最紧缺的"短板"，裴寨村缺的不是人心齐，而是人才少。在整个裴寨村，在整个裴寨社区，举目望去，急需的产业管理、经营、技术等骨干人才，在哪儿呢？

一提人才，春亮就着急上火："空有一腔热血和抱负，关键是没有人哪！山里人，没出过门，没见过人，怎么创富？山沟沟里的产业，谁来管理？产业发展之前，先要发展人，'有庄赔不了地'……"

求贤若渴，求才若渴，裴寨村如今对人才的渴盼，丝毫不亚于当年对水的渴盼……而在当前农村的经济发展中，这也是普遍存在的人才焦虑。

春亮作为全国人大代表，2018 年提交了关于培养农村人才队伍的议案，2019 年提交了关于大力培养新型职业农民的建议……接受《中国产经新闻》采访时，又列举了培育新型职业农民方面的缺憾：

一是缺少专项扶持政策，缺少专门培训机构，仅仅依靠农技校、农民夜校等，无法形成合力。

二是培训内容，有的远、大、空，针对性不强，信息不对称，缺乏吸引力。大部分农民参加过一两次培训，就觉得没意思、听不懂，参与的积极性不高。

三是对种粮大户、家庭农场主、农民合作社领办人、农业园区负责人、农业企业管理骨干，尤其是对返乡创业的农林专业类大学生，帮助指导的力度不够……

近些年，春亮每次到北京参加全国人大会议，都有一个固定的约会——邀请清华大学、北京大学的河南新乡籍学子们，聚在一起吃顿饭。他向孩子们通报家乡发展的大好形势，鼓励他们努力学习，帮助他们解决生活和家庭的困难，已建立起了深厚的情谊。孩子们亲切地围着他，有的喊"裴叔"，有的喊"春亮叔叔"……然而，这一顿饭可不是白吃的，这是在"放长线钓大鱼"，希望学子们将来为家乡施展抱负，"裴叔""春亮叔叔"是在呕心沥血盼望后来人啊！

"瓶颈"，一道令人窒息的"瓶颈"，钻不过去没准儿就是死，钻过去了才是生……所以，人的思想，在"瓶颈"之中反而更加亢奋；人的力量，在"瓶颈"之中反而更加偾张。

静默之中，时钟嘀嗒，第 49 圈年轮正悄悄地向春亮包围上来。他整装出发，开始行动了。

2018 年 7 月，在省委书记召开的一次座谈会上，辉县市裴寨村支书裴春亮发言：要继续改革奋进，争取做出彩的河南人、出彩的河南村。

春亮带领裴寨村两委班子，组织实施的项目进入第三个交叉阶段：

2018 年底，裴寨社区"红色文化旅游特色小镇"工程开工；

2018 年底，裴寨村建厂房引进品牌服装工厂；

2019 年 8 月，裴寨村股份经济合作社成立……

十几年中，相比第一次"五股大交叉"、第二次"四股大交叉"，春亮走出"瓶颈期"的第三次"三股交叉"，出手的力道不一样，缓了，绵了，少林拳法变成了太极云手，仿佛在空中试风，仿佛在河边试水……

2019 年 8 月 8 日，裴寨村股份经济合作社成立大会暨股东代表大会，在村两委会议室召开。会议表决通过了《裴寨村股份经济合作社章程》，成立了村级股份经济合作社；选举了裴寨村股份经济合作社董事会、监事会成员；董事会报告了设置方案和股东名单。

裴寨村股份经济合作社董事会，董事长裴春亮，副董事长裴晓峰，董事裴龙德、张桂先、李国德、任卫海、裴科伟、贾小丹、裴北京；裴寨村股份经济合作社监事会，监事长裴龙翔，监事裴清丽、裴龙义。

裴寨村股份经济合作社的成立，波澜不惊，动静不大；然而，对于裴寨村未来经济体制的改革和发展，意义不可轻估，影响必定深远。

从 2018 年底开始，在卫吴公路两侧，左右开弓，两项工程同时上马：

路东，春亮个人出资 1000 多万元，打造一座"红色文化旅游特色小镇"。从辉县市区向东，过了常村镇，进入张村乡的第一个村庄就是裴寨村。这个"红色小镇"，要让人一踏入张村乡，一踏入裴寨村，便是新风拂面，美不胜收。

路西，春亮个人出资 2000 多万元，兴建服装品牌工厂厂房，创办裴寨服装产业园。

可是，路西只是一条大荒沟，厂房建在哪儿？既然当年建裴寨新村，是向南岭要地；那么现在建服装厂房，就向荒沟要地。

在村口卧羊山对面，沿着大荒沟边上，垒砌起了一道上百米长、十几米高的石头坝堰，加宽卫吴公路西侧，凭空填垫起了 50 多亩建设用地。连续两期工程，在公路边建起了一大排钢架结构玻璃墙面的厂房……总的算下来，光是垒坝填沟的土石方费用，就几乎与厂房建筑费用相等；垒筑地基的工程量，更是超过了建厂房。

外人惊诧地问春亮："你们裴寨村盖厂房，就是这样一块儿一块儿填沟垫起来的?"

春亮无奈而又得意地回答:"是啊,要不往哪里弄地去呢?!"

裴寨村不是现成有一块地吗? 在裴寨商业街中段,那个"裴寨村复垦子项目"的牌子后面,早已为办工业预留了一块 200 亩大的土地呀! ……不,在土地上特别"抠门儿"的春亮,一只"吝啬"的手还舍不得轻易切那一块"大蛋糕",不到特别大的用场,就还在利用边边角角"造地"……

春亮 2005 年当选村主任,接手的"祖业"是 661 亩耕地。15 年来,"祖业"原封未动,建新村没占一寸耕地,拆老村又复垦出了 260 亩耕地,现在填沟垒堰更多出来了 50 多亩企业用地,另外,村东南水库一带还有三四百亩荒沟野坡,将来也可派上用场——裴寨村真是奇特,发展项目越密集,村子地盘越扩大,村支书就是会精打细算呀!

服装工厂一期工程,从辉县市财政局争取来了一笔国家帮扶集体经济发展资金 160.8 万元,这显然远远不够……而春亮个人出资,两期厂房工程建筑资金全部兜底,而且不求租赁回报,目的只有一个——快快"筑巢引凤",为裴寨服装产业园引进品牌服装企业。

然而,兴冲冲的春亮,万万没想到,刚刚起步就遭遇"滑铁卢",经历了一次"倒闭"。

起初,春亮联系了国内几家知名服装品牌厂家,并对引进企业许诺优惠条件:免费提供厂房,不收租金,减免水电费……同时也有一个条件:企业全部招收张村乡员工。

终于来了一家,是河南本土的一家知名品牌服装企业。那位董事长和春亮,既有同窗之谊,也有助力山乡扶贫的共同情怀。

"张村乡裴寨村脱贫攻坚服装产业示范区"的标牌刚刚树起来,品牌服装裴寨分厂刚刚入驻,有一天,上级有关部门来人检查,根据企业经营规定,要求引进企业必须缴纳厂房租金……春亮一听就急了,怼道:"咱们这么偏僻的山里,你去给我找一家企业来!"

他急切地说:"'舍不得孩子套不来狼'。企业无论干大干小,只要能请过来,就是胜利。"

"请"! ——春亮用了一个"请"字。这个"请"字,包含多少苦涩和辛

一村之长

酸，包含多少恳求和企望！

一些繁华便利地带的村庄，已经仿如都市，人流如潮，车水马龙，企业投资趋之若鹜，何需一个"请"字？……春亮参观过沿海地区一个"土豪村"，面积不足一平方公里，就有几个港口，一年租金收入2亿多元，在村子里，村民只有2000来人，而常年居住在此的外来建设者达6万多人。

而在裴寨村，"县角乡边山旮旯"的宿命，始终是最大劣势，人请都请不来，钱请都请不来……十几年来，春亮和裴寨村干部群众，不服输，不认命，他们放了多少根"长线"啊，想钓来"活鱼""大鱼"；他们点了多少把火啊，想把这一方"冷土"点燃烘热；他们做了多少宣传啊，想把这一个角落"叫响""盘活"，希望"近者悦，远者来"，来投资，来办厂，来发展……

"一台缝纫机，致富一家人；一位巧媳妇，全家都脱贫"，是这个品牌服装裴寨分厂的办厂初衷。这座"家门口的服装工厂"，厂房门口满墙一幅大标语，则是春亮提出的口号——"让爱回家"。

春亮说："太行山区，年轻人外出打拼，村里只剩下了留守老人、留守儿童，爹娘不认得儿女，儿女不认得爹娘。年轻人辛苦一年回到家，孩子生疏得甚至都不愿叫一声爸妈，让人看着心酸。亲情都没有了，怎么能教好孩子，怎么有光明的未来？有哪个国家会忍心对这样的家庭置之不理？……没有产业的扶贫，今天扶了明天还穷，终不长久。我们引进服装工厂，就是想破解这个难题，吸引农民回乡创业，让爱回归千百个山村小家庭。"

裴寨分厂里，先开工的是缝制车间，1400平方米厂房，80多台缝纫机，6条U型自动流水生产线，每条线上配备13—14人；另一座700平方米厂房，准备当裁剪车间、包装车间。

2019年春节刚过，裴寨分厂贴出招工告示：面向张村乡，不设门槛，不限年龄，全部招收女工，每月最低工资2500元加超产奖！——如此令人心动的招工条件，惹得网友来问："我们外省的，能来你这里打工吗？"

首批招工，张村乡妇女报名200人，录用40多人。3月15日起，女工们身着统一工装，进入2个月的女裤生产培训，培训期间工资约800元。

那天，春亮兴致勃勃地来到了培训现场。然而，看着自己家乡的这些女工，他真是又想笑、又想哭。

山区农民，没见过机器设备，接受新技术慢，适应新环境也慢……而且，太行山女人性格直率，在大山里说话习惯了大嗓门儿。女工们趴在缝纫机上，一边笨拙地做着活儿，一边还隔着几排工位互相搭话打趣。外面来人到车间查货，听不见机器声，只听见女人说话声……按这个进度，一人一天连一条裤子也做不了。

春亮脸都臊红了，心里暗暗笑骂："瞧你们那笨手笨脚，还不如下田里锄地去！太行山里的女人，到底没有江南女人心灵手巧！"

从山村农妇到产业工人，必是一场艰难蜕变。然而，对于裴寨分厂女工，这一场蜕变太过温柔；而"宠"着她们，是因为她们是裴春亮的乡亲。

5月15日，裴寨分厂正式开工，厂门口打出标语："幸福是奋斗出来的！"……6条生产线开了2条，总部发货过来，包括裁片、辅料、纽扣、衬布、拉链、装饰、商标、针、线和工具。女裤的生产工序，是开口袋、锁边、合缝、合裆、上拉链、接腰、跑裤裥、上腰、压腰……一般至少半年才能熟练，掌握三道以上技术才是全能工。

初期，厂里对女工实行松散管理，没有与其他分厂一样，执行严格的企业生产指标管理程序。相比起来，别人实行计件生产，三班倒，有时节假日也加班，她们只有白天一班，实行计时生产；别人人均一天生产女裤15—20条，她们一天生产3—4条；别人月薪800元保底，她们2500元保底；别人车间电扇通风，她们有冷暖空调；别人大多是出门在外打工，成年见不到家中老小，她们在家门口"挣钱顾家两不误"……

平时，厂里对女工实行人性化管理：

每天8点上班，午餐午休一个半小时；上午10点、下午4点各跳10分钟工间广场舞，下午6点下班。每周上班6天，星期日休息，农忙季节放假。

厂里每个月底开"庆生会"，为过生日的女工切蛋糕、唱生日歌。

女工上班中途，家中老人孩子突然有事，可以马上骑车回村料理，办完事回来接着上班。如果遇到难事，年轻的王厂长还会关心地询问：需不需要找乡妇联、村妇女主任帮忙？

女工最大的心病是孩子。老人一时带不了孩子，怎么办？厂里6点下班，孩子5点放学，怎么办？孩子到周末和假期，怎么办？……厂里为"散养"的孩子腾出车间一角，办起"儿童之家"，从两岁多的娃娃，到十来岁的小学生，最多时有十几个孩子；还安排大学毕业生当"孩子王"，为大孩子辅导作业，带小孩子做游戏。而且，孩子跟妈妈一起吃免费午餐——妈妈在自动流水线上做服装，孩子在旁边学习和玩耍，这样一个温馨安心的"幸福工厂"，到哪儿去找！

不知不觉之间，女工们变了。有的刚进厂时，头也不梳，穿着睡衣拖鞋就来上班了；现在干净整洁，描眉化妆，头发一两天洗一次。姐妹们一起聊时尚，领了工资就逛街，穿戴打扮都不一样了……

然而9月1日以后，压力来了！厂里虽未实行计件生产，但每月组织技术评比。奖励规定，每条生产线超产一条女裤奖励50元，每月6名优秀员工各奖150元；惩罚规定，末位限期补习，如不服从就劝退，但实际上一个员工也没辞退。

女工们中间，大王庄的高书红，杨圪垯村的卢心想，张村的朱红菊、孔彩霞等人，进步都很快，率先向全能工迈进……但是，更多女工难于应付，因为返工与班组长吵架，月薪也拿不够2000元了。到年底，以本人生病、照顾家人、年纪大了不适应等为由，第一批女工陆续走了十几人。

后来，厂里员工增至60来人，生产线增开到4条，产量人均一天五六条。据统计，从开工到2020年春节前，裴寨分厂总共生产女裤1万多条……而只有达到人均一天10条女裤的产量，厂子经营才能保底……

2020年1月6日，农历腊月小寒，裴寨分厂王厂长接到了裴寨村支书春亮的电话——正在山东考察企业的春亮，在风尘仆仆的途中，不忘叮嘱王厂长：提前准备好裴寨分厂招工简章，一过完年就招工；通常一过完年，去外地打工的太行山区农民就出发了，抓紧时机，把人留下来！……

然后，遭遇新冠肺炎疫情；

然后，招不到工人，不再开工；

然后，就没有然后了……

短短一年，就好似玩了一场"过家家"，品牌服装裴寨分厂宣告倒闭。

一场满怀善意的合作，终于没能钻过一道残酷的"瓶颈"，夭折了，失败了。

此事打击最大的当然是春亮，他的同学，他的女工，他的计划，他的热望！裴春亮的字典里，第一次有了"倒闭"这个沉痛的字眼——由此可见，裴寨村这个"县角乡边山旮旯"，要想引进一个外来企业，多么辛苦！要想穿越一道卡脖子的"瓶颈"，多么艰难！

这次教训的原因，各方都可以总结，而终归一条，企业就是企业，不是慈善机构，不是扶贫"鸡汤"……"打铁还需自身硬"，产业助力扶贫，企业必先自强。对于春亮来说，在启动产业化的头一年，就赚下了这样一个彻悟，未免不是好事。

开弓没有回头箭，春亮不会被艰难险阻吓倒，百折不挠的他，依然坚信："只有闭塞的思想，没有偏远的村庄。"

冬去春来，峰回路转，2020 年 3 月，裴寨村迎来了一只远方的"凤凰"。

上海衣尚信息技术有限公司的"80 后"王总，苏州澄新服装有限公司的"70 后"李总，这一对合作伙伴有意进军内地。而且，祖籍河南辉县的王总，也想为老家作些贡献……他们此行考察，对裴春亮和裴寨村的先进事迹十分敬佩，而且，当地政府大力支持引进企业，裴寨村也给予免费提供厂房、减免水电费等优惠。

3 月 23 日，裴寨村与上海衣尚信息技术有限公司签订合作协议。上海衣尚、苏州澄新联合投资成立河南禾合服饰有限公司，打出了"禾合服饰"品牌。

这真是一个"洋品牌"！——它一出手便雄心勃勃，据说，从世界"裁缝之都"意大利那不勒斯邀请了著名设计师加入团队，一起开拓"高定"（高级定制）服装的中国市场。服装工厂紧锣密鼓，从上海请来装修队伍，布置生产车间、时装展厅，兴建员工宿舍楼、食堂……

裴寨社区服装产业园的一幅蓝图，终于重新徐徐铺开——

突然，就在这个当口，令人始料不及的，土生土长的红薯粉条来"加塞儿"了！

真是计划赶不上变化。

这个起因，还要追溯到 4 年前的首届"中国·太行红薯粉条文化节"。

太行丘陵，是中国经典的红薯产区，红薯淀粉制作的粉条，以一种"老家的味道",深受城乡人们的喜爱。如今,随着健康养生的风潮兴起,富含膳食纤维、钾元素、胡萝卜素、叶酸、多种维生素的红薯,以及红薯加工食品,因为补虚益气、健脾强肾、养颜排毒,有利于保护心脏、预防糖尿病、防癌等优点,已从过去农民果腹充饥的口粮,变成了市民餐桌上的"高级"食材……

而在太行山区百姓的身边,还有什么比红薯更亲密呢?——裴寨村的跨境电商选择了红薯,就如"打蛇打七寸",精准打在了脱贫攻坚的"七寸"上,利于带动大面积脱贫,最大限度地帮助百姓致富。

到 2019 年冬至,第四届"中国·太行红薯粉条文化节"开幕。开幕式上一个最大亮点,是迢迢千里来了三家外国客商,带着翻译来到现场……尤其抢眼的是,韩国流通株式会社的客商尹先生,当场签约,一次就订购了红薯粉条加工的酸辣粉 4000 吨,并采购红薯粉条等产品 7000 吨,金额近 1 亿元人民币!

韩国客商告诉采访的中国记者:"我们是韩国最大的中国食品进口会社,希望把中国太行山的粉条食品,销售到韩国的每一个角落。"……同时,一些日本、韩国的经销商,瞄准了酸辣粉这一种新型方便食品。

酸辣粉,是一种方便面式的桶装方便粉条,它选用的原料,是米粉、豆粉、土豆粉等难以替代的红薯粉条;而且,不用油炸,采用无油配方,品质健康,配有多种调味料,还有自热火锅等新品种……近年来,方便面在市场上已渐渐冷落,在 2020 年新冠肺炎疫情隔离期间,销量出现上扬,但整体趋势风光难再。这时,酸辣粉异军突起,成为抢占中国方便食品市场的爆款,不仅符合中国食客的时尚需求,也对了韩国、日本等速食消费市场的胃口……

生产酸辣粉的河南九月天食品有限公司,成立于裴寨村东北 3 里地的大王庄,在首届"中国·太行红薯粉条文化节"时,还只是一家小小的种植合作社。公司董事长比春亮年轻几岁,跟着老大哥一样的春亮,起初目标是搭上裴寨村电商"快车"卖粉条,一年有个四五百万元营业额就知足了。

第二届"中国·太行红薯粉条文化节"时,在春亮的支持下,九月天公司成立,开发了红薯粉条加工的酸辣粉,通过电商,销售额第一年 1000 多万元，第二年8000多万元……公司生产一天的红薯淀粉用量，就达30多吨。这就等于，整个张村乡2万多亩耕地全部种上红薯、磨成淀粉，也不够这个小企业一年的用量。

在大王庄一带，九月天公司带起了190多家合作者……但很快的，管理失控，急功近利，人人都想巧挣钱，家家都想挣快钱，一畅销就猛炒，甚至不惜用假商标骗人，没多久，合作者只存活下来十几家。

到第四届"中国·太行红薯粉条文化节"，春亮又为九月天公司"搭台"，安排它的产品"唱戏"。韩国客商的4000吨酸辣粉订单，就是在那个开幕式上签约的……

一张4000吨酸辣粉的国外大订单！仿佛一个炸药包，轰开了新的大门，耀眼的希望之光照了进来，强劲的机遇之风吹了进来。

以九月天公司的规模和实力，根本接不住天上掉下的这个"大馅饼"。随着订单一张张飞来，尤其是外商订购大单，需要一家大型红薯深加工企业才足以承接……九月天公司原有的管理团队，显然不具备相应资质。最大的短板，是企业资金不足，据了解，仅仅上马大型红薯加工企业中的一个研磨淀粉厂，就大约需要投资1亿元。

而九月天公司之所以敢接外商大单，是因为身边还有强大后盾，公司董事长向老大哥春亮提出股份合作。

经过论证，众人公认的最佳选择是——以"中国·太行红薯粉条文化节"带节奏，请春亮当"龙头推手"，上马大型红薯深加工产业。

一个巨大的商机，就这样扑面而来，结结实实与春亮撞了个满怀。

春亮已习惯于大手笔，而眼前这个商机，想不做大都不行……目标一旦确定，春亮一刻也等不及了："时间不等人，机会不等人！要趁热打铁，抓紧时间，把咱的红薯深加工项目往前推进。"

在春亮眼中，还有更重要的——在酸辣粉的背后，是缭绕不尽的太行山红薯粉条，是漫山遍野种红薯的太行山农民！在这一带山野，红薯与几乎每一户农民之间，都有着直接关联。红薯深加工产业，恰好可以作为一个强大引擎，带动大面积的脱贫致富，最大限度地惠及当地百姓。

什么是"精准"？这就是"精准"！

一村之长

新中国"最美奋斗者"裴春亮和乡亲们的脱贫攻坚路

这时候，张村乡党委政府的思路也很明确：充分发挥"中国·太行红薯粉条文化节"的作用，借助这个脱贫攻坚的新动能，确立张村乡"红薯之都、花椒之乡、温泉小镇、乡村旅游"的战略定位，发掘自身优势，拓宽致富途径，带领全乡群众决战脱贫攻坚。

2020年伊始，冲锋号吹响了。

1月4日，已入腊月，整个中原雨雪交加，大雾弥漫，春亮踏上了新年的第一趟旅程。

韩国客商签过订单才十来天，春亮就与张村乡政府、裴寨村委会、九月天公司的一行人，驱车奔赴山东境内的几个厂家，考察由红薯衍生的淀粉、酵母、饲料等生产项目，以及调味料市场。

成立"辉县市薯品产业园"！——在一群创业者的心中，一个大型红薯深加工企业已渐渐显出了轮廓。2020年5月，张村乡被确定为全国国土全域整治项目200个试点乡镇之一。解决农村建设用地以后，裴寨村、张村、贾庄村相邻的那一片布满矿坑和沟壑的土地，连在一起近3000亩，薯品产业园可以统筹使用……

2020年1月5日，裴春亮带队赴山东济宁考察红薯深加工产业项目。

而春亮以一种更加宏观的思维，希望通过一个"红薯产业链"，掀起一场"红薯革命"：

这一个红薯深加工的大型企业，要带动太行山区的红薯产业化。在经济体制上，可以组建一个股份制企业。生产的原料，来自于遍布南太行的红薯地，每个种红薯的农民，将来都可以是联合股东；企业占用的土地，农民可以拿这些土地入股，参与股份经营……由此，把本地的"土蛋蛋"变成"金豆豆"，把百姓的"拿手好戏"变成"生财之道"，让乡亲们就在自己的"一亩三分地"上发家致富。

这一个红薯深加工的大型产业，要实现太行山区的红薯品牌化。近年来，食品消费市场虽然不断"打假"，但不少造假现象仍然触目惊心，其中的粉条掺假，也是公众关注的一个热点……太行山红薯品牌，就是要向世界宣告："让中国人吃上放心粉条！"创办一个红薯产业，树立一个质量标杆，打造一个行业信誉，通过这个纯正地道的红薯粉条品牌，让国内外的广大消费者，看到"真东西"，相信"真货色"。

为此，春亮还邀请教授专家，开发红薯粥、红薯泥、红薯条、红薯蛋糕等系列食品，凡是能做的放手去做，每年开发新品种，丰富红薯食品市场……

目前，"辉县市薯品产业园"项目报告已获市里批准。

2020 年，中国决战脱贫攻坚的收官之年，抢在这一个时间节点"尖峰"上，春亮带领裴寨村的干部群众，拉开了崭新的序幕，看到了灿烂的曙光，产业格局从此将大大改变。

对于村两委来说，对于乡亲们来说，重要的是，这一个薯品产业园，这一场"红薯革命"，让他们在长久的迷茫彷徨之后，对于发展村集体产业经济，总算拨开了迷雾，"一说红薯，都找到了感觉"。

终于，从一道昏暗曲折漫长的"瓶颈"中钻出头了！扑面而来的，是北方阳光下一片爬满了红薯秧的山川大地，多么熟悉，多么亲切！大伙儿不由深深地透过一口气——哦，咱的红薯！

百折千回，兜兜转转，正如著名作家二月河曾经戏说的一句俗话——"夜里想了千条路，早上起来还是卖红薯……"

一村之长

新中国"最美奋斗者"裴春亮和乡亲们的脱贫攻坚路

2020年7月30日，中央广播电视总台财经节目中心的大型融媒体行动"走村直播看脱贫"，将电视直播"大篷车"开进了太行山下的裴寨村。镜头中，见多识广的"央视财经小姐姐"，走进裴寨中心大广场，采访了"辉县市第二届消费扶贫展销会"；又走进裴寨服装产业园，来到"禾合服饰"品牌工厂，一进门，她惊讶地脱口而出："——哎呀妈呀，太洋气了！"

小康村里话小康

时装展厅里，垂挂着一排排高级定制服装，鲜衣华裳，明媚典雅，有围巾式、水波纹等流行款的羊绒女大衣，有蚕丝面料大衣，还有定制的西装、休闲装……

入夜，随着嘭嚓嘭嚓的流行音乐，炫目的五彩灯光，时尚的男女模特，一台"国际范儿"的T台彩排，不是在一线城市，而是在一个太行小山村上演！

9月5日，裴寨服装产业园开园暨禾合服饰开业典礼上，来自意大利的高级时装定制专家，现场为客人量体设计。同时，"禾合服饰"举行"抗疫英雄服装捐赠仪式"，因为受到春亮为抗疫捐款500万元的影响，决定为新乡市124名援鄂医疗队的"白衣天使"，捐赠总价近37万元的手工定制正装……2个多月后，一件高雅明艳的酒红色羊绒大衣，披在了新乡市一位援鄂护士的身上。124份"贴身礼物"，黑色帆布袋里是男士西装，系着蝴蝶结的白色纸袋里是女式羊绒大衣……

在裴寨服装产业园，"禾合服饰"树立了一个新起点，一个高起点。它的设计总部在上海，希望把在"长三角"地区的产业链、企业管理体系、品牌营销理念移植过来。厂区一期投资8000万元，规划建设厂房40万平方米。手工高级定制服装产品，"一人一版，量身裁剪"，包括西装、羊绒大衣、休闲服等，初步规划年产定制类服装20万件/套，可望解决3万人就业……而在正式开业之前，已经有订单飞进来了……

一股华贵柔曼的"上海风"，怎么吹进了"县角乡边山旮旯"的裴寨村？

"禾合服饰"老板道出缘由：首先，可以大幅节省成本。尤其全手工定制服装，人工成本非常高，上海的熟练工月薪平均8000—10000元，而太行山区的人工平均3000元……同时，河南具有人口和交通的双重优势，1.09

亿户籍人口居全国第一，以省会郑州为中心的 2 小时高铁经济圈，形成覆盖近 4 亿人口的货物集散和消费圈，是一个巨大的市场。还有，新乡的良好营商环境，裴春亮带领裴寨村、裴寨社区提供的周到贴心的氛围，终使"禾合服饰"花落裴寨村。

崭新明亮的生产车间里，女工们身着统一工装，伏在缝纫机前和操作台上，安静而专注地忙碌着。来自江苏昆山的培训师，训练了一批从裴寨社区和周边村庄招来的女工，她评价：这些女工能吃苦，很勤奋，进步很快，现在都能上岗熟练操作了……

相似的女工，相似的车间，春亮想起了那些经历"倒闭"的女工们……他的心中不禁一痛，同时也舒了一口气——太行山的女人啊，再也没有大嗓门儿的嘈杂，再也没有笨手笨脚的散漫，物是人非，脱胎换骨，裴寨服装产业园的希望，服装产业工人队伍的希望，返乡就业"让爱回家"的希望，也寄托在你们身上了！

第八章

"全国文明村"的风采

一村之长
新中国"最美奋斗者"裴春亮和乡亲们的脱贫攻坚路

一、廉洁奉献的村两委班子

2018 年那个秋日，河南日报报业集团的多功能会议室里，当村支书裴春亮走上讲台时，坐在台下的新闻记者们，保持着一片礼貌的安静。

对于先进典型，记者们往往不会仰望，而是平视，因为有许多先进典型，都是在时代主流的倡导之下，通过记者之手采访报道出来的。对于裴春亮的先进事迹，本省记者多多少少都已知晓……

没想到，在朴实谦虚的开场白之后，春亮开门见山："我想说的第一点，是关于'舍得'这个话题……"——敞快！"一口就咬到了包子馅儿上"，记者们的职业敏感一下子被调动起来了。

这一堂"听党话，跟党走，同创业，共致富，做出彩的河南人，做出彩的河南村"的党课，"上连天线，下接地气"，洋溢着新鲜的泥土气息，生动而又深刻，引来记者们笑声不断，满堂喝彩……

的确，裴春亮的先进事迹，离不开一个"舍得"话题；世人对裴春亮的关注，也绕不开一个"钱"字——

2005—2020 年，春亮个人捐资已达 2.1 亿元。因此，世人对裴春亮一个最大的关注点，就是他的"舍得"，舍到了超出想象，舍到了常人难以理解……有人认为这是亿万富翁的豪掷，有人认为这是"最美村官"的壮举，"豪掷，掷出的是青春的礼花满天；壮举，举起的是乡村的梦想无限……"

然而，对于春亮捐款，人们首先应当了解的一点是，他并不是一位大富豪，可以从自己的财产中拿出百分之几，也不会伤筋动骨——这个社会最底层的穷孩子，从一个小剃头匠白手起家，最初的家底，是起早贪黑一年年一点点打拼积攒的；到现在成为一个民营企业家，大部分的收入，也还是辛辛苦苦生产一袋袋一车车水泥挣来的……

裴寨村一位"90 后"村干部说："裴春亮自己不讲这些，太行山人的特点，自己说自己没意思。"

"亲是亲，财帛分"，农村这一句俗语，在裴春亮与裴寨村之间也没用。一旦有人触及这个话题，春亮就会虎着脸，一句话把人怼回去："算恁清干啥！"

春亮坦言他内心的烦忧："我就怕人们光说捐钱、捐钱，让人只以为'他有钱'。我希望的是，人们能够透过捐出的这一两个亿，看到我的一颗真心。"

金钱的品质，就是金钱持有者的品质；把金钱用于高尚的目的，金钱就有了高尚的品质。手中的金钱和心中的热血，就有了同样的温度，血总是热的，钱总是热的。

2019年9月，春亮在新乡市作了一场宣讲报告。素昧平生的一名听众，在微信朋友圈发文：

> 春风吹来，亮满眼。
> 我觉得他就是一个土豪罢了，今天的一场报告，彻底反转了！
> 他的确很土，口音土！用语土！
> 他的确很豪，为村豪！为民豪！
> 有他，春风吹进了人心，
> 有他，亮丽了村光山色，
> 有他，满载村民希望的党支部这条小船一定会成长为"航空母舰"！！

慷慨捐资的春亮，道出了他一腔初衷："中国改革开放那一年，我8岁。一个挣扎在农村最底层的苦孩子，一个没有背景和后台的穷孩子，即使再拼搏奋斗，即使再聪明能干，如果没有村里党组织、父老乡亲帮我渡过难关，怎么会有今天的一切？如果没有'让一部分人先富起来'的政策，怎么能率先进入富裕的行列？如果没有改革开放的环境，一个老板又怎么能当上村主任、村支书？……我们这一代人，正赶上了好时候，改革开放贯穿了我的生命，改变了我的命运，我们成为改革开放的亲历者、见证者，也是最大的受益者。所以，改革开放时代是我的强大背景，党组织和乡亲百姓是我的强大后台。人不能忘本，人要有良心，这是太行山祖祖辈辈传下来的老理儿。不懂感恩的人，无异于行尸走肉。"

他感慨道："静下心来，刨刨根儿，问问底儿，是谁让你富起来的？……要说自己有钱，让你去建手机信号区、建高铁、修高速公路试试？要说自己有能力，把你扔到伊拉克、利比亚、阿富汗那种地方试试？改革开放 40 多年，中国发展这么快，坐高铁想往哪儿去都可以，住五星级酒店方方面面都好；就是在农村，稍有钱的人家，也比以前小地主的生活都好。世上还有哪个国家，短时间能做到这些？是时代召唤了我们、铸就了我们、成全了我们，我们要感恩时代、不负时代、为时代勇于担当。"

所以，在一条"舍得"之路上，春亮的步伐从来不曾停歇。

"天下熙熙，皆为利来；天下攘攘，皆为利往。"在战乱年代，命重要；在和平年代，钱重要。对许多人来说，舍钱无异于要命……然而，春亮说："钱多少是个够？生不带来，死不带去。人活着的意义，是要让大家幸福。不要只做有钱人，要做值钱的人。有钱人好做，值钱的人怎么做还要多思考。"

在金钱这一点上，他是彻底想开了。"好钢用在刀刃上"，钱用在造福的地方，他希望为更多人做好事，希望为人做更多好事，想方设法地做，源源不断地做，人们想到的做了，人们想不到的也做了，直至普惠于一方土地，直至温暖到人心深处……

对于这种境界，世人还在不解地追问：一个人这么"舍得"，总得图点啥吧？裴春亮他图什么呢？

图什么呢？——这个千古命题，也许要问中国历史上的乐善好施之人。看看世代流传的那一段段佳话，如果他们真要图什么，还叫乐善好施吗？

春亮的"舍得"，完全出于他的原始自觉。其实，同样的经历，同样的财富，如果换作另一个人，对老家村里平平常常的什么都不做，乡亲们也觉得没什么，也不会说什么——然而，春亮自己的内心过不去。感恩乡亲，回报社会，是他放不下的人生头等大事。

感恩，在春亮的身上，已从一种情怀变成了一种习惯。从党组织的培养到各级党委政府部门的关怀，从村里干部群众的支持到家里亲戚朋友的帮助，但凡有恩于他的，大到大恩大德，小到滴水之恩，他心里都像明镜一样，时刻在惦记着，始终在念叨着，从不敢忘记，老想着报答……这种感恩的习惯，并非刻意，也不矫情，就是这么自自然然、时时处处流露于他的言行——他的整个身心，好像总是泡在恩德的温泉之中。

全国两会，一般都在每年3月召开，此时北京的天气还是春寒料峭。代表委员们每次去人民大会堂开会，各代表团的大巴车队鱼贯而行，在路口上，行人和车辆常常需要停下等待车队通过……每一次，春亮坐在行驶的大巴上，透过车窗，俯看路口的车流和人群，尤其看到自行车道上、人行道上，那些白发苍苍的老人，带小孩的妇女，还有行色匆匆的赶路人，有的扶着电动车把，有的停下脚步，全都伫立在寒风中。他们仰望车窗里的全国人大代表、全国政协委员，眼神中流淌着无言的期许和热望……每一次，春亮都眼泛泪花，深深感动，默默铭记人民群众的这一份深情。他感到无上光荣，更感到责任重大，如果不替百姓服务，不为祖国献身，怎么对得起党的培养，怎么对得起人民的嘱托！

这么多年，作为一个先进典型，他是普通人，又不是普通人；他用来要求自己的，社会用来衡量他的，标准都已与常人不同。

为了工作日夜兼程，经常熬到凌晨两三点，有时一场奔波下来，吃着烩面都打瞌睡……外人不知道，他由于体力透支，年纪不大已病痛缠身。

高血压、心律不齐，手提包里不离药，常在开会间隙偷偷吃药；

腰椎间盘突出，曾经做过手术。出门坐车经常戴着护腰，在长途赶路以后，下车有时得靠司机在前面拉，后边的人托着腰，才能从车上下来；

严重胃溃疡，曾经住院治疗；

甲状腺结节，颈部手术留下疤痕，平时有意穿高领上衣；

皮肤严重过敏，经常突然发病出现满身斑疹，要长期吃治过敏的药……

这都不算什么，让春亮感到沉重的，主要是情感上的负债累累——村支书与企业家毕竟不一样，尤其成为先进典型以后，负荷越多，时间越紧，对家庭的亲情陪伴就越少，与从小要好的伙伴们也越来越远。有时很想念朋友，朋友也来电话邀约相聚，自己却总是工作丢不开，好不容易坐到一起聊起来，朋友们也理解他。不过，三次五次、十次八次，人家就不再打电话了……

一村之长

新中国"最美奋斗者"裴春亮和乡亲们的脱贫攻坚路

天性喜欢交朋友的春亮，欠人情太多了，内心满是矛盾纠结。

记者采访中问道："刚才听你说到一个词——'爷们儿'，你是怎么理解的？"

春亮眼睛一亮，激扬的神色又回到了青春少年之时，满满的能量充溢于整个身躯。那有一道小小疤痕的嘴角上，露出了一抹骄傲的微笑："爷们儿！关键的时候能出手，一旦遇到正义的事，马上潜意识里哗的一下挺身而出；有危险的时候，一马当先走在前面。在家里，敬老人，爱孩子，爱自己的媳妇；在村里或企业里，上台讲话有人响应，有号召力。我觉得，这就是爷们儿！"

2018年盛夏，在宝泉景区一个静谧的晚上，群山似墨，夜凉如水，春亮难得地清静下来。与友人聊到推心置腹之时，他的嗓音不高，却在大山中传得很远："在和平年代，我是带领乡亲们脱贫攻坚，是办企业实业报国。如果发生战争，一说国家的事，舍我其谁！我想，我40多岁了，只要国家需要，我必全力以赴，也能上战场杀敌。命值几个钱？不就一条命吗？有啥！为国家为老百姓尽力，舍得！"

新中国成立70年大庆，春亮给朋友转发了一条微信："国家的事是大事，凡国家的大事情，你必须肝脑涂地！"

15年里，在共产党人的信仰之下，他形成了自己信守的价值观、财富观。

有朋友问春亮：你付出这么多，将来有一天会不会后悔？——春亮坦诚地说："回顾这十几年，有时偶尔一闪念，我也觉得自己疯了，为自己的行为感到吃惊。但是，我从来没有后悔。年轻时血气方刚，干就干了，感觉很开心；现在50岁了，知天命之年，感觉很安心。"

所以，每当人们问到"舍得"，春亮总是回答："先说'得'，先说'得'，还是得到的多。"

他得到了党和国家赋予他的荣誉感，得到了乡亲们拥戴他的成就感，得到了社会上肯定他的尊严感。

他说：回家往村里站上一二十分钟，乡亲们就偎上来了，大人嘘寒问暖，小孩儿都围着喊"爷"，让我感觉就像孙悟空回花果山了一样。乡亲们对这个村支书一百个放心，这不是每个有钱人都能做到的，这是人生多么高尚的价值，这不就是"得"吗！

裴寨村两委干部们，也与春亮有着同样的光荣情结。

仅仅十几年前，裴寨村这一个闭塞落后的小山村，连在辉县境内都鲜为人知，村干部到市里开会进门登记，常常被人写成城南的裴闸村，让村干部们心中憋屈了好多年。而如今，在辉县市、新乡市乃至河南省，一说起裴寨村，许多人都知道，裴寨村干部走到许多地方，都被人高看一眼，感到脸上有光。

村干部说："有春亮这个榜样带动，裴寨村干部谁干谁荣耀，因为上上下下都相信你啊。"

有了一个高素质的裴寨村支书，就有一班高素质的裴寨村干部。裴寨村干部与其他村干部站在一起，有礼貌，有修养，讲规矩，讲礼仪，自有整洁干练的面貌，自有端正脱俗的气质。

但同时，在裴寨村当村干部，也不轻松。

裴寨村是先进典型，又扩展成了裴寨社区，不仅事务比一般行政村繁多，而且各项工作还要求上档次。

裴寨村两委班子成员义务打扫卫生。

一村之长

村干部个个训练成了多项全能选手，一个人顶几个人用。除了保证完成本职工作，还兼保洁工、接待员、厨师、服务员、司机等，路灯坏了自己修，割草机买来自己割，公共设施卫生也由村干部分摊包干……

每天一大早，在村两委办公楼、村史党建展览馆、便民服务中心、"习书堂"、农民红色课堂、小宾馆、"喜事汇"餐厅、公厕、花坛，村民们看到忙碌打扫卫生的都是村干部，不解地问：你们天天干这个，又脏又累，找个保洁员不中么？……村里有 4 名保洁工，只负责打扫裴寨中心大广场和大街小巷。

20 多岁的村委委员兼妇女主任，每天从家里出来要带两套装备，一套是接待参观团队讲解时的藏青色西服工装，一套是打扫卫生、拔草用的便装和塑胶手套。

有时领导来裴寨村考察调研，中午在村里用便餐，村委会副主任就临时上灶，掌大勺当厨师……

让春亮感到为难的一种状况是，现任 11 名村干部，一部分在编，一部分不在编。

上级规定了村干部编制，裴寨村正副村支书、正副村主任、办公室主任、会计、妇女主任，属于张村乡正式任用的村干部。目前，他们的工资从1380—1800 元不等，其中村支书春亮的工资由辉县市发放。从 2005 年至今，春亮从村主任到村支书，工资从最初每月 300 元渐渐涨到了 2000 多元……就这份工资，他每月一分不留，全部买成图书送进了裴寨村图书室。

还有 5 名不在编村干部，由裴寨村每半年发一次工资，每月 900 元，年底补助数额不定……

这个情况，裴寨村民都知道。

所以，对于村支书春亮的廉洁，裴寨村百姓放一百个心。一边恪尽职守，一边反哺乡亲，双重的付出，双重的奉献，这样的百姓公仆，他还会贪腐吗？

所以，对于村干部们的廉洁，裴寨村百姓也放一百个心。一边尽心履职，一边无私奉献，这样的百姓公仆们，他们还会腐败吗？

春亮感叹："村两委的年轻党员干部，忠诚肯干，整天手脚不停，忙得就像机器人一样。凭他们的能力素质，随便到哪儿去上班，一个月都能轻轻松松挣几千块钱。可他们甘于清贫，拿着微薄的工资补贴，为全村百姓忙前忙后……"

为此，春亮心中终日难安：村干部的待遇一直上不去，每人身后还有一大家子需要生活呢！尤其是那些不在编的村干部，长期不计报酬、不计名分，为村集体跑前跑后作贡献……2013 年，春亮当村支书第三年，压力大到不能不想办法了——他拿出了自己在春江集团效益最好的两个子公司的股份，分别转让给了裴寨村几十名党员干部。

在裴寨村，村支书春亮这一面镜子，时时刻刻摆在这里，旁人经不起照。

所以，村干部没得说，只能以春亮为榜样，自觉发扬奉献精神，为乡亲们办事，搞好村里的工作。

正如一位村委所说："年轻人跟着裴春亮，有劲儿干，挣钱不挣钱无所谓，他的奉献精神值得学习。我们都没怨言，因为我们有一个好的榜样、好的带头人。"

村两委唯一的公务车，是春亮七八年前花 8 万多元买的一辆桑塔纳，因为出勤率太高，早已旧损，开起来咯噔咯噔的……所以平时，村干部们普遍都是私车公用。无论哪个村干部的私家车，都比公车桑塔纳气派舒适，遇到公事，开上就走。

2018 年夏天，为了加紧印刷一批宣传裴寨村的图书，村委委员兼办公室主任裴龙德开上私家车，与年轻村委委员任卫海，还有外单位一位韩主任，一同奔赴郑州。忙了一整天，到晚上 9 点返回时，在高速公路上刚刚进入新乡东路段，就出了车祸。一辆疾驶的大货车，从后面把龙德的车撞飞20 多米，车掉了个头落下来，后备箱都撞没了。

驾驶座上的龙德幸未受伤，韩主任眼部撞青了，坐在后座的卫海，胸部遭到撞击，伤得最重。卫海被龙德和韩主任拖出车厢后，看到满地碎片的现场，才渐渐恢复了意识，他摸摸头上，流血了，扎进了一块玻璃碴儿。3 个人退到路边的隔离带上，鲜血从卫海的脸上流下来，他站都站不住，浑身瑟瑟发抖。

一村之长

新中国"最美奋斗者"裴春亮和乡亲们的脱贫攻坚路

夜色漆黑，四顾茫茫，只有飞车驶过的一阵阵呼啸中，划过一道道稍纵即逝的灯光。龙德站在黑暗中，第一个拨通了春亮的手机，耳畔传来春亮一声"龙德"，这大老爷儿们不禁哭出了声……春亮和红梅十万火急，从新乡市区驱车赶到车祸现场，车还没停稳，就匆匆跳下来，向龙德和卫海他们跑过来——那一刻，卫海仿佛在夜海中看到了一束光明，像孩子一样放声痛哭起来。

春亮当即送卫海到新乡市的医院拍片子，万幸身体没有大碍。只是把龙德的车送去修理时，看到前后排的座位已挤压到了一起，所有人都感到了深深的后怕……

卫海半夜回到家，为了不让家人担心，忍痛将头上的敷贴撕掉，换了一间屋子睡觉，第二天一早就出去上班了。中午一回家，母亲王习青就搂着他哭起来："孩儿啊，听人家说，你们差点儿就没命了。没了你，你让爸妈咋过呢？……"卫海是家中独子，他也哭了，擦干眼泪安慰道："妈，你看我这不是好好的么！咱命大，没事儿。我现在是村里的党员，吃点苦受点罪没啥，以后出门注意一点就行了。"

村党支部副书记裴龙翔，性子刚烈，说话直率，有思想，能开拓，雷厉风行，敢打敢冲。他在村里负责对外项目，抓经济发展……十几年来，作为春亮的得力臂膀，龙翔笑道："我抱定了信念，跟成功的人走，离成功更近一点，会不好吗?!"

2019年农历冬至深夜，为第四届"中国·太行红薯粉条文化节"忙了一天的村委会副主任孟群，正要休息，听到敲门声，打开一看是70多岁的老党员李佳枝。原来，她家的门坏了，儿子股骨头坏死行动不便，她怕夜里门户不安全，摸黑来求助，想让孟群派个人去修修。夜半天寒，孟群说："我去吧。"他陪着李佳枝到她家，连夜动手修好了门，让老人睡了安稳觉……

村委委员兼办公室主任裴龙德，在村两委办公楼守摊子。家近在眼前，只隔一个广场，他很少按时回家吃饭，有时回家看见面条下在锅里还没煮熟，又回办公室改材料，妻子爱妮嗔怪他："家就好像不是你的家似的，你就不是家里的人！"他赶写材料常常一干一个通宵，有次熬到半夜太困了，误将风油精当作滴眼液滴入眼中，疼出了满眼泪。2018 年，龙德被评为辉县市优秀共产党员，感慨道："我从一个修表匠，到获得今天的荣誉，裴寨村这个大熔炉使每个村干部百炼成钢。"……他父亲裴清玉，曾经是受奖级别最高的裴寨村民，1983 年在自留地边栽了上百棵桐树，辉县县委、县政府为他颁发了"全民文明礼貌月"奖状。龙德把自己的"优秀共产党员"证书与父亲的奖状珍藏在一起，父子两代光耀门楣。

盖新村的那段日子，春亮在村里忙活，中午饿了，常去村干部家里蹭饭，尤其喜欢吃孟群家、龙德家做的煎饼、南瓜臊子捞面条，总是抚着肚子说："一回村吃就吃撑了……"春亮当村主任头两年，村里来了媒体记者、工程人员，他也领到龙德家蹭饭。龙德妻子爱妮虽然不会上盘上碟，做大烩菜和手工面条也好吃，为村里做了两年辛苦奉献。后来，来了上级领导，再要管饭，爱妮就慌张心虚了，说："春亮叔，你弄两间房吧，烧个大地锅，来客就够吃了。"……春亮没弄两间房，却捐建了一整座裴寨新村……

村支委委员裴清丽（天喜儿），两个儿子都开牙医诊所，他本可以享清福了，但为村里勤勤恳恳，每天忙个不停……一个夏日，有客人要来村里参观，春亮吩咐：天喜儿哥，去买俩西瓜，等客人进门儿，啪啪啪切开，利亮一点。

村支委委员兼会计李国德，从张村乡郗庄村落户到妻子娘家裴寨村，当村干部 30 多年，是经历了四任村支书的"元老"。他耳朵有点背了，开会总是坐前排，左手神经萎缩，动手术还未痊愈就继续工作……

村委委员张桂先，负责村里的卫生和绿化，早晨不到 6 点就起床，电动车上驮着扫把，天天穿梭在大街小巷。公共厕所的卫生，交给别人不放心，自己亲自打扫。有一年出车祸伤了腰椎，稍微好一点就又上岗了，她说："为百姓服务，活一天干一天。"

村委委员兼妇女主任贾小丹，2013 年夏天生儿子，按农村老规矩，坐月子期间不能吹风着凉。在还差四五天满月的时候，村民忽然找到她家里，因为要办户口，必须在期限之内赶到张村乡政府去签字……贾小丹二话没说，放下褟褓中的婴儿，不顾婆婆的阻拦，让丈夫开车把她拉到乡政府，及时帮村民办好了手续，还若无其事地笑道："反正坐车呗，也没有风……"

一村之长
新中国"最美奋斗者"裴春亮和乡亲们的脱贫攻坚路

村委委员任卫海，原是村里的富家子，父亲办面粉厂家底殷实。卫海自荐到村里工作以后，父亲突患重病，为治病家里掏空了，经济上没了靠山。卫海的妻子李飞飞为了一双儿女，去卖烧烤、卖衣服，劝卫海不要当村干部了。卫海最要好的发小，当海员拿高薪，也劝卫海投资做生意。有天，李飞飞生病了，卫海开车带着妻子和孩子去医院。半路上，忽然接到村里电话，需要他赶紧去送材料，别的村干部都有事忙不开。卫海让妻子自己带着孩子去看病，李飞飞哭着说："卫海，我啥都指望不上你了，看个病，你都把我扔在半路上！"卫海看着妻子开车离去，心里非常难受……回家后，他劝慰妻子："虽然，咱挣不了啥钱，没能让你过上你想要的生活，但我们得用感恩的心来回报村里。咱爸得病时，春亮书记和红梅老总帮那么大忙，乡亲们也是这家拿来点儿钱、那家拿来点儿钱，帮咱家渡过难关。这些恩情咱都得记着，咱没啥大能耐，尽心为村里办事也是回报。"

卫海25岁时当选村委委员，工作尽心卖力，经常忙到大半夜才回家。常常刚端起饭碗，就接到村里电话，撂下碗便开车出发。最忙的时候，在裴寨村与辉县市区、新乡市区之间，一天开车往返跑了6趟……村里伙伴见面问："卫海，你在村委会都干啥呢？找你去玩一会儿都没空，你们真有那么忙吗？"卫海如实告诉伙伴："有时候，开车出公差赶得急，一天全部在路上，真是累得不行了，就把车停在路边休息一下；特别是夏天，开车瞌睡了，就买一瓶冰矿泉水洗把脸——想想吧，当你们在家安生地吃一顿饭、睡一个午觉的时候，我还在路上奔波……也不图个啥，我只是觉得，现在裴寨村正在发展阶段，咱是一个年轻人，跟着春亮书记好好干，能把领导交给我的任务完成好，为村里发展作点贡献，也是一名党员的职责，再苦再累也没啥。"

二、沧海桑田的变迁

15年里，裴寨村发生了翻天覆地的巨变。春亮与并肩奋战的党员干部和乡亲们，激情豪迈，指点田园山川——

322

瞧！老天爷早给咱这一代人预备好了：想建新村有南岭，想建水库有大东沟，想建"初心广场"有三角地，还腾出了老村盖大棚，连边边角角都利用起来盖厂房，凡事一开工都是得心应手——这一切，就是给咱们留下的用武之地呀！

昔日太行山贫困村靠啥展新颜

是的，这一代人感谢苍天的赐予，苍天也感谢这一代人的出现。

正如 2020 年"五四"青年节那一段爆红视频《后浪》所说——"你们有幸，遇见这样的时代；但时代更有幸，遇见这样的你们！"

南岭荒凉千载，大东沟残破百年，亘古不变的一片太行丘陵，到 21 世纪初期，才在这一代子孙的手里，万物更新，彻底改观，变成了宜居宜兴的山村……裴寨村 300 年等一回，终于等到了这一刻。

世界银行 5 次来裴寨村考察调研；德国、日本、意大利等国家的学者友人，参观考察这一带的村庄和企业，惊讶中露出欣喜，裴寨村刷新了他们对中国农村的印象。

"裴寨村的故事，是我们对外讲中国故事的最好素材。"这是中国外文局

裴寨村两委、裴寨社区两委办公楼。

一村之长
新中国"最美奋斗者"裴春亮和乡亲们的脱贫攻坚路

采访团留下的结论。

在改革开放 40 多年的大中国故事里，太行山下的裴寨村故事，恰如一个美丽的缩影，一块亮眼的"拼图"。

裴寨村成为一个农村先进典型，2017 年被评为"全国文明村"，2018 年成为全国党员教育培训示范"新乡先进群体"基地的实践教学点，并先后被评为河南省文明村镇、河南省十佳魅力村镇、河南省十佳新村、河南省美丽乡村建设标准化示范区、省级卫生居民小区、新乡市文明村、辉县市文明村创建先进单位；还被评为全国五四红旗团支部、新乡市先进村党组织、辉县市先进基层党支部……

春亮感慨："改革开放的变化就发生在身边，总让人恍惚感觉：发展咋这么快呢？"

当年为了爱情"私奔"到裴寨村的马素琴，如今 40 多岁了，日子过得好，身手仍麻利。有时，村里来了办公事的客人，村干部就让她到小宾馆厨房，临时给客人做些家常饭……客人问起昔日裴寨村，素琴满脸不屑，笑嗔道："咦——！以前，谁愿嫁裴寨呀？从俺娘家柴庄到裴寨，进庄，一道沟；出庄，一道沟；沟上一头一座小桥，人也穷得很呀！……"这时，村里人总是当面戳穿她，讲起她和丈夫合群"私奔"的浪漫情史，素琴娇羞掩口，脸上笑成了一朵花。她的大伯哥感叹："过去吃没吃，穿没穿，谁做梦也没想到还有现在的好日子。"

乡亲们聚在一块儿聊起来：以前，是农民养国家，每年交公粮、交余粮，还要交十来项杂费税款。现在，是国家养农民，种地给钱，种粮直补，近年一亩地补 127 元；土地流转，户主一亩地一年拿到 600 元流转费。同时，国家还给农民办医保、低保，发养老金……以前，农民养鸡吃不上鸡蛋，养猪吃不上猪肉；现在，不种稻子吃大米，不种谷子吃小米，不养鸡吃鸡蛋，不养猪吃大肉，一切都翻过来了——社会发展真快，这个 10 年与上个 10 年，已是天壤之别。

有的村民感慨："唉，很难用一两句话来讲了。"

又有村民笑道："那你不会用四五句话来讲？！"

裴寨村分布着四个广场——中心大广场、"初心广场"、运动广场、老村广场。

中心大广场上，白天停放旅游大巴，参观团队和游客在这里往来穿梭；晚上中青年妇女跳广场舞，老人做健身操。

"初心广场"上，大红巨型牌匾前的绿茵草坪上，焦裕禄、杨贵、郑永和、史来贺、郭兴五尊英模塑像，使这里充满了壮美而亲切的故事，成为当地山乡人民铭记初心、缅怀英烈的一处胜地。

运动广场上，有绿色运动场、健身广场、门球场、乒乓球台。

老村广场上，东南角有一个传统文化园——

这里有"根文化"，一口百年古井，四株百年老槐，植下裴寨村300年之根，至今是全村的政治文化中心。

这里有"太行红色历史文化"，一座大型室内"裴寨初心馆"，有"太行初心""共城家风"两个展馆；

这里有"传统民俗文化"，复建了一排原始风貌的土窑洞，再现当年"裴寨生产大队"的生活场景……

老村广场东头，是裴寨水库的坝首，石碑上镌刻长诗《奋进的裴寨》。水库里，碧波荡漾；崖岸上，农家乐餐馆正在营业，冬桃种植基地也已挂果……

1990年，裴寨老村只有一台80千瓦的变压器；现在，裴寨村已有5台300千瓦的变压器。

2005年，裴寨老村竖起第一根电线杆，村里亮起了大灯泡的路灯；现在，连田间地头都有太阳能路灯照明，广场和大街更是路灯璀璨，成了一个漂亮的"不夜村"。

2020年3月，裴寨社区5G开通。年轻村民基本都用上了电脑，网购、微信转账、刷微信群也成了老少村民普遍的生活方式。

裴寨村里，互联网覆盖全村，与农民的日常生活交织在一起。村干部有"裴寨党支部"微信群，村民有"裴寨村大家庭"微信群，外出务工者有"务工人员"微信群。

裴寨社区里，各个小区和村庄之间，最灵通的就是"裴寨社区"微信公众号了。每月发布"裴寨动态"，栏目有"重要接待""党建活动""乡村振

一村之长
新中国"最美奋斗者"裴春亮和乡亲们的脱贫攻坚路

兴""产业兴旺""造福百姓""文化亮点""学习强村""月末干群联席会""劳动光荣""环境提升""裴寨喜事""媒体报道"……

中央有啥新精神,国家有啥新政策,裴寨社区发生了哪些大事,裴寨村来了哪些参观团队,村两委开了哪些会,村干部干了哪些事,村民中出现哪些好人好事,高考和中考哪家孩子金榜题名,等等,在这些微信群里都一目了然。

裴寨村自来水、天然气、宽带户户通,住宅楼建成 10 年后,又加装了一层保温墙……随着人口繁衍、户头增加,16 栋双层住宅楼已经不够住了,北侧又矗立起了一座崭新的 6 层住宅楼;

村里物业免费管理,8 个楼排都设有分类垃圾箱,卫生保洁队每天清运;

村里建立了污水处理厂,生活废水净化后灌溉农田;

裴寨村过去连一个公厕也没有,现在广场、小区、商业街已有 7 座公厕,第 8 座还在建设中。一个小山村的公厕分布密度,超过了城市街区。

村党支部副书记裴龙翔,从小有一"怕"——怕进辉县城。那时,偏僻的裴寨村不通公交车,进城只能坐柴油三轮大篷车,卫吴公路又是土公路,路途坎坎坷坷,颠簸得大人都坐不稳。他年纪小,两次进城都被抛颠一路,两次都被大篷车顶的钢筋棍儿碰得头上流血,所以,把一条进城公路视为畏途……

过去交通不便,裴寨人到省会郑州办事,最少得花 2 天时间;去一趟新乡市区,要绕道辉县城,来回车费 26 元……2014 年,经过春亮多方协调,开通了裴寨村—卫辉市区的小公交。后来,又经新乡市政府部门协调,开通了裴寨村—新乡市区的城际公交,无人售票车 30 分钟一班,来回车费 6 元,公交车站就设在裴寨商业街上。张村乡 70 岁以上老人大都没去过新乡,通车那一天,白发老人们喜气洋洋坐上公交,这辈子头一回进了新乡城。

河南方言爱说"中",河南自古称为"天地之中"。2011 年以后,国务院批复了河南省构建"以郑州为核心的米字形快速铁路网"规划。如今,裴寨人到新乡乘高铁上北京办事,一天打个来回,一点儿也不耽误晚上回村里睡觉……

裴寨村两委组织志愿者,开展"孝老敬亲"活动。在运动广场上,趁着冬日暖阳，为老人理发，给老人洗脚；在"喜事汇"餐厅里，摆开"敬老饺子宴"，让全村老人团聚开心。

全村60岁以上老人，都有养老保险卡，每月领取养老金，2018年涨到了170元。

2020年3月起，村支书春亮又个人出资，为全村每位90岁以上老人每月发放慰问金300元。93岁的冯爱英、92岁的牛凤英，全村最年长的这两位老寿星第一批领取。春亮还专门安排，一定要给老人发现金，方便老人给孙辈买吃的玩的，欢享天伦之乐。

78岁的裴清玉老人，曾经被马踢伤眼睛，走在路上，晚辈小媳妇热情地向他打招呼："爷，去哪儿呢？"他目力不济，嘟囔道："这是谁家闺女？"……当年，他挥起镰刀把孩子的塑料底高跟鞋割成了平跟儿，现在自己也瞅着广告，从时尚皮鞋中挑着买鞋穿了。

而晚年生活最惬意的，要数老村主任裴永。2010年老村拆除，他住新楼一时不适应，正好裴寨新村大门口有个"看门人"差事。他在门卫室里安了家，直到生病去世前，在这里一住四五年，门卫室成了全村热闹的"老年俱乐部"……

裴寨村民的生命健康，在村支书春亮的心中，是一根时刻绷紧的弦。春亮想起往事，就叹恨不已："我大哥喜亮，还有大个子铜更，都是傻子。大哥年轻轻的，血压高，头疼晕倒也不懂得吃药，结果30多岁就中风偏瘫了。铜更当村治安副主任，血糖高，42岁就脑出血，坐上了轮椅，智商只相当于十来岁的小孩儿。还有孟二孩，高血压，高压到200多了还不吃药，说自己一点感觉都没有，砰！死了，有感觉了！本来一粒降压药就能解决的事，不到5分钟就送了命……铜更、二孩，要个儿有个儿，要劲有劲，结果教训惨痛。村里去世的人，百分之八十都是死于无知……"

为给裴寨村争取医疗资源，春亮担任了新乡医学院思想政治理论课的校外兼职教师，与师生建微信群，邀请他们到裴寨社区开展医疗实践。新乡医学院的国际教育学院"医往情深"志愿服务队、护理学院"红虞先锋队"，也来到裴寨社区为村民服务。

有天，春亮去新乡三院看病，三位年轻医生惊喜地围过来说："裴书记，

一村之长
新中国"最美奋斗者"裴春亮和乡亲们的脱贫攻坚路

我们在裴寨村实习过,您还记得吗?"……在裴寨村实习,条件相当艰苦,大学生们自己做饭,住宿打地铺,但都留下了美好记忆。春亮请实习学生聚餐,带他们登上太行山,参观抗战时期太行军区的遗址……

裴寨村的标准化卫生所,设在新村最中间的4排13号,诊疗室、观察室、药房一应俱全,村民有了小病可以就近医治……2018年5月,裴寨社区与河南省职工医院签订家庭医生服务项目协议,村民建立健康档案,可以请医院专家视频会诊。社区每年都请新乡市、辉县市的医生,来为村民免费体检。还建起了卫生知识宣传栏,介绍文明健康常识。

春亮欣慰地说:"以前,乡亲们怕人笑话说:你们种田人,还锻炼啥身体!现在乡亲们讨论的,是中央领导的保健医生说每天吃啥、喝啥……"

2011年春节,春亮与杨圪垱村的赵永杰、井南洼村的孔德海、滑峪村的冯来生、牛村的张军喜聚会,好友相见,谈笑风生。

他们聊着聊着,不知怎么聊到了过年洗澡……"洗澡难",在干旱缺水的太行山区是普遍现象。山里的孩子们,胳膊肘上、膝盖上、肚皮上都是黑疙瘩,只有逢到下雨天,才在水坑里搓搓泥窝窝儿。在座的五个人,都是这样长大的,也都知道一首腊月过年风俗的顺口溜:

二十三祭灶关,

二十四扫房子,

二十五磨豆腐,

二十六蒸馒头,

二十七去赶集,

二十八门神贴,

二十九扭一扭(家务活儿干完轻松了),

三十儿褪褪蹄儿(洗脚),

大年初一撅屁股儿(给长辈磕头)。

只有大年三十这一天,全家人才舍得打盆水,女儿和儿媳先洗,老人最后洗,"过年半盆水,全家洗个遍;女用头遍水,男人洗二遍;洗罢手和脸,再洗脚底板……"

整个张村乡，到这时连一个公共澡堂都没有，洗澡对于山区百姓是一种奢侈的向往。而这时，裴寨村已经有了二级提灌蓄水"田心池"……春亮忽然心中一动，提议："咱几个给乡亲们圆圆梦呗。"

五个人当场兑现，每人拿出5万元，后来实际花了五六十万元，捐建了一所浴池。2011年6月1日，浴池在裴寨中心大广场南侧动工，春亮取名"同心浴池"……到2013年底，裴寨水库又通水了，用水更不成问题。浴池安装了燃气锅炉，开设了淋浴、蒸房、澡池，还有搓背服务，洗一次8元钱，与城里浴池的条件一样，为顾客提供充分的享受。

起初，准备张贴的浴池海报是：五位捐建人的老家裴寨村、杨圪垱村、井南洼村、滑峪村、牛村，村民免费洗浴……但有人说：这不行啊，养一堆年轻人，啥活儿不干，天天在这儿泡澡咋办？后来，改为70岁以上老人免费洗浴。

"同心浴池"一开业，就轰动了整个张村乡，乡亲们奔走邀约："走呀，去裴寨新村洗澡呀！可得劲了！"……热雾腾腾的澡堂子里，人多得像下饺子一样。曾任裴寨村委的裴清旺，当时60岁了，大半辈子没洗过一次痛快澡，美美地泡在温水池子里，脸上的皱纹都融化了……

春亮说："我看着男女老少从浴池出来，一个个脸色红白，头发黑亮，手也柔和得很，心里真高兴。"

裴寨村这个"县角乡边"，位于两市交界地带，治安案犯易逃难抓，假货和"三无"产品也容易横行，安全是一个大问题。

2008年冬至裴寨新村乔迁之喜，也许惹人眼红，村民刚刚入住个把月，还没安装防盗窗，家里就招贼了。外地人流窜作案，气焰十分嚣张。据协管治安的村干部说：村会计裤兜里的几百块钱丢了，以为家人拿走了也没吭声；新村第一排还有两户人家被盗。而当裴寨村治安队正在加紧巡逻，又有人家被盗；公安局警车来了正在村里调查，裴寨商业街那边又被盗了……一时间，村民心里紧张不安，在地坪摊晒粮食时，晚上都带苇席被子睡在旁边，或睡在房顶上看守……

裴寨新村严阵以待，很快完善设施，住宅楼安装了防盗窗，公共场合安装了电子摄像头。在春亮的特别安排下,村委兼治安主任裴科伟和村干部裴北京,带领治安队,在裴寨商业街上驻扎下来……6名治安队员,都是30多岁的壮汉,夜晚在村里巡逻,白天留一人跟裴科伟在商业街值班,其他人各自谋生,因为在治安队没有工资,全是尽义务。

卫吴公路边的大宣传栏上,治安联系电话就是村治安主任的手机号。外地游客在裴寨社区遇到困难、吵架斗殴,或者外地人来裴寨社区欺负山里人、寻衅闹事,治安队都会当即进行文明处理,尽量使当事双方达到和解。

"裴寨村无假货",也是春亮想挂牌提出的一个口号,对裴寨商业街上的商户,提倡童叟无欺,防止短斤少两,包括饭店食用油都要监管。

虽然,裴寨村治了,周边不治也不行,但春亮首先要求"守土有责",保证裴寨社区境内,哪儿都是平安的,哪儿都有安全感……所以迄今为止,治安状况良好,多年没有发生一起治安案件。

裴寨村注重"家门口就业",热情吸引大学生、外出打工者返乡就业、创业。

2019年大年初一,趁着归乡过年的人集中回村,裴寨村两委把在外工作、上学、居住的乡亲邀集起来,46位老少爷儿们围坐在大圆会议桌边,开了一个共叙乡情座谈会。

村支书春亮挨个儿询问——在外面上学,学的啥专业?在外面工作,有哪些选择?在外面生活,过得顺心如意吗?……他说:"作为一村之长,如果连全村各家的孩子在哪儿上学、在哪儿工作都不知道,那会中哩?"

在座的多是年轻人,有在北京从事IT行业的,有在省里城市水利设计院工作的,有从事美术的,有经销轮胎的,也有做小生意的……春亮十分欣慰:"咱村的孩子们,在外面都很懂事。"

游子回乡过年,受到老家村里"官方"如此看重,提供这样一个亲密交流的机会,都感到格外贴心温暖。他们走南闯北,眼界毕竟开阔,所以争相发言,带回了外面世界的精彩……春亮请他们出点子,想办法,为家乡献计献策,共话裴寨村的未来。

春亮敞开怀抱,向游子们发出"家乡的声音",深情而实在地说:"全村的乡亲们,把你们视为裴寨村的骄傲。咱太行山人,出门在外丢不起人,要争气，能吃苦，走正道。即使一时遇到困难，也人穷志不短，不偷不抢，不抱怨社会，否则，咱村是不允许的，因为你们是裴寨人……你们在外面成就一番事业，肯定不容易，先说得不中听一点，在外面干，如果太累了，或者混得不上算了，就回来，咱还有裴寨村这个家在。当然，更希望的是，你们在外面干得顺利，越发展越好，个个都顶呱呱，成为全村的光荣。你们在外面上学、工作，都要好好儿的；家里父母的事情，你们可以放心，村里会尽力帮你们伺候好……反正不论啥时候，裴寨村都是你们的后盾。咱们都坚信，再过一二十年看咱裴寨村，日子会更红火！"

第二年，2020年农历腊月二十八，这一天，春亮比迎接久别的儿女回家还要高兴。他用炫耀而宠溺的口吻，逢人就说："孩子们回来看我了！这里边还有高考'状元'呢！"——这群孩子，是清华大学、北京大学的新乡籍学子。少年失学的春亮，把这些学子一个个当宝贝，感觉他们是在替他把学上了……

新乡市四区八县的19位清华大学、北京大学在校生，趁着春节假期返乡，一齐来到裴寨村，远远见到春亮，就围上来一片欢呼："裴叔！""春亮叔叔！"……

裴寨村"农民红色课堂"里，挂起了横幅"清华北大育英才，情系家乡话振兴"，辉县市市长、新乡市教育局局长等也来参加这个青春盛会。一位辉县籍的北大学生，代表家乡学子们说出来意："我们到裴寨村，既是来研学，也是来看望经常关心我们的'春亮叔叔'！"

这些"天之骄子"，怀着好奇和憧憬，参观了裴寨新村、村史党建展览馆、"初心广场"、老村广场、"裴寨初心馆"，亲身感受了新时代新农村新面貌，实地领略了"春亮叔叔"和乡亲们的奋斗成果……座谈中，青年才俊共话乡村振兴，表达了报效祖国、回报家乡的情怀。一位大学生兴奋地说："裴寨村是家乡的一张名片，今天身临其境，受益匪浅，农村真是一个大有可为的广阔舞台。"

春亮的目光中，流露出了和蔼慈祥，他说："青年大学生，站得高，看得远，为咱们裴寨村提出了很多很好的指导建议。这些人才，都是我们家乡农村的'潜力股'，关键时候一定会发挥关键作用。"……学子们向裴寨村赠

一村之长

新中国"最美奋斗者"裴春亮和乡亲们的脱贫攻坚路

送一副春联，"紫荆花花迎春雨雨润无息，博雅塔塔伴书声声归故乡"，横批是"同心共成"。

2014年农历除夕，央视春晚的暖场节目"一年又一年"，将裴寨村这个太行小山村作为全国农村唯一直播点，在春晚前夕的16:00—19:00时段进行现场直播……太行山村历来有"炆年"的风俗，以前百姓过年没什么年货，家家户户就在火盘上烧硬柴，待柴烟散完了，全家老小就守着一盘燃烧的木炭，红红火火过除夕。如今的小山村，噼噼啪啪的爆竹声中，除了一盘不灭的红炭火，又增添了富裕祥和、歌舞吉庆……两台央视直播车录制了3个小时，太行百姓的淳朴笑容将热热闹闹过大年的欢乐传递给了全国电视观众。其中给了春亮两个特写镜头，他的面庞被炭火映得彤红，沉醉在欢腾之中……

2020年1月17日，是农历腊月二十三"小年儿"，也是村民"分红日"。便民服务大厅里，点钞机开得唰唰响，春江集团财务人员为入股的村民忙碌着，裴寨村已连续10年给村民分红。乡亲们人人手里数着一把钞票，高兴得合不拢嘴。一位村民笑道："今儿分了红，我就带老娘去海南玩几天！"

春亮放心了："大伙儿过年没问题了吧！分红领钱，大家都高兴，幸福生活来之不易，离不开大家的辛苦付出，也离不开党的好政策，离不开村两委的努力……我告诉大家：今天，村两委班子成员从自己的分红里拿出了10%，作为裴寨村救助基金，帮助困难户，绝不让哪个家庭因为有灾有难过不下去……"

转眼之间，裴寨新村乔迁已10年了！2018年冬至，裴寨中心大广场上，乔迁10年大庆盛典，第三届"中国·太行红薯粉条文化节"，同时隆重举行……一筐筐玉米、小米、南瓜代替一盆盆鲜花，装点喜庆的舞台。彩球高悬，宾客云集，当地政府领导、红薯种植户、生产加工企业代表、客商代表、跨境电商代表来了，中央、省、市媒体记者也来了。锣鼓敲起来，秧歌扭起来，舞狮子，跑旱船，10年前欢景重现……

庆典一结束，饺子就下锅！来宾与村民一千多人，像一个欢欢喜喜的大家庭，同享一场乡村宴。"喜事汇"餐厅门前，裴寨社区有近200人义务帮忙，系围裙，戴口罩，有的还背着孩子，一大早就开始和面、调馅、擀皮、包饺子，总共用去 130 公斤面粉、70 公斤肉、80 公斤韭菜；同时，又用村民刚在现场手工制作的红薯粉条，熬了几锅大烩菜……10 年前大会餐，是香喷喷的米饭大烩菜；10 年后大会餐，是香喷喷的饺子大烩菜，正如人民网的报道，"河南裴寨：景美民富喜事多"。

春亮站在舞台上宣布：10 年前捐建新村只能算一期工程了，美丽乡村建设现在开工！

到 2020 年初，一个独具风情的"红色文化旅游特色小镇"，宛然呈现在太行山下——

沿着卫吴公路，向东进入张村乡，第一个就是裴寨村口。一座刚刚翻新的迎宾牌楼，高大轩昂，横额"张村乡裴寨社区欢迎您"的上面，一行红色标语是 12 字"裴寨精神"："听党话，跟党走，同创业，共致富"；两边对联 8 个大字："重莫如国，栋莫如德。"

村口东侧，托举山顶"田心池"的一座卧羊山，满坡花木清新，枝叶扶疏，成了村民公园。

新村大门前的三角荒地，改建成了一座红匾绿茵的"初心广场"。这是春亮亲自设计的得意之作，安装自动喷灌系统以后，他还不厌其烦地指点维护人员：这儿要阴阴水，这儿要垫垫土，这儿要夯夯实……

老村广场边，一道文化宣传敞廊改建成了"裴寨初心馆"，复建了一排传统民居土窑洞；

穿村而过的卫吴公路上，修建了 3 米宽的人行道；

裴寨村四周，栽种了一条围村绿化带，新栽了从山东、湖北、内蒙古采购的树种，有冬天不落叶的广玉兰，有秋天红叶的五角枫，有春天开淡红花朵的楸树……加上桂花飘香、香樟常青，裴寨社区一年四季都风景宜人。

春亮心中早已有了一幅美景——"以后，整个裴寨村就是一个开满花儿的小山村，像德国的乡间小镇一样。还要想办法，让家家户户的庭院，也都鲜花盛开……"

而春亮与乡亲们的感情，就像四季飘浮的花香，

小康路上，我们都在努力奔跑

不着痕迹，却沁人心脾。

一个冬日，春亮乘车出行，看见路边在卖难得见到的冬桃，下车买了30斤。他以前喜欢给母亲买时鲜水果，现在母亲不在了，就买给村里老人们，一人分一个，尝个稀罕。

有一年，春亮出国期间，在商店看见一款带放大镜的指甲钳，设计精巧科学，特别适宜老人使用。他当即把柜台里的指甲钳全买下来，回来分送给了村里70岁以上的老人。

新村路口，卖牛奶的村民身边一个5岁男孩，忽然看见春亮远远走来，欢快飞奔上去，奶声奶气地喊："爷爷好！"春亮疼爱地大声答应着，将孩子一把抱了起来……这一瞬间，恰好被中国外文局采访团的汉尼斯和张睿思拍了下来。

"你是村里的大明星啊！"汉尼斯对春亮笑道。旁边的村民马金娥接道："他是俺村的明星，也是救星啊！只要他在村里，俺心里就格外踏实舒坦。"

人民画报社外籍记者尼古拉斯·兰尼根说："我看到了15年前的村庄老照片，跟现在完全不是一个模样。这些年，裴寨人非常努力，老百姓得实惠最多，取得了让他们引以为豪的发展成果。"

人民画报社英文编辑部记者胡周萌说："我走进了许多村民家里，聊起日常琐事，裴寨人的话语中，满是对生活的热爱、对工作的干劲和对未来的信心，我深受触动。"

裴寨村的老百姓，也由衷地说：

"翻天覆地是事实。裴春亮，一个伟大的好人！"

"裴寨村300年才出个这人！多亏春亮带领大伙儿奋斗，不然哪有今天！他做的工作，子孙后代都会记得……"

学校，是春亮的伤心之地，也是春亮的钟情之地。

少年饱尝失学痛苦的他，2005年当选村主任，回到老村里的母校裴寨小学，看到校园校舍依然一片破旧，心中不由大恼……他立即与政府部门对接，想在裴寨村办示范学校。

如今，裴寨新村大门前，已有一座裴寨明德小学。"明德"之名源自台湾台塑集团董事长王永庆，台塑集团2003年起计划为大陆贫困地区援建上万所小学，每所小学投资六七十万元，统一样式建一座教学楼，统一命名为"明德小学"。当时，辉县市争取到了4所明德小学的指标，其中就有裴寨明德小学。

张村乡在1988年时，有1所初中、24所小学。后来小学整合，数量锐减，而张村中心小学的学生太多容纳不了，想在裴寨村增建一所中心小学……春亮克服困难，支持在裴寨村建校办学，并筹集数百万元投入校园建设，还经常到学校检查帮助改善条件。

裴寨小学校长自豪地介绍，学校逐步规范，在教学楼周围，相继盖起了办公楼、宿舍楼、食堂，添置了教学设施和图书文具，体育、音乐、美术课程有了专职教师，配备电脑54台、电子琴3台，建起了200米环形跑道，学生综合素质大大提高……2016年，在辉县市学校体音美配套设施和图书验收中，除了辉县市区小学，裴寨小学的硬件条件堪称全市一流。

全校有公办教师21人，聘用人员11人。国家规定的师生比例是1∶49，而裴寨小学的公办教师比例，比辉县市区一些学校还高……而且，裴寨小学即将成为一座完全小学。

裴寨小学500多名学生，来自张村乡南部的浅山区村庄，最靠深山的有十几里远。这些小学生，基本上都是农村留守儿童，所以有近300名学生住校。32间小学生宿舍里，以前床铺是砖头支木板，铺谷草或棕垫，现在统一买了双层床，怕孩子们摔着，上铺特意设计得低一点，床褥也改善了，还教孩子们统一叠被子。小学生的午餐，主食是米饭、馒头、卤面，大锅菜每周4天有肉、每天有鸡蛋……

有一天，春亮路过裴寨中心大广场，远远的就听见，东南角的休闲园廊传来尖叫欢闹声。一群半大孩子，正在那里爬低攀高，眼看着，他们竟然爬到了木廊顶上，踩着单薄狭窄的廊顶，跑来跑去追逐嬉戏！

春亮提心吊胆，大喝一声——"熊孩子！干啥呢？想挨打哩?!"

孩子们扑腾扑腾蹦下来，春亮正想上前"修理"他们，猛然想起：咱自己小时候，不比这一群熊孩子更淘气么？……于是立刻噤声，扭头走了。

三、春和景明新村风

裴寨村这个"全国文明村",从来不是处于一片纯净的真空。

春亮刚回村那几年,社会风气有目共睹,农村也出现不少乱象。红白事大操大办,低俗表演流行,有钱人家请来几班江湖艺人在村中"打擂台",当舞台上女演员脱光上衣时,台下观众爆发一片叫好声,小孩子们也跟着受影响;村街上的美容店、按摩店成了色情代名词,一些人变得"笑贫不笑娼";赌博成风,迷信泛滥,甚至出现邪教等非法组织活动……

裴寨村里,古井边的老槐树下也燃起了香火,烧香的有本村妇女的娘家人,也有周边村庄的村民;槐花将开时节,有人到老槐树上拔槐米,结果骑电动车还没到家就摔骨折了,人们说是惊动了神仙,闹哄哄地打井水浇槐树以示赔罪……

春亮的眼里揉不得沙子,一看到这些现象,气不打一处来。他经常想:生活饱暖之后,人心会不会变质?钱多了,诱惑多了,会不会助长年轻人私欲膨胀?……2012年,中日钓鱼岛争端趋向白热化,春亮读了《光明日报》发表的整版文章《钓鱼岛属于中国固有领土》,脑海中突然蹦出一个疑问:如果战争爆发,咱裴寨村会不会出汉奸、叛徒?

满怀忧患意识的春亮,痛切地说:"我最怕的,是怕丧失人心。关键是怕群众对政府失去信心,对国家的未来产生怀疑;怕舆论说对说错,老百姓啥也不再相信了,那多可怕!"

他认为:人吃饱了吃好了,还有个精神生活质量的问题,不光要口袋"富起来",还要脑袋"强起来"。他说:"让群众发自内心地听党话、跟党走,关键在于,党员干部保持信仰,带头奋斗,群众自然跟着走。"

一般人会说:农民种田要啥信仰?

裴寨村15年翻天覆地的巨变,靠的不是信仰是什么?! ——春亮从对全村父老乡亲朴素的报恩情怀,到一名共产党员坚定的党性担当,锤炼愈久,信仰愈坚。

裴寨村发展的一条不断延伸的"生物链",不仅是物质的,也是精神的。为了驱除物质的贫困,他是建新村、修水库、盖大棚、办企业的"春亮连长";为了消除精神的贫困,他也是强化"阵地意识"、改变落后观念、提升乡村文明的"春亮连长"……他的使命,不仅是财富捐助,更要精神引领,一个人带领一支队伍,一支队伍影响一方水土,努力构建科学、周密的乡村治理体系,努力锤炼健康、强大的乡村治理能力。

党的十九大报告中,提出乡村振兴战略20字总要求:"产业兴旺、生态宜居、乡风文明、治理有效、生活富裕。"其中,乡风文明是重要一环。

裴寨村两委从党建、信仰、廉政、文化、素质等方面着手,舍得下慢功夫、下长功夫、下深功夫,潜移默化,革故鼎新,营造一个新农村,培养一代新农民。而精神的财富比物质的财富,更博大,更持久,必将深刻影响裴寨村一代又一代子孙。

正如村民所说:"村干部给村民领头,教育啥就是啥,引导好就学好。"

然而起初,裴寨村民一时之间,身子进了新村,头脑还没出老村……改变小农习气,提高农民素质,这个过程漫长而艰难。

仅仅改变一个红白事的风俗,就大费周章。

对于农民来说,人生大事无非娶妻生子、生老病死,红白事是头等大事。太行山区的传统风俗,红白事都有固定套路。

娶媳妇的红事,送礼有脸盆、镜子、中堂画、宣传画,往往好几户合送一件礼物;

生孩子的红事,送礼用小小柳编斗篮,送一斗篮白面,条件好一点的再放10个鸡蛋,更好一点的加二尺花布;

逝世的白事,送礼用小斗篮装10个馒头……

送礼后,拖家带口一起上主家去吃酒席。主家互相攀比争面子,比谁家准备的肉菜多,比谁家请到的客人多;因为事先不知会来多少客人,预备酒菜心里没数,造成浪费……送礼馒头更是吃不完,堆在大筐里发霉长毛,扔进猪圈猪都不吃。有的贫困户,一次白事办下来,几年都填不上亏空……

乡下的结婚喜宴更是闹腾。老一辈农民吃苦受累,哪怕打肿脸充胖子,

一村之长

新中国"最美奋斗者"裴春亮和乡亲们的脱贫攻坚路

也要儿子结婚这一天的风风光光……婚宴招待娘家人,陪客通常是村里固定的那一拨人,划拳猜枚行令,惯能喝酒会搅腻;有的甚至"车轮战",一桌酒席能连续喝一两天,直到把娘家人灌翻,恨不得把人喝死……

回村当选村主任的春亮,看不下去了,与村干部们议论:"这一回,咱去他家大吃一顿,浪费浪费;下一回,再让他来咱家大吃一顿,浪费浪费,都是图啥的呀?"

他上任后第一个除夕,就在裴寨老村的大喇叭里宣布:成立裴寨村红白事理事会,从明年第一宗红白事开始,一切按理事会定的规矩操办,端正村风民风,不再比富比阔,倡导勤俭节约,杜绝铺张浪费。具体规定如下:

白事,不再送馒头;

红白事可以随礼,最高不超过 100 元;

红白事酒席,村里腾出 5 间房子,统一免费提供餐厅,主家自请厨师。每桌 6 凉 6 热 12 个菜,最多 6 凉 8 热 14 个菜,加上烟酒,总共不超过 200 元;一旦超标,村干部都不出席;

陪客不许灌客人喝酒……

一石激起千层浪,许多村民对陈年旧俗早已反感,拍手称快,但一些老人气得吹胡子瞪眼。有位村民小组长,当时也劝阻说:"春亮,你做得不对。老祖宗留下的风俗,咋能随便改呢? 啥事都能干,这事不能干。"……还有一些当惯了陪客的"酒鬼",更是满肚子意见。

春亮不为所动,坚持推行新风。

餐厅里,村民秋来只穿一条大裤衩和拖鞋,光膀子端盘上菜。春亮大声喝道:"秋来!"秋来对春亮喊爷,颠颠儿地跑过来,春亮训他:"让众人瞧瞧,你家穷得连上衣都穿不起了?"秋来回家,穿了一件红上衣回来,春亮端详着表扬他:"看,这多像回事儿呢!"

餐厅里,一些村民揩油占小便宜,有的吃完酒席,连主家的碗碟都顺走了;有的全家来吃,还带着盆儿来,临走再盛一盆儿大烩菜带回家……这时,村里的党员站了出来,村党支部副书记裴泉海挡在餐厅门外,喝令那些人:"站住! 把菜盆端回去! 你家将来都不办红白事了?"

春亮叹道:"也亏得有泉海正气凛然这一挡,不然真没法弄。"

于是，红白事理事会又添一条规定：红白事酒席，村里各户只派一名代表赴宴……

从此，以红白事为突破口，裴寨村树立文明新风，穷人也能体面请得起客了……附近村庄很羡慕，也想效仿裴寨村，却不一定都能推行得开。

2008 年，春亮捐建新村，其中就有红白事理事会的几间餐厅。后来，又专门建起一座大型"喜事汇"餐厅，可以容纳二三十张餐台。餐厅一头，设置"裴寨社区道德大讲堂"舞台，挂上标语："德为至宝，一生取不尽；信为良田，百年耕有余。"裴寨村的红白事酒席，统一规格在这里举办。

还有，为了改变农民的一个厕所观念，从建裴寨新村以来，十几年都没消停。

2005 年，春亮捐建新村的图纸上，设计的是室内卫生间，遭到了大多数村民的反对，有人提议把厕所还建在院子角上。春亮拉上一车村民代表进城参观抽水马桶，终于说服了大家。

谁知道，入住新村以后，不少村民说，在坐便上解手解不出来；有户人家不安装便池，在下水口两边支起砖头当厕所……而且，对于饱尝缺水之苦的裴寨村民来说，用干净的清水哗哗冲厕所也心疼。

所以，一些村民放着自家卫生间不用，有的跑步，有的骑车，一个个从住宅楼出来穿过中心大广场，赶到公厕去蹲便，而且乱扔脏纸，也不冲水。公厕开门没几天，十几个纸篓被拿走一个不剩；还有人拎着桶上公厕，捎一桶水回家……

几年后，裴寨村民慢慢适应了在家上厕所；不料，刚迁入周边小区的裴寨社区村民，又开始了新一轮重复。最严重时，裴寨村只好决定将公厕关闭了一个月，后来改建成了自动冲水公厕……直到现在，还有个别人舍近求远上公厕，村里不得不实行公厕夜间锁门，白天对参观团队开放……

就这样，最难扭转的旧俗陋习，仿佛一道道关隘，在裴寨村相继被攻克下来。

在农村，街坊四邻，乡里乡亲，见面不能满口大道理，也不能天天开会喊破嗓子。因此，裴寨村成了一个"标语村"。村两委的思想政治工作，首先来了一个视觉上的"大水漫灌"，门口、路边、楼顶、室内，牌匾上、标

一村之长

新中国"最美奋斗者"裴春亮和乡亲们的脱贫攻坚路

语栏上、太行石上,各种标语浸润全村,密不透风覆盖,睁眼就能看见……这种"于无声处"的"三观"教育,成了裴寨村一大景观特色。

而且这些标语,都不是空洞口号,在村里都有针对性,所以,心中无愧者看来是谆谆教诲,心中有愧者看到是当头棒喝……而这些质朴的语言,有不少出自春亮的亲撰,他有时睡到半夜忽然想起一个句子,会马上记下来,第二天就吩咐刻在太行石上。

2010年3月5日,春亮赴京参加"全国学雷锋活动座谈会"。为了"雷锋精神"不要"三月来、四月走",让"雷锋精神"永驻裴寨村,在古井边建起了一道L形敞廊,集中宣传雷锋、焦裕禄、杨善洲、孔繁森、郭明义等时代楷模,刊登全国道德模范名录;并且,介绍本地先进典型史来贺、郑永和、吴金印、郭兴、李连成、刘志华、张荣锁、耿瑞先、史世领、许福卿、梁修昌、范海涛、张春兰、茹振钢……唯独介绍先进典型裴春亮的展板是一片空白,下方只有裴春亮的一句话:"前辈们留下战天斗地的精神气概,绝不能在我们这辈人手里失了颜色、丢了分。"

2018年底,这一道敞廊加装前墙玻璃窗,改建成了一座"裴寨初心馆"。展览分为两部分,一部分是"太行初心馆",展出太行山区红色历史,从当年辉县第一个中共党支部、第一名中共党员,到如今的"新乡先进群体"成员,展现共产党人一以贯之的初心;另一部分是"共城家风馆",辉县市古称共城,展示当代新型"家风",弘扬新时代的家庭伦理道德风尚。

2020年,裴寨村的"裴寨初心馆",春江集团的"春江党史馆",两相呼应同时开馆。

裴寨中心大广场边,一段英雄事迹墙上,介绍董存瑞、黄继光、邱少云、罗盛教、刘胡兰的故事,村里年轻人举行婚礼,常以这一面墙为背景布置彩虹门;一段道德文化墙上,张贴裴寨社区征集的儿童画,一双双小手画的《孝善是美德》《文明礼仪图》《妈妈辛苦了,请你喝茶》《我给奶奶洗洗脚》《我爱植树》《我给小树来浇水》《我扶盲人过马路》,小作者和爸爸妈妈的名字一起上墙……

整个裴寨村,变成了一座不闭馆的展览馆,一座不下课的大课堂。

每晚8点整,暮霭暗垂,明月初上,裴寨村两委办公楼顶的大喇叭里,一首序曲准时响过,传出亲切悦耳的普通话广播:"'朗读时间',现在开始为你广播——"忙碌了一天的村民们,有的推开窗户,有的坐在家门口,有的在广场上遛弯儿,都习惯地收听起了广播。

这个"大喇叭朗读时间"栏目,是在村支书春亮的提议下开办的,2017年7月1日开播,迄今已连续广播1000多期。7名播音员,每天义务轮流播音。他们来自不同岗位,除了从市里抽调来的讲解员,其中有3位村委,还有商店老板、公司副经理、牙医。

"大喇叭"每期广播的内容,都根据村民的需求,由播音员们多方采集,包括时政要闻、红色经典、法治案例、励志故事、农业科技、传统文化、健康常识等。广播站站长王健说:"'随风潜入夜,润物细无声','朗读时间'就像一个窗口,潜移默化传播正能量,让村民在茶余饭后轻松接受精神文明的熏陶。"村民们称赞:"'大喇叭'里,有国家大事,有致富经,有儿童故事,弄得可不赖!"一位退休干部最喜欢听养生知识,一边听还一边做笔记……

裴寨村里,村民有《村规民约》,党员有《党员手册》,已形成了一套积极、健康、灵动、成熟、充满正能量的村民自治体系。

裴寨中心大广场的宣传栏上,张榜公布"裴寨村村规民约""环境卫生保洁长效管理制度""环境卫生保洁人员名单及分包区域""裴寨村民十敬父母篇"。

"排长",在裴寨村很重要,因为离群众最近。16栋住宅楼列为8排,以楼排为单位,实行"排长制"管理。每排20户人家,谁家有什么紧急事儿,吼一嗓子,排长就能听见,能够最快赶到现场,及时解决问题。

如今,新村楼房之间,已经没了当年老村里端着饭碗围蹲一圈儿边吃边聊的饭场,但是,有了干部群众心灵沟通的磁场……夏夜纳凉的广场上,冬日取暖的客厅里,乡亲们你一句我一句,有表扬,有批评,有赞美,有牢骚,说的都是眉间心上的事情:

"前几天,有几个小孩乱扔垃圾,说了也不听,是不是得跟家长反映一下啊?""村口那一片空地,咱能不能出点钱、出点力,盖个小花园?"……

春亮说:"裴寨村发展的许多好点子,都是乡亲们聊天儿聊出来的,不少想法已经变成了现实。"

一村之长

新中国"最美奋斗者"裴春亮和乡亲们的脱贫攻坚路

在裴寨社区，关爱下一代已成风气。

在抗击新冠肺炎疫情的这个夏天，裴寨社区"小红帽"志愿服务团成立，近百名团员以少年儿童为主，年龄最小的 7 岁。尤其是村干部家庭的适龄孩子，全都积极加入了志愿团队，从小学习为人民服务。"小红帽"仿佛一簇簇火苗，闪耀在整个社区。

2014 年，"CCTV 书画公益活动"走进裴寨小学，中国美术馆的书画家们，向孩子们捐赠书画作品和用品。中国音乐学院的师生也赴裴寨社区演出。

裴寨村与河南师范大学政治与公共管理学院结下"10 年之约"，从 2010年开始，师生们组织"共筑裴寨振兴"调研服务团，一届接一届，连续 10个暑假到裴寨村调研，同时到裴寨小学支教，教孩子们英语、语文、体育、环保、手工、书法，还弹着吉他教音乐，组织小学生合唱队……10 年情深，当大学生们返校时，村中老少牵手拭泪依依惜别，村干部和裴寨小学校长欢送，小学生们齐声高呼："老师们，明年记得来上课!"

2018 年深秋一个周末，裴寨社区村民、幼儿园小朋友，分别穿上了三种颜色的迷彩服。裴寨村委会组织爱国主义和国防知识普及教育活动，举办了一场裴寨版的"中国梦·强军梦——陆海空三军联合演习"。在热烈的喝彩声中，幼儿园娃娃们神气十足参加了演习，裴寨村民以住宅楼排为单位进行拔河比赛，裴寨社区青年进行"渡河"比赛……裴寨中心大广场上，阵容整肃，吼声如雷，俨然进入一种"临战状态"……

春亮到北京参加全国人大会议，一位在河南工作过的中央领导同志到河南代表团驻地会见代表，忽然发现，站在面前的这一位村支书，西装革履，气宇不凡，不由眼前一亮。老领导指着春亮胸前的领带，笑道："你不像个农民啊!"春亮朗声笑答："不光我这样穿，还要让俺村农民都这样穿!"

果然，裴寨社区的农民，如今也渐渐注重仪容。承包蔬菜大棚的妇女们化起了淡妆，社区请老师教村民说普通话，并督促村民经常洗澡、理发、剪指甲……

聚焦两会：迎难而上 锐意进取

十几年前，裴寨村长期封闭于一个山旮旯，少有外人进村，村民怕见生人。第一次，新乡电视台记者来采访，扛着摄像机走进老村，男女老少吓得纷纷躲回家中，胡同里一扇扇大门砰砰关闭……

十几年来，裴寨人早已开化，见到参观的游客，男女老少都绽开纯朴的笑容，热情礼貌地打招呼。即使遇见金发碧眼的外国记者，照样自然大方地迎上前，尽管语言不通，也开心地比画着交流，还拿出手机邀他们一起合影。

改变最大的是那些从太行深山搬迁到裴寨社区的孩子，他们不再是怯生生的山里娃了，而是在一个开放的环境里茁壮成长，性情变得活泼，心胸变得开阔。

作家刘震云，新乡是他的家乡。他笑言在裴寨村发现的新变化：路边的树枝容易碰游客的头，都用红布缠起来了；吃饭晚了，大嫂也会撇着半通不通的河南新乡普通话说："俺把饭给你热热吧……"

而更重要、更深刻的变化，是裴寨人的思想觉悟大大升华。

2008年"5.12"四川汶川大地震发生时，春亮正在北京。他连夜驱车赶回裴寨村，召开全体村民大会为死难者致哀。春亮带头捐款10万元，全村上至90多岁的老人，下至四五岁的小孩，没有一个不捐的。83岁的裴杰老人说："看到汶川老百姓遭灾，我心里难受。咱们都是一家人，这是我省下的100块钱，捐给他们吧。"全村共捐款107326.1元，一位村支委激动地说："这都是我们农民自觉自愿捐的啊！"

2010年4月14日青海玉树地震，正在北京看病的春亮从电视中一看到新闻，就往裴寨村打电话。他带头捐款10万元，全村老少又一次献爱心，3天捐款119474.78元。

2013年4月四川雅安地震，春亮个人又捐10万元。

2020年春节前，新冠肺炎疫情暴发。在疫情防控阻击战中，春亮代表春江集团捐款500万元，裴寨村党员捐款12400元，裴寨村民和爱心人士捐款36805元……

春亮说："在农村，农民挣一块钱都不容易。乡亲们不用动员，自发地捐款，这在过去是不可思议的。这个转变，让我特别高兴。"

一村之长

新中国"最美奋斗者"裴春亮和乡亲们的脱贫攻坚路

2019年，裴寨村被评为新乡市无偿献血先进单位，这个太行山小山村，无偿献血已坚持七八年了。裴寨村干部带头献血，裴寨社区党员干部近百人参加，每人献血400CC……

裴寨村成了一个"雷锋村"，一有集体义务劳动和公益活动，高音喇叭一叫，家家户户都出来了，党员干部和德高望重者带头，人群哗哗地跟上来。

大门口，小孩子扶老人过马路；广场上，村民主动捡垃圾。大清早，裴起等几位老人拿起扫把，把住宅楼前打扫得干干净净；晚饭后，退休教师裴训开办义务课堂，教文盲村民识字……新村第一排排长马金娥，乐于助人，帮人送孩子、做饭；60多岁的老党员、老电工郭保录，热心公益，蘸着红漆涂描太行石上的标语，谁家电器坏了也帮忙修理……

裴寨村每年都评选道德模范，表彰见义勇为、孝老爱亲、勤劳致富、慈行善举、讲究卫生等先进人物……披绸戴花的也有2位见义勇为模范：

一位是70多岁的裴清生，他曾经两次救人。人民公社时期，裴寨生产大队挖白土井，春亮的大哥喜亮与清生同一班下井。晌午该升井吃饭了，井底巷道埋好了雷管，点燃长长的导火索，井下的人一个个攀着井绳上去了。喜亮最后升井，攀着井绳上到一半，突然一脚蹬空，咚的一下摔到井底，人们扑向井口大声呼喊，他躺在井底没反应。大伙儿害怕了，导火索正在哧哧冒烟燃烧，千钧一发之际，清生顺着井绳嗖地溜到井底，听到了喜亮的呻吟，他一把薅掉了连接雷管的导火索，把井绳绑在喜亮腰间，大伙儿把喜亮吊了上去……如今，春亮一家不忘救命之恩，每逢春节，喜亮的女儿海红都去给清生大爷拜年道谢。清生说："不用感谢了，有这人在，啥都有了！"

还有一年，夏天发大水，一群人在村西小水库嬉游，裴池跟着哥哥裴雨在水边玩。清生转眼一瞧，发现裴池人没了，忙喊裴雨："你兄弟掉水里了！"裴雨慌了："我也不会水呀！"清生一头扎入水底，正在挣扎的裴池抓住他的胳膊死不松手，清生一只胳膊凫水，把裴池救了上来……

另一位是村民小组长裴清仁。在春亮捐建新村施工期间，清仁每天带领裴寨村巡逻队执勤。有天半夜，向东巡逻，忽然听见前方有动静。他和队员们藏在暗处观察，只见有人撵着一头牛过来了。清仁一砖头砸过去，队员们舞棍扔砖，把偷牛贼吓跑了。清仁把牛牵回村里还给主人裴清香时，清香还不知道自家的牛丢了……

裴寨中心大广场休闲园廊的图片栏中，表扬了一位好妻子宋秀清（秀妞），在裴寨村里，她可是一个大反转的角色。

泼妇、恶媳妇，这是春亮从小耳闻对宋秀妞的印象。按村中辈分，秀妞和丈夫裴池，都对春亮喊叔。春亮记得小时候，在老村古井西边，他亲眼看见，横眉立目的秀妞跷着二郎腿，坐在捶棚房顶上，村里人都听见了她粗犷的大嗓门，指使年幼的儿子："去，给我提点儿水上来喝！"……秀妞与兄弟妯娌关系不好，还张嘴骂婆婆，是农村人说的"常有理"……

没想到，当秀妞已 70 岁时，春亮对她的印象突然来了一个 180 度大转弯，发现裴寨村差点"埋没"了这个鲜活无比的女人……而秀妞这个典型，愣是在记者采访中自己冒出来的，凭一副伶牙俐齿，生生把一个太行山女人的庸常日子讲成了一出火爆剧。

秀妞在杨圪垱村娘家时，就是一个挑大梁的"女汉子"，挣钱给大哥娶亲，给母亲治病……"女汉子"有"英雄情结"。裴寨村的裴池，弟兄多，家境穷，住的捶棚低矮漏雨。但是，秀妞看中裴池是一名党员退伍兵，人好，所以一片痴情嫁给了他。

秀妞跟着丈夫，没过过一天好日子。她争强好胜，铁嘴钢牙，与婆家一大家人对垒，剑拔弩张，孤军奋战。斗到白热化之际，最怜惜秀妞的娘家爹，总担心女儿在夜里被人害了，生怕第二天再也见不到女儿，因此，老头每天早上跑二三里地，从杨圪垱村到裴寨村来，看看女儿起床了没有。一旦见不到女儿，就慌忙拉住人问："见俺秀妞么？俺秀妞去哪儿了？"

秀妞的两个儿子还没长大，丈夫裴池就倒下了。他下矿井被煤罐子砸翻伤了身子，后来中风瘫痪，又患上了癌症。秀妞斩钉截铁地安慰丈夫："咱家穷，没钱看病，你这病没治扎实，但我肯定把你伺候扎实！"她想尽一切办法，为丈夫采草药治病，照顾得无微不至……裴池去医院放疗，护士长看他全身一点褥疮和烂斑都没有，问他卧床几年了？秀妞答 11 年。护士长当即把护士和病号家属都叫过来，让他们看看秀妞"教科书"一般的护理，说："都向这位患者家属学习。"

一村之长

新中国"最美奋斗者"裴春亮和乡亲们的脱贫攻坚路

秀妞流着眼泪回忆：那些年，丈夫没钱治病，周围的人怕她借钱，都疏远了，亲戚不敢打招呼，有的开车走近一踩油门就跑了……

在这困窘关头，是春亮向这个无助的家庭伸出了援手。

秀妞最作难的那两年，丈夫病卧在床，大儿子泉文大学毕业还没找到工作，小儿子泉滨又考上了新乡医学院。因为没钱上学，泉滨伤心地把录取通知书撕了；过后心生懊悔，重新复读参加高考，又接到了郑州大学的录取通知书，怎么办？……这时，村里的老党员李佳枝告诉秀妞了一件事，当年在辉县城关医院，偶然相遇的春亮掏出身上所有的钱，帮李佳枝的丈夫裴清波看病，过后还一直资助……

秀妞对泉滨说："孩子，去求求你春亮爷吧，他看得起穷人。"春亮二话没说，帮泉滨凑足了学费。第二年泉滨该交学费时，裴池中风住院，又是春亮帮忙交了学费……十来年了，春亮逢年过节都到裴池家里探望，还对秀妞说："有啥困难，你吭一声。"

裴寨新村落成，秀妞搬家那一天，悲喜交加，对邻居说："不中，我得去哭坟头哩！"——世上最疼她的爹，已经去世了，秀妞回到杨圪垱村，跪在爹的坟前，一边烧纸一边哭："爹，你还在操闺女的心哩？我今儿来就是告诉你，不必再惦记闺女了，裴春亮盖了新村，我住进新楼房了，也不再跟人吵架生气了。爹，你要能看看闺女现在的日子该多好……"

2010年，"五黄六月天，焦麦炸豆时"，秀妞又遇难关。丈夫瘫痪在床，大儿子在外地上班，小儿子在读大学，家里耕地平时由街坊邻居帮着种，此时小麦抢收，谁家不忙？她正要打电话催儿子回来，村干部忽然领着人，扛着几口袋刚收割的麦子，给她送上门来了！

裴池2016年去世了。而宋秀妞在裴寨村这个大熔炉里，完成了从一名恶媳妇到一位道德模范的转变。这位山村农妇，用泼妇的方式捍卫不了自己的尊严，却以自己的善行赢得了荣誉……如今，年已七旬的秀妞，依然走路生风。村里打扫街道属于半义务性质，扫一条街一天只有2.5元报酬，秀妞对分管卫生的村委说："一条街不够我扫，给我3条！"

在裴寨村，无论谁家遇到困难，都会及时得到帮助。全村流传一句口头禅："咱们都是一家人，一家有事大家上。"

裴寨社区的口号是"我们是一家人"。

2013年冬季的一天，眼尖的村民突然指着村西南山坳中冒出的滚滚浓烟惊叫起来，那里是一户村民刚办起一年的养殖场。村两委办公楼的高音喇叭里呼喊救火，全村人都往那个山坳里跑，连村党支部副书记的老母亲也开上机动三轮车，拉着装满水的塑料桶赶到了火场。原来，是养殖场的干草堆着火了，场院里满是人，呼喊着泼水灭火，带头扑入火场的村委裴龙德等党员干部，也一个个熏得满脸黑灰……因为扑救及时，养殖场只损失了几万元。

退休教师李素珍，有一个幸福的家庭。她和丈夫常住辉县市区，帮儿子料理家务。2014年一个夏日，她早上7:40接到丈夫的电话，说要去为孙子上学报名。到了9点钟，儿媳忽然打回来电话："妈，有车接你，你带孩子下楼吧。"她心中疑惑，是儿媳单位有人请客吗？……想一想，感觉不对劲，她问司机："咱家出事了？谁咋啦？是你大爷出事了？车这是往哪儿开呢？"司机说，这是回裴寨村家里的方向……半路上，车停在了常村镇澡堂门口，李素珍在里面看到了丈夫的遗体。丈夫比她还小3岁，她凄声大喊："老天！这是你吗？7点40给我打的电话，9点就让我来收尸呢——?!"遗体拉回裴寨村,全村人闻讯赶来看望,丧事一切细节,乡亲们都帮忙料理好了,啥事都没让李素珍操心……李素珍在丈夫去世 4 年后,把自己和儿子、孙子、孙女的城镇户口全部迁入裴寨村:"这个家终于拢到一块儿了,以后我可以瞑目了。"她说,她就是想在裴寨村沾点儿温暖,她的命运早已与裴寨村凝结在了一起……

2017 年 12 月,村民裴龙东股骨头坏死病情加重,高额医药费压得一家人喘不过气来。村两委办公楼的高音喇叭一广播,微信群"裴寨村大家庭"一发倡议,春亮捐款 6000 元,党员干部也你 100 元、他 200 元的纷纷解囊,乡亲们有的跑到村委会交钱,有的发微信红包或转账,甚至在外上学的大学生也发回来了红包,一天就捐款 14680 元。当晚,村干部把捐款送到龙东家里,他母亲李佳枝流泪哽咽着说:"谢谢大家,这份情一辈子都不会忘……"

裴寨村里,一出出充满人情味儿的正剧还在不断上演。

四川汶川大地震不久,新乡市社会福利中心工作人员来到裴寨村,为汶川地震孤儿寻找合适的收养家庭。热心公益的村委裴科伟已有一个儿子,他说:"孤儿我要!"他和妻子李瑞芳收养了一名汶川女婴,对办理人员说:"不管原来是什么人家,地址不要留,我也不问。就这个姑娘,我要了!"——女婴取名裴灿莹,八九岁时,遇见爸爸的朋友来家里,就主动说:"伯伯,我是汶川地震孤儿,我给您倒茶……"小灿莹成了科伟的掌上明珠,小嘴巴甜,懂礼貌,学习考试也是全班第一。如今裴寨村拍宣传片,升国旗的镜头中就有小灿莹,她还担任了"大喇叭"广播的义务小朗读者。

2018 年,张村乡通知裴寨村上报"孝顺媳妇"典型,村两委通过微信群"裴寨村大家庭"发动村民推荐,许多人推荐了村民裴清义的儿媳张会利。

张会利与裴春来结婚,嫁入一个清贫忠厚的家庭。婆婆范二妞待她像亲闺女,帮她带大了两个孙子。会利也会疼老人,婆媳从没拌过嘴。没想到,会利生小女儿还没满月,婆婆住进了医院,确诊为子宫癌。更加惨痛的是,当时春来的姥爷住在这个家里,女儿住院去了,姥爷竟然服安眠药自尽了。正坐月子的会利如遭雷击。后来,她到婆婆娘家去为姥爷上坟,抱着姨大哭一场……

那时还没入"新农合",婆婆化疗一个疗程 1 万元,家里没钱,但会利下定决心："为了孩子们回家有个奶奶，哪怕把房子卖了，也不能放弃治疗！"……会利诳婆婆，说她患的是囊肿，带着婆婆四处求医。婆婆高烧，腰腿疼，痛苦得想上吊都找不到地方，抱着儿媳哭："会利，别让我活了，让我死吧！"才30岁的会利，每天躲在家里楼上偷偷地哭……

这时，是裴寨村集体给了这个家庭温暖和力量。村支书春亮个人和村两委都送钱、送米面……早先住老村西边，裴清义家与春亮家就是隔墙邻居，春亮来看望范二姐，帮她宽心："嫂子，你得的啥病呀？"范二姐说不清，春亮笑道："嫂子，你自己连啥病都不知道？不管啥病，该瞧瞧，该吃吃，该喝喝，好好养病。"

在新乡市中心医院肿瘤科病房，同室病友一听范二姐来自辉县裴寨村，都说："哟，你们那儿有个裴春亮！村里有个好支书，真好呀！"范二姐说："春亮对村里的老人，比对自己亲老人还亲呢。书记吧，书记好；儿媳妇吧，儿媳妇好，俺这是八辈子烧香修来的福啊！"

会利精心照顾婆婆，还经常回裴寨村做好可口的饭菜，再坐40分钟长途公交，送到新乡医院给婆婆吃……重病的婆婆，变得比小孩儿还小孩儿。女儿们来伺候范二姐，给她揉腿，她嫌不得劲，要让儿媳揉，喂饭喂药也非要儿媳不可。病友们嗔笑她："你这老婆儿，光使儿媳妇！"家里三个小孩想妈妈了，会利准备回裴寨村住一晚上，婆婆哭着抓住她不让走："你不要你娘了？"

2015年春节前，医院下了病危通知，救护车把范二姐接回裴寨村，抬进了家里，浑身浮肿，上厕所都得两人架着。大年初二，在新村家门口，会利安排一家老小与婆婆照了一张全家福，都以为这是最后的合影……却没料到，范二姐住院一年半，放疗12个疗程，在医院整整一层楼的病房里，数她痊愈得快。出院后，一年复查3次结果都正常。

医院病区主任对会利说："你婆婆的病是你治好的。"裴寨村乡亲们也称赞："一颗孝心治大病，媳妇孝心胜医生。"2018年重阳节，会利双喜临门。在辉县市第三届孝道文化感恩节上，她与公公婆婆一起登台，接受张村乡政府、辉县市第三届孝文化组委会颁发的"最美家庭好媳妇"奖牌。同时，会利上班的公司任命她为销售总监，管理5家门店30多名员工……

一村之长

还有一位王喜凤,一人竟成了两个村的"好媳妇",还当选辉县市第五届道德模范……喜凤解释说,俺有"三个家",有"三个娘一个爹":在张村乡,牛村的娘家妈77岁,裴寨村的婆婆92岁;在孟庄镇范屯村,婆婆77岁,公公75岁。

52岁的喜凤,俊秀端庄,却经历了一番悲苦。她20岁嫁到裴寨村,丈夫裴秋成,就是春亮当年在裴寨商业老街上开"亚美发廊"收的那个徒弟。喜凤不仅夫妻恩爱,与公公婆婆和两家哥嫂也相处和睦。谁料秋成不幸,1993年被砸死在工地上……喜凤与5岁的女儿会敏相依为命。2年后,在公公婆婆和娘家人的反复劝说下,经人介绍,与孟庄镇范屯村的范二顺结婚。

喜凤再嫁那天,婆婆牛凤英把孙女留下,婆媳俩抱头痛哭,喜凤扑通一声跪在婆婆面前:"妈,裴寨永远是我的家,我还替老三孝敬您,您还是我的娘!"

范二顺和喜凤的女儿梦珂,如今已大学毕业。二顺为人厚道,对大女儿会敏视同己出,对喜凤孝顺老人也很理解支持。

至今,喜凤对4位白发亲人已照顾了25个寒暑,逢年过节给三个娘买衣服,都是一样三套。10年前,范屯村的婆婆突然脑出血,喜凤衣不解带日夜伺候,在村中传为佳话。平时,喜凤在"三个家"之间奔波,裴寨村是必经之地,裴寨村乡亲们见她也依然亲热。她给婆婆送吃送喝、洗衣做饭,还梳头理发、洗澡搓背、剪指甲……

婆婆牛凤英耳朵有点聋了,身体还硬朗,每天被打理得干净整洁,四季衣裳齐备,床上盖着暖和的大红棉被……她高兴地说:"俺仨儿俩闺女,儿女们都孝顺。老三秋成不在20多年了,老三媳妇还是这么亲,她最贴心啦!"

喜凤的大嫂也夸道:"喜凤改嫁了就跟没走一样,20多年了,俺们三妯娌还是像亲姊妹。家里有啥事,还把喜凤当成自家人一样对待。"

2010年,喜凤在裴寨商业街开了一家手机专卖店,她感动地说:"俺妈知道我喜欢吃枣花馍,每次蒸好馍,都拄着拐杖送到商业街上来,到我手里还热乎乎的。"

裴寨村永远是喜凤的家,喜凤永远是裴寨村的人。2020年,裴寨村抗击新冠肺炎疫情的战场上，喜凤主动报名加入了志愿者服务队。天寒地冻，喜凤身穿橘红色马甲，在裴寨新村大门口的检测点值勤；90多岁的婆婆牛凤英，戴着口罩，坐着轮椅，就在广场边上满眼疼惜地远远看着她……

村支书春亮感慨道："媳妇和媳妇，处境不一样。喜凤这样的好媳妇不好找！"村党支部副书记裴龙翔，把喜凤的事迹发到朋友圈，自豪地留言："真人真事，我的嫂子！"

四、脱贫路上"一个也不能少"

裴寨村的工作中，最"硬核"的任务是脱贫，最"硬核"的目标是"脱贫一个都不能少"。

十几年来，解决了房，解决了水，有了新商业街，有了大棚温室，有了股份分红，随着精准扶贫的步步推进，七八百人的裴寨村里，大面积的脱贫致富已经逐步实现。

小康路上一个都不能少

但春亮深深感到，时间越往后，脱贫难度越大。剩下来的贫困户，数量虽然越来越少，但基本上都是因病因残而根本不具备脱贫致富能力的最弱群体了。

2018年，裴寨中心大广场上，贴出了"扶贫对象动态管理工作公告"，在"五保、低保公示栏"一栏里，还有7个名字，全部是因病因残致贫的贫困户：裴明军、裴志文、裴全有、裴雨喜、裴凤桥、裴龙东、裴德坤……

这7个贫困户，被全村七八百位村民捧在手心里，待遇堪比裴寨村的"大熊猫"。

他们除了企业分红、土地流转等收入，还享受低保、医保、电费、残疾补贴等政府兜底政策。同时，村里将他们分解到每一个人，由村干部点对点帮扶、精准对接、分包任务。

裴寨村想方设法，为了保障扶贫资金稳在实处，主意甚至打到了房顶上。新村住宅楼的房顶利用起来，引进太阳能光伏发电项目，每年可以收入十几万元，用作扶贫专项资金。

春亮把自己在春江集团效益最好的一些股份转让给村里党员干部时，也有一个附带要求——今后股份分红，拿出 3%—5% 的红利，无偿发放给贫困户。

经春亮联系，长江商学院河南校友会捐赠 100 万元爱心款，与裴寨村 7 个贫困户和附近小区 17 个贫困户签订协议，让他们入股裴寨村红色旅游项目，保障年利润分红不低于 10%……

2018 年农历腊月二十八，马上就过年了。在一场迎新春活动结束后，春亮问村委会副主任："孟群，给困难户送的米面，到位了没有？"孟群说都送到了，春亮带上村干部说："走，看看去！"

天已垂暮，来到新村第四排住宅楼，残疾人裴明军家的窗户里灯影昏幽。推开门，只有卧室透出一缕灯光，双腿残疾的明军妻子，正带着儿女在里面床上玩。原来，客厅的吊灯坏了，只在插座上插了个小灯泡，水泥楼梯也没安装扶手。

一群人上二楼察看，只见东西四处堆放杂乱。一向爱干净的春亮不由得嚷明军："明军，你看家里跟垃圾堆一样，人不怕穷，就怕懒！年前，你把家里收拾干净；年后，来给你家安装楼梯扶手啊。"……下楼来，见别人家过年灯火通明，只有明军一家黑灯瞎火的，春亮想起了自己小时候家里过年的孤苦凄清，眼泪差点儿掉下来。他吩咐一位村支委："明军腿脚不方便，马上给他把灯修好，让他家亮亮堂堂地过年！"

42 岁的明军，幼年患小儿麻痹症，落下跛腿残疾，是住进春亮捐建的新楼房以后，才娶上一个连路都不会走的残疾妻子……儿子小志文出生后，不吃母乳，又没钱养，嗷嗷待哺。春亮说："明军，别怕，孩子我给你养活。"小志文吃了一年半奶粉，全是春亮整箱整箱地往他家搬。村里的街坊四邻也纷纷送来了小孩的衣裤鞋袜，说小志文是"大家儿子"。如今，聪明伶俐的小志文 13 岁了，家里又添了一个妹妹。

老支书的老伴李梅英，在路上遇见了明军，见他正带着一双儿女玩耍，笑道："瞧你媳妇那鳖样儿，生的儿女可好！"明军有点口吃，开心地告诉她："大娘，春亮叔可好了！生老二闺女，我原先自己买奶粉，吃了俩月吃、吃不起了，到村委会去找、找春亮叔，他说：'明军，你去超市赊奶粉吧，赊了我去给你还账'。"李梅英点头说："春亮就是好人，比你爹对你还好哩。"……入冬，春亮给困难户送羽绒服，其中给明军一家4口送了4件，明军是黑色的，他妻子是卡其色的，儿子是藏青色的，小女儿是粉色的，全家人穿上暖和又漂亮。

明军不能从事重体力劳动，春亮2007年资助3000元，给明军买了一辆三轮摩托，让他在村里挣一份运垃圾的工资。后来，村党支部副书记裴龙翔安排明军到大棚里做一些除草、浇水的简单农活，每月能收入1000多元。

村民代表大会上，决定给4家困难户免费安装阳台晾衣架，其中就有明军家。逢年过节，村两委都给明军家送食油、大米、棉被……2019年，辉县珠江村镇银行裴寨支行的工作人员又为明军家申请了专项救助基金……

从明军家出来，春亮带着村干部又来到第六排住宅楼的智障青年裴凤桥家。

凤桥的爷爷裴现，小名罢妞，是个矮小老实农民，早已去世了。奶奶李桂荣，与春亮的母亲李秀英是娘家同村的姐妹，春亮喊她"罢妞姨"。她家五个儿子，个子都随父亲。老大娶了个傻媳妇，生下独子凤桥后，老大去世了。凤桥跟着奶奶相依为命，他从小患癫痫，总是奶奶带他去看病。2008年，祖孙俩住进了春亮捐建的新楼房。

有一年，春亮在路上遇见李桂荣，喊一声"罢妞姨"，问起家里的时光。罢妞姨叹气："日子真不能过了，傻凤桥看病都看不起了……"原来，李桂荣刚刚过生日，老二、老三、老五仨儿子每人给母亲10元钱，老四薅了一把菜拿来说："这就顶10块钱了。"李桂荣伤心得掉眼泪。

这件事引起了村中众怒，春亮派人去喊李桂荣的儿子过来，大伙儿议论说："他们来了敢犟嘴，咱今儿就治治不孝顺的人。"来的是老三、老四，春亮对他们说："哥，老人没钱花了，你们说咋弄吧?"村里要求这两个儿子，每人每年各给母亲1000元赡养费。可是，李桂荣不敢要这钱，胆战心惊地说："春亮，你往后要是不管了，俩儿子不得恨死我了?"春亮宽慰她："罢妞姨，村里凡事都有人管，他想不孝顺就不孝顺了? 村里不管会行? 其他人也要引以为戒。"此后,春亮经常悄悄给罢姨送钱。

李桂荣临终之际,把老二媳妇阎宝荣叫到床前,拉着孤苦伶仃的孙子凤桥,把他托付给了二婶宝荣……村干部们也嘱咐宝荣:凤桥属于贫困户,以后村里帮扶贫困户的事,宝荣你照头。

这个阎宝荣,在裴寨村有好名声。她娘家在靠近深山的宰河村,都说"深山出俊鸟",宝荣个儿有个儿,样儿有样儿,端庄温良,纯朴可亲,无奈父病母嫁,早早成了娘家的顶梁柱。她17岁嫁给裴清田,裴寨人见了交口称赞:"哟,裴现家娶的老二媳妇,漂亮得很哪!"但是,宝荣出嫁是有条件的,她放心不下娘家两个弟弟,要嫁必须带上弟弟一起嫁,裴寨村虽然也穷,比起深山里总好一点。于是,她14岁、11岁的两个弟弟黑蛋、连海一起落户,后来她生病的父亲也来到了裴寨村。裴现和李桂荣老两口娶了这么好的儿媳,自然当宝贝,还为宝荣的父亲和弟弟盖房居住……2008年春亮捐建新村,黑蛋和连海都分到了新楼房。

宝荣这个朴实的女人,一定有满腹的辛酸故事,但她从来不肯公开个人家庭私事……然而,这一位好姐姐、好女儿、好妻子、好儿媳、好母亲、好婶子,早已赢得了村里人的尊敬。凤桥跟着这位二婶,全村人都放心。

30岁的凤桥,个子低矮,因为智力障碍,小学读了8年,一直在一二年级蹲班,只认识简单的数字……然而,一旦涉及钱财和脸面的事,他的脑子有时也会突然"炸裂"一会儿,显露一点小聪明。

春亮和村干部进门的时候,凤桥正守着客厅中间生的煤火炉,窝在破沙发里,对着一台小彩电看电视。春亮赶紧打开窗户通风,提醒凤桥:屋里没烟囱危险,要防止煤气中毒;并且告诉凤桥,马上给他家通天然气。春亮问凤桥:"你会不会用天然气啊?"凤桥说:"让俺婶给我指点指点。"春亮说:"给你买个煤气灶。"凤桥赶紧问:"多少钱?"春亮说:"不要你出钱。"凤桥放心了:"谢谢叔!"

这年春节一过,春亮就出钱给明军、凤桥两家装修,粉刷墙壁,新装了坐便、洗脸池,厨房的砖砌灶台也换成了整齐的厨柜。

春亮与一家宾馆熟识,他打电话问:"我看宾馆楼道里放的有旧沙发?如果没用了,让我拉走吧?"很快,半新的一个三人沙发、两个双人沙发,就搬到了凤桥家。二婶宝荣又帮凤桥买了电视柜……有了沙发和柜子，坐下看电视，小彩电的屏幕又不亮了。春亮吩咐村干部："去，把我家的电视机搬来吧……"

转眼又到秋凉，2019年的一天，春亮带着村干部又来到了凤桥家。见凤桥光脚穿着一双拖鞋，春亮问他："你穿多大的鞋?"凤桥回答："跟俺叔一样。"春亮问："你叔穿多大码?"凤桥说："不知道。"……春亮比比凤桥的脚，跟自己的脚差不多大，当即交代村委会副主任："孟群，你到我家里去，卧室的柜子下边有一双皮鞋，你去给凤桥拿来。"孟群去春亮家取了皮鞋，又回自己家，给凤桥捎来几双新袜子。

春亮的这双黑皮鞋，明眼人一看：嘀，精工制作，崭新铮亮！凤桥的二婶啧啧叹道：这鞋值好几千块钱吧，全村没人穿过这么好的皮鞋！……那天夜深人静，凤桥独自在灯下，把新皮鞋的吊牌取下来，悄悄穿了一会儿，正合脚。第二天有人来访，他又拿出新皮鞋穿了一会儿。他说：这鞋要留着娶新媳妇穿。

凤桥在路上一遇见春亮就喊"叔"，半醒半痴的笑容中满是感激。他诚心诚意地说："春亮叔，我啥时候请你一桌儿吧?"春亮高兴地回答："好，谢谢你！"村里人逗凤桥："谁一直照顾你啊?"凤桥说："春亮叔，旁啥没第二个人。"人们问："还有村干部呢?"凤桥说："还有孟群、卫海，就他仨。"人们又问："还有呢?"……其实凤桥心里明白，还有村委张桂先带他坐公交去辉县市申请残疾证，还有村支委李国德带他到张村乡办证照相，还有村支委裴龙义教他在大棚里干活儿……

村党支部副书记裴龙翔的果树大棚，让凤桥去干点薅草的活儿，开工资让他挣点饭钱。凤桥有时也跟二婶下地，干一点力所能及的农活……二婶教凤桥，让他把家里客厅打扫干净。凤桥自己拖地、洗衣服，把家里收拾得停停当当。

凤桥一个人拥有一套200平方米的楼房，自己还保管着每月领到的各种补助钱款。春亮问他："凤桥，如今存多少钱了?"二婶平时不让凤桥对别人说，但凤桥可以告诉春亮："存了3万块钱了。"春亮笑道："等你存够5万块钱，给你说媳妇。"……谁知，凤桥的亲事早有人惦记上了，外村常有人来真真假假地给他说媒，凤桥一听娶媳妇就高兴，出钱就爽快。沙锅窑村来了一个人，几句好话哄得凤桥掏了1000元。二婶宝荣一听，跑去找那个人，把1000元钱要了回来……村里人见凤桥乐呵呵的，问他："凤桥，你想啥呢？"凤桥依赖地靠在二婶身边，说："啥都不想，让婶给我操心。"

凤桥得到二婶的照顾，过年也在二婶家吃饺子。但平时，他就在附近张村一带逛悠，消息灵通得很，哪个村子谁家有了红事白事宴席，凤桥顺便就去蹭一顿饭；主家都认识他，也有意照顾……凤桥也是一个吃百家饭、穿百家衣长大的孩子。

凤桥床上盖着一床军被，二婶宝荣打开大衣柜，里面堆满了五六条新棉被，有两三件还没拆封。她说："这都是裴寨村干部、张村乡干部每年来慰问送的，还送了米面肉油；春亮支书每年也送来几百块钱……"近日张村乡又通知，说凤桥的五保户手续办好了，需要有监护人。宝荣去找村委会副主任孟群，说："按规定，我年纪大了不能当监护人了，你给凤桥找个监护人吧。"孟群说：不用商量，让你儿子小刚接班，当凤桥的监护人吧。

凤桥不幸，凤桥有福，老天让他生在了裴寨村。

春亮至今怀念一位孤寡老人裴清喜，那是一个好人。当年日子穷，小春亮每次去他家，他都满屋子翻腾，总要找一口吃的给小春亮。直到春亮长大进城创业去了，老人临终还一心盼着："春亮呢？叫春亮来呗……"春亮专门从城里赶回来看望了老人……老人的侄儿裴新，当年是春亮家那个第三生产队的队长。裴新去世后，他两个老实本分的儿子水群、合群，最得春亮的福。

1994年，水群因为三角债纠纷被起诉，生活顾不住了。正准备去北京闯荡的春亮，帮水群把三四千元欠债一笔还清，又拿出几千元说"你先用吧"，还把摩托车送给了他。近年，又安排水群到春江集团欣丰瑞拓公司的门岗上班，离家近，基本工资加上奖金，一月能拿四五千元。水群的儿子志强结婚，春亮从北京打来电话说："水群，儿子结婚要用钱，你吭一声。"现在，志强在裴寨商业街开了一家"大强快餐"，一年挣十几万元……春亮每次见水群和合群，都问：家里时光困难不困难？每次去看望水群和合群的母亲，都问：儿子媳妇们孝敬不孝敬？……

年过半百的村民郭现妮说："俺家孩子他爹出车祸，去世得早。三个孩子先后上大学，学费不够，春亮一次次给俺家送钱。这几年他资助俺家的钱，超过几万块了。没有他的帮助，俺家咋能过到今天？"

村里的退役军人裴海辉，父母长期生病以后去世了，春亮带着村干部去他家慰问。这个当过兵的男子汉，当着这么多人痛哭起来，春亮的眼眶也湿润了。他说："我自己有体会，人在最无助的时候，有组织上的人往你跟前站站、给个笑脸，就是最大的安慰和荣耀……"

十几年来，春亮获得的奖项很多，其中他最看重的，是"脱贫攻坚奖"，是"扶贫先进个人"称号。他说："评上这样的奖，获得这样的称号，我心里特别舒坦。别的奖可能是过眼云烟，脱贫和扶贫的成效却搁在这儿跑不了。恩重如山的父老乡亲，是我舍得一次次一掷万金的理由，我这一二十年就和一个'贫'字杠上了，哪怕几百万、几千万、上亿元地填，也要把贫困这个大坑填起来。"

春亮的扶贫，大致为三个阶段。

1999—2005 年，从老支书让他接手煤矿，到进辉县城办企业，当时是一个人的扶贫。那时他已意识到，这并不能从根本上消除贫困。

2005—2015 年，他先后作为村主任、村支书，带领裴寨村干部群众，进行大规模的整体脱贫攻坚；裴寨社区成立后，又带动社区百姓一起脱贫致富；同时，个人继续扶贫。

2015 年至今，除了以上扶贫，他又作为民营企业家，带领春江集团，向南太行新乡段 15 万百姓的扶贫进军，包括捐建宝泉花园社区……

绵绵不绝的 20 年扶贫，掏心掏肺，尽心尽力，知无不办，不办不安，越难越要帮，帮就帮到底——这个雷打不动的习惯，是靠什么坚持下来的？

最主要的情感原因，还是来自春亮的出身，他对穷百姓的日子感同身受，天然的怜贫惜弱、悲天悯人，人富了，心不变。

春亮至今痛惜："人们常说'饱汉不知饿汉饥'，我的成长身世，让我尝够了贫穷的滋味。当年我二哥福亮，在贡山头出车祸，是因为在山坡上装石灰时，拖拉机突然往下溜车了……溜车就让它溜呗，二哥是我家四兄弟里唯

一村之长

新中国"最美奋斗者"裴春亮和乡亲们的脱贫攻坚路

裴春亮逢年过节慰问帮扶贫困户，已整整坚持 20 年。

一的高中生，他平时聪明得很啊！可在那一刻，他啥也不顾了，拼了命地追车，结果被车从身上碾过去送了命。都是因为穷啊，把一台拖拉机看得比天还大、比命还重……"

从小母亲教育春亮：有饭给饥人，有衣给寒人——其实春亮他本人，就是那个饥人，就是那个寒人，自幼就落下了"饥寒后遗症"。

所以，即使后来生活富裕条件好了，但只要天气一变，他还是条件反射，一颗心都揪起来，担心整个裴寨村里，谁家有没有米，谁家有没有面，谁家的衣服穿得暖不暖，谁家的被子盖得厚不厚……妻子红梅了解春亮的这个"后遗症"，回忆说："进城以前，住在老村里，每次一下雨下雪或者刮大风，他都是第一个跑出去，看看村里各户的房子是不是结实，哪家的屋里有没有漏雨；关心谁家的孩子有没有过冬的衣服穿，有没有新鞋穿……"

2018 年入冬，豫北气温骤降，春亮自掏腰包买了 12 件羽绒服，委托村干部，分头送给了裴寨村的病残村民裴凤桥、裴玉仙、裴龙东、裴德坤、裴晓宝和裴明军一家；还有杨圪垱小区的伤残村民赵忠同、杨瑞群，沙锅窑小区的盲人范长青……

直到如今，春亮的一个春节惯例，还是带领村两委成员登门慰问困难户，送上过年礼物和过冬用品。贫困户过好冬，困难户过好年，白天吃得饱饱的，晚上盖得暖暖的，春亮在家听着窗外北风呼啸，夜里才睡得踏实。

面对农民的守旧心理，即使有心办好事，也有难度。春亮叹息："你想行好，给贫苦老人一点钱，有时还得偷偷地给，怕搞得人家儿子、儿媳妇没面子。万一遇见不讲理的，还可能反过来问：俺家的人，俺家的事，你凭啥管俺？"

春亮的衣服和鞋子，有时悄悄地送人。又有人说："你把自己的衣服鞋子给穷人穿，小心把你带穷了。"真是让人哭笑不得……

2019年春节前夕，春亮带领春江水泥公司管理团队，到公司所在地卫辉市的狮豹头乡罗圈村慰问，为路灯年久失修的村里捐助31套太阳能路灯，为5户建档立卡贫困户送去大米、白面、食用油，还有棉衣、棉被、电暖扇……听说村民逯爱国的9岁儿子患白血病，家中负债累累，春亮十分心痛，登门慰问病儿，送上爱心捐款10余万元。

2017年5月，在卫辉市唐庄镇南社村，3000多亩卷心菜严重滞销，3分钱一斤都没人要，几十家农户一筹莫展。春亮得知后，当即以8分钱一斤的价格，买下了8.5万斤卷心菜，分发给了春江集团员工，解了菜农的燃眉之急。菜农李福感激地说："真得谢谢裴春亮，不然这好好的菜都烂在地里了！"

西平罗村一个贫困家庭，春亮不仅捐助学费，帮助两个孩子圆了大学梦，还把他们的父亲安排到春江集团上班……

总之，春亮20年如一日，仅是涓涓滴滴、零零碎碎的问苦扶贫，就不下五六百万元，已资助100多个困难家庭渡过难关，帮助200多名贫困学生免于辍学……

有人感叹：裴春亮的公益扶贫、救济乡亲，这一家，那一家，这是咱们看得见的；那还有一些，是咱们没看见的呢，该有多少？

2018年深秋，春亮到云南昆明办事。天快黑了，路过小市场，看见一位六七十岁的老太太，守着一担没卖完的南瓜，愁容满面独坐暮色寒风中。

春亮心有不忍,上前问一担南瓜多少钱,老人说 40 块钱;春亮 60 元买下这一担南瓜,送给了当晚住宿的酒店。

也是这一年,寒风刺骨的冬夜,春亮去新乡火车站赶火车去北京。忽然路边传来叫卖声:"桔子!卖桔子——!"春亮看见一对冻得瑟瑟发抖的夫妻,守着三轮车上的半车桔子,车里还坐着一个两三岁的娃娃。他的心猛然揪疼了,真想捧住那冰凉的小脸暖一暖……还要赶路,他只好把车上桔子买下了一半。那对夫妻明白了他的心意,一个劲地表示感谢。

河南师范大学政治与公共管理学院师生到裴寨村暑期实践,那年来了20 多名大学生,其中男生小刘、女生小程,都是单亲家庭子女,经济拮据,是凑了生活费来实习的。春亮资助每人 2000 元,还找出家里的衣服送给小刘,并为小程母亲治病资助上万元……小刘大学毕业后,放弃了保送研究生的名额,选择到基层,在裴寨社区进行一年的实践锻炼。2017 年,他顺利考入中央某部委办公厅,公示结束的第一时间,就给春亮发来一条短信:"裴寨村带给我的意义在于,让我看到奋斗的价值,相信努力的意义……"

终于,脱贫攻坚决战决胜的 2020 年来了!

到了冲刺的最后时刻,一直奋战在脱贫攻坚前沿的村支书春亮,一直"在打仗的火线上抱炸药包攻碉堡开路"的"春亮连长",仿佛屹立炮火硝烟之中,郑重宣誓——"裴寨村守土有责,保证在咱村的范围内,没有一个贫困户!"

裴凤桥、裴明军、裴龙东,是裴寨村里因病因残致贫而实在"扶不起来"的最后 3 个人——春亮为了他们,头发都快愁白了,时时刻刻把这件事揣在心上:"对这 3 个人,我一直惦记,怎么弄,怎么弄,怎么都没法弄……"

想来想去,春江集团的企业比较稳定,打算把这 3 个人安排进去。可是,春亮专门开了企业领导班子会,企业领导还是有顾虑,说:钱可以给,人不能往厂里来,干活连东南西北都分不清,去食堂打饭,可能连排队和收拾碗筷都不会,不讲究卫生鼻涕拉呱的,其他员工在一起饭都吃不下去了……

3 个可怜人哪!——春亮作难啊。

2020 年 4 月,春亮毅然做出决定:个人出资,为这 3 个困难户兜底,每人每月发放固定"工资"400元。

4月13日，裴凤桥、裴明军、裴龙东3个人，统一穿上春江集团的卡其色工装，挺立在裴寨村两委办公楼前，留下了一张合影……从此，凤桥负责打扫广场公厕，龙东负责打扫商业街公厕，明军负责打扫街道，每人都有了自己的"工位"。

裴寨村最后3位因病因残贫困户穿上春江集团工装，有了工资保障。

这3个人，已经列入了五保户，每人每年享有国家兜底政策给予的共约六七千元补助，现在又有了这份固定"工资"，加起来一万多元；而明军夫妻两位残疾人，每年有近2万元。同时，他们与所有村民一样，还有土地流转、企业分红等收入……而且，他们住着宽敞漂亮的楼房，家中各有彩电、冰箱、洗衣机。张村乡政府、裴寨村两委逢年过节还送来米、面、油、棉被……

凤桥、明军、龙东啊！现在好了，你们的生活保障牢靠多了，村支书春亮的心里也终于舒坦踏实了！

五、家和万事兴

太行山区有一句老话——"衣服穿破才算衣，媳妇到老才算妻。"

春亮这个特殊的大家庭，如果不是得妻红梅，肯定难有今天这一大家子的如此兴旺蓬勃，如此欢快和睦。

所以，春亮对妻子，是当面嘚瑟，背后夸赞。他说："俺媳妇是一个贤内助，安排一家老小的各种事，应酬左邻右舍亲戚朋友的红白事，全让她料理得停停当当。"

春亮和红梅，还有大哥喜亮，加上儿女孙辈，现在全家已有 28 口人了……再加上姥爷一家、姑姑一家，整个大家庭四世同堂，已是洋洋大观。

所以，里里外外忙得不可开交的红梅，提起家人，都不是论个儿的，而是论堆儿的，总是笑哈哈地说："咱家这一窝儿！""俺家这一堆！"

春亮经常说："咱家的事，比电视连续剧《温州一家人》都生动。"——而这种"生动"，来自亲情的传统，来自人性的光辉。

幸福之中，往事并不如烟。

尽管在孩子们小时候，春亮和红梅从不向他们讲述悲惨的家世，他们的儿子裴将长到 20 多岁，才知道家里曾经有个二伯福亮、有个三伯秋亮……但是，伤痛的烙印永远不可磨灭，全家怎能忘记，今天"俺家这一堆"的幸福，是绽放于苦难的荆棘丛中，日子越是欢乐，记忆越是沉哀；记忆越是可怜，日子越是可贵。

春亮一家里，父亲裴义，母亲李秀英，还有三个哥哥喜亮、福亮、秋亮，把所有的劫难都担了，把所有的屈辱都受了。三个哥哥把一个沉重的家留给了小弟春亮，他们该干的活儿都让小弟干了，他们想挣的钱都让小弟挣了，他们想说的话都让小弟说了，他们应享的福都让小弟享了，如今春亮终于可以说："你们该有的尊严，春亮也给你们赢回来了！"——他偿还了一辈子没享过半天福的父亲，偿还了 700 元钱一条枉死命的三哥，他不能容忍悲苦困厄的命运扼住这个家庭的脖子，不能容忍裴寨村中重复这样卑贱窝囊的人生，他为父母兄弟而活，为穷人百姓而活，活出了体面，活出了价值，活出了意义。

如今的"俺家这一堆"，各家的光景都不一样。

大哥喜亮生病 20 多年，看病、吃药、输液，每年都住五六次医院，每次住院都是专人护理的单间病房，全是春亮安排结账，纯是小弟在拿钱养着……喜亮失语以后，自己没法花钱了，将平时小弟给的零花钱从银行取出来，交给女儿海红保管，一共有 7 万多元。

喜亮刚失语的时候，苦于表达不清意图，经常生气犯急。红梅帮着海红，一边揣测大哥想说的话，一边宽慰大哥。春亮叮嘱海红："他急，你别急，慢慢来，以后就好了……"渐渐地，家人掌握了喜亮的规律：他发烧了，往东北一指，就送他去大王庄诊所；腿疼了，往东一指，就送他去卫辉医专；更不舒服了，往南一指，就送他去新乡三院。在家里，他想洗澡就指淋浴头，想吃米饭就指大米，想吃面条就指挂面，想吃面疙瘩汤、饺子就指白面，想吃糊涂面就指挂面和玉米面……

如今的喜亮，容貌洁净和蔼，天天跛脚走到新村大门口，与老哥儿们坐在一起听他们聊天……有时下雨天，大门口只剩下一个人，他也不回家，久久地坐在雨檐下，凝望着小弟春亮捐建的裴寨中心大广场上人来人往……

他在家看电视，有时候，屏幕上突然出现了小弟春亮的镜头，他就激动起来，卟答卟答不停地掉眼泪……裴寨水库建成后，女儿海红搀扶着他，沿着水库堤岸走了一圈儿，一路给他讲叔叔带领乡亲们修水库，吃了多少苦，花了多少钱。他说不出话，只是张着嘴，望着清粼粼的水波，无声地哭泣……

在这个大家庭里，春亮主外，红梅主外又主内。她外领企业的大老爷们儿一大帮，内管全家的孙男娣女一大堆，既殚精竭虑，又游刃有余，把孩子们一个一个拉扯到成家立业。

家中下一辈的长子文山，是在"虎妈"的"棍棒之下"长成的孝子。

文山刚刚结婚，奶奶撒手西去。从小与奶奶相依为命的文山，觉得头顶的天塌了，茶饭不思，萎靡不振，把怀孕的妻子秀丽丢在家里，自己钻进网

一村之长

新中国"最美奋斗者"裴春亮和乡亲们的脱贫攻坚路

吧打游戏……深知这小子性格的婶婶红梅,重启"虎妈"模式。她找到了网吧里,见到文山,上去就是啪啪两耳光,喝道:"回去!给我回家!"

文山把自己从悲痛中拔出来,但打游戏已经成瘾,两三年都戒不掉。半夜正睡觉呢,也悄悄下床躲到另一个房间上网打游戏,妻子多次劝告无效,只得打电话向婶婶告状……婶婶回到裴寨村,一进家门,就训斥文山。文山为妻子告状而恼火,觉得没面子,又犯倔耍起横来,婶婶抓起手边一只小板凳砸过去,鲜血从文山的额头流下来。文山2岁的儿子哭喊道:"奶,别打俺爸了,俺爸以后改!"接受"血的教训"的文山,就从这时起,彻底改邪归正,真正开始成长为一个当家男人。

春亮这个太行山男人,无论思想观念如何进化升华,唯有在捍卫家族骨肉血脉这一点上,还是恪守传统矢志不移。

在二哥福亮因车祸去世多年以后,春亮才得知,二哥除了大儿子文山,还有一个遗腹子,被改嫁的二嫂带到外村出生,随继父姓,名叫川川。

"福亮还有一个儿子?他还有一个儿子!"春亮的母亲李秀英和姐姐玲儿,听闻消息悲喜交加。裴家还有一份骨血流落在外,这成了她们的一块心病,母女俩一聊起来,就相对垂泪哭泣。

当时十五六岁的文山,被奶奶和姑姑的哭声压抑太久,终于在2002年那一天爆发了。他说:"奶,姑,你们别这样了,我去把小的叫回来给你们看看!"

川川比文山小4岁,正在读五年级。文山找了川川身边一个年龄大点儿的孩子,捎去口信,把从未见面的弟弟骗到了裴寨老村的家里。

本来,奶奶事先已与文山说好,只把孩子哄来看一眼就行了,别对孩子说那么多。谁知,川川一进家门,容貌神态像极了死去的老二福亮,奶奶忍不住一把抱住他,姑姑也搂住他,一齐哇哇大哭起来——那一瞬间,川川突然被吓傻了。他对一切还一无所知。临别,奶奶往这个亲孙儿手里塞了20元钱……川川回村的路上,捎口信的朋友对他说,不要把去裴寨村的事告诉家人……

川川是一个沉默倔强的农家孩子,他自幼由继父一手养大,因为他有尿床的毛病,一直尿到上初中,每天夜里都是继父起来为他把尿,感情很深。

所以对于自己的身世，他满脑子里木木的。几年后，他初中毕业，在省内外打工。在从苏州打工回家的那一天，家人才告诉他，裴寨村奶奶早已去世了。他一头钻进里屋，独自难过不已，虽与奶奶只见了一面，但他心中一个亲切温暖的角落已留给了奶奶……

18岁的春天，川川终于走进了裴寨村西的老院子，进门喊了一声："哥！"这个声音把文山的心喊热了，他一直在等待这一声呼唤。文山领着弟弟，来到父亲福亮的坟前，含泪告诉父亲："今天，我把弟弟给你领回来了！"川川跪在坟前，一边磕头，一边想象亲生父亲的模样：念过书的父亲，聪慧而又挺拔，仿佛开着一台拖拉机远远向他驶来……

正在经营小企业和运输业务的文山，问弟弟："不上学了，你干啥？"性格内向的川川低下头："还没想好干啥。"文山一副大哥的架势，说："既然你来找我了，我带你见见咱叔咱婶，给你找个活儿干吧。"

兄弟俩来到春江水泥公司，川川第一次见到了红梅婶婶："原来心里想象，婶婶很有钱，我一个打工的穷孩子，见面不好说话，她一定很严厉。谁知，婶婶见了我特别亲……"当时，红梅一眼就看出了这个侄儿的性格，特地嘱咐："工作多的是，川儿你记住，无论在哪儿上班，都不要因为被人嚷两句就耍脾气走人。"

川川到春江水泥厂门岗上班，有一天，叔叔春亮忽然来了，川川已见过叔叔的照片，急忙站起身……18年了，叔叔看到川川相貌的第一眼，就知道这孩子是裴家人，满肚子的话变成一声简单的招呼，叮嘱他在厂里好好干，说完就走了。

几天后，叔叔联系好了新乡的驾校，打来电话："川儿，你去考个驾照吧。"川川考取驾照，到了司机班，开上了厂里最旧的一辆小轿车，为办公人员服务。他很想为叔叔婶婶争气，但是能力有限……幸好有哥哥文山不厌其烦地训他、教他，兄友弟恭的模式从此定型。

一个寒冷而晴朗的冬日，川川与沙锅窑村姑娘郭丽珍结婚。在婶婶红梅的带领下，一列车队开进了他家，带着贺礼前来出席婚礼。新郎和新娘，向裴寨村婆家人举杯敬酒，婶婶红梅代表裴家人向他们道喜祝福，亲人们的笑脸上都是泪光闪烁。第二天，一对新人回到了裴寨村，第一件事就是给先辈上坟。川川从此认祖归宗。

在春江水泥公司,川川主动请求当销售部业务员,到总经理办公室来见婶婶,婶婶爽快地说:"川儿,你刚来的时候,没有社会经验,怕你把控不好。现在你想当销售业务员,就去试试吧。"当业务员,没有基本工资,全凭销售业绩,每卖出一吨水泥提成2元钱。前两三年,川川一分钱没赚到,销售榜排名总是倒数第一第二。他撑不下去了,一见婶婶就哭了,提出换岗位,婶婶不同意:"川儿,不要这山望着那山高,挑三拣四的。既然选择了,年纪轻轻的,就要坚持奋斗。"川川咬牙干下去,家里不仅把结婚攒的彩礼钱花光了,还为买二手车欠了一笔债。逢年过节,婶婶也不轻易出手相助,只在过年时给了川川2000元钱,小两口将就着生活……川川继续坚持一年多,终于找到了客户,而且是长期合作,从此业绩渐渐上升到了销售榜的中间,月收入增加到七八千元。随着客户越来越多,他喜欢上了销售工作,特地去向婶婶表示感谢。婶婶看着他一步步闯过难关,也为他感到欣慰……

2015年,川川到派出所办理姓氏变更,正式改名裴文川。叔叔春亮和婶婶红梅多方考虑,替川川的生母和继父着想,与他们反复沟通,对方也想开了:孩子大了,让他自己选择更好的生活吧——这年下半年,文川迁居裴寨新村。

文川和丽珍小夫妻,带着被子和衣服,回到裴寨新村。打开大门,只见明窗净几,满室阳光,婶婶把家具、彩电、冰箱、空调全都给他们配齐了,楼上楼下,生活用品一应俱全……

海霞、海红成家后,也住在裴寨新村,日子过得很舒心。

性情开朗的海霞,结婚后生下女儿和儿子。

海红为了照顾生病的父亲,需要招上门女婿。贾庄村姥爷张合给她当"月下老儿",海红与孟凡辉一见钟情。

海红要结婚了,婶婶红梅就像送亲闺女出嫁一样,精心操办婚事。带着海红逛商场,挑选漂亮的结婚礼服,床上用品、家具、电视机、电动车等,也都挑最好的买,凡是能置办的都置办了……旁人遇见了,知道海红从小没有母亲,悄悄问她:"这是你姑?"海红说:"俺婶儿比妈还亲。"

婚礼是在裴寨商业老街上的饭店举行,一身红衣的新娘海红与新郎一起向偏瘫失语的父亲行大礼，喜亮高兴得手脚颤抖，热泪纵横……

红梅自豪而满足地说："别看我年轻，从 30 来岁就开始，给'俺家这一堆'一个一个操办婚事。如今，儿媳妇也娶了，闺女也嫁了，孙子孙女外孙外孙女一大堆了！"

《礼记》曰："父子笃，兄弟睦，夫妻和，家之肥也。"当今人们说："这个时代最高级的炫富，是家庭和睦。"

春亮和红梅，每逢过年"合家欢"，都会安排全家老小到饭店，开开心心吃年饭。对于又是一年辛苦的红梅来说，这总是一个特别有成就感的时刻。

而全家老少到得最齐全的，是 2018 年中秋节。在裴寨新村的家门口，留下了一张珍贵的"全家福"，总共 32 口人，一起开怀欢笑，共同沐浴在金风艳阳之下。

"俺家这一堆，平时有啥事儿，都爱跟我说，跟我近。"——红梅说者得意，春亮听者失意，心里不免一阵"泛酸"，有点怅然若失。

红梅伤病住院时，家里的"这一堆"，大大小小都来看望她，依偎在病

2018 年中秋节在裴寨新村，裴春亮一家三代"全家福"。

床前问候聊天，舍不得走。

但是，春亮与孩子们之间，还有一些距离，儿女有话也不跟父亲多说……有时，春亮埋怨孩子们想不起来他，红梅反问："你想起他们几回？"

女儿裴帅来电话时，春亮发牢骚："闺女，你为啥不给我打电话，光跟你妈打电话？看来，是谁有钱跟谁亲呀。爸养女儿，买房置嫁妆，尽赔钱！"女儿听着，在电话另一头笑个不停……

其实，春亮抱怨之时，心底却是温情满满。作为一个当家大男人，从一个悲惨破碎的苦难之家，到拥有幸福大家庭的"这一堆"，无论从天伦道义上讲，还是从内心情感上讲，他都可以仰不愧天、俯不怍地了。

春亮常说："一个人活着，就是为了让人幸福。"这里面，当然也包括让他的这一个大家庭幸福。这么多年，他撑起了一个村，也撑起了一个家，把自己撑成了一把避风挡雨的伞，一棵遮荫乘凉的树，一片丽日晴空的天。

"家是最小国，国是千万家"——在裴寨村这个"全国文明村"里，村支书春亮的大家庭，带头树立良好家风，也成为村风文明的一个组成部分。

这是一个渴望爱、懂得爱、表白爱、珍惜爱的大家庭。其中最强烈的，是对孩子的爱，毫无保留的爱，不求回报的爱。

当年，奶奶对孩子们的爱，已竭尽了一个太行山女人所能做到的极限。白发苍苍的奶奶，弓起一副羸弱的脊梁，抵挡压顶而来的厄运，呵护着怀中的一群孩子长大，拼尽最后一口气，直到轰然倒下。这个家庭遭遇的苦难有多深，奶奶的爱就有多深……到了春亮和红梅，也是同样。

侄子侄女说："小时候，叔婶就是家里的大树。我们的一切，都靠的是这棵大树遮风挡雨的庇护。"

春亮和红梅的慈爱，又延续到了第三代身上。在这个大家庭中，春亮既是爷爷，又是姥爷，第三代孙辈的名字，大部分都是他给取的……

这个四世同堂的大家庭，无形之中，正在努力构建着一套敬老爱幼、上慈下孝、夫义妻贤、兄友弟恭、关爱亲人、扶持朋友的家庭秩序。

春亮的儿子裴将，总结这一个幸福之家，说："核心是尊重。我们这个大家庭的关系，符合中国传统的道德伦理……爸妈都很尊重对方，爸是社会先进典型，妈很清楚，默默地辅佐爸、尊重爸；妈付出的艰辛，爸也很清楚，也很尊重妈。爸妈之间，经历过巨大矛盾的磨合过程，如今，家庭和谐，不吵架了，是因为达到了互相理解，互相尊重。在我们这个大家庭里，大大小小几十口人，人人都得到了尊重。每一个人，都十分珍惜这个大家庭的氛围，心齐气顺，都为这个家添柴加火，添砖加瓦。"……而苦尽甘来的一对夫妻，红梅说起丈夫，笑道："他过去不肯多商量，现在还商量。"

勤劳，在这个家庭里是必须的。春亮作为太行山农家子弟，黎明即起，不睡懒觉，从小的习惯一直保持到了如今。红梅从结婚那一天开始，陪着春亮在裴寨商业老街上创业，小两口起早贪黑，从来没在晚上12点以前睡过……如今，虽然生活条件好了，全家依旧拒绝懒惰，孩子们也不敢多睡懒觉。在这个家里，每个人都靠自己的一双手，在努力创造新生活。

节俭，在这个家庭里也是必须的。儿女们从小的压岁钱，全部都得上交，由大人保存，因为家里已定下规矩，孩子手里不能有钱。海红的儿子七八岁时，可能是奶奶给了他一块手表，金灿灿的戴在手腕上。春亮怕孩子从小学着炫富，制止道："戴那干啥？咱条件不差，也不用戴那显摆。"

正能量，更成为这个大家庭的主旋律。家无恶习，一个重大原则是：首先弄清楚，啥钱不能赚，啥事不能碰，绝不从事不正当行业，甚至连容易擦边儿的行当也不染指……

2019年10月11日，裴将在朋友圈留言："昨天有个推送，是毛岸英给他的表舅父写的回信，大意是，表舅父托他，给表哥安排个老家省厅的工作，他很坚决地拒绝了，并且直言表舅父思想觉悟低……大是大非面前，原则性的问题，是不容许任何人、任何关系来讨价还价的。"

有一天，父子俩相对而坐，难得一次推心置腹地交谈。春亮对儿子叹道："孩儿啊，可不能当名人，要把你累死了！有时候，觉得活的都不是真实的自己了……不过，细想起来，这样的人生还是有意义。咱是党员，是有荣誉的人，不能与普通人一样。"

2017年春天，裴将举办婚礼，按照太行山乡规矩，定于裴寨老家举行。婚房就在裴寨新村，在爸爸当年分到的那一套房子的二楼。

上有中央八项规定精神，下有裴寨村规民约，春亮与山西亲家商议之后，婚礼新事新办。

一村之长

新中国"最美奋斗者"裴春亮和乡亲们的脱贫攻坚路

山西娘家人远道而来，大红布包裹的嫁妆打开，里面是山西孝义传统的手工花馍，一片花团锦簇，象征喜庆吉祥。

春亮和红梅领着亲家一行，首先参观了裴寨村史党建展览馆，春亮亲自当讲解员，解说裴寨村干部群众的奋斗历程——这一份"见面礼"，让娘家人眼见为实。亲家打心眼儿里佩服，高兴地说：春亮能把裴寨村建设管理得这么好，他儿子也一定差不到哪儿去，把女儿嫁到裴寨村，放心！

5月11日，一场新颖浪漫的室外结婚典礼在宝泉景区举行。原先安排了其中一个桥段——直升飞机缓缓降落景区，姗姗走下一位美丽新娘，水面上出现了新郎，深情款款执子之手……然而这个美妙的设计，被春亮一口否决，要求婚事尽量从简。

碧水丹山之间，回荡着豫剧《朝阳沟》的音乐，没有锣鼓乐队，没有豪华车队，婚车只有一辆，是景区的一辆游客观光车。车上贴着大红喜字，一对新人坐在车上，云鬓鲜衣，仪态万方，春风沉醉之中，良辰佳景美不胜收……山西来的娘家人，也是坐着景区大巴，来参加了这个喜庆的婚礼。

宝泉景区的游客们，与这一场清新别致的婚礼不期而遇，纷纷拍照，向一对新人表示祝福。一位来自郑州的游客，笑道："在美丽山水之间举行婚礼，既省钱，又有新意，以后我也推荐朋友举办婚礼到这里来！"

婚宴在裴寨村中举行，全村喜气洋洋。裴将这孩子是乡亲们从小看着长大的，心里都很亲。而且，平时村民家办喜事，春亮随礼一户不落，明说都是200元，对困难户其实总是给两千三千的；有时，怕忙起来忘记吉日，还提前把礼金放在村委会副主任那里，这一次，乡亲们终于等到报答的机会了。

"喜事汇"餐厅门前，搭起了大红双喜的拱门。前来赴宴的每户村民，欢欢喜喜带来了红包，却没想到，本该最醒目的礼账桌，到处找不着，手里红包往哪儿送？原来，春亮和红梅夫妇已经公开承诺：儿子婚礼不设礼桌、不收红包、不放烟火、不请乐队，一切按村规民约办。

失望的乡亲们，埋怨春亮太不近人情。但同时，老百姓也从心底里向他伸出了大拇指。他们说："难道春亮家办不起排场婚礼么？他家都婚事新办了，咱们不能超过他呀。"

按照裴寨村红白事理事会定的规矩，婚宴服务人员不得超过 50 人，这次便只请了 49 人帮忙。每桌规格不超过 200 元，山西来的娘家宾客，也与裴寨村民一样，喝的是 50 元一瓶的"百泉春"酒，抽的是 10 元一包的"红旗渠"香烟，只是多加了"四菜一汤"，都是地道的太行山村农家菜……春亮请了几位陪客，亲家开怀畅饮喝懵了。

新郎裴将带着新娘杨德梅，恭恭敬敬端起酒杯，向乡亲们一一敬酒。他平时健谈，但每次回裴寨村，就像爸爸一样，在父老乡亲面前始终低调谦和……

对于儿子的婚礼，红梅内心难免留有遗憾。当年，她与春亮结婚，家里穷得叮当响，新房冻得像冰窖，新婚之夜还有债主堵门要账，心中留下了永远的苦涩。现在终于有条件了，儿子的结婚却……然而，看到儿子儿媳甜蜜满意的笑容，也就足够了。

在他们这一个大家庭里，如果说，红梅是治家的主心骨，春亮则是立世的主心骨。

在裴寨村，在裴寨社区，在春江集团，在社会上，春亮作为党的十九大代表、全国人大代表，为了宣传贯彻党和国家的方针政策，做过许多次传达，讲过许多场报告，活泼生动，反响热烈……但在家里，他的话却不多，在孩子们面前比较"闷"。

春亮的教育方式，是身教，是行动。在孩子们面前，从不谈功劳，只偶尔说一句："我的责任，就是把村上人带好。"他不讲空话，不讲大道理，要讲也是讲好好做人，低调做事。有时孩子有了过失，他恨铁不成钢，生气地嚷两句，然后撂下一句话："你自己去悟吧。"……相比而言，春亮对儿子、女婿、侄子、侄女婿这些男孩子，态度严厉一些；对女儿、儿媳妇、侄女、侄媳妇这些女孩子，态度温和一些，但要求都是同样的严格。

孩子们涉世不深，起初对共产党员的概念理解不透，对先进典型的意义也理解不深……但随着年龄慢慢增长，他们越来越明白了。

裴将和同龄人一样，喜欢看电影中的"超级英雄"。他说："爸没有什么'超级英雄梦'，他很实在，只知道什么阶段该干什么、能干成什么，办实事，办好事，裴寨村需要这样一个人，很庆幸这个人是我爸！……这给予了儿女直接的影响，比起多给儿子一笔钱，或者办一个豪华婚礼，这种精神引领是无与伦比的。"

裴寨村民感激春亮自发而起的"除夕饺子宴"，已持续11年。海红说："我长这么大，一共见叔哭过4次，其中3次都是在乡亲们的'除夕饺子宴'上。"

裴寨社区的年轻人，平时在一起聊天，也对春亮的侄儿侄女说："你叔挺伟大的！其他人做不到。"

春亮家的孩子们更是觉得，叔婶全身都是优点，他们就是自己的人生楷模。

裴寨村向参观团队播放的一部先进事迹宣传片，文山站在人丛后面看着，悄悄地掉眼泪。他深知，裴寨村今天的一切，来得多么不容易："入住新村以后，幸福到来了，现在的生活是笑着过；同时，苦难也更加刻骨铭心。苦尽甘来，常常觉得像做梦一样，而这个造梦人就是我叔春亮……叔并不是天生的先进典型，起初也没想走这一条路。如果不回村当选村主任，可能走的是另一条路。他并非为了荣誉，只是土生土长，对这片土地特别热爱。叔的境界很伟大，很难超越。社会上有人也有善良心，但没走出这一步，迈出这一步需要很大的勇气……"

当一场新冠肺炎疫情阻击战爆发之初，春亮代表春江集团捐款500万元。同时，他家的"这一堆"也行动起来，除了在春江集团捐款以外，秀丽、文川还代表家庭在裴寨村捐款；还是中小学生的裴涵旭、裴涵养、孟祥阳，也第一次作为正式捐款人，经历了一个有意义的人生仪式。文山报名当了志愿者，在抗疫一线值勤；裴涵旭、孟真作为义务小朗读者，参与了"大喇叭"广播……全家人一代接一代，培养家国情怀，在崇高的精神洗礼中成长。

文川感动地说："很崇拜叔婶，在工作和做人各方面，对我的影响特别大，我把他们当成人生榜样来学习。"……紧接着又补了一句，"我认为，婶更伟大一点。"

2016年，春江集团高层调整，春亮担任集团党委书记，红梅由常务副总裁升任集团董事长。从此，企业工作更忙了，而家里下一代也长大了，渐渐顶起事了……红梅向全家宣布：从今往后，这个大家庭里，在下一代的事务方面，她要"退居二线"了，基本上都交给下一代长子文山、长媳秀丽来管理。

34岁的文山，这时才猛醒过来——原来在此之前，婶婶一次次让他疼痛流血的惩罚，一次次让他迷途知返的教训，都是为了今天，为了今天转付重托这一刻啊！"虎妈"婶婶，是一位伴随他成长的严师益友，让他接班扛事，让他顶天立地！

这个大家庭的所有孩子，都很自觉，相处和睦，彼此照顾，一齐向上。他们敬重叔叔婶婶，心疼叔叔婶婶，都希望自己快快成熟，自立自强。

有一年春节，春亮和红梅趁着难得的假期，开了一辆中巴车，第一次带上一家老小，还有贾庄村的姥爷姥姥，17口人浩浩荡荡一起出行。

在郑州"方特欢乐世界"，孩子们激情体验惊险动感的游乐项目，还仰面吃起了天上飘落的雪花；到林州大峡谷，全家人畅游山水，孩子们心中留下了壮美而有趣的大山记忆。

其实，家里人都明白，春亮和红梅安排这一趟旅行，最主要的一个愿望，是为了从未出过远门的大哥喜亮，想让他睁开眼睛，看一看自己生活的这个世界……年过六旬的喜亮，偏瘫还留有足跛手抖的毛病，失语治好了一些，会呜呜啦啦发声吐字了。沿途观光中，他像一个刚学说话的孩童，看着新鲜奇异的一切，发出声声惊叹。他的一双眼睛里，又是泪水又是笑，孩子们搀扶着他，一路欢闹一路歌，那是全家最开心的一次旅行……

春亮这个硬骨铮铮的太行汉子，随着年岁增长，一颗心也渐渐的更柔软了。过去，常年在外奔忙，孩子们常常一个月都见不了他一面；如今，孩子们扑棱翅膀要放飞了，他反而常常想念起了儿孙……

他每次抱起孙女苗苗、孙子帆帆、外孙女小团子，怎么亲也亲不够，舍不得放下，舍不得离去。

他每次与儿孙们分别，都会殷殷叮嘱孩子们："常回来啊！回来看看我和你婶儿啊！"

第九章

"天下之脊"太行山的笑容

一村之长

新中国"最美奋斗者"裴春亮和乡亲们的脱贫攻坚路

一、红色乡村参观新热点

2018 年 6 月，中央组织部确定了第二批 7 个全国党员教育培训示范基地，其中就包括新乡先进群体教育基地。

而裴寨村，成为新乡先进群体教育基地的一个实践教学点。

裴寨村在 2017 年成为"全国文明村"前后，村两委办公楼门口，挂上了不少牌子：

河南省美丽乡村建设标准化示范区

河南省社会主义核心价值观建设示范点

河南日报新闻宣传干部培训教育基地教学实践点

新乡市先进基层党校

新乡市首批红色教育培训基地

新乡市爱国主义教育基地

新乡十乡百村乡村振兴示范村

河南师范大学政治与公共管理学院实习支教基地

河南工业大学材料科学与工程学院社会实践基地……

裴寨村最早的讲解员回忆：五六年前，村里陆陆续续来一些游客，每天两三拨，大约百人左右。

没想到，全国党员教育培训示范基地的实践教学点，这个"重量级"的引擎一发动，竟然产生了如此强劲的动力。裴寨村迅疾升温，成为太行山区一个红色乡村参观旅游的热门景点。

真是络绎不绝，接踵而至！——全国各地的参观团队远远近近而来，中央和省、市、县、乡的党政干部参观团队来了，党校、企业、媒体、社会团体的参观团队来了，大中小学的参观团队来了，自发参观的游客也来了……

参观裴寨村的团队和游客络绎不绝。

尤其来自全国各地村支书、农村社区支书培训班的学员，对于裴寨村的一切，更是心领神会。

这时，一个上万平方米的裴寨中心大广场，正好合上用场。旅游大巴在西头区域一排排停放，广场上满眼是往来穿梭的参观者……裴寨村民都服气了，春亮当初设计中心大广场，时间越久越证明超常前瞻、合理大气。难道春亮他长了"前后眼"，早知会有今日么？

每天，旅游大巴一辆接一辆驶入裴寨新村大门口，参观团队一拨接一拨踏上裴寨中心大广场，裴寨村的男女讲解员们就上岗了。他们身着统一的藏青色西服或白衬衫工装，戴上扩音耳麦，分头接待参观团队。人潮高峰之时，人手紧张，他们经常在广场上一路小跑，在各个参观团队之间忙得团团转。

游客参观路线上，重点有裴寨村史党建展览馆、"初心广场"、老村广场、古井老槐树遗址、"裴寨初心馆"、窑洞陈列室、裴寨水库……

而与一般走马观花式参观不同的是，裴寨村作为一个实践教学点，还要承担重要的一环——当各地机关、党校、大学的参观培训团队到来时，要在

一村之长

新中国"最美奋斗者"裴春亮和乡亲们的脱贫攻坚路

村两委办公楼会议室或"农民红色课堂"里，为他们开一堂半小时至一小时的宣讲课。

裴寨村的宣讲老师，都是基层和农村的中青年，从没登上过专业教学的讲堂。其中义务兼职的三四个人，有村干部，也有个体经营者……他们以一堂堂朴实生动接地气的普通话宣讲，为有文化、上档次的团队上课。

辉县市政府办公室综合科的王健，2016年被临时抽调到裴寨村当一年讲解员……如今，4年多过去了，起初不想来的她，现在不想走了，置身于裴寨村干部群众之中，她觉得自己已成为其中的一份子。她为中央和省市来的领导、为全国各地来的参观团队担任讲解，效果越来越好，而且带动裴寨村讲解员团队整体水平提升……现在，为了取得更好的宣讲效果，她反复修改，做出了幻灯片《我心目中的裴春亮》。有一次，正在为河南尉氏县政协党员干部培训班上课时，突然停电，幻灯片中断了，她当即改为与培训学员面对面交流。讲课结束时，培训学员们报以热烈掌声，大家说："听了裴春亮的故事，特别感动，有好几处都流泪了！"

56岁的裴龙德，还保持着文学青年一般的激情。酷爱普通话朗诵的他，在讲台上侃侃而谈，还不时穿插诗词吟诵，现场效果别有特色……

只有贾小丹，她并不喜欢当讲解员。可是，村中讲解人手紧张，她只好硬着头皮背词儿，临时顶上去。

那天，接待河南师范大学参观团队，贾小丹第一次上宣讲课，村支书春亮也来旁听了。贾小丹慌了，她按辈分对春亮喊爷，央求他赶快走似地说："爷，你一来我更紧张了！"春亮安慰她："你心里只要想：再大的领导也是人。在讲台上，你就把台下的我当成地里的一棵白菜好了！"

谁知到后来，贾丹的讲解竟大大出彩！她参加河南省红色旅游"五好讲解员"培训，被评为优秀学员。

裴寨村成为实践教学点仅仅半年，接待参观团队就多达460多批，2019年又接待参观团队600多批，加起来总共十几万人，最多时一天接待六七百人。

有天，《人民日报》记者来裴寨村采访，向讲解员王健问了三个问题：

第一，你接待这么多参观团队和游客，感觉大家最感兴趣的是哪一点？

王健回答：参观游客最感兴趣的是，裴春亮咋舍得捐出一两个亿？

第二，你作为讲解员，觉得裴寨村的亮点是什么？王健回答：是"听党话，跟党走，同创业，共致富"的"裴寨精神"。

第三，参观游客的哪句话让你印象最深刻？王健回答：有一位游客从大巴车下来，一抬头，看到广场正面跨境电商楼顶的标语"乡亲不富誓不休"，不由脱口而出："这一句话，说得真实在，带劲儿！"

2019年盛夏，中央组织部、教育部、共青团中央联合举办全国高校青年党员骨干培训示范班。这一支团队，包括52名全国"青马工程"（青年马克思主义者培养工程）的优秀党员，131名来自全国100所高校的辅导员、学生会和学生社团指导教师、学生党支部书记，一齐来到"新乡先进群体"基地，进行了6天集中培训。

在裴寨村实践教学点参观后，清华大学团委学生干部刘隽甫说："裴寨村之行，让我对共产党人的初心有了更深的认识。'为中国人民谋幸福，为中华民族谋复兴'这句话，不是随便说说，而是要坚守，要去做的。祖国需要更多像裴春亮一样的人才，我们要到祖国最需要的地方去。"全国学联驻会主席、哈尔滨工程大学高文说："裴春亮知恩图报、热爱人民、勇于担当、艰苦奋斗，他的感人事迹让我深切意识到，一个人只有将'小我'融入到祖国人民的'大我'之中，与时代同进步，与人民共命运，才能更好地实现人生价值。"

《中国青年报》以《筑牢信仰之基，补足精神之钙》为题，对这次活动进行了报道。《河南日报》也以裴春亮为第一个范例，发表通讯《用身边"钙源"砥砺初心》，报道称："中原大地孕育的焦裕禄精神、红旗渠精神、愚公移山精神，是全党宝贵的精神'钙源'。"

参观团队和游客们，来裴寨村一趟，满怀好感，兴犹未尽。临别之际，几乎都会涌入广场东头的跨境电商体验店，选购"裴寨村"牌太行特产。大家买得最多的，是红豆薏米粉、水果燕麦片、黑芝麻核桃桑椹粉、二十八谷散等天然绿色食品。来自濮阳市委党校的一位女学员，道出了游客们的共同心理："裴寨村的产品，我很信赖。"

而游客们带回去的纪念品，最抢手的是两款搪瓷茶缸，上面分别印着红字"听党话、跟党走、同创业、共致富"、"乡亲不富誓不休"……

如今的裴寨村，已被评为全国红色旅游经典景区、河南省美丽乡村建设标准化示范区、新乡市红色旅游示范村。

村子里面，有一处处内涵丰富、真实生动的红色观光旅游新景点；

村子外面，有一个个垂钓、采摘、农家乐的乡村休闲游览好去处……

裴寨村这个太行小山村，一个独具太行山区特色的红色旅游观光地，越来越光彩照人。

二、"南太行"的新愿景

全世界的目光，一直在紧紧盯着中国的脱贫攻坚。

2020年11月23日，贵州省宣布：全省贫困县全部脱贫——至此，我国832个国家级贫困县，全部脱贫摘帽。

目标实现了，中国做到了！——党的十八大以来，中国向深度贫困堡垒发起总攻，啃下了最难啃的"硬骨头"，决战脱贫攻坚取得决定性胜利，全面建成小康社会取得伟大历史性成就。尤其是在新冠肺炎疫情全球泛滥、世界经济遭受重创之时，中国克服疫情影响，终于成就了这一千古德政，创造了世界上任何一个国家都不可能"复制"的减贫奇迹……而这伟大的成果里，也有一个个村庄的热血奋斗，也有一个个农民的汗水拼搏。

2020年10月17日，全国脱贫攻坚奖表彰大会在北京隆重举行。河南省4名个人、1个集体获全国脱贫攻坚奖，其中裴春亮荣获"全国脱贫攻坚奋进奖"……他坐在会场上，胸佩金色奖章，身披大红绶带，一腔激情在胸中奔涌："在脱贫攻坚收官之年，能获得这样的荣誉，真的很激动！这份荣誉属于我们裴寨村的父老乡亲，也属于家乡太行山区的群众！"

在中国教育电视台《小康路上我们一起奔跑》节目录制现场，春亮热切地说："无论作为党的十九大代表，还是作为全国人大代表，我都是一个农民代表。我要思考的，就是发动越来越多的农民，'撸起袖子加油干'，尽快脱贫致富。光讲大道理、空道理，没有用。要实打实，为农民解忧解困，让他们看到好处，得到实惠，走共同富裕的道路，这是最根本的……"

是啊，整整 15 年，一条"死磕"到底的脱贫攻坚路！遍地踏石留印，处处抓铁有痕，春亮从未有过满足的一天，从未有过止歇的一刻。

2015 年那个秋日，苍山拥翠，金风送爽，宝泉景区举办首届"崖上太行宝泉站"全国徒步大会。春江集团董事长春亮也随着浩浩荡荡的选手队伍，徒步登山，走进了河南与山西交界的辉县薄壁镇大山深处。

沿途一路上，不断遇到太行山村的男女老少，他们一脸纯朴热情的笑容，见到陌生人从门口经过，都好客地邀请到自己家里坐坐。受邀的春亮就这样走进了山民家中……然而，踏进屋门那一刻，他震惊了。

这就是深山百姓的家?! ——整座房子家徒四壁，石墙被年深日久的地灶烟火熏得乌黑，屋里除了做饭的锅台、睡觉的床，空空如也。更想不到的是，村里一些老人，至今对 100 元一张的人民币压根儿就不认识……

春亮走家串户，探访散居深山的一户户农家，他们的日子几乎都一个样儿。这一带山区，平均海拔 1000 多米，山道险阻，交通闭塞，百姓耕种"靠天吃饭"，生存环境差，脱贫能力弱，村民住房难，病人就医难，孩子上学难，还处于极度贫困之中……

想不到，时至今日，在这个太行山革命老区，百姓的日子竟然还是贫陋不堪……老乡们越是笑脸相迎，春亮心中越是隐隐作痛。"闻其饥寒为之哀，见其劳苦为之悲"，他心里再也放不下了。

2015 年，河南省第十二届人大常委会第 16 次会议上，发布了"三山一滩"扶贫专项报告。北部太行山、西部伏牛山、南部大别山、东部黄河滩，一齐推进精准扶贫。

2016 年，《全国"十三五"易地扶贫搬迁规划》发布。

2016 年 11 月，裴春亮当选第十届河南省委候补委员。

2017 年 10 月，裴春亮出席党的十九大，并走上"党代表通道"，向世界发出一位中国农村基层党员代表的声音……

在这个时间节点上，回望太行深山百姓的那一间陋室，春亮更加意识到了自己的责任。责无旁贷，必须带头担当，积极投身于举国同步的精准扶贫之中，而且，已不仅仅是一个裴寨村的脱贫攻坚了，南太行的贫困乡村也在发出频频呼唤……

那天，春亮摊开一幅新乡市地图，一种"版图意识"油然而生。

南太行在新乡市这一段，涉及了辉县、卫辉两个市。具体说，有辉县市的薄壁镇、黄水乡、拍石头乡、张村乡，卫辉市的太公镇等。

春亮俯身地图上，从东往西，圈出了自己多年来已带头打造的四个点：

东段，在卫辉市太公镇不远的唐庄工业园，有 2008 年投产的春江水泥公司，已经成为春江集团的主导产业；

中段，在辉县市张村乡，有"全国文明村"裴寨村，2010 年成立的裴寨社区百姓已安居乐业，同时，跨境电商、服装产业、薯品产业正在兴起；

西南段，在辉县市薄壁镇，2015 年起运营的宝泉景区，已是成熟的 4A 级景区；

西北段，在辉县市黄水乡，春江集团大型抽水蓄能发电项目正在筹办……

四点连成一条曲线，勾勒出的是什么？恰恰是南太行边缘新乡段！

"刚好这一溜儿！近 80 公里，15 万百姓。这里有 15 万渴望脱贫致富的太行山区百姓啊！"春亮眼前豁然一亮，一股热流从心底涌起。

就是这里！一幅宏大的蓝图，一个坚实的目标，就在这里了！……把这四个点做好做强，在这四个点脱贫扶贫，发挥经济带动作用，一个点带动一小片，四个点连成一大片，能量辐射开来，有望帮助南太行新乡段这一带的 15 万百姓，摆脱贫困致富奔小康。

"带动南太行新乡段 15 万百姓脱贫致富"——从此成了春亮挂在嘴边的一个关键语，他在朋友面前纵情地聊着，在领导面前试探地讲着，一副抑制不住兴奋的劲头，又可爱，又可敬……这一下，未来有事做了！胸怀又敞开了一扇大门，格局又登上了一级台阶，他的新口号是："一人富不算富，一村富也不算富，一方富才是真的富。"

2016 年春江集团成立 10 周年之际，春亮担任集团党委书记，不再担任集团董事长。为了太行深山百姓的那一间陋室，他开始在宝泉景区的周边，谋划一项扶贫安居工程。

春亮主动配合薄壁镇政府，参与对深山群众实施的易地扶贫搬迁。宝泉景区与平甸村、潭头村、宝泉村、东寨村 4 个深山贫困村的 453 个农户、1798 口人，立卡对接帮扶。

春亮决定，像 2005 年出资 3000 万元捐建裴寨新村一样，再次出资 8000 万元，无偿为 4 个贫困村搬迁下山群众捐建一座宝泉花园社区。

在许多地方，旅游景区的开发，一般都是由当地政府出面，完成景区内的人口迁出；旅游开发商只管拿净地，不直接与当地百姓打交道。而宝泉景区这个民营企业，刚刚运营一年多，在还不知道景区赚不赚钱的时候，先解决当地百姓的生活难题，先把山区扶贫的活儿做了，这在全国还没听说过。

春亮的举动引起了强烈反响，也招来一些质疑："他裴寨村在辉县最东边，咋跑到辉县最西边去管闲事了？""干旅游的，有几个为老百姓盖房的？尽吹吧！"

而且，尽管当地政府出面实施易地扶贫搬迁，95% 的深山群众也都希望下山生活，但是，真到了老百姓举家下山舍离故土的关口，情况就又复杂了，扶贫搬迁工作很难向前推动。

对这一切，春亮已经习惯了。15 年来，每做一件大事，总有怀疑和非议相伴相随，无非是怕他在其中有私心所图。那么，为了广大百姓，光明正大办好事，还怕什么？……10 年前捐建裴寨新村，有的村民因为反对厕所建在室内，放话说："新村盖好了我也不去住！"结果新村建成，打开房门一看，楼高屋大，堂皇轩敞，谁不赶紧往里搬？！

春亮有信心："既然，能在辉县最东边，把裴寨村从省级贫困村建成'全国文明村'；同样，也能在辉县最西边，让宝泉景区带动周边百姓脱贫致富。"

"同心同行，共创共享"，春江集团的这个理念，也沿用到了宝泉景区。深山贫困群众的搬迁，不是撵下山、赶下山，而是搬下山、住上楼、有项目、能致富，让当地百姓与宝泉景区合作受益，实现共赢。同时，也有利于推动薄壁镇山区旅游事业的发展。

"我们是一家人"！——春亮以一种天下情怀，2010 年提出这个口号，从裴寨村到裴寨社区，汇成了万人一家亲的"同心圆"；现在又提出这个口号,从裴寨社区到薄壁镇宝泉花园社区,"同心圆"的外延越画越大,因为"我们是一家人"。

如今,薄壁镇政府所在地的一道平川上,已出现了一大片崭新的楼群。仍在建设之中的宝泉花园社区,一期、二期工程已经告竣,三期、四期工程还在施工……这是一个集住宅楼、学校、幼儿园、卫生所、养老院、超市于一体的农村新型社区,18 栋居民住宅楼,基础设施齐备,并配备电梯,还规划要通暖气。按照规划,4 个深山贫困村的 453 个农户,2020 年全部入住。

深山里的宝泉村,在老村留下了一座《宝泉村移民碑记》,然后与平甸村、潭头村、东寨村一起,贫困村民陆续搬迁下山,入住宝泉花园社区,生产生活条件从此改善……同时,不属于这 4 个贫困村的深山农户,也纷纷要求下山入住宝泉花园社区。

大高个儿的郭金龙,是 2016 年第一批入住宝泉花园社区的 104 户居民之一。他家住薄壁镇西沟村的南迆自然村,这个村子里已有 2/3 的人家下山入住宝泉花园社区。

裴春亮捐资 8000 万元,无偿为易地扶贫搬迁群众建起宝泉花园社区。

"穷归山，富入川"——精明能干、开朗风趣的郭金龙，说出了这个经典道理。他早就想搬下山居住了，眼看机会一来，"头脑一热，成了搬迁户中的积极分子"……宝泉花园社区的住宅楼，给搬迁户的是建筑成本价，一楼每平方米 1080 元，二楼以上每平方米 899 元。郭金龙的南迪村老宅，是一个两层楼四合院，作价 23 万元抵进去，在宝泉花园社区分了 2 套房，只花了 3 万元。他笑道："从山上搬下来肯定好啊，上学、购物、看病、玩耍都方便，还不用怕出现泥石流。"

他觉得还有美中不足，一是自家耕地还在山上荒着，宝泉景区已与村里签了土地流转合同，等大合同签了以后，就可以按一亩地 860 斤小麦的价格流转了；二是现在上山回一趟老家太不容易了——虽然，每天有 2 班公交车，从辉县市区开往与山西省交界的平甸村，途经郭金龙的老家，但他每次上山回家，到潭头站下车以后就难了。离开了水泥路，沿着西沟村的羊肠小道走回去，那还是 1968 年修的土路。老家树上结的核桃，也要一袋袋扛着，顺着羊肠小道背出来……宝泉花园社区的邻居问他："老郭，你经常回山上老家吗？"他笑道："经常不回去。"说着，这位 70 来岁的山民一声浩叹，竟然直抒胸臆，吟诵起了杜甫的《茅屋为秋风所破歌》……

"一业旺，百业兴。"春江集团这一个助力扶贫的大本营，产业拓展到哪里，扶贫行动就覆盖到哪里。2017 年，在新乡市"百企帮千村"企业参与精准扶贫活动中，春江集团拿出 6000 万元信贷资金，以利息分红方式，帮助辉县市、卫辉市 6000 户困难群众脱贫增收。春江集团子公司，分别帮带 4 个贫困村，落实产业精准扶贫，春江水泥公司 2019 年荣获卫辉市"脱贫攻坚贡献奖"……

整整 15 年，"脱贫＋扶贫"，春亮带头完成的一件件"杰作"有目共睹，结结实实，硬硬梆梆，填在空白里，立在大地上。

他总结说："每成大事之时，刚好信息对称。一次次大的脱贫举措，都赶在了党和国家推行好政策的点儿上了。"——捐建裴寨新村，正赶上党的十六届五中全会召开，全国兴起建设社会主义新农村热潮；修建裴寨水库，正赶上中央一号文件发布《中共中央国务院关于加快水利改革发展的决定》，全国大兴农田水利建设；捐建宝泉花园社区，正赶上《全国"十三五"易地扶贫搬迁规划》发布……

总之，上有改革的好政策，下有落实的大"抓手"；下有百姓疾苦事，上有政策及时雨……天时与地利，上下吻合，上下呼应，春亮为啥总能赶巧了呢？偶然之中，也有必然。除了幸运，除了机遇，春亮还应该说，是与百姓的深情，给了他一颗心；是对政策的紧跟，给了他一个胆。

2020年，又是一个全新的开始。春亮笑道："小老鼠拉木锨——大头在后边呢！"

目前，春亮作为民营企业家，有一个项目在等着他。

这是一个新能源产业，它位于辉县市西北黄水乡九峰山，是一个抽水蓄能的大型水力发电站，总装机容量约210万千瓦，据悉将成为全国抽水蓄能电站中的翘楚。太行山高崖深壑，九峰山709米的垂直落差，正是优势所在。将来，发电机组都在山洞里，用春亮的话说，就是"在山肚子里倒腾水"，成本低，用人少，发电量大，而且是"清洁能源"……春江集团的这个项目，已经运筹三四年了，目前环保、初勘环节结束，完成立项，正在报请上级主管部门批复。预计建设周期5年，投资100多亿元，一年效益可望数亿元。而一个民营企业着手这样的大型新能源产业，目前还是第一家。

目前，春亮作为村支书，也有两个项目在等着他。

这两个大项目，正好位于裴寨商业街中段的两侧——

路东，老村广场上，一座大方气派的"扶贫大厦"，两层长约百米，钢结构，玻璃幕墙，正在取代原来的一排小木屋。春亮个人出资建造这座"扶贫大厦"，不求租赁回报，目的只有一个，就是让它成为辉县市农村电商的一个孵化园，把小打小闹归拢起来，建立一个大型的张村乡裴寨电商扶贫基地，为从事电商的农户无偿提供场地、办公设施。2020年春天，河南省一位省领导到裴寨村调研时，对农村电商格外重视，援助500台电脑，加上原有100多台电脑，已经有了不小的规模……跨境电商团队的专业人才，启动电商扶贫基地的运营，将来的"扶贫大厦"里，可有当地农村3000家电商商户在此落地生根，帮助困难农民家家"网上淘金"，户户"线上致富"……春亮专门到附近物流园区走了一趟，看见快递势头汹涌，来自全球哪儿的都有，他更坚定地相信：广大农村把跨境电商发展好了，可以迎来"小康之上的小康"。

路西,在全域土地综合整治的基础上,裴寨村、张村、贾庄村相连的一片布满矿坑和沟壑的土地,可以统筹使用,将兴建一座占地近3000亩的辉县市薯品产业园。按照设计,这个具有高科技含量的大型产业,全是一模一样的两层厂房。自动生产线上,红薯的磨浆、出淀粉、出粉条、出酸辣粉,整套工序完成只需半小时。并且,自动生产线的全过程,包括质量检查、包装入库,全部由"机器人"操作,实现"让机器人养贫困户"的设想……而红薯入厂之前,从太行山区农民的红薯大田种植开始,栽红薯苗,刨挖红薯,直至连接加工生产线,全部实行"一条龙"操作管理,将构建一条庞大、完整的产业链,成为南太行百姓依靠红薯脱贫致富的一个生产基地……

如今在当地,一套"乡党委政策引领,裴寨村硬件支撑,公司网上经营,贫困户参与其中"的四方联动机制已经启动。

春亮兴奋地说:"这才是真正的大手笔!"

从一个人到一支队伍,从一个村庄到一方水土,仿佛永不停止飞翔的太行山鹰,一次比一次飞得更高,飞得更远,纵情盘旋于生生不息的渴望之中。渴望为百姓做好事,渴望为公益办实事,已是他情之所钟,已让他如痴如迷。

而春亮如此渴望,究竟是为了什么?

前不久,在给朋友的微信中,春亮发了一首歌曲《存在》:

> 多少人走着却困在原地,
> 多少人活着却如同死去,
> 多少人爱着却好似分离,
> 多少人笑着却满含泪滴。
> 谁知道我们该去向何处,
> 谁明白生命已变为何物?……
> 是否找个理由随波逐流,
> 或是勇敢前行挣脱牢笼?
> 我该如何存在?

一村之长

新中国"最美奋斗者"裴春亮和乡亲们的脱贫攻坚路

"我该如何存在？"——这是春亮的追问，也是所有人的追问，一个生命终极的叩问。

春亮早已用事实证明，舍利为民，疏财济世，他追求的不是钱财；于是不少人转而看到，他荣誉加身，誉满山乡，便说他是为了荣誉。

新中国成立70周年之际，当"共和国勋章""友谊勋章"获得者、"最美奋斗者"接受表彰之时，"中国共产党新闻网"推出的一篇评论《荣誉感是不忘初心的动力》，可以作为一种公论——"荣誉的背后，是精忠报国的忠诚，是坚守一心为民的理想信念，坚守为中国人民谋幸福、为中华民族谋复兴的初心使命……荣誉的背后，是坚持不懈的执着，是坚定不移为国为民奉献的志向，对事业无怨无悔的坚守，为民族复兴拼搏奋斗始终不改的赤子之心……荣誉的背后，是无私奉献的朴实，是不计个人得失，舍小家顾大家，做隐姓埋名人、干惊天动地事的无我境界……要对荣誉充满尊重与敬畏，才能够拿得起、放得下，既不被荣誉带来的压力压垮，也不因获得荣誉而狂妄自大。"

春亮作为一名年轻的"最美奋斗者"，诚心诚意地说："我所做的一切，党性至上，只为实现一名共产党员的追求和理想。"

鲁迅先生说："我们从古以来，就有埋头苦干的人，有拼命硬干的人，有为民请命的人，有舍身求法的人……这就是中国的脊梁。"

新乡当地的有识之士评价春亮："论企业之大，裴春亮不是最有钱的；但论做公益之大，新乡境内几乎无人可与裴春亮相比。凭着智慧，他做成了很多实事；凭着情怀，他把爱心辐射更广。他心里装着国家、社会、人民，所以做事有动力，想做，也有能力去做。作为企业家，他为社会作贡献，促进经济发展，带动百姓致富；作为村支书，他是一个讲政治的人，实行'政治家治村'，探索了一种党组织巩固基层政权的乡村治理建设模式。他善于抓住各种资源，荣誉品牌形象产生的知名度也成为生产力，带来了新闻资源、人力资源以及匹配的一些资源……如果有更多这样的先进典型，就好了。"

"70后"村支书裴春亮，在大地上画下了一条令人感佩的轨迹。15年来，这个出身贫苦农村的先进典型，这个改革开放时代的先锋人物，以带领裴寨村党组织夯实农村基层政权的深耕细作，以率领乡亲们脱贫致富的慷慨果敢，以造福南太行新乡段一方百姓的赤诚热忱，以来自基层的创新创造精神，为脱贫攻坚，为乡村振兴，为村庄治理体系和治理能力的现代化，提供了一个真实得可见可感可触可知的优秀范例……这个价值，远远超过了他已捐献的 2.1 亿元。

春亮说："对于裴寨村故事，我想说三句话：一，做出世界其他地方没有的特色产品；二，做出可以留作子孙优秀遗产的创新作品；三，争取超过两个人，一个是德国人，一个是日本人，做出过硬精品。"

而春亮所说的"特色产品""创新作品""过硬精品"，是什么呢？——应该是一个村庄，一个当代中国的村庄。

总之，这样一位村支书、一位民营企业家，他的情怀有星辰大海，他的心中有诗和远方。他为百姓的幸福而奋斗，他的奋斗是幸福的。

他是一位坚定的共产党员；

他是一位热血的太行山汉子；

他是一位少年失学的思想者；

他是一位不会写诗的浪漫诗人……

2019 年 10 月 2 日，新中国 70 周年华诞的第二天，春亮给笔者发来微信，从中好像能听到他激动的呼吸："电影《我和我的祖国》，请王老师抽空看看，挺好！"

在郑州一家影院，笔者观看了《我和我的祖国》，一边感受着片中涌起的一股洪流旋风，一边也想像得到：《我和我的祖国》，春亮和他的祖国，一刻也不能分割。他钟情于这红旗漫卷的初心信仰，他钟情于这万众沸腾的家国情怀，他已经把自己融入了这个永不干涸的大海之中……

所以，他成为一束光，他成为一团火。

三、风雪抗疫前线的一朵彩虹伞

他成了一束光，他成了一团火。

一村之长

新中国"最美奋斗者"裴春亮和乡亲们的脱贫攻坚路

光，在闪闪照耀；火，在灼灼燃烧。

可是为什么——

为什么，当春亮送给贫困户凤桥一双新皮鞋，村委会副主任孟群同时也给凤桥送来了几双新袜子时，春亮会激动地说，"孟群让我感动，我感觉到了，不是我一个人在奉献"。

为什么，当春亮路过裴寨中心大广场顺便捡起地上一个烟头，村中男女老少也顺便捡起地上的纸屑果皮饮料瓶时，春亮会激动地说："乡亲们让我感动，我感觉到了，不是我一个人在行动"。

为什么，四川汶川大地震，青海玉树地震，春亮一再带头捐款，村中上至90多岁的老人，下至四五岁的小孩，全村男女老少也一再捐款献爱心……春亮特别高兴地说："我们有共同语言了！"……

从这些大大小小的事情上，可以看出，春亮虽然慷慨捐资2.1亿元，但是，他不想让自己的形象成为"个人英雄"，不想让自己的义举成为"个人行为"。他希望的是，引领更多人合奏一支感恩奉献、气壮山河的交响曲，吸引更多人加入一场大爱无疆、宏伟磅礴的大合唱！

正在这时，来了！一支气壮山河的交响曲，一场宏伟磅礴的大合唱，真真切切地出现在了眼前。

2020年春节前夕，一场突如其来的新冠肺炎疫情，犹如凶残诡异的黑色魔魇一般，向中国大地猛扑过来——这是历史上一个空前绝后的春节，一个令人疼痛窒息的春节。1月23日武汉隔离"封城"以后，疯狂的疫情弥漫全国。霎时，茫茫九州一眼看去，草在绿，花在红，云在飞，水在流，但是，城市成了一座座"空城"，乡村成了一个个"空村"……

然而，"于无声处听惊雷"，在以习近平同志为核心的党中央坚强领导下，14亿中国人自觉行动起来，团结一心，众志成城，全国所有省区市总动员，迅速采取隔离措施，打响了一场疫情防控的人民战争、总体战、阻击战，孕育出了一种生命至上、举国同心、舍生忘死、尊重科学、命运与共的伟大"抗疫精神"！

这时，太行山下的裴寨村，也成为火热的战场一角——"中国报道网"发布报道《战"疫"前线党旗红——辉县张村乡裴寨村疫情防控"五个做法"

很管用》；中国共产党新闻网"一线守护"栏目发布《河南辉县市裴寨村：运用"五个坚持"抗疫党建工作方式创佳绩》……这"五个坚持"就是：坚持听党指挥、闻令而动战疫情，坚持发挥村党支部的战斗堡垒作用，坚持发挥党员的先锋模范作用，坚持发挥志愿者服务队的骨干带头作用，坚持以党建促防疫和复工复产。

武汉"封城"第二天，1月24日农历除夕，这本是裴寨村民团聚春亮家举办第12场"饺子宴"的欢乐日子，但是，春亮的手机越来越沉重，上面关于疫情的信息越来越汹涌，他觉察气氛不太对劲，预感情况比较严重，当机立断，提议取消了这场"饺子宴"……当天晚上，就接到了上级关于疫情防控的通知。

除夕夜，村党支部副书记裴龙翔的手机响了，春亮说："看这疫情形势，咱裴寨村得组织一支应急小队了……"龙翔小钢炮似地吼了一声："应急小队交给我！我带着村里的退伍军人、民兵预备役人员，上！"

大年初一，整个裴寨村已进入"临战状态"。村党支部召开党员大会，成立疫情防控工作领导小组，村支书春亮担任组长。同时，《裴寨村防控疫情12条规定》迅速出台。

裴寨村招募志愿者，号角一响，全村各个角落纷纷传来自愿报名的吼声……正值瘟疫横行人人自危之时，在有些地方招募值守人员，一天给500元都不一定有人干。可在裴寨村，一个805口人的小山村，由村干部、党员、退伍军人、民兵预备役人员、村民组成的志愿者服务队，竟一下子站出来了178人！

整个村庄围得如铁桶一般，各个出入口紧急设卡，布置了劝返点、消毒点、体温检测点，准备了口罩、消毒液。严防人员出入，对有特殊情况确需进出的村民，实行登记、测量体温、现场消毒、免费发放口罩等一系列严格程序。

村党支部副书记裴龙翔带领党员、退伍军人和民兵预备役人员，每天进行环境清扫和消毒杀菌；村委会副主任裴晓峰安排防控值班，带领志愿者为村民服务上门排忧解难；村委委员兼办公室主任裴龙德搜集抗疫信息，记录和宣传抗疫故事和先进事迹；村委委员任卫海进行信息统计发布、

一村之长

新中国"最美奋斗者"裴春亮和乡亲们的脱贫攻坚路

捐赠登记；春江集团党委办公室主任原志强，也来到裴寨村负责报道宣传……村委委员张桂先，公公去世丧事从简，料理完毕第二天就出现在防控点，她说："我少带一回班，其他村干部就得多带一回班，我得赶紧顶上去。"村委委员贾小丹发挥妇女主任的优势，劝导妇女老人，普及科学防控知识，家里一双儿女还小，值夜班有时就让丈夫裴转山替她上岗；村支委委员李国德与年轻党员争着值班；村两委干部裴清丽等人，也是随时主动补位冲在前……

新村 8 排楼房的"排长"，关键时刻发挥功能，实时掌握各楼排村民的健康状况、行动范围、生活需求。

同时，"裴寨村党支部""裴寨村大家庭"等微信群、"裴寨社区"微信公众号、"大喇叭"广播全部调动起来，一时间网上空中，同时传达党中央决策部署，宣传疫情严峻形势，讲解科学防护知识，达到家喻户晓……

裴寨村里，瞬间撒开一张大网，全天候、无死角覆盖，为居家隔离的全村老少筑起了一道密不透风的生命安全屏障。而临危不乱、指挥若定的村两委，就是前沿火线上一座坚强的战斗堡垒，使乡亲们有了主心骨，吃了定心丸，消除恐慌心理，自觉团结起来，全村汇聚起了一股共克时艰的强大力量。

1 月 29 日，农历大年初五，凌晨 2 点了，春亮翻看手机，全国新冠肺炎患者确诊、疑似、死亡数字还在不断攀升，他翻来覆去不能安枕。一大早，就冒着严寒赶往市里。春亮代表春江集团，向新乡市疫情防控一线捐款 500 万元，这是新乡市红十字会成立以来接受的最大单笔捐款……在简短的捐赠仪式上，春亮说："共产党员，在战争年代意味着流血牺牲，在和平年代意味着付出奉献。国家有难，当党和人民需要的时候，兑现我的入党誓言，兑现我内心的承诺，为党分忧，为父老乡亲解难，关键时刻站得出来，危急关头豁得出去，这是我该有的担当！"……春亮捐赠的这一笔款项，很快用于建设新乡版"小汤山"——新乡市太公山医院。仅仅 10 天，这所医院就顺利建成，开始收治新冠肺炎患者。

大年初七，春江集团 146 名党员、20 名入党积极分子捐款 110400 元，交给了春江水泥公司所在的卫辉市；化工公司、宝泉景区等子公司，向辉县

2020 年大年初五，裴春亮代表春江集团为抗击新冠肺炎捐款 500 万元，用于抢建新乡版"小汤山"太公山医院。

市公安局、百泉镇、薄壁镇和卫辉市红十字会、卫辉市公安局捐赠了价值 50 余万元的防疫物资。

在裴寨村，微信群"裴寨村党支部"发出倡议，全村 36 名党员，加上 3 名驻村党员干部，短短 2 小时就捐款 12400 元，在张村乡交上了第一份疫情防控捐款。

其中，87 岁的第一任村支书郭保清，已中风瘫痪失语，他儿子代他交上捐款 100 元；

78 岁老党员邵泽春，让女儿代他交上捐款 200 元；

老党员郭学凤嘱咐她的孙子，代她交上捐款 100 元；

80 岁的老党员李佳枝正在二楼阳台上做家务，村委委员卫海过来说："大娘，村里抗击疫情，党员在微信群里捐款了，您家困难就别捐了！"李佳枝一听就急了："卫海，我不会玩微信，现在捐迟不迟？"她儿子龙东患股骨头坏死，人们劝她不用捐，她坚持捐款 100 元，说："龙东病重的时候，大

一村之长

新中国"最美奋斗者"裴春亮和乡亲们的脱贫攻坚路

家帮我，你们也让我捐一点儿，要不我心里不好受……"

老党员裴干，儿媳代他交上捐款 50 元，他自己觉得太少，脸红坐不住了，又加捐至 100 元……

同时，裴寨村民和社会爱心人士共 139 人，也踊跃捐款 36805 元。

村两委办公楼门口，一个十来岁的孩子，手里拿着 4 份钱，一一交到值班的村委会副主任裴晓峰手上："这是俺爸的，这是俺妈的；这是俺弟的，他叫裴翔宇；这是我的……"裴晓峰问："你叫啥名儿？"他答："我叫裴奥龙。"小奥龙说："在电视上看到春亮爷捐 500 万元，我说：'妈，我也想出一份力。'妈支持我，给我 200 元钱，我说这不能代表我的心意，我把舍不得让妈保管的 55 元压岁钱翻出来了。俺弟也捐出他的 50 元压岁钱，这小子，平时藏得那么严实，这会儿变了个人，我说：'宇，好样的，哥给你点赞！'"……

全国疫情危急之时，网上一段河南村干部提醒村民防疫的"硬核"广播喊话视频，火遍全国，引来网友纷纷点赞……对于裴寨村民，村支书春亮没有那样喊话，但他对待抗疫同样"硬核"。

疫情蔓延，起于数九寒冬，正是太行山区冰冻三尺的日子，气温降到零下三四度。漫天呼啸的山风，裹着雪团，挟着雨鞭，扫过空旷的村庄……整个春节期间，春亮在风雪严寒之中靠前指挥，走村串户，始终坚守在疫情防控第一线。

晚上，在裴寨中心大广场上，群众能看到村支书春亮的身影。他带领村干部和志愿者，在社区夜间巡查。遇到去酸辣粉厂上夜班的村民裴小玉没有口罩，春亮赶紧拿出防控点预备的口罩，给小玉戴上……深夜，雨夹雪盘旋飞舞，春亮戴着口罩，手里举着一把彩虹色雨伞，这把雨伞衬着村口路灯的灯光，仿佛暗夜中盛开的一朵绚烂之花。

白天，在住宅楼群之间，群众能听到村支书春亮的声音。从大年初二开始，他在每排住宅楼之间穿行，走了一遍又一遍，亮开嗓门的一声声提醒里，有严厉也有温柔："不串门儿，不聚堆儿，勤洗手，多通风，大伙儿坚持、再坚持！……"

正月初八，村中出现突发状况，裴清枝老人逝世。按传统规矩，是第 5

裴寨村口，裴春亮坚守在抗击新冠肺炎疫情第一线。

天出殡，办丧事至少需要动用四五十人……正值非常时期，村支书春亮亲自登门做老人家属的工作，征得他们理解，丧事简办快办，不设灵棚，不设礼桌，不摆酒席。结果3日下葬，用人不超10人，所用口罩、消毒液由村里免费提供，最大程度降低了风险……

裴寨村党支部的全体党员，集体向上级党委写了决心书，每个党员都郑重签名，庄严承诺：坚决执行上级部署，随时听从党组织的安排调遣，守土有责，义无反顾，疫情不结束决不收兵。

平时，建新村、建大棚、修水库，第一批冲上去的都是党员；现在，第一批志愿报名的还是党员，第一批捐款捐物的还是党员！

年轻女党员赵丹阳，不仅自己当志愿者，还把丈夫也带上。她说："村里老党员多，现在这种时候不能让他们先上。我们年轻，抵抗力强，必须走在前面。"

裴寨村的"大喇叭"广播，为疫情防控发挥了独特作用。王健、裴龙德、贾小丹、任卫海、张影、裴海超、裴志磊7名义务播音员，都是党员或入党积极分子，"大喇叭"广播每天从不间断，成为传达上级政策、科普防护知识、稳定民心、鼓舞士气的宣传利器。因此，"河南新闻联播"报道《辉县裴寨：大喇叭发挥防疫大作用》……

村中疫情防控，24小时三班轮岗。每个小组值班8小时，由村干部带领志愿者，白天黑夜，风雨无阻，在卡点值勤，到村中巡逻。而志愿者中，更多的是普通村民，父子兵、夫妻档、姐妹组，男女老少齐上阵。连一些早已出嫁的闺女，在娘家不仅捐款，也参与站岗值班。

6名年轻志愿者，在抗疫一线递交了入党申请书；

值班最多的，要数青年志愿者裴百印了，他值了39个班，共计312小时；

冯四海一家四口，全部参加志愿服务；

大学生志愿者裴香港、裴京仙，拍摄裴寨村抗疫的感人画面，通过微信群、抖音号宣传出去……

裴春亮和裴寨村志愿者在新冠肺炎疫情防控点值勤。

志愿者中，年龄最小的，是 15 岁的初中生裴涵旭，主动站在大人的行列中磨砺一双嫩肩；年龄最大的，是 74 岁的赵喜英老人，主动在村口防控点站了 2 天岗。

92 岁的老太太牛凤英，也对春亮说："让我也去站岗吧。"春亮笑道："嫂子，开啥玩笑！咱村年轻人这么多，哪轮得着您这'白发老太君'呢！"谁知，到凌晨三四点，这老太太两次独自摸到防控点上，给值夜班的志愿者送来了刚煮熟的鸡蛋。春亮吓得不轻，对她家儿媳说："晚上尽管有灯光，但趔趔趄趄的，老人家这么大岁数了，万一摔着了咋办？"牛凤英老太太说："我夜里睡不着，年纪大了也不怕死了。让孩子们大冬天黑夜上班，我心里过意不去啊！"……

春亮深深了解全村的党员干部群众，但是，在这黑云压顶的危难关头，裴寨村男女老少突然迸发出的一种高昂无畏的集体英雄主义，还是使他震惊了，让他感动了，将他征服了，他在整个疫情防控期间不知掉了多少次眼泪。眼前，每一个雄赳赳气昂昂的热血战士，都是爹生娘养的，许多人上有老下有小，都是家里的一片天；可他们把个人安危、亲人牵挂放在一边，冒着生命危险在战斗。这岂止是与他"有共同语言了"，这已经远远超出了他的预期——"男儿有泪不轻弹"，他为裴寨村而鼓舞，为裴寨人而自豪！

裴寨村的广场和街道，空荡荡，静悄悄，但"裴寨大家庭"微信群里很热闹，谁家菜吃完了，谁家小孩没奶粉了，谁家的快递到新村大门口了，只要在微信群或打电话说一声，志愿者服务队有求必应，第一时间服务上门。

村里还联系对接超市，定点统一采购米、面、油等生活用品，由志愿者根据村民需求，分批次、分时段配送上门，让乡亲们居家隔离也衣食无忧。

农历正月十五，防疫不误佳节，村两委集中采购了 680 斤汤圆，免费分给各家各户，由村干部送到家门口，全村人共度了一个甜甜蜜蜜的元宵节……

"隔离疫病，不隔离爱"，居家隔离的乡亲们，想到党员干部和志愿者日夜值勤，心中感动，也不落忍。于是，纷纷派出家庭代表，自发地向防控点

一村之长

新中国"最美奋斗者"裴春亮和乡亲们的脱贫攻坚路

捐赠了一共价值 3 万多元的物品。

同时，一些爱心人士也向裴寨村伸出了援手。辉县市拍石头乡的党员、爱心人士赵县利，为裴寨村捐款 1 万元，他说："在微信里看到裴寨村抗击疫情的报道，我就在想：这是一个啥样儿的村子，人心咋这么齐呢？这次国家有难，裴书记捐出 500 万元，我很佩服！把一万元钱捐到裴寨村，我放心！"新乡市生意人赵金龙，专门到裴寨村眼见为实，为全村的抗疫精神所感动，捐赠 2000 个口罩……

为此，"裴寨村大家庭"微信群里，专门打出了一行红字标语："村支书春亮携裴寨村两委，向无私奉献的各位爱心人士，向咱村里最可敬的人，致以崇高的敬意和衷心的感谢！"

从冬到春，历时 3 个多月，裴寨村顺利完成了最危险阶段的疫情防控任务，无一人感染新冠肺炎。

"平时工作干到位，关键时刻有底气。"事实证明，平日的裴寨村中，那些"大水漫灌"的标语没有白写，那些持之以恒的党建工作没有白做，那些潜移默化的精神文明熏陶没有白干——这一切，都在重大关头得到了巨大回报。

然而，在裴寨村 2020 年 3 月的"月末干群联席会"上，春亮却发起火儿来了，这是他回村 15 年来发得最大的一次火儿。

春亮心里已经憋了好几天了，联席会上，坐在党员干部和村民代表们中间，他点名批评了个别人，虽然年富力强，也无任何原因，却在村里筑起的一道安全防线背后，这么多天一直没有露面。

"咱们裴寨村，谁家都有爹、有娘、有媳妇、有孩子，天天走出家门往外冲的时候，哪个不担心？大过年的，谁都知道暖暖和和待在家里舒服！……"春亮大声发飙，热泪溅了出来。

他扳着指头，一一列举全村抗疫一线的生动故事，桩桩件件，感人至深。这些天来，春亮为党员干部和乡亲们感动得流了多少眼泪，此时就有多大的火气，他毫不客气地斥责道，"平时，见面亲得不得了，话也说得好听，到了关键时刻，哪儿都找不到他了?!……"

2 月 19 日，习近平总书记主持召开中共中央政治局常委会会议，研究统筹做好疫情防控和经济社会发展工作。2月21日,中共中央政治局会议指出,要建立与疫情防控相适应的经济社会运行秩序,有序推动复工复产。

春亮带头积极响应党中央的号召,裴寨村与春江集团,迅速进入了疫情防控和复工复产"双大考"。

裴寨村按下了"复苏键"——

大田春耕,麦田浇灌返青水;

蔬菜大棚中,春季黄瓜炸刺儿;

林果大棚中,葡萄开花挂果;

养殖场里,牛欢羊叫;

跨境电商线上,太行山土特产热销;

上海衣尚、昆山澄新的"禾合服饰"工厂进驻;

农村电商"扶贫大厦"出了设计图纸;

辉县市薯品产业园等待批复;

而且,村干部登门服务,为需要外出复工的村民办理健康证,提供相关证明,发放安全防护手册和防护用品……

春江集团按下了"快进键"——

春江水泥公司,机声隆隆大干快上;

宝泉景区,为医护人员"逆行英雄"免票献礼,接连举办"2020宝泉郁金香踏青赏花节""'乐来乐嗨'宝泉网红音乐节";

化工、金融、建材、水力发电等企业,同时发力,把进度赶上去,把时间抢回来……

央视网报道了全国各级人大代表、政协委员"亮身份、做表率、站排头、勇担当,鏖战疫情的日与夜"。其中的全国人大代表裴春亮,发出一句铿锵感言:"人民代表干的,都是百姓盼的!"

而裴寨村百姓的回应是——"有春亮在,俺们就有了主心骨。"

春亮用15年的奋斗,向人们诠释了选好一个农村带头人的意义,向世界展示了当好一个农村带头人的使命。

生死攸关的一场抗疫大战,惊心动魄的一场历史"大考",在一个太行山小山村,裴春亮带领裴寨村乡亲们,更是呈上了顽强的战果,交出了过硬

一村之长

新中国"最美奋斗者"裴春亮和乡亲们的脱贫攻坚路

的答卷。

2020年9月8日，全国抗击新冠肺炎疫情表彰大会在北京人民大会堂隆重召开。习近平签署中华人民共和国主席令，授予钟南山"共和国勋章"，授予张伯礼、张定宇、陈薇"人民英雄"国家荣誉称号。中共中央、国务院、中央军委表彰全国抗击新冠肺炎疫情先进个人、先进集体，中共中央表彰全国优秀共产党员、全国先进基层党组织……其中，裴春亮荣获"全国抗击新冠肺炎疫情先进个人""全国优秀共产党员"两项殊荣！

央视"新闻联播"报道了对裴春亮的采访，他一腔热血沸腾，泪光闪烁地说："作为一个基层的农民代表，在大会堂听到习总书记讲道，为了保护人民生命安全，我们什么都可以豁得出来！当时我的鼻子一酸，眼泪都流了下来，人民的生命至上，感觉到做个中国人真好！"

裴春亮：感觉到做个中国人真好

"天下之脊"太行山下，"70后"村支书裴春亮屹立于风雪之中，他手里举着一把彩虹色雨伞，映着村口的路灯，绽放出一团温暖明亮的光芒，仿佛一个希望的象征，一个力量的象征，定格于裴寨村中心大广场上，定格于南太行一带老百姓的心中……

2005—2020 年
脱贫扶贫大事记

（此前，裴春亮为河南省辉县市青年民营企业家，
当选第十届新乡市人大代表、第七届辉县市政协委员）

2005.04.20	第五届裴寨村委会选举，裴春亮回村当选村主任。
2005	裴春亮捐资 10 万元，安装路灯。
	裴春亮捐资 40 余万元，翻修卫吴公路涵洞。
	裴春亮捐资 15 万元，购置联合收割机、旋耕机免费服务村民。
	裴春亮捐资数万元，购置村民健身器械。
2005.06.27	裴春亮捐资 3000 万元建裴寨新村动工。
2006.01	裴寨村红白事理事会成立。
2006.03.13	裴春亮捐资 83 万元钻深水井。
2006.05.26	"新乡市'双示范、双带动、双推进'活动暨辉县市裴寨新村建设启动仪式"举行。
2006.12	裴春亮当选"中国十大杰出青年农民"。
2007.01.09	裴春亮当选第二届"中华慈善人物"，荣获中华慈善事业突出贡献奖。
2007.02.11	裴寨村入选"河南省十佳魅力新农村"。
2007.04.26	河南春江集团成立，裴春亮任春江集团董事长。
2007.04.26	春江水泥公司第一条熟料生产线奠基。
2007.09.20	裴春亮荣获第一届"全国道德模范"提名奖。
2007.10.01	重建裴寨商业街工程动工。
2007.11.08	裴春亮捐资 860 万元，二级提灌"田心池"工程动工。

2007.11.25	豫发（2007）31号文件《省委、省政府关于在全省开展向裴春亮同志学习活动的决定》下发。
2007.12.02	裴春亮当选第十八届"中国十大杰出青年"。
2007	裴春亮被评为救助失学女童"春蕾计划"先进个人。
2008.01	裴春亮当选"感动中原十大年度人物""河南十大爱心人物"。
2008.03	裴春亮当选十一届全国人大代表。
2008.05.01	春江水泥公司第一条熟料生产线投产。
2008.05.12	裴春亮为四川汶川地震捐款10万元，裴寨村干部群众共捐款107326.1元。
2008.11.15	第六届裴寨村委会选举，裴春亮连任村主任。
2008.12.21	裴寨新村落成乔迁典礼举行。
2009.03	春江集团党委成立。
2009.04	裴寨村党支部通过并接收裴春亮为中共预备党员。
2009.04	裴春亮被评为"河南省劳动模范"。
2009.09.20	裴春亮当选第二届"全国道德模范"。
2010.03.03	二级提灌"田心池"工程竣工。
2010.03.05	裴春亮参加"全国学雷锋活动座谈会"。
2010.03	裴寨老村拆除复垦。
2010.04.14	裴春亮为青海玉树地震捐款10万元，裴寨村干部群众共捐款119474.78元。
2010.04	裴春亮转为中共正式党员。
2010.04.21	裴春亮担任裴寨村党支部书记，兼村主任。
2010.10.10	张村乡裴寨社区成立，裴春亮任裴寨社区党总支书记。
2011.02.24	裴春亮捐资5100万元，裴寨水库开工誓师大会暨群众捐款仪式举行。
2011.03.03	辉县珠江村镇银行开业。
2011.04.17	辉县裴寨蔬菜花卉专业种植合作社成立。
2011.10	裴春亮被评为"河南省优秀共产党员"。
2011.10.26	裴春亮参加河南省第九次党代会。

2011.11.19	第七届裴寨村委会选举，裴春亮连任村主任。
2012.3.2	裴春亮参加"全国深入开展学雷锋活动座谈会"。
2012.06	裴春亮被评为"全国创先争优优秀共产党员"。
2012.07	裴春亮当选河南省工商联第十一届执行委员。
2013.03	裴春亮当选十二届全国人大代表。
2013.04	裴春亮为四川雅安地震捐款 10 万元。
2013.09	裴春亮当选中国首届"最美村官"。
2013	河南宝泉旅游股份有限公司成立。
2013.12.12	裴寨水库通水。
2014.04	裴春亮当选河南省"最美村官"。
2014.12.27	第八届裴寨村委会选举，裴春亮连任村主任。
2015.03	宝泉景区正式运营。
2015.04	裴春亮被评为"全国劳动模范"。
2016.04.26	裴春亮担任春江集团党委书记，卸任董事长。
2016.10.31	裴春亮参加河南省第十次党代会。
2016.11.04	裴春亮当选第十届河南省委候补委员。
2016.12.16	辉县市创享电子商务有限公司在裴寨村成立。
2016.12.16	"中国·太行首届红薯粉条文化节"开幕。
2016	裴春亮捐资 8000 万元，为辉县市薄壁镇易地扶贫搬迁群众建宝泉花园社区。
2017.08.17	宝泉景区新三板上市挂牌。
2017	裴寨社区被评为"新农村建设示范区"。
	裴寨村被评为"全国红色旅游经典景区"。
	裴寨社区被评为"河南省美丽乡村建设标准化示范区"。
2017.10	裴春亮作为党的十九大代表，走上"党代表通道"接受国内外媒体采访。
2017.11.17	裴寨村入选第五届"全国文明村"。
2018.03	裴春亮当选十三届全国人大代表。
2018.04.30	第九届裴寨村委会选举，裴春亮连任村主任。

2018.06	裴寨村成为全国党员教育培训示范基地"新乡先进群体"教育基地实践教学点。
2018	宝泉景区评为河南省旅游扶贫工作先进单位、河南民营企业社会责任100强。
2018.12	裴春亮捐资1000万元,裴寨社区红色文化旅游"特色小镇"工程开工。
2018.12	裴春亮捐资2000万元,建设厂房引进品牌服装工厂。
2019.04	裴寨社区"初心广场"落成。
2019.08.08	裴寨村股份经济合作社成立。
2019.09.25	裴春亮当选新中国成立70周年"最美奋斗者"。
2019	裴春亮荣获"河南省脱贫攻坚奖·奉献奖"。
2019	春江水泥公司荣获卫辉市"脱贫攻坚贡献奖"。
2019.12	筹建辉县市薯品产业园。
2020.01	筹建张村乡裴寨跨境电商"扶贫大厦"。
2020.01	"裴寨初心馆(太行初心·共城家风)"落成。
2020.01.29	裴春亮代表春江集团捐款500万元,助力新乡市疫情防控。
2020.03.23	裴寨村与上海衣尚信息技术有限公司签订合作协议。上海衣尚、昆山澄新组建河南禾合服饰有限公司,进驻裴寨村。
2020.04.21	河南宝泉旅游股份有限公司入选河南省省定重点上市后备企业。
2020.07.01	"春江党史馆"开馆。
2020.09.05	裴寨社区服装产业园开园暨禾合服饰开业庆典举行。
2020.09.08	裴春亮参加全国抗击新冠肺炎疫情表彰大会,荣获"全国抗击新冠肺炎疫情先进个人""全国优秀共产党员"两个称号。
2020.10.17	裴春亮参加全国脱贫攻坚奖表彰大会,荣获"全国脱贫攻坚奖·奋进奖"。

视频索引

一村之长

新中国"最美奋斗者"裴春亮和乡亲们的脱贫攻坚路

后　记

　　我在河南日报当了 20 多年记者、编辑，多次受上级指派，采写发表了一批重大先进典型报道。感恩这一份荣幸，使我接触了社会各界一批佼佼者。其中，太行山区农村的裴春亮，属于这个行列里最年轻的一员。

　　与他相识，已有十来年了。最早是在一次餐席上，人们向我介绍了裴春亮，这一位已经进城的民营企业家，在父老乡亲的恳求下，毅然中止个人在城里发展的坦途，重回穷乡僻壤小山村，当选村主任……依稀记得当时，这位年轻人"叨陪末座"，和气内蕴，他很安静，只是谦逊地微笑点头与人交流。

　　直到 2014 年初，中央宣传部部署宣传先进典型裴春亮，我受上级指派，才第一次采访了他，在河南日报发表了长篇通讯《青春栋梁——记河南省辉县市裴寨村"70 后"党支部书记裴春亮》。但对那篇报道，我自己并不满意。一村之长，这样的农村先进典型，好写也不好写，那次采写匆忙，流于表面，遗憾没能写出"将灵魂锉磨出血痕"的感觉。

　　在担任河南省作家协会副主席、河南省报告文学学会会长期间，我清楚地看到，在中国纪实文学领域，"先进典型人物纪实文学"这一个门类里，不少作品已形成了基本"套路"，习惯于主题先行、概念化、形象拔高……所以笔下描摹的，不是长在大地上的一棵棵枝繁叶茂的"大树"，而是砍削得光溜溜的一段段完美的"木头"。我自己也生产过"木头"，但我向往"大树"。

　　2018 年夏天，春亮来电话，这时他已是党的十九大代表、全国人大代表、中共河南省委候补委员，先后当选"中国最美村官"、全国劳动模范、全国道德模范、中国十大杰出青年、中华慈善人物……我们从第一次见面起，时间已经不短了，可以有一本书了。

我问自己：近年不少先进典型想让你写你都没写，为什么写裴春亮？……一位电视台老台长是多年挚友，也了解春亮，他说出了我的感觉："裴春亮这个先进典型立得住。"

近期，裴春亮又连续获得了"最美奋斗者"、"全国脱贫攻坚奋进奖"、全国抗击新冠肺炎疫情先进个人、全国优秀共产党员等殊荣。

进裴寨村采访第一天，村支书春亮领着一群村干部在村头迎候，见面就说："王老师，您也写写我们裴寨村吧！让咱村里人都谈谈，有故事，有想法，写下来留给子子孙孙。"

那一下子，我被击中了，心中不禁叹服："裴春亮啊，有文化！你调动了我！"……这一位村支书，常有神来之思，恰恰点中"穴位"。

村支书春亮的提议，为这次写作赋予了全新的意义。过去采访先进典型，时间所限，篇幅所限，也是观念所限，往往只着眼于这一棵"大树"本身的枝干、纹理、形态，而从没有机会，深入到一棵"大树"底部的根须和土壤，深入到一个先进典型生于斯长于斯的那一片大地……所幸这一次不同了。

裴春亮是千千万万中国村支书中的一个优秀典型，裴寨村是中国脱贫攻坚和乡村振兴的一块生动"拼图"。作为一个见证者，能够回到一个先进典型人物的生命原乡，"连根须带泥土"端出一棵"大树"，捧出一个"原生态"的真实标本，是我的幸运。

中国自古从农耕文明走来，一个中国可以看成一个村，一个村可以看出一个中国。一个村庄，可以是小小的原点，也可以是高高的巅峰。《一村之长》的创作主旨，就是着眼于中国行政区划中的最小"细胞"、最基层的群众性自治单位——"村"，以太行山区裴寨村的百年生存奋斗史为背景，以裴春亮回村带领干部群众15年脱贫攻坚史为框架，透视中国改革开放深刻复杂的时代进程，总结村庄治理体系和治理能力现代化的探索经验，也为全国脱贫攻坚决战决胜收官之年呈上一份献礼。

《一村之长》恪守一种纯粹的纪实品质，力求采访全面、素材翔实，因为这是作品的历史价值所在。纪实文学创作，是"戴着镣铐的舞蹈"，必须完全以事实为依据，不能像小说、散文创作一样随心所欲……我最庆幸感激的是，采访所到之处，都获得了太行山人朴实淳厚、诚挚坦率的回应，这是一串长长的采访名单，谨此一并鸣谢——没有你们每个人的生动，就没有这一部史实的精彩，你们永远在我眼前鲜活如初。

王　钢

2020 年 11 月

策　　划：柴晨清

责任编辑：柴晨清

封面设计：林芝玉

版式设计：汪　阳

图书在版编目（CIP）数据

一村之长：新中国"最美奋斗者"裴春亮和乡亲们的脱贫攻坚路／王钢　著 . —
北京：人民出版社，2020.12

ISBN 978 - 7 - 01 - 022727 - 6

I. ①一··· 　II. ①王··· 　III. ①纪实文学 - 中国 - 当代 　IV. ① I25

中国版本图书馆 CIP 数据核字（2020）第 241570 号

一村之长

YICUN ZHI ZHANG

——新中国"最美奋斗者"裴春亮和乡亲们的脱贫攻坚路

王　钢　著

人民出版社 出版发行

（100706　北京市东城区隆福寺街 99 号）

北京盛通印刷股份有限公司印刷　新华书店经销

2020 年 12 月第 1 版　2020 年 12 月北京第 1 次印刷
开本：710 毫米 × 1000 毫米 1/16　印张：26.25
字数：431 千字

ISBN 978 - 7 - 01 - 022727 - 6　定价：55.00 元

邮购地址 100706　北京市东城区隆福寺街 99 号
人民东方图书销售中心　电话（010）65250042　65289539